BESCHREIBUNG

Ein Sadist. Eine Sub.
Eine außergewöhnliche Liebe.

WILLKOMMEN IM DARK HAVEN, UND MÖGEN ALLE DEINE DUNKELSTEN SEHNSÜCHTE IN ERFÜLLUNG GEHEN.

Auf der Flucht vor einer Mordanklage landet Lindsey in San Francisco. Dort baut sie sich ein neues Leben auf, bis sie im bekannten BDSM-Club Dark Haven auf einen ganz besonderen Dom stößt: Alexander deVries. Bei ihm fühlt sie sich wie die Motte, die vom Feuer angezogen wird.

Als Sicherheitsspezialist und gelegentlicher Söldner braucht deVries nicht nur eine bezaubernde Sub, sondern auch jemanden, der seinen inneren Sadisten zufriedenstellt. Das Problem: Lindsey ist keine Masochistin. Doch diese großen, braunen Augen, ihr hinreißender Körper und ihr freches Mundwerk sind einfach unwiderstehlich. Sie ist loyal, willensstark – und ehrlich.

Oder vielleicht auch nicht? Ihr gefälschter Ausweis spricht eine andere Sprache. Und wenn sie tatsächlich denkt, dass sie ihn anlügen kann, wird sie der Vollstrecker eines Besseren belehren. Seine Disziplin ist absolut, seine Bestrafungen brutal und sein Herz unantastbar ... bis jetzt.

MIT DER HÄRTE DES VOLLSTRECKERS

California Masters-Reihe: Buch 6

CHERISE SINCLAIR

VanScoy Publishing Group

Mit der Härte des Vollstreckers

@ Deutsche Ausgabe: FP Translations; 2020

ISBN: 978-1-947219-31-1

@ Originalausgabe: *Edge of the Enforcer* by Cherise Sinclair; 2014

Lektor: Christian Popp

ANMERKUNG DER AUTORIN

An meine Leser/Leserinnen,

dieses Buch ist reine Fiktion. Und wie in den meisten Romanen wird die Liebesgeschichte in eine sehr, sehr kurze Zeitspanne hineingepresst.

Ihr, meine Lieben, lebt in der wirklichen Welt. Ihr werdet mehr Zeit brauchen als die Romanfiguren. Gute Doms wachsen nicht auf Bäumen und es gibt ein paar sehr seltsame Menschen dort draußen. Wenn ihr auf der Suche nach eurem eigenen Dom seid, hört auf euer Bauchgefühl und seid bitte vorsichtig.

Und wenn ihr ihn findet, dann nehmt zur Kenntnis, dass er nicht eure Gedanken lesen kann. Ja, so beängstigend das auch sein mag, ihr werdet euch ihm öffnen, mit ihm reden und auch ihm zuhören müssen. Teilt eure Hoffnungen und Ängste miteinander. Erzählt ihm, was ihr euch von ihm wünscht und wovor ihr abgrundtiefe Angst habt. Okay, er wird eure Grenzen etwas austesten – er ist schließlich ein Dom –, aber ihr habt ja euer Safeword. Nicht das Safeword vergessen, okay? Und passt auf euch auf. Verhütet. Vertraut euch einer Person in eurem Freundeskreis an. Teilt euch mit, kommuniziert.

Denkt dran: Safe, sane, consensual. (Sicher, vernünftig, einvernehmlich.)

Ich wünsche mir für euch, dass ihr diese besondere Person findet, die euch liebt, die eure Bedürfnisse versteht und euch im Herzen trägt.

Während ihr nach diesem besonderen Menschen Ausschau haltet, könnt ihr Zeit mit meinen California Masters verbringen.

Fühlt euch gedrückt,
Cherise

KAPITEL EINS

Kein Mond. Unter den Sternen ruckelte der Pickup über den Schotterweg, was die Söldner wie abgefeuerte Patronen einer M-4 herumschleudern ließ.

„Fuck", knurrte deVries. Kniend saß er neben Harris, die Hand auf seiner Schulter. Mit der anderen übte er Druck auf den Bauch des jungen Mannes unterhalb seiner kugelsicheren Weste aus. Warmes Blut strömte zwischen seinen Fingern hervor. Der neue Söldner würde nicht mehr lange leben. Seine Wunde am Bein hatten sie verbunden, doch ausgehend von dem vielen Blut aus seinem Bauch hatte die Kugel seine Eingeweide zerfetzt.

Die medizinische Versorgung war zu weit entfernt.

„M-mir ist k-kalt", flüsterte Harris. Der junge Mann war gerade mal Mitte zwanzig.

Zu jung, um zu sterben, verdammt nochmal.

„Hey, Iceman. Fang."

DeVries fing die Jacke eines Kameraden und legte sie auf die anderen, die Harris' Körper bereits bedeckten. Armer Kerl. Er war der Letzte gewesen, der sich dem Team angeschlossen hatte. Und der Erste, der es wieder verlassen würde.

„Hast du Zuhause jemanden, der auf dich wartet?", fragte deVries.

Der Junge wurde von einem gewaltigen Schauer erfasst. Sein Körper gab auf, seine Organe versagten. „Nein, meine Frau hat mich verlassen.“ Ein erneuter Schauer. Er sog scharf den Atem ein. „Es g-gefiel ihr nicht, arm zu sein. Ich wollte sie zurück, deswegen bin ich hier. Gutes Geld.“

Er lag nicht falsch. Söldnerarbeit wurde großzügig vergütet.

„Ich habe niemanden“, fuhr er mit einem gebrochenen Flüstern fort. „Du?“

„Nein.“ Niemand, der auf ihn wartete. Niemand, mit dem er über seinen Job und seine Söldnertätigkeit sprechen konnte. Niemand, der um ihn trauern würde, falls er nicht zurückkehrte. Missionen wie diese führten zu Adrenalinkicks. Ein langes Leben hatte man jedoch nicht zu erwarten.

Harris hatte es vergeigt. Er war gestolpert und hatte damit die Wachen alarmiert. Eine gut geplante Extraktion hatte sich in einen Albtraum verwandelt. DeVries' Schutzweste hatte eine Kugel abgehalten. Die zweite hatte dann seine Hüfte gestreift und ein beeindruckend großes Stück Fleisch aus seinem Leib gerissen. Seine Jeans war blutdurchtränkt. Ein paar Zentimeter weiter oben und er würde jetzt neben Harris liegen.

„Haben wir die Zielperson herausgeholt?“, flüstere Harris.

„Bestätigt. Du hast dich gut geschlagen ...“ Wie lautete Harris' Vorname? *Oh ja.* „Luke. Morgen wird er wieder bei seiner Familie sein.“ Dieses Arschloch war es nicht wert gewesen, dass jemand für ihn sein Leben lassen musste.

„Werde ich nicht mehr erleben.“

Kummer und Wut pressten seine Organe zusammen. *Verdammt.* Es war nicht fair.

Jetzt zeigte sich doch noch der Mond und warf sein Licht auf die Ladefläche des Fahrzeugs, Harris' Augen glasig, aber fokussiert.

„Nein, das wirst du nicht.“ DeVries würde ihn nicht anlügen. Der Junge verdiente die Wahrheit. DeVries nahm Harris' unterkühlte Hand in seine und drückte zu. „Es tut mir leid. Kann ich irgendetwas für dich tun?“

„Gib den Jungs in meinem Namen eine Runde aus."

Emotionsgeladen schnürte sich seine Kehle zu. „Werde ich machen", krächzte er.

Harris' Lider senkten sich und seine Atmung wurde flach.

DeVries rückte nicht von der Seite des jungen Mannes. Er sollte nicht allein sterben. Jedes Mal, wenn der Pickup über eine Unebenheit fuhr, schmerzte seine linke Flanke. Ein Schmerz, der ihn daran erinnerte, dass er lebte. Einestages wäre er die arme Sau, deren Leben zu einem Ende fand. Keine hübsche Frau, die um ihn weinen würde, die ihn motivierte, ums Überleben zu kämpfen. Nur ein Kamerad an seiner Seite, der in seinen letzten Minuten über ihn Wache hielt.

Er würde sterben ... für was? Für einen korrupten Politiker, der in der Wüste hätte verrotten sollen? Um sein Bankkonto aufzupolieren?

Es wäre nicht das erste Mal, dass deVries Geld abgelehnt hatte. Er presste die Lippen aufeinander, erinnerte sich an seine verkorkste Kindheit und was der Zuhälter seiner Mutter zu ihr gesagt hatte: *„ ... gutaussehender Junge. Der kleine Scheißer könnte seine Taschen mit Geld füllen. Warum will er es nicht tun? Du hast das dämlichste Kind in Chicago."*

DeVries hatte sich nicht prostituieren wollen. Sich für Geld verkaufen. Er hatte sich nach einem Zuhause gesehnt. Einem richtigen Zuhause, in dem er geliebt wurde. Er schüttelte den Kopf. Und nun saß er hier, ein Söldner und vollkommen allein. Die Ironie entging ihm dabei nicht.

Eine Woche später lief deVries durch die kühle Herbstluft, sein Ziel: Das Dark Haven, ein berüchtigter BDSM-Club in San Francisco. Als er eintrat, musste er sich am Empfangstresen anstellen. Mehrere Mitglieder warteten darauf, dass ihnen Einlass gewährt wurde.

Kein Problem. Er brauchte die Zeit, um seinen Kopf in die

richtige Stimmung zu kriegen. Seufzend lehnte er sich gegen die Wand. Er war erschöpft. Es fühlte sich an, als müsste er Gewichte an seinem Gürtel umhertragen.

Diese Mission hatte ihm alles abverlangt. Die Trauer war schmerzhafter als die Wunde an seinem Körper. Harris war verstorben, noch bevor sie den Abholpunkt erreichten. Sie hatten niemanden über seinen Tod benachrichtigen können. Seine Frau wollte schließlich nicht arm sein. Einfach toll, einige Weiber waren gieriger als so mancher Söldner.

Nur mit Mühe drängte er alte Erinnerungen zurück, dunkle Erinnerungen. Heute war er wirklich in einer furchtbaren Stimmung. Die Wunde an seiner Hüfte machte es auch nicht besser, und er sollte aufpassen: Es wäre dämlich, die Nähte aufzureißen, daher sollte er am heutigen Abend auf seinen Lieblingsflogger verzichten. *Verdammt*, trotzdem brauchte er eine richtig gute Session. Das Bedürfnis, Schmerzen auszuteilen, summte in seinen Knochen.

Lindsey, die hübsche Rezeptionistin, lächelte das nächste Mitglied an.

„Hi, HurtMe“, sagte sie in ihrem melodischen, texanischen Schnurren, als sie die Mitgliedskarte entgegennahm. „Laufen deine Kurse gut?“ Hinter dem ruhigen Fluss ihrer Stimme verbarg sich eine Persönlichkeit, die ihn an einen sonnenbeleuchteten Springbrunnen erinnerte.

Bei ihrem offenkundigen Interesse strahlte der Masochist und erzählte ihr alles über seine Prüfungen.

DeVries schüttelte den Kopf. Es lag an Lindsey, dass die Schlange nicht vorankam. Das Mädchen mochte Menschen und sie hatte die Fähigkeit, mit jedem ein Gespräch anzufangen.

Zu lebhaft, um zu sitzen, stand sie hinter dem Tresen. Ihre gewellten, braunen Haare mit den goldenen und roten Strähnen waren über den Sommer bis zu den Körbchen ihres BHs gewachsen. Und was für einen BH sie heute am Leib trug! Xavier, der Clubbesitzer, hatte für diese Nacht ein Tiermuster-Thema festgelegt. Entsprechend setzte Lindsey ihre Brüste mit einem BH in Leoparden-Optik in Szene. Gerne würde er sehen, was ihren Arsch bedeckte, denn an Kreativität mangelte es ihr wirklich nicht.

Er empfand es jedoch als eine Schande, dass sie niemals nackt auftauchte. Sie hatte einen hinreißenden Körper – einer, der benutzt werden sollte. Unglücklicherweise lehnte sie die härtere Seite von BDSM ab.

„Viel Spaß heute Abend, Süßer." Sie drehte sich um, fand mit ihrem Blick deVries und streckte die Hand aus. „Sir, darf ich den Mitgliedsausweis sehen?"

Er reichte ihr den Ausweis, damit sie ihn durchs Kartenlesegerät ziehen konnte.

„Danke."

Er bemerkte, dass sie ihm mit ihren großen, braunen Augen auswich, dazu ein angespannter Kiefer. Anscheinend hatte er sie mit den Worten, die er ihr vor Kurzem an den Kopf geworfen hatte, verletzt. Darüber musste sie unbedingt hinwegkommen.

„Lindsey", knurrte er.

Ihr Blick schoss zu ihm.

„Schon besser."

Verwirrt blinzelte sie ihn an. *Verdammt,* er wollte sie unter sich spüren und die gleiche Verwirrung in ihre Augen zaubern, wenn er mit ihr machte, was er sich seit einer halben Ewigkeit ausmalte.

Nein, in diese Richtung durfte er nicht gehen, obwohl sie ihm nach dem farbenreichen Partyspiel im Juli noch einen Blowjob und Analsex schuldete. Dummerweise war er mitten im Spaß auf eine Mission gerufen worden, deswegen hatte er seinen Preis noch nicht einfordern können. Die Unterbrechung hatte ihn nicht gerade glücklich gemacht. Vielleicht war es gut so. Sie zu ficken, würde nur zu Problemen führen. Lindsey war eine süße Sub, und in seinem Leben war kein Platz für ... süß.

„Du siehst erschöpft aus." Sie gab ihm seine Karte zurück. „Ist alles okay bei dir?"

Beweisstück A. Warmherziger ging es schon gar nicht mehr.

„Nein." Abrupt wandte er sich zur Tür, die in den Hauptraum des Dark Haven führte. Heute Abend würde er sich der dunklen Seite hingeben, seinem Verlangen nachgeben und damit den bitteren Nachgeschmack der letzten Mission aus seinen Gedanken vertreiben. Die kleine Sub konnte nicht ertragen, was er austeilen wollte. Nur wenige Frauen konnten das.

Männer hielten die Intensität zumeist aus, wenn deVries wie heute danach gierte.

Im Club drehte er sich noch einmal um und sah Ethan Worthington, der über den Tresen lehnte und Lindseys Halsband tätschelte.

Es überraschte ihn nicht, wie einladend ihr Lächeln war. Der Dom war klug, beliebt und hatte mehr Geld als die Onassis.

Anscheinend war er der glückliche Bastard, der in den Genuss der kleinen Süßen kommen würde. *Toll für ihn.*

Angespannt lief er weiter, mit dem starken Bedürfnis, jemanden umzubringen. Schon wieder.

„Ich genieße Schmerz nur auf einem niedrigen Level", sagte Lindsey zu Sir Ethan. Sie gab alles, um sich auf die Unterhaltung mit ihm zu konzentrieren, obwohl sie am liebsten deVries hinterhergesehen hätte. *Gott*, wie er lief. Wie ein Wolf auf der Jagd. Kraftvoll und tödlich.

So verdammt sexy!

Doch er mochte sie nicht. *Oh*, bei den Spielen zum Unabhängigkeitstag hatte sie noch Hoffnung gehabt. Schließlich hatte er extra mürrisch gewirkt, als er weggerufen wurde. Zurück in San Francisco, als sie ihn an ihre Schulden erinnert hatte, meinte er zu ihr, dass er seinen Preis einfordern würde, wenn er dazu bereit war. Seine abweisende Haltung hatte gezeigt, dass auf seiner Seite keinerlei Interesse bestand.

Super, wie er es schaffte, dass sie sich wie ein jämmerliches Hühnchen fühlte, dass nicht mal gut genug für die Hühnersuppe war. Ihm war nicht mal ihr sexy Kostüm aufgefallen, das nicht aus weniger Stoff bestehen konnte.

„Lindsey." Mit einem Finger unter ihrem Kinn fesselte Sir Ethan wieder ihre Aufmerksamkeit. Seine blauen Augen waren scharfsichtig und ... verständnisvoll. „Willst du wirklich mit einem Sadisten spielen?"

„Ich ... Nein." *Gott, nein.* Vor allem nicht mit deVries – einem Mann, der sie nicht wollte.

Eine Stunde später spazierte Xavier aus dem Hauptraum in den Empfangsbereich. Knapp einen Meter neunzig groß, mit dunkler Haut und den Gesichtszügen eines amerikanischen Ureinwohners, schwarzen Augen und ebenso farbenen Haaren, die in einem geflochtenen Zopf bis zu seinem Hintern fielen. Der Besitzer des Dark Haven schaffte es immer, dass Lindsey sich bei seiner Anwesenheit aufrechter hinsetzte, die Schultern durchdrückte und den Blick senkte. Er definierte Dominanz vollkommen neu.

Einen Schritt hinter ihm zeigte sich Abby, seine Frau, mit geröteten Wangen, geschwollenen Lippen und Abdrücken an ihren Handgelenken. Offenbar hatten die beiden eine Session gespielt.

Xavier lächelte Lindsey an. „Deine Schicht ist vorbei, Sub. Suche dir jemanden zum Spielen."

Als er nach den neuen Mitgliedsanträgen griff, stand Lindsey auf und streckte sich. „Klingt gut. Danke, mein Lord."

Abby nahm stattdessen auf dem Stuhl Platz und legte den Kopf auf die Seite. „Wie geht's dir? Hast du bald mal Interesse an einem Mädelsabend?"

„Sehr großes Interesse sogar."

Sie müsste das Mittagessen für ein oder zwei Tage ausfallen lassen, um es sich leisten zu können, aber Freundinnen standen auf ihrer Prioritätenliste weitaus höher als eine Mahlzeit. „Nächstes Wochenende?"

„Rona meinte, sie ist Freitag beschäftigt. Wäre Samstag okay für dich?“

Lindsey nickte.

Abby tätschelte Xaviers Hintern. „Deine Rezeptionistinnen streiken nächsten Samstag.“

Er zog eine einschüchternde Augenbraue hoch. „Dann muss Dixon den Tresen übernehmen.“

„Er wird ein Chaos für uns hinterlassen. Nichtsdestotrotz werden wir den Abend freinehmen.“

„Du bist eine dickköpfige, kleine Pusteblume.“ Xavier lehnte sich vor, um seiner Frau einen Kuss auf die Lippen zu drücken.

Lindsey drängte einen neiderfüllten Seufzer zurück. Vor nicht allzu langer Zeit hatte sie geglaubt, auch einen liebevollen Ehemann, eine Familie zu haben. Ein Zuhause.

Als Xavier in den Club zurückging und Abby sich einem Mitglied zuwandte, sah Lindsey auf den Schreibtisch. Abgesehen von einem Blatt Papier war er aufgeräumt. Wenn Dixon die Verantwortung über den Tresen hatte, war Chaos vorprogrammiert. Der gutherzige Sub sagte von sich selbst, dass er ein Lover war, keine Sekretärin, weshalb er niemals Dokumente abheftete. Für einen schönen Abend würden sie allerdings auch einen unordentlichen Schreibtisch in Kauf nehmen.

Abby war eine Professorin an einem kleinen College und Rona arbeitete in einem Krankenhaus in der Verwaltung. Bevor Lindseys Leben einer Hölle gleichgekommen war, hatte sie als Sozialpädagogin gearbeitet. Sie hatte ihren Job geliebt.

Nun war sie eine Rezeptionistin – und ihr zeitlich begrenzter Job würde diese Woche ein Ende finden. Die Arbeitssuche war nicht einfach, was nicht unbedingt an ihrem überzeugend echt aussehenden Ausweis lag, den sie Anfang des Jahres käuflich erworben hatte. Das Problem war ein anderes: Nach ihrer Flucht aus Texas realisierte sie schnell, dass ihr Abschlusszeugnis vom College und ihre Empfehlungen mit einem ausgedachten Namen nicht mehr wert waren als das Papier, auf dem sie standen.

Trotz ihres jahrelangen Studiums war sie nun dazu gezwungen, mehrere Jobs gleichzeitig im Mindestlohnsektor anzunehmen.

Andererseits: Auch ihre gehobene Ausbildung hatte ihr nicht dabei geholfen, einen guten Ehemann zu wählen. Sie schloss die Augen bei der Erinnerung an Victors Hohn: *„Warum sollte ich an deiner Fotze Interesse haben, wenn ich süße Unschuld genießen kann?“*

Gott, sie war so blind gewesen. Sie erinnerte sich an ein Zitat von John Wayne, das ihr Daddy immer gern verwendet hatte: *„Das Leben ist hart und es ist noch härter, wenn du dumm bist.“*

Man konnte die Wahrheit dahinter nicht leugnen: Nun lag ein Haftbefehl gegen sie vor. Wurde sie gefunden, würden die Polizisten nicht lange zögern und sie schlichtweg erschießen, ohne auf eine Gerichtsverhandlung zu warten. In dem Punkt war sie sich sicher, denn sie hatten es bereits versucht. Sie warf einen Blick auf die lange Narbe auf der Innenseite ihres Unterarms.

Abby händigte einem Mann seinen Mitgliedsausweis aus. „Viel Spaß heute Abend.“ Als er vom Rezeptionsbereich in den Hauptraum ging, drehte sich Abby zu ihr um und runzelte die Stirn. „Alles okay?“

Nein. „Natürlich.“ Lindsey gab ihr Bestes, vor Abby keine Grimasse zu ziehen. „Samstag ist Party angesagt!“

Nach einem Highfive betrat Lindsey den Club.

Im Hauptraum war der Bereich zwischen den Bühnen mit Tischen und Stühlen gefüllt. Mitglieder in Lack und Leder, Korsetts und Ketten, nackt oder vollständig bedeckt, pflegten Kontakte, tanzten, tranken und beobachteten Vorführungen. Dark Wave-Musik von Anders Manga schallte durchs Erdgeschoss, was die Leute auf der Tanzfläche in Bewegung hielt.

Es gab eine Zeit, in der sie das Tanzen geliebt hatte. Paartanz. Line Dance. Doch das war vorbei. Für einen Moment erstarrte sie, überwältigt von tiefer Verzweiflung. Sie konnte nicht zurück nach Texas. Nicht, wenn der Kopf der Schmuggelbande ihres Ehemanns sein Bruder Travis war – und gleichzeitig der Polizeichef in der Stadt. Nicht, solange andere Behörden –

wie auch die Grenzkontrolle – in die illegalen Operationen verwickelt waren.

Sie entließ langsam den Atem.

Wenn sie nicht zurück konnte, sollte sie nach vorn blicken. Schließlich hatte ihr der Tod des Polizisten und ihres Ehemannes aufgezeigt, wie kurz das Leben sein konnte und dass man den Moment genießen sollte.

Hier in San Francisco begrüßte sie diese Philosophie aus ganzem Herzen, weshalb sie dem Dark Haven beigetreten war, um sich eine lebenslange Fantasie zu erfüllen. Sie war nicht länger ein unbescholtenes Blatt in der BDSM-Community.

Wo versteckte sich Sir Ethan? Mistress Tara vollführte Wachs-Play auf der rechten Bühne. Auf der linken bereiteten ein Dom und seine Sub eine Session vor. Sir Ethan saß nicht an einem der vielen Tische, auch nicht an der Bar oder in der Nähe der Tanzfläche.

Wahrscheinlich war er nach unten gegangen.

Sie nahm die Treppe in die intensivere Umgebung des Kerkers. Hier wurde die Musik von Schlägen und Peitschenhieben begleitet, von Stöhn- und Schreilauten, Keuchen und von immer wieder auftretenden Quietschgeräuschen.

Zu ihrer Enttäuschung trug Sir Ethan, als sie ihn fand, das Abzeichen des Aufsehers. Vor dem Ende seiner Schicht würde er nicht mit ihr spielen können.

Er winkte ihr zu und formte mit den Lippen das Wort *später*. Na gut, er war die Wartezeit wert. Er war einer der besten Doms im Club. Obwohl es ihr nicht gefiel, wie gut er sie lesen konnte. Wirklich unheimlich. Gut fand sie, dass er sie nicht drängte, etwas Langfristiges mit ihm in Erwägung zu ziehen.

Zu viele Doms wollten eine Beziehung. Was sollte das bitte? Wussten sie alle nicht, dass Männer eher an unkomplizierten Dingen interessiert waren?

Sie schüttelte den Kopf und lief an einer Hängebondage-Session vorbei, wo der Dom seine Sub kopfüber positioniert hatte, damit sie ihm einen Blowjob geben konnte. Lindsey biss sich auf die Lippe. Auf diese Weise in der Luft zu hängen, entriss der Sub jeglicher Kontrolle. Oralsex hinzuzufügen, war vielleicht etwas viel und dennoch fand sie den Gedanken irgendwie ... nett, dem Dom so Befriedigung zu verschaffen.

Die nächste Session beinhaltete Nadel-Play. Lindsey verzog das Gesicht. Die Domina hatte ein Nadeldesign auf dem Rücken des Subs kreiert, das an Feenflügel erinnerte. Sehr schmerzhafte Flügel.

Es folgte ein homosexueller Master, der zwei seiner Sklaven auspeitschte. Mit einem meisterhaften Talent nahm er beide in die Mangel, wobei der eine ein gieriger Masochist zu sein schien. Nichtsdestotrotz machte es den Eindruck, als würde der Master die Reaktionen seiner zwei Subs gleichermaßen genießen.

Am Ende des Gangs fand sie ... deVries. *Zur Hölle*, sie sollte nicht anhalten, doch die Sessions des Sadisten waren einfach zu gut, dass sie es sich nicht nehmen ließ, ihn zu beobachten. Leider musste sie zugeben, dass sie der Gedanke an so viel Schmerz zum Schwitzen brachte – und nicht auf die gute Weise.

Wie immer zog er eine Menschenmenge an, weshalb sie sich unbemerkt einen Platz suchte, um etwas sehen zu können.

Aus einem ihr unbekannten Grund befand sich sein Flogger, sein Lieblingsspielzeug, noch in seiner Tasche. Stattdessen benutzte er heute den Violettstab. Johnboy, der männliche Bottom, war auf dem Bondagetisch gefesselt, Leder um seine Testikel gewickelt.

DeVries wandte den Stab an verschiedenen Stellen an. Offensichtlich um die Toleranz für elektrische Stimulation ... und Schmerz beim Bottom zu erkunden. Nach ein paar Minuten schlug er mit einem Rohrstock gegen Johnboys Schenkel, seine Brust und gelegentlich auf seinen Hoden und seinen Schwanz.

Lindsey bemerkte, dass sie die Schenkel in Sympathie zusammenpresste.

DeVries kam mit dem Stab zurück. Mit der Zeit spannte sich der Körper des Bottoms an. Er stöhnte, wehrte sich gegen die Fesseln und Schweiß begann zu tropfen. Dann, als Johnboy ins

Subspace abglitt, wurden seine Augen glasig und seine Lippen formten sich zu einem zufriedenen Lächeln, während sein gesamter Körper bebte.

DeVries spielte ihn wie ein Musikinstrument, verringerte die Intensität, bevor er andere Tasten betätigte und mehr Schmerz zufügte als zuvor.

Hitze breitete sich in Lindseys Mitte aus. *Heilige Scheiße*, niemals wollte sie Schmerz dieser Art empfangen. Trotz allem, und in dem Punkt war sie sich sicher, hatte sie noch nie in ihrem Leben etwas Erotischeres gesehen ...

Die Zuschauerzahl erhöhte sich. Unterhaltungen wurden flüsternd geführt, um die Session nicht zu stören. Schockiert stellte sie fest, dass neben ihr der Master des Bottoms stand, sein Partner. Mit gerunzelter Stirn schaute sie zu deVries.

Anscheinend hatte Master Rock ihr die Frage angesehen, denn er sagte: „Johnboy braucht mehr Schmerz, als ich in der Lage bin, ihm zuzufügen. Aus diesem Grund verabrede ich hin und wieder Sessions mit einem Sadisten." Als sein Partner stöhnte, beobachtete Rock ihn mit einem duldsamen Ausdruck. „Ich habe deVries gebeten, Johnboy nicht zum Höhepunkt kommen zu lassen. Ich habe vor, die Früchte seiner Arbeit zu ernten."

Okay. Mal was anderes. Lindsey wandte sich abermals der Szene zu.

Der Ausdruck auf deVries' Gesicht glich dem des Subs: Entschlossen, fokussiert, Befriedigung und Lust in seinen Augen.

Wie würde es sich anfühlen, seine ganze Aufmerksamkeit auf sie gerichtet zu wissen? Bei dem Gedanken machte ihr Herz einen Satz.

Als hätte deVries alle Zeit der Welt, wechselte er erneut zum Rohrstock. Die Schlaglaute wurden von Johnboys ohrenbetäubendem Stöhnen übertönt. Schneller. Härter.

Dann stoppte deVries und winkte Master Rock zu sich. „Bitte sehr. Er ist für jede Schandtat bereit."

Gott, das war Johnboy wirklich. Er war so hart, dass sein Schwanz im Rhythmus seines Herzschlags pulsierte.

Ausgehend von der Beule in deVries' Lederhose, die ihr das Wasser im Mund zusammenlaufen ließ, wusste sie, dass auch er bereit war. Lindseys Augenbrauen zogen sich zusammen. Das Arrangement war toll für die beiden Männer, doch was war mit dem Sadisten? Bekam er keine Erlösung?

Wenn sie so darüber nachdachte, sah sie ihn niemals jemanden ficken. Und sie beobachtete ihn. Öfter als sie zugeben wollte. Seit ihrem Beitritt im Frühjahr übte er eine Faszination auf sie aus. Sie konnte es sich nicht erklären.

Lindsey neigte den Kopf und beobachtete deVries, wie er das Equipment säuberte und anschließend verstaute. Seine Haare waren kurzgeschoren, sein Gesicht oval, mit einem markanten Kiefer und gut geformten, ernsten Lippen. Zwischen seinen Augenbrauen hatte er eine Falte, die nie zu verschwinden schien. Keine Lachfältchen; er lachte nicht oft. Er war nicht ganz so groß wie Xavier, aber Gott, diese breiten Schultern und die muskulöse Brust unter dem engen, schwarzen T-Shirt raubten ihr den Atem.

Und sein Gang ... so unheilvoll. Als würde es ihn nicht kümmern, jemanden zu einem Brei aus Knochen und Blut zusammenzuschlagen. Da Xavier wusste, wie viel Befriedigung deVries dabei empfand, Schmerz zu administrieren, wurde er oft gebeten, unartige Subs zu bestrafen. Bei den Subs war er daher unter dem Namen Vollstrecker bekannt.

Lindsey biss sich auf die Unterlippe. Warum zur Hölle musste sie sich zu einem Sadisten hingezogen fühlen?

Nun war er fertig mit den heftigen Sessions. Was würde er jetzt tun? Als sie sah, wie er seine Ledertasche packte, und den Sub auf dem Tisch seinem Dom überließ, keimte in ihr Mitleid für ihn auf. Wer kümmerte sich nach einer Session um deVries?

Die meisten Zuschauer waren bereits verschwunden, aber es gab immer welche, die verweilten, ihre Aufmerksamkeit auf deVries gerichtet, und ja, sie verhielten sich wie Schweine zur

Fütterungszeit. Als er sich die Tasche über die Schulter warf und den Koffer mit dem Violettstab aufhob, fielen die Subs – sowohl die Männlichen als auch die Weiblichen – auf die Knie. Sie boten sich als Opfer dar. In der ersten Reihe sah sie HurtMe – einer der Masochisten, mit dem deVries öfter spielte. Die Stirn des Mannes berührte den Boden und Lindsey konnte sich ein Schnauben nicht verkneifen. Es war offensichtlich, dass es deVries nach einer Session niemals an Angeboten mangelte, um seinen eigenen Juckreiz zu stillen.

Sie wollte gerade verschwinden, hielt jedoch inne, als in ihr die Frage aufkam, für wen er sich entscheiden würde. Die Subs unterhielten sich untereinander und bisher war ihr nicht zu Ohren gekommen, dass er einen Favoriten hatte. Das könnte auch bedeuten, dass der Vollstrecker einfach extrem privat war.

Zumindest würde er nicht denken, dass sie sich dafür bewarb, seinen Juckreiz zu lindern. Sie kniete nicht. Sie würde es nicht ertragen, wenn er sie erneut abwies.

Seine Gleichgültigkeit bei der Betrachtung des Angebots hob ihre Laune. Es beruhigte sie, dass sie nicht die einzige verschmähte Sub war.

Ohne sich für jemanden zu entscheiden, lief er zur Treppe, direkt auf Lindsey zu. Sein Duft traf sie, so geheimnisvoll wie der Mann selbst, wild und mit einem Hauch Schweiß.

Vor ihr hielt er an. Der Ausdruck in seinen Augen war heißer als die texanische Sommersonne, während er den Blick über ihr Katzenkostüm schweifen ließ: Katzenohren, pelziger BH und Leopardenshorts. Gewalt und das Versprechen nach Schmerz lauerten in seinen Tiefen.

Und das Knurren, das seine Mitteilung umrahmte, war unnachgiebig: „Ich habe meine Meinung geändert. Heute steht mir der Sinn nach der Pussy einer süßen Wildkatze. Ich fordere meinen Preis ein."

„W-was?" Sie schnappte explosionsartig nach Luft und sein Mundwinkel zuckte. Sie schüttelte ab, wie sehr er sie mit seinen Worten schockiert hatte. „Du hast mich doch abgelehnt."

„Ich meinte, dass ich meinen Preis einlöse, wenn der Zeitpunkt richtig für mich ist. Du hast die Wahl: Soll ich dich hier ficken oder in deiner Wohnung?"

Oh, du heilige, verdammte Scheiße! Nur ein hinterhältiges Wiesel wie er würde so eine Aktion bringen! Seit einer halben Ewigkeit war sie hinter ihm her, und doch machte sie der Gedanke nervös, sich mit ihm einzulassen. Ihr Mund war wie ausgetrocknet. Totales Wüstengebiet.

Sie riss ihren Blick von ihm los und fand Sir Ethan hinter ihm, beobachtend. Er war heute Abend der Aufseher und als solcher konnte er deVries befehlen, in den nächsten See zu springen, wenn er unbedingt eine Abkühlung brauchte. Fragend zog er eine Augenbraue hoch.

Na ja, sie hatte im letzten Sommer an den Spielen teilgenommen. Und verloren. Es gab kein Zeitlimit für das Einlösen der Preise.

DeVries wartete schweigend, gab ihr jedoch den Freiraum, seine Worte zu überdenken. Seine graugrünen Augen zeigten keine Emotionen.

Nach den Regeln des Dark Haven könnte sie das Safeword aussprechen, wenn sie das wirklich wollte, wenn sie zu viel Angst hatte. Doch das würde sich wie ein Betrug anfühlen, denn sie war weit von ihren gesteckten Grenzen entfernt; schließlich hatte er noch nichts mit ihr gemacht. Unter seinem Blick fühlte sie sich wie ein neugeborenes Kalb, das einem hungrigen Wolf gegenüberstand.

Sie schüttelte den Kopf in Richtung Sir Ethan und sagte zu deVries: „Also gut."

„Wo?"

Himmel Herr Gott. Hier? Wo alle Subs zuschauen würden? Auf keinen Fall. Bei ihr Zuhause? Sie biss sich nervös auf die Lippe. Was könnte er dort über sie in Erfahrung bringen? Nicht viel, dafür hatte sie gesorgt. Gott sei Dank handelte es sich nicht wirklich um ihre Wohnung. „Bei mir."

Ihre Antwort hatte ihn kurzzeitig überrascht, dann nickte er.

Oh, verdammt, sie würde heute noch Sex mit dem Vollstrecker haben! Wahrscheinlich würde der Akt nicht mal eine Stunde ihres Lebens in Anspruch nehmen, aber ... *Oh Gott*, er wollte sie! *Er will mich!* Ein Lustschauer überwältige sie bei diesem Gedanken.

Auch ihm fiel diese Reaktion auf und seine Augen flackerten amüsiert.

KAPITEL ZWEI

Ihre Wohnung im Stadtteil Pacific Heights war recht nah. So kurz der Weg auch war, es machte sie nervös, sich auf dem Präsentierteller zu fühlen. Draußen, auf der Straße. *Was ist, wenn Travis mich findet und einen Scharfschützen auf mich ansetzt?* Sie konnte sich erst entspannen, wenn sie in dem gesicherten Gebäude ankam.

Ihr Herzschlag war immer noch beschleunigt, als der Portier sie mit dem typischen *Miss Lindsey* begrüßte, und sie deVries zum Fahrstuhl führte.

Auf dem Weg zu ihrem Stockwerk runzelte er die Stirn und hob mit einem Finger unter ihrem Kinn ihre Augen zu seinen. „Wenn du so viel Angst hast, solltest du mich wahrscheinlich nach Hause schicken."

„Was?" *Gott,* er dachte, ihre Panik wurde durch ihn ausgelöst. „Oh, also, Tiefgaragen machen mich nervös."

Er betrachtete sie für eine Weile und nickte dann. Die Fahrstuhltür öffnete sich. Auf dem ganzen Weg durch den Flur und zu der übertrieben kunstvoll dekorierten Wohnung behielt er seine Hand auf ihrem Rücken. Die Wärme seiner Handfläche sickerte durch ihr Jeanskleid und setzte ihre Haut in Flammen, wodurch sich ihre Panik auflöste. Der Gedanke, dass seine

Hände sie in ein paar Minuten fixieren würden, ließ Funken sprühen.

Nachdem sie ihn reingebeten hatte, spazierte er durchs Wohnzimmer und nahm schweigend den Ausblick auf das Fährengebäude und die Bay Bridge in sich auf. Unter ihnen funkelten die Lichter der Stadt. „Teure Bude hast du hier, Kleine."

„Mir gefällt es hier", sagte sie leichthin. Ein unerwarteter Traum hatte sich erfüllt, als eine reiche Freundin von Xavier einen Sitter für die Eigentumswohnung brauchte, da sie für einige Zeit in Europa unterwegs sein würde. Obwohl die italienische Einrichtung zu konservativ für ihren Geschmack war, konnte sie nicht bestreiten, wie luxuriös es sich anfühlte, hier zu wohnen. Nicht mal das noble Haus von Victor in San Antonio konnte hier mithalten.

DeVries wandte sich von der Aussicht ab und ihr zu. Unbestreitbar selbstbewusst und unglaublich männlich betrachtete er sie, nahm er ihren Anblick auf diese müßige Weise auf, bis sie das Gefühl hatte, dass sie von seinem Blick geliebkost wurde. „Weg mit dem Kleid." Sein Ton klang ausgeglichen, unlesbar. „Knie dich dort hin und warte auf mich."

Oh! Ihre Finger zitterten beim Öffnen der Knöpfe, als jede Zelle in ihrem Körper gleichzeitig einen Salto verrichtete.

Die Wohnung sagte deVries nicht zu. Kalt und leblos – ein krasser Gegensatz zu der warmen, bezaubernden Sub, die jetzt im Wohnzimmer kniete. Die Aussicht auf den Hafen war jedoch ein Pluspunkt. Vielleicht sollte er sie am Fenster nehmen, mit den funkelnden Lichtern im Hintergrund.

Er betrachtete sie für einen Moment.

Flache, schnelle Atemzüge. Ihre Wangen zeigten Schamesröte bei seiner Prüfung. Er konnte sehen, dass ihre Nippel unter dem pelzigen BH aufgerichtet waren. Ihre Hände lagen auf den

Schenkeln; doch nicht, wie er es bevorzugte, mit den Handflächen nach oben. Ihre Fingernägel gruben sich in ihr Fleisch. Nervös. Erregt. Vielleicht ein wenig verängstigt.

Das sollte sie auch sein.

„Was hast du dir dabei gedacht, einen Fremden in deine Wohnung einzuladen?"

Ihr verwirrter Blick traf auf seinen. „Du bist kein Fremder. Ich kenne dich."

„Kaum. Ich könnte dir ohne Probleme deinen hübschen Hals brechen."

Ein kleines Lächeln huschte über ihre Lippen. „Du machst dir wirklich Sorgen um mich. Wie süß."

„Ich sorge mich um deinen gesunden Menschenverstand."

„Ich habe noch nie Männer ... Also, ich bin vorsichtig. Abby saß am Empfang und weiß, dass du bei mir bist, was im Umkehrschluss bedeutet, dass es Xavier weiß." Ihr Lächeln verschwand. „Ich bin nicht dumm, weißt du. Xavier und Simon sind deine Freunde."

„Du bist klüger, als du aussiehst."

Ihr wütender Blick in seine Richtung verfehlte den Effekt, da die Katzenohren hinter ihren Haaren hervorlugten. „Wenn du damit durch bist, mich zu beleidigen, kann ich dir einen Blowjob geben, um diese Sache endlich abzuschließen."

Fuck, sie war so niedlich, wenn sie vor Wut kochte. Sein Schwanz war wieder hart. Er war überfällig für einen Orgasmus. Eine Schande, denn er hatte nicht vor, sich zu hetzen. Nicht mit dieser kleinen Sub, die lernen musste, dass sie mit dieser frechen Art bei ihm nicht weit kam. Niemals. „Wenn du so ungeduldig bist, können wir gerne mit einem Blowjob beginnen." Er positionierte sich vor ihr. „Dann mal los."

Die Röte in ihren Wangen rührte eher von Wut, nicht von Erregung, dennoch senkte sie die Augen auf seinen Schritt. Dann lehnte sie sich von ihm weg.

Zur Hölle nochmal. Selbst für seine Verhältnisse verhielt er sich heute wie ein riesiges Arschloch. Er ließ sich auf ein Knie herunter, legte einen Finger unter ihr Kinn und zwang sie, ihn anzusehen. Verwirrte, braune Augen trafen auf seine. Er küsste sie auf die Lippen und sagte nur wenige Zentimeter von ihr entfernt: „Achte auf dein Benehmen mir gegenüber, Baby. Okay?“

Sie entließ ein kleines Seufzen und nickte. Nun waren ihre Augen wieder sanft, ihre Wut verdampfte. Er konnte es ihr ansehen: Sie wollte ihn.

Erneut lehnte er sich vor, sein Mund auf ihrem, seine Zunge nach Einlass suchend. Als sie ihn hereinließ, vertiefte er den Kuss. *Heilige Scheiße*, ihre Lippen waren so weich. Ihr Körper vibrierte erwartungsvoll. *Sehr, sehr nett.*

Als er sich erhob, öffneten ihre eifrigen, anmutigen Hände die Knöpfe an seiner Lederhose und befreiten die Erektion. *Fuck, das fühlt sich gut an.*

Ihr Mund näherte sich und er gab einen tadelnden Laut von sich. „Zuerst mit der Zunge. Hände auf meine Oberschenkel.“

Sie packte seine Beine, erkundete die Länge seines Schwanzes, zeichnete die Venen nach, neckte die Eichel, leckte den Schlitz. Ihre Wangen färbten sich rot und sie presste die Schenkel zusammen. Sehr schön. Sie mochte es, Blowjobs zu geben. „Nimm mich in deinen Mund.“

Ihr genervter Blick in Folge seiner Anweisungen war so was von gespielt. Sie hob eine Hand, damit sie seinen Schwanz zu ihren Lippen führen konnte.

„Hände bleiben auf meinen Beinen.“

„Mein Gott“, grummelte sie. Nach einer Weile gelang es ihr, seinen Schwanz einzufangen, und *verdammt*, das Gefühl von weicher Hitze umfangen zu werden, führte beinahe zu totalem Kontrollverlust. Ein kleines Schnurren vibrierte durch ihren Rachen und neckte seine Länge. Sie hob und senkte ihren Kopf, ihre Zunge tanzend um seinen Schaft nahm sie sich Zeit und versuchte, ihn zu necken.

Oh nein. Die Zügel bei ihr zu lockern, hätte für sie beide schlimme Folgen.

Also legte er seine Hände auf ihre Wangen. Seine leicht vorgebeugte Position brachte seinen Schwanz in einen besseren Winkel für ihre Kehle und er nutzte seinen Griff, um sie zu steuern. Er verlangsamte den Rhythmus ein paar Mal, um seine Selbstbeherrschung nicht einbüßen zu müssen, bevor er das Tempo wieder anzog.

Als er ihre Fingernägel durch seine Lederhose spürte, grinste er. Im Club verhielt sie sich zwar wie eine unterwürfige Sub, aber auch verhalten. Ausgehend von seinen Beobachtungen spielte sie meistens harmlose Sessions. Er musste sich wundern, wie oft sie tatsächlich ihre Kontrolle abgab.

Wenn er mit ihr fertig war, dann würde sie wissen, wie sich wahre Unterwerfung anfühlte.

Lindsey hielt sich an deVries' Beinen fest und versuchte nachzudenken. Erfolglos. Ihr Mund war mit seinem Schwanz gefüllt. Eine Hand war zu ihren Haaren gewandert und hatte sich ein Bündel gepackt. Er hatte ihr jegliche Kontrolle entzogen und jeder Gedanke in ihrem Verstand verabschiedete sich.

Er stieß härter und härter zu, riss ihren Kopf zu sich und drang immer wieder in ihre Kehle vor. Den Würgereflex zu unterdrücken, war keine einfache Übung. Doch sie wollte seine Lust anfachen, wollte ihn zufrieden stellen und schluckte jedes Mal, wenn er in ihren Rachen vorstieß. Sein kehliges Stöhnen sandte einen Lustschauer durch ihren Körper. Er würde es nicht erlauben, dass sie ihm weniger gab, als er vorgesehen hatte. Und *Gott*, dieses Wissen beflügelte sie. Das führte dazu, dass sie ihm mehr geben wollte, als er glaubte, von ihr zu bekommen.

Zu ihrer Bestürzung glitt er aus ihr heraus und verstaute seinen Schwanz wieder in seiner Hose.

Sie schmollte und er zeichnete ihre feuchten und geschwollenen Lippen nach. „Das war sehr nett, Babe." Sein schiefes Lächeln schwappte über sie hinweg und wärmte sie von innen heraus. „Steh auf."

Mit einer Hand unter ihrem Arm half er ihr auf die Füße, dann trat er näher. Seine langen Finger empfand sie als neckend brutal: Er strich über ihr Schlüsselbein, von dort zu ihrem Hals und landete schließlich in ihrem Nacken. Sie erschauerte. Als er sie im Nacken packte, hätten ihre Beine fast nachgegeben. Er griff sie fester und ließ die andere Hand auf Erkundungstour über ihren Körper gehen.

Er nahm ihre Hand und küsste ihre Finger, seine Lippen unerwartet sanft, während der Griff in ihrem Nacken unerbittlich war.

Nachdem er ihr den BH ausgezogen hatte, berührte er ihre Brüste, das Tal zwischen ihren Hügeln, glitt über ihre Rippen zu ihrem Bauch, ohne jemals den Augenkontakt zu ihr zu unterbrechen. Er lernte sie kennen, ihre erogenen Zonen, auf der Suche nach Triggern.

Seine Finger strichen ihre Wirbelsäule herunter und erreichten die extrem empfindliche Stelle über ihrer Pospalte.

Ihre Zehen krallten sich in den Teppich. *Meine Fresse*, er war noch nicht mal in die Nähe ihrer Pussy gekommen und sie war bereits einem Orgasmus nah.

Er verweilte an der Stelle, mit einem Finger, der am Übergang von ihrem Hintern zu ihrem Rücken Muster zeichnete, bis er es wagte, einen Finger in ihre Spalte zu tauchen. Dann packte er plötzlich eine Pobacke und knurrte: „Du hast einen heißen Arsch, Kleines."

Er wandte sich ihrem Höschen zu, schob es nach unten, bis es um ihre Knöchel zum Liegen kam. Instinktiv erstarrte sie. Ihr Inneres pulsierte, bettelte nach mehr. Seine Berührungen ließen den Druck in ihr stetig ansteigen.

Sie wusste, dass er sie beobachtete. Sie spürte seinen Blick auf ihrer Haut. Unter größter Anstrengung kontrollierte sie ihre Atmung und bemühte sich, eine gute und vor allem geduldige Sub zu sein. Am liebsten würde sie ihn jedoch packen und von ihm verlangen, sie endlich zu nehmen.

Jetzt, verdammt nochmal. Sofort!

Er entließ ein Schnaufen – ein unterdrücktes Lachen – und gab ihr einen harten Klaps auf den Hintern, was ein brennendes Gefühl zurückließ.

Der Schlag löste eine Schockwelle aus, suchte sich einen Weg nach unten und attackierte ihre Klitoris. „Heilige Mutter Gottes!" Ihr Hände ballten sich zu Fäusten, als die Begierde wie ein Bulle zur Brunftzeit an ihr riss.

„Das hat dir gefallen, wie ich sehe." Seine Stimme glich einem tiefen Knurren. Er nahm die Hand von ihrem Nacken, platzierte sie auf ihrem Bauch und verpasste ihr mit der anderen ein Spanking. Das Geräusch seiner Hand, die mit ihrer Haut kollidierte, schallte durch den Raum. Jeder Schlag führte zu einer feurigen Explosion in ihrem Inneren.

Die Schläge verloren an Intensität, dann stoppte er, legte einen Finger unter ihr Kinn und fand ihren Blick.

Tränen standen ihr in den Augen, und dennoch brannte ihre Haut mit einer verführerischen Hitze. Und sie wollte mehr. Mehr und viel mehr.

„Tritt aus dem Höschen heraus." Er wartete, bis sie ihre zitternden Beine dazu bringen konnte, seinem Befehl Folge zu leisten. „Beine spreizen, Sub."

Oh Gott. Sie spreizte die Schenkel für ihn. Gleich darauf musste sie sich auf die Lippe beißen, um nicht zu stöhnen, denn er hatte eine Hand auf ihr Geschlecht gelegt und seine Finger glitten durch ihre Nässe. „So feucht." Er entließ ein zufriedenes Grunzen. „Wir werden uns gut verstehen."

Der Gedanke war erschreckend. Furchtbar.

Furchtbar aufregend.

Mit seinen Fingern brachte er ihre Säfte zu ihrer Klitoris, umkreiste und betörte das Nervenbündel. Als er unerwartet in ihren Hals biss, konnte sie ein weiteres Stöhnen nicht länger zurückhalten. Sein Glucksen vibrierte an der zarten Haut unter ihrem Ohr.

Dann strich er mit seinem befeuchteten Finger um ihren Nippel und sie musste einen frustrierten Seufzer zurückdrängen.

Typisch Mann. Ihre Nippel waren nicht empfindlich. Diesen Körperteil zu berühren, war bei ihr in etwa so effektiv wie eine Berührung an ihrem Knie. Warum verstanden Männer nicht, dass sich Frauen voneinander unterschieden?

Sein Blick intensivierte sich, als er zu ihrem rechten Nippel wechselte und testend gegen die Knospe schnipste.

Unruhig trat sie von einem Fuß auf den anderen, das Gefühl, ihn zu enttäuschen, überwältigend. Sie sollte reagieren. Sie sollte Erregung zeigen. „Ähm –"

„Schweig, Sub." Seine Gesichtszüge in dem gedämpften Licht waren hart, seine Lippen beinahe gemein, sein Fokus allein auf ihr. Niemand hatte sie jemals so aufmerksam beobachtet. Ein berauschender Gedanke, der gleichzeitig Angst in ihr schürte.

Er legte Daumen und Zeigefinger um ihren rechten Nippel, zunächst sanft, dann presste er zu, immer fester und fester.

Mit einer Hand packte sie seinen muskelbepackten Arm. Der ansteigende Schmerz in ihrem Nippel gelangte auf ihre Nervenbahnen und wirkte sich gemeinsam mit dem Druck auf ihre Klitoris aus. Sie schnappte nach Luft, dann beschleunigte sich ihr Atem, bevor sie ihn anhielt.

„Oh ja", murmelte er zufrieden. „Du bist für Nippelklemmen wie geschaffen, Babe. Und Elektrizität."

Bitte was?

Er legte seine gesamte Hand auf ihre Brust. Für einen Moment wünschte sie sich größere Brüste. Kurz darauf zog er ihre Aufmerksamkeit auf eine neue, unerwartete Empfindung: Er presste ihr Fleisch nach außen und packte hart zu.

Es schmerzte. Sie würgte einen Schrei herunter, krümmte sich, als das schmerzliche Inferno durch ihren Körper rollte.

„Wunderschön." Er wandte sich ihrer anderen Brust zu, unterzog sie derselben Folter, bis ihre Klitoris aufschrie.

„Oh Gott!" Noch nie hatte sie sich so gefühlt. Ihre Sinne zwiegespalten, ihre Nerven freigelegt.

Ein schiefes Grinsen zeigte sich bei ihm, ein Grübchen blitzte auf, dann wickelte er ihre Haare um seine Faust und drückte seine fordernden Lippen auf ihre. Seine Zunge verlangte nach Einlass; dabei nahm er sich, was er von ihr wollte. Erneut packte er ihre Brust, doch jetzt saugte er ihre schmerzerfüllte Reaktion in sich auf.

Er hob den Kopf. Ein heißer Blick, dann die vollständige Vereinnahmung ihres Mundes. Jedes Mal, wenn er ihr Schmerzen zuführte, festigte er den Griff um ihre Haare, seine Lippen nach einer Reaktion ihrerseits suchend. Der Boden unter ihr schwankte. Wenn er so weitermachte, würden ihre Beine nachgeben.

Mit seiner Wange an ihrer, den Stoppeln auf ihrer empfindlichen Haut, lauschte sie den Worten, die er ihr ins Ohr hauchte: „Fuck, du bist hinreißend, so süß."

Er zog sie an sich, knetete eine Pobacke mit seiner Hand. Seine Brust rieb über ihre misshandelten Brüste, und sie hatte das Gefühl, in der Falle zu sitzen, umgeben von seiner Stärke. Ihr gesamter Körper schmolz dahin.

„Wir werden so viel Spaß haben." Er küsste sie und wuschelte dann durch ihre Haare, als wäre sie ein Kind. Aus seiner Tasche zog er ein Handtuch und legte es über die Sofalehne. Dann holte er einen gläsernen Analplug heraus, so groß und breit wie ein Penis. „Beug dich übers Sofa, Sub."

Sie schwankte, fühlte sich trunken, jedoch nicht genug, um die Angst zu unterbinden. „Zu groß", hauchte sie. „Bitte nicht, ich ..."

„Denkst du, ja?" Er senkte seinen Blick zu dem Spielzeug und entschied sich für eine schlankere Version. Sein nickender Verweis zur Couch verdeutlichte ihr, dass seine Geduld für weitere Widerworte am Ende angelangt war. Er wandte sich abermals der Tasche zu und zückte ein Päckchen Gleitgel.

Ihr Arschloch pulsierte erwartungsvoll, als sie sich vorbeugte. Das Handtuch kratzte an ihrem Schambereich. *Gott.* Obwohl sie Analsex in der Vergangenheit immer wieder getestet hatte, musste sie zugeben, dass es nicht zu ihren liebsten Praxen gehörte. Warum hatte sie zugestimmt? *Du Idio-*

tin. Merke dir für die Zukunft, dich niemals auf Kriegsspiele mit Doms einzulassen.

Nachdem er ihre Pobacken gespreizt hatte, ließ er langsam den Plug in sie gleiten. Kalt und feucht und ... oh ja, immer noch viel zu groß. Sie spannte sich um die Länge an, woraufhin er ihr einen Klaps verpasste, der ein Quietschen bei ihr auslöste. Er hielt inne, wartete, dass sie sich entspannte, und fuhr dann fort.

Brennend, dehnend, brennend, dehnend kämpfte sich der Analplug einen Weg in sie und sie wimmerte.

„Fuck, ich liebe diesen Laut." Er fuhr fort, bis der Plug in ihr steckte. „Wir werden ihn eine Weile drin lassen, bevor dich mein Schwanz noch weiter dehnen wird."

Oh nein. Nein, nein, nein. Ihre Fingernägel krallten sich ins Polster, ihr Körper vollkommen angespannt.

„Ganz ruhig, Sub." Das Knurren in seiner Stimme wurde sanfter. „Du wirst mich aufnehmen können." Er rieb lindernd über ihren Po und der Schmerz in ihrem Arschloch verebbte allmählich. „Safeword lautet *Rot*", sagte er. „Genau wie im Club. Du bist erfahren genug, um es zu benutzen, wenn es dir zu viel wird, Sub."

Sein kratziger Bariton wirkte sich auf eine überraschende Weise beruhigend auf sie aus und seine Berührungen normalisierten ihren Herzschlag, führten sie weg von der Angst. Ihr Kopf fiel auf ihre Arme. Unterwerfend. Er würde mit ihr tun, was er für richtig hielt.

Und sie würde ihn lassen.

„Braves Mädchen." Eine Minute verging. Noch eine. Nur die Kreise, die er mit seiner Hand auf ihrem Hintern zeichnete, verrieten ihr, dass Zeit verstrich.

Schließlich zog er sie auf ihre Füße und positionierte das Handtuch in die Mitte des Sofas. „Setz dich."

Sie folgte seinem Befehl und wurde sich dem kratzigen Material an ihrem Hintern bewusst; gleichzeitig schob sich der Analplug tiefer in sie. Sie rutschte auf dem Handtuch herum, in dem Versuch, eine Position zu finden, die keinen Druck auf das Spielzeug auswirkte. Erfolglos.

„Mach dir keine Sorgen. Bald wirst du keine Zeit mehr haben, darüber nachzudenken." DeVries sprach die ominösen Worte aus, während er eine Wundverbandschere auf den Couchtisch platzierte. Dann wickelte er ein Seil um ihr Handgelenk. „Deine Akte zeigt keine medizinischen Bedenken. Sind Abdrücke auf der Haut ein Problem für dich?"

Nicht in San Francisco, wo zu dieser Jahreszeit jeder Pullis oder Anzüge trug. „Nein, Sir."

„Gut."

Er legte die Seile über die Armlehnen, runter zu den Holzbeinen, und zog ihre Arme nach außen. Als er die Knoten band, fiel ihr Blick auf die Leder- und Metallfesseln in seiner Tasche. Warum benutzte er ein Seil?

Er folgte ihrem Blick. „Metall und Elektrizität sind keine gute Kombination."

Elektrizität? *Oh Gott!*

Mit den Händen auf ihren Hüften zog er sie an die Sofakante und übte dann Druck gegen ihre rechte Schulter aus, damit sie sich zurücklehnte. Nun fesselte er auch ihre Fußknöchel an den Holzbeinen, wodurch ihre Schenkel weit gespreizt wurden, ihre Pussy entblößt und ... zugänglich vor ihm lag. Bereit für die angedrohte Elektrizität.

Er bereitete alles für den Violettstab vor. Dabei betrachtete sie sein sonnengebräuntes Gesicht. In dem schwachen Licht konnte sie seine Augen nicht lesen. „Ich bin keine Masochistin", flüsterte sie. „Ich –"

„Ich weiß." Er legte eine Hand auf ihre Schulter, ein tröstendes Gewicht. „Ich werde dich nicht über deine Grenzen hinaustreiben."

Okay, das war weniger tröstend. Die Grenze zwischen Lust und Schmerz war schmal. Sie schloss die Augen und konzentrierte sich auf ihre Atmung.

„Augen zu mir, Sub." Er trat aufs Pedal und der Stab

erwachte mit einem ominösen Knacken zum Leben. Das Innere des pilzförmigen, durchsichtigen Rohrs glühte durch den Strom lilafarben.

Die Pilzspitze näherte sich ihrem Arm und sie vernahm ein Geräusch, als würde jemand Bacon in der Pfanne braten. Sie erstarrte. Wegen nichts, denn sie hatte rein gar nichts gespürt.

Er betrachtete ihr Gesicht und passte die Einstellungen an. Nun spürte sie ein kleines Kitzeln. Erneute Anpassung seinerseits. Das Geräusch wurde lauter.

Jetzt, als er mit dem Stab entlang ihres Armes fuhr, nur einen Zentimeter von ihrer Haut entfernt, biss sie sich auf die Lippe. Das Kitzeln hatte sich zu einem merkwürdigen Funken gewandelt, den sie nicht wirklich als ... schmerzhaft bezeichnen würde. Noch nicht.

Sein Mundwinkel zuckte. „Perfekt." Er bewegte das Instrument über ihren Unterarm, schwebte über ihrer Haut wie eine Ballerina über die Bühne. Zarte Funken trafen sie und ihr Arm vibrierte, riss an den Einschränkungen.

Über ihre Schulter. Nach unten. *Oh Gott.*

Sie bebte, als er ihre Brust umkreiste, dann die andere, das Gefühl wie kleine Bisse auf ihrer Haut. Ihre Nippel richteten sich schmerzhaft auf.

„Sehr nett." Seine Stimme klang heiser.

„DeVries", flüsterte sie, ohne zu wissen, was sie sagen wollte. „Ich –"

Er nahm den Fuß vom Pedal, lehnte sich vor und küsste sie auf die Lippen, ein lieblicher Kuss. Sein Mund trennte sich nach einer gewissen Zeit von ihren Lippen, küsste sich einen Pfad über ihren Kiefer und ihren Hals.

Dann landeten seinen Lippen um einen schmerzenden Nippel. *Na toll, wieder bei den Brüsten angekommen.* Hart saugte er an der Knospe und seine Zähne bohrten sich in ihr Fleisch.

Sie keuchte, Empfindungen explodierten in ihr.

Nun nahm er sich in gleicher Manier den anderen vor, knabberte und richtete sich dann lächelnd auf. Die Andeutung eines

Grübchens auf seiner rechten Wange verschlug ihr den Atem. „Jetzt spielen wir.“

Nachdem er den Aufsatz am Stab gegen ein langes Kabel mit einer Metallspitze ausgetauscht hatte, steckte er sich das Werkzeug in seinen Gürtel und trat wieder aufs Pedal. Funken sprühten von seinen Fingerspitzen und fielen auf ihre Haut.

Eine Hand bewegte er über ihren Arm, immer einen Zentimeter von ihrer Haut entfernt, während er mit dem Zeigefinger der anderen Hand ihre Brust umrundete und sich ihrem Nippel näherte.

Sie erstarrte und biss sich auf die Lippe, um nicht plötzlich ‚Nein‘ zu brüllen.

Sein Blick machte einen Rundgang, über ihr Gesicht, ihren Körper, die Position seiner Hand. Er umkreiste ihren Nippel, so nah, und die funkensprühende Elektrizität fühlte sich wie Kohlensäure auf ihrer Haut an. Angenehm.

Zu früh erhöhte er den Abstand zwischen seinen Fingern und ihrer Haut, wodurch sich die Empfindung der Funken von prickelnden Bläschen zu Nadeln wandelten. Schmerzhaft. Sie zuckte zusammen, riss an den Fesseln, obwohl sie spürte, dass ihr Körper darauf reagierte. Er wollte mehr, als Erregung in ihrer Mitte aufblühte.

So wandte er sich der linken Brust zu, kreierte einen Fluss aus Empfindungen zu ihrer unteren Hälfte, bis ihre Pussy pulsierte. Sie zappelte, zappelte erneut, denn sie konnte nicht mal die Schenkel aneinanderreiben, um die aufkeimende Erregung zu lindern.

Sein Lachen ähnelte einem wolfsähnlichen Knurren. „Zappeliges, kleines Mädchen. Gefällt mir.“ Er stellte den Stab ab, lehnte sich vor und saugte den Nippel in seinen Mund, bis sie sich ihm entgegenstreckte. Er wechselte zu ihrer anderen Knospe, seine Zunge berauschend feucht und heiß und geschmeidig nach den folternden Funken.

Als er die Elektrizität wieder einschaltete, benutzte er seine Finger, um funkensprühende Muster auf ihrem Bauch, ihre Arme hoch und ihre Achseln zu zeichnen. Sie kicherte, rutschte auf dem Handtuch hin und her, was den Analplug tiefer in sie trieb, wodurch ihr das Lachen im Hals stecken blieb und sie stattdessen nach Luft schnappte.

Über ihre Schenkel näherte er sich neckend ihrem Schambereich. Jedes Mal, wenn die schmerzhaften Funken gefährlich nah kamen, hob sie ihr Becken, um endlich von ihm berührt zu werden. Gleichzeitig fand sie die Vorstellung erschreckend.

Er schaltete den Stab ab und sie entließ ein enttäuschtes Stöhnen. Ihre Pussy war geschwollen, sehnte sich nach mehr. Lange würde sie das nicht mehr ertragen. „Sir", flüsterte sie. „Bitte."

Mit seinen Augen auf halbmast sagte er: „Wir können aufhören. Ich kenne dich nicht gut genug, um dich an deine Grenzen zu treiben."

Aber ... Sie wollte nicht, dass er aufhörte. Nicht wirklich. „Ich meinte ... also, ich will –"

„Ich weiß genau, was du willst, Kleines." Sein schiefes Lächeln war herzlich und doch gemein.

Ihr Bauch antwortete mit einem Flattern.

Er ließ sich zwischen ihren Schenkeln auf ein Knie herunter, positionierte sich auf eine Weise, so dass er sie mit seinen breiten Schultern nicht berührte.

Was hatte er vor? Der Vollstrecker befriedigte nicht oral. Jedenfalls hatte er das im Club noch nie getan. Zu ihrer Überraschung leckte er durch ihre Spalte und fand mit seiner Zunge ihren Eingang.

Sie gierte nach ihm, und das Gefühl, das er mit seiner Zunge hinterließ, fühlte sich berauschend an. Genau, was sie brauchte ... dennoch nicht genug.

Mit seinem talentierten Werkzeug schnellte er über ihre Klitoris und alle ihre Gedanken fokussierten sich einzig und allein auf diesen Punkt.

Dann platzierte er ein Knie aufs Pedal und stellte den Stab an. Langsam näherte er sich mit seinem Kopf ihrem Schenkel.

Von seinen Wangen sprühten Funken und ihre Muskeln spannten sich bei dem Stromschlag an. Auch ihr anderes Bein musste dran glauben, bevor er sich wieder ihrem Schambereich zuwandte.

Seine Nase war nur wenige Millimeter von ihren Schamlippen entfernt. Es fühlte sich an, als säße sie in einem Jacuzzi, die Düsen direkt auf ihr Geschlecht gerichtet. „Oh Gott!"

Er zog sich zurück, erhöhte den Level mit seinem Folterinstrument, bis die Funken puren Schmerz kreierten, vorbei an ihrer Haut und tief in ihr Innerstes wagten sich die Empfindungen vor.

Als er sich in höhere Gefilde aufmachte, spannte sie ihre Schenkel an, in dem Versuch, die Beine zu schließen. *Gott*, sie wusste nicht, ob sie diese Empfindung an ihrem sensibelsten Ort ertragen könnte.

Seine Zunge schwebte über ihrer Klitoris und die Elektrizität sprang von der Zungenspitze auf ihr Nervenbündel, wodurch eine exquisite und schmerzhafte Explosion durch ihren Körper jagte. „Ah!" Der Druck in ihrem Geschlecht stieg an.

Er lehnte sich zurück und stellte den Strom ab.

Sie sank gegen die Kissen und spürte, wie er seine Wange an ihr rieb. Seine Stoppeln kratzten über ihre Schamlippen, ihren Venushügel. Seine heiße, samtweiche Zunge leckte über ihre Spalte. Der Druck in ihr wirbelte, zog sich zusammen.

Seine Lippen umschlossen ihre Klitoris und er saugte sanft daran.

Mehr, mehr, mehr. Jedes Saugen brachte sie weiter voran. Ihre Hände ballten sich zu Fäusten, ihre Schenkel bebten. Ihr Stöhnen war lang, gedehnt, und entlockte ihm ein Glucksen.

Er hob seinen Kopf und, *oh Gott*, er schaltete die Elektrizität wieder an! Das winzige Knackgeräusch wurde lauter, umso näher er kam.

Wenige Sekunden später traf sie erneut ein Stromschlag, bevor er seine Lippen um ihr Nervenbündel schloss. Sie war so unfassbar geschwollen, lag so entblößt vor ihm, dass selbst die kleinste Berührung von ihm sie überwältigen würde. Er saugte und ihr Becken zuckte.

Sofort öffnete er den Mund und Funken sprühten zwischen seinen Lippen und ihrer Pussy. Die Empfindung traf sie von allen Seiten – als wäre sie in eine riesige Flasche Champagner gefallen.

Zu viel. Hitze schwappte über sie hinweg. Sie erschauerte, riss an ihren Einschränkungen, brauchte mehr und doch weniger.

Sie nahm sein Lachen wahr. Dann leckte er über ihre Klitoris, linderte den Schmerz der einfallenden Funken, nur um kurz darauf abermals seine Lippen zu öffnen und eine neue Funkenwelle über sie hereinfallen zu lassen.

„Oh Gott, oh Gott, oh Gott!" Ihr gesamter Körper spannte sich an, als sich ihr Geschlecht dem Orgasmus zuckend ergab. Es gab kein zurück. Ihre verheerenden Empfindungen strahlten nach draußen wie ein Feuerball der Lust, außer Kontrolle, geradezu vernichtend. Sie schnappte nach Luft, als der Raum von hellem Licht erfüllt wurde.

Nach einer Weile machte sie die Augen auf und –

Er senkte seinen Mund erneut auf sie herab, leckte ihre empfindliche Klitoris. Jede Berührung mit seiner Zunge sandte weitere Lustwellen in explosiver Stärke durch ihren Körper.

„Nein!“ Schweiß tropfte ihren Rücken hinunter, ihr Leib bebte. „Nicht. Ich kann nicht mehr. Bitte.“

„Denkst du also, ja?“ Seine Augen glühten befriedigt.

Verzweifelt schnappte sie nach Luft und sie versuchte, ihr Herz davon abzuhalten, durch ihren Brustkorb sein Gefängnis zu verlassen. Indessen löste deVries ihre Fesseln an Armen und Beinen. Ihre Arme landeten ausgestreckt auf dem Polster. Irgendwann, vielleicht im nächsten Jahr, könnte sie sich wieder bewegen.

Ihre Augen schossen auf, als unnachgiebige Hände ihre Hüfte griffen. Ihren quietschenden Prostest ignorierend hob er sie hoch. Zum zweiten Mal an diesem Abend beugte er sie über die Armlehne der Couch. Das kratzige Handtuch rieb über ihren

Venushügel. Gleich darauf landete ein Gleitgelpäckchen neben ihrem Kopf.

Oh nein! Nein, nein, nein. Auf keinen Fall.

„Es wird Zeit für meinen zweiten Preis, Sub." Mit einer geschmeidigen Bewegung entfernte er den Analplug aus Glas und ließ sie leer zurück. Ein Kondom wurde aufgerissen.

Sie war nicht bereit. Sie konnte nicht denken. „Warte. Gib mir ..."

Zu ihrer Erleichterung stieß er in ihre Pussy, füllte sie. Die Wände ihres Geschlechts schlossen sich um seinen heißen, dicken Schaft, als er sich ohne Probleme in ihr bewegte.

Gerade als sie anfing, die Empfindung zu genießen, glitt er aus ihr heraus. Dann nahm er sich das Gleitgel. Ein paar Sekunden später spreizte er ihre Pobacken und seine Eichel kollidierte mit ihrem wunden Arschloch.

Oh verdammt.

Er stieß zu. Sie warf den Kopf in den Nacken. *Autsch, autsch.* Sie wehrte sich.

Seine Hand, die auf ihrem Rücken lag, drückte sie wieder nach unten, in die Position, die er für sie vorgesehen hatte. „Keine Bange. Es wird nicht wehtun ... nicht sehr." Er klang amüsiert, über alle Maßen zufrieden.

Heilige Scheiße.

Befeuchtet mit Gleitgel presste er sich in sie hinein, zog sich zurück, und arbeitete sich langsam vor.

Ihr enger Ringmuskel brannte, dehnte sich, versuchte, sich seiner Größe anzupassen. Er war riesig! Es tat weh, keine Frage. Und doch, als er sich einen Weg in sie bahnte, schien ihre Mitte erneut aufzuleuchten – wie der riesige Weihnachtsbaum in San Antonio.

„So ist es gut", murmelte er hinter ihr. „Du schaffst das. Nimm mich in dich auf." Erbarmungslos drang er in sie ein, so erbarmungslos, wie es nur der Vollstrecker vollbrachte, auf der Suche nach seiner eigenen Erlösung.

Das Wissen, dass er so viel Anstand besaß, ihr zuerst einen Orgasmus zu entlocken, empfand sie als ungemein erotisch.

Mit der Wange gegen die Couch gepresst, wimmerte und zappelte sie unter ihm. Die Hand auf ihrem Rücken hielt sie an Ort und Stelle.

Dann spürte sie seine Schenkel an ihren. Er steckte bis zum Anschlag in ihr.

„Tut es weh, Baby?“, fragte er.

„Ja!“ Ihre Antwort kam stöhnend über ihre Lippen.

„Perfekt.“ Sein Lachen war tief und rau. Er kontrollierte ihre Hüften mit einem unnachgiebigen Griff, als er sich gemächlich aus ihr zurückzog, nur um sich kraftvoll in ihr zu vergraben. Wieder und wieder. Nach einer Weile legte er eine kurze Pause ein, um mehr Gleitgel hinzuzufügen. Die kühle Flüssigkeit um die Hitze seines Schwanzes ließ sie erschauern.

Er stieß härter und schneller zu, bis das Klatschen von Haut auf Haut und das wechselnde Gefühl zwischen Völle und Leere ihre Welt dominierten. Sie wurde zurück in eine Welt katapultiert, wo es nur Begierde gab.

Ihre Atmung veränderte sich. Sie hob ihm ihr Becken entgegen.

Und er antwortete, indem er kurz innehielt und in einem amüsierten Ton sagte: „Gierige, kleine Texanerin.“

Mit einem Bein spreizte er ihre Füße so weit auseinander, dass sie bei jedem Stoß mit ihrer Klitoris über das Handtuch rieb. Immer und immer wieder.

Oh Gott, oh Gott. Wie bei einem Standmixer, bei dem der Deckel vergessen wurde, wirbelte die Lust nach oben und explodierte aus ihr heraus. Sie wimmerte, schnurrte, kratzte an dem Polster, als die Welt erneut um sie herum einstürzte.

„So gefällt mir das.“ Mit einem tiefen, kehligen Knurren vergrub sich deVries so tief in ihr, dass sie sein Schambein an ihrem Po fühlte, bevor auch er zur Erlösung fand.

Auf der Couch kam sie zu sich, eine Decke über ihrem nackten Körper. Ihr schwirrte der Kopf. Auf einen Ellbogen stützte sie sich ab.

DeVries säuberte hockend sein Equipment und beförderte es zurück in den gruseligen Metallkoffer. Er fand ihren Blick, beurteilte, packte ihre Schultern und half ihr in eine sitzende Position.

Alles drehte sich. Sobald die Karussellfahrt in ihrem Kopf vorbei war, nickte sie ihm zu.

Er reichte ihr das Glas Wasser vom Couchtisch. Wann hatte er das geholt? „Schön austrinken, Sub."

Ihre Hand zitterte nur ein wenig, als sie das Glas zu ihren Lippen führte und einen Schluck nahm. Ihr ausgetrockneter Mund saugte die Flüssigkeit auf und sie leerte das restliche Wasser in einem Zug.

Sein Mundwinkel zuckte, bevor er sich wieder dem Packen zuwandte.

Als er fertig war, stand er auf und brachte ihr Glas in die Küche. „Brauchst du mehr?"

Sie schüttelte den Kopf, fand keine Worte. *Danke* schien nicht adäquat genug. Sicher, er hatte sie in ihre Wohnung begleitet, um seine Preise von dem Kriegsspiel einzufordern. Nichtsdestotrotz hatte er sie im Gegenzug ... na ja, okay, er hatte ihr mit dem Violettstab einen Wahnsinnsorgasmus geschenkt. Und einen weiteren beim Analsex.

Er hatte ihr wehgetan und es hatte ihm gefallen. Genau wie ihr. Wie sollte sie ihn jetzt ansprechen, einen Mann, den sie kaum kannte, mit dem sie jedoch auf eine ... interessante Weise so intim gewesen war?

„Das ist das erste Mal, dass ich dich sprachlos sehe." Er hockte sich vor sie hin, schob eine der vielen entflohenen Strähnen hinter ihr Ohr. „Du siehst vollkommen durch den Wind aus."

Ja, so fühlte sie sich auch.

Die Wohnzimmerlampen hoben die grünen Sprenkel in

seiner grauen Iris hervor und ließen sie so in der Farbe von Waldnebel erstrahlen. Sie zeichnete die Sorgenfalte zwischen seinen Augen nach, folgte den Linien seines markanten Kiefers, seines venendurchzogenen Halses. Befriedigung erkannte sie hinter seinen schweren Lidern.

Das Wissen, dass sie ihn befriedigt hatte, zeigte sich als gedämpftes Summen in ihren Adern.

„Wir sollten dich sauber machen." Zu ihrer Überraschung hob er sie in seine Arme und trug sie ins Badezimmer. Er stellte sie vor der Duschkabine ab, machte das Wasser an und wartete, bis es warm wurde. Nachdem er sie unter dem Wasserstrahl positioniert hatte, entledigte er sich das erste Mal an diesem Abend seiner Klamotten und gesellte sich zu ihr.

Das Wasser fühlte sich auf ihrer schweißnassen Haut wundervoll an und brannte an einigen empfindlichen Stellen, weshalb sie sich umdrehte.

Oh wow, sieh ihn dir nur an. Das hellere Badezimmerlicht erzeugte erregende Muster auf deVries' Körper. So verdammt attraktiv. Er bestand nur aus Muskeln. Sehniger als ein Bodybuilder und dennoch, das könnte sie wetten, weitaus gefährlicher. Auf seinem Unterarm entdeckte sie einen blauen Fleck, der sich bereits lila färbte. Auch seine Hüfte wies Verletzungen auf und gleich darüber sah sie eine genähte Wunde. „Was –?"

Als sie den Kopf hob, war sein Blick kalt, gefährlich.

Sie klappte den Mund zu.

Als hätte sie nicht gesprochen, spritzte er Duschgel auf seine Handfläche und widmete sich der Reinigung ihres Körpers.

Nach einer Weile verschwand die eisige Kälte aus seinen Augen und sie hatte das Gefühl, wieder Luft zu bekommen.

Bei ihrem rechten Unterarm stoppte er plötzlich und drehte ihren Arm ins Licht. Die lange rosafarbene Narbe verlief von ihrem Ellbogen bis zu ihrem Handrücken. Eine weitere Narbe, etwas kleiner, befand sich auf ihrem linken Arm. So hässlich. Trotzdem konnte sie sich glücklich schätzen, dass das Fensterglas nicht ihr Gesicht erwischt hatte. Sie beschwerte sich also nicht.

Graugrüne Augen verengten sich, seine Augenbrauen zogen sich zusammen.

Oh nein, Freundchen. Mit einem Ruck ihres Kinns wies sie auf seine Verletzungen. Wenn er nicht antwortete, dann müsste sie das auch nicht tun.

Eine unangenehme Minute später zog er eine Augenbraue hoch, ein Verweis darauf, dass er die Bedingung verstanden hatte, und fuhr fort, ihren Körper einzuseifen. Er akzeptierte ihre Verschlossenheit.

Zittrig entließ sie den Atem. Ihn anzulügen, nach dem, was sie gerade miteinander getan hatten, miteinander geteilt, wäre unerträglich gewesen.

Sein Schweigen fühlte sich nach der intensiven Erfahrung mit ihm wie ein Balsam an. Mit überraschend sanften Händen wusch er sie, ohne zu verharren, und trotzdem schaffte er es, sie erneut zu erregen.

Gott, sie hätte nichts gegen eine zweite Runde einzuwenden. Was war nur mit ihr los?

Ihre schmutzigen Gedanken fanden zu einem jähen Ende, als er sie vor die Kabine stellte und ihr ein Handtuch reichte. „Geh ins Bett, Babe."

Sie starrte ihn mit offenem Mund an. Sie war sprachlos. Wassertropfen schimmerten in seinen Brusthaaren, glitten über die Haare, die von seinem Bauchnabel zu seinem Schwanz führten. Bei dem Anblick wäre sie am liebsten auf die Knie gefallen, um den Pfad mit ihrer Zunge nachzuzeichnen.

Die Lachfältchen an seinen Augen zeigten sich. „Du bist definitiv durch den Wind." Er lehnte sich vor, schenkte ihr einen kleinen Kuss, drehte sie Richtung Tür und verabreichte ihr einen Klaps auf den Po, um sie in Bewegung zu setzen.

Auf der Türschwelle sah sie über ihre Schulter. Er trat wieder unters Wasser. *Ein merkwürdiger Mann.* Kopfschüttelnd zog sie sich ein T-Shirt und ein Höschen an. Sollte sie auf ihn warten?

Ihre schwachen Beine beantworteten die Frage für sie; sie führten sie direkt ins Schlafzimmer. Ihre Mama wäre schockiert bei dem Mangel an Manieren, die sie damit an den Tag legte, einen Gast nicht bis zur Tür zu bringen. Aber mal ehrlich, deVries war dazu in der Lage, sich selbst rauszulassen.

Sie schlüpfte unter die Bettdecke. Die ägyptische Baumwollbettwäsche mit einer Fadendichte von Tausend strich sanft über ihre überempfindliche Haut.

Ein paar Minuten später kam deVries aus dem Badezimmer. Nackt und so wunderschön. *Heilige Scheiße, dieser Körper.* Von den hart gezogenen Kurven seiner Schultern zu den tiefen Tälern seiner Brustmuskeln. Die dunklen Nähte an seiner linken Hüfte schienen ihn nicht zu stören. Sie würde sich bei so einer Wunde wahrscheinlich Schmerzmittel einwerfen und den ganzen Tag faul vor dem Fernseher lümmeln.

Dieser Kerl wusste mit Sicherheit nicht, wie man sich entspannte.

Als er an ihr vorbei und ins Wohnzimmer lief, seufzte sie. Er hatte kein Wort gesagt. Sicher, er hatte sich von ihr geholt, was er brauchte, aber er hätte sich doch wenigstens verabschieden können.

Zu ihrer Überraschung kam er wieder ins Schlafzimmer, stellte seine Tasche und den Koffer neben das Nachttischschränkchen und warf seine Kleidung oben drauf.

Sie setzte sich im Bett auf und fragte: „Was soll das werden?“

Er ignorierte sie, verließ das Zimmer und kehrte wenige Sekunden später mit den Seilen in seiner Hand zurück. Dann warf er sie auf den Haufen mit den anderen Sachen. „Die hätte ich fast vergessen. Damit hätte ich mit Sicherheit deine Gäste verschreckt.“

Bei dem Gedanken verschluckte sie sich. Nicht, dass sie jemals jemanden hierher einlud. Schließlich war dies nicht ihre Wohnung. Aber, na ja ... „Eine Entdeckung wäre schlimm. Also ... danke.“

Er ließ den Blick durch den Raum schweifen. Danach rieb er

die Laken zwischen Daumen und Zeigefinger und hob eine Augenbraue. „Scheint nicht unbedingt dein Stil zu sein, Babe."

Sie zuckte mit den Achseln. Was sollte sie dazu schon sagen. Er hatte recht.

Sein Gesicht lag in Schatten, als er sie musterte. Sie wandte den Blick nicht ab. Warum gab er ihr nicht einen letzten Klaps auf den Hintern und verschwand? Jeder meinte, dass der Vollstrecker der Typ war, der nach dem Sex gleich die Fliege machte. Wieder einmal überraschte er sie, indem er neben ihr unter die Bettdecke rutschte.

„Ähm, was machst du?"

„Schlafen. Ich bin total alle. Es wäre nicht sicher, sich jetzt hinters Steuern zu setzen."

„Oh." Mit deVries in einem Bett schlafen? Sie schluckte lautstark. Bevor sie ihm anbieten konnte, ein Taxi zu rufen, rollte er sie auf ihre rechte Seite und presste seine Vorderseite gegen ihren Rücken. Ihr Hintern rieb gegen seinen Schritt. Sein stahlharter Arm festigte sich um ihre Hüfte und zog sie enger an sich. Zum Schluss griff er mit einer Hand ihre Brust.

Er wollte kuscheln? Der Vollstrecker? „Aber –"

„Schlaf, sonst wirst du die Nacht geknebelt verbringen."

Okay. Während sie noch auf der Suche nach einer schlagfertigen Antwort war, bemerkte sie, wie ihr Körper von einer Hitzewelle erfasst wurde. Ihr Herz überschlug sich. Seine Reibeisenstimme allein konnte Meerwasser zum Sprudeln bringen. Und wenn er seinen Willen durchsetzte, würde sie übersprudeln.

Dummerweise bewegten sich die vielen Bläschen alle erneut zu ihrer Pussy. Sie rieb die Schenkel zusammen und versuchte mit aller Macht, die Lust zu dämpfen. Sie wollte ihn. Schon wieder. *Verdammt,* was lief nur falsch mit ihr?

Seine Hand legte sich zwischen ihre Brüste und er schnaubte. „Mit einem Puls wie deinem hast du entweder Angst oder du bist geil." Er glitt mit der Hand zu ihrem Höschen, um selbst herauszufinden, welche Theorie sich als Wahrheit herausstellte. „Durchtränkt."

Die Berührung seiner unnachgiebigen Finger ließ sie erschauern. „Es tut mir leid. Alles gut. Du musst nicht –"

„Sei ruhig." Er warf die Bettdecke zur Seite, schob sich über sie und fixierte sie mit seinem Körper auf der Matratze. „Ich beschwere mich nicht. Die kleine Kostprobe hat mir ohnehin nicht gereicht; ich brauche mehr."

„Aber –"

Die Warnung in seinen Augen ließ ihre Stimmbänder gefrieren.

Er riss ihr das Höschen vom Leib, entblößte sie, drängte ihre Beine auseinander und kniete sich zwischen ihre Schenkel. Sein Blick wanderte über ihre Pussy, musterte sie.

Ihre Wangen wurden rot und sie hob instinktiv die Hände, um sich zu bedecken.

„Wenn wir zusammen sind, will ich keine Unterwäsche bei dir sehen", knurrte er. „Und schon gar nicht, schirmst du etwas von mir ab, das ich will." Entschlossen und gewalttätig positionierte er ihre Hände um, bis sie die Finger an den Schamlippen hatte und sie sich ihm präsentierte.

„Was soll –"

„Wenn ich deine Hände hier unten sehe, bleibt mir nichts anderes übrig, als sie zum Einsatz zu bringen." Er tippte gegen ihre Finger, eine Anweisung, sich noch weiter zu öffnen. „Zeig dich mir, und nicht bewegen."

„Ich –"

„Und Mund halten." Er senkte den Kopf, leckte sie. Seine Zunge fand ihre Klitoris, fuhr Kreise um ihr empfindliches Nervenbündel.

So feucht. So heiß. Sie ergab sich der Hitze in ihrer Mitte und krümmte sich ihm entgegen.

Er hob den Kopf, ein kleines Grinsen auf den Lippen. „Schreien sei dir gestattet."

Abgestützt auf einem Ellbogen, ausgebreitet zwischen ihren Beinen, senkte er wieder den Kopf. Seine Zunge ging entschlossen vor, hart und schnell, und sehr effektiv bei ihrer freigelegten Klitoris. Mit zwei Finger drang er in sie ein und passte sich dem Rhythmus seiner Zunge an.

Die Wände ihres Geschlechts zogen sich schon bald um seine Finger zusammen, und er lachte, schloss dann die Lippen um ihre Klitoris und saugte hart.

Nur gut, dass er ihr die Erlaubnis gegeben hatte, zu schreien.

KAPITEL DREI

D**eVries wachte auf** und schätzte regungslos seine Umgebung ein. Küchengeräte summten. In der Wohnung über ihnen stapfte jemand umher. Die Frau an seiner Seite atmete sanft.

Normale Geräusche. Normale Gerüche. Nichts brannte. Kein Geruch nach Sprengmittel oder Schießpulver. Kein Gestank nach Angst oder Blut oder Schweiß. Stattdessen kitzelte ein Hauch von Zimt von einer Duftkerze seine Sinne.

Und nicht zu vergessen der unvergleichliche Geruch von Zitrone auf Lindseys Haut, zusammen mit dem Duft nach Sex – eine Mischung, bei der er sofort hart wurde. *Meine Fresse, schon wieder?*

Mitten in der Nacht war ihm aufgefallen, dass sie von ihm weggerollt war. Selten teilte er ein Bett mit jemandem und niemals kuschelte er nach dem Sex, und doch, aus einem ihm unerklärlichen Grund, hatte er sie um die Hüfte gepackt und an sich gezogen. Dann hatte sein Arm ihre kleinen Brüste gestreift, dabei hatten sich ihre Nippel aufgerichtet und sich erregend in seine Haut gebohrt. Trotzdem war sie nicht aufgewacht.

Sein Schwanz war das sehr wohl. Leise fluchend hatte er sich ein Kondom übergezogen und hatte sie dann mit seinem Mund

und seiner Zunge an die Kante eines Orgasmus getrieben. Als sie schließlich die Augen öffnete, hielt er sie fest und drang mit einem Stoß in sie. Die Invasion hatte sie erstarren lassen und ja verdammt, sie war gekommen, ihre hübsche Pussy hatte um seinen Schwanz pulsiert. *So befriedigend.*

Und jetzt wollte er sie schon wieder! Die Frau brachte ihn in Fahrt.

Er betrachtete sie: An seine Seite geschmiegt, Kopf auf seiner Schulter, ein Bein über seine Schenkel. Ihre Wange und ihr Kinn waren gerötet, wahrscheinlich von seinen Bartstoppeln, ihre Lippen sinnlich geschwollen. Sie wusste genau, wie sie ihren Mund einsetzen musste. Und sie hatte es genossen, ihm einen Blowjob zu geben, war großzügig vorgegangen.

Wie er bereits geahnt hatte, war sie ein wahrer Schatz. Eine nette Frau. Unterwürfig. Sanft. Lebhaft. Die Art von Frau, für die er seine Freunde beneidete. Simons Rona war klug und organisiert, mit einem großen Herzen. Sie verehrte ihre Kinder und ihren Ehemann. Zur Hölle, sie kümmerte sich um ein ganzes Krankenhaus!

Xaviers Abby war ein Genie, im wahren Sinne, und fürsorglich bis auf die Knochen.

Es überraschte ihn nicht, dass die kleine Texanerin das dritte Mitglied dieses bezaubernden Trios war.

Mit einem Finger zeichnete er den Bissabdruck auf ihrer Schulter nach. Als hätte er sie gebrandmarkt. *DeVries war hier – Zutritt verboten.*

Nicht, dass er plante, nochmal mit ihr eine Session zu spielen. Die Nacht mit ihr zu verbringen, war töricht genug gewesen; eine zweite wäre absoluter Irrsinn.

Warum war er dann noch hier? Warum hatte er das Bedürfnis, sie erneut zu nehmen? Wirklich eine Schande, dass sie zu wund wäre, um ihn erneut anal in sich aufzunehmen. Nein, das sollte er lassen. Zwar hatte er kein Problem damit, ihr Schmerz zuzufügen, um eine gegenseitige Begierde zu entfachen, doch er wollte vermeiden, sie auf ewig von Analsex abzuschrecken. Das wäre eine wahre Schande. Er schuldete es anderen Arsch-Liebhabern, ihnen diesen Genuss nicht zu versauen.

Zudem war er in der Stimmung für die simple Missionarsstellung.

Er würde sie ficken und dann verschwinden. Es war besser, die Sache einfach zu halten. Ungezwungen. Vor allem mit ihr, dieser süßen Kleinen, die ihn dazu gebracht hatte, die Nacht mit ihr zu verbringen. Wenn er ihr die Chance gab, würde sie die Krallen in ihn schlagen. Eine Frau konnte gefährlicher sein als ein schlangeninfizierter Dschungel.

Nachdem er sich ein Kondom über seine Länge gerollt hatte, drehte er Lindsey auf den Rücken, ignorierte ihr protestierendes Gemurmel und benutzte das Seil von gestern Abend, um ihre Handgelenke am Kopfende des Bettes zu fixieren.

Schläfrige Augen blinzelten zu ihm auf, nur langsam fand sie den Weg aus den Träumen. Sie war eine tiefe Schläferin. In seinem Job würde das ihren Tod bedeuten. Der Gedanke, dass jemand sie verletzen könnte, jagte eine Empfindung durch seinen Körper, die ihn verdächtig an einen Beschützerinstinkt erinnerte. Zittrig atmete er ein und presste einen sanften Kuss auf ihre Lippen.

Sofort schmolz sie unter ihm dahin und gab ihm, nach was er sich sehnte.

„Morgen, Baby." Er legte ein Bein über ihren linken Fußknöchel und benutzte das Knie seines anderen Beines, um ihr rechtes nach außen zu schieben. Er wollte sie so weit wie möglich für sich öffnen. Mit der Hand fand er ihre Pussy. „Sehr schön. Du wirst bereits feucht."

Schamesröte schoss in ihre Wangen und sie versuchte, ihre Beine zu schließen, dabei riss sie unentwegt an dem Seil, in dem Versuch, sich zu bedecken. Wurde sie überrascht, dann war sie ein schüchternes, kleines Ding. Könnte Spaß machen, an ihren Reaktionen zu arbeiten, bis das Schamgefühl mit ihm verschwand, dachte er.

Nein. Was soll das? Noch ein Fick und dann weg hier.

Auf einen Ellbogen gestützt, betrachtete er ihr Geschlecht ausführlich. Er berührte ihre Schamlippen, schob sie aus dem Weg, inspizierte die Vorhaut ihrer Klitoris und gluckste amüsiert, als ihr Kopf die Farbe einer Tomate annahm.

Und sie wurde noch feuchter. Wie bei jeder anderen Frau in seiner Vergangenheit konnte er auch bei ihr mit seiner Hand die Lust in ihr schüren, ungeachtet ihres Schamgefühls.

Scheiße verdammt, ihre Pussy war wunderschön: Geschwollene Schamlippen außen, feuchte innen, ihre Klitoris war nicht schüchtern und ihre Öffnung zwinkerte ihm einladend zu. Durch seine Beine hielt er sie für sich geöffnet und konnte sich Zeit nehmen, mit ihr zu spielen und ihre empfänglichen Reaktionen zu genießen. Im Inneren war sie samtweich, heiß und eng. Die Muskeln ihrer Pussy saugten an seinem Finger. Dildo-Play mit ihr wäre sicher ein großer Spaß. Bis zu welcher Größe könnten sie gelangen, bis sie ihn um Gnade anflehte?

Ihre Nippel stellten bei ihr keine erogene Zone dar, dafür war ihr Nervenbündel umso empfindlicher. Eine winzige Berührung seines Fingers genügte und ihr Körper bebte. Ein kurzes Zwicken in ihre Klitoris ließ sie zusammenzucken, drückte er länger zu, dann färbten sich ihre Wangen in ein erregendes Rot und sie versuchte, die Schenkel zu schließen. *Oh ja.* Was er alles mit diesem hinreißenden, rosafarbenen Lustinstrument anstellen könnte.

Zur Hölle, warum eigentlich nicht. „Sieh mich an, Kleine.“

Ihr Blick fand seinen. Sie hatte die größten, braunen Augen, die er jemals gesehen hatte. Sie wusste, dass sie ihm völlig ausgeliefert war; das wollte sie sein.

Ihm gefiel sie ausgeliefert. Sein Schwanz stimmte zu und zuckte schmerzhaft.

Er hielt ihre Augen gefangen, als er ihre Klitoris zwischen Daumen und Zeigefinger nahm, zudrückte und den Druck beibehielt. Er lauschte, wie sie sich mit den Fersen in die Matratze stemmte, genoss das Beben ihres Körpers und saugte das Geschenk ihrer Unterwerfung in sich auf.

Sekunden verstrichen, Augenpaare verschmolzen, dann ließ er von ihr ab.

Als das Blut in ihr misshandeltes Fleisch zurückkehrte, sog sie scharf die Luft ein, und er nutzte den Moment, um sich über ihren Körper zu schieben. Mit nur einem Stoß tauchte er komplett in ihre Hitze ein.

Sie kam. *Verdammt.* Und ihr Höhepunkt hielt an, während er in sie hämmerte.

Lindsey fühlte sich benutzt. Misshandelt. Mitgenommen. Und sie kam so hart, dass ihr Herz blaue Flecken an der Innenseite ihres Brustkorbs hinterließ.

Über ihr bewegte sich deVries, stieß immer wieder hart zu und sorgte dafür, dass sie sich ihm tief verbunden fühlte – auf einem intimen Level, der ihr so bisher noch nicht untergekommen war. Mit den Händen neben ihrem Kopf hob er sein Becken, um zu beobachten, wie sein Schaft in sie glitt. Seine rauchgrünen Augen glitzerten zufrieden. „Leg deine Beine um meine Hüfte."

Sie folgte seiner Anweisung und erlaubte, dass er tiefer in sie vordrang.

Beim nächsten Stoß rieb er mit seinem Schambein gegen ihre arme, misshandelte Klitoris und fügte ihr mit Absicht Schmerzen zu.

Trotz allem tanzte der Schmerz durch ihre Venen, entfachte Begierde und ihre Pussy zog sich um seine Länge zusammen.

Sein seltenes Grinsen zeigte sich. „Verdammt, Kleine, du bereitest mir Vergnügen."

Wenn er dachte, dass sie erneut kommen würde, lag er falsch. Sie war nicht mal nah dran.

„Hast du Spielzeuge in deinem Nachttisch?"

„W-was?" Das hatte er sie gerade nicht gefragt, richtig? *Oh, mein Gott.*

„Oh ja, verdammt, hast du." Er streckte einen Arm aus, riss

die Schublade auf und erstarrte, als er ihre kleine Sammlung entdeckte. „Jemand mag Vielfalt, wie ich sehe." Sanft rotierte er seine Hüften, während er in ihrer Schublade kramte, sich einen Vibrator nach dem anderen ansah, bis er sich schließlich für einen mit zwei Enden entschied.

Heilige Scheiße, von allen, die er hätte wählen können. Für sie war das Teil wie eine sadistische Schere. Außerdem hatte es von ihren Spielzeugen die intensivsten Vibrationen und sie war bereits so wund. „Nein, nicht den. Zu viel."

Er senkte den Kopf, küsste sie, lang und zärtlich, bevor er an ihren Lippen flüsterte: „Ich weiß."

Blitzschnell löste er das Seil von ihren Handgelenken, glitt aus ihr heraus und stellte sich ans Fußende des Bettes. Dann packte er sie und zog sie zu sich, bis ihr Hintern mit der Kante abschloss.

Ihr rechtes Bein baumelte in der Luft, wohingegen er sich ihr linkes Bein über dem Arm einhakte und daraufhin wieder in sie eindrang. In dieser Position konnte er noch tiefer in sie stoßen, so tief, dass sie wimmerte. Ein Protest, der nicht ernst gemeint war und ihn zum Lächeln brachte.

Er griff nach rechts und sie hörte ein unheilvolles Summen. Eine Sekunde später legte er den Vibrator auf ihren Venushügel, ziemlich hoch, und fixierte das Spielzeug mit seiner Handfläche.

Es war nicht so schlimm, wie sie befürchtet hatte. Nichtsdestotrotz erfüllte das Gerät seinen Zweck: Die Vibrationen kamen schwach bei ihrer Klitoris an, steigerten ihre Erregung, bis sie es nicht mehr aushielt und sie sich ihm entgegenhob, wortlos nach mehr flehend.

„Willst du mehr?"

„Gott ..." Auf keinen Fall würde sie erneut kommen können, und doch breitete sich die erotische Empfindung auf ihrer Haut aus und legte sich wie ein schweres Gewicht um ihr Geschlecht.

„Dachte ich mir", murmelte er. Nachdem er den Vibrator soweit gesenkt hatte, dass die Enden geradeso ihre Klitoris umschlossen, stieß er hart in sie. Immer und immer wieder. Erbarmungslos.

Der Vibrator summte, während sein Schwanz sie im Inneren zum Beben brachte. Alles verengte sich, zog sich zusammen.

„Lindsey“, knurrte er.

Sie hob die schweren Lider, sah den entschlossenen Ausdruck in seinem Gesicht.

„Komm für mich.“ Er bewegte das Spielzeug, so dass die brutalen Vibrationen ihre Klitoris mit voller Wucht trafen. Eine massive Explosion, gespeist durch sein Talent, entlud sich in ihr, umgab sie mit purer Ekstase, riss sie an einen ihr unbekannten Ort.

Keuchend akzeptierte sie die zweite Welle. Und die nächste. Ein wirbelnder Tornado nach dem anderen.

Nur langsam verebbten die Zuckungen in ihrem Geschlecht. Als sie endlich in der Lage war, ihre Lider wieder zu öffnen, war sein Gesicht das erste, was sie sah, seine Augen angefüllt mit Intimität. Scharfsichtigkeit.

„Sehr nett.“ Er legte den Vibrator beiseite, schob seinen Arm unter ihr anderes Knie, so dass er beide Beine in der Luft hatte und kontrollieren konnte. Er zog sich aus ihrer Hitze zurück und stieß tief in sie, zuerst hart und schnell, gefolgt von gemächlichen Stößen. Jedes Mal, wenn er sich in ihr verlor, spürte sie seinen pulsierenden Schaft, bis er sich schließlich in ihr ergoss.

Eine Bestrafung riskierend, hob sie die Hände zu seinen Schultern, seine samtweiche Haut unter ihren Fingerspitzen, gespannt über harte Muskeln – eine ertastbare Symphonie aus Sex.

Mit kontrollierten Atemzügen glitt er in sie und wieder heraus. Es fühlte sich wie ein bittersüßer Abschied an. Sein Mundwinkel zuckte, als er die Nachwirkungen ihres Orgasmus um seinen Schwanz spürte. Dann zog er sich schließlich aus ihr zurück. „Wirklich ein Vergnügen“, sagte er heiser.

Als Vergnügen würde sie ihn nicht gerade bezeichnen. Er

erinnerte sie eher an den Eisberg, der die Titanic zum Sinken gebracht hatte.

Nach einem kurzen aber harten Kuss ging er ins Badezimmer und sie meisterte es, den Kopf zu drehen, um ihm nachzusehen. Dieser Mann war schlichtweg hinreißend. Im Club trug er immer ein T-Shirt. Nackt schienen seine Schultern noch breiter, der Weg über seinen Rücken zu seinem Hintern war mit Muskeln gespickt. Und besagter Hintern? Erste Sahne. Und er war gebräunt, obwohl es seit Längerem in San Francisco wolkig war.

Stirnrunzelnd bemerkte sie die vielen verblassten Narben auf seiner ansonsten geschmeidigen Haut. Sie hatte die Unebenheiten unter ihren Fingerspitzen gespürt. Nicht zu vergessen die genähte Wunde. *Meine Fresse*, sie hatte keine Ahnung, was er beruflich machte. War er ein Polizist? Bei dem Gedanken wurde ihr flau im Magen.

Als sie hörte, dass die Dusche anging, überlegte sie kurz, ihm Gesellschaft zu leisten, um ein letztes Mal die Tropfen zu beobachten, die sich einen Pfad durch die Täler seiner Muskelberge bahnten. Sie wollte ihre Hände über seine gebräunte Haut gleiten lassen. Kichernd rollte sie aus dem Bett. In einem Solarium konnte sie ihn sich nicht vorstellen. Er war nicht eitel und es fehlte ihm ganz sicher nicht an Selbstbewusstsein.

Ganz im Gegenteil zu mir. Sie zog sich den billigen Bademantel mit dem abgewetzten Saum über. Sie hatte ihn aus einem Secondhand-Laden. Nicht das schönste Teil, nicht sexy, aber er gehörte ihr.

Ihr befriedigtes Lächeln verschwand. Bevor sie Miguel geheiratet hatte, fühlte sie sich hübsch. Vor ihrer Heirat mit Victor, hatte sie sich sexy gefühlt. Nicht ein Gefühl hatte in den Ehen lange angehalten. Aus Erfahrung wusste sie, dass ein Mann alles sagen und tun würde, um zu bekommen, was er wollte. An sich war ihr bewusst, dass sie nicht vollkommen abstoßend war. Ihr Unterbewusstsein war das Problem, das Victors und Miguels Kommentare wie ein Schwamm aufgesaugt hatte.

Wenigstens schien deVries sie ehrlich anziehend zu finden. Sexy genug, um mit ihr Sex zu haben. Ja, toll. *Er mag mich. Super.*

Sie schloss den Bademantel mit einem Knoten. Es war schon sehr ironisch, dass sie jetzt, wo sie jemanden kennengelernt hatte, den sie sich traute, mit nach Hause zu nehmen, zu arm war, um sich sexy Wäsche zu leisten. Im Bruchteil eines Augenblinzelns hatte sich ihr Leben um hundertachtzig Grad gedreht – von einer Ranch in Texas ins College, zu Victors noblem Haus in San Antonio, zur Gegenwart, auf der Flucht und pleite.

Sie biss sich auf die Unterlippe. Sie konnte nicht den Rest ihres Lebens auf diese Weise dahinvegetieren. Nicht nur um ihretwillen, sondern auch, um die unschuldigen Seelen zu beschützen, die den Machenschaften von Travis, Victors Bruder, zum Opfer fielen und noch fallen würden. Waffen, Drogen, Menschenhandel. Travis musste gestoppt werden. Irgendwie.

Das Problem: Als sie das letzte Mal mit einem Polizisten gesprochen hatte, wäre sie beinahe gestorben.

Ihre gute Laune wurde von einer eiskalten Brise davongejagt. Mit deVries in ihrem Bett hatte sie wie ein vertrauensvoller Welpe geschlafen. Lange hatte sie sich nicht mehr so sicher gefühlt. Ohne die Angst, dass Travis Parnell sie fand und jemanden schickte, um sie zum Schweigen zu bringen.

Sie warf einen letzten Blick auf die Badezimmertür, bevor sie sich zur Küche aufmachte.

Wenige Minuten später stellte sie einen kleinen Café-Tisch vor die Fenster mit dem Ausblick über den Hafen. Erst gestern hatte sie eine Quiche gebacken – ein perfektes Frühstück. Wahrscheinlich würde er es idiotisch finden, dass sie das Bedürfnis verspürte, ihn zu füttern, doch ihre Mama hatte ihr alles über Gastfreundlichkeit eingetrichtert.

Natürlich würde dieselbe Mama deVries wohl eher als Teufel und nicht als Gast betrachten. Und sie läge nicht falsch. Vielleicht würde er sogar mit ihr sprechen, wenn sie ihn fütterte. *Frühstück mit dem Vollstrecker. Verrückt.*

Auf dem Weg in die Küche zurück fiel ihr Blick auf einen

antiken Rollschreibtisch. Die Zeitungsausschnitte darauf zeigten Craigs Körper, seine Polizeiuniform mit Blut durchtränkt. Weitere Artikel fanden sich über die Suche nach Lindsey Rayburn Parnell, die angeblich erst ihren Ehemann Victor ermordet und dann auf der Flucht einen Polizisten erschossen hatte. *Lügen, alles Lügen.*

Durch Schritte wurde sie an ihren Gast erinnert. Sie schnappte nach Luft und rollte schnell die Abdeckung am Schreibtisch herunter. In dem Moment trat deVries aus dem Schlafzimmer. Ihre Stimme zitterte, als sie sagte: „Guten Morgen."

„Morgen." Seine Augen wanderten von dem Schreibtisch zu ihrem Gesicht.

„Ich habe Frühstück für dich, wenn Interesse besteht." Sie eilte zur Kücheninsel, nahm die Teller und trug sie zu dem kleinen Tisch. *Bleib cool. Bleib cool.* Sie atmete einmal tief ein und wandte sich ihm mit einem breiten Lächeln zu. „Ich hoffe, du magst Quiche."

Er zögerte, offensichtlich überrascht. „Ich mag Eier in jeglicher Form." Er setzte sich gegenüber von ihr hin und nickte zustimmend, als sie die Kaffeekanne mit einem fragenden Blick hob. „Danke."

Während er aß, quatschte sie ihn über das Wetter, den Club und viele andere unsinnige Dinge zu. Sie hatte noch nie Probleme damit gehabt, ein Gesprächsthema zu finden. Der Collegeabschluss in Psychologie und Sozialpädagogik hatte ihre Fähigkeit ausgebaut, wie man eine unangenehme Stille mit Worten füllte.

Wenn er doch nur aufhören würde, den Blick durch den Raum schweifen zu lassen! Die Panik, dass sie vielleicht noch etwas vergessen hatte, wegzuräumen, überwältige sie. Das Schlimmste: Jedes Mal, wenn seine graugrünen Augen auf ihre trafen, fühlte sich ihr Gehirn plötzlich wie leergefegt an.

Als er seinen letzten Bissen nahm und sich mit der Kaffeetasse in der Hand zurücklehnte, fragte sie schließlich: „Also, ähm, was machst du so beruflich?" *Mein Gott*, sie klang so dämlich. Trotz allem war sie neugierig auf seine Antwort. Sie wollte wissen, wo die Verletzung an seiner Hüfte und die vielen verblassten Narben herrührten. „Bist du ein Polizist?" Ihre Finger spannten sich um ihre Tasse an.

Im Morgenlicht erschienen seine Augen grüner als sonst, und sie könnte schwören, Belustigung darin zu sehen. „Ich arbeite für Simon."

Richtig. Ronas Ehemann gehörte eine Security- und Investigationsfirma. „Ist deine Arbeit so gefährlich?" *Oh scheiße*, sie war mit der Frage regelrecht herausgeplatzt.

„Was?" Er pausierte mit der Tasse auf halbem Weg zu seinem Mund.

Ihr Blick sank auf das Leder, hinter dem sich die genähte Wunde versteckte.

„Das ist in meiner Freizeit passiert. Ein Kumpel ist gestolpert – der tollpatschige Bastard – und ich habe diese Erinnerung davongetragen."

Wow, hatte sein Kumpel mit einem Messer hantiert, oder was? „Oh, das ist wirklich etwas, auf das man verzichten kann."

„Wohl wahr." Obwohl sich seine Augen verdunkelten, entging ihr nicht, dass sein rechter Mundwinkel amüsiert zuckte.

Sie beäugte ihn misstrauisch. Manchmal hatte sie den Eindruck, dass er sie lustig fand, dass er sie sogar neckte, um bestimmte Reaktionen zu bekommen, aber ... nein, das konnte nicht sein. Als Sozialpädagogin hatte sie eine großartige Menschenkenntnis. Normalerweise. Nur der Vollstrecker schien die Fähigkeit zu haben, mit einem Blick alle ihre Gedanken auszulöschen – als wäre sie ein Computer und jemand gab den Befehl *Löschen*.

„Wo in Texas bist du aufgewachsen?", fragte er.

„Ähm, wann habe ich gesagt, dass ich aus Texas bin?" Warum war sie so dumm gewesen, mit den Fragen zu beginnen?

„Der Akzent, Babe."

„Oh." Und sie hatte gedacht, dass ihr Akzent niemandem

auffiel. *Okay, wo in Texas* ... auf keinen Fall würde sie ihm die Stadt an der mexikanischen Grenze verraten, in der Lindsey Rayburn bekannt war wie ein bunter Hund. „In d-der Nähe von D-Dallas. Und du?"

Sein Blick lag auf ihren Fingern, auf der Serviette, die sie in Fetzen riss. „Geboren in Chicago." Wieder sah er sich im Raum um. „Sieht so aus, als müsstest du keiner festen Anstellung nachgehen."

Wenigstens konnte sie ihm in diesem Fall die Wahrheit sagen. „Oh, aber das tue ich. Ich arbeite als Rezeptionistin." Na ja, für ein paar Tage noch, bis die Angestellte aus ihrem Mutterschutzurlaub zurückkehrte.

„Rezeptionistin?" Seine Schultern spannten sich an. „Gequirlte Kuhscheiße."

Als die hübschen Augen der Sub zu seinen schossen, wäre deVries bei seinem unhöflichen Ausruf am liebsten zusammengezuckt. Aber er blieb dabei: Keine Rezeptionistin konnte sich so eine Bude leisten. Der Tisch, an dem sie saßen, hatte den Wert eines Jahreseinkommens. Die restlichen Möbel lagen in einer ähnlichen Preisklasse. Nicht möglich.

Er war bereits genervt von ihrer *In-der-Nähe-von-Dallas*-Antwort. Sie war eine furchtbare Lügnerin. „Hast du Geld geerbt?" *Oder eine Eigentumswohnung?*

Sie sah ihn ungläubig an. „Ich wünschte."

Neugierde trieb ihn an. Er war noch nie in der Lage gewesen, ein Thema fallenzulassen. „Dann hast du also des Geldes wegen geheiratet, oder?"

„Ich –" Schamesröte stieg in ihre Wangen, ihre Schultern sackten, und *verdammt*, unbewusst nickte sie mit dem Kopf. „Ich –" Sie hob ihre Tasse, wie eine Barriere zwischen ihnen.

Wegen des Geldes geheiratet. Ein schmerzvoller Tritt in seine Weichteile. Ein weiterer Gedanke entstand, den er nicht zurückhalten konnte: „Willst du mir damit sagen, dass ich eine verheiratete Frau gefickt habe?"

„Nein! Nein, ich habe keinen Ehemann."

Immerhin eine Sache, bei der sie die Wahrheit sagte. „Geschieden also?" War das der Grund für ihren jetzigen Reichtum? Er presste die Lippen aufeinander.

Die Tasse in ihrer Hand begann zu beben, weswegen sie diese zur Sicherheit abstellte. „Was sollen die vielen Fragen?"

Rezeptionistin heiratete also vermögenden Mann, nur um sich danach wieder scheiden zu lassen. Dem armen Bastard hatte die Eigentumswohnung wahrscheinlich gehört, bis sie alles an sich gerissen hatte. Mit ihrem lächerlichen Gehalt bezahlte sie sicher keine Hypothek. „War bestimmt eine hässliche Scheidung."

Sie zuckte zurück und senkte den Blick, womit sie seine Vermutung bestätigte.

Frauen, verflucht seien sie. Der Kerl hatte sich sein ganzes Leben totgeschuftet. Und für was? Für das kleine Frauchen, das meinte, es hätte das Recht auf seinen Besitz. *„Tut mir leid, Mr. deVries, Ihr Konto wurde überzogen."* Niemals würde er die Stimme des Mitarbeiters vergessen, der ihm den Grund dafür sagte, warum seine Debit-Karte nicht funktionierte. Ein Jahrzehnt später und die Erinnerung traf ihn noch immer wie eine Abrissbirne. Nichts ließ einen so willkommen fühlen, als nach einem Auslandseinsatz zurückzukehren und zu entdecken, dass die reizende Ehefrau das eigene Bankkonto leergeräumt hatte. *Vielen Dank auch, Tamara.*

Er atmete tief ein, um sein Temperament unter Kontrolle zu bekommen.

„Äh, willst du noch etwas Kaffee?", wagte Lindsey zu fragen, und streckte die Hand nach der Kaffeekanne aus.

Diese großen, braunen Augen. Er hatte das Gefühl, einen Welpen getreten zu haben. Vielleicht lag er falsch. Vielleicht hatte sie den Kerl nicht ausgenommen. „Ich schätze dein Ex lebt auch auf diese luxuriöse Weise, richtig?"

Sie erblasste und die Kanne knallte auf den Tisch. Deutlich zu erkennen auf ihrem Gesicht? Schuldgefühle.

Eine Antwort auf seine Frage war nicht mehr nötig. In seinem Kiefer zuckte ein Muskel. „Ich muss los."

Er erhob sich, woraufhin auch sie aufstand. Schweigend beobachtete sie, wie er seine Sachen holte.

Als er zu ihr sah, trat sie einen Schritt zurück, ihre Arme um den Oberkörper gewickelt. Große, unschuldige Augen, wie die eines Kindes. *Verdammt*, sie war sogar noch talentierter als seine Ex. Lindseys armer Ehemann war wohl das Gift entgangen, das unter der samtweichen Haut durch ihre Adern floss.

Er riss die Eingangstür auf.

„DeVries?" Sogar ihre Stimme klang herzallerliebst.

Kotz. Bevor die Tür hinter ihm ins Schloss fiel, warf er einen Blick über seine Schulter und sagte: „Schuld beglichen."

Lindseys Knie gaben nach. Sie plumpste auf einen Stuhl und starrte ins Leere.

Was ist hier gerade passiert? Was habe ich getan? Alles war doch so gut gelaufen. Gestern Abend hatte er sie sogar ein paar Mal angelächelt. Der Sex war brutal gewesen, dennoch irgendwie sanft. Und er hatte sie geküsst, als würde er sie wirklich und aufrichtig mögen. Keine Küsse, die zwangsläufig auf Sex hinausliefen. Nein, liebevolle Küsse.

Trotz allem hatte er sich total abweisend verhalten, nachdem sie ihm erzählt hatte, was sie beruflich machte. Und der Ausdruck auf seinem Gesicht ... Er hatte sie angesehen, als wäre sie *e-eine N-Nutte*.

Ihr Herz schrumpelte zusammen – wie ein zartes Blümchen, das in einen Wintersturm geraten war.

Was hatte ihn so verärgert? Nur weil er etwas gegen ihren Job hatte und sein Weltbild Scheidungen verabscheute? Echt jetzt?

Verärgerung erhob sich in ihr und füllte das Gefühl der

Leere. Was für ein Arschloch! Er hatte sie mit Absicht wie eine Nutte fühlen lassen. *„Schuld beglichen."*

Ihre Wangen erröteten, als sie sich an jede Sache erinnerte, die er mit ihr gemacht hatte. Er hatte sie so heiß gemacht. Sie hatte ihm sogar erlaubt, dass er ihr Gesicht fickte. Auf Analsex mit ihm hatte sie sich auch eingelassen. Er hatte ihre Pussy gierig genannt und gelacht, als er spürte, wie feucht sie für ihn war.

Und nun behandelte er sie wie eine Nutte. Ihr Kinn bebte.

Ich bin keine Nutte.

Er hatte sie wie eine Nutte benutzt, oder nicht? Wann würde sie es endlich lernen?

Miguel hatte sie nicht anziehend gefunden. Er hatte sie nur missbraucht, um an eine Greencard zu kommen. Victor hatte ihre Ranch gewollt, die an Mexiko angrenzte, nicht sie. Zittrig atmete sie ein.

Sie hatte geglaubt, dass sie sich hier, weit weg von allem, wieder ein Leben aufbauen könnte. Das Dark Haven war wie eine Zufluchtsstätte für sie gewesen. Ein Ort, an dem sie ihre Flügel ausbreiten konnte, wo sie sein durfte, wer sie wirklich war.

Jedenfalls bis jetzt.

Sie zog den Bademantel enger um ihren Körper, bedeckte ihre Beine. War es möglich, dass sie sich wie eine Nutte aufgeführt hatte? Schließlich hatte sie gewusst, dass ihre Zeit mit deVries auf eine Nacht begrenzt wäre. Nur Sex.

Sie hatte sich selbst vorgegaukelt, dass es für eine Frau in Ordnung war, wie ein Mann – ohne Verpflichtungen, ohne einen Gedanken an Morgen – Sex zu haben.

Herauszufinden, dass deVries sie nicht mal mochte und sie dennoch gefickt hatte ... Wie schon bei ihren Ehemännern hatte auch deVries sie nur benutzt. Und nachdem er mit ihr fertig war, hatte er sie wie Müll weggeworfen.

Ihre Hand bebte, als sie die Kaffeetasse zu ihren Lippen hob. Er lag falsch. Sie war eine gute Frau. Anständig. Keine Nutte.

Oh Gott, niemals werde ich ihm wieder gegenübertreten können.

Wenigstens konnte sie das Dark Haven für eine Weile meiden. Für Samstag war ihr Mädelsabend mit Rona und Abby geplant. Sie presste die Augen zu. Irgendwann wäre sie vielleicht sogar imstande, den beiden zu erzählen, was mit deVries vorgefallen war. Sie brauchte unabhängige Meinungen.

Sie hatte immer gewusst, dass er ein Sackgesicht war. *Oh ja,* sie hatte es gewusst.

KAPITEL VIER

„**Ich liebe unsere** Mädelsabende!“ Am Samstag schob sich Lindsey einen gefüllten Champignon in den Mund, lächelte Rona und Abby an und ließ dann den Blick durch den Raum schweifen. Das Establishment war einen Hauch eleganter als eine normale Bar, mit köstlichen Vorspeisen, starken Drinks und vielen gutaussehenden Männern. Doch es spielte keine Rolle, wie attraktiv sie waren; keiner der Anwesenden schaffte es, lange ihre Aufmerksamkeit einzufangen.

Schon gar nicht für ihr restliches Leben auf dieser Erde.

„Oh ja“, stimmte Abby zu. Ihre figurbetonte Bluse und die dunkle Hose stellten einen starken Kontrast zu ihren hellblonden, leicht welligen Haaren dar. „Ich habe euch vermisst.“

Ronas blaugrünes Kleid mit einem U-Boot-Ausschnitt passte zu ihren Augen und setzte ihre Kurven perfekt in Szene. Sie schob sich eine entflohene Locke hinters Ohr. „Ich auch.“

„Dann sind wir uns ja einig“, sagte Lindsey. Durch Abbys Hochzeit und ihren neuen College-Job hatten es die drei Frauen lange nicht geschafft, sich zu treffen.

Abby ließ ihren Blick über Lindsey schweifen. „Was ist aus den roten und goldenen Strähnen in deinen Haaren geworden? Du siehst so brav aus.“

Natürlich fiel der Soziologin sofort die Veränderung auf. „Ich bin auf Jobsuche." Lindseys Stimmung machte den Abgang. „Auf Wohnungssuche musste ich mich auch begeben."

„Dein Sitterjob für die Eigentumswohnung ist vorbei? Ich dachte, Xaviers Freundin wollte noch einen Monat dranhängen", sagte Rona.

„Wollte sie, aber sie bekam Heimweh und hat mich gebeten, früher auszuziehen." Lindsey zuckte so gleichgültig wie möglich mit den Schultern. Sie hatte einen Vertrag unterzeichnet, aber die Frau hatte am Handy geweint und Lindsey hatte es nicht fertiggebracht, ihr die Bitte abzuschlagen. Sie wusste nur allzu gut, wie sich Heimweh anfühlte. „Ich habe rasch eine neue Wohnung auftreiben können."

Wahrscheinlich weil keine normale Person dort leben wollen würde. Da sie momentan keinen Job hatte, konnte sie sich nichts Besseres leisten. Die Mietpreise in San Francisco waren unverschämt hoch, weshalb sie bei dem Angebot, auf die Wohnung von Xaviers Freundin aufzupassen, auch so schnell angebissen hatte. Sicher, ihre Freunde würden ihr helfen, doch sie bevorzugte es, der Philosophie ihres Vaters zu folgen: Leihe nichts, was du nicht zurückzahlen kannst.

„An welchem Tag sollen wir kommen, um dir beim Umzug zu helfen?", fragte Rona.

„Braucht ihr nicht. Ich habe alles unter Kontrolle." Als sie den Job als Wohnungs-Sitter angenommen hatte, wurden ihre Habseligkeiten alle eingelagert. Dort würden ihre Möbel erstmal bleiben. Sie wollte ihre schönen Sachen nicht in dieser Bruchbude haben. Genauso wenig wie ihre Freunde. *Mein Gott*, in den Wänden befanden sich faustgroße Löcher. Vor dem Komplex lungerten zu jeder Tages- und Nachtzeit Gangmitglieder, Drogendealer und Prostituierte herum.

Weder Abby noch Rona würden die kleine Maus in ihrer Küche, die immer auf der Suche nach Futter war, für niedlich halten.

„Lindsey", sagte Abby. „Du weißt, dass wir dir gerne –"

„Meine Haare sind nicht ganz farblos", unterbrach sie ihre Freundin. Sie hob ihre langen Haare und zeigte ihnen das Lila. „Seht ihr? Es zeigt sich nur, wenn ich die Haare in einem Zopf oder so trage."

„Ein sehr dunkles Lila", bemerkte Rona. „Trauerst du um den Job oder die Eigentumswohnung?"

Vor allem trauerte sie der Erinnerung einer Nacht nach, die sich von einem Traum in einen Albtraum verwandelt hatte. „Keinem von beiden. Die Wohnung war luxuriös, aber zu pompös für meinen Geschmack." Zu ähnlich dem Haus von Victor, in dem jede Anschaffung wohlüberlegt gewesen war und nur dem Zweck diente, Gäste zu beeindrucken. Lindsey schwenkte den Rest ihres Drinks in ihrem Glas. „Und mein Rezeptionistinnenjob außerhalb des Dark Haven ist bald zu Ende. Nicht der Bestbezahlte, doch die Leute sind nett."

„Du findest doch jeden nett", kommentierte Abby abwesend, als sie versuchte, die Aufmerksamkeit der Kellnerin zu gewinnen.

Rona drehte sich um, hob eine Hand und die Kellnerin kam herbei. „Noch eine Runde bitte, und die Rechnung", sagte sie.

Abby zog die Augenbrauen zusammen. „Ich verstehe nicht, warum die Kellner mich immer ignorieren und bei dir gleich angerannt kommen."

„Stationsschwester, Dienstvorgesetzte, Krankenhausverwaltung", sagte Rona. „Ich habe schon immer mit Befehlen um mich geworfen. Du kannst dir nicht vorstellen, wie befriedigend es sich anfühlt, hin und wieder die Kontrolle an Simon abzugeben.
"

Abby lächelte. „Ich denke, das kann ich."

Für eine Nacht hatte auch Lindsey erlebt, wie gut sich das anfühlte. Eine Nacht, in der sie deVries alles gegeben hatte, was er sich wünschte. Seufzend hob sie ihr Glas und leerte ihren Cosmopolitan. Der Alkohol summte in ihren Adern, brachte ihre sentimentale Seite zum Vorschein. Und viele dunkle Gedanken.

„Süße, du warst gestern nicht im Club.“ Abby legte den Kopf auf die Seite. „Letztes Wochenende sah ich, dass du mit Zander verschwunden bist. Ich dachte, du würdest uns erzählen, wie es gelaufen ist.“

Obwohl Lindsey bei der Erwähnung seines Namens die Lippen genervt aufeinanderpresste, konnte sie die Hitze nicht aus ihren Wangen halten. „Gibt nicht viel zu erzählen.“ *Bester Sex meines Lebens, furchtbarste Erniedrigung des Jahrtausends.*

„War es kein schöner Abend?“ Abby klang nicht gerade überrascht.

Jeder wusste, dass der überzeugte Sadist niemals Beziehungen mit einer Sub einging.

Das wusste ich bereits vorher. Deswegen hatte es ihr auch die Sprache verschlagen, dass er die Nacht geblieben war. Und es war wundervoll gewesen. Sie hatte sich wie jemand Besonderes gefühlt. *Ein Hoch auf mich* ... „Nach der Session mit Johnboy war er einfach geil. Also kam er zu mir, um seine Preise vom Sommer einzulösen. Er wollte einfach n-nur seinen Juckreiz stillen.“

„Das ist brutal.“ Rona fand Lindseys Hand und drückte diese mitfühlend.

Lindseys Augen brannten mit unvergossenen Tränen. Als die Älteste hatte sie immer auf ihre beiden jüngeren Schwestern und ihre launenhafte Mutter aufgepasst. Wie merkwürdig – und wundervoll – mal der Empfänger von Fürsorge zu sein.

„Bitte sehr, Ladys.“ Die Kellnerin verteilte die Drinks und gab Rona die Rechnung.

Als Lindsey nach ihrer Geldbörse kramte, schüttelte Rona den Kopf. „Heute Abend geht es auf mich.“

„Du hast doch schon letztes Mal bezahlt.“

„Sobald du dir einen Job angelst, kannst du uns zur Feier des Tages einladen, okay?“

Ihr Stolz focht einen Kampf mit der Vernunft aus, bevor sie nickte. „Na gut.“

„Du hattest eine ätzende Woche.“ Abbys Ausdruck füllte sich mit Mitleid.

„Wenigstens ist die Woche rum." Ihr Lächeln fühlte sich unnatürlich an. „Und ich werde in Zukunft deVries, so gut es geht, aus dem Weg gehen."

Rona erstarrte. „Hat er dich verletzt?"

Oh Mist, ihr Geständnis war falsch angekommen. „Meine Gefühle, ja. Körperlich hat er meine Grenzen getestet, aber" – und war es nicht schwer, das zuzugeben? – „es hat mir gefallen."

„Das kann ich gut nachempfinden", sagte Abby.

Rona nickte. „Also gut." Sie nahm ihr Getränk und hob es zu einem Toast. „Auf Lindsey: Dass sie einen fantastischen Job findet!" Als die Gläser klirrten, fügte sie hinzu: „Trinkt langsam. Ich werde Simon schreiben, dass er sich noch ein bisschen Zeit lassen soll, bevor er uns abholen kommt."

Eine Stunde später tauchte Ronas Ehemann auf. Er marschierte durch die Bar, als gehöre sie ihm. Das tat sie nicht, oder? Leicht angetrunken strengte Lindsey ihr Gehirn an. Nein, ihm gehörte eine Sicherheitsfirma, keine Bars.

Abbys Ehemann könnte sie sich sehr wohl als Eigentümer einer Bar vorstellen. In diesem schicken Schuppen würde er sich wahrscheinlich wie zuhause fühlen.

DeVries würde das nicht. Ausgehend von den abgetragenen Lederhosen, die er immer trug, würden ihn die Türsteher nicht mal reinlassen. *Oh nein.* Er war ein totaler Loser. Ein Drecksack, ein Arschloch. Sie nahm einen Schluck von ihrem Drink. *Hör auf, deine Gedanken an diesen Blödmann zu verschwenden!*

Als Simon den Tisch erreichte, schob er seine Finger in Ronas Haare, zog ihren Kopf zurück und presste einen besitzergreifenden Kuss auf ihre Lippen. Bei dem Anblick schmerzte Lindseys Brust.

Sie freute sich für ihre Freundin, dass sie so einen liebevollen, territorialen Mann abbekommen hatte. Das Problem war nur, dass Lindsey dadurch immer bewusst wurde, wie allein sie sich fühlte. Ruckartig senkte sie den Blick und hob ihre Tasche auf den Schoß. Sie sollten ihren bereitwilligen Chauffeur nicht warten lassen, zumal er nett genug war, hereinzukommen.

Zu ihrer Überraschung zog sich Simon einen Stuhl heran und nahm zwischen ihr und Rona Platz. Er nahm Ronas Glas und roch am Inhalt. „Sollte ich die Frage wagen, wie viele Drinks du heute hattest, ganz abgesehen davon, um was es sich handelt?“

Rona lächelte. „Ich denke, es ist besser, wenn du es lässt.“

Simon nahm einen Schluck und verzog das Gesicht zu einer Grimasse. „Wir sind uns also einig, Mädchen.“ Sein Lachen war dunkel und geschmeidig wie Scotch – ganz im Gegenteil zu deVries' Lachen, das so unberechenbar und unheilvoll war wie billiger, selbstgemachter Fusel.

Warum sehnte sie sich dann so sehr nach ihm? So verzweifelt?

Simon stellte das Glas ab und wandte seine Aufmerksamkeit Lindsey zu.

Sie errötete bei der Musterung von einem der erfahrensten Doms im Dark Haven. „Rona meinte, dass du auf der Suche nach einer Anstellung bist“, sagte Simon.

Lindsey konnte den anklagenden Blick auf ihre Freundin nicht zurückhalten. Unterhaltungen zwischen den Frauen sollten vertraulich behandelt werden. Okay, eine Jobsuche war nicht gerade ein Thema, bei dem sie Verschwiegenheit voraussetzte, aber trotzdem ...

Simons Mundwinkel zuckte amüsiert. „Vielleicht kann ich dir behilflich sein. Xavier und ich haben Kontakte. Bist du auf dem College gewesen, oder hast du eine Ausbildung?“

Gott, wie sollte sie ihm das erklären? Ihr Verstand überschlug sich, als sie versuchte, sich an alle Lügen zu erinnern, die sie jemals gebraucht hatte. Hatte sie Rona erzählt, dass –

„Lindsey?“

Unter seinem dunklen, einschüchternden Blick platzte ihr die Wahrheit heraus: „Ich habe einen Masterabschluss als Sozialpädagogin.“

Abby schnappte nach Luft.

„Ich habe nur für ein paar Monate gearbeitet, bevor“ – *ich fliehen und mein gesamtes Leben hinter mir lassen musste* – „ich Texas verließ." Gerade rechtzeitig, um nicht als Mörderin verhaftet zu werden.

Simon runzelte die Stirn. „Warum arbeitest du mit deinem Hintergrund als Rezeptionistin?"

„Weil ... weil ich nicht gefunden werden will."

„Die Scheidung war schlimm? Hat er dir wehgetan?"

Scheidung. Abby und Rona mussten ihre Lügen weitergereicht haben. Wenn es doch bloß ein gewalttätiger Ehemann wäre, der ihr auf den Fersen war. Sie erschauerte. „Hat er, ja."

Simon verengte die Augen, genau wie Rona.

Abby legte eine warme Hand auf Lindseys Arm.

Oh verdammt, sie würde die Sache versauen. Zu lügen gehörte nicht zu ihren Stärken. „Ich denke, irgendwann wird er die Suche nach mir aufgeben." Keine Lüge, schließlich war er tot. Leider war das Victors Bruder nicht. Der Polizeichef würde niemals aufgeben. „In der Zwischenzeit gehe ich auf Nummer sicher." Super sicher. Mit einem neuen Namen und einer neuen Sozialversicherungsnummer. „Ich meide es, bei alten Jobs nach Empfehlungsschreiben zu fragen oder das College zu bitten, mir meine Zeugnisse erneut zuzuschicken. Stattdessen akzeptiere ich unterbezahlte Jobs."

Nach einem weiteren prüfenden Moment drehte Simon seinen Stuhl, bis er gegen ihre Knie stieß. Er nahm ihre Hände in seine schwieligen, seine Augen direkt auf sie gerichtet. „Erzähl mir von deinen Erfahrungen."

Sie funkelte Rona an. „Wenn du das nächste Mal ein Jobinterview für mich arrangierst, dann bitte, bevor ich mich betrinke."

Rona und Abby brachen in Gelächter aus.

Simons Finger festigten sich um ihre Hände. „Antworte mir."

Gott, der Befehl, ausgesprochen mit seiner tiefen Stimme, sandte einen Schauer durch ihren Körper. Sein Blick hielt ihren gefangen, ihr Mund vollkommen ausgetrocknet.

Sei ehrlich. Du willst nicht, dass er sich bei seinen Kontakten, seinen Freunden bloßstellt, falls etwas schiefgehen sollte. „Okay, also es verhält sich wie folgt: Beratung und Therapie waren meine Spezialgebiete. Jedenfalls haben das meine Kollegen gesagt.“ Andererseits hatte sie nur ein paar Monate Erfahrung. „Als Rezeptionistin habe ich mich gut geschlagen, obwohl ich die Software bei keinem der Jobs kannte. Meine letzte Chefin meinte bereits, dass sie mir gerne eine Empfehlung schreibt.“

Lindseys Schwester meinte immer zu ihr, dass sie viel zu bescheiden war.

Ein gewisser Sadist hatte kein Problem damit, sie wie Dreck zu behandeln. *„Schuld beglichen.“*

Verdammt seist du, deVries.

„Zwar fehlt es mir etwas an Büroerfahrung, aber ich lerne schnell, ich bin klug, organisiert und habe ein Talent im Umgang mit Menschen.“ Na bitte, das klang gar nicht so schlecht. Vielleicht zu großspurig?

Simon drückte ihre Hände ermutigend und ließ sie los. „Sehr gut. Ich habe gesehen, wie du den Empfang im Dark Haven regelst.“ Sein abschätzender Blick schweifte über ihr Gesicht. „Wir werden es so machen: Meine Assistentin hat mich gebeten, für ein paar Wochen auf Teilzeit herunterzuschrauben. Intern hat sie niemanden gefunden, der ihr als Aushilfe zusagt. Vielleicht kommt sie mit einer klugen, weniger erfahrenen Person besser zurecht. Würdest du es gerne versuchen?“

Ihre Ohren nahmen seine Worte auf, doch ihr Gehirn arbeitete zeitverzögert. Die Tatsache, dass ihre Lungen die Funktionsfähigkeit aufgegeben hatten, half auch nicht. Nach ein paar Sekunden hauchte sie ungläubig: „Hast du mir gerade einen Job angeboten?“

„Das ist das erste Mal, dass ich ein Bewerbungsgespräch in einer Bar abgehalten habe, mit einer Bewerberin, die nicht nüchtern ist.“ Er grinste. „Ja, Lindsey, ich habe dir gerade die Chance gegeben, meine Assistentin von deinem Können zu überzeugen. Zudem möchte ich dir helfen, etwas Langfristigeres zu finden. Bis es soweit ist, kannst du Erfahrungen in meiner Firma sammeln.“

„Ich werde mein Bestes geben!“, versprach sie ihm und schenkte Rona ein dankbares Lächeln. *Sie würde mehr als nur ihr Bestes geben, verdammt nochmal.*

Zwei Stunden später führte ein erschreckender Gedanke dazu, dass sie im Bett aufschreckte.

DeVries arbeitete für Simon.

KAPITEL FÜNF

A**m Freitag trat** deVries im elften Stock aus dem Fahrstuhl und lief um die nächste Ecke. Nach einer langen Woche, die er damit verbracht hatte, den Bodyguard für den verwöhntesten und nervigsten Filmstar aller Zeiten zu mimen, war er direkt zu Demakis' Büro gefahren. Persönlich fand er, dass er recht umgänglich war. Er schnaubte. Na ja, eigentlich nicht, aber *heilige Scheiße*, nach den sieben Tagen hatte er kurzzeitig in Erwägung gezogen, den Stalker dafür zu bezahlen, dass er das Filmsternchen aus dem Weg schaffte.

Und um dem Ganzen die Krone aufzusetzen, hatte sie doch tatsächlich eine Szene gemacht, als er ihr mitgeteilt hatte, dass seine Schicht vorbei war. Nach dem verzweifelten Blick auf Marleys Gesicht, seiner Ablöse, war er wie ein Feigling abgehauen, nur um ihn nicht sagen zu hören, dass er ihn nicht mit ihr allein lassen sollte.

Er schob die Tür zu *Demakis International Security* auf und versuchte, seine schlechte Laune abzuschütteln. Wenigstens würde er jetzt für eine Weile in San Francisco sein. Heute Abend sollte er ins Dark Haven gehen und jemanden für eine Session finden. Johnboy oder HurtMe vielleicht. Dixon wäre auch eine

Möglichkeit, obwohl der Sub nicht besonders viel Schmerz ertrug.

Nach einer guten SM-Session würde er sich eine willige Frau zum Ficken suchen.

Bei der Erinnerung an das letzte Wochenende spannte er den Kiefer an. Die unschuldig wirkende, bezaubernde ... nach Geld hungernde ... Sub. War ein paar Jahre her, seit eine Frau ihn so befriedigt hatte. *Oh ja*, sie hatte ihn zufrieden gestellt. Und nach dem Ausdruck auf ihrem Gesicht – den Gewissensbissen, die er bei seinen Fragen gesehen hatte –, war bei ihr noch nicht jegliche Hoffnung verloren.

Hatten Frauen einen biologischen Defekt, der sie geldgieriger machte als Männer? Zuerst mochten sie loyal wirken, doch wedle Geld vor ihrer Nase herum und sie würden ihre eigenen Verwandten verkaufen.

Den Sohn im Fall seiner eigenen Mutter.

Als er in den Empfangsbereich trat, hielt er abrupt an. „Was zum Teufel?"

Lindsey, die Texanerin mit dem Taschenrechner anstelle ihres Herzens, saß auf dem Platz der Chefassistentin. „Mr. deVries." Ausdruckslos, keine Wärme in ihren großen, braunen Augen, ihre Stimme eisig. „Mr. Demakis meinte, dass Sie direkt eintreten können."

„Was zur Hölle machst du hier?"

„Ich arbeite. Haben *Sie* damit ein Problem?"

„Kann man so sagen." Er platzierte seine Hände auf den Schreibtisch und lehnte sich so weit vor, dass er in Lindseys persönliche Zone eindrang. „Ich mag dich nicht."

Er sah ihr an, dass er sie mit seinen Worten getroffen hatte, dennoch wich sie nicht von ihm zurück, senkte nicht den Blick, zeigte keine Angst. Er war beeindruckt. Eine Schande, dass sie bald Angst zeigen würde, wenn er –

„Zander, ich bin froh, dich zu sehen", kam Simons Stimme hinter ihm. „Wie hat dir Los Angeles gefallen?"

DeVries drehte sich um, und der amüsierte Ausdruck auf

dem Gesicht seines Bosses machte ihn leicht aggressiv. „Wusstest du, was für eine Bitch dein angeblicher Filmstar ist?“

„Natürlich.“ Simon wies auf sein Büro und sagte zu der Texanerin: „Mach eine Stunde Mittagspause. Mrs. Martinez ist auf dem Weg nach oben.“

„Sehr wohl, Sir.“

Ohne deVries anzusehen, öffnete sie eine Schublade an ihrem Schreibtisch. *Ihrem Schreibtisch.*

In Simons Büro ließ sich deVries auf einen Stuhl fallen und sah sich sogleich um: Obwohl der cremefarbene Teppich und die weißgrauen Wände zunächst dominant wirkten, war es dem Innenarchitekten gelungen, durch den Mahagoni-Schreibtisch, den Ledersessel und der farbenfrohen, abstrakten Kunst das kühle Ambiente von Lindseys Schickimicki-Wohnung zu vermeiden. „Du stellst jetzt also Dark Haven-Subs bei dir an?“

Simons Blick war unterkühlt. „Mrs. Martinez’ Tochter heiratet bald und sie hat mich gebeten, für ein paar Wochen eine Aushilfe einzustellen, damit sie bei den Vorbereitungen dabei sein kann. Rona schlug vor, dass ich Lindsey einstelle.“

Und Simon gab seiner Frau alles, was sie sich wünschte. DeVries überlegte, Simon von Lindseys Vergangenheit zu berichten. Unglücklicherweise hatten ihre Taten ihrem Ex-Mann gegenüber nichts mit ihrem Job als Sekretärin zu tun. Merkwürdig war, dass sie überhaupt arbeitete ... *was soll’s*. Vielleicht war ein Büro wie dieses das perfekte Jagdgebiet für eine Frau wie sie, um ihr nächstes Opfer zu finden.

„Hast du Bedenken im Hinblick auf Lindsey?“, fragte Simon.

Fuck. „Nicht im Bezug auf ihre Arbeit, nein. Alles gut.“

„Okay.“ Simon blätterte durch den Ordner auf seinem Schreibtisch. „Gib mir alle Informationen über Los Angeles. Auch möchte ich deinen Input zu den Sicherheitsmaßnahmen für das Scofield Anwesen.“

DeVries konzentrierte sich auf das Wesentliche. Die Texanerin würde ihm sicherlich aus dem Weg gehen. Hier und auch im Dark Haven. Schließlich war sie nicht dumm.

Eine Stunde lang jonglierten sie mit Ideen. Dann nickte Simon. „Sieht nach einem Plan aus." Noch einmal überflog er die Notizen. „Kannst du das bitte Lindsey zum Abtippen geben?"

DeVries nahm die Aufzeichnungen entgegen. An der Tür hielt er inne und fragte: „Wie macht sie sich?"

Simon schaffte es mit einem Blick, dass er sich wie ein Idiot fühlte. „Sehr gut. Sie hat einen Abschluss in Sozialpädagogik, doch es fehlt ihr noch an Praxis. Ihre Verbissenheit hilft ihr. Ich behalte sie, solange sie bleiben möchte."

Sozialpädagogik? *Heilige Scheiße.* „Warum würde ein reiches Mädchen ausgerechnet in diesem Fachgebiet einen Abschluss machen?"

„Reich?" Simon sah ihn verwirrt an. „Wie kommst du denn auf diese Idee?"

„Habe ihre Eigentumswohnung gesehen. Im Stadtviertel Pacific Heights."

Mit einem angewiderten Laut lehnte sich Simon in seinem Stuhl zurück. „Irgendwann solltest du's dir angewöhnen, mit den Frauen zu sprechen, die du vögelst."

Darauf fiel ihm keine Antwort ein, weshalb er die Tür hinter sich zumachte. Simons Reaktion implizierte, dass Lindsey nicht reich war und deVries sich getäuscht hatte.

Oder, Simon war ihrem Dackelblick und der *Oh-bemitleide-mich*-Story auf den Leim gegangen.

DeVries lief durch den Flur zum Rezeptionsbereich. Lindsey saß hinter dem Schreibtisch, gleich neben ihr Mrs. Martinez.

Die grauhaarige Sekretärin trug ein silberfarbenes Kostüm, das erkennen ließ, wie effizient sie arbeitete. Es war ihr herzliches Lächeln, das ihre wahre Natur durchstrahlen ließ. Sie war die liebreizendste Frau, der er jemals begegnet war.

„Zander, es ist so schön, dich wieder bei uns zu haben." Sie streckte ihre Hand nach ihm aus und er akzeptierte einen Kuss auf seine Wange. „Wenn du für ein paar Tage in der Stadt bist, backe ich dir einen Apfelkuchen."

Das Wasser lief ihm im Mund zusammen. Die Frau wusste,

wie man kocht und backt. „Wenn ich nicht in der Stadt bin, fliege ich für deinen Kuchen extra her."

Ihr Lachen klang so herzlich. Noch immer lächelnd, wandte sie sich der schweigenden, kleinen Texanerin zu. „Lindsey, kennst du Alexander deVries schon? Er ist Simons bester Ermittler."

„Ja, wir sind uns bereits begegnet." Steif wie ein Brett nickte sie ihm zu. „Mr. deVries."

Na gut, wenn sie die Sache so handhaben wollte, bitte. Er nickte und reichte Mrs. Martinez die Notizen von Simon. „Simon möchte, dass dies abgetippt wird."

In seinem eigenen Büro ließ er sich auf seinen Stuhl fallen. Als einer von Simons erfahrensten Security-Agenten hatte er sich das Recht auf seinen persönlichen Bereich verdient. Nicht unbedingt etwas, das hoch auf seiner Prioritätenliste gestanden hatte, aber er beschwerte sich nicht über die Privatsphäre. Zurückgelehnt starrte er durch das Fenster auf den Hafen von San Francisco, wo durch das einfallende Sonnenlicht das Wasser von funkelnden Diamanten bevölkert wurde.

Ein Rätsel. Sie war ihm ein Rätsel. Hübsche Geschiedene, die genug Geld hatte, um sich eine Wohnung in einem guten Viertel zu leisten, und dennoch als Rezeptionistin arbeitete.

Sie kleidete sich ... bequem. Nichts wies bei ihrer Kleidung jemals auf Vermögen hin. Heute trug sie eine schwarze Jeans und ebenso farbene Stiefel, dazu eine rote Bluse mit einem schwarzen Blazer. Adäquat für ein Büro, aber nichts Besonderes.

Mrs. Martinez, das konnte er sehen, trug teurere Kleidung.

Lindsey hatte einen Abschluss in Sozialpädagogik – jedenfalls hatte sie das Simon aufgetischt. Sozialpädagogen und Hochstapler gehörten nicht in dieselbe Kategorie.

Er zog die Augenbrauen zusammen. Obwohl sie ihn letztes Wochenende angelogen hatte, war ihm zuvor nie aufgefallen, dass sie Unwahrheiten über sich verbreitete. Er seufzte, denn es wäre nicht das erste Mal, dass er hinters Licht geführt wurde.

Tamara hatte ihn ständig angelogen, ohne dass er es gemerkt hatte.

Das lag über ein Jahrzehnt zurück. Damals war er noch jung und dumm. Er hatte sich noch nicht als Dom etabliert und wusste nicht, wie man die typischen Anzeichen einer Lüge erkannte. Niemals hätte er vermutet, dass er die Loyalität seiner eigenen Ehefrau in Frage stellen sollte.

Lindseys Kichern drang durch die geschlossene Tür. Bezaubernd. Offen. Ihre offensichtliche Aufrichtigkeit war eine Eigenschaft, die er an ihr immer so anziehend gefunden hatte.

Simon wusste von ihrer Eigentumswohnung, dennoch bestand er darauf, dass sie nicht vermögend war. Hatte er ihre Empfehlungen geprüft? Sich ihre Zeugnisse angesehen? Sicher hatte er das. Schließlich war er kein Idiot.

„Irgendetwas entgeht mir", murmelte deVries. Schon als Kind war es ihm unmöglich gewesen, ein Rätsel unberührt zu lassen. Er hatte Computer auseinandergenommen, nur um herauszufinden, wie sie funktionierten. Als SEAL hatte er sich auf Beobachtung, unbemerkten Zutritt und Sprengkörper spezialisiert. Nun, als ausgebildeter Ermittler, sollte es ihm ja wohl möglich sein, das Rätsel um Lindsey zu lösen.

Er lehnte sich vor und klickte auf das erste Suchprogramm.

Warum konnte der Mann seine Ermittlungs- und Bodyguard-Dinge nicht woanders machen? In New York zum Beispiel. Am Nachmittag lief Lindsey an deVries' Büro vorbei. Die Tür war geschlossen. Durch das Milchglas konnte sie ihn dennoch an seinem Tisch erspähen. Ihn im selben Gebäude zu wissen, machte sie nervös. Nervöser, als es zum Beispiel ihr pelziger Mitbewohner war, wenn sie den Staubsauger zückte. Francois, die kleine Maus, wusste, dass es besser war, sich in dieser Zeit in seinem Mauseloch zu verkriechen.

Was war nur schiefgelaufen? Von einer Minute auf die andere

hatte er sie plötzlich verachtet. Der Abend, die ganze Nacht, war so wundervoll gewesen – *er* war so wundervoll gewesen. Das war einfach nicht richtig. Sie war sich so sicher gewesen, dass er sie mochte und –

Bei seinen Worten heute Morgen hätte sie am liebsten geweint. *„Ich mag dich nicht.“*

Hinter ihr, im Rezeptionsbereich klingelte das Telefon und Mrs. Martinez antwortete.

Lindsey wollte helfen, aber ihr wurde gesagt, die Pause zu genießen, bevor die Assistentin für den Tag verschwand.

Der Pausenraum war winzig, mit einem kleinen Tisch, einem Kühlschrank, einem Waschbecken und einer Mikrowelle. Die neue Kaffeemaschine schien im Dauerbetrieb zu sein. Lindsey stellte eine saubere Tasse darunter und legte eine Kapsel mit Haselnussgeschmack ins entsprechende Fach. Sie entschied, in der Zeit, in der die Maschine ihr Werk vollbrachte, ihre Schwester anzurufen.

„Hey, ich bin's.“

„Schwesterchen!“ Amandas hohe Stimme klang überglücklich. „Schon wieder ein neues Handy?“

„Oh ja.“ Schließlich konnte sie nicht riskieren, dass ihre Nummer in falsche Hände geriet.

Ihre Schwester entließ ein trauriges Seufzen. „Gott, ich wünschte –“

„Ich weiß.“ Sie zwang sich dazu, etwas heiterer zu klingen.

„Ich bin trotzdem froh, dass du angerufen hast; ich wollte mit dir sprechen.“

Sorge schnürte Lindsey die Kehle zu. „Was ist los? Warst du beim Arzt?“

„Entspann dich!“ Ihre kleine Schwester stöhnte genervt. „Es ist alles gut. Die letzte Untersuchung hat gezeigt, dass bei mir alles prima ist. Wirklich, Linnie, ich verspreche, es geht mir gut.“

„Okay.“ Lindseys Schultern sackten erleichtert zusammen. Der Krebs war also nicht zurück. „Tut mir leid.“

„Du machst dir mehr Sorgen als Mama und Melissa zusammen."

„Ich weiß." Amandas Kichern ließ Lindseys gute Laune hervorspringen. *Ihr zu lauschen, so lebendig, lachend.* Ein himmelweiter Unterschied zu vor drei Jahren, als Krebs bei ihr diagnostiziert worden war und sie mit mehr als nur einem Bein im Grab gestanden hatte. Sie hatte so viel an Gewicht verloren, ihr Gesicht blass und eingefallen. Nun klang sie wieder wie vor der Hiobsbotschaft. Amanda – kurz Mandy – war schon als Kind ein wahrer Sonnenschein gewesen. „Also, was wolltest du mir erzählen?"

„Die Texas A&M Universität hat mich aufgenommen. Bald bin ich offiziell eine Studentin, ein Texas Aggie!"

„Wirklich? Wann hast du das Alter erreicht, um auf die Uni zu gehen?"

„Linnie!" Der rügende Tonfall zauberte ein Lächeln auf Lindseys Lippen und Tränen in ihre Augen.

„T-tut mir leid." Sie räusperte sich. Dieser Moment war die Strapazen wert. Okay, wenn Victor nicht angeboten hätte, die Kosten für Amandas Behandlung zu übernehmen, hätte sie nicht so überstürzt seinen Antrag angenommen. Dann wäre ihr vielleicht aufgefallen, was für ein Monster er war, oder warum er sie so dringend heiraten wollte.

Sie presste die Lippen aufeinander. Wenn sie raten müsste, würde sie sagen, dass nur eine Ladung bei seinem Schmuggel-Geschäft nötig war, um das Geld für Mandys Behandlung wieder reinzuholen. Doch die Vergangenheit spielte keine Rolle mehr. Ihre Schwester war am Leben und plante voller Freude ihre Zukunft. Nur das zählte. „Herzlichen Glückwunsch, Mandy. Wirklich, das ist so großartig!"

„Ja, oder? Es ist nicht zu fassen, dass ich alle Fächer habe nachholen können, die ich verpasst habe. Für meinen Geburtstag nächste Woche plant Mama eine Party." Eine Pause folgte, flüsternd fuhr sie fort: „Ich wünschte, du könntest kommen."

Bei dem Gedanken, einen Fuß in Parnells Zuständigkeitsbereich zu setzen, was er mit ihr machen würde, drehte sich ihr Magen um. *Entspann dich.* Sie war von Texas weit entfernt. „Tut mir leid, Schwesterchen." Könnte sie jemals wieder nach Hause gehen? „Geht es euch allen gut?"

„Die Bullen kommen öfter mal vorbei, um zu sehen, ob du dich unter der Couch versteckst." Sie kicherte.

„Du hast ihnen doch nichts verraten, oder?"

„Ach, Quatsch, wir sagen nur, dass wir nicht wissen, wo du dich aufhältst. Ich bin froh, dass du uns keine Einzelheiten über deinen Aufenthaltsort gibst, damit ich mich nicht wie eine Lügnerin fühlen muss." Sie zögerte. „Polizeichef Parnell ist ... wirklich unheimlich."

Lindsey erstarrte und erinnerte sich an den hasserfüllten Blick in den Augen des Polizeichefs. *Ich habe seinen Bruder erschossen.* Und Parnell mochte es, zu töten. Gott sei Dank würde Mandy bald die Stadt verlassen. „Niemals darfst du allein mit ihm sein, verstehst du das? Niemals."

„Ich bin doch nicht blöd. Wenn Mama nicht daheim ist, gehe ich zur Hintertür raus und springe über den Zaun." Mandy kicherte. „Du wärst stolz auf sie, wenn du sie sehen könntest. Immer, wenn der Polizeichef vorbeikommt und deinen Namen erwähnt, bricht sie in Tränen aus. Das ekelt ihn dermaßen an, dass er schnell die Kurve kratzt."

Sogar als die Schuldgefühle in ihre Seele zurückkehrten, konnte sie sich das Grinsen nicht verkneifen. Ihre Mutter bot eine großartige Schauspielerin, anmutig und stolz, eine wahre Texanerin.

„Melissa war gestern zum Abendessen hier. Sie nimmt sich den Tag der Party frei!"

„Sehr gut."

„Und sie kümmert sich um dein Grundstück."

„Noch besser." Sie war so dankbar, dass es Melissa gab. Lindsey und sie hatten immer auf Mama und Mandy achtgegeben. Als Mandy krank wurde, hatte Lindsey das Geld für die experimentelle Behandlung aufgetrieben, während Melissa als Stütze gedient hatte. Und Mama – Lindsey rollte mit den Augen – Mama hatte geweint. Sie liebten ihre Mutter, keine Frage, doch in Notfällen war sie so nutzlos wie die Nippel an Ebern. „Erzähl mir, welche Seminare du in deinem ersten Semester belegen willst."

Nachdem ihre Schwester sie über den lokalen Klatsch aufgeklärt hatte, kippte Lindsey den Rest ihres Kaffees in die Spüle und ging zur Rezeption zurück.

„Ich werde jetzt verschwinden, um meiner Tochter mit den Blumenarrangements zu helfen", sagte Mrs. Martinez. Dann wies sie auf einen Stapel Papiere. „Wenn du Zeit findest, kannst du die für mich einheften?"

„Natürlich."

Lindsey beobachtete die kleingewachsene Frau, wie sie ihre Tasche zusammenpackte und eilig das Gebäude verließ. Nach einer Weile war es ihr möglich, das Gefühl, das sich in ihr erhob, zu identifizieren: Betrübnis. Zweimal war sie bereits eine Braut gewesen, sogar mit Victor. Obwohl es schon zu Beginn einige Ungereimtheiten gab, dachte sie, zwischen ihnen würde wirklich Liebe existieren. Sie hatte sich darauf gefreut, eine Familie zu gründen, Kinder zu bekommen.

Langsam nahm die Betrübnis Oberhand. Das durfte sie nicht zulassen. Sie schüttelte sich.

Der Zug war abgefahren, Mädchen. Ihm nachzutrauern, würde auch nichts bringen.

Sie nahm den Stapel Papiere und ging ins schmale Archiv, direkt hinter dem Rezeptionsbereich. Der Raum war abgeschnitten vom Trubel eines Unternehmens, er spendete Trost. Es war einfach perfekt, denn von hier aus konnte sie deVries' Büro nicht sehen.

Ihre Stimmung hob sich, sie summte, ging ans Telefon, wenn es klingelte, und sortierte alles in die entsprechenden Ordner. A, B, C ...

„Sieht aus, als wüsstest du genau, was du tust." DeVries' Reibeisenstimme hallte durch den kleinen Raum.

Lindsey wirbelte zu ihm herum. „Mein Gott, müssen ... Sie mich so erschrecken?" *Heilige Scheiße!* Wie konnte sie nur so dämlich sein, der Tür den Rücken zuzudrehen? Jeder hätte eintreten können, hätte sie töten können!

Sie versuchte mit einigen kräftigen Atemzügen, ihren Puls zu regulieren, und bückte sich dann, um ein Dokument aufzuheben, das zu Boden geflattert war.

„Sind wir ein wenig schreckhaft?" Sein Blick schweifte über sie, wodurch er eine andere Art der Nervosität in ihr auslöste.

„Zu viel Kaffee heute." Sie zwang sich ein Lächeln auf die Lippen. „Gibt es etwas, mit dem ich Ihnen helfen kann, Mr. deVries?"

Sein Ausdruck verdunkelte sich. „Wenn man bedenkt, dass ich von dir gekostet, dich gefingert und gefickt habe, ist es doch sehr merkwürdig, dass du mich siezt."

Von der Direktheit spannte sie ihre Schultern an. „Ich ging davon aus, dass wir mit Förmlichkeiten in unserer Situation am besten fahren würden. Schließlich kann ich dich nicht leiden, und dir geht es ja offensichtlich genauso."

„Zur Hölle", murmelte er, bevor er sie anfunkelte und unverhofft zugab: „Ich habe mich unmöglich verhalten."

Sie nickte bei seiner halbherzigen – wenn auch unerwarteten – Entschuldigung.

„Allerdings bin ich nicht hier, um mich bei dir zu entschuldigen." Er betrachtete sie, als wäre sie ein Skorpion, der sich im Badezimmer zu heimisch fühlte. „Dein Ausweis ist gefälscht, Miss Adair. Wie heißt du wirklich?"

Sie trat einen Schritt zurück, ihre Hände plötzlich eiskalt. Die offene Schublade des Aktenschrankes bohrte sich in ihre Hüfte und blockierte ihren Rückwärtsgang. „Du hast Nachforschungen über mich –"

„Das habe ich. Gib mir eine verdammt gute Erklärung, dann werde ich es Simon vielleicht nicht erzählen."

Schon machte Angst dem willkommenen Gefühl des Zorns Platz. Was bildete er sich eigentlich ein, ihr zu drohen? „Geh weg." In dem Versuch, seine Existenz auszublenden, drehte sie ihm ihren Rücken zu und sortierte das Papier ein, das sie in den letzten Minuten in ihrer Hand zerknittert hatte.

Die Luft schien sich zu verdichten. Dieser Mann war in der Lage, die Atmosphäre in einem Raum zu verändern.

„Ich warte auf eine Erklärung."

Darauf könnte er lange warten. „Geh schon und erzähle es Daddy, kleiner Junge. Wie alt bist du eigentlich? Fünf?" Sie atmete tief ein und befahl ihren Schultern, sich zu entspannen. *Ich will nach Hause.*

„Lass uns mit einer einfachen Frage anfangen: Warum arbeitest du hier?"

Einfach: Wäre ich in Texas geblieben, wäre ich jetzt tot. Sie drehte sich zu ihm um und funkelte ihn wütend an. „Was denkst du denn, du Blödmann? Weil er mich bezahlt. Weißt du", sagte sie in einem zuckersüßen Ton, „Simon findet, dass du clever bist, während ich denke, dass du deinen Hintern nicht mal mit einer Taschenlampe und einem Durchsuchungsbefehl finden würdest."

Stille.

Wahrscheinlich nicht das beste Timing, um frech zu werden. Na ja, wenn er ihre Konter nicht ertragen konnte, hätte er eben dem Archiv fernbleiben sollen. Sie knallte die Schublade zu und wandte sich dem Buchstaben D zu. DeVries' Name war Teil zahlreicher Ermittlungen. Er wurde respektiert. Was würde Simon tun, wenn sein Kumpel sie verriet? Okay, Simon wusste, dass sie sich versteckte. Er würde sie nicht feuern, nein. Sie spürte, wie ihr Kinn bebte. *Lass mich bitte einfach in Ruhe.*

Das tat er nicht. Seine Stimme klang noch gefährlicher, als er sagte: „Ich denke, du solltest –"

„Lindsey, es ist um fünf. Zeit für dich, Feierabend zu machen." Simons geschmeidige Stimme traf in den Raum wie die Wärme eines Kaminfeuers nach einem kühlen Morgenspaziergang.

Sie drehte sich um.

DeVries stand noch immer auf der Türschwelle, sein Ausdruck undefinierbar.

„Okay", sagte sie zu Simon. „Danke."

„Du machst deinen Job großartig."

Sein Kompliment wärmte sie von innen. „Oh, das freut mich!"

„Ist die Wahrheit."

Sie schloss die Schublade, ließ die restlichen Dokumente auf einem kleinen Tisch zurück und ging zur Tür. DeVries rückte keinen Millimeter zur Seite, als sie sich an ihm vorbeiquetschte.

„Arschgesicht", murmelte sie laut genug, dass er es hören konnte.

DeVries beobachtete, wie sie sich ihre Tasche schnappte und verschwand. Wenn sie wütend war, fand er sie noch anziehender, und das milderte aus irgendeinem Grund auch seine Verärgerung.

Es war so einfach, ihre Gedanken auf ihrem Gesicht abzulesen. Sie hatte versucht, ihre Angst, ihre Panik vor ihm zu verbergen, doch sie war gescheitert. Er kaute auf der Innenseite seiner Wange. Wenn sie nicht mal ihre Emotionen aus ihrem Ausdruck fernhalten konnte, wäre sie die schlechteste Hochstaplerin aller Zeiten. *Verdammt nochmal*, alle seine Instinkte wiesen darauf hin, dass sie eine aufrichtige und herzliche Person war.

Nichtsdestotrotz war sie nicht, wer sie vorgab zu sein.

Simon betrachtete ihn aufmerksam. „Lass meine Angestellten in Ruhe."

DeVries überlegte kurz, die Klappe zu halten, doch sein Chef verdiente die Wahrheit. „Lindsey Adair existiert nicht – jedenfalls hat sie das nicht bis vor ein paar Monaten."

„Das wusste ich bereits." Simon lehnte sich mit der Hüfte gegen Mrs. Martinez' Schreibtisch, den das nichtexistierende Mädchen makellos hinterlassen hatte.

„Aber –" Bei der glühenden Wut in Simons Augen paddelte deVries zurück. Der Dom hatte einen ausgeprägten Beschützerinstinkt. „Geht klar. Weißt du, ich dachte, sie sei reich."

Simon zog eine Augenbraue hoch. „Ich bin vermögend. Bedeutet das, wir können keine Freunde sein?"

„Gott, das wollte ich damit nicht sagen." Hatte er Simon das nächste Mal als Gegner im Ring, würde er ihn windelweich prügeln ... oder es jedenfalls versuchen. Obwohl Simon nicht länger professionell Kampfsport ausübte, war sich deVries sicher, dass er seine Fähigkeiten diesbezüglich nicht eingebüßt hatte. „Ich habe ihre Wohnung gesehen. Keine Rezeptionistin kann sich das leisten. Zudem hat sie zugegeben, dass sie ihren Ex nur wegen des Geldes geheiratet hat."

„Du ziehst voreilige Schlüsse, Zander. Das sieht dir nicht ähnlich." Simon schüttelte enttäuscht den Kopf. „Als ich ihr angeboten habe, ihr eine Vorauszahlung auf ihr Gehalt auszuzahlen, meinte sie zu mir, dass sie kein Geld für etwas nehmen würde, dass sie sich nicht verdient hat. Außerdem lebt sich nicht länger in dieser Wohnung."

„Sie ist umgezogen? Wohin?"

„Das geht dich nichts an."

Simon marschierte davon und deVries sah ihm mürrisch nach. Was für ein Scheiß, und er hatte ihn selbst produziert. Warum ging er bei dem Mädchen vom Schlimmsten aus?

Weil sie über ihre Identität nicht die Wahrheit sagte. Aber warum nicht?

War es möglich, dass sie in Schwierigkeiten steckte? DeVries ging in sein Büro und lud ein weiteres Suchprogramm. Er hatte vor, das Rätsel um Lindsey Adair zu lösen, bevor er wegen eines neuen Auftrages von Simon die Stadt wieder verlassen müsste. Schließlich wusste er besser als jeder andere, dass es niemals garantiert war, von einer Mission zurückzukehren.

KAPITEL SECHS

DeVries fand Lindseys Apartmentkomplex ohne große Schwierigkeiten. Schockiert betrachtete er das alte Ziegelsteingebäude, das noch älter als Amerika selbst aussah. Warum zum Teufel wohnte sie jetzt in diesem rattenverseuchten Stadtteil von San Francisco?

Stirnrunzelnd umkreiste er den Block, auf der Suche nach einem Parkplatz. Kein Parkhaus. Keine Parkplätze. Nur Stellplätze an den Straßenseiten. *Meine Fresse.*

Der Hauseingang war nicht abgeschlossen, so konnte er problemlos eintreten, vorbei an graffitibeschmutzten Briefkästen; über dreckige Teppiche erreichte er schließlich die Fahrstühle. Einer war außer Betrieb. Der andere ... Er war nicht blöd und entschied sich, die Treppe zu nehmen.

Im vierten Stock konnte er die Fernseher aus jedem einzelnen Apartment hören und es roch, als hätte jemand die hintere Ecke des Flurs als Toilette benutzt. Mit einem angewiderten Grunzen klopfte er an ihre Tür.

Aus dem Inneren drang kein einziger Laut zu ihm. Anrufen konnte er nicht, da sie nirgends eine Nummer von sich gelistet hatte. Er klopfte ein zweites Mal, lauter. Nichts. *Zur Hölle.*

Eine Teenagerin im Gothik-Look rannte im Flur an ihm

vorbei. Sie hatte so viele Piercings, dass er sich fragen musste, wie ernst ihre Eltern den Job als Erziehungsberechtigte nahmen.

„Hey, du."

Das Mädchen kam zu einem Halt. „Was?"

„Wohnt Lindsey hier?" Hoffentlich verwendete sie hier nicht auch einen anderen Namen.

Unruhig und voller Ungeduld sagte das Mädchen: „Tut sie. Sie und Francois. Im Moment ist sie aber nicht zuhause."

Francois. Was für ein Name. Wenn sich ihr Lover nur diese Bruchbude leisten konnte, hatte Tex sogar noch einen schlechteren Geschmack als vermutet. Sie war wirklich tief gefallen. *Verdammte Scheiße,* sie war regelrecht im Keller gelandet.

Irgendetwas entging ihm. Anders konnte er sich das alles nicht erklären. Die Wissenslücke nervte ihn dermaßen, dass seine nächste Frage knurrend über seine Lippen kam: „Weißt du, wo sie ist?"

„Dakota wurde auf einen Baum gejagt. Lindsey wollte ihn herunterholen."

DeVries schnaubte verärgert, während er sich innerlich einen Arschtritt verpasste. *Oh ja*, die Texanerin war wirklich eine geldgierige Schlampe – unterwegs, um ein Kätzchen von einem Baum zu holen. *Ich bin so ein Idiot.*

Das Mädchen öffnete die Tür gegenüber von Lindseys Apartment. „Mom? Dakota braucht dich!" Nur die Stille antwortete ihr und das Mädchen trat gegen den Türrahmen. „Scheiße, sie ist noch nicht daheim."

„Sag mir den Weg zu dem Baum. Vielleicht kann ich behilflich sein."

„Wirklich?" Der erleichterte Ausdruck auf dem Gesicht des Teenies war beunruhigend. Wie hoch oben im Baum befand sich die verdammte Katze?

„Die Straße runter, in die Richtung der Schule." Sie zeigte nach Westen. „Ein paar Blocks. Ich muss auf Mom warten."

„Verstanden. Danke."

Schmerzlich hämmerte Lindseys Herz gegen die Innenseite ihrer Rippen, als sie mit einem erhobenen Pfefferspray vor dem Baum stand. Großartiges Zeug. Großartig genug, um mindestens drei großen Männern gleichzeitig das Augenlicht zu rauben.

Und, na ja, gerade hatte sie es nicht mit großen Männern zu tun. Sie mussten erstmal Männer werden.

Unglücklicherweise waren es mehr als drei.

Der kalte Wind vom Hafen wehte durch die Straße, brachte weggeworfene Plastikbeutel und Dosen zum Rascheln. Sie erschauerte, wünschte sich ihre Jacke herbei. Ein Langarmshirt reichte nicht aus.

„Ich bin gelangweilt, Jungs“, sagte sie zu den Burschen. Piercings, Tattoos, merkwürdige Frisuren – genau, was von einer Gang in dieser Gegend zu erwarten war. Und schmutzig. *Meine Güte.* Das Aroma von jugendlichem Jungenschweiß brannte ihr in den Augen. „Geht nach Hause. Dakota und ich werden das auch tun.“

Seit zehn Minuten stand sie hier. Warum zum Teufel hatte bisher niemand die Polizei gerufen? Doch sie kannte den Grund. In einer Nachbarschaft wie dieser mischte man sich nicht ein.

Das Taschenmesser in ihrer Jeanstasche schien zu pulsieren, als wollte es, dass sie es rauszog. Dummerweise war es winzig. Und eine Klinge würde diese kleine Auseinandersetzung auf ein neues Level heben.

„Verpiss dich, Schlampe. Die Sache geht dich nichts an.“ Die Worte kamen von einem Jungen mit einem mitleiderregenden Schnurbart. Ihr Daddy hätte ihm bei seiner Wortwahl gegenüber einer Lady den Mund mit Seife ausgewaschen.

„Er ist nicht mal in eurem Alter. Was kann er euch schon getan haben?“ *Tolle Idee, Lindsey. Als würde Logik bei den Rotzlöffeln etwas bringen.* Trotzdem musste sie es probieren. Ihre Hände waren feucht, die Dose rutschte ihr langsam aus der Handfläche.

Mehr Schweiß rann über ihren Rücken, trotz der kühlen Herbstluft.

„Sein Bruder hat mir eine reingehauen. Also muss der Zwerg für die Taten seines Bruders leiden."

Tolle Logik. Die Gangaktivitäten in dieser Gegend waren der Grund dafür, dass Dakotas Familie umziehen wollte. Heute war sein letzter Tag an der Schule gewesen. Wahrscheinlich hatte die Gruppe ihre Chance verpasst, den Bruder aufzumischen, weshalb sie ihre Wut an dem Kleinen auslassen wollten.

„Ich werde nicht verschwinden", sagte sie. „Wenn ihr ihn wollt, müsst ihr erst an mir vorbei."

Oh Scheiße, das war nicht gut.

Sie griffen an.

Lindsey drückte das Pfefferspray.

Wütendes Brüllen erfüllte die Luft.

Sie hatte nicht genug von ihnen erwischt.

Erblindet krachte einer der Halbstarken gegen sie, weswegen sie einen Schritt nach hinten machen musste. Ein anderer trat ihr gegen die Hand, in der sie die Dose hielt. Schmerz schoss von dort aus durch ihren ganzen Körper. *Zur Hölle.* Die Dose fiel zu Boden.

Eine Faust traf sie neben dem Auge. Sie schüttelte den Kopf, blinzelte Tränen zurück und schlug dem Verantwortlichen mitten in die Fresse. Ein Tritt in die Eier schickte den Nächsten auf die Matte.

Der Dritte schaffte es schließlich, sie mit einem Schlag niederzuringen. Hart landete sie auf dem Asphalt. Ein Stiefel traf sie gegen die Hüfte. Gerade so schaffte sie es, einen Schmerzensschrei zu unterdrücken.

Oh nein! Sie rannten an ihr vorbei!

Auf Händen und Knien folgte sie, stellte den Vorbeirennenden ein Bein. Einer schrie auf, als sie ihn gegen das Knie traf. Ein weiterer ging zu Boden. Keuchend versuchte sie aufzustehen, brach alsbald wieder zusammen. Dann hörte sie einen

Schrei vom Bürgersteig kommend. Sie zog ihr Taschenmesser heraus, erfolgreich zückte sie die Klinge.

Es kehrte Stille ein, als sich die Gang rückwärts von ihr entfernte. Waren die Bullen doch gekommen?

Vor Schmerz stöhnend erhob sie sich schwankend auf die Füße und machte sich zum Baum auf. Ihre Augen schwammen, ihr Sichtfeld eingeschränkt. Sie wischte sich mit dem Ärmel übers Gesicht. Wohin starrten die denn alle?

Oh ...

DeVries stellte sich den Gangmitgliedern, und sie erkannte seinen kalten Ausdruck. Auch sie sah er so an.

Um ihn herum lagen drei Jungen auf dem Boden – einer schien einen gebrochenen Arm zu haben. Die anderen wichen zurück. Weg von deVries.

Das schien er nicht mal zu merken, sein Blick einzig und allein auf Lindsey gerichtet, kam er auf sie zumarschiert. Einer der Idioten versuchte sein Glück und holte nach ihm aus. Problemlos wehrte er die Faust des Jungen ab und riss ihn zu sich, um mit dem Ellbogen einen Schlag in sein tätowiertes Gesicht auszuteilen. Sie hörte das unverkennbare Geräusch einer gebrochenen Nase, doch sie konnte sich nur auf ihre eigenen Schmerzen konzentrierten.

Wie Kakerlaken unter grellem Licht flüchtete die Gang in verschiedene Richtungen.

In der ganzen Zeit hatte deVries kein einziges Wort verloren.

Vor ihr hielt er an und nahm ihr das Messer aus der Hand. „Als könntest du damit jemandem Angst machen", sagte er sarkastisch. Er klappte die Klinge ein und schob es in ihre Jeanstasche.

Das Gefühl von Blut, das an ihrer Schläfe herunterlief, ließ Lindsey den Arm heben, um es wegzuwischen.

DeVries' Augen wanderten zu ihren Fingern, sein Kiefer angespannt. „Du bist einer der dümmsten Menschen, die ich kenne", sagte er in einem unterkühlten Ton. „Du riskierst dein Leben für eine verdammte –"

Ihre Dankbarkeit löste sich in Luft auf. Gerade rechtzeitig. Es hatte nicht viel gefehlt und sie hätte sich in seine Arme geworfen. Sie drehte sich von ihm weg. *Geh zu Dakota. Verschwinde, bevor die Gangmitglieder zurückkehren.* Mit einer Hand auf einem tiefhängenden Ast versuchte sie, den Baum zu erklimmen, doch ihre rechte Hand fühlte sich noch immer taub an. Ihre Finger wollten sich nicht schließen. Ein frustriertes Wimmern entrang ihr.

Unnachgiebige Hände zogen sie an ihren Schultern zurück. Seine Augen heute eher grau als grün, durchdringender, als er einen Finger unter ihr Kinn legte und sie musterte. Sie nahm an, dass sie eine blutende Wunde und ein paar blaue Flecken davongetragen hatte. Diesen Eindruck hatte sie jedenfalls, doch Gott wusste auch, dass sie schon weitaus Schlimmeres überlebt hatte – wie die Sache mit dem korrupten Grenzoffizier Ricks.

Sie drängte ihre Wut in den Hintergrund. Schließlich hatte deVries sein Leben für sie riskiert. Einige Gangs waren im Besitz von Waffen. Und Messern. Er hätte schwer verletzt werden können. „Ich schätze deine Hilfe. Danke." Sie versuchte, sich von ihm zu lösen. Keine Chance.

„Was soll das werden, Kleine?"

„Ich will Dakota helfen. Dafür musst du mich loslassen."

Sein rechter Mundwinkel zuckte, die Kälte verließ seine Augen. „Dein Akzent ist ausgeprägter, wenn du wütend bist."

Sie funkelte ihn an.

Er gluckste. „Wo ist die verdammte Katze? Ich hol sie runter."

„Was denn für eine Katze? Ich muss Dakota helfen." Sie zeigte in die Baumkrone, wo sich der achtjährige Junge am Baumstamm festklammerte, lautlose Tränen rannen über seine Wangen.

„Ich scheiß die Wand an."

Noch nie hatte sie ihn schockiert erlebt. Was denn jetzt? Hatte er wirklich gedacht, Dakota wäre eine Katze? Als sie lachte, verengte er die Augen zu einem zynischen Blick.

„Das ergibt mehr Sinn. Jedoch glaube ich, dass du dasselbe für eine Katze getan hättest, richtig?"

Natürlich. Sie zuckte mit den Achseln und verzog das Gesicht zu einer Grimasse, als sich ihre Verletzungen meldeten.

„Dachte ich's mir doch." Er wies auf den Bürgersteig. „Setz dich, während ich das Kind runterhole."

Anstatt seinem Befehl zu folgen, hob sie den Kopf. „Dakota, das ist ..." Stirnrunzelnd sah sie zu deVries. Würde er sie umbringen, wenn sie seinen Vornamen aussprach?

Ein Grübchen zeigte sich auf seiner rechten Wange. „Meine Freunde dürfen mich Zander nennen."

Okay, Dakota wird jetzt zu seinem neuen Freund. „Das ist Zander. Er hat uns gerettet, mein Großer. Nun wird er dir von dem Baum runterhelfen." Sie blinzelte, ihre nächsten Worte an deVries gerichtet: „Sei nett zu ihm, sonst –"

„Sonst wirst du mir in den Arsch treten, Texas?"

Die liebevolle Halb-Umarmung brachte ihr Herz ins Stocken.

Mühelos schwang er sich in den Baum. Wenige Äste unter Dakota hielt er inne, und sie konnte seine tiefe Stimme hören.

Nach ein paar Sekunden schenkte ihm der Junge ein kleines Lächeln und er erlaubte deVries, ihn in die Arme zu ziehen.

Als die beiden mit dem Abstieg beschäftigt waren, benutzte sie den unteren Teil ihres T-Shirts, um sich von dem Blut und den Tränen zu befreien.

Unten angekommen rannte Dakota in ihre Arme. Sein winziger Körper bebte, aber zum Glück war er in Sicherheit. „Ich bring dich heim, mein Süßer."

Auf dem Weg zum Apartmentkomplex krallte er sich mit beiden Händen an ihrem Arm fest. Sie bemerkte mit einem Stich in ihrem Herzen, dass Dakota jedes Mal eine Hand in deVries' linke Hosentasche einhakte, wenn er zu viel an Vorsprung gewann.

DeVries sagte kein Wort.

In der Lobby rannten sie in Dakotas verzweifelte Mutter, hinter ihr Dakotas Schwester. Zusammen nahmen sie die

Treppe. DeVries blieb im Flur, während Lindsey mit in Dakotas Wohnung ging, um seiner Mutter zu erklären, was passiert war – wie gefährlich die Situation noch hätte werden können.

Als sie aus der Wohnungstür trat, sah sie sich in der Hoffnung um, dass deVries gelangweilt abgedampft war.

Er war noch hier, wartete schweigend neben ihrer Tür.

Verdammt. Sie war zu müde, um sich mit ihm zu streiten oder seine nervigen Fragen zu beantworten. Sicher, er verdiente ein Dankeschön – ein Dankeschön, das sie ihm im Flur geben würde.

„Vielen Dank nochmal", sagte sie in einem gleichermaßen warmen und unterkühlten Tonfall. „Bist du aus einem bestimmten Grund in dieser Gegend?"

„Kann man so sagen." Sanft berührte er ihr Kinn. „Und wir können reden, sobald wir deine Wunden versorgt haben."

„Mein Gesicht wird es überleben. Was willst du?"

Er streckte seine Hand aus. „Schlüssel."

„Du bist so ein Arschloch", murmelte sie, worauf er mit einem Schnauben antwortete. Sie zog ihre Schlüssel aus ihrer Hosentasche und klatschte sie ihm in die offene Hand.

Als würde er sie nach einem Abend im Club nach Hause bringen, schloss er die Tür auf, legte seinen Arm um ihre Taille und führte sie in ihre Wohnung. „Hast du antibakterielle Salbe?"

Warum war er nur so verdammt dickköpfig? „Ich kann mich um mich selbst kümmern, danke."

„Salbe?"

Sie schnaubte genervt. Immer, wenn Abby und Rona ihr von ihren zuweilen überfürsorglichen Doms berichteten, hatte Lindsey Eifersucht empfunden. Langsam verstand sie, warum ihre Freundinnen hin und wieder Dampf ablassen mussten. „Badezimmer."

„Gut." Wie Vieh trieb er sie in ihr kleines Badezimmer, platzierte sie auf dem Klodeckel und richtete ihr Gesicht aus. Zorn ließ seinen Kiefer zucken, als er sich den Schaden ansah. „Du hast ganz schön einstecken müssen", sagte er. Die Sorge in seiner

Stimme schaffte es nicht, die Härte in seinen Augen auszugleichen.

Sie zog die Augenbrauen zusammen. Sie hatte gekämpft, hatte nicht wie ein Feigling den Schwanz eingezogen. Bei Ricks hatte sie keine Chance gehabt. Heute hatte sie sich besser geschlagen. „Ich habe auch einige Schläge ausgeteilt."

Der anerkennende Funken in seinen Augen kam unerwartet. Ihr Herz antwortete mit einem Salto. „Das habe ich gesehen, Baby. Dein rechter Haken war beeindruckend."

Bevor sie sich von dem Kompliment erholen konnte, begab er sich auf die Suche nach einem Waschlappen.

Seine Hände waren stark, und dennoch so sanft, als er ihr das Blut von den Wangen wischte. Er trug Salbe auf und widmete sich dann auf die gleiche Weise ihrer verwundeten Hand. „Fertig."

„Danke." Ihre Dankbarkeit war real. Genauso wie die Tränen in ihren Augen.

„Kein Problem. Wir sollten dein Gesicht kühlen." Er führte sie ins Wohnzimmer, setzte sie auf die Couch und stapfte in die Küche.

In der Minute, in der sie allein war, machten sich die Nachwirkungen des Kampfes bemerkbar: Ihre Kehle schnürte sich zu, ihr Magen drehte sich. *Reiß dich zusammen – wenigstens, bis er geht.*

Doch es war bereits zu spät.

Eisige Kälte schwappte über sie hinweg. Sie zitterte, bebte, zwängte sich in die Ecke ihrer Couch und wickelte die Arme um ihre Beine. Die Schreie, das Brüllen, die Angst, das Gefühl von Fäusten auf ihrem Gesicht – alles packte sie mit einmal. Ihr Kiefer schmerzte in dem Versuch, die Zähne vom Klappern abzuhalten.

Mit einem Eisbeutel tauchte deVries vor ihr auf. „Ah, scheiße." Er legte den Beutel auf den Couchtisch, hob sie hoch, nahm selbst Platz und positionierte sie auf seinem Schoß.

„Nicht." Sie zog sich in ihr Innerstes zurück. Egal, wie nett er jetzt auch zu ihr war, er mochte sie nicht. Sie brauchte sein Mitleid nicht. „Geh einfach. Ich will dich nicht hier haben."

„Blöd für dich, dass ich nicht gehen werde." Seine Stimme klang nicht gemein. Vielmehr bestimmend, so als könne sie nichts an der Lage ändern. Und ... besorgt, besorgt klang er auch. Mit einer Hand auf ihrem Hinterkopf übte er Druck aus, bis sie sich mit der Wange an seine Schulter schmiegte. Dann wanderte seine Hand in ihren Nacken.

Er war so warm ... und sie wollte nicht allein sein. Nicht jetzt. Sie rieb sich an ihm, atmete den Seifengeruch ein, den unterschwelligen Duft nach Mann. Als sie seufzte, zog er sie enger an sich. Es war erstaunlich, was es für einen Unterschied machte, sich sicher zu fühlen.

„Ist dir bewusst, dass du eine Maus hast?", fragte er. „Sie ist durch die Küche gerannt."

„Eine Maus?" Sie blinzelte. Müdigkeit vereinnahmte sie, ihre Muskeln entspannten sich. Ihr Kopf fühlte sich zu schwer für ihren Hals an. „Meinst du Francois?"

Es folgte eine Pause, dann prustete er lauthals los. Rau und dunkel und sexy. Sie war sich nicht sicher, ob sie ihn jemals hatte lachen hören. Es war erstaunlich, dass er wusste, wie es ging.

Sie saugte das Geräusch auf, wie ausgetrocknete Erde den Regen bei einem Sommersturm. „Hey, nur die besten Wohnungen stellen ein Haustier bereit."

Er grinste sie an.

Sie erwiderte das Grinsen ... bis sie sich daran erinnerte, dass er sie nicht mochte. Dass er sie wie eine Hure behandelt hatte. *„Schuld beglichen."* Sie erstarrte in seinen Armen.

„Lindsey." Er half ihr in eine aufrechte Position, um ihr direkt in die Augen sehen zu können. „Ich habe es versaut. Und es tut mir leid."

Wow, bitte was? „Bitte was?"

Ein Grübchen tauchte auf, verschwand wieder. „Ich nahm an, dass du deinen Ex bis aufs letzte Hemd ausgenommen hast, um an die schicke Eigentumswohnung zu kommen. Du hast schuldig ausgesehen, als ich dich gefragt habe, ob du wegen des Geldes geheiratet hast. Außerdem meintest du, es wäre eine hässliche Trennung gewesen und dass seine momentane Behausung nicht so nett ist."

Ihre Kinnlade klappte herunter. Verwirrung machte Platz für unbändigen Zorn. „Ich habe für eine Freundin von Xavier auf die Wohnung aufgepasst."

Als sich das Gesicht der kleinen Texanerin rot färbte, wusste deVries, dass er tief in der Scheiße steckte. Sie schlug ihm gegen seine Brust und versuchte, von seinem Schoß zu klettern.

Er packte sie fester. Sie würde sich anhören, was er zu sagen hatte – zumindest, bis sie ihn aus ihrer Bude warf.

Jedoch bezweifelte er, dass er diesen Drecksladen ohne sie verlassen würde.

Eine Schande, dass er jetzt auch noch seine Erklärung ausweiten müsste. Eigentlich hatte er heute nicht vorgehabt, sich zu fühlen, als würde ihn jemand ausweiden. Er griff ihr störrisches Kinn, rieb mit dem Daumen über ihre Unterlippe. Wirkungslos kratzte sie an seinem Handgelenk. In ihren Augen konnte er sehen, dass sie erwog, ihn zu beißen.

Verdammt, er mochte sie. „Tex." Sein Ton sanft. „Ich war schonmal verheiratet. Es ist schlimm ausgegangen."

Sie erstarrte und fand seinen Blick. „*Du* warst mal verheiratet?"

Die Skepsis in ihrer Stimme belustigte und ... beleidigte ihn. Dachte sie, dass er ein zu großes Arschloch war, um eine Frau für sich zu gewinnen? „Als ich in deinem Alter war." *Scheiß verdammte Zwanziger.*

„Du bist geschieden?", fragte sie vorsichtig.

Er hatte ihre Aufmerksamkeit. Gut. Er konnte nicht widerstehen, streichelte durch ihre welligen Haare und entdeckte eine dunklere Farbe unter den nerzbraunen Strähnen. Lila?

Sie versuchte, ihren Kopf wegzuziehen.

„Als ich auf einem Auslandseinsatz war, ist sie fremdgegangen“, sagte deVries. „Ich wurde schwer verletzt, steckte eine Zeit in der Reha fest. Sie hat sich das zunutze gemacht, mein Bankkonto geleert, um ihre Brüste zu vergrößern und die Lippen aufzuspritzen. Das Erste, was mich Zuhause erwartet hatte, waren Scheidungspapiere.“ Der bittere Geschmack dieser Erinnerung traf ihn noch immer hart. „Einen Monat später heiratete sie einen reichen Geschäftsmann.“

Lindseys angespannter Ausdruck wandelte sich zu Verständnis. „Das tut mir leid.“

Er war in keinem guten Zustand gewesen, und hatte nicht die Kraft aufbringen können, ihr wegen des Geldes den Kampf anzusagen. Sicher, die Abfindung von seiner Zeit beim Militär hatte verhindert, dass er verhungerte, doch der Neuanfang hatte sich dennoch ... schwierig gestaltet. „Ich habe voreilige Schlüsse gezogen. Simon meinte, dass du nicht reich bist.“

Das Mitleid verschwand aus ihren Augen. „Du hast mit Simon gesprochen? Über mich?“ Mit den Lippen fest aufeinandergepresst, erhob sie sich. „Soll ich dir mal was sagen, deVries? Dein Problem ist nicht, dass du zu voreiligen Schlüssen kommst, sondern, dass du nicht mal in Erwägung gezogen hast, mich zu fragen. Anscheinend bin ich nur gut genug, wenn du deinen Schwanz befeuchten willst.“

„Lindsey.“ Er stand auf. „Ich meinte doch, dass ich es versaut habe.“

Sie wich zurück. „Oh ja. Das kannst du laut sagen. Vielen lieben Dank für deine Rettung. Jetzt verschwinde.“

Nein, verdammt. Er legte seine Hand in ihren Nacken und zog sie zu sich. Ein kleiner Kontakt seines Mundes auf ihrem reichte aus, um ihren Widerstand aufzulösen. Ihre Lippen waren wundervoll. Weich und –

Mit den Händen auf seiner Brust versuchte sie, ihn wegzuschubsen. „Geh weg.“

Er sollte gehen, in dem Punkt stimmte er ihr zu. Der Tag war schon stressig genug für sie gewesen. Er nahm einen Schritt zur Tür.

Ein Kratzlaut ließ ihn innehalten.

Die verdammte Maus. Sie wohnte auf einer Müllkippe. In einer gefährlichen Gegend. Es lief ihm kalt den Rücken runter. Die Gang würde zurückkommen, würde sich rächen wollen. Er zog sein Handy heraus und rief Xavier an.

„Tätige deine Anrufe woanders, deVries ..."

Er schaute zu Lindsey. Sie kannte jetzt seinen Vornamen, obgleich entschied sie, weiterhin seinen Nachnamen zu benutzen. Das nervte ihn gewaltig. „Nenn mich Zander, solange wir nicht im Club sind. Benutzt du ihn dort, werde ich dir deinen Arsch auspeitschen." Und er würde diese Bestrafung genießen.

Trotz ihrer offensichtlichen Verstimmung kroch ihr erregende Schamesröte in die Wangen. Ihr gefiel der Gedanke einer Bestrafung. Gehörte sie ihm, würde sie seinen Nachnamen wahrscheinlich benutzen, um zu sehen, wie er reagierte.

Sie würde es herausfinden.

Er würde ihr den Arsch versohlen. Bevor er sie fickte. *Heilige Scheiße*, die Vorstellung allein machte ihn hart.

„Problem?" Xaviers Stimme traf an sein Ohr.

Konzentriere dich, Iceman. „Kann man so sagen. Braucht Abby noch einen Mieter für ihre Doppelhaushälfte?"

„Tut sie. Morgen wird eine Anzeige veröffentlicht."

Lindsey zog die Augenbrauen zusammen. „Das geht dich nichts –"

„Lindseys neues Apartment befindet sich im Ghetto, und ihr Komplex hätte schon vor zehn Jahren abgerissen werden sollen. Und nun hat sie es geschafft, eine Gang gegen sich aufzubringen." DeVries empfand einen Funken Heiterkeit, als sie ausholte, um ihm das Handy aus der Hand zu schlagen. Er packte ihre Haare und hielt sie weit genug auf Abstand, um einem Tritt in seine Weichteile bei dem Telefonat mit Xavier vorzubeugen. Temperamentvolle, kleine Göre.

„Ich kann mir Abbys Haus nicht leisten." Lindsey zog an seinem Arm. „DeVries ... Ich kann nicht –"

Xavier schien sie gehört zu haben, denn er sagte: „Abby würde es Freude bereiten, sie in ihrem Haus zu wissen. Wie wäre es mit diesem Angebot: Für den ersten Monat braucht Lindsey lediglich die Nebenkosten zu bezahlen. Wenn sie danach bleiben möchte, kann sie mit Abby einen Mietpreis verhandeln, mit dem beide Parteien einverstanden sind."

„Nein! Auf keinen Fall. Ich will meine Freunde nicht ausnutzen", knurrte sie. „Ich will nicht –"

„Klingt gut." DeVries grinste in ihr wutentbranntes Gesicht, das von hoffnungsvollen Augen gekrönt war. Sie war stolzer als ein US-Marine-Soldat. „Wann kann sie einziehen?"

„Bring sie her. Wenn du mir ihre derzeitige Adresse sagst, kann ich noch heute ein Umzugsunternehmen organisieren."

„Ist das dein Kram, Babe?" DeVries zeigte auf die befleckte Couch und einen Stuhl.

„DeVries, ich kann nicht erlauben, dass Abby –"

„Das habe ich nicht gefragt." Er wartete, sein Blick mit ihrem verschmolzen.

„Mein Gott!" Ihr genervter Ton schaffte es, ihren Akzent zu verschleiern. „Die Wohnung kam möbliert. Meine Möbel wurden eingelagert."

„Was für eine Erleichterung." Er sprach ins Handy: „Hast du das gehört? Kein Umzugsunternehmen nötig. Wir packen ihre Habseligkeiten zusammen und treffen dich bei Abbys Haus."

„Gut." Xaviers Stimme verdunkelte sich. „Da ich jetzt weiß, dass sie uns nicht sagt, wenn sie in Schwierigkeiten steckt, müssen Simon und ich sie besser im Blick behalten."

Nicht nur ihr.

KAPITEL SIEBEN

Im schwindenden Sonnenlicht folgte Lindsey deVries' SUV durch die Straßen von San Francisco nach Mill Valley. Er hatte mit ihr argumentiert, wollte nicht, dass sie selbst fuhr. Doch diese Diskussion hatte sie zur Abwechslung mal gewonnen. Auf keinen Fall wollte sie sich abhängig von ihm machen.

Sie musste jedoch zugeben, dass er vielleicht nicht unrecht hatte. Noch fühlte sie sich etwas benommen. Aber, na ja, eher würde die Hölle zufrieren, bevor sie das vor ihm zugab.

Nichtsdestotrotz empfand sie Mitleid. Er hatte sein Leben für dieses Land riskiert, für seine Frau. Also wirklich, jemand sollte ihr eine Ohrfeige verpassen, die sie in den nächsten Bundesstaat katapultierte. Lindsey konnte nachempfinden, wie furchtbar es sich anfühlte, vom eigenen Ehepartner verraten zu werden.

Dennoch konnte sie das Risiko nicht eingehen. Dabei spielte es auch keine Rolle, dass er sie heute gerettet hatte, oder wie nett er sein konnte. Sobald sie es mit ihm zu tun bekam, setzte ihr Verstand aus. Das war nicht gut. In seiner Nähe war sie verletzlich. Niemals hätte sie ihn mit zu dieser Eigentumswohnung nehmen sollen. Sie hätte bei ihrer Routine bleiben sollen, nur mit harmlosen Doms im Dark Haven zu spielen – harmlos für ihr Herz. Und auf keinen Fall hätte sie mit ihm Sex haben sollen.

Sie war allein und so sollte es auch bleiben.

Als deVries an der Straßenseite parkte, schüttelte Lindsey ihren deprimierenden Gedanken ab und stellte sich hinter sein Auto.

Sie stieg aus, langsam und vorsichtig. Ihr rechtes Handgelenk und ihre Hüfte schmerzten, ganz zu schweigen von der linken Hälfte ihres Gesichts. Und sie hatte höllische Kopfschmerzen. Alles an ihrem Körper, was nicht schmerzvoll aufbrüllte, pochte. Für den heutigen Tag hatte sie wirklich genug.

Sie nahm sich eine Minute, um sicherzugehen, dass ihr Gesicht nicht ihre Gefühle wiedergab, und sah sich in der Gegend um. Mill Valley war ein hübsches Städtchen mit zumeist alten Schindelhäusern. Die zweistufigen Vorgärten zeichneten sich durch Büsche und Bäume aus, die einfach zu handhaben waren. Abbys Haus war geteilt, ein Doppelhaus, beide Seiten mit einem Erdgeschoss und einem Obergeschoss. Es gab zwei Eingangstüren, die sich zu einer schmalen Veranda öffneten.

Das war das erste Mal, dass sie Abbys Haus sah. Bis sie und Abby Freunde geworden waren, hatte sie bereits bei Xavier gewohnt. Und jetzt musste Abby einfach ihren Wohnbereich an sie vermieten. Schuldgefühle schwappten über Lindsey hinweg. Arme Abby. Sie hatte nicht die Chance bekommen, abzulehnen. *Verdammt*, so behandelte man keine Freunde. Freundschaften mussten gehegt und gepflegt werden. Sie waren etwas Besonderes.

„Nicht bummeln, Tex." DeVries öffnete den Kofferraum seines SUV.

„Richtig." Lindsey kickte einen Stein über den Bürgersteig, zuckte bei der Überanstrengung ihres wunden Körpers zusammen und griff schnell nach einer Kiste, um ihren schmerzerfüllten Ausdruck vor deVries zu verbergen.

„Nicht die." Er riss ihr die schwere Kiste aus den Händen, stellte sie ins Fahrzeug zurück und reichte ihr eine, die bemitleidenswert leicht war. Als sie die Stirn runzelte, sah sie, wie amüsiert er war. Ohne ein Wort zu verlieren, nahm er ihre beiden Koffer.

Auf der Veranda, die zwei Türen vor ihnen, zögerte Lindsey.

Von einem Fenster im Obergeschoss rief Abby: „Die rechte Tür. Es ist offen."

Im Wohnzimmer standen keine Möbel. Delikate Blumentapete schmückte die Wände, ein vergoldeter Spiegel hing über dem weißen Kamin. In der Mitte des Parkettbodens hatte Abby einen abgetretenen Gobelinteppich zurückgelassen. Wunderschön und feminin.

Ein großzügiger Bogendurchgang trennte den Wohnbereich vom Esszimmer, wo ein langer Tisch und dazugehörige Stühle auf Gäste warteten.

„Lindsey!" Gefolgt von Xavier hüpfte Abby die Treppe herunter. „Jetzt, Missy, kannst du mir auch endlich erklären, warum du versucht hast, uns davon zu überzeugen, dass deine neue Wohnung so toll ist und dass du keine Hilfe beim –" Auf der letzten Stufe erstarrte sie. „Oh, mein Gott! Was ist denn mit dir passiert?"

Xavier wickelte von hinten einen Arm um die Taille seiner Frau. „Ganz ruhig, kleine Pusteblume. Lindsey ist nicht in der Verfassung, deine Art der Befragung zu überstehen." Mit Abby an seiner Seite legte er einen Finger unter Lindseys Kinn und neigte ihren Kopf nach oben. Sein dunkler Blick verharrte auf ihrer Wange, bevor er sich mit erhobener Augenbraue deVries zuwandte.

„Ist passiert, als sich Tex mit einer Gang angelegt hat", stellte deVries klar.

„DeVries ist mir zur Hilfe gekommen", gab Lindsey ungern zu. Nicht, dass es sie störte, ihm Anerkennung zu geben, nein. Das Problem war, dass sie vor ihrer Freundin zugeben musste, dass sie Hilfe nötig gehabt hatte.

„Wie hast du es geschafft, eine Gang zu erzürnen?", fragte

Xavier, seine tiefe Stimme behaftet mit einem knurrenden Unterton.

DeVries legte einen Arm um sie und zog sie an sich. „Sie wollten einen kleinen Jungen in die Mangel nehmen.“ Er hielt seine freie Hand auf Hüfthöhe, um Dakotas Größe zu zeigen. „Lindsey und ihr Pfefferspray haben sie für eine Weile auf Abstand gehalten. Als ich dort ankam, war der Mut zurückgekommen und sie haben zum Angriff gepfiffen.“

Verhörte sie sich gerade oder war das Stolz in seiner Stimme? Sie lehnte sich für eine Sekunde gegen seinen warmen, harten Körper, doch es dauerte nicht lange, bis sich ihr Verstand wieder einschaltete. *Du wirst wegen Mord gesucht. Für die Zukunft kannst du dir Liebhaber aus dem Kopf schlagen.*

Sie trat von ihm weg. Mit Xavier im Raum konnte er sie nicht herumkommandieren. *Sehr gut.*

Andererseits war dies deVries. Er hatte kein Problem mit Zeugen.

„Was zur Hölle!“ Dixons entsetztes Quietschen trat von der Türschwelle an ihre Ohren.

Stöhnend legte sie ihre Hand auf die Stirn. *Heilige Mutter Gottes,* gleich würde ihr Kopf abfallen. Dann würde er über den Boden rollen und jemand würde darüber stolpern. *Ups, tut mir leid, habe ich gerade Lindseys Kopf mit einem Fußball verwechselt?* So wie ihr Tag bisher verlaufen war, würde sie heute nichts mehr überraschen.

Dixon stapfte durch den Raum. „Sie ist verletzt, Junge.“ DeVries’ Knurren stoppte ihn. „Beherrsch dich, verstanden?“

„Ja, Sir“, flüsterte der junge Sub und breitete seine Arme aus. „Linnie?“

Sie trat in Dixons Umarmung. Seine sanfte Anteilnahme fühlte sich wie Balsam auf ihren geschundenen Nerven an. „Wunderschöne Linnie. Alles wird wieder gut, Süße.“

Gott, sie verehrte ihre Freunde. Nach einer Minute, in der sie sich kurz selbst bemitleidete, trat sie wieder zurück. „Danke, Dixon. Das habe ich gebraucht.“

„Jederzeit, Süße." Er schmunzelte Abby an. „Ich sagte doch, dass sie mich sehen will."

Abby rollte mit den Augen. „Wir waren gerade damit beschäftigt, Schichten einzuteilen, als Xavier anrief. Dix wollte sichergehen, dass es dir auch wirklich gut geht."

Lindsey biss sich auf die Lippe. Xavier hatte Abby nicht mal gefragt, bevor er ihr die Doppelhaushälfte angeboten hatte. „Es tut mir so leid, dass dich Xavier damit überrumpelt hat. Ich werde Miete zahlen, ab heute, und ich –"

„Oh, sei ruhig. *Mein Lord* hat ein Urteil gefällt. Willst du, dass ich Schwierigkeiten bekomme?"

„Ich –"

Sie grinste. „Mal im Ernst: Ich bin auf seiner Seite. *Mein Lord* lässt mich für nichts mehr bezahlen. Mir geht es finanziell prima. Zieh für einen Monat ein; danach besprechen wir, wie du weiterhin vorgehen möchtest, okay?"

Wohlfahrt. Es fühlte sich an wie Sandpapier auf ihrer Haut. Jedoch wusste sie, dass sie in ihre alte Wohnung nicht zurückkehren konnte. „Danke."

„Du solltest dich besser hinsetzen, bevor du noch zusammenklappst." Abby zog einen Stuhl vom Esstisch heran. „Lass uns hilflose Frauen spielen, bis die Männer das Auto ausgeladen haben."

„Hilflose Frauen? Hilflose Subs! Lass die *Doms* ausladen." Dixon nahm Platz, hüpfte auf dem Stuhl herum und klatschte aufgeregt in die Hände. „Ihr habt letzte Woche den ganzen Spaß verpasst. Wie HurtMes Ausraster gegenüber Johnboy. Er meinte, dass Johnboy in sein Revier eingefallen ist, als –"

Xaviers und deVries' Schritte übertönten Dixons Worte, als sie eine weitere Ladung ins Haus brachten. Lindsey lauschte nur mit halbem Ohr Dixons Tratsch und sah stattdessen den Männern beim Arbeiten zu.

Beim nächsten Mal kam Rona herein, lief durch den Bogendurchgang und trat ins Esszimmer. Mit den Händen auf den Hüften ließ sie den Blick über Lindseys müden Körper schweifen. „So wie du deinen Kopf bewegst, nehme ich an, dass du Kopfschmerzen hast."

„Ich dachte, du arbeitest in der Verwaltung?"

„Krankenschwestern hören niemals auf, Krankenschwestern zu sein. Hast du etwas gegen die Schmerzen genommen?"

„Äh, nein." Lindsey schüttelte den Kopf ... vorsichtig. „Wie dumm von mir. Ich kann nicht glauben, dass ich mit Schmerzen hier rumhocke, ohne auch nur einmal in Erwägung zu ziehen, eine Schmerztablette zu schlucken."

Rona öffnete ihre Handtasche. „Ich habe Schmerztabletten."

Dixon sprang auf die Füße. „Ich hole dir ein Glas Wasser."

Bis sie die Tabletten geschluckt und sich auf dem Stuhl zurückgelehnt hatte, waren die Männer – inklusive Simon – mit dem Ausladen fertig. Jedes Mal, wenn sie dabei mit einer neuen Ladung hereinkamen, hatte sie deVries' Blick auf sich gespürt. Glaubte er, dass sie tot umfallen würde, wenn er sie nicht ständig im Auge behielt?

Als Simon zu ihnen kam, runzelte Lindsey die Stirn. „Ich bin mir ziemlich sicher, dass es eine Regel gibt, die untersagt, dass der Chef seiner Sekretärin beim Umzug hilft."

Kein Lächeln von ihm. „Gibt's. Allerdings befinden sich die Assistentinnen von der Chefassistentin in einer vollkommen anderen Kategorie."

Rona schnaubte. „Nach dem Regelwerk von Simon muss der Chef Pizza für alle bestellen."

„Und ich bin ein Regelbefolger." Simon warf einen Blick auf seine Uhr. „Pizza und Getränke sollten jede Minute eintreffen."

Pizza? „Ihr seid ..." Lindseys Augen füllten sich mit Tränen, ihre Schultern bebten. *Nein, nein, nein. Nicht weinen.* Denn wenn sie erstmal anfing, würde sie nie wieder aufhören. Sie blinzelte mehrmals, atmete tief ein und drängte ihre schwächliche Seite zurück. „Danke, Simon."

„Gern geschehen, Sub." Er ließ seinen Blick über ihr Gesicht schweifen und runzelte die Stirn. Dann drehte er sich abrupt um und lief zu Xavier.

Rona verschwand in der Küche.

Ein klirrendes Geräusch motivierte Lindsey, sich umzudrehen. DeVries kam zur Eingangstür rein und jonglierte seine Autoschlüssel von einer Hand zur anderen.

Mein Gott, warum musste er es sein, der ihre Hormone dermaßen in Wallungen brachte? Betrachtete sie ihn Stück für Stück schien er wenig anziehend: Diese kurzen Haare waren nicht ihr Ding. Sein Gesicht würde niemand als attraktiv bezeichnen, eher als ramponiert. Sein Körper – na ja, okay, er war besser gebaut als jeder Superheld. Eigentlich erinnerte er sie an einen gemein gefährlichen und tödlichen Thor. Und sie bekam einfach nicht aus ihrem Kopf heraus, wie sich sein nackter Körper an ihrem angefühlt hatte und wie hart und definiert seine Muskeln waren.

Mit auf sie gerichteten Augen kam er auf sie zu marschiert – wie ein Hirtenhund, der nachsah, ob eine Gefahr bestand. Neben ihrem Stuhl hockte er sich hin. „Ich werde dir etwas Zeit geben, um dich einzuleben."

Die Art und Weise, wie die Muskeln der Schenkel unter seiner Jeanshose tanzten, war hypnotisierend. „Okay."

Liebevoll strich er mit einem Finger über ihre unverletzte Wange. „Dann treffen wir uns zum Abendessen und zum Reden."

Augenblick. Abendessen? Sie fand wieder in die Unterhaltung. Auf keinen Fall! Sie schob seine Hand weg. „DeVries –"

„Zander." Seine Finger legten sich um ihre Hand.

Er war dickköpfiger als ein Eichenstumpf. „Ich verstehe schon, warum du böse auf mich warst. Es gibt nichts, was wir noch zu besprechen haben. Wir verfahren besser, wenn wir einfach vergessen, was vorgefallen ist."

„Ich bin kein Freund davon, Sachen zu vergessen."

„Ich schon. Wir sind Freunde, mehr nicht." Entschlossen und total freundschaftlich schüttelte sie seine Hand, dann ließ sie ihn schnell los. „Danke, dass du zu meiner Rettung geeilt bist."

Undefinierbare graugrüne Augen starrten sie für eine lange

Minute an. Ohne ein weiteres Wort erhob er sich und trat aus der Tür.

Sie hatte gewonnen.

Warum fühlte es sich dann so an, als hätte sie verloren?

„Heilige Makrele ...“, hauchte Dixon. „Hat sich der Vollstrecker gerade an dich rangemacht?“

„Nein, hat er nicht.“

„Ah ja.“

Abby sah mit zusammengezogenen Augenbrauen zur Tür, sagte jedoch nichts.

„Na ja, also ich muss meinen Hintern in Bewegung setzen. Meine Schicht fängt in einer Stunde an.“ Dixon küsste Lindsey auf die Wange und erhob sich. „Wenn du etwas brauchst, sexy Täubchen, dann melde dich bei mir.“

„Das werde ich. Danke, dass du gekommen bist.“ *Gott,* Freunde zu haben, war einfach ... die beste Sache auf der ganzen Welt.

Nachdem Dixon gegangen war, half ihr Simon auf die Füße. „Rona bereitet alles vor, damit wir im Garten essen können. Was möchtest du trinken?“

In einem Moment wie diesem würde ihre Mama Margaritas machen. Das unerwartete Heimweh erschütterte sie. *Ich will nach Hause.* „Ich habe keinen bestimmten Wunsch.“

Simon führte sie zur Terrasse, mit Abby im Schlepptau. Xavier hatte zwei Tische zusammengeschoben und fügte gerade Stühle hinzu, während Rona die Tafel deckte.

Lindsey sah sich voller Staunen um. Der Garten auf dieser Seite des Hauses war eingezäunt und blühte in strahlenden Herbstfarben. Der Anblick erinnerte sie an die Bilder in Märchenbüchern.

Abby öffnete die Kühlbox, die neben der Tür stand. „Hättest du gerne ein Bier?“

Das Bedürfnis, mit einem *Ja* zu antworten, machte klar, welche Antwort sie geben sollte. „Nein. Nicht heute. Eine Limo klingt gut.“

Simon zog eine Augenbraue hoch. „Bist du dir sicher?"

„Wenn ich im nervösen Zustand meinem Körper Alkohol hinzufüge, werde ich panisch." Seit dem Frühling fühlte sie sich kaum noch sicher. Sie schenkte ihm ein schiefes Lächeln. „Das ist es nicht wert."

Erschrocken stellte sie fest, wie aufmerksam sie von Xavier beobachtet wurde. „Scheint so, als sei heute nicht der erste Tag, an dem du furchtbare Angst erleben musstest", murmelte er. „Woran liegt das, Sub?"

Oh Scheiße. Wann würde sie lernen, nicht immer vor sich hin zu plappern? Vor allem in der Gegenwart von Männern wie Simon und Xavier sollte sie den Mund halten! Bei deVries war es nicht anders. Diese Männer, diese Doms, hörten zu. Aufmerksam. „Du weißt ja, wie es ist ... ein schlimmer Ehemann hinterlässt hässliche Erinnerungen."

Sein skeptischer Ausdruck war besorgniserregend, doch er verzichtete auf Folgefragen. Wahrscheinlich, weil sie bereits lädiert genug aussah. Oder weil sie nicht seine Sub war, die er einfach so ausfragen konnte. Was auch immer der Grund war, *Gott sei Dank* ließ er vom Thema ab.

„Solange es nur Erinnerungen sind." Simons dunkle Augenbrauen zogen sich zusammen. „Falls es nicht so ist, erwarte ich einen Anruf. Und bei einem Notfall wählst du die 9-1-1, ist das klar?"

Wow, die perfekte Einleitung. „Natürlich. Andererseits habe ich mal gehört, dass nicht alle Gesetzeshüter vertrauenswürdig sind. Vielleicht ist das aber nur ein Problem in Texas. Steht es um diese Sache in Kalifornien besser?"

„Bezweifle ich", sagte Rona. Nachdem sie Simon bedient hatte, legte sie ein weiteres Stück Pizza auf einen Teller und reichte diesen an Lindsey weiter. „Vor wenigen Tagen haben sie zwei Grenzoffiziere festgenommen, weil sie Bestechungsgeld angenommen haben."

Verdammt. „Da seht ihr es", sagte sie wie betäubt. „Man kann einfach niemandem vertrauen."

„So scheint es. Manche Berufe sind vertrauenswürdiger als andere.“ Xavier rückte einen Stuhl für seine Frau zurecht und nahm anschließend neben Lindsey Platz. „Sozialpädagogen zum Beispiel. Simon meinte, dass du einen Masterabschluss in Sozialpädagogik hast, es dir jedoch an Berufserfahrung und Empfehlungen fehlt.“

Sie funkelte Simon an. „Müsst ihr ständig über mich reden?“

„Wenn wir Langeweile haben.“

Unter seinem amüsierten Blick konnte sie ein Lachen nicht zurückhalten. Dann wandte sie sich wieder Xavier zu: „Du hast richtig gehört. Warum?“

„Ich könnte jemanden mit deinem Hintergrund bei *Stella's Arbeitsvermittlung* gebrauchen.“ Xavier lehnte sich zurück und musterte sie. „Du würdest dabei helfen, dass Frauen einen Job finden und sie auch auf andere Karriereoptionen hinweisen.“

Sie nickte. Das klang machbar.

„Ab und zu müsstest du zu Frauenhäusern fahren, um vor Ort diesen Dienst anzubieten. Um genau zu sein, erbat ein neuer Standort um Hilfe von *Stella's*.“

„Ich habe keine Lizenz –“

„Das ist kein Problem. Die Frauenhäuser arbeiten bereits mit Psychologen. Leider stellen wir immer wieder fest, wie emotional es für die Frauen sein kann, Bewerbungen auszufüllen.“

Oh, in dem Punkt hatte sie auch ihre Erfahrung. Schnell erkannte man, dass nicht nur das Leben plötzlich vollkommen anders war, sondern auch, wie viele Jahre man in dem alten Leben vergeudet hatte. Die Träume aus der Kindheit schafften es nicht oft in die Zukunft. „Das verstehe ich nur zu gut.“

Ein Lächeln huschte über sein ernstes Gesicht. „Das dachte ich mir schon. Willst du den Job?“

Sie wollte das Angebot mit einem Handkuss akzeptieren, aber ... sie betrachtete ihn misstrauisch. „Das Angebot legst du doch nicht nur auf den Tisch, um dir eine nörgelnde Abby vom Hals zu halten, oder?“

„Sie nörgelt nicht mehr, seit ich einen Ballknebel übers Bett gehängt habe."

Aus Abbys Richtung kam ein gemurmeltes Schimpfwort.

Er gab Abby einen besänftigenden Kuss auf die Stirn und dann fand Xaviers durchdringender Blick wieder den ihren. „Das ist keine Übergangslösung. Du kannst mir eine große Hilfe sein, wenn du Interesse hast. Persönlich denke ich, dass du perfekt für den Job bist."

Sie konnte ihr überglückliches Lächeln nicht zurückhalten. „In dem Fall sage ich: Ja, ja, jaaa!"

***„... dann werde ich** sie so lange foltern, dass Victor ihre Schreie bis in die Hölle hören kann." Das Messer näherte sich ihrem Daumen, schnitt tief. Die Schmerzen ...*

Lindsey schreckte auf, hörte die Schreie im Raum – nein, nicht im Raum, in ihrem Kopf. *Gott verdammt.*

Keuchend, nach Luft schnappend, suchte sie panisch nach der Lampe und schaltete das Licht an. Der leere Raum um ihre Luftmatratze kam zum Vorschein. Kein Travis. Kein Messer. Sie befand sich in San Francisco. In Abbys Haus.

Zitternd atmete sie aus, setzte sich im Bett auf und zwang sich, den Blick zu senken. Das uralte Flanellhemd in Weiß und Blau war schweißnass, doch es war kein Blut zu sehen. Sie war nicht in Victors Blut getränkt.

Ihr Daumen – sie wackelte mit den Fingern – war in Ordnung. *Okay, okay, okay, nur ein Traum.*

Sie blinzelte, senkte die Stirn auf ihre Knie und ... weinte.

Sie wusste nicht, wie viel Zeit vergangen war. Nach einer Weile fiel ihr jedoch auf, dass Licht ins Zimmer und auf den Parkettboden schien. Der neue Tag war angebrochen. *Gott sei Dank.* Die Tür zum Schlafzimmer war zu, die Rückenlehne vom Stuhl des Esszimmers, den sie gestern hochgetragen hatte, klemmte noch unter der Türklinke. Der Gedanke, diese Barriere zu überqueren, ließ neuen Schweiß auf ihren Handflächen ausbrechen.

Es fiel ihr nicht schwer, sich ihren Daddy vorzustellen, wie er sie mit einer Handbewegung ermutigte, sich der Welt zu stellen. *„Mut ist, wenn man Todesangst hat, aber sich trotzdem in den Sattel schwingt"*, hatte er immer zu ihr gesagt. Daraufhin necke sie ihn mit seiner Vorliebe für John Wayne-Filme und dass er davon eindeutig zu viele geschaut hatte. Andererseits: Vielleicht gab es wirklich einen Bereich im Himmel, der nur für Cowboys reserviert war.

Aufsitzen, Mädchen. Sie umklammerte ihr Taschenmesser und erhob sich, jeder Muskel in ihrem Körper rebellierte. Ihre Wange schmerzte, ihre Hüfte, ihr Arm. Dann stand sie aufrecht, nahm sich den Stuhl und schob ihn beiseite. Gänsehaut bildete sich auf ihren Armen, als sie die Tür öffnete. Sie lief durch jedes Zimmer und ... fand nichts.

Kein Travis Parnell, der an der nächsten Ecke mit einem scharfen Messer auf sie wartete. Kein Ricks im Schrank. Keine Gang auf der Veranda.

Als sie ihren Rundgang beendete, bebte sie am ganzen Leib, ihr Inneres ausgehöhlt, ihre Knochen zerbrechlich wie Zahnstocher. Auf der Treppe setzte sie sich hin und lehnte sich gegen das Geländer. Was für ein Start in den neuen Tag.

Nach ein paar Minuten drückte sie entschlossen die Schultern durch. Sie brauchte definitiv einen Kaffee. Und sie musste den Computer anschalten. Und sobald sie sich etwas beruhigt hatte, würde sie duschen und die Umzugsleute in Empfang nehmen.

Sie wusste noch nicht, ob sie Xavier verfluchen oder dafür segnen sollte. Ein Lächeln huschte über ihre Lippen. Nachdem gestern alle das Haus verlassen hatten, fand sie eine Notiz in der Küche: *Der Umzugswagen wird morgen um zehn mit deinen eingelagerten Möbeln kommen. Versuche erst gar nicht, mit mir zu diskutieren; es wird nichts bringen. Xavier.*

Überfürsorgliche, herrschsüchtige Doms waren wirklich

nicht zu bremsen. Sie schnaubte und erinnerte sich an den Tag, als Abby und Rona ihr geholfen hatten, die Möbel zur Lagereinheit zu bringen. Sie hatte Abby einen Zweitschlüssel gegeben, den sich Xavier offensichtlich unter den Nagel gerissen hatte. Wundervolle, hinterlistige Freunde ...

Die gebrauchten Möbel, die sie im Sommer erstanden hatte, würden sich hier gut machen. Ihre weiße Couch mit den Sesseln hatte die perfekte Größe und passte zudem zur auffälligen Blümchentapete, dem weißen Kamin und dem Goblinteppich im Wohnzimmer. Sie sollte ein paar Pflanzen kaufen. Ein Anflug von Trauer breitete sich in ihr aus, als sie an die farbenfrohen afrikanischen Veilchen in Victors Stadthaus dachte, und an das Spinnenkraut auf der Ranch. *„Wie geht es meinen Spinnen heute?“*, hatte sie stets gefragt. Ob ihre Pflanzen überlebt hatten?

Stirnrunzelnd hob sie den Blick zum Obergeschoss. Das große Schlafzimmer bot genug Platz für ihr leicht lädiertes Bett, die Kommode und die Nachttischschränkchen. Sie biss sich auf die Lippe und erinnerte sich, mit wie viel Hoffnung sie die Möbel erstanden hatte – die Fantasie, wie ein Dom sie an die Bettpfosten fesseln würde, war in Dauerschleife in ihrem Kopf abgelaufen. Der Dom war kein Unbekannter gewesen. Nein, es war immer deVries. Seit sie ihm das erste Mal begegnet war, träumte sie davon, dass er wahres Interesse an ihr zeigte.

Und nun tat er das. Sie schnaubte. Es wäre so einfach, sich auf ihn einzulassen. Aber was käme dann? Er hatte einen Anfall bekommen, als er herausfand, dass sie einen falschen Namen benutzte. Bestimmt würde es ihn freuen, zu hören, dass er mit einer Mörderin ausging. Der Stein in ihrem Herzen wuchs zu einem Felsen.

Auch durfte sie nicht vergessen, dass er in Gefahr wäre, wenn sie sich auf ihn einließe! Er könnte nicht nur wegen Beihilfe an einer Gewalttat angeklagt werden, auch könnte er in Travis’ Schussbahn geraten, wenn er ihre Nähe suchte.

Es war bereits schwierig genug, ihre Vergangenheit von ihren

Freunden zu verheimlichen. DeVries würde sie unter Druck setzen, bis sie ihm sagte, was er hören wollte.

Sie war so einsam.

Ich will nach Hause. Nach Texas. Ich will die Feiertage mit meiner Mama, Mandy und Melissa verbringen.

Stattdessen würde sie zu Thanksgiving zu Xavier und Abby gehen. Vor den Weihnachtsfeiertagen wollten einige Mitglieder des Dark Haven zur Hunt-Lodge in der Nähe des Yosemite-Nationalparks aufbrechen. Dieses Mal würde es jedoch keine Spiele geben. Sie rollte mit den Augen, als sie sich daran erinnerte, wie deVries sie mit der Farbe getroffen und sich einen Blowjob und Analsex erspielt hatte.

Sie nahm an, dass der Winter in den Bergen gemächlicher verlaufen würde. Dort könnte sie mit Logan und Beccas kleinem Jungen spielen. Der Kleine war erst ein paar Monate alt. So ein putziges Alter.

Ihre Nichte war im selben Alter gewesen, als Lindsey aus Texas fliehen musste. *Ich habe ihr erstes Lebensjahr verpasst.*

Es war leider nicht mehr zu ändern. Und sie sollte sich wirklich an die Arbeit machen. Vor ihrem inneren Auge sah sie ihren Daddy anerkennend nicken, gefolgt von einem John Wayne-Zitat: *„Wenn du aufhörst zu kämpfen, stirbst du.“*

„Ich weiß, Daddy. Ich gebe mein Bestes.“ Lindsey erhob sich von den Stufen, und wie immer, wenn sie umzog, suchte sie sich ein gutes Versteck. Sie lief ins Schlafzimmer. Dort kramte sie in ihrem Koffer nach der Feueralarm-Attrappe.

Victors USB-Sticks steckten noch immer im Hohlraum. Sie hoffte, dass sie Beweise gegen Victor, Travis und Ricks zeigen würden. Der Grenzoffizier hatte so verzweifelt die Sticks haben wollen, dass es einfach wahr sein musste. Dummerweise wusste sie nicht, was auf den USB-Sticks zu finden war, denn die Daten waren passwortgeschützt. Wirklich enttäuschend.

Ihr Job bestand darin, auf das Passwort zu kommen.

Nachdem sie den Feueralarm im Schlafzimmer angebracht hatte, holte sie ihren Laptop und richtete sich auf dem Esszimmertisch ein Fleckchen zum Arbeiten ein. Sie musste sich durch einige Artikel zum Passwortknacken arbeiten.

Für eine Sekunde funkelte sie den Bildschirm an. Warum sah das Entschlüsseln von Passwörtern im Fernsehen immer so einfach aus? Das war es nun wirklich nicht.

Wenn sie es schaffte, die Daten auf Victors USB-Stick zu sichten, und falls sie darauf Beweise für sein Schmuggelgeschäft fand, hätte sie etwas in der Hand. Sie könnte es der Polizei zustecken, jeder einzelnen Homeland Security-Abteilung und einer großen Tageszeitung. Jemand würde doch dann Parnell verhaften, oder? Obwohl er ein Polizeichef und Ricks ein Grenzoffizier war, richtig?

Die beiden verdienten ihre Titel nicht. Sie verdienten nichts Gutes. Lindseys Mission bestand also darin, die Verantwortlichen ins Gefängnis zu bringen, damit sie keiner Menschenseele mehr Leid zufügen konnten.

Sobald sie sich um die Zwei gekümmert hatte, könnte sie sich ihrem Leben zuwenden, könnte sie ohne Angst einen Neustart wagen. Nie wieder würde sie panisch aus einem Albtraum aufwachen, angsterfüllt durch die Straßen laufen. Nie wieder würde sie dann bei dem Gedanken an Victors Bruder Schweißausbrüche bekommen. Denn sie wusste, was er mit ihr machen würde, wenn er sie fand: Er würde sie foltern, bevor er ihr die Gnade erwies, sie umzubringen.

KAPITEL ACHT

N**icht einmal die** Nachmittagssonne konnte die kühle Luft vor dem Frauenhaus erwärmen. DeVries betrachtete den kaputten Zaun, das fehlende Licht über der Eingangstür und die überwuchernden Büsche, die gute Verstecke für Eindringlinge boten. Was hatte man sich dabei nur gedacht?

Eine reiche Freundin von Xavier hatte dieses Grundstück für eine Wohltätigkeitsorganisation erworben. Schließlich trat sie mit ihren Sorgen an Xavier heran, der wiederum Simon gebeten hatte, zu überprüfen, wie es um die Sicherheit stand.

DeVries war am Anfang davon ausgegangen, dass er lediglich eine Modernisierung vornehmen müsste, aber zur Hölle nochmal, es gab nichts, was er aufrüsten konnte.

„Mr. deVries?" Mrs. Abernathy kam die Stufen der Veranda herunter, das Licht in ihren silbernen Haaren funkelnd. Auf den ersten Blick hielt man sie für eine süße, alte Lady. Doch es war nur eine Minute mit ihr notwendig, um zu erkennen, dass sie eine zänkische Giftnudel sein konnte, um ihrem großmütterlichen Auftreten einen Ausgleich zu geben. „Was denken Sie?"

Mit zusammengezogenen Augenbrauen sagte er: „Ich denke, wenn sich jemand Zugang verschaffen will, wird ihm das ohne Probleme gelingen."

„Ja, das war auch meine Sorge." Sie tätschelte seinen Arm, womit sie ihn überraschte. „Die vorherigen Besitzer – eine Kirche – schafften es kaum, die Hypothek zu bezahlen. Sie hofften immer nur, dass es keinem gewalttätigen Ex-Mann gelingen würde, die Adresse ausfindig zu machen. Wir wollen das Glück nicht herausfordern und müssen Vorkehrungen treffen, um ungewolltem Eindringen vorzubeugen. Leider ist es in dieser digitalen Welt sehr schwierig geworden, ein Geheimnis zu wahren."

Was einer der Gründe war, warum es *Demakis International* niemals an Aufträgen mangeln würde. „Sind Probleme aufgetaucht?"

„Als Simon mit dem Pfarrer sprach, erwähnte er zwei ... Vorfälle im letzten Jahr." Sie presste die Lippen zusammen. „Das ist nicht akzeptabel. Wir bieten diesen Frauen Sicherheit an. Also müssen wir in der Lage sein, diese Sicherheit auch zu liefern. Was wäre dafür nötig?"

Er wusste von Simon, dass er und Xavier die Kosten für das Sicherheitssystem vorstrecken wollten. Auch deshalb wollte deVries, dass gute Arbeit geleistet wurde. „Ich muss mir das Innere ansehen, bevor ich eine Einschätzung geben kann."

Sie spitzte die Lippen. „Einige der Frauen macht die Anwesenheit eines Mannes nervös. Ich werde Ihnen jemanden an die Seite geben." Sie führte ihn ins Haus.

„Ich werde hier beginnen." Er ließ seine Tasche neben der Eingangstür fallen.

„Exzellent. Ich bin gleich zurück."

„Okay." Ein Klopfen gegen die Tür zeigte, dass sie viel zu dünn war. Wenigstens hatte sie ein Bolzenschloss. Doch die Tür an sich und der lächerliche Türrahmen, na ja, hielten – wenn überhaupt – eine Frau unter fünfzig Kilo vom Eindringen ab. Ein Metallgitter war von Nöten, und ein Panikknopf.

Schritte näherten sich durch den schmalen Flur. „Wenn du ihn kurz herumführen könntest", sagte Mrs. Abernathy zu jemandem. „Zumindest bis ich einen Angestellten finde, der kurz Zeit hat."

„Kein Problem. Edna soll sich allein an ein Bewerbungsschreiben wagen" – erwiderte eine Frau mit einem ausgeprägten, texanischen Akzent und einer Stimme, die wie Seide über deVries' Haut glitt – „also habe ich etwas Zeit."

DeVries grinste, verdammt zufrieden mit sich selbst. Das letzte Wochenende war Lindsey nicht im Club gewesen. Wahrscheinlich hatte sie sich wie aufgewärmte Scheiße gefühlt. Nur die Erinnerung an ihre Verletzungen ließ die Wut in ihm hochkochen. Eine Empfindung, die zu einer sehr netten SM-Session mit HurtMe geführt hatte. Bei dem Masochisten konnte er sich sicher sein, dass er alles akzeptierte, was deVries austeilte.

DeVries hatte im Büro mit ihr sprechen wollen, nur um herauszufinden, dass Xavier sie abgeworben hatte. Deswegen war sie hier, im Frauenhaus. *Stella's* hatte sich darauf spezialisiert, Frauen ins Berufsleben zurückzuschicken. Seiner Meinung nach war die herzliche Persönlichkeit der Texanerin perfekt für diesen Job.

Mit einem kleinen Lächeln sah deVries über seine Schulter.

Dieselben Jeans, Stiefel und Jacke in Schwarz, zusammen mit einem T-Shirt, auf dem ein rattenähnliches Tier abgedruckt war. Unter diesem Wesen stand geschrieben: *Gürteltier – Texas' Temposchwelle.* Auf halbem Wege durchs Foyer hielt Lindsey abrupt an. „Du –"

„Zeig ihm, was auch immer er sehen will." Mrs. Abernathy verschwand. „Danke dir, meine Liebe", rief sie über ihre Schulter.

DeVries erhob sich und versuchte, bei dem Mienenspiel der kleinen Sub nicht zu lachen: Frustration und Sorge wandelten sich zu versuchter Gleichgültigkeit.

„Strip-Poker solltest du lassen, Sub", sagte er. „Drei Runden und du wärst splitterfasernackt."

Ihr genervter Ausdruck war verdammt bezaubernd. „Ich soll

dich herumführen. Wo willst du hin?“ Seit er sie ins Auge gefasst hatte, hatte sie sich keinen Millimeter bewegt.

Nachdem er notiert hatte, was er für die Eingangstür besorgen musste, warf er sich seine Tasche über die Schulter und ging auf sie zu. Er beobachtete, wie sich ihre Hände zu Fäusten ballten, als er in ihren persönlichen Bereich eindrang und sie zu ihm aufsehen musste. „Hast du Angst vor mir, Lindsey?“, fragte er in einem sanften Ton.

Fuck, er konnte beinahe sehen, wie sich jeder einzelne Muskel in ihrem Kreuz anspannte.

„Nein, nein, natürlich nicht.“

„Wir sind Freunde. Das hast du doch selbst gesagt, erinnerst du dich?“ Wieso wurde er nicht schlau aus ihr? Sie fand ihn definitiv anziehend und trotzdem unternahm sie alles, um auf Abstand zu bleiben. Warum?

„Ich ... richtig. Selbstverständlich. Wie konnte ich das vergessen?“

„Gut, dass wir das geklärt haben. Kurz habe ich mir Sorgen gemacht.“

Sie entließ einen frustrierten Seufzer und – okay, ja, er benahm sich unmöglich, doch es gefiel ihm einfach zu sehr, sie zu necken.

„Führe mich bitte zur Hintertür“, sagte er. Als sie herumwirbelte und davon marschierte, holte er schnell auf und legte eine Hand auf ihren Rücken, nur wenige Millimeter über ihrem Arsch. Auf eine freundschaftliche Weise, natürlich.

„Mich zu berühren, könnte man als sexuelle Belästigung sehen“, murmelte sie.

„Vielleicht. Aber wohl eher nicht. Ich hab’ gesehen, wie deine Lippen rot wurden, deine Wangen übrigens auch. Du lehnst dich in meine Richtung. Damit kommunizierst du, dass dein Körper mich ficken will. Dein Verstand allerdings, na ja, der möchte mich treten, wo’s mir besonders wehtut.“ Er schnitt ihr den Weg ab und hob ihr Gesicht, bis sie ihn mit diesen wunderschönen Augen ansah. „Liege ich falsch, Tex?“

Hatte sie gerade geknurrt? Wirklich niedlich.

„Treten klingt gut."

„Ich werd's mir merken."

Zügigen Schrittes lief sie in den nächsten Raum. Er folgte ihr und stoppte, als er mit erschrockenen Lauten und einem Angstschrei begrüßt wurde. *Scheiße* ... An der einen Seite der Küche saßen Kinder, die sich einen Nachmittagssnack aus Früchten und Joghurt gönnten. Jedes einzelne Augenpaar war auf ihn gerichtet, und sie sahen ihn an, als hätte er ihren Hund getötet.

Die Frauen im Raum trugen einen ähnlichen Ausdruck. Zwei drückten sich gegen die Wand, während sich die dritte mutig gab.

„Verdammt", murmelte Lindsey. „Jemand hätte sie vorwarnen müssen." Sie lächelte die Frauen und die Kinder an. „Alles gut. Das ist Zander. Er ist net –" Sie unterbrach sich, wahrscheinlich weil sie sich daran erinnerte, dass er ein Sadist war. „Er ist ein guter Kerl."

Überrascht stellte er fest, wie ernst sie die Worte meinte.

„Was will er hier?", fragte eine der Frauen. „Ist er hier, um jemanden ... zu holen?"

„Zur Hölle, nein", antwortete deVries selbst. „Ich bin hier, um ein Sicherheitssystem zu installieren, damit ihr euch sicher fühlen könnt."

Erst nach ein paar Minuten löste sich der Schock und zwei der Kinder kamen auf ihn zu. Das Mädchen, das ihm kaum bis zu den Knien reichte, sah mit den sanftesten braunen Augen zu ihm auf, die er jemals gesehen hatte. Er fand Lindseys Blick. „Ich könnte wetten, dass du in dem Alter genauso ausgesehen hast." Dann hockte er sich vor die Kleine hin, womit er immer noch nicht ihre Augenhöhe erreichte. „Hast du eine Frage an mich, Süße?"

„Was ist ein Sichsüstm?", fragte sie.

Ihr Begleiter mit den gleichen braunen Augen starrte deVries an. „Wird es helfen, Mama und Jenna zu beschützen?"

Wie konnte jemand es wagen, Kindern wehzutun? Eine Schande, dass er den Bastard nicht selbst aufmischen konnte.

Zwei weitere Kinder traten näher und wickelten die Arme um Lindseys Beine, die Wangen an sie geschmiegt. Verdammt putzig. Die Racker wussten bereits, dass Lindsey ein gutes Herz hatte.

Er wandte sich wieder den braunäugigen Geschwistern zu. „Ich werde dafür sorgen, dass es kein böser Mann ins Haus schafft. Das ist mein Job.“ Er wagte es, die Hand auszustrecken, und streichelte mit den Fingerknöcheln über die Wange des Mädchens. „Du und deine Mama seid hier sicher.“

Was wäre passiert, wenn seine eigene Mutter einen Zufluchtsort wie diesen gehabt hätte? Hätte sie sich dann gefangen? Wäre sie dann nicht in einer Hölle auf Erden gelandet, in der sie ihren Körper für Alkohol und Drogen verkaufen musste? Er schüttelte den Gedanken ab und setzte für die Kinder ein Lächeln auf. Noch immer starrten sie ihn mit großen Augen an, so als wäre er der Grüne Kobold, der drauf und dran war, Spiderman endlich aus dem Weg zu räumen. Gelassen, ohne plötzliche Bewegungen, lief er zur Hintertür.

Zwar verfügte der Hintereingang über eine stabile Tür mit einem guten Rahmen, jedoch war das Schloss der letzte Schrott. „Hab Hühnerställe mit besseren Schlössern gesehen“, murmelte er zu Lindsey.

„Die Gefahr geht in unserem Fall nun mal von außen aus.“ Der Schwung ihrer linken Augenbraue verriet, dass sie ihn in diese Kategorie einordnete.

Geradeso behielt er ein Lachen für sich. Noch wusste sie nicht, auf was sie sich mit ihm eingelassen hatte.

Lindsey beobachtete deVries, als er sich hinkniete und in seiner Tasche herumkramte. Ein Bohrer, verschiedene Schlösser.

„Jeremiah, komm zurück!“ Jenna zog an der Hand ihres Bruders.

Seine Schwester im Schlepptau kam Jeremiah näher und näher, bis er in Reichweite des Doms war. „Was machst du gerade?“

Die Lachfältchen neben deVries’ Augen vertieften sich. „Siehst du das Schloss?“ Er ruckelte daran.

Jeremiah nickte und seine Schwester tat es ihm gleich.

„Ich werde ein Größeres anbringen.“ DeVries öffnete die Verpackung und zeigte den Kindern, wie viel größer und stabiler das neue Schloss war.

„Oh“, hauchten die beiden.

„Das Schloss an der Eingangstür hast du nicht gewechselt“, kommentierte Lindsey.

Er sah zu ihr. „Weil der Türrahmen der letzte Rotz ist. Ein neues Schloss bringt erst dann etwas, wenn die Basis passt.“

„Okay.“ Anscheinend wusste er, was er tat. Wenn sie so darüber nachdachte, musste sie sich eine Sache eingestehen: Wenn deVries etwas machte, dann richtig.

Seufzend setzte sie sich zu den Kindern an den Tisch. Jeremiahs Schwester krabbelte auf ihren Schoß. Ihr Bruder blieb bei deVries, Faszination in seinen Kulleraugen.

DeVries bohrte ein Loch und wechselte die alte Vorrichtung aus. „Reiche mir die lange Schraube, Kumpel.“ Er nickte zu der offenen Verpackung.

Mit einem besorgten Ausdruck in den Augen beugte sich Jeremiah vor und suchte sich durch die Schrauben, nur um alle paar Sekunden nach oben zu sehen, um sicherzustellen, dass der Mann vor ihm nicht wütend wurde.

DeVries wartete – und Lindsey erkannte die Geduld in ihm. Auch im Club zeigte er diese Eigenschaft immer wieder – und im Bett. Warum musste er so anziehend sein?

„Die hier?“, flüsterte Jeremiah unsicher, eine lange Schraube zwischen den Fingern.

„Ja, genau. Gut gemacht, Kumpel.“ Mit dem beiläufigen Kompliment wandte sich deVries erneut seiner Aufgabe zu, wodurch ihm augenscheinlich entging, wie sich Jeremiahs

Gesicht aufhellte – als würde die Sonne hinter den Wolken hervortreten.

Nur jemand, der den Dom in Aktion gesehen hatte, würde wissen, dass ihm niemals etwas entging. Zwar sah sie die Anspannung in seinem Kiefer, doch er setzte mit der Arbeit fort, und fragte Jeremiah beständig nach weiteren Dingen, immer darauf bedacht, eine detaillierte Beschreibung zu geben, damit der Junge keinen Fehler beging.

Schließlich schloss er die Tür und sagte zu Jeremiah: „Willst du überprüfen, ob das neue Schloss funktioniert?“ Er tippte gegen den Riegel. „Dreh ihn.“

Jeremiah folgte der Anweisung.

„Jetzt versuche, die Tür zu öffnen.“ DeVries’ Augen ließen nicht eine Sekunde von dem Kleinen ab, als er seine Werkzeuge wegräumte.

Jeremiah zog an der Türklinke. „Geht nicht auf.“

„Sehr gut.“ DeVries stand auf, legte sanft eine Hand auf die Schulter des Jungen. „Ohne dich hätte ich das nicht so schnell geschafft. Du warst mir eine große Hilfe.“

Staunend und mit offenem Mund sah Jeremiah deVries an, Stolz funkelte in seinen Augen.

Lindsey musste einen Schluchzer herunterwürgen, als sie dem Mädchen von ihrem Schoß half. Sie wandte ihr Gesicht von den beiden ab und blinzelte die Tränen zurück. Sie schluckte schwer, bändigte ihre Emotionen und schaffte es geradeso, die Frage gelassen klingen zu lassen: „Wohin jetzt, deVries?“

„Ich möchte bitte jedes Fenster im Haus sehen, Miss Adair“, sagte er höflich. Warum hatte sie angenommen, dass seine Höflichkeit schwinden würde, sobald sie sich von der Gruppe entfernten? Er wuschelte Jeremiah durch die Haare, als er ihnen folgte. „In ein paar Tagen komme ich zurück, Kumpel. Wenn du Zeit hast, könnte ich deine Hilfe wieder gebrauchen.“

„Okay“, flüsterte Jeremiah. Der Junge vibrierte mit Dringlichkeit, als sie zusammen die Küche verließen. Seine Schritte gingen in die gegensätzliche Richtung, in den hinteren Bereich des Hauses, wo seine Mutter die Wäsche machte. Auch mit ihr war seine Stimme kaum hörbar: „Mooom, weißt du was?“ Kinder mit Vätern, wie er ihn gehabt haben musste, lernten schnell, die Fresse zu halten.

„Heilige Scheiße.“ DeVries’ Kiefer war angespannt, seine Augen kalt.

„Was?“

„Es wäre mir wirklich ein Vergnügen, mit dem Bastard eine ... Unterhaltung zu führen, der diesen kleinen Burschen gebrochen hat.“

Sie konnte ihr Lächeln genauso wenig unterdrücken wie die Tränen.

Sanft strich er über ihre Wange. „Du hast ein großes Herz, Tex.“

Er anscheinend auch.

Noch bevor sie das Obergeschoss erreichten, eilte eine Angestellte herbei. „Lindsey, Mrs. Abernathy hat mich geschickt, um Mr. deVries herumzuführen.“

„Gutes Timing. Edna ist bestimmt mit dem Ausfüllen fertig.“ Erleichtert – und enttäuscht – nickte Lindsey deVries zum Abschied zu.

Sein Ausdruck zeigte keine Emotion. Seine Worte jedoch – „Ich sehe dich später, Tex“ – forderten ihre Hormone zu einem Tanz auf.

In dem kleinen Konferenzraum blätterte Edna durch die Merkblätter, wie man ein Bewerbungsschreiben verfasste und man ein Bewerbungsgespräch erfolgreich bestritt. Untergewichtig, mit kurzen ergrauenden Haaren, nach vorne gebeugt und jede Art von Aufmerksamkeit abwehrend. Die blauen Flecken auf ihrem Gesicht gaben den Grund für ihre Körperhaltung preis.

Lindsey setzte sich und fragte: „Fertig?“

Edna nickte.

Lindsey warf einen Blick auf das Schreiben. Ihre Arbeitserfahrungen lagen weit in der Vergangenheit – als Kellnerin und als Zimmermädchen in einem Hotel. Ihre körperliche Verfassung war gut, oder würde es in einer Woche wieder sein. Keine Rechtschreibfehler, gute Ausdrucksweise. Die nächste Seite war leer. „Warum hast du nicht auch deine beruflichen Interessen eingetragen?"

„Wieso sollte ich?"

Lindsey verstand Ednas Zögern. Sie war neunundvierzig Jahre alt, ihre Kinder mittlerweile erwachsen. Der arbeitslose Ehemann hatte seine Zeit mit Alkohol gefüllt und seine Frustration an seiner Frau ausgelassen. Als die Kinder noch im Haus waren, hatte sie die Misshandlungen der Kinder zu liebe ertragen, aber nun ...

„Ich kann dir sogar mehrere Gründe sagen", antwortete Lindsey. „Erstens, es ist möglich, dass du das neunzigste Lebensjahr erreichst, richtig?"

Ednas Augen weiteten sich. „Ich ... Vielleicht. Meine Mutter ist noch am Leben."

„Als Kellnerin zu arbeiten, wird im Alter immer anstrengender. Und wenn du in Rente gehst, könnte es sein, dass deine Kosten nicht alle gedeckt sind." Lindsey wackelte mit den Augenbrauen. „Bei vier Kindern wirst du wahrscheinlich irgendwann Enkel haben, denen du laute, nervige Spielzeuge schenken möchtest, oder?"

Edna lächelte. Nicht mal jahrelange Misshandlungen konnten einen Sinn für Humor auslöschen. Dann runzelte sie die Stirn. „Willst du mir sagen, dass Geld immer ein Problem darstellen wird?"

„Wenn du nicht vorausdenkst. Die gute Nachricht ist, dass *Stella's* sehr daran interessiert ist, ihre Klienten an gut bezahlte Jobs zu bringen. Es werden Kurse offeriert – auch am Abend und den Wochenenden. Und wenn du etwas lernen möchtest, was nicht angeboten wird, finden sie eine Lösung." Sie lehnte sich vor und nahm Ednas Hand in ihre. „Du machst gerade eine riesige Veränderung durch, das weiß ich. Aber sieh es mal so:

Wenn du schon dabei bist, warum kannst du dann nicht nach den Sternen greifen?"

„Ich ..." Ednas Blick fiel auf die Bewerbung.

„Und, na ja." Lindsey drückte Ednas kalte Finger. „Dein Ex schafft es nicht mal, den lausigsten Job zu halten. Wäre es nicht cool, wenn du einen Job fändest, den er nicht mal in seinen kühnsten Träumen an Land ziehen könnte?"

Edna drückte die Schultern durch, hob stolz das Kinn und auf ihrem Gesicht blitzte Entschlossenheit auf. „Du hast recht." Ihr Mundwinkel zuckte. „Und du bist eine hinterlistige, junge Frau."

Mit einem Mal schien sich der Raum zu erhellen. „Und stolz drauf. Also fülle –" Lindsey sah auf ihre Uhr. „Oh, wir haben keine Zeit mehr. Deine Gruppentherapie fängt gleich an. Kannst du es später ausfüllen? Dann können wir es nächste Woche besprechen." Die ausgefüllten Papiere legte sie in den Lederhefter.

Entschlossenheit war noch immer in den Augen der anderen Frau zu sehen. „Das mache ich."

Lindseys Augen hingegen brannten und sie konnte sich eine Umarmung mit Edna nicht verwehren. „Du wirst dich großartig machen", flüsterte sie.

Im Flur lehnte deVries an der Wand, seine Tasche über der Schulter. Er nickte Edna zu, als sie an ihm vorbeilief und stellte sich Lindsey in den Weg. „Bist du für heute fertig?"

„Äh ..." Welche Lüge könnte sie ihm auftischen? Gab es einen Grund, um zu bleiben? Das Problem war, dass sie bei jeder Lüge das Gefühl hatte, sie würde sich Schlamm ins Gesicht schmieren. Sie fühlte sich bereits dreckig genug. „Ich schätze."

„Gut." Er legte eine Hand auf ihre Schulter. „Ich konnte dich durch die Tür hören. Du hast wirklich ein Talent mit Menschen, Baby."

Sie blinzelte zu ihm auf. Ein Kompliment von dem Vollstrecker. „Ähm, danke."

„Bei Befragungen wärst du mir eine große Hilfe gewesen."

Echt jetzt? Ihr erstaunter Blick lockte eins seiner Grübchen hervor. Ihr Versuch, sich von ihm abzuwenden, scheiterte. „Was willst du von mir?"

„Ich habe den Grill auf deiner Terrasse gesehen. Lass uns einkaufen gehen, Steaks besorgen, und dann werde ich es braten, während du den anderen Scheiß zubereitest."

Sie erstarrte. „Hast du dich gerade selbst zum Abendessen bei mir eingeladen?"

„Vermutung bestätigt, Sub." Er lächelte. „Ich habe dich gerettet und dir beim Umzug geholfen. Du schuldest mir also was. Schon wieder."

„Tatsächlich ..." Ihr Magen drehte sich, als sie sich an ihre ersten Schulden bei ihm erinnerte ... wie es geendet hatte. Sicher, er hatte ihr sein Verhalten erklärt, aber woher sollte sie wissen, dass es nicht erneut passierte? „Heißt das, dass ich danach wieder ein ‚Schuld beglichen' zu erwarten habe?"

„So sehr hat dich das verletzt?" Er führte sie aus der Tür nach draußen.

„Na ja ... ja." Sie legte eine Hand auf seine Brust und schubste ihn weg. „Du meintest außerdem, dass du mich nicht leiden kannst. Natürlich ist mir bewusst, dass Männer mit jedem Lie – ähm, jeden ficken. Trotzdem, mit jemandem Sex zu haben, den du nicht magst, ist einfach eklig."

„Eklig, ja?" Ein Grinsen zeigte sich auf seinen Lippen. „Ich habe dich nicht gehasst, als ich dich gefickt habe. Erst am nächsten Morgen traf ich die Entscheidung, dass du eine geldgierige Schlampe bist."

In ihrem Kopf hörte sie Victors Stimme: *„Zur Hölle, du hast mich für mein Geld geheiratet."* Die Erinnerung kam unerwartet. Nur unter großer Anstrengung hielt sie ihre Emotionen aus ihrem Gesicht und drängte die Übelkeit zurück. Stattdessen beschloss sie, ihn wütend anzufunkeln. „Du genießt es wirklich, mich zur Weißglut zu treiben, oder?"

„Fuck, und wie!" Das erneute Auftauchen seines Grübchens verwandelte ihre Beine in Wackelpudding.

„Du mochtest mich also? An dem Abend?" Flüsternd stellte sie die Frage.

Er nahm ihre Hand von seiner Brust und zog sie dann an seinen Körper. „Meinst du, als mein Schwanz in deiner Pussy vergraben war? Oder in deinem Arsch?" Er senkte den Kopf und hauchte an ihren Lippen: „Oder ich dich geleckt habe, bis du schreiend gekommen bist?"

Ihr Mund trocknete aus, und der Laut, der ihr entrang, konnte nur als gierig bezeichnet werden. Sie gierte nach ihm.

„Oh, ich mochte dich." Er presste einen Kuss auf ihre Lippen, bevor er ihr direkt in die Augen sah, und sagte: „Sonst hätte ich dich nicht gefickt, Baby."

Ein Tornado der Erleichterung riss ihre Schutzmauern hinfort.

Als sie sich in seinen graugrünen Tiefen verlor, erkannte sie, wie verfallen sie ihm bereits war.

DeVries brachte die zischenden Steaks vom Grill. Während er damit beschäftigt gewesen war, das gegrillte Fleisch im Auge zu behalten, hatte Lindsey eine leuchtendgelbe Tischdecke ausgebreitet und den Tisch auf der Terrasse mit farbenfrohem Porzellangeschirr gedeckt. Er musterte sie. „Die habe ich in deiner anderen Wohnung nicht gesehen."

„Das Geschirr war mit den anderen Sachen eingelagert." Sie sah sich um. „Es ist schön, alles wieder bei mir zu haben."

Nicht, dass sie viel an Besitz hatte, dachte er, als er nach Steaksauce suchte. „Viele Mac and Cheese-Fertiggerichte, Babe."

Anstatt sich darüber zu beschweren, wie pleite sie war, grinste sie. „Hey, zufällig liebe ich Mac and Cheese. Essen, das die Seele nährt. Es macht mich glücklich."

„Mmmhmm." Sicher tat es das – wenn man es einmal im Monat aß, nicht jeden Tag. Trotz ihrer derzeitigen Situation hatte sie darauf bestanden, die Kosten für die Nahrungsmittel zu teilen. *Mein Gott.*

Sie saß sich an den Tisch und reichte ihm eine von den Bierflaschen, die er gekauft hatte.

„Wirst du hier zurechtkommen?" Gegenüber von ihr setzte er sich hin. Er nahm einen Schluck von dem Bier und beobachtete, wie sie ihm einen Teller mit Salat, käseüberzogenen Kartoffeln und einem Steak fertigmachte. Anmutig und geschmeidig. Ganz im Gegensatz zu ihm hatte sie von Geburt an gelernt, wie man sich in Gesellschaft benahm. Er hingegen hatte erst spät in einer Pflegefamilie eine wirkliche Erziehung genossen.

„Ich liebe es." Sie schenkte ihm ein reumütiges Lächeln. „Ich schätze, ich muss dir dafür danken, dass du Xavier von meinen Schwierigkeiten berichtet hast."

„Gern geschehen. Apropos ..." Er zog einen Schuh aus und löste das Lederband von seiner Wade. „Wenn du schon ein Messer herumtragen musst, solltest du eins haben, dass auch Schaden anrichten kann."

„Aber ich ..."

Er legte es auf den Tisch. „Das sollte eine gute Größe für dich sein. Eins an deinem Gürtel wäre besser, da dieses schwer zu erreichen ist, wenn es ernst wird, aber ich nehme an, dass du die Leute in deiner Umgebung nicht erschrecken willst."

„Ich –" Sie stoppte und sagte dann vorsichtig: „Du gibst mir dein Messer?"

„Ja, Tex, ich gebe dir das Ersatzmesser meines Ersatzmessers, damit du nicht wieder mit deinem winzigen Taschenmesser herumfuchtelst."

Ihre Augen leuchteten auf. Dann zog sie das Messer aus der Scheide. Flacher Griff, zweischneidige Klinge. Lag schwer in der Hand und war kleiner, als er es gerne für sie hätte. Dennoch würde es sicher einen guten Job erledigen.

„Mein Daddy mochte Schusswaffen", berichtete sie. „Und das Jagen. Mir hat er es nie beigebracht." Ihr Verstand schien abzuschweifen, dann erschauerte sie.

Wahrscheinlich dachte sie an Bambis Mutter. Verdammter Film. „Soll das heißen, dass du Messer bevorzugst?"

„Oh ja. Jedes Cowgirl sollte ein Messer haben. Selbst, wenn sie es nur zum Öffnen von einer Dose Bohnen verwendet." Sie hielt es hoch, und ihr Lächeln haute ihn um. „Vielen Dank. Wirklich."

„Gerne. Wirklich." Er kostete von den Kartoffeln und erstarrte. Das Mädchen konnte kochen! „Abgesehen davon habe ich vor, mir eine Belohnung abzuholen."

„Warum überrascht mich das nicht?" So niedlich, wenn sie ihn anfunkelte, und doch ... War das Erstaunen in ihrem Ausdruck? „Du willst Sex mit ... mir?"

Er verengte die Augen. „Verdammt, natürlich will ich Sex mit dir. Warum würdest du das anzweifeln?"

„Ich ..." Sie zuckte mit den Achseln und sagte leichthin: „Es fühlt sich nett an, gewollt zu werden."

Ihre Gleichgültigkeit war vorgetäuscht. Er sah den Schmerz, den Verrat in ihren Augen. „Wer wollte dich nicht?"

Ihre Kinnlade klappte auf. „So meinte ich das nicht."

Treffer. „Wer wollte dich nicht", wiederholte er die Frage.

„Ich habe zwei Scheidungen hinter mir. Was denkst du denn?"

Er lehnte sich zurück und beobachtete, wie sie ihre Kartoffeln von einem Ende zum anderen Ende des Tellers schob. *Ah ja.* Unsicherheit fraß sie innerlich auf. Zwar mied er Beziehungen, blind war er aber nicht. Frauen schafften es selten, einer Beziehung zu entkommen, ohne dass das Selbstbewusstsein einen Knacks abbekam.

Der Gedanke, dass er sie gefickt hatte, ohne sie zu mögen, hatte sie wütend gemacht. Es fiel ihm schwer, zu glauben, dass es Männer gab, die Tex nicht mögen würden. Leider war diese Welt voller Idioten. „Ich denke, dass dich deine Ex-Ehemänner an deinem heißen Aussehen haben zweifeln lassen."

Ihre Pupillen weiteten sich und ihr Kinn bebte. „Ich habe das Salatdressing vergessen." Sie sprang auf die Füße und kramte

– oder tat so – im Kühlschrank, bevor sie mit einer kleinen Flasche zurückkehrte.

Seine Neugierde hatte ihn schon so oft in Bredouille gebracht. Trotzdem konnte er nicht anders; er musste es wissen. Ihre Reaktion schien die normale Bitterkeit nach einer Scheidung zu übersteigen. Na ja, und er wollte es wirklich wissen ... „Hast *du* sie geliebt?"

Ihre Muskeln spannten sich an, als hätte sie vor, erneut aufzuspringen. Zu dumm nur, dass sie keine kulinarischen Ausreden mehr vorbringen konnte. Er legte eine Hand auf ihre, das Äquivalent zu einer Fessel, und übte mit seiner Stimme sanften Druck aus. „Lindsey, hast du sie geliebt? Einfache Frage."

Ihre Schultern sackten zusammen, ihr Blick haftete auf dem Teller. „Das dachte ich", flüsterte sie.

„Sie haben dich nicht geliebt?"

Sie schüttelte den Kopf. Als er spürte, wie ihre Hand unter seiner bebte, wollte er sie in seine Arme ziehen.

Nein. Für diese Art Trost war sie noch nicht bereit. Nicht von ihm. Durch sein Arschlochverhalten hatte er das Vertrauen, das er sich in ihrer gemeinsamen ersten Nacht mit ihr aufgebaut hatte, zerstört. „Es tut mir leid, Baby", sagte er. Im gleichen Atemzug zog er nicht nur seine Hand, sondern auch seine Dominanz zurück.

Stockend atmete sie ein, dann drückte sie ihre Schultern durch. „Was wird jetzt aus dem Sicherheitssystem für das Frauenhaus?", wechselte sie das Thema.

Verdammt, er verehrte ihre starke Persönlichkeit. „Ich werde dafür sorgen, dass sie das Beste vom Besten bekommen." Er schnitt in sein Steak, kaute. Köstlich, er hatte es immer noch voll drauf. „Dein Grill ist gut."

„Er gehört Abby." Sie sah sich um. „Ich liebe dieses Haus."

„Gut." Sie musste erneut für ihn kochen, das stand außer Frage. „Keine Nagetiere?"

Ihr Lachen war sorglos, fröhlich – die Lindsey, die er kannte und bisher gemieden hatte, weil sie einfach zu anziehend war.

„Ich vermisse Francois. Er hat mir stets gute Gesellschaft geleistet."

Wie traurig war das denn bitte? Eine scheiß verdammte Feldmaus als Gesellschaft. *Meine Fresse*, sie war etwas Besonderes. Anstatt zu schreien, wenn ihr eine Maus über den Weg lief, gab sie dem Tier einen Namen. Sie hatte sich einer Gang mit Pfefferspray gestellt. Trotz ihrer großen Augen und dem noch größeren Herzen war sie eine starke Frau. So unglaublich stark. „Heute werde ich dir Gesellschaft leisten."

Misstrauisch betrachtete sie ihn. „Warum?"

Er grinste. „Weil ich dich mag?"

In der Küche begutachtete Lindsey die Spüle. Leer. Der Vollstrecker hatte den Geschirrspüler eingeräumt und die Saucen weggestellt. Ihre Ex-Ehemänner hatten ihr nie geholfen. Okay, das war nicht fair: Vor der Hochzeit hatte Miguel ihr sehr wohl geholfen. Erst als er sich seine Greencard erschlichen hatte, war die Hilfsbereitschaft plötzlich vorbei gewesen. Die Verlobungszeit war keine Messlatte für das Verhalten in der Ehe.

Sie trug einen Teller mit Cookies ins Wohnzimmer und fand deVries auf der Couch, wie er durchs Fernsehprogramm schaute.

„Suchst du nach Sport?"

Ein Grübchen blitzte auf. „Es ist nichts Gutes drauf. Hast du Filme?"

Einen Arm hatte er auf einem roten Kissen abgestützt. Ja, er hatte es sich eindeutig auf ihrer weißen Couch bequem gemacht. Damals hatte sie sich für bequeme und gleichermaßen praktische Möbel entschieden. Sie waren nicht zierlich, doch das war sie auch nicht. Belastbare, texanische Abstammung eben. „DVDs findest du ganz unten."

Beim Vorbeigehen schnappte er sich einen Cookie vom Teller, gab ihr einen Kuss und hockte sich dann vor den Fernseher. Überrumpelt blinzelte sie in seine Richtung. Nachdem sie die Wirkung des Kusses überwunden hatte, starrte sie noch ein wenig länger, denn ... heißer Arsch.

Sie schüttelte ihre dreckigen Gedanken ab, stellte den Teller auf den künstlich gealterten weißen Couchtisch und kuschelte sich in eine Couchecke. Wollte er wirklich bleiben und einen Film mit ihr schauen? War das nicht ein bisschen zu ... sesshaft für ihn?

Er entschied sich für eine DVD und kam zu ihr, legte sich hin und zog sie auf seine Brust. Sie hatte sich bereits damit abgefunden, einen brutalen Film schauen zu müssen, doch seine Auswahl überraschte sie. „Du magst *Jurassic Park*?“ In dem Film gab es Kinder und Romantik und –

„Tu ich.“ Sein Grübchen hatte wieder einen Auftritt. „Für Liebesfilme bin ich nicht zu haben. Gegen Dinosaurier habe ich aber nichts einzuwenden. Besser als Kriegsfilme sind sie allemal.“

„Oh.“ Sie runzelte die Stirn. DeVries’ Verhalten, seine Fähigkeit, Befehle zu erteilen, und wie er seine Umgebung immer im Blick hatte – alles davon wies auf Soldat. „Warst du beim Militär?“

„Mmmhmm.“ Nachdem er sie neu justiert hatte, damit ihre Wange auf seiner Schulter zum Liegen kam, nahm er sich einen zweiten Cookie, seine Augen auf den Fernseher gerichtet. „Du kannst backen.“

„Ein Rezept meiner Oma.“ Sie hob den Kopf, um ihn anzusehen. Melissas Ehemann hatte viele Jahre bei der Air Force gedient. „In welcher Streitkraft warst du?“

Seine nebelgrünen Augen fanden die ihren. „Bei den Navy SEALs.“ Bestimmt drückte er ihren Kopf wieder auf seine Brust.

Okaaay. Anscheinend hatte er kein Interesse daran, dieses Thema zu bereden. Dann eben nicht. Sie mochte den Film, und sie war auch nicht gerade davon abgeneigt, einen muskulösen Mann als Matratze zu benutzen. Eine sehr bequeme und warme Matratze, wohl bemerkt.

„Hast du deswegen einen falschen Namen angenommen?“, fragte er. „Wegen der letzten Scheidung?“

Sie erstarrte und musste sich dazu zwingen, ihre Muskeln wieder zu lockern. Ständig kam er mit unerwarteten Fragen um die Ecke. *Blödmann!* Sie entschied, sich seiner typischen Antwort zu bedienen: „Mmmhmm." Sein Kiefer spannte sich an und sie musste ein Kichern unterdrücken. Danach schwieg er und richtete seine Aufmerksamkeit erneut auf den Film.

Der Film plätscherte vor sich hin. Ab und zu wies sie auf die romantischen Aspekte hin, was ihm regelmäßig ein Lachen entlockte. Bestimmt hatte er an der Front gekämpft, mitten im Geschehen.

Mit dem Kopf auf seiner Schulter fielen der kleinen Texanerin schon bald die Augen zu. Wie ein Kätzchen lag sie auf ihm. Normalerweise zeigte er Interesse an größeren Frauen, aber verdammt, sie war zu niedlich. Und wenn sie glücklich war, dann erreichte sie den Status wunderschön.

Seine Neugierde wollte einfach keine Ruhe geben. Er wusste noch immer nicht, warum sie einen falschen Namen benutzte. Könnte an der Scheidung liegen. An einem Skandal. Könnte damit zu tun haben, dass sie mit dem Gesetz in Konflikt gekommen war. Oder sie war auf der Flucht. Wenn so ein dummes Arschloch ihr das Leben schwer machte, musste er das wissen.

Als der Abspann des Films lief, schaltete deVries den Fernseher aus. Wie müde war die kleine Texanerin? Sie atmete ruhig, gelassen. Eine Hand umfasste seinen Nacken.

„Wie lautet dein Name, Sub", fragte er in einem sanften Ton.

„Lindsey R –" Ihr Mund schnappte zu. Gleichzeitig riss sie die Augen auf. Ihre Wangen färbten sich rot. Vor Wut. „Du Bastard!"

„Ich wollte es einfach wissen", sagte er, während er sie aufmerksam betrachtete. Es war gut, dass das Messer, das er ihr gegeben hatte, noch in der Küche lag.

Als sie von ihm rutschte, erreichte ihre rechte Hand beinahe die perfekte Position, um ihn zu entmannen. „Ich denke, es ist Zeit für dich, nach Hause zu gehen, deVries. Danke für das Steak."

„Fuck, du hast Temperament. Ich habe dich doch nur nach deinem Namen gefragt."

„Und du weißt sehr genau, dass ich ihn dir sagen würde, wollte ich, dass du ihn kennst. Also, du weißt, wo die Tür ist."

„Bist du in Schwierigkeiten?" Er stand auf und fiel in ihren persönlichen Bereich ein.

Er ließ sie verstehen, dass er sie auch dann berühren würde, wenn sie sauer auf ihn war, und schob ihre samtweichen Strähnen über die Schulter. Die lilafarbenen Strähnen funkelten unter den braunen Wellen. Ihm gefiel diese Eigenart. Sie mochte Farbe. „Kann ich helfen?"

„Nein." Energisch schüttelte sie den Kopf und trat einen Schritt zurück. Sie lehnte seine Hilfe ab. Lehnte seine Berührung ab. „Meine Angelegenheiten gehen dich rein gar nichts an."

„Lindsey –"

„Mein Gott, geh einfach heim! Ich hatte Spaß, aber wir sind hier fertig."

Oh nein, das sind wir ganz sicher nicht. Dennoch entschloss er sich für die Kapitulation. Für heute. Schließlich hatte eine Sub das Recht, Nein zu sagen ... zumindest, bis sie sich entschied, ihre Kontrolle abzugeben. Und das würde sie.

Nachdem deVries gegangen war, räumte Lindsey noch ein wenig auf. Zudem schaltete sie den Geschirrspüler an, obwohl er erst halbvoll war. Das starke Bedürfnis floss durch ihre Adern, seine Präsenz bis zum letzten Atom auszuradieren – das schloss auch das Geschirr ein, das er benutzt hatte.

Sie hatte sich von seiner direkten, *Ich-bin-ein-harter-Kerl-*Persönlichkeit täuschen lassen. Wer hätte gedacht, dass der Vollstrecker so hinterlistig sein konnte?

Eigentlich sollte sie nicht überrascht sein; sie hatte ihn im Club gesehen. Ein Dom, der Subs so beeinflussen konnte, wie deVries das regelmäßig tat, war mehr als nur intelligent. Und er war einer von Simons Ermittlern – einer der Besten. Das Schlimmste war, dass sie ihm angesehen hatte, dass er jetzt noch mehr Interesse hatte, das Geheimnis um ihre Person zu lüften.

Sie wickelte die Arme um sich und ließ sich auf die Couch fallen. Ein Hauch seines Dufts traf ihre Nase. Aftershave war es nicht. Nein, er benutzte diese nach Natur riechenden Seifen wie Axe. Schnaubend rutschte sie auf die andere Seite.

„Kann ich helfen?“ Dieses direkte Angebot, gesprochen in seiner tiefen Stimme, hallte in ihrem Kopf wider.

So, so verzweifelt hatte sie sich in seine Arme werfen, ihm alles gestehen und darauf vertrauen wollen, dass er ihre Probleme aus der Welt schaffte.

Doch sie wusste, dass das nicht möglich war.

In dem Versuch könnte er sein Leben verlieren – wie Craig. Es war nicht ihre Schuld gewesen, dass Parnell den Auftrag gegeben hatte, den jungen Polizisten ermorden zu lassen. Trotzdem fühlte sie sich für seinen Tod verantwortlich.

Wenn sie deVries etwas antäten, würde sie sich das niemals verzeihen.

KAPITEL NEUN

Samstagabend war die Tanzfläche im Dark Haven brechend voll. Lindsey störte das nicht. Heute musste sie tanzen und Dampf ablassen.

Sie hatte die Entscheidung getroffen, deVries von nun an mit allen Mitteln aus dem Weg zu gehen. Natürlich hatte sie trotz ihrer Entschlossenheit, ihre gesamte Schicht am Empfang damit verbracht, darauf zu warten, dass er in den Club kam. Innerlich seufzte sie. Jedes Mal, wenn sich die Tür geöffnet hatte, war ihr Puls durch die Decke geschossen. *Jämmerlich.*

Stirnrunzelnd wirbelte sie herum und versuchte, sich ihrer dämlichen Gedanken zu entledigen. „Weiter so, heißes Gerät!" Neben ihr tanzte Dixon, wackelte mit dem Hintern und stieß mit der Hüfte gegen ihre. „Schüttle deine Tittchen!"

Ihr handgemachtes Lederoberteil war passend zu ihrem butterweichen Lederrock. Das Top holte das meiste aus ihrer Oberweite heraus. „Wie du befiehlst." Sie warf ihre Haare zurück und tanzte den Shimmy.

Um sich herum hörte sie anerkennende Pfiffe von Männern – und von ein paar Frauen.

Dixon kopierte ihre Bewegungen und verdiente sich auch seine Anerkennungen der tanzenden Meute.

Als die Musik stoppte, atmete sie schwer. Lachend stellte sie fest, dass sie durch und durch aufgewärmt war.

Dixon nahm ihre Hand in seine. „Nach dieser beeindruckenden Show werden die Doms bei uns für eine Session Schlange stehen."

Sie schnaubte. „Du vielleicht, Mr. Hübscher-als-ein-Mädchen. Aber hey, ich dachte, dass du gerade jemanden datest."

„Nichts Ernstes. Er will nur ficken."

„Ja, den Typ Mann kenne ich sehr gut."

Dixon spitzte die Lippen. „Nicht, dass mich der Sex stört, aber ich möchte endlich einen Dom. Er ist kein ... Er hat mir etwas vorgetäuscht, um flachgelegt zu werden."

„Oh." DeVries war in diesem Punkt ganz anders. Seine Autorität kroch aus jeder einzelnen Pore. Er personifizierte Dominanz in seinem hinreißenden wenn auch zu neugierigem Körper. Sie drückte Dixons Hand. „Ich bin mir sicher, mein Süßer, dass du schon bald jemanden finden wirst, der perfekt für dich ist. Gib nicht auf." Warum zog Dixon diese Art von Männern an? „Hmm."

„Was?"

„Vielleicht solltest du deine goldige Art etwas runterschrauben." Sie runzelte die Stirn. „Meine Mama meinte immer zu mir: Wenn du zu viel flirtest, dann ziehst du Männer an, die nur darauf aus sind, was du ihnen ... ungewollt versprichst."

Schockiert sah er sie an. „Gibst du mir gerade einen Ratschlag von deiner Mutter?"

„Hey, sie hat mir immer großartige Ratschläge gegeben." Nur bei dem Gesprächsthema Sex führte sie sich wie eine Nonne auf. Auch heute fragte sie sich noch, wie diese Frau zu Kindern gekommen war.

„Ah ja." Kopfschüttelnd lief Dixon durch den Raum zu einem Tisch, der mit Doms und Subs gefüllt war. Auf einer Seite sah sie den blonden Masochisten HurtMe. Jacqueline, eine neue Sub, saß neben ihm. Sie war älter als Lindsey, wahrscheinlich Ende Dreißig, und tendierte dazu, sich jeder intensiven Session mit einem Safeword zu entziehen. Abby saß ein paar Tische weiter, Sir Ethan nicht weit entfernt.

„Hey!" Lindsey ließ sich auf einen leeren Stuhl fallen.

Dixon machte einen Umweg, um neben einem hinreißenden, homosexuellen Dom Platz zu nehmen. Nachdem er dem Mann einen eindeutigen Blick zugeworfen hatte und der Dom gleichermaßen interessiert antwortete, zwinkerte Dixon Lindsey zu.

So viel zu Mamas Ratschlag. Lindsey unterdrückte ein Lächeln.

Die Gespräche wechselten von einem Thema zum nächsten, während die meisten der Depersonalisations-Session auf der linken Bühne zusahen, wo ein Sklave an der Leine wie ein unartiger Hund behandelt wurde.

Lindsey hörte, wie ein Stuhl verrückt wurde und drehte den Kopf nach rechts.

Gekleidet in seinem typischen Club-Outfit, bestehend aus einer Lederhose und einem schwarzen T-Shirt, stellte deVries seine Tasche mit den Spielzeugen unter den Stuhl neben ihr und setzte sich darauf.

Sie seufzte. Es gab so viele leere Stühle, *verdammt*. Sie konnte es wirklich nicht gebrauchen, dass er ihre Hormone zum Tanzen brachte.

Seine Augen, von der Farbe eines zugefrorenen Sees, schweiften über ihren Körper. „Guten Abend, Kleine."

Ohne ihn auch nur mit einem Nicken zu begrüßen, wandte sie sich von ihm ab. Vielleicht würde Mr. Aufdringlich den Wink mit dem Zaunpfahl verstehen.

Seine raue Stimme, als er mit den anderen Doms ins Gespräch kam, sandte einen Schauer durch sie. Sollte sie gehen? Was, wenn er ihr folgte? Angesicht zu Angesicht. Das wäre noch schlimmer. Sie wusste mit absoluter Sicherheit, dass sie dann nachgeben würde.

Warum hatte sie ihm nicht ... davor begegnen können? Vor ihrer Hochzeit mit Victor. Vor dem ganzen Blut, dem Tod und dem Grauen? *Ich kann das nicht tun, deVries. Ich kann es einfach nicht.*

Sie senkte den Kopf und schenkte ihrer Wasserflasche ein ungesundes Level an Aufmerksamkeit. Wenn er doch nur verstehen könnte. Am besten wäre es, wenn er das Interesse an ihr verlor und sie einfach in Ruhe lassen könnte.

Als das Gespräch in der Runde zu Depersonalisation und Entwürdigung bei Sessions wechselte, blieb sie unnatürlich ruhig.

Anstatt zu gehen, legte deVries den Arm über die Lehne ihres Stuhls. Sie erstarrte.

Ein paar Meter weiter funkelte sie HurtMe genervt an. Was war denn bitte sein Problem?

Mit einem mulmigen Gefühl hob sie den Blick zu ihren Freunden. Abbys Gesicht war ausdruckslos. Dixon, wie nicht anders zu erwarten, grinste über beide Ohren.

Lindsey konnte die Hitze, die von deVries' Arm ausging, auf ihrer Haut spüren. Eine kleine Berührung, ob nun zufällig oder gewollt, reichte aus, um ein Kribbeln in ihre Pussy zu schicken. Sie wünschte, sie könnte sich an ihn schmiegen, doch das durfte sie nicht.

„Ich verstehe nicht, dass manche Subs auf sowas stehen", sagte Jacqueline. „Auf diese Weise gedemütigt zu werden."

Die Doms schwiegen und ließen die Subs am Tisch sprechen.

Nicht überraschend erhob Abby das Wort. Die Professorin liebte es, zu unterrichten. „Zum Teil besteht der Anreiz darin, deine Unterwerfung vorzuzeigen", sagte Abby. „Unterwerfung beginnt, wo man mehr Schmerz akzeptiert, als man denkt, zu wollen. Der Grund dafür ist einfach: Es wird deinen Dom glücklich machen, da du deine körperliche Kontrolle an ihn übergibst. Bei Erniedrigungs-Sessions gibst du deine emotionale Kontrolle ab."

„Doms konzentrieren sich gern auf Bereiche, bei denen du dich noch verklemmt gibst." Dixon rümpfte die Nase. „Allerdings habe auch ich kein Interesse daran, mich während einer Session durch Vollpinkeln erniedrigen zu lassen."

Abby nickte. „Es existiert Erniedrigungs-Play, das für eine

Beziehung wohltuend und zudem erotisch sein kann, während manche Dinge eher in die Richtung von emotionalem Masochismus gehen." Sie lächelte Lindsey an, rief sie wie eine Professorin auf. „Lindsey, möchtest du etwas zu dem Thema beitragen?"

Das war es mit dem Schweigen. Alle Augen waren auf sie gerichtet und Lindsey runzelte die Stirn. Wenn sie ehrlich war, vertrat sie Jacquelines Standpunkt. „Ich denke nicht, dass ich den Unterschied verstehe. Es klingt alles unheimlich."

DeVries erhob die Stimme: „Herabsetzung lehnt sich an den Selbstwert der Sub. Nicht mein Ding. Erniedrigungs-Play auf der anderen Seite – wie zum Beispiel erotische Beschämung – hat sich bewiesen." Sein Blick verweilte auf Lindsey, als sich seine langen Finger um sein Wasserglas schlangen.

Das rüttelte in Lindsey die Erinnerung wach, wie eben diese langen Finger ihre Brüste erkundet hatten. Sofort richteten sich ihre Nippel auf – was jeder Anwesende bemerkte. Sie spürte, dass sie rot wurde, und schnaubte verächtlich. „Wirklich süß. Was weiß ein Sadist wie du schon von Emotionen?"

Alle Subs in der näheren Umgebung schnappten gleichzeitig nach Luft, was ihr sofort eines klarmachte: Sie hatte eine Grenze übertreten.

DeVries zog eine Augenbraue nach oben und schob seinen Stuhl zurück. „Gut, dass du eine Rezeptionistin bist. Ich werde mit dir demonstrieren, was ich mit Beschämung meine."

Bitte was? Es wurde von Rezeptionistinnen erwartet, dass sie bei Demonstrationen aushalfen, aber ... nein, auf keinen Fall! Nicht mit deVries! Auch sie schob ihren Stuhl zurück. Sie kam nicht weit, denn er blockte ihren Fluchtversuch mit einem Fuß ab.

Knurrend versuchte sie, ihr Gehirn in Gang zu bringen, um einen Ausweg aus dieser Situation zu finden. „Wie du mir bereits gesagt hast, bin ich nicht deine Kragenweite. Sir. Verprügelt zu werden, gilt für mich als harte Grenze." Und Xavier zeigte bei Doms, die Grenzen überschritten, keine Gnade.

„Das bedeutet wohl, dass ich dich nicht zu hart rannehmen darf." Er packte ihr Kinn, seine Hand so unnachgiebig, dass es schmerzte. So machte er ihr wortlos klar, dass es keine Chance auf eine Flucht gab. In seinen Augen konnte sie weder Belustigung noch Freundlichkeit oder Wut entdecken – nicht eine Emotion. *Heilige Scheiße*, jetzt verstand sie, warum die Subs ihn den Vollstrecker nannten. „Immer, wenn du sprichst – die einzige Ausnahme sei hier dein Safeword – werde ich diese Vorführung um eine Minute verlängern." Aus seiner Tasche zog er einen Mini-Vibrator.

„Nein, warte!" Ihr Ausruf endete in einem Quietschen, als er sie von ihrem Stuhl riss und auf seine von Leder eingehüllten Schenkel setzte.

Er wickelte einen Arm um sie, presste ihre Ellbogen gegen ihre Seiten. Mit der anderen Hand schaltete er den Vibrator an und schob ihn unter ihren Lederrock, gegen ihren Venushügel, gefährlich nah an ihre Klitoris.

Erleichtert stellte sie fest, dass sie zu verspannt war, um auf irgendetwas bei dieser Vorführung zu reagieren. Sie versuchte, sich ein wenig zu entspannen. *Okay, ja, das ist unangenehm, aber ... zu ertragen.*

Seine Wange rieb gegen ihre, seine Stimme heiser, als er flüsterte: „Ich erinnere mich, wie du dich anfühlst, kleines Mädchen." Er positionierte den Vibrator um und seine warmen, langen Finger glitten durch ihre Schamlippen, umkreisten ihren Eingang und riefen ihr ins Gedächtnis, wie er sie in der Nacht immer und immer wieder zum Orgasmus gebracht hatte.

„Ich erinnere mich daran, wie du schmeckst." Seine Zunge kitzelte ihre Ohrmuschel. Heiß und nass. Er wusste genau, wie er seinen Mund einsetzen musste. *Verdammt sei er.*

Von Nullinteresse katapultierte er ihren Körper auf einen Level, bei dem sie vor Begierde brodelte.

Er gluckste, seine Stimme weiterhin ein sanftes Flüstern – nur sie konnte ihn hören. „Am liebsten würde ich dich auf meinen Schwanz setzen, damit du mich reiten kannst. Ich will diese süße Pussy um meinen Schaft spüren, wie sie gierig um mich herum pulsiert. Zu dumm, dass das für den Moment nicht das Ziel ist."

Sie erstarrte.

Er bewegte den Vibrator näher – näher an den Ort, wo sie bebte. „Ich weiß, wie sehr du Spielzeuge magst."

Als bräuchte sie die Erinnerung dieses Morgens im Bett: Die Art und Weise, in der er den Vibrator an ihr verwendet hatte. Wie er sie verletzt und so einen überwältigenden Orgasmus aus ihr gelockt hatte, dass sie von der Empfindung beinahe gestorben wäre. „Nicht", flüsterte sie. „Ich will das nicht."

„Das interessiert mich nicht", murmelte er. „Du hast ein Safeword, wenn du es nicht mehr aushältst."

Plötzlich wirkten sich die Vibrationen auf sie aus: Hitze schwappte über sie hinweg, gefolgt von unbändiger Begierde. *Heilige Scheiße*, wenn sie nicht bald kam ... Sie zappelte auf seinem Schoß, in dem Versuch, das vibrierende Folterinstrument näher an ihre Klitoris zu bekommen. Wenn er jetzt stoppte ...

Und genau das tat er. Nachdem er den Vibrator in seine Tasche geworfen hatte, grinste er die Zuschauer an. „Lindsey mag es nicht, ihre Genitalien zur Schau zu stellen."

Oh Gott, woher wusste er das?

Er hob ihren Rock und steckte den Saum in ihren Bund, entblößte sie.

„N-nicht –"

„Lindsey, wenn du nicht ruhig bist, muss ich dich fesseln – auf der Bühne." Die Drohung kam bei ihr an. Mit einem Arm noch immer um ihre Taille, spreizte er ihre Beine mit der anderen, bis sie über seine Schenkel hingen und jeder einen Ausblick auf ihr Geschlecht bekam.

„Nein", flüsterte sie. Heiße Verlegenheit hüllte sie wie die drückende Luft in einer Sauna ein. Sie erinnerte sich an Victors gleichgültige Miene – als wäre sie eine Schaufensterpuppe und keine Frau mit Gefühlen.

Dann nutzte deVries dieselbe Hand, um ihre Schamlippen zu

spreizen. Sie ertrug die Blicke nicht länger und schloss die Augen.

„Ich habe den Anblick ihrer Pussy sehr genossen. Jedenfalls nachdem ich sie dazu bekommen habe, ihre Schenkel für mich zu öffnen“, erzählte deVries den anderen. „Seht ihr, wie geschwollen ihre Schamlippen sind? Und feucht, verdammt, sie wird so feucht. Ist es nicht heiß, wenn die Sub so auf dich reagiert?“

Seine Worte überraschten sie. Sie konnte keinen Muskel bewegen, als sie die Bedeutung verarbeitete. Er mochte sie ... dort unten? Er sah sie gerne an? Der zustimmende Chor war noch überraschender.

„Nette Klitoris hat sie auch“, fuhr deVries fort, umkreiste das Nervenbündel, wodurch es sich herauswagte. „Sitzt so perfekt, dass ich immer mit ihr spielen kann.“

Könnte er noch peinlichere Dinge sagen? Trotzdem schwappte bei seinen Komplimenten eine neue Lustwelle über sie hinweg. Er mochte ihre Pussy. Wirklich?

Er benutzte ihre Nässe, um ihre Klitoris zu befeuchten. „Andererseits: Hat es jemals eine Klitoris gegeben, die nicht erregend war?“

Weiteres bejahendes Gemurmel.

Vielleicht war die Pussy einer Frau wie ihre Brüste – die Männer verloren den Verstand beim Anblick von Brüsten, richtig? Bei Victor war es anders.

Egal, wie groß die Zustimmung auch war, Lindsey wollte die Zuschauer nicht ansehen. Sie behielt die Augen geschlossen, fühlte die Blicke auf ihren intimen Körperteilen, so als würde jemand mit den Fingernägeln über eine Tafel kratzen.

„Was mich wirklich geil macht, mehr noch als ihr Geschmack und der Anblick ...“ Seine Finger umkreisten weiter ihre Klitoris, schürten ein Feuer, sandten ihre Begierde in einen wilden Sturm. Sein Arm hielt sie bewegungsunfähig und es würde nicht mehr lange dauern. Sie war dem Höhepunkt so nah ... so nah ...

Gott, sie wollte nicht kommen. Nicht jetzt, nicht hier. *Nein, nein, nein.*

Er positionierte ihre Finger in einer ihr bekannten Position – an ihren Schamlippen, damit sie sich selbst präsentierte. „Zeige dich ihnen. Wenn du das nicht tust, suche ich nach der Vorrichtung, die dir die Aufgabe abnimmt – für eine sehr lange Zeit."

Begierde, Wut und Erniedrigung trugen in ihrem Inneren einen Kampf aus. *Verdammt sei er!*

Ihre Finger bewegten sich nicht vom Fleck, und sie nahm sein befriedigtes Grunzen wahr.

Sie wagte es, die Augen auf die Tische zu richten, auf die faszinierte Menge. Niemand gab gemeine Kommentare von sich. Niemand sagte, dass sie dort unten hässlich sei. Die interessierten Blicke waren ... heiß. Nicht beleidigend.

Bewundernd. Erregend.

Ihre Finger bebten.

Sie hörte ihn verkünden: „Jacqueline, Beschämung kann nicht nur erotisch sein, sondern auch Barrieren zerschlagen, welche die Sub davon abhält, zu ihrem vollen Potential zu kommen." Er küsste Lindsey auf die Wange. „Du bist so ein braves Mädchen. Und jetzt: nicht bewegen."

Nun legte er den Vibrator auf ihre Klitoris, gehalten von seiner entschlossenen Hand, und direkt wurde sie von einem Orgasmus übermannt, ohne den Hauch einer Chance, sich dagegen zu wehren. Ihr Körper krümmte sich in der Gefangenschaft durch seinen Arm. Durch das Rauschen in ihren Ohren konnte sie ihre atemlosen Lustschreie wahrnehmen.

Ihr Herz hämmerte, keuchend schnappte sie nach Luft. Nur Sekunden nachdem sie erschöpft gegen seine Brust gefallen war, sie sich der Begierde vollkommen hingegeben hatte, erschallte ein lauter Knall aus dem Hintergrund, der die dichte Luft um sie herum durchschnitt. Auf der Bühne schrie eine Sub. Sie schrie und schrie. Dann hörte sie wieder diesen Laut.

Lindseys Welt verschwamm. *Die Pistole in ihrer Hand zuckt und der Schuss bringt ihre Ohren zum Klingeln. Blut fließt zwischen ihren*

Fingern, klebrig und heiß und furchtbar, während Victors Körper sich krümmt. Das Leben verlässt seine Augen, leere Tiefen. Ihre Schreie werden lauter, enden, ohne dass ihrer Kehle auch nur ein Ton entrungen ist.

Stück für Stück versank sie im Treibsand des Grauens, fand keine Stütze, keinen Ausweg. Die Dunkelheit schloss sich, umhüllte sie.

Was zum Teufel? DeVries betrachtete die kleine Sub entsetzt. Von warm und willig hatte sie sich in eine ausdruckslose Puppe verwandelt. Unbeschreibliches Grauen sah er in ihren Augen, ohne dass sich ihre Pupillen auf einen bestimmten Punkt fokussierten.

Trigger. Er hatte einen Trigger aktiviert. Und er hatte ihn nicht kommen sehen, denn ... denn er war ein Idiot. „Lindsey", sagte er, sein Tonfall kommandierend. „Sieh mich an, Süße."

Sie bewegte sich nicht.

Er packte ihr Kinn und drehte ihren Kopf zu sich. „Sieh. Mich. An." Beim letzten Wort legte er mehr Wucht dahinter.

Sie blinzelte. Einmal. Zweimal. Erschauerte, dann trafen ihre heimgesuchten Augen auf seine. *Heilige Mutter Gottes*, das hatte er mal sowas von versaut. Ohne den Blick von ihr zu nehmen, senkte er ihren Rock, bedeckte sie und schirmte sie von der Menge ab. Er drückte sie eng an seine Brust. Er hatte sie mit seinem kleinen Spielchen auf etwas zugetrieben, auf das er nicht vorbereitet gewesen war.

Sicher, bevor er das erste Mal mit ihr Sex hatte, war er in seinem Büro durch ihre Akte gegangen: ihre Liste mit den harten Grenzen, medizinische Informationen, Empfehlungen. Nichts hatte auf Traumata oder Trigger in ihrer Vergangenheit hingewiesen. Trotzdem lag die Schuld jetzt bei ihm: Er hätte die Liste mit ihr nochmal durchgehen sollen. Er war selbstgefällig geworden.

Er kuschelte sie an sich, warf einen Blick auf die Zuschauer und sah das Entsetzen in den Augen der Subs. Die erfahreneren Doms, inklusive Ethan, runzelten die Stirn. Ihnen war genauso bewusst wie deVries, dass er es verkackt hatte. Er erhob sich mit Lindsey in seinen Armen. „Wenn ihr uns entschuldigen würdet. Ich werde mir einen ruhigen Ort suchen, um diese Sache wieder in Ordnung zu bringen."

„Du solltest sie jemanden geben, der ein Herz hat!" Dixon, schlank, schmächtig und aufmüpfig, stellte sich deVries in den Weg, und bewies erneut, dass männliche Subs, entgegen weitverbreiteter Meinung, keine Schwächlinge waren. „Ein anderer Dom kann –"

„Nein." DeVries lief an ihm vorbei.

Dixon marschierte davon und murmelte: „Arschloch."

Zur Hölle! Ein paar Schritte weiter stoppte deVries und überlegte. Wo könnte er sie hinbringen? Nach unten vielleicht? Im Kerker gab es ruhige Aftercare-Räume. „Nicht mehr lange, Babe. Halte durch", sagte er und rieb sein Kinn über ihre weichen Haare.

Sie reagierte nicht.

Behutsam schlängelte er sich an den Tischen und Stühlen vorbei, an einer Gruppe Mitglieder, und arbeitete sich zum hinteren Teil des Clubs vor.

„Warte." Xaviers tiefe Stimme stoppte deVries an der Treppe. Es machte den Eindruck, dass Dixon den Boss geholt hatte.

Großartig. Wenn der Besitzer des Dark Haven dachte, dass deVries mit einer Sub eine Grenze überschritten hatte, würde ihre Freundschaft keine Rolle spielen – und genauso sollte es auch sein. „Ich habe es verkackt. Sie schien auf ein wenig erotische Beschämung gut zu reagieren, doch direkt nach ihrem Orgasmus habe ich sie in einem tiefen Abgrund verloren. Verdammt, und ich weiß nicht, wie es passiert ist."

Sanft neigte Xavier Lindseys Kopf. „Rede mit mir, Sub. Sag mir deinen Namen."

„L-Lindsey." Obwohl deVries sie in den Armen hielt,

versuchte sie, sich aufzusetzen. „Es tut mir leid, mein Lord. Ich wollte nicht –"

„Du hast nichts falsch gemacht", hauchte deVries. Nein, ganz im Gegenteil: er war es, der ihr eine Entschuldigung schuldete – sobald er herausfand, was er falsch gemacht hatte.

Xaviers Hand verweilte auf der Wange der kleinen Brünetten. Er musste einfach spüren, dass ihr Körper bebte. „Geh in mein Büro. Hol sie aus dem Abgrund heraus."

„Danke." Das Büro hatte eine Couch. War ruhig. „Danach bringe ich sie nach Hause."

Xavier musterte ihn aus schwarzen Augen. Dann nickte er. „Ich weiß, dass du dich gut um sie kümmern wirst."

Das Vertrauen, das er in diesen Worten vernahm, war das beste Geschenk, das er jemals erhalten hatte.

Lindsey kam langsam zu sich. Blinzelnd wies sie ihr Gehirn an, wieder die Arbeit aufzunehmen. Wärme hüllte sie ein, und tröstende Arme waren um sie gewickelt. Arme? *Oh ja,* sie saß auf einem Schoß, ihre Wange an einer harten Brust.

Grummelnde Worte traten an ihre Ohren, die sie schnell einem bestimmten Mann zuordnete. „Alles okay, Baby. Du bist in Sicherheit."

Sie legte den Kopf in den Nacken und ... traf auf deVries' besorgten Ausdruck.

„Da ist sie wieder", flüsterte er. „Weißt du, wo du dich befindest?"

„Auf deinem Schoß."

„Richtig." Sein Mundwinkel zuckte amüsiert. „Wie sieht es mit dem Ort aus?"

„Ähm." Warum hielt er sie in den Armen? *Oh*, sie befand sich in Xaviers Büro. „Dark Haven." Sie hatte sich mit anderen Mitgliedern unterhalten. DeVries hatte sie sich geschnappt. Sie war gekommen und ... Ein eisiger Schauer schüttelte sie durch. Schüsse und – nein, das war nicht möglich.

Gott, auf einer der Bühnen war mit einer Peitsche hantiert worden und die Sub hatte geschrien. Daraufhin war Lindsey gefallen, direkt in einen Abgrund. *Toll gemacht, Mädchen.* „Ich schätze, ich hatte eine Panikattacke?"

„Etwas in der Art. Warum?"

Oh, das war nicht gut. Ihr Gehirn war nicht in der Verfassung, um auf derartige Fragen zu antworten. „E-ein Kindheitstrauma." Bei dem Zweifel in seinen Augen schluckte sie schwer. „Ich will nicht darüber reden."

„Ist das so?" Er packte sie an den Hüften und stellte sie auf ihre Füße. „Für jetzt erlaube ich dir diese Ausrede." Er zog ihr ein Herren-T-Shirt über den Kopf – ausgehend von der Größe gehörte es Xavier. Dann legte er ihr seine Lederjacke um die Schultern. „Lass uns gehen."

Sie wurde von ihm aus dem Club und in sein Auto geführt, ohne dass er ihr die Möglichkeit gab, sich gegen seine Entscheidung zu wehren. Warum fühlte sich das alles so vertraut an? Lindsey runzelte die Stirn, als er ihr den Gurt anlegte. „Ich bin sehr wohl in der Lage, allein nach Hause zu fahren."

„Vielleicht. Aber ich bin hier, also musst du das nicht tun."

Als er fuhr, nickte sie immer wieder ein. Ein paar Minuten später schreckte sie auf. „Warte, das ist nicht die Straße nach Mill Valley."

„Du kommst mit zu mir."

Wundervoll, er war in seiner herrschsüchtigen Stimmung. In Xaviers Büro war er so lieb gewesen, hatte sie gehalten und ihr tröstend zugesprochen. Schwer zu glauben, dass er sie nur wenige Momente zuvor vor versammelter Mannschaft gedemütigt hatte.

Und das Schlimmste? Vor seinen Augen hatte sie den Verstand verloren. Wie sollte sie sich jemals wieder im Club zeigen können? „Du bist so ein Blödmann", murmelte sie.

„Ja, ich weiß." Indessen fuhr er durch eine Allee und in ein

Parkhaus unter einem kleinen Apartmentkomplex. Nachdem er den Motor ausgestellt hatte, half er ihr aus dem SUV. Wenn er doch nur damit aufhören könnte, zwischen gemeinem Dom und nettem Kerl hin und her zu springen, dann würde sich ihr Kopf vielleicht nicht mehr drehen.

Sein Apartment befand sich in der zweiten Etage. Ohne seinen sanften Griff an ihrem Ellbogen zu unterbrechen, führte er sie über die Türschwelle, durch eine schwach beleuchtete Küche und ins Wohnzimmer. Dann schaltete er das Licht an und zuerst fielen ihr die Wände in einem wunderschönen Türkis auf, mit weißen Akzenten um die Doppeltüren. Die steilen Holzbalken in Weiß passten perfekt zu dem dunklen Granitkamin. Er geleitete sie über einen Sisal-Teppich und setzte sie auf die L-förmige Couch.

„Mach's dir bequem, Babe." Er zog ihr seine Jacke und ihre High Heels aus.

Seufzend hob sie die Füße auf das Polster und kuschelte sich in die Ecke, sank in das warme Velourleder. „Dein Apartment ist wirklich schön", sagte sie. Die schmucklosen Linien des Holztisches und die schweren Eisenlampen gaben dem Bereich einen maskulinen Touch. Und natürlich, als Kerl, hatte er einen riesigen Fernseher über dem Kamin hängen.

„Danke."

Er bedeckte sie mit einem flauschigen Quilt. „Hättest du gerne etwas Warmes zu trinken? Etwas Alkoholisches?"

Etwas Warmes klang wundervoll. Also vielleicht – „Beides?"

Mit einem amüsierten Schnauben lief er zum Gas-Kamin und schaltete ihn an. Vor den Erkerfenstern rauschten die Bäume im Wind.

Die Geräusche, die er in der Küche machte – Schranktüren, die geöffnet und geschlossen wurden, das Summen der Mikrowelle – entspannten sie.

Normal.

Nicht normal genug. Ihr Körper fing erneut an zu zittern. Sie wickelte ihre Arme fester um ihre Beine und krallte sich an ihnen fest.

In der Nähe nahm sie einen Laut wahr. DeVries nahm ihr Kinn zwischen Daumen und Zeigefinger, seine Hand warm, tröstend und stark. „Verdammt.“ Er hob sie hoch, setzte sich hin und positionierte sie auf seinem Schoß. Dabei schaffte sie es nicht, ihre Beine loszulassen. Das nahm er zur Kenntnis und arrangierte ihren Körper so, dass sie sich bequem an ihn lehnen konnte.

„Weckt Erinnerungen“, murmelte sie durch die Zähne hindurch, als sie sich an die Auseinandersetzung mit der Gang erinnerte. „Tut mir leid.“

„Dein Verstand fällt nicht allein in so einen Abgrund, Babe.“

Nach einer Minute des Schweigens rutschte sie auf seinem Schoß umher. Er konnte doch nicht die ganze Nacht mit ihr hier herumsitzen und nichts tun. Das war nicht richtig. „Das muss langweilig für dich sein. Du kannst doch nicht –“

„Ich kann.“ Er strich mit dem Finger über ihren Nasenrücken. „Du fühlst dich unwohl dabei, richtig? Kleine Miss Beschäftigt. Du schaffst es nie, auch nur für zwei Minuten stillzusitzen.“

Manchmal schaffte sie das. Wenn sie Papierkram erledigte, wenn ihr Verstand abgelenkt war ...

Seine Brust schüttelte sich vor Lachen. Er nahm die Fernbedienung, schaltete durch das Programm und stoppte bei dem Film *Casablanca*. „Der Film sollte mädchenhaft genug für dich sein, um dich etwas abzulenken.“

Der Klang von Bogies’ Stimme entspannte sie ein wenig. Ihre Lider senkten sich und sie rieb sich mit der Wange an seiner Brust. „Danke.“

„Mmm.“ Die Belustigung in seinem Ton ließ sie dahinschmelzen. „Und nun trink.“ Er hielt ihr eine Tasse vor den Mund und sie nahm einen Schluck.

Ein warmes, süßes und geschmeidiges Getränk. Sie

schmeckte Zimt, bevor der weitgefächerte Rausch von Alkohol ihre Sinne traf. „Was ist das?"

„Heißer Butterrum. Noch nie probiert?" Jetzt hob er die Tasse zu seinen Lippen, trank von dem Elixier und kam dann zurück zu ihr. Dieses zwanglose Teilen fühlte sich ... nett an.

„Nein." Es war köstlich. Sie gönnte sich einen zweiten Schluck und schloss ihre Finger um das Gefäß. „Du kannst loslassen; alles gut."

„Ja, das ist es."

Als er sie in den Armen hielt, er gelegentlich ihre Hand mit der Tasse zu seinem Mund führte, kam in ihr der Gedanke auf, dass alle ihre Träume in Erfüllung gegangen waren. Sie genoss einen gemütlichen Abend auf dem Schoß eines Doms, mit dem sie auf der Couch einen Film schaute und einen Drink teilte. Mit einem Sadisten? Einem Sadisten, der keinen Bock auf eine Beziehung hatte?

Sie drängte diesen Teilgedanken zurück und erinnerte sich daran, dass auch sie kein Interesse an einer Beziehung haben sollte. *Lebe im Moment, Mädchen.* Mit ihrer Wange an seinem weichen T-Shirt atmete sie den Kieferndu ft seiner Seife ein. Seife und Mann – bei deVries waren keine weiteren Zusätze nötig.

Jeder Atemzug entspannte sie ein bisschen mehr, ihre Muskeln erschlafften.

„Babe." Er nahm ihr die Tasse aus der Hand und küsste sie auf den Kopf. „Bettzeit für kleine Texanerinnen", flüsterte er.

Bevor sie sich zum Aufstehen aufraffen konnte, hatte er sie bereits in die Arme gehoben.

Ihre Augen öffneten sich. „Warte ... Nicht ..."

„Sei ruhig, Subby", sagte er, und irgendwie schaffte er es, dass sich die geknurrten Worte liebevoll anhörten.

Er trug sie die Treppe hoch. *Oh, mein Gott!* Sie krallte sich an ihm fest, wartete nur darauf, dass er stolperte und sie beide in den Tod schickte.

Ein Glucksen ertönte an ihrem Ohr. „Du hyperventilierst, Lindsey. Ganz ruhig."

Für ihn war das leicht zu sagen.

Im Badezimmer beugte er die Knie und stellte sie auf ihre Füße.

Sie schickte ein Stoßgebet gen Himmel – deVries jedoch dankte sie nicht. „Ich danke dir, Gott im Himmel!"

Ein Lachen brach aus ihm heraus und er wuschelte ihr durch die Haare. „Mach dich fürs Bett fertig. In dem Schrank findest du eine Zahnbürste und einen Kamm. Die Handtücher sind auf der rechten Seite."

„Aber –"

Er verließ das Badezimmer und machte die Tür hinter sich zu. Na gut. Anscheinend würde sie die Nacht hier verbringen. Die aufkeimende Panik machte ihr klar, dass sie nicht allein sein wollte. Der Panik folgte die Angst.

Von wegen mutig und unabhängig.

Sie drehte sich zum Waschbecken, sah ihr Spiegelbild und hätte beinahe wie eine Zehnjährige geschrien, die Freddy Krueger gegenüberstand. Ihr wasserfester Mascara war nicht so wasserfest, wie das die Werbung propagiert hatte. Schwarze Streifen verliefen über ihre Wangen. Ihr Haare waren ein heilloses Durcheinander, aufgebauscht auf der einen Seite, flach wie ein Brett auf der anderen. Damit wusste sie, dass sie keine Wahl hatte, als sich ein wenig herzurichten.

Als sie mit dem Putzen, Kämmen und Waschen fertig war, fühlte sie sich erschöpft, aber wieder wie ein Mensch.

Sie atmete tief ein, wickelte die Decke, die den Weg mit ihr nach oben gefunden hatte, um ihre Schultern und öffnete die Tür. Das Licht der Nachttischlampe offenbarte schokoladenfarbene Wände mit weißen Vertäfelungen und Fensterrahmen. Das große Bett bestand aus Holz und Gusseisen, und war so wunderschön wie funktionell, wenn man bedachte, dass es einem Dom gehörte. Der Anblick raubte ihr den Atem.

DeVries kam eine Sekunde später ins Schlafzimmer und

stoppte, um sie einer ausführlichen Musterung zu unterziehen. Schon bald folgte ein zufriedenes Nicken. „Du kannst das T-Shirt anlassen. Der Rock muss jedoch verschwinden." Er riss ihr den Quilt von den Schultern. „Ins Bett."

Ohne ihre Antwort abzuwarten, lief er ins Badezimmer.

Sie blinzelte die Tür an. Sie war nicht sicher, ob es so klug war, wieder mit ihm zu schlafen. Zudem wollte sie keinen Sex – nicht heute. Noch immer waren ihre Emotionen ungeordnet, ein wahres Tohuwabohu. Natürlich, deVries und sie hatten bereits miteinander geschlafen, aber jetzt war alles so viel komplizierter.

Viel schlimmer war jedoch, dass sie wusste, wie sich seine Haut an ihrer anfühlte, so eng gespannt über seinen steinharten Muskeln. Sie erinnerte sich an sein Gemurmel, wenn er zufrieden mit ihr war. Sie kannte –

„Muss ich mich wiederholen?", kam seine Stimme aus dem Badezimmer.

Richtig. Daran erinnerte sie sich auch – wie er klang, wenn ihre langsamen Reaktionen seine Geduld auf die Probe stellten.

Sie rümpfte die Nase – das einzige Aufsässige, was sie heute noch im Stande war zu tun –, legte die Decke über die Stuhllehne und entledigte sich ihres Rocks.

Das Bettzeug war weich und kühl an ihrer Haut. Dem Kissen haftete sein Geruch an. Genau dieses Kissen wählte sie für sich aus.

Würde er Sex erwarten? Sie erschauerte. Mit ihm Sex zu haben, fühlte sich an, als befände sie sich auf einer steilen Straße, gespickt mit Schlaglöchern und spitzen Steinen. Sie wusste nicht einmal, wie sie dort hingelangt war. Was sie wusste: Sie musste eine Entscheidung treffen. Wollte sie sich fallen lassen und schauen, ob der Fall wehtat? Oder sollte sie alles zusammenpacken, verschwinden und für sich einen sicheren Pfad wählen?

Er trat aus dem Badezimmer, sah, dass sie ihn anstarrte, woraufhin sein Mundwinkel zuckte.

Warum musste er diese Grübchen haben? Das war nicht fair.

Nachdem er die Nachttischlampe ausgemacht hatte, entkleidete er sich und krabbelte zu ihr unter die Decke. Sein Gewicht sorgte dafür, dass sie in seine Richtung kullerte. Ihr Körper stemmte sich dagegen, wartend, dass er auf der Matratze zum Liegen kam.

Stattdessen spürte sie plötzlich seine Hände auf ihrem Bauch. Dann rollte er sie auf die Seite und presste sich von hinten an sie, seine Brust an ihrem Rücken. Als sich seine Erektion zwischen ihrer Pospalte einfand, erstarrte sie.

„Schlaf, Babe."

Was? „Aber –"

„Ich werde dich heute nicht ficken."

„Aber du bist ..." Sie rieb sich an seiner Erektion.

„Jungen im Teeniealter sind ständig hart. Auch sie merken schnell, dass eine Erektion nicht zum Tod führt." Er umfasste mit einer Hand ihre Brust und machte es sich hinter ihr bequem. „Du wärst ein toller Teddybär, würdest du den Mund halten und endlich schlafen."

Trotz des heißen Getränks war ihr noch immer eiskalt – als wären ihre Knochen aus purem Eis. Hier, umhüllt von der unglaublichen Intensität seiner Wärme, verlor sich jegliches Gefühl von Kälte. Endlich konnte sie sich entspannen.

Alles war warm.

KAPITEL ZEHN

Ruckartig wurde deVries aus dem Schlaf gerissen. Ohne sich zu bewegen, nahm er seine Umgebung in sich auf. Der neue Morgen ließ noch auf sich warten. Das polternde Geräusch der Müllabfuhr machte ihm klar, wodurch er aufgewacht war.

Als Lindsey sich bewegte, erkannte er, dass sie durch den Lärm auch wach geworden war.

Er fühlte sich erholt. Die Frau war besser als jede Schlaftablette. Irgendwann in der Nacht musste er sich auf den Rücken gedreht und sie mit sich genommen haben, bis ihr Kopf auf seiner Schulter lag, eins ihrer Beine über seinen Schenkeln, ihr Arm auf seiner Brust. Dabei hatte sie die Hand in seinen Nacken geschoben.

„Du bist ein verdammt toller Teddybär", murmelte er.

„Danke ... denke ich." Sie streichelte durch die Stoppeln auf seiner Wange. „Hattest du mal einen Teddy?"

„Hatte ich." Und er hatte keine Nacht ohne ihn geschlafen. „Ein Geschenk von einem Nachbarn." Für ein bemitleidenswertes Kind.

„Meinen hatte ich von meinem Daddy." Ihr Atem kreierte

einen warmen Wind an seiner Schulter. „Ich vermisse ihn noch immer. Ist dein Vater noch am Leben?“

„Gestorben.“ Er verzog den Mund. „Er hat den Vietnamkrieg überlebt, kam zurück und ist hier aufgrund von einer Fehlfunktion bei einem Helikopter umgekommen.“

„Das ist schlimm. Tut mir leid.“ Sie streichelte ihm über die Brust. „Du hattest also nur deine Mom?“

„Neugierige, kleine Sub.“ Hier zeigte sich der Unterschied zwischen ihnen auf: Seine Neugierde wurde durch das Bedürfnis befeuert, zu wissen, wie die Dinge funktionierten – selbst Menschen. Ihre Neugierde war der Beweis dafür, dass sie sich wirklich und aufrichtig um Menschen sorgte.

Was zum Teufel tat er hier? Er ließ sie ... rein? Wirklich? Er drehte den Kopf, damit er den süßen Duft ihrer Haare einatmen konnte. Das war es, was er wollte. Mehr als nach ihrem anziehenden Körper sehnte er sich nach ihrer liebevollen Art. Nach ihrer Wärme. Tex hatte das Rückgrat, um sich ihm entgegenzustellen – und sie hatte das Herz am rechten Fleck.

Ja, es machte den Anschein, dass er diese kleine Sub behalten müsste.

Was im Umkehrschluss bedeutete, dass er ihr mehr schuldete als jeder anderen vor ihr.

Sie sagte nichts, verlangte nicht, dass er ihr Antworten gab. Ihr Schweigen bewies, wie geduldig sie war. Kein Wunder, dass die Menschen so gerne mit ihr redeten.

„Nach seinem Tod hat meine Mom ihren Sinn fürs Leben verloren. Alkohol und Drogen waren die Folge.“ Er presste die Lippen aufeinander. Die Erinnerung daran, wie sich seine Mutter an einen Mann verkauft hatte, um das Geld für Miete und Nahrungsmittel aufzutreiben, schmerzte auch heute noch. Nach einer Weile hatte der Kerl keinen Bock mehr gehabt, sie auszuhalten, oder sie ständig mit anderen zu erwischen, woraufhin er sie – und ihr Kind – auf die Straße geworfen hatte. „Prostitution.“

„Oh nein, wie furchtbar“, hauchte Lindsey. Ihre Finger streichelten über seinen angespannten Kiefer, nach unten über seinen Hals bis zu seiner Brust.

Die Finsternis schloss sie ein. Ihre Berührung machte ihn hart. Er packte sie ums Handgelenk. „Hör auf."

Sie erstarrte für eine Sekunde und zog sich dann zurück.

„Scheiße." Er drehte sich zu ihr, beide auf der Seite, Angesicht zu Angesicht. In dem schwachen Licht konnte er sehen, dass sie den Blick gesenkt hielt, ihr Gesicht ausdruckslos. Mit den Fingerknöcheln strich er über ihre Wange und er entließ erleichtert den Atem, als sie die Augen zu seinen hob. „Wenn du mich weiter berührt hättest, dann hätte ich mich nicht zurückhalten können; ich hätte Sex mit dir haben wollen. An sich nicht schlecht, aber ich wollte reden."

Sie blinzelte und Verständnis zeichnete sich auf ihren Gesichtszügen ab. Ein zufriedenes Lächeln erschien.

„Du weißt, dass ich dich heiß finde, Sub", sagte er sanft. „Zweifel das niemals an."

Sie nickte kaum merklich. Das Thema war ihr unangenehm.

Oh ja, sie würden noch ein bisschen länger reden. „Erzähl mir, warum du dich ungewollt fühlst. Hat dich dein letzter Ehemann betrogen?"

Zittrig atmete sie ein. Sie presste die Lippen fest aufeinander. Dickköpfige, kleine Texanerin.

„Das sehe ich als ein ‚Ja'. Wir werden uns nicht vom Fleck bewegen, bis du damit rausrückst."

„Es geht dich nichts an." Ihr Widerstand – in seinem Bett – erinnerte ihn an einen mickrigen Terrier, der einem Rottweiler gegenüberstand. Nicht gerade klug, aber verdammt mutig.

„Du gehst mich etwas an." Die Worte schossen mit einer Wucht durch seinen Körper, die der Aufrichtigkeit Nachdruck verlieh.

Als sie sich aufsetzte und aus dem Bett rutschen wollte, warf er sein Bein über ihren Schenkel, um sie zu fixieren; gleichzeitig öffnete er die Schublade des Nachttischschränkchens. *Verdammt*, er mochte es, wenn sie sich wehrte.

Nachdem er sich ein Kondom übergerollt hatte, schob er sich über ihren Körper und fixierte sie mit seinem Gewicht, ihre kleinen Brüste an seine Brust gepresst, ihre vollen Hüften warm und einladend an seinen. Er drängte das Bedürfnis zurück, in sie einzudringen. Stattdessen stützte er sich auf einem Ellbogen ab und nahm mit der anderen ihr Kinn in Beschlag.

Wütend funkelte sie ihn an, ihre weichen Lippen schmollend.

Er würde verdammt viel Spaß dabei haben, ihr diese Stimmung von den Lippen zu küssen. Eine Schande, dass er auf diese Weise nicht an Antworten gelangen würde. „Erzähl es mir."

„Runter von mir! Ich muss gehen. Ich habe um neun einen Termin."

„Wäre scheiße, wenn du ihn verpasst. Erzähl es mir."

„Gott, du bist so ein aufdringlicher Sack."

„Ist mir bewusst. Zapple weiter so herum und ich ficke dich nach unserem Gespräch. Dann wird es später und später." Er grinste bei dem Quietschen, das sie von sich gab – wie ein kleiner Teekessel.

„Wie hast du herausgefunden, dass er dir fremdgeht?" Nach seiner Erfahrung konnte eine derartige Erinnerung eine ganze Lawine auslösen.

„Ich bin zur falschen Zeit ans Telefon gegangen. Ich habe mitgehört, wie jemand zu ihm sagte, dass auf der Ranch ein" – die nächsten Worte auszusprechen, fiel ihr schwer – *„hübscher Junge* auf meinen Ehemann wartete."

„Fuck, echt jetzt?"

„J-ja." Ihre Stimme brach. „Und Victor m-meinte, dass er auch lange genug hatte warten müssen. Und ... und dass er eine Pause davon bräuchte, seine alte, fette Frau zu vögeln, weil es ihm dabei jedes Mal hochkam."

DeVries wollte dem Bastard das Genick brechen. Mit allerhöchster Anstrengung drängte er seine Wut in den Hintergrund und konzentrierte sich auf den Rest der Geschichte. „Ein hübscher Junge? Klingt, als hättest du einen Kinderschänder geheiratet."

„Genau das war er", flüsterte sie.

Die meisten Pädophilen hatten kein Interesse an erwachsenen Frauen. Auf den Ellbogen gestützt streichelte er mit der anderen Hand über ihren Arm. Ihre Haut war eiskalt. „Gibt es einen Grund, warum er dich geheiratet hat?"

Sie nickte. „Meine Ranch. Mich wollte er nicht." Ihr Seufzer war bitter. „Er hat mich liebevoll behandelt, aber ich habe schnell gemerkt, dass ... dass ihm mein Aussehen nicht zugesagt hat. Nicht sexuell. Ich habe Brüste. Und Hüften. Und –"

„Und jetzt denkst du, dass deine weiblichen Kurven nicht ansprechend sind." Nun ergab ihre Denkweise einen Sinn. Lindsey hatte den Körper einer Frau. Mit dem Daumen strich er über ihre Unterlippe, spürte das Beben. „Ein Mann – es sei denn, er ist homosexuell oder ein Perversling – mag Brüste und Hüften."

„Ich weiß." Sie drehte ihr Gesicht zur Seite und verweigerte ihm somit seine Kontrolle.

„Dein Verstand weiß das vielleicht. Dein Unterbewusstsein ist jedoch nicht so leicht zu überzeugen." Er legte eine Hand auf ihre Brust und bemerkte, wie sie zusammenzuckte. Über den Bastard zu reden, hatte alte Wunden aufgerissen. „Wir haben viel Arbeit vor uns."

„Wir?" Sie drückte mit ihren zierlichen Händen gegen seine Schultern. Eine wirklich nutzlose Aktion, wenn man bedachte, dass er ihr Kampfgewicht um mindestens dreißig Kilo überbot. „Es gibt kein ‚wir'."

„Richtig", stimmte er zu, während er ein Knie benutzte, um ihre Schenkel zu spreizen. „Dann werde ich dir jetzt zeigen, wie ich über Brüste und Hüften denke und danach kannst du gehen."

„Du ... du Blödmann."

Er küsste ihren Hals, ihre Wange, ihren Mund.

Sie spannte den Kiefer an, die Lippen so fest zusammengepresst, dass ein Kuss unmöglich war.

Verdammt, die kleine Texanerin war ein wahrer Gaumenschmaus. Federleicht strichen seine Lippen über ihre, während er eine Brust knetete. Hinreißend. Diese Kombination – weich, dann fest, wieder weich, konnte einen Mann in den Wahnsinn treiben. Er kniff so hart in ihren Nippel, dass sie nach Luft schnappte.

Er attackierte sie, presste die Lippen auf ihren Mund und drang mit der Zunge in sie ein, nahm sie, wie er auch ihre Pussy nehmen würde.

Fuck, er liebte die kleinen Schnurrgeräusche, die er ihr zu entlocken vermochte. Und wie sie unter ihm nachgiebig wurde. Sogar, wenn sie außer sich vor Wut war, reagierte ihr Körper auf ihn, wollte und sehnte sich nach ihm. Sie gab ihm das Gefühl, ein Gott zu sein.

Seine Berührungen wurden sanfter. Mit dem Daumen strich er über ihren Nippel und dabei kam ihm ein Gedanke: Er hatte verdammt viele Frauen gefickt – genug, um den Unterschied zwischen echter und gestellter Begierde zu erkennen. Lindseys Erfahrungen beschränkten sich auf wenige Männer. In ihrer Ehe mit diesem Arschloch hatte ihr Unterbewusstsein jeden verächtlichen Kommentar aufgesaugt, wodurch ihr Selbstwertgefühl schwer in Mitleidenschaft gezogen wurde.

Es wäre ihm ein Vergnügen, ihr zu zeigen, was für einen Effekt sie bei einem wahren Mann hatte. Zudem erleichterte ihn das Wissen, dass die kleine Session gestern den Nagel auf den Kopf getroffen hatte, trotz des überraschenden und unschönen Endes.

Er hob den Kopf. Ihr Keuchen entlockte ihm ein Grinsen.

Nun überlegte er, sie auf den Händen und den Knien zu positionieren, damit er die Körperteile erreichen konnte, die ihm die Liebsten waren. Doch er entschied, dass es heute, hier und jetzt, besser war, Sex von Angesicht zu Angesicht zu haben. „Da du einen Termin hast ...“ Er fand mit seiner Eichel ihren Eingang und presste sie in ihre Öffnung, feucht und heiß. „... müssen wir uns kurz fassen.“

Mit einem harten Stoß vergrub er sich in ihr.

Sie krümmte sich, ihre Pussy so eng wie eine Faust, pulsierend und saugend.

Ihr Blick wirkte glasig und er wartete, bis er sicher war, dass sie ihn hören konnte: „Verdammt, ich liebe, wie du dich anfühlst. Unter mir. Um mich herum."

Er konnte förmlich sehen, wie ihr Unterbewusstsein seine Worte aufnahm.

Oh ja, es würde sehr viel Sex in der nahen Zukunft geben.

Lindsey betrat das Frauenhaus und ihr blieben nur noch zwei Minuten. Eiligen Schrittes begab sie sich auf den Weg zum Konferenzraum.

Im Inneren bebte sie noch immer. Ganz ehrlich, deVries mochte nervig in den Versuchen sein, ihr Informationen zu entlocken, aber dann, wenn er damit fertig war, brachte er sie mindestens einmal zum Orgasmus. *Verdammt.* Wie sollte sie ihn anschreien, wenn sie wegen der Orgasmen keinen klaren Gedanken mehr fassen konnte?

Er hatte sie zu ihrem Auto zurückgefahren, ihr sogar die Tür aufgehalten! Zum Abschied hatte er ihr einen so süßen, einen so besitzergreifenden Kuss verpasst, dass sie ihn nur noch schockiert anstarren konnte. Danach hatte er die Autotür geschlossen und sie mit einem Schlag aufs Dach zurück in die Realität geholt. Daraufhin hatte sie ihn düster angefunkelt; natürlich hatte er diese Reaktion mehr als komisch gefunden.

Gott, wenn er sie auf diese Weise neckte, kribbelte ihr ganzer Körper. Es machte sie so glücklich, dass sie in der Lage war, seine verspielte Seite zum Vorschein zu bringen. Vor allem nachdem sie von seiner furchtbaren Kindheit erfahren musste. Sie legte eine Hand auf ihre Brust, empfand Mitleid für den kleinen Jungen, der er im Inneren noch immer zu sein schien. Während sie als Kind mit ihren Schwestern auf der Ranch gespielt hatte, musste er ein Leben mit einer Prostituierten als Mutter durchstehen.

DeVries hatte ihr nicht alles erzählt. Sie fühlte, dass es mehr gab, was ihn belastete, ihn um den Schlaf brachte. Einestages, da war sie sich sicher, würde sie es aus ihm herausbekommen und ihm dabei helfen, diese schwere Zeit zu verarbeiten. Auch sie wollte alles mit ihm teilen. Abrupt kam sie zum Stehen, denn sie erkannte, wie dumm dieser Gedanke war.

Das konnte sie nicht. *Oh nein, auf keinen Fall!*

Dummerweise war er so hartnäckig, dass sie ihm beinahe alles gebeichtet hätte. Gerade so hatte sie die Kurve bekommen, ohne ihm die gesamte Geschichte von Victors Tod zu erzählen und wie sie sich – vollkommen naiv – auf den Weg zur Ranch gemacht hatte, um ihn zur Rede zu stellen.

Ihr Magen drehte sich. Victor vergewaltigte die jungen Mexikaner nicht nur, die über die Grenze ins Land gebracht wurden, nein, er war auch Teil der Schmuggel-Organisation. Menschen und Drogen kamen aus Mexiko, Waffen und Munition gingen zurück.

So verdammt naiv war sie gewesen. Er hatte sie nicht geliebt. Niemals. Sein Ziel war von vornherein ihre Ranch gewesen, da sie direkt an der Grenze lag.

Genug jetzt.

Sie drückte die Tür zum Konferenzraum auf. „Hey."

Am Tisch saß Edna, die Lindsey mit hoffnungsvollen Augen und einem angespannten Mund beobachtete. „Ich habe das Formular ausgefüllt."

„Perfekt. Ich habe ein paar Ideen, was du beruflich machen könntest. Wenn etwas dabei ist, was du magst, können wir sofort die ersten Bewerbungsschreiben formulieren." Das kleine Lächeln auf Ednas Gesicht war die Art von Bestätigung, nach der Lindsey in ihrem neuen Job strebte.

„Ich schätze es sehr, dass du an einem Sonntag vorbeikommst", sagte Edna.

„Mache ich gern." Lindsey öffnete den Hefter. „Deine

Therapie und deine Arztbesuche haben momentan Vorrang. Und mein Boss wird mir die Arbeitszeit gutschreiben." Xavier hatte klargemacht, dass er Flexibilität schätzte und sie im Gegenzug mal einen Tag in der Woche freinehmen konnte.

Nach wenigen Stunden war Lindsey zufrieden mit den Fortschritten und noch zufriedener mit dem Ausdruck auf Ednas Gesicht: Hoffnung. Zerbrechlich, aber anwesend.

„Wir haben heute viel geschafft", sagte sie zu der älteren Frau. „Das war die letzte Bewerbung." Und sie war am Verhungern. Der Duft nach Bacon wehte ins Zimmer, was sie daran erinnerte, dass sie kein Frühstück zu sich genommen hatte. Ihr Magen grummelte.

„Wieso bleibst du nicht zum Brunch?", fragte Edna. „Der Koch macht immer viel zu viel zu essen."

„I-ich ..." Ja, warum eigentlich nicht? Je mehr sie darüber erfuhr, wie die Frauenhäuser operierten, umso besser konnte sie ihren Job machen. „Ich würde gerne bleiben."

Im Speisesaal nahmen alle Bewohner an dem langen Tisch Platz.

Edna verkündete: „Hey, ich habe Lindsey eingeladen, mit uns zu essen. Könnt ihr glauben, dass sie einen sicheren Job für mich an Land gezogen hat, zusätzlich zu weiteren Angeboten, die mir vielleicht gefallen würden? Und wenn ich bereit bin, möchte sie mich an einer Berufsschule anmelden."

Als der Chor an Glückwünschen Edna zum Strahlen brachte, wurde Lindsey ganz warm ums Herz. Aus diesem Grund hatte sie sich damals für den Studiengang entschieden.

Jeremiahs Mutter winkte sie zu sich. „Würdest du dich neben mich setzen? Ich habe ein paar Fragen."

„Natürlich." Lindsey setzte sich und bot Informationen zu Jobs, Ausbildung und Tagesmüttern an.

Erschreckend artig aßen Jeremiah, Jenna und ein weiteres Kind ihr Essen. Lindsey und ihre Schwestern hatten sich niemals so gut benommen, wenn Gäste anwesend waren. Um genau zu sein, hatten sie den Mund kaum zu bekommen, immer auf der

Suche nach einem neuen Publikum. Jeder Besucher war wie ein Geschenk gewesen.

Für diese Kinder war sie das nicht, nein, sie war vielmehr eine Bedrohung. Nur ein Mann wäre für die Kleinen noch bedrohlicher. Armer deVries. Es hatte ihm missfallen, dass er die Kinder mit seiner bloßen Anwesenheit in Angst und Schrecken versetzt hatte.

Und jetzt, wo sie an ihn dachte ... Sie lächelte den Jungen an, mit dem sich deVries angefreundet hatte. „Jeremiah, ist Mr. deVries zurückgekommen, um weiter an der Tür zu arbeiten?“

Er nickte aufgeregt. „Ich habe geholfen. Bei allem.“ Die Augen des Jungen strahlten. „Danach hat er mir zehn Dollar gegeben. Ein Mann sollte für seine Arbeit bezahlt werden, hat er gesagt.“

„Dann musst du vortreffliche Arbeit geleistet haben“, sagte Lindsey. Ob deVries klar war, was für eine Wirkung er auf den Kleinen hatte? Natürlich hatte er das. Seine Voraussicht als Dom verschwand nicht plötzlich, nur weil er den Club verließ.

„Er hat hart gearbeitet“, meldete sich Jenna zu Wort. „Der Mann meinte, dass Jeremiah ein ... esellender Helfer ist.“

„Ex-zel-lent“, berichtigte ihre Mutter.

„E-sel-lend.“ Jenna kaute auf dem Ende ihres geflochtenen Zopfes herum und fuhr dann fort: „Jeremiah hat was verschüttet. Und der Mann hat gelacht.“

DeVries hatte das Kind ausgelacht? Was für ein –

„Er hat mich nicht geschlagen. Geschrien hat er auch nicht“, flüsterte Jeremiah. „Er hat nur ... leise geschnaubt. Dann meinte er, dass nichts passiert ist. Mit acht Jahren hat er an Autos mitgearbeitet. Dabei hat er einen Eimer Öl verschüttet. Weil er gestolpert ist.“

„Verdammt“, hauchte sie. Die perfekte Reaktion.

Eine Frau gleich neben Lindsey entließ einen Seufzer. „So viele von uns vergessen mit der Zeit, wie ein normaler Mann reagieren würde.“ Sie zeigte auf sich. „Auch ich. Obwohl ich eine gute Kindheit hatte. So eine Antwort hätte mein Vater auch gegeben.“

Lindsey lächelte. „Meiner auch.“

„Wäre mein Papa noch am Leben, hätte er meinen Ehemann mit den bloßen Händen umgebracht“, flüsterte Jeremiahs Mutter, damit die Kinder sie nicht hörten.

Lindseys Lächeln verschwand. *Oh ja*, ihr Vater hätte Victor in der Luft zerrissen.

Auch deVries gehörte zu der Sorte Mann, die eine Frau verteidigte. Enttäuschend war nur, dass er sie nicht vor der Polizei beschützen konnte. Ihn in die Sache einzuweihen, könnte ihm das Leben kosten.

Mit gesenktem Kopf gab sie vor, sich auf ihr Essen zu konzentrieren; in Wirklichkeit jedoch kreisten ihre Gedanken um jenen Polizisten, der in der verhängnisvollen Nacht ihren Notruf beantwortet hatte. Craig war ein Klassenkamerad von Melissa gewesen. Entsetzt hatte er Victors Körper angestarrt. Auch nachdem er die Kisten mit den Waffen und den Drogen gesichtet und mit dem Jungen gesprochen hatte, war er noch auf ihrer Seite gewesen. Er hatte an die Polizeiwache weitergegeben, was vorgefallen war und sie dann gehen lassen, um sich das Blut abzuwaschen.

Und Parnell hatte ihn getötet. Seinen eigenen Kollegen ... einfach, weil er zu viel wusste.

Nein, sie konnte deVries’ Leben nicht aufs Spiel setzten. Das durfte sie nicht.

KAPITEL ELF

A**m Freitagabend klopfte** deVries an Lindseys Tür. Es war ein kühler Abend, Nebel hing schwer über der Stadt und fühlte sich fast wie Nieselregen an. Country- und Western-Musik spielte so leise, dass er ihre Schritte auf dem Parkettboden hören konnte. In den letzten Tagen war ihm aufgefallen, wie gerne sie barfuß umherlief. Diese kleine Eigenheit merkte er sich, weil er so mehr über ihren Charakter erfuhr. Ihm gefiel eine Frau, die in ihren vier Wänden auf Bequemlichkeit setzte.

Als sie die Tür öffnete, konnte er sich einem Grinsen nicht verwehren. Und da war sie: barfuß, gekleidet in einer Jeans und einem weiten T-Shirt. Eine Klemme hielt ihre braunen Haare zusammen, wodurch die lila Strähnen zum Vorschein kamen. Im ersten Moment strahlte sie ihn an, bevor sie ihre Stirn runzelte. „Was willst du hier?"

„Gestern sind wir ausgegangen. Den heutigen Abend verbringen wir Zuhause." Er wies auf die Einkäufe zu seinen Füßen. „Kannst du Hähnchen braten? Brathähnchen wie aus dem Süden?"

„DeVries, hast du vergessen, deine Medikamente zu nehmen?"

Fuck, er mochte ihren frechen Mund. Er lehnte sich vor und kostete von ihren weichen Lippen. Es dauerte nicht lange, bis sie reagierte und ihr Duft seine Nase umschmeichelte – wie ein Blumengarten im Frühling. Wahrscheinlich hatte sie gerade erst ein Bad genommen. Er vertiefte den Kuss.

Dann kam sie einen Schritt auf ihn zu, ihre Hände auf seinen Schultern. *Oh ja*, sie wollte ihn, ob ihr Verstand nun damit einverstanden war oder nicht. An ihren Lippen flüsterte er: „Beantworte meine Frage, Baby."

„Ähm ..." Sie trat zurück und schüttelte den Kopf wie ein Boxer, der einen harten Schlag hatte einstecken müssen.

„Hähnchen, kannst du Hähnchen zubereiten?", wiederholte er die Frage, während er eine Hand in ihren Nacken legte. Winzige Härchen kitzelten seine Hand.

„Natürlich. Aber was soll –"

„Sehr gut." Er nahm den Beutel mit den Nahrungsmitteln und auch seine Ledertasche vom Boden, dann trat er über die Türschwelle. „Ich habe Essen mitgebracht. Und einen Film."

„Bitte was?" Ihre Stimme erhob sich. „Stehen bleiben!"

Die Küche bereits in Sichtweite drehte er sich zu ihr um. *Gott,* sie war bezaubernd.

Mit den Händen auf den Hüften sprühte sie Funken in seine Richtung. „Höfliche Menschen würden zuerst anrufen. Höfliche Menschen laden sich nicht selbst zum Essen ein." Ihr näselnder Akzent nun ausgeprägter.

„Telefonieren mag ich nicht. Wie ich musst auch du zu Abend essen, also können wir gleich zusammen essen." Bei dem Zorn in ihren Augen fiel es ihm schwer, nicht zu lachen. Wäre sicher witzig, wenn sie ihn attackieren würde.

„Du ... du ..." Sie holte auf und packte seinen Arm. „Ich bin doch nicht deine verdammte Köchin!"

„Natürlich bist du das. Ich helfe dir auch." Glucksend hob er sie auf die Arbeitsfläche in der Küche, direkt neben seine Ledertasche, die mit Spielzeugen gefüllt war.

Ihr unerwarteter Tritt in seinen Bauch bremste ihn kurzzeitig. Ihre Augen weiteten sich. „Es tut mir leid! I-ich –"

„Keine schlechte Abwehr, du hättest jedoch einen Folgetritt austeilen sollen." Mit seinem Körper fixierte er ihre Waden und übte Druck gegen ihre Brust aus, bis sie sich hinlegte. „Dafür wirst du bezahlen."

„Wage es dir nicht!" Obwohl sich das arme Ding wehrte, bewiesen die Funken in ihren Augen, die harten Nippel, die sich gegen ihr T-Shirt pressten – *Fuck*, sie trug keinen BH –, dass ihre Einwände nicht ernst gemeint waren. Trotzdem, nur für den Fall …

„Das bekannte Safeword gilt weiterhin." Er schenkte ihr ein langsames Lächeln. „Nur dein Safeword, sonst will ich nichts hören." Dann riss er ihr die Jeans über die Hüfte.

Sanft gebräunte Beine kamen zum Vorschein. Und ein rotes Spitzenteil, für das der Begriff Unterwäsche zu prüde erschien. Doch er beschwerte sich nicht. Ihm gefiel, dass das mickrige Teil ihre Pussy kaum bedeckte. Er befreite ihr rechtes Bein aus der Hose, das Linke jedoch ließ er drinnen. Sodann stopfte er das ausgezogene Hosenbein in eine Schublade, lehnte sich dagegen und fixierte sie auf diese Weise.

In den letzten Wochen hatten sie immer wieder miteinander gespielt. Mittlerweile kannte er sie ziemlich gut, und es wurde Zeit, ein wenig ihre Grenzen auszutesten. Und na ja, wie praktisch, dass gleich neben ihr ein Messerblock stand, richtig?

Als er das Fleischermesser mit dem Holzgriff herauszog, erstarrte sie, ihr Blick auf der Klinge.

Er holte ein Desinfektionstuch aus seiner Tasche. Mit dem beißenden Geruch in der Luft reinigte er die Klinge, legte sie seitlich an und fuhr wie mit einer Rasierklinge über ihren Bauch.

Sie hielt den Atem an.

Er glitt unter die linke Seite ihres aufreizenden Höschens, und beobachtete, wie der Stoff nachgab. Verdammt scharf das Messer. „Jetzt schulde ich dir wohl ein neues Höschen."

Es war nicht möglich, dass ihre Augen noch größer wurden. *Fuck,* er liebte ihre Reaktionen.

Dann durchschnitt er auch die rechte Seite und entblößte

ihre Pussy für seinen gierigen Blick. „Du wirst mich nicht nochmal treten, oder?", fragte er in einem sanften Ton.

Ihre Antwort kam in einem Flüstern: „N-nein. DeVries –"

„Ich bevorzuge es, Sir genannt zu werden. Hin und wieder auch Master."

„Sir. Du wirst doch nicht –"

„Sei ruhig, Babe." Er berührte mit der oberen Kante, dem stumpfen Ende, ihren Nippel. Nur mit genug Druck, so dass sie die Berührung spüren konnte, ohne dass dabei Blut floss.

Ihr rasender Puls ließ ihre kleinen Brüste beben. *Nett, sehr nett.*

Er platzierte den Griff auf ihrem Bauch, womit die breite Klinge zwischen ihren Brüsten zum Liegen kam. „Hast du vor, dich zu bewegen?"

Ihre Verneinung kam so leise über ihre Lippen, dass er sie kaum gehört hatte.

„Dachte ich mir. Ich werde jetzt ein bisschen Spaß mit dir haben ... Eine Warnung, Babe: Bewegst du dich, ist der Spaß vorbei und ich muss wieder nach dem Messer greifen." Weiterhin lehnte er gegen die Schublade, um sicherzugehen, dass die Jeans ihr linkes Bein an Ort und Stelle hielt. Mit einem harten Griff schob er ihr rechtes Knie nach außen und öffnete ihre Pussy. Die Schamlippen glitzerten, der Beweis, dass sie Grenz-Play genauso heiß fand wie er.

Und das tat er; er war steinhart.

Nach einem warnenden Blick in ihre Richtung leckte er von hier über ihr Arschloch und zu ihrer Klitoris. Unter seiner Handfläche spürte er, wie sich ihre Muskeln in den Schenkeln anspannten. Wäre es nicht ein Spaß, zu testen, wie lange sie stillhalten konnte? Warum eigentlich nicht ...

Da seine Hüfte und seine linke Hand sie offen und gespreizt hielten, hatte er eine freie Hand zur Verfügung. Mit seinem Daumen und dem Zeigefinger fing er einen ihrer Nippel ein. Nichts fühlte sich so samtweich wie ein Nippel an. Nichts kam an den Geschmack einer Pussy heran. Er schnellte mit der Zunge über ihre Klitoris. Gleichzeitig zwickte er in den Nippel.

Der Laut aus ihrem Mund: eine Mischung aus Angst und Begierde. *Oh ja*, er würde es genießen. Er fand ihren Eingang, schob seine Zunge in ihr Loch und spürte ihr erstes Zappeln. Daraufhin hob er den Kopf. „Hast du dich gerade bewegt?“

Ihre Hände ballten sich zu Fäusten. „Nein. Bitte nicht.“

Er entließ die Knospe, rieb mit dem Daumen darüber, nahm sich die Zeit, in die andere zu zwicken, und sah, wie ihre Beine zuckten. Sie war einem Orgasmus bereits so nah.

Ihm fiel ein Geschirrtuch ins Auge. Er griff danach und drapierte es über ihren Augen, um ihr die Sicht zu nehmen. Entschlossen packte er ihre Hände und positionierte sie unter ihrem Rücken – eine symbolische Fesselung. „Sieh dich nur an. Wunderschön. Präsentiert für mich.“

Sie entließ einen frustrierten Laut, war jedoch klug genug, den Mund zu halten.

In seiner Ledertasche fand er einen weichen Analdildo, den er mit Gleitgel einrieb und dann gegen ihren Ringmuskel presste. „Lass ihn rein, Babe“, warnte er. Als sich der Dildo Zutritt verschaffte, sah er, wie ihr gesamter Körper bebte. Perfekt. Der Druck würde sie an der Kante wandeln lassen, während er ihre ... Grenzen testete.

Nachdem er zwei seiner liebsten Messer gereinigt hatte, nahm er das Fleischermesser von ihrer Brust. Da ihre Augen bedeckt waren, würde sie nicht wissen, was zum Einsatz kam. Er bevorzugte seine eigenen Messer, da er wusste, wie scharf die Klingen waren und wie hart er sie gegen ihre Haut pressen konnte.

Falls sie vermutete, dass er das Fleischermesser verwendete ... na ja, das war ihr Problem, dachte er grinsend.

„Hast du schon mal mit Messern gespielt, Sub?“ Er lehnte sich vor, übte mehr Druck auf ihre fixierten Beine aus.

„N-nein.“

„Kein Blut, Babe. Nicht heute. Nur ein paar kleine Kratzer, mehr nicht, verstanden?"

Ein winziges Nicken ließ sie erkennen – als hätte sie Angst, sich zu bewegen.

Wieso hatte er das Bedürfnis zu lachen, wenn er mit Messern und kleinen Frauen spielte? „Gut. Safeword ist *Rot*. Wenn die Angst überhandnimmt, sagst du mir Bescheid." Beim ersten Mal wollte er sie nicht zu weit treiben.

Er rieb mit der Klinge über die flachen Körperteile – ihren Bauch, die Oberschenkel. Normalerweise würde er am Rücken beginnen, aber für sie bevorzugte er diese Position, von ihrer eigenen Jeans gefangen.

„Dann lass uns mal sehen, ob wir eine hübsche Markierung auf deine Haut zaubern können", flüsterte er. Mit dem Unterarm fixierte er ihren Rumpf und wählte sein kleinstes Messer. Er neigte die Klinge, bis er über ihrer Haut schwebte, sein Zeigefinger nahe der Spitze, um es besser zu kontrollieren. Mit dieser Haltung fuhr er über ihren Bauch.

Eine feine Linie erschien. Ihre Haut war perfekt. Nicht zu dünn, dass sie sofort riss, aber delikat genug, um schnell die Befriedigung von Markierungen zu haben. In wenigen Stunden würde dort eine hübsche rote Linie erscheinen. „Oh ja, das gefällt mir, Tex."

Sie schluckte hörbar. „DeVries, ich –"

„Na aber." Er holte das Fleischermesser und platzierte es zwischen ihren Brüsten, damit sie das Gewicht spüren konnte, sich die Größe in Erinnerung rief. Als er das kleine Beben in ihren Muskeln registrierte, hob er es wieder an und legte den Rücken der Klinge an ihren Hals.

Ihr gesamter Körper erstarrte. Da ihr die Erfahrung im Messer-Play fehlte, erkannte sie nur die Kühle der Klinge, während ihr entging, dass es sich nicht um die scharfe Seite handelte.

„Wie habe ich dich gebeten, mich zu nennen, Lindsey?"

„Sir." Sie schluckte angespannt. „Tut mir leid, Sir. Master."

„Sehr gut."

Er würde ihr nicht wehtun, versicherte sie sich. Jede Zelle in ihrem Körper schien sich in ihrem Hals einzufinden, wo der kalte Stahl an ihre Halsschlagader drückte. Ihre Atmung ging flach, ihre übrigen Sinne auf Hochtouren.

Stunden vergingen, nein, Jahre, Äonen, bevor er das Messer beiseitelegte. „Bereit für die nächste Markierung?"

„Ja, Sir", flüsterte sie. Gegen die Arbeitsfläche gepresst ballte sie die Hände zu Fäusten. Trotz ihrer Angst – oder vielleicht genau deswegen – sehnte sie sich danach, dass er sie berührte. Das Gefühl seiner kraftvollen Schenkel und der groben Kleidung an ihrer Haut raubten ihr den Verstand. Der Dildo in ihrem Arschloch hatte unmittelbaren Einfluss auf ihre Pussy.

Er fuhr mit dem Messer durch das Tal ihrer Brüste, das Kratzen hart an der Grenze zu Schmerz, und erschuf so einen brennenden Pfad. Mit Bedacht fügte er weitere Markierungen hinzu. Kreuze auf ihrem Bauch, dann tiefer und tiefer, bis er eine direkt auf ihrem Venushügel hinterließ. Eine beißende Empfindung, die sich als Druck auf ihre Klitoris niederließ. Ihr Becken unternahm den Versuch, sich ihm entgegenzustrecken, doch er hatte sie so sicher fixiert, dass sie keinen Millimeter vom Fleck kam.

„Werden wir kribbelig?" Seine heisere Stimme glich der unbändigen Begierde in ihr.

„Ja, Sir", wollte sie sagen, doch letztendlich kletterten diese Worte als Grunzen aus ihrer ausgetrockneten Kehle.

„Gut zu wissen." Mit dem Messer machte er sich wieder in Richtung Norden auf und umkreiste langsam eine Brust.

In ihrem Nippel explodierte Schmerz. *Er hat mich geschnitten! Oh Gott!*

Sie schrie, wehrte sich, zappelte unter ihm, bevor sie realisierte, dass er kein Messer benutzt hatte. Er hatte ihr eine

Nippelklemme angelegt; sie spürte, wie sich die kleinen Zähnchen in ihr Fleisch bohrten. „Heilige Scheiße! Du Bastard."

„Ja, das bin ich." Seine Stimme tief und viel zu zufrieden klingend.

Es folgte ein hitziger Schmerz an ihrem linken Nippel. Es tat weitaus weniger weh, wenn sie sich im Klaren darüber war, dass der Schmerz nicht von einem Messer herrührte.

Sie hörte einen Reißverschluss, gefolgt von dem Laut, wie eine Kondompackung geöffnet wurde. Dann senkte er den Mund auf ihre Klitoris, bis ihre Schenkel bebten und jeder Atem von ihr ein Stöhnen enthielt.

Die vereinzelten Schnitte auf ihrer Haut verstärkten die Erregung in ihrem Unterleib und der Druck baute sich auf.

Gott, gleich würde sie kommen. *Ich darf nicht.* Wenn er das Messer erneut in die Hand nahm, wäre sie verloren. Seine Zunge schnellte über ihre Klitoris, neckend, eine Folter. Ihr Blut kochte. Mittlerweile war das kleine Nervenbündel zum Mittelpunkt ihrer Welt geworden.

Schließlich hob er den Kopf und sie stöhnte. Ihre Pussy fühlte sich unnatürlich geschwollen an, bald war es soweit. Es brauchte nicht mehr viel und der Orgasmus würde sie mit sich reißen.

Jetzt fand er sich zwischen ihren Beinen ein, wodurch sie nicht länger von ihrer Kleidung gefesselt wurde. „Wickle deine Beine um meine Taille."

Das lose Hosenbein um ihr linkes Bein erschwerte es, dem Befehl nachzukommen, doch sie schaffte es, und verschränkte die Knöchel hinter seinem Rücken.

Plötzlich war das Geschirrtuch von ihren Augen verschwunden und sie blinzelte zu ihm auf.

Seine Augen hielten die ihren gefangen, als er das Fleischermesser nahm, es neigte und das Licht darin einfing. Ihr tiefes Stöhnen zauberte ein Grinsen auf seine Lippen, bevor er es weglegte.

„Und hoch mit dir." Sie starrte ihm in die graugrünen

Abgründe, als er sie packte und sie aus der liegenden Position hochzog. Es fiel ihm so leicht, sie zu positionieren, so dass sie sich mit ihm wie eine zerbrechliche Puppe vorkam. „Festhalten, Babe."

Sie spürte, dass sein Schwanz durch ihre feuchte Spalte glitt. Als er langsam in sie eindrang, schnappte sie bei dem dehnenden Gefühl nach Luft.

„Augen zu mir", sagte er. Ohne den Blick von ihr abzuwenden, ließ er sie auf seinen Schwanz hinab, füllte sie aus.

Sie erschauerte. Die erbarmungslose Begierde war zu viel, brannte in ihr mit einem dunklen Hunger. „Oh, bitte."

„Fleh mich weiter an", flüsterte er. Seine Hand wanderte zu ihrem Hintern, er hob sie an und ließ sie Millimeter für Millimeter, quälend langsam, auf seine Länge gleiten.

Ihre Finger krallten sich in seine Schultern. „DeVries ... Sir ... bitte. Ich flehe dich an. Schneller. Mach etwas. Bitte." Sie zappelte, versuchte, ihn anzutreiben.

„Mach etwas? Egal was?" Mit der Hand unter ihrem Hintern sicherte er sie, während er ihr mit der anderen einen so harten Klaps verpasste, dass der Laut in der Küche widerhallte.

Der brutale, brennende Schmerz breitete sich in ihr aus, setzte Nerven in Flammen, die eine Direktverbindung zu ihrer Klitoris pflegten. Sie schlug ihre Fingernägel in seine Schultern und schrie: „Ahh!"

Sie spürte seine Hände auf ihren Hüften, wie er sie hoch und runter hob, hart und schnell, dass bei jedem Stoß sein Schambein gegen ihre Klitoris stieß. Wieder und immer wieder.

Sie warf den Kopf in den Nacken, als der wirbelnde Druck anstieg und sie schließlich explodierte. Eine überwältigende Flut nahm von ihren Sinnen Besitz und füllte die Flüsse ihres Körpers mit Ekstase.

Nach Luft schnappend landete ihre Stirn an seiner Schulter und sie hörte ihn murmeln: „Du bist hinreißend, Babe. So wunderschön."

Die Worte wurden von der Leere in ihrem Herzen absorbiert, was ihr ein Glühen verlieh, das nach außen drang.

„Halt dich fest“, warnte er.

Sie wickelte die Arme um seinen Hals, als er begann, sie auf seiner Länge auf und ab zu senken. Ihre Pussy pulsierte noch immer von den Nachwirkungen ihres ersten Orgasmus. So nahm er sich Zeit, genoss es, sich mit langsamen und ausgedehnten Stößen in ihr zu vergraben.

Mit dem Gesicht an ihrem Hals fühlte sie jeden seiner Atemzüge, sein Atem harsch an ihrer Haut, wenn er seinen steinharten Schwanz in ihr vergrub. Fester und fester krallte sie sich an ihm fest, bis sie spürte, wie auch er zur Erlösung fand.

Nach ein, zwei, drei Minuten hob sie ihr Gesicht von seiner Schulter. Sie küsste ihn. Schnell übernahm er die Kontrolle über den Kuss, verwöhnte ihren Mund lange, leidenschaftlich und tief. Als er die Lippen von ihren löste, sagte sie mit einem einlenkenden wenn auch genervten Ton: „Okay, fein, ich bereite das dämliche Hähnchen zu.“

Sein Lachen füllte sie mit einer Wärme, die ihr ganzes Sein mit unbändiger Freude zum Erblühen brachte.

Er rieb seine Wange an ihrer und betrachtete sie mit einem ernsten Ausdruck. „Ich hätte das Thema schon vorher ansprechen sollen.“

Sie leckte sich über die Lippen. „Welches Thema?“ Panik meldete sich in ihr, ihre Finger angespannt um seine Schultern.

„Du bist die einzige Frau, mit der ich mich treffe, Babe. Sind wir uns einig?“

Erleichtert seufzte sie, dann ein Nicken: „Ja, es gibt nur dich.“

„Ich weiß natürlich, dass das Dark Haven regelmäßig auf Tests besteht. Ich will, dass wir uns unabhängig davon untersuchen lassen und dann die Kondome vergessen. Bist du damit einverstanden?“

So typisch für deVries. Eine Anordnung, auf der die Chance folgte, Widerruf einzulegen. Bei der Vorstellung, ihn zu spüren, so intim, zogen sich die Muskeln ihres Geschlechts um ihn zusammen.

Sein Grübchen erschien. „Oh ja, das gefällt dir."

„Kann man so sagen." Sie vergrub ihr Gesicht an seinem Hals und atmete seinen Duft tief ein. Plötzlich kam ihr ein Gedanke. Sie musste kichern und schaffte es nicht, aufzuhören.

Um ihre Aufmerksamkeit zu gewinnen, teilte er einen Klaps auf ihren Po aus. „Was zum Teufel ist bitte so lustig?"

„Du." Sie schnappte nach Luft, ihr Inneres schmerzte von dem Versuch, ihre Belustigung zu unterdrücken. „I-ich kann einfach nicht fassen, dass der Vollstrecker etwas Festes will."

Seine Augen weiteten sich ungläubig, dann verengten sie sich. „Nun muss ich dir wehtun."

KAPITEL ZWÖLF

A**n Thanksgiving war** es kalt, eine kaum spürbare Sonne stand irgendwo am dunklen Himmel. Vorsichtig trug Lindsey ihre Kuchen die Treppe des mediterranen Luxushauses hoch, während sie zu verdrängen suchte, wie sich die kühle Luft in ihre Knochen vorwagte. Ihre schwarze Lederjacke gab ihr nicht gerade das eleganteste Gefühl. Sogar Georgio Armani höchstpersönlich würde sich in Xaviers Haus in Tiburon unwürdig fühlen – ganz zu schweigen von einem Ranchmädchen aus dem tiefsten Texas.

Jedoch hatte Abby zu ihr gemeint, dass es keine Kleiderordnung gab. Sie sollte sich einfach bequem anziehen. Dementsprechend hatte sich Lindsey für ihre liebste Jeans in Schwarz, ihre Stiefel in derselben Farbe und einen breiten Silbergürtel entschieden. Nicht, dass sie viel Auswahl hatte. Sie seufzte wehmütig, als sie an ihre Klamotten in Texas dachte. So viele Stücke waren Geschenke gewesen – wie ihre Texas-T-Shirts von Mandy. Oder die Western-T-Shirts von ihrem Daddy, die sie solange getragen hatte, bis das Material nachgab und sich die Nähte lösten. Wenn sie in einem von Daddys Flanellhemden schlief, wurde sie nie von Albträumen heimgesucht.

Sie war erleichtert, dass sie bei einem Besuch in einem

Second-Hand-Laden eine festliche, rote Seidenbluse gefunden hatte, der Ausschnitt großzügig genug, um ein wenig mit ihren Reizen zu protzen. Nur ein wenig.

Mama hatte einmal ihre Schwester Melissa darüber unterrichtet, dass Thanksgiving dazu gedacht war, Truthahnbrüste vorzuzeigen, nicht die Brüste einer Frau.

Denk nicht an Zuhause, du Idiot. Zu vermissen, was sie nicht haben konnte, brachte niemandem etwas. Aber verdammt ... dieses Jahr wäre sie an der Reihe gewesen, den Gastgeber für Thanksgiving zu geben. Stattdessen würden sie sich alle bei Melissa einfinden.

Melissa und Gary mit der kleinen Emily, Amanda und Mama. Ein kleines Lächeln zeigte sich auf Lindseys Lippen. Mama war flatterhaft wie ein Kolibri, aber ihr Herz hatte die Ausmaße ihrer Ranch. Lindsey biss sich auf die Lippe. Sie erinnerte sich an die Schlaflieder, die die Albträume vertrieben, an die herzlichen Umarmungen, wenn sie ein Haustier verloren hatte, die riesigen Geburtstagspartys und die leckeren Chocolate-Chip-Cookies, wenn sie sich mit einer Freundin gestritten hatte.

Es war so wundervoll, auf diese Weise geliebt zu werden. *Ich will nach Hause. Sofort.*

Bevor sie es schaffte, die Klingel zu betätigen, öffnete Xavier die Tür. „Happy Thanks –“ Mit einem Finger unter ihrem Kinn neigte er ihren Kopf. „Alles okay, Sub?“

„Mein Lord – ich meine, Xavier – es geht mir gut. Ich habe nur ein bisschen Heimweh.“ Sie rümpfte die Nase.

Er runzelte die Stirn, ein klares Zeichen dafür, dass er von ihrer Erklärung nicht überzeugt war. „Abby meinte, du hast Schwestern. In Texas?“ Er wies sie mit einer Handbewegung an, ins Haus einzutreten.

„Äh, ja, richtig.“ *Gott*, was hatte sie ihren Freundinnen noch erzählt? Wie viel hatten sie ihren Männern berichtet, ohne es besser zu wissen? „Wer wird für heute alles erwartet?“

„Insgesamt werden wir zu acht sein. Dieses Jahr ohne Kinder. Ronas Söhne verbringen den Tag bei ihrem Vater und Simons

Sohn ist bei seiner Ex." Er lächelte. „Abbys Eltern segeln in der Karibik, und ihre ... umgängliche Schwester hat sich dem Ski-Urlaub von Freunden der Familie angeschlossen."

„Okay, dann bin ich wirklich froh, dass ihr die Güte habt, ein Abendessen für uns Streuner zu veranstalten", sagte Lindsey, ihre Stimme unbeständiger als sie das gerne hätte.

„Ist uns ein Vergnügen. Und jetzt komm rein, stell die Kuchen ab und unterhalte dich mit uns." Xavier trat beiseite, seine Hand fiel von ihrem Gesicht, doch der besorgte Ausdruck in seinen Augen blieb. Er würde sie im Blick behalten, das war eindeutig zu sehen.

In der Küche begrüßte sie Abby mit einer Umarmung, die sie dann mit einer Flasche Wein zu den anderen schickte.

Im Wohnzimmer gaben die wandhohen Fenster einen beeindruckenden Ausblick auf den Hafen frei, zusammen mit einer nebelbehangenen Sicht auf Angel Island. Ein züngelndes Feuer knackte im Kamin. Ein Dom aus dem Dark Haven besetzte einen der weißen Ledersessel. In einer engen Hose und einem Henley-T-Shirt saß Dixon auf der Armlehne, im Gespräch mit Rona, die auf dem dazugehörigen Sofa Platz genommen hatte.

Etwas abgeschieden stand Simon in seinem typischen weißen Hemd und einer schwarzen Hose. Er unterbrach seine Unterhaltung mit Xavier und sprach sie an: „Lindsey."

Als Lindsey vor ihm zum Stehen kam, berührte er sanft ihre Wange. „Alles geheilt. Sehr gut."

Ihr Heimweh setzte zum Rückwärtsgang an. Ihre Familie war in Texas, ja, aber ihre Freunde, die befanden sich hier. „Happy Thanksgiving, Simon."

„Wünsche ich dir auch, Sub." Er streckte sein Weinglas aus und sie schenkte ihm nach. „Danke dir."

Dann kehrte er zu Xavier zurück und Lindsey drehte mit der Weinflasche eine Runde.

Dixon sprang auf die Füße und umarmte sie. „Hey, Sexy! Scharfe Haare!" Er zog an einer Strähne, passend zu den kommenden Feiertagen in Rot und Grün.

„Ich bereite mich auf Weihnachten vor."

„Perfekt! Wir sollten uns fürs Dark Haven nach Weihnachtselfenkostümen umsehen."

„Mal sehen." Lindsey grinste. „Ich werde es tun, wenn du Xavier dazu überredest, ein Weihnachtsmannkostüm zu tragen – inklusive eines dicken Bauchs, einem Bart und –"

Dixon krümmte sich bei der Idee vor Lachen.

„Lindsey." Ihr Grinsen löste sich bei Xaviers Ton in Luft auf.

Sie drehte sich und sah, dass sein durchdringender, dunkler Blick auf ihr lastete. Er hatte sie doch nicht gehört, oder?

„Nein." Nur dieses eine Wort.

Oh Gott, sie war so gut wie tot.

Die Männer wandten sich wieder ihrem Gespräch zu und Simon schlug Xavier mit der Rückhand gegen den Bauch – einen überaus flachen Bauch.

Glucksend stieß Dixon mit der Schulter gegen ihre. „Vielleicht solltest du das Dark Haven den Rest des Jahres meiden."

„Ach, denkst du?", kam Lindseys sarkastische Antwort.

„Na ja, um das Thema zu wechseln", sagte Dixon und drehte sich zu dem Dom neben ihm. „Kennst du schon Tad?"

Braunhaarig, gut gebaut, volle Lippen. War das der Dom, der nur an Sex interessiert war?

„Im Vorbeigehen." Da sie die Hände voll hatte, nickte sie Tad lediglich zu. „Freut mich."

Der Mann erhob sich nicht. Lindseys Vater hätte bei dem unpfleglichen Verhalten die Stirn gerunzelt. Stattdessen hob er sein leeres Glas in ihre Richtung. „Ist mir ein Vergnügen, Lindsey."

Ronas ausdrucksloses Gesicht zeigte, wie wenig sie von dem Mann hielt. Das bewies wieder einmal aufs Neue, was für einen fürchterlichen Männergeschmack Dixon hatte.

Außen hui, innen pfui, wie man so schön sagte. Sie durfte Dixon nicht aus den Augen lassen, sollte ihn ein bisschen ausfragen und ihn auf einen Pfad zu einem passenden Partner bringen. In der Zwischenzeit kümmerte sie sich darum, dass jeder Wein im Glas hatte und nahm dann neben Rona auf dem Sofa Platz.

Abby stieß mit einem Tablett voller Steinpilz-Horsd'œuvre zur Feiergesellschaft. „Hier habt ihr einen kleinen Snack, aber ruiniert euch nicht den Appetit.“ Sie stellte die Leckereien auf den Couchtisch, als die Türklingel ertönte. „Ich gehe“, sagte sie zu Xavier.

Zurücklehnend sah sich Lindsey um. Es fühlte sich an wie zu Highschool-Zeiten: Jedes Jahr hatte es einen Vater-Tochter-Tanzabend gegeben – immer ohne sie. Es war wirklich ätzend, dass deVries' Auftrag in Seattle länger dauerte und es ihm nicht möglich gewesen war, heute Abend hier zu sein.

Andererseits war seine Abwesenheit vielleicht besser so. In ihrer Welt bedeutete es etwas, jemanden zum Thanksgiving-Essen mitzubringen. Was hatte sie sich nur dabei gedacht, sich auf etwas Festes mit deVries einzulassen? Sicher, Exklusivität unterband, dass man sich Geschlechtskrankheiten einfing, aber die Sache mit ihm fühlte sich zu sehr nach einer ... echten Beziehung an.

Und sie sollte es eigentlich besser wissen.

Es war nicht sicher für ihn. Und es war nicht sicher für sie, falls es ... wenn es dazu kam, dass sie die Flucht ergreifen und ihn zurücklassen musste. Ihr Herz, das wusste sie, würde in eine Millionen Teile zerspringen.

Noch schlimmer jedoch war der Gedanke, was die Flucht mit ihm anstellen würde.

Seit dem seelischen Zusammenbruch vor zwei Wochen im Dark Haven hatten sie jede einzelne Nacht zusammen verbracht, und Lindsey hatte jede einzelne Sekunde genossen.

Immer hatte sie angenommen, dass sie einen Intellektuellen, einen geschliffenen und aristokratischen Mann wollte, der auf Opern und gehobene Restaurants stand. Doch deVries war vernarrt in ihre Hausmannskost – und diese Art von Essen kochte sie am liebsten. Keine Frage, intelligent war er, aber auch sehr ... direkt. Er mochte Filme, bei denen er lachen konnte. Er mochte es, zu grillen und zu wandern. Genau wie sie.

Langsam begriff sie, dass ihre Träume Überbleibsel ihrer eigentlich glücklichen Kindheit waren, durch die sie aber niemals jemanden kennengelernt hatte, der zu ihr passte. Einen Mann, mit dem sie zusammenleben konnte. Wenn deVries nicht gerade im Dom-Modus war und sie absichtlich aus dem Konzept brachte, fühlte sie sich wohl bei ihm – sei es bei der Diskussion über die Wahl des TV-Programms, oder bei der Verhandlung, ob Lindsey ihm Cookies backte, wenn er die Gartenarbeit für sie erledigte. Es überraschte sie, wie viel Spaß sie in seiner Gesellschaft hatte.

Und der Sex war außerirdisch gut. Vor allem ohne Kondome. Das Gefühl seines nackten Schwanzes in ihr ... Sie erschauerte.

Okay, hör auf. Wahrscheinlich würden sie sich heute noch treffen. Sie sollte sich ihre schmutzigen Gedanken für den Abend aufheben.

Und ihrem Herzen musste sie klar machen, dass es sich aus der Sache rauszuhalten hatte.

Als Xavier den Raum verließ, kam Simon zur Couch spaziert. „Wie ergeht es dir bei deinem neuen Job, Lindsey?"

„Es ergeht mir prima. Ich liebe ihn."

„Das freut mich. Damit wirst du zwar Mrs. Martinez enttäuschen, denn sie hofft immer noch, dass du zurückkommst."

Lindsey wurde warm ums Herz. „Kannst du ihr eine Umarmung von mir geben?" Diese Geste schien nicht genug, um der herzlichen Frau für ihre Hilfe zu danken. Da sie jetzt ein besseres Gehalt bekam, konnte sie ihr vielleicht eine Freude machen. Ihre Familie, die Rayburns, waren für ihre mit hausgemachten Pralinen gefüllten Weihnachtsschachteln bekannt. In diesem Jahr galt sie zwar nicht als Rayburn, nichtsdestotrotz verdienten ihre Freunde eine kleine Köstlichkeit, stimmt's?

Eine kehlige Stimme neben Lindsey sagte: „Was für eine Art Umarmung soll es sein? Dann kümmere ich mich höchstpersönlich drum, Tex."

Zu ihrer Überraschung blickte sie in deVries' Gesicht.

Sein Mundwinkel zuckte, als er sie von der Couch hochzog und in die Arme schloss.

Mit ihrer Wange an seiner breiten Brust, atmete sie seinen natürlichen Duft tief ein. Er rieb sein Gesicht an ihren Haaren und das Gefühl, wertgeschätzt zu werden, überwältigte sie. Obwohl sie wusste, dass sie verletzlich und einem unausweichlichen Herzschmerz bevorstand, schmolz sie in seinen Armen dahin.

Widerwillig hob sie nach einer Weile den Kopf. „DeVries, was machst du denn hier?"

„Ich bin früher fertig geworden und konnte mir mit einem Kumpel eine Mitfahrgelegenheit sichern." Er küsste sie, eine sanfte, herzliche Begrüßung und flüsterte dann an ihren Lippen: „Jedes Mal, wenn du mich von nun an deVries nennst, werde ich mir eine ... schmutzige Bestrafung für dich einfallen lassen. Verstanden, Kleine?"

Die Drohung in seiner Stimme äußerte sich bei ihr als Gänsehaut. „Ich ... verstanden." Ihr Blick senkte sich auf seine Brust. Er hatte sie mehr als einmal gebeten, ihn Zander zu nennen. *Verdammt*, der Name war zu persönlich. Wenn sie nicht aufpasste, würde sie noch gefährliche Gefühle für ihn entwickeln. Das durfte sie nicht.

„Gut." Als wären sie bereits seit Monaten ein Paar, zog er sie an seine Seite und lief gemeinsam mit ihr zu Xavier und Simon, um die beiden zu begrüßen.

Als Simon von ihr zu deVr – Zander blickte, zog er die Augenbrauen zusammen. „Zander, schön, dich zu sehen."

Lindsey hob den Blick. Lächelnd festigte Zander den Griff um ihre Taille. Im Gegensatz zu früheren Freunden, begrabschte Zander nicht ihren Po oder küsste ihren Hals, um seinen Besitz zu markieren. Das brauchte er nicht. Sein Arm um ihre Taille reichte aus. Allein damit zeigte er allen Anwesenden, dass er sie als sein Date ansah.

Das sollte sie nicht sein. Und auf keinen Fall sollte sie ihn in dieser Annahme ermutigen.

„Warst du diese Woche auf dem Schießstand?“, fragte er Simon. „Ich habe eine neue Glock-Pistole, die dir gefallen könnte.“

Bei dem Gespräch zwischen den Männern blieb Lindsey angespannt und ... *zur Hölle damit!* Sie wollte nicht an die Zukunft denken, oder an die Möglichkeit einer erneuten Flucht, oder dass sie ihre Freunde mit ihrer bloßen Anwesenheit gefährdete. Nicht jetzt. Nicht heute. Nein, heute wollte sie den Moment leben und jede einzelne Sekunde genießen. Seufzend wickelte sie den Arm um Zanders Taille und schmiegte sich eng an ihn.

Mitten im Satz hielt er inne, küsste sie auf die Haare und fuhr dann mit der Unterhaltung fort.

Wie sie erkennen musste, hatte sie ihn überrascht. Überrascht und erfreut. Dieses Wissen löste ein Glühen in ihrem Körper aus.

Nach ein paar Minuten fiel ihr auf, dass Rona verschwunden war. Wahrscheinlich war sie Abby zur Hilfe geeilt. Sie zog sich von Zander zurück.

Er sah auf sie hinab. „Babe?“

„Ich sollte in der Küche helfen.“

Er nickte. „Die Kuchen von dir?“

„Sind sie.“

„Wie hoch sind die Chancen, dass du mir einen aufgehoben hast, der bei dir auf mich wartet?“

Verdammt, kannte er sie wirklich so gut? Denn das hatte sie tatsächlich. Trotz ihrer Bemühung, ihr Grinsen zu unterdrücken, sah sie ihm an, dass ihr Versuch vergebens war.

„Braves Mädchen.“

Er ließ sie los und sie zögerte einen kurzen Augenblick. Sie wünschte sich nichts sehnlicher, als sich wieder an ihn zu kuscheln. Doch Xavier und Simon musterten sie mit Adleraugen.

Mein Gott.

In der Küche stellte Abby einen Topf mit Kartoffeln auf den Herd, während sie mit Rona sprach.

„Hey, braucht ihr Hilfe?" Lindsey lehnte sich gegen die cremefarbene Granitkücheninsel. Durch die großzügigen Fenster und die goldenen Eichenschränke war die Küche stets hell und freundlich, auch wenn der Himmel, so wie heute, in einem dreckigen Grau daherkam. Sie schob einen Strauß rote Rosen zur Seite und ihr fiel auf, dass die Farbe zu der handbemalten Fliesenwand passte.

„Du kannst mit etwas rüberwachsen – und damit meine ich mit Informationen." Während Rona Brötchenteig auf ein Blech legte, zog sie erwartungsvoll eine Augenbraue in die Höhe. „Ich war noch auf dem Stand, dass du Zander für ein Arschloch hältst. Eben meinte Abby zu mir, dass mir ein Teil der Story entgangen ist. Ich bin der Meinung, mir fehlt ein beachtliches Stück. Wann hat er bitte den Teddybären-Status erreicht?"

„Teddybär?"

„Zum Knuddeln." Rona platzierte den letzten Teigklumpen auf dem Blech, griff nach ihrem Weinglas und zeigte damit auf Lindsey. „Mach schon, rede."

Hitze füllte Lindseys Wangen, als Abby ihr mitfühlend zuzwinkerte.

„Ähm, okay. Ich bin ihm im Frauenhaus begegnet. Er war dort, um das Sicherheitssystem auf den neuesten Stand zu bringen. Indessen war ich im Haus, um Bewerbungsgespräche mit den Bewohnern zu üben. Wir haben geredet. Dann ist er zu meinem Haus gekommen, aber er hat mich auf die Palme gebracht. Das habe ich ihn im Club spüren lassen, woraufhin er mir eine Lektion in Benehmen erteilt hatte. Doch ... na ja, die Lektion ist nicht gut ausgegangen und er hat mich mit zu sich nach Hause genommen."

Rona verschluckte sich an ihrem Wein.

Abby kam aus dem Kichern nicht heraus, also blieb ihr nur eine Handbewegung, um Lindsey zum Fortfahren zu bewegen.

„Nach dem Abend ist er immer wieder mit Essen zu mir

gekommen, ohne eine Vorwarnung, ohne einen Anruf. Keine Ahnung, warum ich ihn jedes Mal reingelassen habe."

Ausgehend von dem Leuchten in den Augen ihrer Freunde schlossen sie die wildesten Rückschlüsse.

Wahrscheinlich nicht zu weit von der Wahrheit entfernt. Lindsey errötete.

„Ha!", erreichte Dixons Stimme von hinten ihre Ohren. „Als würde irgendjemand dem Vollstrecker, die Tür vor der Nase zuschlagen." Er wedelte sich mit der Hand Luft zu. „Oh, Freundin, ich kann mir gut vorstellen, wie heiß es war!"

Sie zeigte anschuldigend mit dem Finger auf ihn. „Du bist keine Hilfe." Leider hatte er recht. Zander musste sie nur ansehen und sie wurde feucht. „Also, Dix, erzähl uns von dir und Tad. Meintest du nicht" – sie senkte die Stimme zu einem Flüstern – „dass er nur Sex will und er einen Tritt in den Allerwertesten verdient."

Dixons Lächeln erlosch, stattdessen wandelte sich sein Gesicht zu einer Grimasse. „Will er. Und ja, tut er."

Rona lehnte sich über die Kücheninsel und tätschelte Dixons Hand. „Warum hast du ihn heute Abend eingeladen?"

Dixon zuckte mit den Achseln. „Ich hatte ihn vor einiger Zeit gefragt und er freute sich darauf, Zeit mit San Franciscos Elite zu verbringen."

Simon und Xavier hatten Geld und waren bekannt wie bunte Hunde. Lindsey rümpfte die Nase. Tad benutzte Dixon. Sie wusste genau, wie sehr diese Erkenntnis schmerzte.

„Oh, Süßer." Abby lief um die Kücheninsel und zog Dixon in eine Umarmung. „Das ist wirklich doof."

Er sackte an ihr zusammen. „Ja, kann man so sagen. Ich kann sehen, dass es nirgendwohin führt. Er ist nicht mal ein Top, und schon gar kein Dom."

Und Dixon wollte – brauchte – einen Dom. Am besten einen, mit einem Hang zum Sadismus. „Mach dir keine Sorgen, Dix. In meinem Herzen fühle ich, dass du jemand Wundervolles finden wirst. Dieser Kerl ist nur eine Hürde auf dem Weg zum Glück."

Während sich sein Gesicht erhellte, überlegte Lindsey: Sie könnten die Sitzordnung ändern, so dass Tad am anderen Ende der Tafel, weit entfernt von Simon und Xavier saß. Dort könnten sie und Rona den Bastard outen ... und der Vollstrecker würde dann den Rest erledigen.

DeVries ließ die anderen Männer vor dem Football-Spiel im Fernseher zurück und machte sich mit einem Bier in der Hand auf die Suche nach Lindsey. Das Abendessen war großartig gewesen, die Gesellschaft – mit der Ausnahme von Tad – lebhaft und anregend.

Jedoch war ihm sein Mädchen trauriger als sonst vorgekommen.

In der Küche saßen Rona und Abby an der Kücheninsel, redeten leise miteinander und lösten das restliche Truthahnfleisch von den Knochen.

Mit einem aufgeregten Bellen rannte Abbys halbwüchsiger Hund auf deVries zu, seine Schlappohren wild wedelnd, als er auf dem Fliesenboden ins Rutschen kam. Der kleine Körper krachte gegen seine Stiefel und der Welpe entließ ein beschämtes Winseln.

„Tut mir leid“, sagte Abby. „Blackie wächst so schnell, dass er seine Gliedmaßen noch nicht unter Kontrolle hat.“

„Kein Problem.“ Er beugte sich vor und streichelte durch das weiche Fell des Hundes. „Das wird schon, Kumpel. Gib dir Zeit.“

Blackies flauschiger, umherwirbelnder Schwanz säuberte mit dem typischen Eifer eines Hundes den Boden.

„Suchst du nach Lindsey?“, fragte Rona.

„Ja.“

Sie zeigte auf die Doppeltüren, die zur Terrasse führten.

„Danke.“ Als der Hund sich wieder seiner Aufgabe zuwandte, heruntergefallene Truthahnstücke zu fressen, trat deVries auf die großzügige Steinterrasse. Nach der Wärme im Haus war die kühle Herbstluft ein willkommener Wachmacher.

An dem Geländer lehnend blickte Lindsey auf den Hafen, ein schwarzes Handy am Ohr.

Schwarz? War ihr Handy nicht rot?

„Ich vermisse dich auch, Schwesterchen." Ihre Stimme brach und sie wischte sich mit der Hand über die Wange. „Irgendwann kann ich vielleicht nach Hause kommen. Bis dahin müsst ihr vorsichtig sein. Okay?"

Sie weinen zu sehen, setzte ihm schwer zu. *Warum ist sie nicht nach Hause gefahren?* Und was für einen Grund gab es für das Schwesterchen, vorsichtig zu sein?

Er und Lindsey hatten eine lange Unterhaltung vor sich – aber nicht während der Party. Lautlos trat er zurück ins Haus.

„Bye." Noch immer schniefend warf sie das Handy und es flog in einem hohen Bogen an der Felsklippe vorbei, direkt in die Wellen.

Was zum Teufel? DeVries blinzelte. Warum würde sie ihr Handy wegwerfen? Nein ... Augenblick, sie hatte nicht ihr rotes Smartphone geworfen. Hatte sie sich gerade eines Wegwerf-Handys entledigt? Die billigen Geräte, zumeist mit Bargeld bezahlt, dienten nur dazu, nicht gefunden zu werden. Von Menschen, die Angst hatten, aufgespürt zu werden. Hier stimmte etwas ganz und gar nicht.

Er machte einen Schritt auf sie zu, gab dabei absichtlich einen Laut von sich.

Sie zuckte zusammen und wirbelte zu ihm herum. „Oh! De – Zander!" Auf sie zulaufend lächelte sie ihn dermaßen unecht an, dass er sie am liebsten durchgeschüttelt hätte. „Äh, hi." Ihre Stimme bebte, bevor sie es schaffte, sich zu fangen. „Es ist nett hier draußen, oder? Xaviers Aussicht auf die Brücke ist atemberaubend."

„Eine Träne ist dir entgangen." Mit dem Daumen wischte deVries die Nässe von ihrer Wange. „Bist du auf der Flucht vor dem Gesetz, Babe?"

Ihre Augen weiteten sich. Eine Sekunde später hob sie das Kinn. „Sehe ich etwa wie eine Verbrecherin aus? Gott, was für eine Frage."

Beantwortung mit einer Gegenfrage. Wenn sie keine Verbrecherin war, wen versuchte sie dann zu meiden? Falsche Identität, Wegwerf-Handys, Nervosität in der Öffentlichkeit. *Oh ja*, sie war auf der Flucht! Und um jetzt eine Flucht vor ihm zu verhindern, platzierte er die Hände zu beiden Seiten von ihr auf dem Geländer.

Sie duftete immer noch nach dem Kürbiskuchen, den sie für den heutigen Tag gebacken hatte. Köstlich. Knurrend küsste er sie auf die Wange, ihre weichen Haare nun mit roten und grünen Strähnen. Er bahnte sich einen Weg über ihren Hals.

„Nicht", flüsterte sie. „Das ist nicht die richtige Zeit."

„Es gibt nur das Jetzt." Da er nicht widerstehen konnte, zog er sie an sich. Obwohl sie gut in Form war, ihr Hintern saftig, machte sie einen viel zu zerbrechlichen Eindruck auf ihn. „Ich wünschte, du würdest mir sagen, was dich bedrückt. Lass mich helfen, Tex."

Die Angespanntheit löste sich in ihrem Körper und sie schmiegte sich an ihn, ihr Kopf an seiner Schulter. Das schönste Gefühl der Welt, das Gewicht einer Frau auf diese Weise zu spüren.

„Ich kann nicht ... Zander."

Dass sie seinen Namen sagte, war gut. Sehr gut. Half jedoch nicht bei ihrer Weigerung, ihm alles zu erzählen. „Warum nicht?"

Ihre Finger ballten sich um sein Hemd, dann stieß sie ihn weg. „Ich kann einfach nicht." Sie sah ihm direkt in die Augen, schüttelte den Kopf und marschierte dann ins Haus.

Zu wütend, um mit dem einseitigen Gespräch fortzufahren, ließ er sie gehen. *„Ich kann nicht."* Okay? Mittlerweile bereute er es, dass er seine Recherche um ihre Person aufgegeben hatte. Zu der Zeit hatte es sich falsch angefühlt, über seine Sexpartnerin Nachforschungen anzustellen.

Jetzt? Jetzt hatte sich Miss Nichtexistierend Adair einen

ausführlichen Backgroundcheck verdient. Wenn er damit fertig war, würde er wissen, welche Farbe ihre Höschen zu Collegezeiten hatten.

Sein Mundwinkel zuckte. Leuchtend rot, wenn er raten müsste.

Sobald er ihre Vergangenheit aufgedeckt hatte, würde er nicht eher ruhen, bis er ihre Welt wieder ins Lot gebracht hatte.

Sicher, sie dachte, dass er sich nicht einmischen sollte. *Newsflash, Tex, einmischen gehört zu meinem Spezialgebiet.*

Er lief von einem Ende der Terrasse zur anderen, bis seine Wut nachließ und plötzlich sein Handy vibrierte.

Der Screen zeigte den Namen Blevins. „Was ist?“, knurrte er.

„Ein Job für dich. Südamerika. Du musst sofort ein Flugzeug besteigen.“

Durch die Doppeltüren konnte er sehen, wie Lindsey mit Rona sprach. Wie sie tapfer ein Lächeln aufsetzte. Er verehrte die Stärke der kleinen Sub. Er verehrte sehr viel an ihr. Wollte mehr von ihr.

Musste wissen, in welcher Art von Problemen sie steckte.

„Iceman?“, drängte Blevins.

Wenn er auf dem Beziehungs-Kurs bleiben wollte, war es nicht fair, ihr einen Körper anzubieten, der schon bald von Kugeln durchlöchert zurückkehrte. „Ich bin raus, Blevins. Streich mich von der Liste.“

„Scheiße.“ Pause. Dann fuhr er fort: „Ich habe bereits geahnt, dass dein Ausstieg bevorsteht. Ich verstehe es. Dennoch frage ich, ob du diesen letzten Job akzeptieren kannst. Es geht um eine Entführung, Iceman. Der Junge ist noch nicht mal zehn Jahre alt.“

Fuck. Blevins wusste, dass er nach dieser Information nicht ‚Nein‘ sagen konnte. DeVries beobachtete, wie Lindsey freudestrahlend mit dem Welpen spielte. Er sehnte sich nach ihr, nach ihrem großen Herzen. „Letzte Mission. Danach bin ich raus. Für immer. Keine Anrufe mehr, kein Kontakt. Verstanden?“

„Deine Entscheidung.“ Blevins zögerte. „Danke.“

„Mmmhmm." Er hoffte nur, dass er nicht in die Luft gejagt wurde, bevor er seine Frau endgültig für sich beanspruchen konnte.

Am Freitag ließ sich Lindsey auf den Stuhl an dem kleinen Schreibtisch in der Ecke ihres Wohnzimmers fallen. Da sie Thanksgiving zumeist mit ihren Freundinnen in der Küche war, hatte sie das Football-Spiel verpasst, und nach dem Zusammentreffen mit Zander auf der Terrasse hatte sie nicht mal daran gedacht, die Männer nach dem Endstand zu fragen.

Hoffnungsvoll lud sie die Onlineversion einer Tageszeitung. Sie runzelte die Stirn. Ihre Finger zuckten. Am liebsten würde sie das Ergebnis vom Bildschirm schlagen.

Die Cowboys hatten gegen die Saints wegen eines dämlichen Missgeschicks verloren. Was war das denn bitte? *Kommt schon, Jungs, das könnt ihr so viel besser!* Vielleicht war es nicht so schlecht gewesen, dass sie das Spiel gestern verpasst hatte. Letztes Mal war sie so laut geworden, dass Zander gedroht hatte, sie zu knebeln.

Und er hatte doch tatsächlich gesagt – der Blödmann –, da sie ja jetzt in Kalifornien lebte, sollte sie gefälligst die 49ers anfeuern.

Erst, wenn die Hölle zufriert.

Mit einem frustrierten Grunzen öffnete sie die Seite der *San Francisco Express Times*. Ohne Luft zu holen, suchte sie durch die Artikel: Raubüberfälle, Drogenrazzien, finanzielle Schwierigkeiten von Immigranten, Mordfälle. Nichts Neues.

Das waren an sich gute Nachrichten. Für sie. Wenigstens hatten sie ihre Verhaftung noch nicht verkündet – LINDSEY RAYBURN PARNELL IN SAN FRANCISCO VERHAFTET. Allein die Vorstellung an eine derartige Überschrift ließ sie erschauern.

Wenn bei Parnells und Ricks' Plänen nur etwas daneben

gehen könnte. Warum war bisher niemand hinter ihre Machenschaften gekommen?

Sie bekam Gänsehaut. Ricks' Stimme bahnte sich immer einen Weg in ihre Albträume. „*Wird eine Weile dauern, bis Parnell dich abholt. Genug Zeit, um dich zu ficken. Ein paar Kratzer werden ihn nicht stören.*" Er hatte ihre Bluse zerrissen, sie auf den Boden geworfen und seinen Gürtel geöffnet. Sie hatte sich mit allen Mitteln gegen ihn zur Wehr gesetzt, doch er war so viel größer, so viel stärker als sie gewesen. Dann hatte er ihr mit der Faust ins Gesicht geschlagen. Ihre Augen hatten getränt und trotzdem, gleich der Schmerzen, hatte sie weiter gekämpft, hatte versucht, ihn zu kratzen, zu schlagen und er ... er hatte gelacht. Ihn hatte es erregt, dass sie sich zur Wehr setzte. Danach hatte er ihr einen Schlag nach dem anderen verpasst, bis sie würgte und weinte, während er seine Jeans aufgeknöpft hatte.

Gott. Sie schluckte schwer. Das lag in der Vergangenheit. Es war vorbei. Er war nicht erfolgreich gewesen; sie hatte ihm entfliehen können. Mit den Armen von dem zerbrochenen Fensterglas blutverschmiert, aber frei.

Würde es zu einem erneuten Zusammentreffen kommen – der Gedanke ließ sie würgen –, würde er sein Vorhaben von damals um ein Vielfaches schlimmer ausfallen lassen.

Unfähig länger sitzen zu bleiben, lief sie durchs Haus, um diesen furchtbaren Geschmack in ihrem Mund – den Geschmack der Todesangst – loszuwerden. Ricks war nicht hier, genauso wenig wie Parnell. Sie befand sich in San Francisco, untergetaucht in einer Großstadt, mit einem neuen Namen. Vollkommen sicher, solange sie vorsichtig war. Und das würde sie sein.

Und sie würde immer die Augen offen halten.

Wie war es Zander gelungen, sich anzuschleichen? Wie lange hatte er ihrem Gespräch lauschen können? Das Schlimmste war, dass er gesehen hatte, wie sie ihr Handy in den Fluten entsorgt hatte.

Verdammter Kerl. Ohne ihn wäre ihr Leben so viel einfacher.

Warum musste er nur so ... wundervoll sein? Wie beim Thanksgiving-Essen mit Dixons idiotischem Möchtegern-Dom. Sie lächelte. Tad hatte darauf bestanden, dass ein „wahrer“ Sub niemals sein Safeword benutzen würde, woraufhin Zander zu ihm gesagt hatte: *„Ich versuche, deine Sichtweise zu verstehen, allerdings bekomme ich meinen Kopf nicht so tief in meinen Arsch.“* Die darauffolgende Stille war grandios gewesen.

Und Zander wollte ihr helfen. Dieses Angebot machte sie ganz kribbelig. Es verängstigte sie aber auch. Niemals könnte er ihre Probleme aus der Welt schaffen. Und wenn er es versuchte, dann könnte er im Gefängnis landen oder verletzt werden oder sogar sterben.

Wenn sie nur wüsste, was auf den Speicher-Sticks war! Falls darauf irgendetwas zu finden war, was Parnell oder Ricks belasten könnte, würde sie das Risiko auf sich nehmen und die Beweise schicken. Irgendwohin. Überallhin. An alle Strafverfolgungsbehörden in Texas. An alle Zeitungen.

Wenn es ihr doch nur gelingen würde, diese verdammte Verschlüsselung zu knacken!

Vielleicht sollte sie eine weitere Polizeiwache kontaktieren. Sie konnten doch nicht alle korrupt sein, oder?

Das letzte Mal ist das ja nicht so gut gelaufen, erinnerst du dich? Sie rieb sich über die Narben an ihrem Arm, erinnerte sich an das Glas, das ihre Haut zerfetzt hatte. *Es ist fürchterlich schief gegangen.*

Waffen- und Drogenschmuggel bedeutete, dass die bösen Kerle über ausreichend Knete verfügten, um andere Leute zu schmieren. Welchen Wert hatte schon das Leben einer Frau aus Texas verglichen zu den Dollarzeichen in den Augen dieser Verbrecher?

Zander würde sie nicht verraten.

Sie setzte sich wieder an ihren Computer. Nein, niemals. Er war vielleicht ruppig, unhöflich und herrisch, doch seine Kommentare bei Action-Filmen zeigten, wie sein moralischer Kompass ausgerichtet war. Er war wie ein Held in einem alten

Western – der rechtschaffene Sheriff, bereit, sich ganz alleine einer riesigen Verbrecherbande zu stellen.

Sie nahm einen Schluck von ihrem Kaffee. Sie war ja selbst Zeuge davon geworden, wir er gegen eine Gang gewonnen hatte.

Gott, sie liebte ihn.

Das Schnappen nach Luft lenkte den Kaffee in die falsche Röhre, mit feuerrotem Kopf hustete sie.

Nein! Oh nein! Auf keinen Fall. Dumme, super dumme Idee. Wahnsinnig! Verrückt! Flüchtende Mädchen aus Texas verliebten sich nicht in neugierige, kontrollierende Doms. Schon gar nicht in sadistische Doms. „Ich sollte meinen Kopf untersuchen, mir eine Zwangsjacke anlegen lassen und nach starken Medikamenten fragen."

Ein Realitätscheck ist angebracht, Weib.

In einem ernsten Ton mit Verrückten zu sprechen, brachte selten etwas – auch bei ihr zeigte es keinen Erfolg. Sie hörte nicht auf ihre vernünftigen Worte. Nein, denn alle ihre Organe waren damit beschäftigt, aufgeregt auf und ab zu hüpfen. *Ich liebe ihn, ich liebe ihn, ich liebe ihn!*

Sie war sich verdammt sicher, dass er nicht dasselbe für sie empfand.

An Thanksgiving war er kurz nach dem Gespräch auf der Terrasse abgedampft. Er meinte, dass er einen Anruf bekommen hatte. Wenn er doch aber für Simon arbeitete, wer hatte ihn dann herbeigeordert? Und dann hatte sie gehört, wie Xavier zu Zander sagte: *„Pass auf dich auf."*

Warum genau sollte er auf sich aufpassen? Wohin war Zander nach dem Essen verschwunden? Na ja, anscheinend war er nicht zu einem sicheren Ort aufgebrochen.

Ihr Leben war auch nicht ohne Gefahr. Sich in ihn zu verlieben, war also doppelt dämlich.

Mach mit ihm Schluss. Sofort.

Nein.

KAPITEL DREIZEHN

Obwohl die Mission eine Woche gedauert hatte, gab es zumindest eine gute Nachricht: Das Entführungsopfer war wieder bei seiner Familie, in Sicherheit, und das fühlte sich verdammt gut an. Dieses Kind hatte größere Eier gezeigt als so manch erwachsener Mann.

Kein schlechter Ausgang. Ein Söldner mit einem verletzten Unterarm und mit Messerstichen. Alle – abgesehen von den Entführern – hatten es heil nach Hause geschafft. Und deVries hatte offiziell seinen Söldnerjob an den Nagel gehängt. Das fühlte sich auch verdammt gut an.

Beschwingt betrat er Lindseys Veranda, in den Händen seine Spielzeug- und seine Übernachtungstasche. Es war nicht mal Mitternacht, an einem Freitag. Die Chance stand gut, dass sie noch wach war.

Er klopfte an die Tür.

Hastig näherten sich ihre Schritte, was ihm sagte, dass sie noch nicht im Schlafzimmer gewesen war. Das winzige Licht im Spion verdunkelte sich, als sie nachsah, wer vor der Tür stand. Gute Angewohnheit.

Als sie aber die Tür aufriss, waren ihre Lippen blass, ihre Atmung flach. „Zander", hauchte sie.

Zur Hölle. „Es ist spät. Habe ich dir Angst eingejagt?" *Fuck*, er hätte anrufen sollen.

„Ich – ja." Sie trat beiseite, um ihn reinzulassen, während die Farbe langsam in ihre Wangen zurückkehrte. Dann trat er in den gut beleuchteten Raum und bei seinem Anblick weiteten sich ihre Augen. „Oh, mein Gott, geht's dir gut?" Hastig packte sie mit ihren Händen seine Unterarme.

Gott, wo war er heute nur mit seinen Gedanken? Ihm haftete der Gestank von Blut, Schweiß, Schießpulver und Motoröl an. Sein Gesicht war von Ästen zerkratzt, seine Jeans dreckig und zerfetzt von seinen Ausweichmanövern. Das Blut des Jungen klebte an seinem Hemd. Er hätte bei seiner Wohnung vorbeigehen sollen, um sich zu duschen.

Er hatte nicht warten wollen. „Nach einer Dusche sollte es gehen. Würde dich das stören?"

„Nein, nein, geh ruhig." Und sogar in seinem schmutzigen Zustand umarmte sie ihn, presste ihren schmalen, sauberen Körper an seinen. Es fehlte nicht viel und sie würde ihn brechen. „Zander, wo bist du gewesen?"

Eine Ausrede kroch seine Kehle empor. Nein. Die Wahrheit. Sie verdiente die Wahrheit. „Ich habe einen Job bei einer Söldnertruppe angenommen. Diesmal ging es um einen Entführungsfall. Ein kleiner Junge."

„Oh nein!" Ihr weiches Herz führte zu der richtigen Frage, der einzigen Frage, die eine Rolle spielte: „Hast du ihn retten können? Ist er okay?"

„Bestätigt. Er wird Albträume haben, aber er ist zu Hause. Seine große Schwester war gerade dabei, ihm einen Cheeseburger zu machen, als wir aufgebrochen sind."

Ihr Lächeln war in der Lage einen ganzen Raum zu erhellen. Es ließ verdammt nochmal sein Herz erstrahlen. „Gott sei Dank." Ihre Augenbrauen zogen sich zusammen. „Was ist mit dir? Hattest du etwas zum Essen?"

„Später." Im Moment spürte er einen anderen Hunger. Sein Schläfchen im Flugzeug war mit Gewalt angefüllt gewesen. Mit

Schmerz ... mit dem Drang, Schmerz auszuteilen. Nur ... würde sie es ertragen können?

„Lindsey, ich ... brauche ...“ Seine Hand krallte sich in ihr Hemd. Eine unbekannte Emotion, die süßer nicht sein konnte, übermannte ihn, als er bemerkte, dass sie eines seiner alten Flanellhemden trug.

„Oh, natürlich.“ Sie knöpfte sein Hemd auf. „Ich will dich auch.“

„Lindsey.“ Er musste sichergehen, dass sie die Bedeutung verstand. „Ich suche nach mehr als nur bloßem Sex.“

Ihre Augen senkten sich auf seine Tasche mit den Spielzeugen. „Richtig.“ Sie schluckte heftig. „Sicher.“

„Ich kann in den Club gehen, Babe.“ Das würde er normalerweise tun, aber er und Lindsey waren jetzt in einer Beziehung.

„Nein.“ Trotzig hob sie das Kinn. „Du wirst mich benutzen, niemand anderes.“

So verdammt dickköpfig. *Scheiße*, versuchte die kleine Sub zu verzweifelt, ihm zu geben, was er brauchte? Egal, nun waren sie ein Paar. Auf keinen Fall würde er seine Befriedigung woanders suchen. Er reichte ihr die Tasche. „Ausziehen, komplett. Leg dir die Fesseln für die Knöchel und die Handgelenke an. Dann kniest du dich neben das Bett und wartest auf mich.“

DeVries machte sich an die Arbeit, sich zumindest körperlich von den Rückständen des Kampfes zu befreien. Wie schön wäre es, mit ein bisschen Seife auch den emotionalen Ballast loszubekommen! Er überlegte, zu masturbieren, im Moment aber sehnte er sich nicht nach Sex. Zuerst musste er Schmerz austeilen. Er brauchte einen willigen Masochisten.

Stattdessen hatte er eine willige Sub. *Fuck*. Er musste verdammt vorsichtig vorgehen.

Von seinen anderen Besuchen hingen noch Seile an den langen Holzpfosten des Bettes. Kniend, wie angeordnet, bot sie einen hinreißenden Anblick, mit ihrer hellgoldenen Haut, den rosafarbenen Nippeln und den Haaren, die ihr über die Schultern fielen.

Mein, mir allein.

Um seiner Kontrolle Nachdruck zu verleihen, zog er das Bett von der Wand weg, bis das Kopfende in die Mitte des Raumes stieß. „Aufstehen, mit dem Gesicht zum Kopfende."

„Ja, Sir."

Sogar stehend erreichte sie gerade so die Höhe, um sich mit dem Kopf ans Kopfende zu lehnen. Perfekt. Er befestigte die Fesseln ihres Handgelenks an den geschnitzten Pfosten. Er kam in Kontakt mit ihren Narben am Unterarm. Noch immer wusste er nicht, woher sie die hatte. Das würde er schon bald herausfinden. Jetzt aber war dafür nicht der richtige Zeitpunkt.

Nachdem er ihre Beine gespreizt hatte, fixierte er die Fesseln der Knöchel an den Bettbeinen, öffnete sie noch weiter für sich. Der moschusartige Geruch ihrer Erregung traf seine Sinne und lud ihn ein, mit seinen Fingern durch ihre Spalte zu fahren. Er drang in sie ein und genoss, wie sie sich wand.

Noch nicht. Er war bereits hart, doch heute Abend brauchte er mehr als einen Fick. „Ich werde dir wehtun, Lindsey." Seine Stimme kehlig. „*Rot* ist dein Safeword. *Gelb*, falls du es brauchst."

„Ja, Sir." Sie hauchte ihre Antwort, eine Mischung aus Vorfreude und Nervosität.

Nachdem er die Tasche neben ihr abgestellt hatte, zog er seine liebsten Impact-Spielzeuge heraus. Zuerst eine kleine Übung zum Aufwärmen.

Er näherte sich ihrer Haut mit einem harmlosen Flogging, sanften Schlägen, einer Massage ähnelnd. Danach nahm er einen Flogger zur Hand, der mehr Schaden anrichten würde.

Ihr Rücken und ihr Hintern färbten sich rosa und nach einer Weile zu einem erregenden Rot. Gelegentlich schnappte sie nach Luft. Wie flüssiges Gold schwappte dieses Geräusch direkt zu seinem Schwanz. *Mehr.*

Mit dem Bedürfnis, sie daran zu erinnern, wer der Top war, lehnte er sich von hinten gegen sie und rieb seinen Schaft zwischen ihren Arschbacken. Sie erschauerte, er grinste. Die

Belohnung dafür, dass er sich nach dem Duschen nicht wieder angezogen hatte.

Er zog sie vom Holz des Kopfendes zurück und packte ihre Brüste, knetete sie hart und brutal, zwickte in die Nippel, bis sie erneut nach Luft schnappte und er einen Protest in ihrer Kehle aufkeimen hören konnte.

Eine Hand wanderte zu ihrem Venushügel, presste sich gegen ihre Klitoris, bevor sich seine Finger tief in ihre Wärme schoben. So feucht. Bisher genoss sie, was er mit ihr tat.

Er hatte noch nicht mal richtig losgelegt.

Heilige Mutter Gottes. Lindsey senkte das Kinn auf ihre Brust, als es Schläge auf ihren Rücken hagelte. Nun benutzte er einen Flogger mit dicken, schweren Schwänzen. Jeden Hieb spürte sie bis auf die Knochen, setzte ihre Haut in Flammen.

Nach einer Weile hatte er ihr Nippelklemmen angelegt, sie gefestigt, bis sie nicht mehr anders konnte, als wenigstens einer Schmerzquelle auszuweichen. Immer und immer weiter lehnte sie sich vor, weg von dem Flogger, nur um irgendwann mit den Nippeln gegen das Holz zu stoßen.

Es tat weh. Schmerz, überall. Es machte keinen Spaß mehr, nicht für sie. Jedoch konnte sie seinen Hunger fühlen, fast so, als wäre es ihr eigener – und so würde sie selbst nur Befriedigung finden, indem sie ihm alles gab.

Ihr Gesicht war von Tränen überströmt. Und Schweiß. *Aua, aua, aua.* Sie knirschte mit den Zähnen, wollte um jeden Preis verhindern, ihr Safeword laut auszusprechen. Nicht schreien, nicht weinen. Stattdessen lehnte sie sich mit der Stirn gegen das Holz, damit er ihr die Emotionen nicht am Gesicht ablesen konnte. Sie würde es hinnehmen, sie würde es ertragen, solange er dadurch bekam, was er brauchte.

Es dauerte einen Moment, bis sie erkannte, dass er aufgehört hatte. Eine Hand landete auf ihrer Wange, drehte ihren Kopf und ihr Blick kollidierte mit seinen Augen.

Bestürzung erfüllte sie, als ihr klar wurde, dass sie in seinem Ausdruck nicht den typischen Seelenfrieden fand, den sie sonst sah, wenn er im Club einen Masochisten auspeitschte.

„Du bist fertig, Babe", murmelte er.

„Nein." Ihre Stimme brach, als sich ein Schluchzer durch ihre Kehle bahnte. „Ich habe mein Safeword nicht benutzt."

Mit dem Daumen strich er über ihre nasse Wange. „Denkst du, ich bin blind? Die Session ist vorbei. Wir sind hier fertig."

„Aber du –" *Aber du bist noch nicht fertig. Du bist nicht mal nah dran.*

„Ganz ruhig. Lass mich deine Fesseln lösen." Jeden einzelnen Klettverschluss riss er mit einem schnellen, frustrierten Ruck auf.

Mehr Tränen lösten sich, als sie sich eingestehen musste, dass sie ihm nicht geben konnte, was er brauchte.

„Dreh dich um." Er half ihr, damit sie ihr Gleichgewicht nicht verlor, seine warmen Hände auf ihren Oberarmen. „Halt still." Mit unnatürlich kontrollierten Bewegungen entfernte er ihre linke Nippelklemme. Dann, ohne zu warten, die rechte.

Wie bei einem Tanz folgte die Reaktion auf den Schritt und Blut rauschte in ihr misshandeltes Fleisch. Ihre Nippel brannten und pochten. Sie stöhnte und hob die Hände, um ihre Brüste zu bedecken.

„Nein." Er packte ihre Handgelenke, presste ihre Arme an ihre Seite, während er ihren Schmerz in sich aufnahm. Begierde funkelte in seinen Augen. „Sehr nett."

Ihr Blick klebte an seinem, als würde er sie wie einen Fisch an einer Leine einholen. Alles in ihr sehnte sich danach, seinen angespannten Ausdruck aufzuhellen. „Nimm dir von mir, was du brauchst, Sir. Bitte."

Als er mit seinen langen Fingern ihre Wange berührte, sah sie seine Antwort in seinen Augen: Sie konnte ihm nicht geben, was er begehrte.

„Du bist, was ich brauche, Sub." Eine Hand wanderte in ihren Nacken, übte Druck aus, führte sie zum Bett und beugte sie über die Matratze. Unter seinen unnachgiebigen Berührungen, jener eindeutigen Position, verwandelte sich ihr Schmerz in kochend heiße Begierde. Sie mochte es hassen, von ihm verletzt zu werden, aber harter und brutaler Sex ließ sie explodieren wie ein Feuerwerk. Und *Gott*, das wusste er, nutzte es zu seinem Vorteil.

Er fuhr mit den Händen über ihren Rücken, ihren Hintern, berührte die roten Striemen, die er hinterlassen hatte, wodurch sie sich unter ihm wand. „So ein hübscher Arsch. Während ich dich ficke, kann ich meine Kunst bewundern." Als er ihre roten Pobacken packte, entrang ihr ein kleiner Laut, flehend.

„Oh ja, du bekommst, was du brauchst, Tex." Mit seinen Händen spreizte er sie, fuhr mit der Eichel über ihren Eingang und drang langsam in sie.

Ihre Klitoris pulsierte in freudiger Erwartung. Ihre Pussy fühlte sich empfindlich, ausgehungert an und ... so feucht.

Sein Lachen war harsch. Es folgte ein harter Klaps auf ihre rechte Pobacke. *Aua, aua, aua.* Als das Brennen durch ihre Adern flutete, packte er ihre Hüften und vergrub sich mit einem gewalttätigen Stoß in ihr.

Zu groß, zu schnell. Die Wände ihres Geschlechts rebellierten gegen den Eindringling, grelles Licht explodierte vor ihren Augen. „Ahh!" Ohne nachzudenken, stützte sie sich auf die Hände, in dem Versuch zu fliehen.

Eine Hand landete in ihrem Nacken und drückte sie zurück aufs Bett. „Akzeptiere mich, Babe."

Sein erbarmungsloser Griff schickte einen Lavafluss durch ihren Körper. Dann pulsierte ihre Pussy um seinen Schwanz, in Protest und Erregung, und das nahm er zum Anlass, ihre Beine soweit wie irgend möglich zu spreizen. Er ließ sie hilflos zurück. So konnte sie seinen harten Stößen nicht entkommen – harte Stöße, die sie dehnten, sie jedes Mal einige Millimeter über die Matratze schoben, wodurch ihre empfindlichen Nippel und ihre geschwollene Klitoris die rauen Fasern der Bettwäsche zu spüren bekamen.

In der Falle. Ihr Verstand verabschiedete sich, als er sie zwang, alles zu akzeptieren, was er aushändigte. *Fühle, genieße.* Ein Schlag auf ihren Hintern ließ das Feuer in ihr erneut auflodern. Ihr Rücken krümmte sich, zumindest, wenn er das erlaubte.

Abrupt glitt er aus ihr heraus. Jetzt kamen seine talentierten Finger zum Einsatz. Während sich seine Länge wieder tief in ihr vergrub, wanderte ein befeuchteter Finger zu ihrem anderen Loch.

Instinktiv versuchte sie, zu entkommen.

Sein Griff an ihrem Nacken festigte sich und er drang mit seinem dicken Schaft bis zum Anschlag in sie, unterwarf sie damit. „Nicht. Bewegen."

Dieser geknurrte Befehl entfachte ihre Pussy aufs Neue.

Die Hand in ihrem Nacken wanderte zu ihrer Hüfte und hielt sie an Ort und Stelle, als er mit dem Finger an ihrem Ringmuskel einen Vorstoß unternahm, die Nässe ihrer Erregung das Gleitmittel seiner Wahl. Es brannte. Und doch entzündete sich jede Zelle in ihrem Unterleib.

Er bewegte sich nicht, sein Gewicht auf ihr ein klares Zeichen seiner Dominanz. Sie unterstand seiner Kontrolle, daran gab es keinen Zweifel.

Der Laut, der ihr entrang, verzweifelt, gierig.

„Oh ja, sehr schön", murmelte er. Sein Schaft stieß tief in sie, sein Finger rammte er in ihren Anus. Sein Schwanz zog sich zurück und schon folgte sein Finger, ein passender Ausgleich. Dann noch einmal.

Der Knoten in ihr schnürte sich enger, ihr Leib, ihr Geschlecht pulsierten. Ihr Beine bebten, ihre Hände packten das Laken. Ihre Aufmerksamkeit wanderte zu seinem Finger, zu seinem Schwanz und wieder zurück.

Mehr. Brauche mehr. Sie wackelte mit dem Hintern, streckte sich ihm entgeg –

Er schlug so hart auf ihren Po, dass der Hieb im Raum widerhallte. Schmerz explodierte und verbrannte sie. Dieser Waldbrand der Emotionen riss alles mit sich, ohne Rücksicht auf Verluste. Unkontrollierbare Lust riss ihre Sinne auseinander, schüttelte sie wie einen Ast im Sturm und elektrifizierte sie bis ins Mark. *Oh Gott – zu viel.* Sie wand sich unter ihm, brauchte mehr, brauchte weniger, pulsierte um ihn herum, schrie, weinte, fiel in den Strudel aus Empfindungen.

Der nächste Klaps. Seine Handfläche auf ihrem Po, sein Schwanz tief in ihr, härter und härter, sein Finger in ihrem anderen Loch. Wieder und wieder, es schien kein Ende zu finden.

„Nein!“ Glühendheißes Feuer schmolz ihre Mitte dahin, kroch ihre Wirbelsäule hinauf, an ihrem Bauch vorbei, und sie kam und kam, ein endloser Orgasmus.

Mit beiden Händen packte er ihre Hüften und riss ihren Arsch in die Höhe. Dann stieß er einmal, zweimal in sie, bevor er sich knurrend in ihr ergoss.

DeVries erwachte früh am Morgen, mit Lindseys weichem Körper an seiner Brust, seine Arme um sie gewickelt, hielt er sie so eng an sich gedrückt wie möglich. Der süßeste Teddybär, den er jemals hatte. Ihr warmer Atem traf seine Brust. Er atmete tief ein, nahm ihren erotischen Duft auf, der sich mit den verweilenden Sexgerüchen und der Creme vermischte, die er nach dem Akt auf ihre roten Striemen aufgetragen hatte.

Nach der Session von letzter Nacht hatte er sich mit Aftercare – der Nachbehandlung – Zeit gelassen. Er hatte sie unter die Dusche gestellt, sie sanft gewaschen, sich ihren Markierungen zugewandt und es genossen, wenn sie zusammengezuckt war. Daraufhin hatte er sie in den Armen gewogen, bis sie eingeschlafen war. Es fühlte sich verdächtig danach an, als wäre er endlich zuhause angekommen.

Ausgehend davon, wie erschöpft er war, hätte er länger schlafen sollen. Obwohl sein Körper befriedigt war, hatte sich der Knoten in seinem Magen nicht lösen können. Eine gute SM-Session im Club hätte dem Abhilfe geschafft.

Fuck, sie hatte es versucht, hatte alles gegeben.

Er bekam Gewissensbisse. Er wusste, dass er sie befriedigt hatte. *Zur Hölle*, noch nie hatte er eine Frau so hart kommen sehen. Nachdem sie wieder bei Sinnen war, hatte sie ihn mit kleinen Küssen belohnt. Sein schlechtes Gewissen rührte von woanders: Er hatte sie zu hart und zu lange ausgepeitscht. *Verdammt*, er hatte gewusst, dass sie versuchen würde, länger durchzuhalten. Nur hatte er nicht damit gerechnet, dass sie ihren Schmerz vor ihm verbergen würde.

Dafür, dass sie nicht ehrlich mit ihm gewesen war, würde er ihr ein Spanking aller erster Sahne verpassen ... na ja, sobald er etwas entspannter war. *Fuck*, der Knoten in seinem Magen war eng, seine Emotionen ein verdrehtes Durcheinander, das bald zu explodieren drohte.

Er rutschte aus dem Bett, zog sich Sportklamotten an und trat in den frühmorgendlichen Nebel von San Francisco.

Die Cookies waren fast fertig. Mit noch feuchten Haaren bereitete sie Rührei und Bacon zu. Im Obergeschoss hörte sie Wasser plätschern. Zurück von seinem Lauf hatte Zander sie in der Küche gefunden, ihr einen Schmatzer gegeben und gemurmelt, dass er noch schnell unter die Dusche hüpfte.

Unter ihrer guten Laune brodelte die Sorge. So spät, wie sie aufgeblieben waren, hätte er eigentlich länger schlafen müssen. Stattdessen war er joggen gegangen. Das Schlimme daran: Er rannte niemals. Normalerweise ging er nach der Arbeit immer ins Fitnessstudio.

Sie nahm sich Zeit, deckte den Tisch und schenkte Saft und Kaffee ein. Mit jeder Sekunde verging ihr der Appetit mehr.

Als er die Treppe runterkam, stellte sie zum Glück fest, dass er lächelte. „Ich habe dein Frühstück die letzte Woche wirklich vermisst."

Das Kompliment weckte ihre Lebensgeister neu ... nur nicht genug. Als er gegenüber von ihr Platz nahm, musterte sie ihn. Er hatte eine Nacht Sex hinter sich. War joggen gewesen. Er sollte gelassener aussehen, befriedigter. Stattdessen war sein Kiefer angespannt, seine Muskeln steif.

Sie hatte ihm nicht geben können, was er brauchte. Das Wissen legte sich wie ein Granitblock auf ihre Brust, erschwerte ihre Worte, führte dazu, dass sie alles, was er jemals zu ihr gesagt hatte, hinterfragte.

„Hast du für heute Abend Pläne?", fragte er.

„Rona und Abby wollen shoppen gehen." Um sexy Wäsche für den Ausflug zum Yosemite-Nationalpark zu kaufen. Unglücklicherweise konnte Lindsey sich keine neuen Sachen leisten. „Am Abend habe ich im Dark Haven bis Mitternacht eine Schicht am Empfang."

Er nickte. „Lass eine von den beiden fahren. Dann kann ich dich Mitternacht abholen und dich nach Hause bringen. Wenn ich spät dran bin, warte auf mich."

Trotz allem wollte er noch Zeit mit ihr verbringen! Ihr Herz machte einen Salto. „Okay, wollen wir denn nach meiner Schicht nicht im Club spielen?" Bisher hatten sie zusammen noch keine Session im Dark Haven gespielt.

Er pausierte mit der Gabel auf halbem Weg zu seinem Mund. Langsam senkte er die Hand und zögerte die Antwort heraus. „Mir wäre es lieber, dich wieder hier besinnungslos zu ficken."

Von ihrer Mitte breitete sich Wärme aus, die dennoch nicht in der Lage war, die Eisschicht um ihr Herz zum Schmelzen zu bringen. Er lächelte, sicher, doch das Lächeln erreichte nicht seine Augen.

„Hey, Lindsey. Sieh dir das an."

Lindsey drehte sich um.

Das Geschäft *Frederick's of Hollywood* war mit Weihnachts-Shoppern gefüllt, doch Lindsey hatte kein Problem, den blonden Lockenschopf ihrer Freundin ausfindig zu machen. Abby hielt einen Tanga hoch. Das Spitzenteil würde rein gar nichts bedecken. „Was denkst du?", fragte sie.

„Oh, Volltreffer würde ich sagen", antwortete Lindsey. „*Mein Lord* wird das mehr als zusagen."

„Besser wär's. Der Preis ist astronomisch."

Rona trat von einem Ständer mit Korsagen weg, zog eine Augenbraue hoch und sagte trocken: „Ich denke, Xaviers Bankkonto hält einen gelegentlichen Dessous-Einkauf aus." Über dem Arm hatte sie ein schwarzes Negligé mit Strumpfbändern und Netzstrümpfen. Winzige Seidenschleifen hielten die Vorderseite zusammen. „Was haltet ihr davon? Für die Kerker-Themenparty in der Serenity-Lodge?"

„Wirklich hinreißend", stimmte Lindsey ein. „Mich persönlich würden die vielen Schleifen beim Anziehen wohl nerven."

„Die Rache kommt, wenn Simon sie eine nach der anderen öffnen muss. Andererseits: Er liebt es, mich auszupacken." Rona grinste wie die Grinsekatze.

Lindsey rollte mit den Augen. „Gott sei Dank arbeite ich nicht mehr für ihn, sonst wäre diese Unterhaltung um ein Vielfaches unangenehmer."

Mit einem unterdrückten Lachen, das in einem Schnauben endete, legte Abby Xaviers Augenschmaus in den Korb. „Was ist mit dir, Lindsey? Kaufst du dir nichts?"

„Nicht heute."

Als Rona den Mund öffnete, hob Lindsey die Hand. „Beleidige mich nicht, indem du mir anbietest, mir etwas zu kaufen."

„Keine Bange." Rona zeigte zum hinteren Ende des Geschäfts. „Dort findest du den Sale. Es gibt fünfundsiebzig Prozent Rabatt. Was sagt dein Geldbeutel dazu?"

„Echt jetzt?" Mit neugewonnener Hoffnung eilte Lindsey zum Sale-Bereich. Viele Stücke waren ihr entweder zu groß oder zu klein. Und dann ... „Oh, wow." Sie zog ein jungfräuliches, weißes Satin-Negligé heraus. Die Länge würde die Mitte ihrer Oberschenkel erreichen, der Ausschnitt so tief, dass er bis zur Hüfte reichte. Der Verschluss aus Bändern verlief über den gesamten Rücken und endete kurz über dem Hintern. „Das kann ich mir leisten."

Das Teil würde Zander um den Verstand bringen. Oder hätte es. Betrübt sackte sie zusammen. „Aber –"

„Was ist, Süße?" Rona legte eine Hand auf die Schulter ihrer Freundin. „Geldprobleme?"

„Nein, das ist es nicht."

„Ah, also Männerprobleme", sagte Abby.

Lindsey strich mit den Fingern über den geschmeidigen Stoff und dachte unwillkürlich an Zanders große Hände, wie er sie berühren würde. „Eigentlich sind es viel mehr Sadistenprobleme. Zander mag es, Schmerzen auszuteilen."

Rona zog die Augenbrauen zusammen. „Geht er zu weit? Er respektiert doch dein Safeword, oder?"

„Das ist es nicht. Es geht darum, dass er ein ... wahrer Sadist ist und –"

„Und du keine Masochistin", beendete Abby den Satz. „Ich habe die intensiven Sessions gesehen, die er im Club spielt."

„Richtig. Er will – braucht – mehr, als ich tolerieren kann. Ich kann ihm den internen Kampf ansehen, den er deswegen austrägt."

„Hmmm, ja, er spielt meistens mit Masochisten, die einen hohen Schmerzlevel haben." Ronas Ausdruck war besorgt.

„Ich weiß", flüsterte Lindsey. „Ich bin nicht fähig, ihm das zu geben. Ich hab's versucht und ... es ging nicht."

„Kannst du nicht und solltest du auch nicht. Ein bisschen Schmerz für das Vergnügen deines Doms hinzunehmen, ist etwas völlig anderes, als zu versuchen, einen Sadisten zu befriedigen", sagte Rona.

„Hast du mit ihm darüber gesprochen?", fragte Abby.

„Ein wenig. Er meinte, dass es ihm gut geht, dass ich mir

keine Gedanken machen soll." Wirklich dämlich. „Wenn er keinen ... also, denkt ihr, die Bedürfnisse eines Sadisten können ... verschwinden?", erkundigte sich Lindsey. Es musste doch einen Weg geben, das Problem zwischen ihnen zu lösen. Sie musste einfach eine Lösung finden.

Abby biss sich auf die Lippe. „Ich denke nicht. Auch nicht, wenn der Sadist versucht, diesen Drang zu ignorieren."

„Oh, okay." Diese Bestätigung ließ ihr Herz zusammenschrumpfen.

Sie hing das Kleidungsstück zurück – sie würde das hübsche Teil wohl nicht brauchen.

Es war kurz vor Mitternacht. Lindsey saß noch am Empfangstresen des Dark Haven. Ihre Schicht war fast vorbei. Mittlerweile kamen nicht mehr viele Mitglieder. Seufzend lehnte sie sich im Stuhl zurück. Ihr Herz tat weh. Sie wusste nicht, wie das möglich war, aber dadurch schmerzte ihr gesamter Körper. Seit sie mit Abby und Rona gesprochen hatte, schien sich die Welt verdunkelt zu haben, als hätte jemand in einem Haus die Vorhänge am helllichten Tag zugezogen.

Die Clubtür quietschte auf, knallte zu. Sie hob den Kopf. Der Masochist HurtMe stand vor ihr. Er reichte ihr seinen Mitgliedsausweis. „Lindsey."

„Hey." Sie wies mit einem Nicken auf seine PVC-Chaps und den passenden Brust-Harnisch, die seine drahtige Figur aufzeigten. „Mir gefällt dein Look."

„Du solltest dir ein Cowgirl-Outfit überlegen. Du hast den Akzent, um es zu verkaufen." Er lehnte sich mit der Hüfte gegen den Tresen. „Und ... hast du deVries heute schon gesehen?"

Sie fühlte, wie sie rot wurde. „Ähm ..."

„Fuck, benutzt er dich etwa immer noch?" Er seufzte und tätschelte ihre Hand. „Das tut mir leid, Lindsey. Ich habe wirklich gehofft, dass er das Schmollen endlich sein lässt."

„Schmollen?“ Echt jetzt? Sie zog die Augenbrauen hoch. Konnten das Wort *schmollen* und der Vollstrecker überhaupt in derselben Dimension existieren?

„Schließlich benutzt er dich, um mich eifersüchtig zu machen.“

„Bitte was?“ Sie schob seinen Ausweis durch das Kartenlesegerät und donnerte ihn auf den Tresen. „Was hätte er für einen Grund, das zu tun?“

„Ich dachte, du wüsstest es. Wir waren in einer Beziehung, bevor du dem Club beigetreten bist. Das Problem war, dass er nicht wollte, dass ich mit anderen Männern spiele.“ Er rieb sich über seine rasierte Brust. „Ich finde es nicht okay, dass er dich benutzt, um eine Reaktion von mir zu bekommen, weißt du.“

Zander benutzte sie? Lindsey legte die Hände auf ihren Lederrock. „Das verstehe ich nicht. Wir sind ein Paar.“

„Oh, ich bitte dich.“ HurtMe sah sie mit einem bemitleidenden Ausdruck an. „Er mag hier und da vielleicht mal eine weibliche Sub bestrafen, aber hast du ihn jemals in einer echten Session mit einer Frau gesehen? Denk nach? Nein, oder?“

„Wie du meinst.“ Sie zwang sich dazu, die Schultern durchgedrückt zu lassen, das Kinn erhoben. „Es geht dich ohnehin nichts an, was er mit mir macht.“

„Ich schätze nicht. Na gut.“ Er presste die Lippen aufeinander. „Ich mag dich. Aus dem Grund wollte ich dir erzählen, was Sache ist, bevor du dich vollkommen zum Idioten machst. Also bevor jeder im Dark Haven mitbekommt, wie du verarschst wirst.“ Er schnappte sich seine Karte und marschierte in den Club.

Benutzt. Für dumm verkauft. Sie starrte die Wand an, erlaubte es, dass sich die Szenen vor ihrem inneren Auge abspielten: Zander mit Dixon. Mit HurtMe. Mit Johnboy. Immer Männer. Sicher, Zander hatte in der Vergangenheit auch Frauen ausgepeitscht, aber zumeist, weil Xavier ihn darum gebeten hatte.

Es stimmte, seine intensiven Sessions spielte er immer mit Männern. Wenn man den Gerüchten Glauben schenken wollte, war Zander bisexuell. Wenn er wirkliches Interesse an HurtMe hatte, war es möglich, dass er sie benutzte, um den Masochisten eifersüchtig zu machen. Ausgehend von dem Ton in HurtMes Stimme war die Aktion erfolgreich gewesen.

Sie hob die Füße auf den Stuhl, wickelte die Arme um ihre Beine und legte ihre Wange gegen ihre Knie. *Benutzt.* Der Gedanke schmerzte. Jemand schien mit den Fingern in den Wunden ihrer Vergangenheit herumzuwühlen, und das gefiel ihr überhaupt nicht.

Trotz allem spielte HurtMes Behauptung keine Rolle. Nein, definitiv nicht.

Sie hatte bereits beschlossen, mit Zander Schluss zu machen. Sie musste es tun. Es war das Richtige. Sie kamen sich zu nah, und wenn Parnell oder Ricks sie fanden, bestand die Möglichkeit, dass Zander leiden musste.

Dass sie sich mit ihm sehen ließ, brachte ihn in Gefahr. Zudem war sie nicht in der Lage, seine Bedürfnisse zu befriedigen. Einen besseren Grund konnte es nicht geben, oder? Sie starrte auf ihre Hände, sah, wie ihre Fingerknöchel verschwammen, als der Herzschmerz sie überwältigte und sich Tränen aus ihren Augen lösten.

Ich kann das. Ich muss es tun.

Als Zander schließlich zur Tür hereinkam, war sie in keiner Weise auf die Konfrontation mit ihm und das, was sie ihm sagen wollte, vorbereitet.

„Können wir gehen, Lindsey?“, fragte er.

„Ähm ... hey.“ Sie versuchte, ihn anzulächeln.

Er verengte die Augen, lehnte sich über den Tresen. Seine Finger – so vertraut mit jedem Winkel ihres Körpers – legten sich um ihr Kinn. „Du hast geweint. Warum?“

Der autoritäre Befehl eines Doms schickte einen Schauer durch ihren Körper. Sie schluckte lautstark. *Tu es. Jetzt. Hier.* Wenn sie mit ihm ginge und er mit ihr diskutierte, würde es ihm gelingen – in dem Punkt war sie sich absolut sicher –, ihre Meinung zu ändern. „Weil ich traurig bin.“

Die Worte blieben ihr im Hals stecken. *Los, mach schon, spuck es aus.* „Denn wir können uns nicht mehr sehen."

Seine Finger packte ihr Kinn fester. „Was zum Teufel redest du da?"

Obwohl er sich den ganzen Tag wie eine offene, blutende Wunde gefühlt hatte, war die Vorfreude auf seine kleine Texanerin riesig. Ihr Sinn für Humor, ihre fürsorgliche Art, ihre Wärme – sie um sich zu haben, fühlte sich jedes Mal wie der Frühlingsbeginn an. Und jetzt dieser Scheiß. Was sollte das? Er ließ von ihr ab. So reizbar, wie er heute war, musste er mit Bedacht vorgehen. Geduldig.

Sie war blass, ihre Augen verloren und mit Tränen gefüllt. Sie war wirklich traurig.

Er bemühte sich um einen sanften Ton, seine Hände auf dem Tresen. „Okay, Babe. Sag mir, was los ist."

„Es gibt immer Gründe, wenn man eine Beziehung beenden will." Tiefgehender Kummer zeichnete sich auf ihrem Gesicht ab. „Verschiedene sogar. Es gibt jedoch einen Grund, den wir niemals überwinden können. Es ist unmöglich."

„Fahre fort." Nichts war jemals unmöglich.

„Du bist ein S-Sadist", hauchte sie.

„Das weißt du bereits seit unserer ersten Begegnung. Nie würde ich deine Grenzen übertreten. Nicht, solange du ehrlich mit mir bist." Was sie gestern Abend nicht gewesen war. Eine Angelegenheit, über die sie noch sprechen mussten.

„Gestern hast du die Session abgebrochen, lange bevor du fertig warst. Bevor du b-befriedigt warst." Ihr stolz erhobenes Kinn untersagte ihm, ihrer Beobachtung zu widersprechen. Ihre Unterlippe bebte und der Anblick brach ihm das Herz.

Zur Hölle, darauf war er nicht vorbereitet gewesen. Scharfsichtig, die Kleine. Und sie litt. Für sie musste es sich anfühlen, als hätte sie versagt, ihn enttäuscht. Mit sanfter Stimme sagte er: „Befriedigung ist nicht alles."

„Für mich schon – wenn es um dich geht. Es fühlt sich nicht richtig an, dass du meinetwegen leiden musst. Wenn du etwas brauchst, dass ich dir nicht geben kann." Sie streckte die Hand nach ihm aus, stoppte sich, zog sie zurück.

Verfluchte Sub, die ihm ... alles geben wollte. *Verdammt,* diese Entscheidung lag nicht allein in ihrer Hand. „Es ist alles gut. Mir geht's gut."

„Tut es nicht. Ich sehe es dir an."

Er knurrte. Auch ohne Schmerz auszuteilen, war er sehr wohl in der Lage, ein funktionierendes Lebewesen abzugeben. *Zur Hölle nochmal*, SM war eine Begierde, keine Sucht! Es war nicht so, dass er ohne eine richtige SM-Session hungrig durchs Leben streiften musste! Eher war es so, als verzichte er auf ein Steak oder eine Pizza. Sicher, es war scheiße, sich etwas zu verwehren, das er liebte, aber es gab wichtigere Dinge. „Ich mag dich, verdammt nochmal!" Die Worte brachen in einem brutalen Tonfall aus ihm heraus. Harsch. So hatte er nicht geplant, ihr das zu sagen.

Tränen lösten sich von ihren Wimpern. „Und ich mag dich."

Er beobachtete, wie sie die Lippen fest aufeinanderpresste. Sein Bauchgefühl registrierte den Verlust, bevor sie flüsterte: „Ich erlaube nicht, dass du wegen mir benachteiligt wirst. Das kann ich nicht zulassen. Es ist vorbei, Zander. Bitte ... wenn du mich wirklich magst, akzeptiere meine Entscheidung."

Was zum Teufel? Er richtete sich auf, ohne den Blick von ihr zu nehmen. Einfach so? *Hat Spaß gemacht, aber nun ist es vorbei?*

Würde sie ihn wirklich mögen, wäre sie nicht in der Lage, es auf diese Weise zu beenden. Dann würde sie bleiben. Dann würde dieser dämliche Grund keine Rolle für sie spielen. Wut kochte in ihm auf, senkte seine bereits schwankende Kontrolle weiter herab. „Ich hätte es wissen sollen. Beziehungen sind harte Arbeit. Gibt nicht viele Frauen, die diesen Aufwand betreiben wollen."

„Zander –"

„Es heißt *de Vries*." Er lehnte sich vor und dann knallte er ihr die nächsten Worte um die Ohren: „Dein Ehrgefühl sei dir gegönnt, Tex. Ich hoffe, es wärmt dich, wenn du nachts allein im Bett liegst."

Asche rieselte auf ihn nieder, seine Welt nun grau und dunkel.

„Es tut mir so –"

Er marschierte zum Ausgang. Beim Anblick von *Reicher-als-Gott*-Ethan Worthington hielt er inne. Hatte sie nach der Trennung ein Treffen mit dem anderen Dom verabredet?

Obwohl er sich selbst sagte, was für ein Arsch er gerade war, blickte deVries über seine Schulter zu Lindsey. Die Hand auf dem Mund, Tränen rollten über ihre Wange. *Oh ja.* Seine Ehefrau hatte lautloses Weinen erfunden. Dieser Scheiß bedeutete rein gar nichts. Tamara hatte ihn wegen eines reichen Sacks sitzen lassen, der ihr ein aufwandfreies Leben garantierte.

Er blickte zu Worthington, dann zurück zu Lindsey. „Sieht so aus, als bliebe dein Bett nicht lange kalt."

Die Tür hinter sich zuzuknallen, gab ihm nicht die erhoffte Befriedigung.

Auf der Straße peitschte die kalte Luft in sein Gesicht. Abrupt hielt er an, ließ sich seine Worte – Worte eines Arschlochs – nochmal durch den Kopf gehen. *Fuck.* Er unterdrückte den Drang, zu ihr zu gehen, sich zu entschuldigen, die Dinge richtig zu stellen. Lindsey war nicht Tamara. Sie würde ihn nicht auf diese Weise vorführen.

Andererseits hatte sie gerade weinend mit ihm Schluss gemacht. Sie hatte aufgegeben, was sie hatten, ohne dafür zu kämpfen. *„Es ist vorbei."*

Nicht fair. Nicht richtig.

Und nun? Er fühlte, wie sich die Frustration in ihm aufbaute. Jetzt war es noch notwendiger geworden, dass er Dampf abließ.

Eine Session stand außer Frage, denn seine Kontrolle war im Arsch.

Eine Schlägerei ... Sein Blick fiel auf die Bar am Ende der Straße. Gefüllt mit reichen Yuppies aus der Stadt. Keine wirkliche Herausforderung. Er könnte die ihm bekannten Orte am Hafen aufsuchen.

Ein letzter Blick aufs Dark Haven – nicht länger ein sicherer Hafen. Große, braune Augen, bebende Unterlippe, einlullende Worte. Sie hatte ihn schlimmer verletzt, als es ein KA-BAR-Messer jemals geschafft hatte.

Ja, heute Abend würde er eine Runde durch die Bars am Hafen drehen. Mal sehen, ob er es schaffte, sich die Organe nach außen schlagen zu lassen, um den Schmerz in seinem Inneren zu ertragen.

Der Knall der zufallenden Tür brachte Lindseys Kontrolle zum Einstürzen. Es war nie der Plan gewesen, ihn wütend zu machen. Sie hatte gedacht, er würde mit Erleichterung reagieren.

„Ich denke nicht, dass ich deVries jemals wütend gesehen habe“, sagte Sir Ethan. Er lief um den Schreibtisch und lehnte eine Hüfte gegen die Kante. Sogar durch ihre eingeschränkte Sicht konnte sie die Sorge in seinen klaren, blauen Augen sehen. Er reichte ihr ein Taschentuch von der Box gleich neben dem Computer. „Was ist passiert?“

Tränen über Tränen fluteten ihre Augen, schneller, als es ihr möglich war, sie wegzuwischen. „E-er ... I-ich ...“ Sie zwang sich, den Mund zu schließen. Zander – deVries – würde es nicht gefallen, wenn sie über ihn sprach.

Warum kümmerte sie das noch? Er war gemein zu ihr gewesen ... boshaft. Aber nur, weil sie ihn tief getroffen hatte. *Gott*, sie hatte ihn verletzt. Ihre Unterlippe bebte. Er mochte sie ... mehr, als es ihr bewusst gewesen war!

Ich habe meine Meinung geändert – komm zurück!

Nein! Sie durfte keine Schwäche zeigen! Es war so am besten. Ja, das war es. Zittrig atmete sie ein. Sie hatte das Bedürfnis, gegen den Schreibtisch zu treten, Dinge zu werfen, zu schreien, zu fluchen. *Warum ist das Leben nur so ungerecht?* Schluchzer bahnten sich einen Weg und sie wusste, sie würde die Flut nicht stoppen können.

Als Sir Ethan die Arme um sie legte, vergrub sie ihr Gesicht an seiner Brust und ließ den Tränen freien Lauf.

Mit einem zustimmenden Murmeln zog er sie enger an sich. Er rieb über ihren Rücken, flüsterte ihr sanfte Worte ins Ohr, die sie nicht hören konnte. Auch Zander hatte sie bereits so gehalten, sie getröstet, seine Hände rauer, seine Stimme harscher, und *Gott*, sie wollte ihn wiederhaben.

Kann ihn nicht haben.

Nach einer Minute gewann Lindsey die Fassung zurück und zwang sich, sich von ihm zu lösen.

Sir Ethans Arme festigten sich für einen Moment, bevor er sie freigab.

„Danke", flüsterte sie.

Sein aristokratischer Ausdruck war sanft, mitfühlend, als er ein Taschentuch benutzte, um ihr Gesicht zu trocknen. „Immer gern, Süße. Meine Schulter steht dir jederzeit zur Verfügung. Was auch immer du brauchst, ich würde es dir geben."

Die Wärme in seinen Augen verriet, dass die Einladung aufrichtig gemeint war.

Der Dom war die wahrgewordene Definition von hinreißend. Talentiert, stark, liebevoll. Ihn sollte sie wollen.

Trotzdem hatte sich ihr Herz für Zander entschieden. Was hatte sie sich nur dabei gedacht, als sie den Wunsch geäußert hatte, sich endlich wahrhaftig zu verlieben? Es tat so verdammt weh. Schmerzhafter als jeder Peitschenschlag, den jemals ein Sadist auszuteilen vermochte.

Am nächsten Tag saß Lindsey an ihrem kleinen Terrassentisch, da klopfte jemand an ihre Haustür. Ein Händler? Nicht an einem Sonntag. Wahrscheinlich Abby und Rona. Es war ihr egal. Sie hatte keine Lust, zu reden.

Stille.

Gut. Sie schenkte mehr von dem Rum in ihr Glas und musterte die Farbe. Recht hell, was bedeutete, dass mehr Alkohol als Cola im Glas war. *Also perfekt.*

Sie hörte ein Geräusch und Lindsey drehte sich um, gerade als das Holzgatter zum Garten aufging.

Abby und Rona verschafften sich Zutritt. Man könnte meinen, Abby gehöre das Haus. Lindsey schnaubte.

Mein Gott. „Ich dachte, in diesem Staat müssen sich die Vermieter an bestimmte Regeln halten. Zum Beispiel ist eine Vorwarnung von mindestens vierundzwanzig Stunden von Nöten, bevor sich der Vermieter Zutritt zu einem vermieteten Grundstück verschafft." Sie funkelte ihre Vermieterin an.

Abby lächelte. „Oh, das stimmt auch. Alle Regeln verlieren jedoch ihre Wirksamkeit, wenn die beste Freundin nicht bei klarem Verstand ist. Da hat wohl jemand das Kleingedruckte nicht gelesen, tut mir leid."

Scheiße, wie sollte sie darauf antworten? Sie richtete ihren genervten Blick auf Rona. „Was ist deine Entschuldigung?"

„Die gleiche. Beste Freundin – nur dass ich die Nummer Eins unter den besten Freundinnen bin, weil ich die Älteste bin." Rona setzte sich. „Gott. Die Kommission war im Krankenhaus, um die monatliche Hygienekontrolle durchzuführen. Meine Füße bringen mich um; angeschwollen auf die dreifache Größe."

„Du Arme." Abby betrachtete das Label auf der Flasche. „Rum klingt gut. Hast du mehr Cola, und wirst du mit uns teilen?"

„Ihr seid so verdammt dickköpfig." Lindseys Anstand drängte sie zwar, sich zu erheben, allerdings fand sie, dass die Tür für heutige Verhältnisse zu weit weg war. „Gläser findet ihr in der Küche."

Abby grinste. „Das weiß ich."

„Und ihr seid hier, weil ...", forderte Lindsey eine Antwort.

Abby kam mit zwei Gläsern zurück, als Rona antwortete: „Weil wir uns Sorgen um dich machen."

„Aber ..." Sie hatte die beiden nicht kontaktiert, und Zander – deVries – würde das sicher nicht tun. „Wie ..."

„Sir Ethan sprach gestern Abend mit Xavier. Xavier mit Simon", meinte Abby. „Danach hat Simon Zander auf die Sache angesprochen."

Oh nein.

„Zander war ... nicht gerade nett. Deswegen hat Simon ihn heute Morgen nach Montana geschickt, um an einem Sicherheitssystem zu arbeiten." Rona gluckste amüsiert, als sie sich einen starken Drink mischte. „Es wird ein Schneesturm erwartet."

„Das hat er sich verdient." Abby bereitete sich ihr Getränk zu und schüttete bei Lindsey mehr Cola ins Glas. „Vielleicht wird ihm der Penis abfrieren und zusammen mit seinen Eiern im Schnee landen."

Oh Gott, sie gaben deVries an allem die Schuld. Schuldgefühle wagten sich an der Wirkung des Alkohols vorbei. „Er hat nichts falsch gemacht. Ich bin es gewesen, die Schluss gemacht hat."

„Wegen der Sache, über die wir gesprochen haben? Weil er ein Sadist ist?", fragte Rona in einem verständnisvollen Ton.

Niedergeschlagen nickte Lindsey und nahm einen Schluck von ihrem Gemisch.

„Sir Ethan meinte, Zander war gemein zu dir." Abby stellte ihr Glas laut auf dem Tisch ab.

„Zander war außer sich." Ein Schluchzer beeinträchtigte Lindseys Stimme, als sie sich an seinen geschockten Ausdruck erinnerte. „Gott, ich habe ihm so wehgetan. Er w-wollte nicht Schluss machen. Er tat so, als wäre dieses Problem lösbar. Doch es würde nicht funktionieren." Sie sah zu ihren Freunden. „Das würde es nicht!"

„Eine Beziehung krempelt nicht deine ... Vorlieben um", merkte Rona vorsichtig an. „Dachte er, dass es bei ihm anders wäre?"

„Er meinte nur, dass es kein Problem gibt, dass er es unter Kontrolle hat." Lindsey sog scharf den Atem ein. „Doch ich konnte es ihm ansehen. Sogar wenn er entspannt war, konnte ich von seinem Gesicht ablesen, wie angespannt seine Seele war. Er hatte sich verändert. Es machte den Anschein, dass er in seinem Inneren mit Schmirgelpapier bearbeitet wurde."

Abby lehnte sich zurück. „Er war also wütend und hat seine Frustration an dir ausgelassen."

„Irgendwie schon." Sie biss sich auf die Lippe. „Zuerst meinte er, dass ich die Beziehung nicht ernst nehme und nicht an Problemen arbeiten will. In dem Punkt liegt er nicht ganz falsch. Doch dann sah er Sir Ethan und er hat diese dämliche Bemerkung gemacht, dass mein Bett wohl doch gewärmt bleibt. Ich verstehe das nicht."

„Okay." Abby sah zu Rona. „Hat Zander ein Problem mit gut betuchten Menschen?"

„Na ja. Seine Ex hat ihn für einen reichen Kerl sitzen lassen. Aber was hat das mit Sir Ethan zu tun?", fragte Lindsey.

Rona blinzelte. „Zander war schon mal verheiratet? Das wusste ich nicht."

„War er. Und Xavier hat mir anvertraut, dass Ethan sehr, sehr vermögend ist", sagte Abby. „Er benimmt sich nicht wie ein Schnösel, deswegen wissen es wohl nicht viele."

„DeVries denkt, dass ich ihn verlassen habe, um an Sir Ethans Geld zu kommen?" Ihr wurde schlecht. „Habe ich euch erzählt, dass das der Grund für sein unmögliches Verhalten nach unserer ersten gemeinsamen Nacht war? Er war doch tatsächlich der Ansicht, dass ich die Scheidung eingereicht und meinen Ex-Mann bis aufs letzte Hemd ausgenommen habe." *Oh, Zander.*

Sie glaubte nicht, dass er das wirklich über sie dachte. Damals hatte er lediglich in der Hitze des Gefechts reagiert.

„Er hat eine verdrehte Vorstellung von Frauen", sagte Rona. „Kein Wunder, dass ich ihn noch nie in einer Beziehung gesehen habe. Mit dir ... mit dir war es aber anders."

„Das dachte ich auch." Lindsey runzelte die Stirn und dann platzte es aus ihr heraus: „Ich habe gehört, dass er mich nur benutzt hat, um seinen Freund eifersüchtig zu machen!"

Rona und Abby blinzelten und brachen kurz darauf in Lachen aus.

Lindsey funkelte ihre Freundinnen an. „Vielen Dank auch, Leute.“ Mit Mühe schob sie sich vom Tisch weg, lief in die Küche, nur leicht schwankend, und besorgte sich ihr zweites Heilmittel bei Herzschmerz: einen Teller voller Brownies, natürlich mit der doppelten Menge an Karamellglasur.

„Hey, lass mich dir damit helfen.“ Abby sprang auf und nahm ihn ihr ab. „Sieh dir das an. Es geht dir wirklich furchtbar, oder?“ Sie bediente sich, biss in die schokoladige Versuchung und stöhnte.

Rona zeigte mit dem Brownie in ihrer Hand auf Lindsey. „Netter Ablenkungsversuch, Süße. Jetzt erzähl uns aber, warum du denkst, dass Zander einen Freund hat.“

„Irgendwie finde ich, dass ich nicht das Recht habe, diese Sache heraus zu posaunen. Wenn ich ehrlich bin, bezweifle ich sowieso, dass es der Wahrheit entspricht.“ Gestern Abend hatte sie erkannt, dass HurtMe zumindest teilweise gelogen haben musste. Zander hatte eine Beziehung gewollt, mit ihr. Er hatte nicht mal Panik geschoben, als sie meinte, dass es zwischen ihnen ernst wurde.

Leider hatte HurtMe in einem Punkt ins Schwarze getroffen: Er konnte Zander etwas geben, wozu sie niemals in der Lage wäre. HurtMe liebte Schmerzen.

Abbys Blick verlor an Fokus. Lindsey konnte regelrecht hören, wie der Verstand der Professorin arbeitete. „Zander hätte dir das nicht gesagt. Jemand anderes hat das getan. Jemand, der offenbar nicht ganz so viel von der Wahrheit hält.“

Lindsey erstarrte. „Ich –“

Rona stieß mit Abby an. „Du bist so eine Soziologin. Guter Gedanke.“

„Hey, ich habe einen Abschluss in Psychologie, wisst ihr. Ich muss aber zugeben, dass ich erst um vier Uhr nachts auf diesen Schluss gekommen bin.“ Lindsey starrte auf den Tisch.

Rona legte eine Hand auf Lindseys. „Weil du mit ihm involviert bist. Wir betrachten unsere Partner mit unseren Herzen, nicht dem Verstand."

Abby erhob das Wort: „Wie auch immer. Der Mann wird zurückkommen, wenn er in Montana nicht zum Eiswürfel wird. Vielleicht solltest du mit ihm reden und versuchen, eine Lösung zu finden."

„Das war auch mein Gedanke, aber ich denke, dass wir dadurch beide leiden würden. Die Tatsache, dass seine Begierden und meine Schmerzgrenze nicht zusammenpassen, kann auf Dauer nicht gelöst werden. Ich wüsste nicht wie."

Die Frauen schwiegen, sichtbares Mitleid in ihren Augen. Lindsey zwang sich zu einem Lächeln. Sie waren zu ihr gekommen und das, obwohl sie alles gegeben hatte, um sie auf Abstand zu halten. Was für wundervolle Menschen! Als sie nach ihrem Glas griff, schob sich ihr Ärmel zurück und legte eine weiße Narbe auf ihrem Unterarm frei – eine von vielen Narben, die Ricks ihr bei der Flucht vor einer Vergewaltigung verpasst hatte.

Als Abby mehr Rum in Ronas Glas kippte, kam Lindsey ein Gedanke: Wären ihre Freundinnen jetzt hier, wenn sie wüssten, dass sie von der Polizei gesucht wurde?

Eine Sekunde später bemerkte sie, dass sie von den beiden besorgt betrachtet wurde. Sie blinzelte und gestand sich schnell ein: Ja, sie wären hier. „Ich habe euch so lieb."

Rona tätschelte ihre Schulter. „Und wir haben dich lieb. Deswegen werden wir jetzt reingehen, ein paar Schnulzen schauen, Popcorn essen und schlecht über Männer reden."

Als Lindsey vor Rührung in Tränen ausbrach, kicherte Abby und zog sie in ihre Arme.

KAPITEL VIERZEHN

Samstag marschierte deVries mit übler Laune ins Dark Haven. Simon wusste genau, wie sehr er Kälte verabscheute. Nur deswegen hatte er deVries an einen der kältesten Orte der USA geschickt, um ein Sicherheitssystem zu installieren. Eine Woche hatte er gebraucht, um die Arbeit zu beenden. Sogar am Tag hatten die Temperaturen unter Minus 15 Grad gelegen.

„Du brauchst etwas Zeit, um dich zu beruhigen“, hatte Simon zu ihm gemeint.

DeVries knurrte. Möglich, dass er seinen Boss umbringen müsste.

Im Eingangsbereich sah er Dixon, nicht Lindsey, hinter dem Schreibtisch. Wahrscheinlich besser so. DeVries hielt seinen Clubausweis hin. Hinter ihm traten weitere Mitglieder von der Straße herein und bildeten lautlos eine Schlange.

Dixon nahm die Karte an einer Ecke – ein klares Zeichen von Abscheu –, schob sie durch das Lesegerät und klatschte sie auf den Tresen.

Das freche Benehmen ignorierend griff deVries seinen Ausweis und lief zur Tür, die in den Club führte.

„Einen schönen Abend", sagte Dixon. Flüsternd fügte er hinzu: „Arschloch."

Zur Hölle. Diese offenkundige Unhöflichkeit konnte er nicht ignorieren. Er packte den jungen Mann an seiner Ketten-Harnisch und riss ihn vom Stuhl in die Höhe.

Der Sub quietschte.

Mit einer Hand zerrte deVries ihn an dem Harnisch herum und hielt ihn wie einen unartigen Welpen, dem eine Bestrafung bevorstand. „Du wirst einen Ballknebel in deinem unverschämten Mund tragen, bis deine Schicht am Empfang vorbei ist."

Er warf den blassen Sub zu Boden, hart genug, dass er seine Knochen ruckeln hörte. „Habe ich mich klar ausgedrückt?"

Dixon kniete sich vor ihm hin. „Ja, Sir. Es tut mir leid, Sir."

DeVries zog einen Ballknebel aus seiner Tasche und warf ihn zu dem Sub. Noch immer stocksauer betrachtete er die Mitglieder, die auf Einlass warteten. Drei Subs fielen augenblicklich auf ihre Knie. Zwei Doms nickten ihm zustimmend zu. Einer starrte ihn mit offenem Mund an.

Hinter deVries sagte Xavier: „Gibt es hier ein Problem?"

DeVries drehte sich zu dem Clubbesitzer.

In seinen typischen schwarzen Klamotten, Jeans, Weste, Stiefel, zusammen mit dem weißen Hemd, musterte Xavier Dixon, der ein *Ich-bin-so-am-Arsch*-Wimmern entließ.

Mit leicht gehobener Stimmung teilte deVries Xavier mit: „Nein, gibt kein Problem." Er stieß Dixon mit dem Fuß an. „Zurück an die Arbeit, Junge. Du hast Kundschaft."

Der Sub stolperte auf seine Füße, legte sich den Ballknebel an und nahm hinter dem Schreibtisch Platz.

Xavier beobachtete ihn für einen Moment und wies dann auf den Hauptraum des Clubs. Als deVries zusammen mit ihm eintrat, sagte Xavier: „Du siehst ein wenig zerbeult aus."

DeVries zuckte mit den Achseln. Die Schlägerei in der Bar letzte Woche war recht befriedigend gewesen, genauso wie die blauen Flecken. „Alles cool."

„Wie war es in Montana?"

„Scheißkalt." Seine schlechte Laune kehrte zurück. „Ich werde Demakis umbringen und seinen Körper in die Kanalisation werfen."

„Simon hat überreagiert." Xaviers Lächeln verschwand und er sah deVries mit einem Ausdruck an, der nichts Gutes verhieß. „So wie du auch. Das Mädchen hat getan, was sie als richtig empfand." Lindsey musste mit Abby gesprochen haben. Die Community bestand nur aus Waschweibern. Das Dark Haven war sogar schlimmer als jeder Marinestützpunkt.

An einem Tisch hob deVries einen Stiefel auf einen Stuhl und stützte die Ellbogen auf seinem Schenkel ab. „Ich weiß. Ich brauchte eine Weile, um mir das einzugestehen." Vielleicht würde er Simon doch am Leben lassen. Auf der anderen Seite des Landes wurde er erfolgreich davon abgehalten, an Lindseys Tür zu klopfen und sie zusammenzuschreien ... mehr, als er das bereits getan hatte. *Fuck*, er konnte so ein Vollidiot sein! „Wegen der Lüge über ihre Identität musste ich annehmen, dass sie das auch bei unserer Beziehung tun würde. Aber ... sie ist eine furchtbare Lügnerin."

„Das ist sie." Xavier lehnte sich gegen die Kante des Tisches. „Sie leidet, Zander."

Lindsey leidet. Diese Worte fühlten sich wie ein Stich in sein Herz an. DeVries senkte den Blick auf seine Brust, die starke Befürchtung, dass dort ein Messer steckte. Er atmete tief ein. „Ihre Sorgen sind begründet. Ich bin ein Sadist; sie ist keine Masochistin."

Seit der Rückkehr von seiner letzten Mission als Söldner waren seine Träume voller Gewalt. Sicher, er würde es überstehen, doch er wusste, dass eine SM-Session ihn schneller von diesem Gefühl befreien konnte. Aus diesem Grund war er heute ins Dark Haven gekommen. „Ich brauche es nicht, aber –"

„Lindsey sieht dein Verlangen. Das größte Bedürfnis einer Sub besteht darin, deine Begierde zu befriedigen. Wenn sie das nicht schafft, fühlt sie sich wie eine Versagerin."

DeVries fuhr mit der Hand durch seine kurzen Haare. „Sie befriedigt mich doch schon."

„Hast du eine Lösung gefunden?"

„Nein", knurrte er. „Sonst hätte ich meinen Arsch vor Lindseys Haus geparkt, egal, was Simon dazu gesagt hätte." Der Gedanke, Lindsey zu verlieren, war unausstehlich schmerzhaft. Er vermisste ihren hinreißenden Körper neben sich. Wie sie verzweifelt versuchte, am Morgen nett und freundlich zu sein, obwohl sie ein Morgenmuffel war. Er vermisste ihre Fähigkeit, so aufmerksam zuzuhören, dass es für sie in diesem Moment nur ihn gab. Er vermisste ihr Lachen, das schnell zu diesem entzückenden und unkontrollierbaren Kichern überging.

Ja, *verdammt*, er vermisste sie.

„Ich kann beide Seiten verstehen." Xavier sagte nichts weiter; das Mitleid in seinen dunklen Augen reichte aus.

„Ist sie hier?"

„Nein. Sie war seit eurer Auseinandersetzung nicht mehr im Club."

Zur Hölle. Das Dark Haven beherbergte alle ihre Freunde. „Ich hätte sie niemals anfassen sollen", murmelte er.

„Es gab eine Zeit, in der ich dir zugestimmt hätte", sagte Xavier stirnrunzelnd. „Mittlerweile bin ich mir nicht mehr so sicher."

Als deVries den Kopf zu seinem Freund hob, sah er aus den Augenwinkeln einen knienden Sub. „HurtMe, gibt es einen Grund für deine Anwesenheit?"

Der blonde Mann hob die Stirn von seinen Schenkeln. „Du bist der Grund, Master." Sein schnurrender Ton eine unmissverständliche Einladung.

„Ich bin in der Stimmung, an Grenzen zu rütteln und dich zum Schreien zu bringen."

HurtMe bebte aufgeregt. „Ich kann es ertragen. Bitte benutze mich, Master."

„Nenn mich nicht Master. Geh und find ein Kreuz im Kerker."

„Ja, Sir." HurtMe erhob sich, zögerte. „Die viktorianische Ecke ist nicht in Benutzung."

Was lief falsch mit dem Mann? „Nur Leute, die sich Privatsphäre wünschen, nutzen die Themenräume. Ich brauche keine Privatsphäre."

HurtMes Ausdruck wandelte sich zu Enttäuschung. Dann rannte er los.

„Was ist mit ihm?", fragte deVries.

Auch Xavier sah dem Masochisten verwirrt hinterher. „Später sollten wir mit ihm sprechen."

Der Schrei eines Mannes lockte Lindsey in den Kerker des Dark Haven.

Wenige Schritte hinter ihr folgte Rona. Ihre Freundin hatte darauf bestanden, den Club mit ihr zusammen zu besuchen. Nach seinen Meetings wollte Simon dazustoßen.

„*Crom*, jemand hat heute Spaß", murmelte Rona.

Die maskulinen Schmerzschreie erschütterten Lindseys Körper.

Umringt von Zuschauern hielt das Andreaskreuz am Fuße der Treppe das arme Opfer. HurtMes Wunsch wurde also erfüllt. Von den heftigen Floggerschlägen war sein ganzer Körper gerötet. Diagonale Rohrstockstriemen zeigten sich auf seinen Schenkeln. An einigen Stellen trat Blut aus der Haut. Seine Eier waren abgeklemmt, Gewichte deformierten sie auf eine merkwürdige Art und Weise.

Rona runzelte die Stirn. „Der Top hat ihn doch nicht dort zurückgelassen? Xavier würde einen Anfall bekommen, wenn das wirklich der Fall sein sollte."

„Ich sehe niemanden." Das Dark Haven hatte strikte Regeln im Umgang mit Subs: Niemals durften sie allein zurückgelassen werden. Ein paar Sekunden später erkannte sie, dass die

Menschenmenge einen Mann verdeckt hatte, der in seiner Tasche kramte.

Bei dem Top handelte es sich um deVries. Jede Zelle in ihrem Körper meldete sich mit tiefer Sehnsucht.

Sie trat einen Schritt zurück. *Nein. Er gehört mir nicht.* Als ihre Freude, ihn zu sehen, verblasste, sackten ihre Schultern zusammen, und sie fühlte, wie das Gewicht sich wieder auf ihr Herz senkte. Sie musste verschwinden. Lindsey drehte sich zu Rona und stellte fest, dass jemand sie für eine private Unterhaltung zur Seite genommen hatte.

Ihr Blick landete erneut auf deVries, der einen schweren Flogger ausschüttelte. Ihre Kehle war vollkommen trocken. *Sieh ihn dir nur an.* Um seine Achseln und den Hals verdunkelte Schweiß sein blassschwarzes T-Shirt.

Oh Gott. Lust verschmolz mit Sehnsucht. Mit diesen Armen hatte er sie gehalten. Sie kannte den salzigen Geschmack seiner Haut, das Knurren seiner Stimme, den seifenbehangenen Duft nach einer Dusche bis hin zu dem berauschenden Duft seines Intimbereichs. Ihre Sehnsucht nach ihm presste ihre Organe zusammen.

Aber er brauchte sie nicht. Er wollte einen Masochisten. Vielleicht hatte HurtMe ihr doch die Wahrheit gesagt. Kurz nach seiner Rückkehr aus Montana war er hier, tief versunken in eine Session mit HurtMe. Die Erkenntnis bohrte sich wie die Klinge eines Messers in ihre Eingeweide.

Wie ein Beweis für ihre Unfähigkeit ging die Session weiter. Als deVries zuschlug, landeten die Schwänze des Floggers mit einer erschreckenden Härte auf HurtMes Schultern. Der Masochist wimmerte.

„Schrei für mich, du Bastard!“, forderte deVries, seine Stimme rau von seiner offensichtlichen Freude an der Session.

Der Flogger traf erneut sein Ziel und HurtMe schrie.

Lindsey zuckte zusammen. Niemals wäre es ihr möglich, diesen Level an Schmerz zu ertragen. *Du musst nicht zusehen. Geh, du Idiot. Geh einfach.*

Ihre Beine wollten sich nicht bewegen, als hätte sie jemand am Boden fixiert. Sie musste zusehen – schauen, wie deVries von einer Seite zur anderen wechselte, neue Regionen mit Schlägen beglückte, die Hiebe ab und zu abschwächte, indem er andere Flogger zur Hand nahm.

HurtMe glitt ins Subspace. DeVries zog ihn heraus. Kontinuierlich arbeitete der Sadist auf einen unausweichlichen Höhepunkt des Masochisten zu.

Lindseys Herz pochte im Rhythmus zu deVries' ausholendem Arm. Den Ausdruck auf seinem Gesicht zu sehen – den Genuss, die Macht, die Gewalttätigkeit –, führte bei ihr zu einer überraschenden Reaktion: Sie wurde feucht. Die Luft verdichtete und erhitzte sich, bis jeder Atemzug zu einer Tortur wurde.

Nach dem finalen Schlag entfernte deVries HurtMe die Vorrichtungen an den Genitalien und den Nippeln. Während der Masochist bei dem rückkehrenden Blutfluss laut aufstöhnte, entschied sich deVries, mit dem Rohrstock fortzufahren.

Oh Gott, das würde er doch nicht tun, oder? Mitfühlend hob Lindsey die Arme und verschränkte sie über ihren Brüsten.

Mit einem Funkeln in den Augen schlug deVries dem Masochisten auf die misshandelten Nippel und seinen Hoden, bevor er auch HurtMes Erektion einer Folter unterzog.

Mehr brauchte es nicht: HurtMe kam, begleitet von einem ohrenbetäubenden Stöhnen. Er bebte so hart, dass sogar das Kreuz in Bewegung versetzt wurde. Indessen wunderte sich Lindsey, ob der Orgasmus durch Lust oder Schmerz ausgelöst wurde.

Als jegliche Spannung aus HurtMes Körper verschwand und er am Kreuz wie eine Marionette zusammensackte, bemerkte Lindsey, dass deVries einen beachtlichen Abstand zu dem Masochisten einhielt. Er hatte ein Lächeln auf dem Gesicht und doch berührte er ihn nicht. Merkwürdig. Immer wenn Lindsey gekommen war, hatte sich deVries an sie geschmiegt, als sehnte er sich danach, jedes Zucken, jedes Beben von ihr zu absorbieren. Sie leckte sich über ihre trockenen Lippen und konzentrierte sich wieder auf die Gegenwart.

Systematisch befreite deVries den Masochisten von seinen Fesseln und senkte ihn zu Boden, bevor er eine Decke um ihn wickelte. Er sprach in einem sanften Ton, als er HurtMe eine Flasche Wasser reichte und stellte sicher, dass er auch trank.

Stirnrunzelnd beobachtete sie, wie deVries sein Equipment säuberte und seine Tasche packte, während er mit einer strammen Freundlichkeit HurtMe umsorgte, die sie darin erinnerte, wie sich ihr Vater einst um ein Pferd in den Wehen gekümmert hatte.

Mittlerweile zeigte HurtMes Gesicht offene Begierde. Trotz seiner Erektion schien deVries diese Emotion nicht zu teilen.

„Bist du okay?", fragte Rona. Neben ihr stand ein Angestellter des Dark Haven.

„Ich bin verwirrt", flüsterte Lindsey.

„Kann ich verstehen." Rona rieb ihr über den Rücken. „Komm, die Show ist vorbei."

„Richtig." Ihr Körper brannte noch immer heiß. Sie gierte ... gierte nach etwas und jemandem, der diese Gefühle nicht stillen würde.

„Lindsey", versuchte Rona erneut, Lindseys vernebelten Verstand zu erreichen, „Xavier hat Maryann zu mir geschickt, um mich zu holen. Er will, dass ich mir eine blutende Sub ansehe."

„Geh ruhig. Ich komme in einer Minute nach." *Sobald ich meinen Körper davon überzeugt habe, sich zu bewegen.* Nachdem Rona davongeeilt war, wandte sich Lindsey wieder der beendeten Session zu.

DeVries half HurtMe auf die Füße und winkte zwei seiner Freunde herbei.

HurtMe schüttelte den Kopf, legte die Hände auf deVries' Brust, lehnte sich vor und flüsterte dem Sadisten etwas zu.

Lindsey verzog das Gesicht. Am liebsten würde sie dem

Masochisten eine Ohrfeige verpassen und ihn von deVries wegziehen.

Nein. Er gehört nicht mir. DeVries ist nicht mein.

Als deVries mit einem *Willst-du-mich-verarschen*-Ausdruck antwortete, nahm HurtMe die Hände weg und winselte: „A-aber, Master, ich will –"

„Nein, Junge. Das wird nicht passieren." DeVries wandte sich ab und HurtMes Freunde eskortierten ihn weg.

Geschockt starrte Lindsey deVries an. *Was ist hier gerade passiert?*

Er warf sich die Tasche über die Schulter und ließ den Blick über die verbleibenden Zuschauer schweifen.

Oh Scheiße. Lindsey legte den Rückwärtsgang ein.

Zu spät. Seine durchdringenden Augen landeten auf ihr und sie erstarrte. Er begutachtete sie genau, von Kopf bis Fuß und zurück. Zuerst verengte er die Augen. Dann breitete sich ein Grinsen auf seinen Lippen aus ... als hätte er einen Preis gewonnen.

Oh, das ist nicht gut. Lindsey sog scharf den Atem ein und gab ihren Füßen das Kommando, sich endlich zu bewegen. *Ich muss hier raus. Ich stehe das nicht nochmal durch.*

Sie wich einem Master aus, der gerade einen Harnisch an seinem Pony-Sklaven befestigte und musste anhalten, als plötzlich eine Sub vor ihrer Mistress auf die Knie fiel. Dann war der Weg frei.

Eine starke Hand legte sich auf ihre Schulter. „Wo willst du denn so eilig hin, Sub?"

Er drehte sie zu sich, zwang sie, sich ihrem sehnsüchtigsten Traum zu stellen, ihrem brutalsten Herzschmerz. Graue Augen bohrten sich direkt in ihre Seele und verdrehten ihre schmerzhaften Emotionen.

„I-ich habe nur zugesehen." Als sie den Versuch unternahm, sich von seinem Griff zu lösen, festigte er die Hand auf ihrer Schulter. „Es tut mir leid; ich wollte nicht stören."

Er strich mit den Fingerknöcheln über ihre Wange. „Hast du

nicht. Allerdings konnte ich sogar aus beachtlicher Entfernung sehen, wie erregt du bist."

Blut rauschte von einer Sekunde auf die andere in ihre Wangen. „I-ich bin nicht ..."

„Oh, Baby", hauchte er. „Das bist du." Er umfasste ihr Kinn und neigte ihren Kopf, um sie ausführlicher zu betrachten. „Es hat den Anschein, dass es dich erregt, wenn du mir dabei zusiehst, wie ich jemandem Schmerzen zufüge." Seine Stimme wurde tief und bohrte Löcher in die Schutzmauer, die sie um ihr Herz errichtet hatte. „Stimmt doch, oder?"

Kann nicht wegrennen, kann nicht atmen, kann nicht lügen. Nicht bei ihm. Nicht einmal die unausweichliche Demütigung konnte ihr Nicken unterbinden.

Seine Hand ließ von ihr ab, das Grau in seinen Augen erhellte sich zu einem Grün und die harten Linien um seinen Mund formten sich zu einem Lächeln. *Verdammtes Höllenfeuer*, ihr Herz war in der Lage, seiner Gereiztheit, seinen vor Wut trotzenden Blicken entgegenzuwirken, aber ... gegen sein Lächeln war es machtlos. Dieses kleine Mienenspiel reichte aus, sie wie ein wildes Pferd zu zähmen, und so akzeptierte sie seine Berührungen – bis sie bereit war, benutzt zu werden.

Als er ihre Hand in seine nahm, wehrte sie sich instinktiv gegen seinen Griff. Er schnaubte. „Oh, Tex, du solltest es besser wissen." Mit glühenden Augen, die noch immer mit der Nachwirkung der Session glühten, wickelte er ihre Haare um seine Hand. „Komm mit."

„Nein", flüsterte sie. Er beschleunigte seine Schritte. „Verdammt seist du!" Sie stemmte sich mit den Fersen in den Boden. „Stopp!"

Zu ihrer Überraschung hörte er auf sie. Während eine Hand noch immer ihr Haar gepackt hielt, strich er mit der anderen über ihre Wange. Die Mischung aus Zärtlichkeit und Kontrolle riss an ihrem Herzen. „Lass uns reden. Gib mir ein paar Minuten. Schaffst du das?"

Warum sehnte sie sich danach, ihm alles zu geben, um was er

sie bat? Trotz des Wissens, dass ihre Zustimmung nur zu mehr Schmerz führen würde, nickte sie.

„Danke, Sub, dass du mir vertraust." Sein Mund landete auf ihrem – eine sanfte Berührung ihrer Lippen.

Zu ihrem Entsetzen führte er sie in einen Themenraum und machte die Tür zu, bevor er sie schließlich losließ.

Oh je, der Harem-Themenraum. Einige Male hatte sie einen Blick hineingeworfen, doch eingetreten war sie bisher nie. Den prägnanten Sandelholzgeruch einatmend drehte sie sich um ihre eigene Achse. Über ihrem Kopf schwangen sich dunkelblaue Seidenvorhänge von der Mitte der Decke zu den oberen Enden der Wände, von wo sie dann gerade nach unten fielen. Das erschuf die Illusion eines opulenten Zeltes. Eine Eisengusswand, befestigt an der rechten Wand, hielt Fesseln für Handgelenke und Fußknöchel bereit. „Könnten wir uns nicht im Erdgeschoss unterhalten?" Wo die Atmosphäre nicht vor Dekadenz strotzte …

Obwohl seine Lippen zuckten, blieb sein Ausdruck ernst. Auf einer handgeschnitzten Holzbank nahm er Platz und zog sie zwischen seine ausgestreckten Beine, ihre Hände in seinen. „Du hast die Session mit HurtMe gesehen, oder?"

Sie nickte.

„Ich weiß, dass du diesen Level an Schmerz nicht magst, Lindsey. Aber sage mir, was dir beim Zusehen durch den Kopf gegangen ist."

„Ich –" Sie wandte den Blick ab, dachte nach – jedenfalls versuchte sie es.

„Schau mich an." Sie folgte seinem Befehl; seine Augen sprühten mit Intensität, als er sagte: „Erzähl es mir. Alles. Du musst keine Angst vor meiner Reaktion haben; ich muss es einfach wissen, Sub."

„Ich war froh, dass ich die Schläge des Floggers nicht einstecken musste." Sie fing mit der simpelsten Antwort an.

Ohne seine Augen von ihr abzuwenden, nickte er. Und wartete.

„Ähm. Ich war ein bisschen" – *sehr* – „eifersüchtig, dass er und du das miteinander teilen könnt."

„Okay. Sprich weiter."

„Ich war ..." Sie wollte nicht noch mehr beichten. Ihre Kehle trocknete aus, Worte blieben stecken und schafften es so nicht über ihre Lippen.

Stille.

„E-es war heiß. Was du getan hast."

Ein Mundwinkel hob sich.

Hielt er sie für dämlich? Idiotisch? Naiv? Wut bahnte sich einen Weg in ihr verwirrtes Bewusstsein. „Du hast ihn zurückgelassen. Solltest du jetzt nicht bei ihm sein? Um zu beenden, was ..." Um ihn zu ficken. Bei dem Gedanken drehte sich ihr Magen.

Die vertikale Sorgenfalte zwischen seinen Augenbrauen zeigte sich. Sie erinnerte sich daran, wie oft sie diese Falte mit dem Finger nachgezeichnet hatte.

„Was beenden?", fragte er. „Die Session war vorbei. Er braucht nicht viel Aftercare. Was er wollte, hat er bekommen."

„Aber er will mehr von dir! Und HurtMe meinte, dass du ..." Sie errötete. *Oh verdammt*, sie hätte es wissen müssen; HurtMe hatte ihr nicht die Wahrheit gesagt. Noch schlimmer: Er hatte ihr *seine* Wahrheit aufgetischt. Vielleicht war sie deshalb so verwirrt. In seinem Herzen war er davon überzeugt, dass zwischen ihm und deVries etwas lief. Irgendwie traurig, denn deVries schien sich darüber nicht im Klaren zu sein.

„Was *genau* hat HurtMe zu dir gesagt?" Seine Augen unerfreut.

Oh Scheiße. „Er denkt, dass du mich benutzt, um ihn eifersüchtig zu machen."

„Warum zur Hölle würde ich das tun wollen?" Sie sah ihm an, wie er allmählich begriff, was hier vor sich ging. Auch merkte sie, dass es ihm ganz und gar nicht gefiel.

Sie leckte sich über die Lippen und sprach in einem sanften Ton. Es war Zeit, dass sie ihm ihre Sorgen anvertraute – zumindest in diesem Fall. „Du bist – und warst auch niemals – mit HurtMe in einer Beziehung?"

DeVries schnaubte. „Ich vögle keine Männer." Er ließ ihre Hände los und packte ihre Hüften, bevor sie sich von ihm zurückziehen konnte. „Hätte ich Interesse daran, Männer zu vögeln, würde ich das tun, Babe. Mein Schwanz bevorzugt Frauen."

„Während der Session hattest du eine Erektion."

Er krallte seine Nägel in ihren Po, zog sie enger zu sich. „Ich bin ein Sadist und Schmerzen auszuteilen, macht mich hart." Er schüttelte den Kopf. „Als ich noch jünger war, habe ich mit Männern experimentiert. Nichts für mich."

„Aber ..."

Mit einer Hand um ihren Schenkel benutzte er die andere, um den Reißverschluss an ihrem Latexrock zu öffnen. Ein befriedigtes Summen entrang seinen Lippen. „Ich mag Brüste", murmelte er, umschloss eine mit seiner Hand, knetete sie, rieb mit dem Daumen über ihren Nippel und erweckte eine bekannte Hitze in ihr. „Ich mag Pussy. Wie du duftest. Wie weich du bist. Ich mag die Stimme einer Frau, wenn sie zum Orgasmus kommt."

Er war nicht wütend. Er versuchte nicht, etwas zu beweisen. Er präsentierte ihr auf überzeugende Weise die Fakten. Das war deVries. Er wusste genau, wer er war. Er wusste, was er mochte.

„Ich denke, du solltest mit HurtMe reden." Es war ihr egal, dass der Masochist eine Teilschuld an ihrem Herzschmerz trug, denn eigentlich war er ein netter Kerl. Nur ein wenig verwirrt. Sie verstand, wie sich das anfühlte. „Ich weiß selbst, dass Emotionen nicht immer klar erkennbar sind, wenn zwei Menschen miteinander Sessions spielen und dabei eine Verbindung aufbauen. Er glaubt, dass zwischen euch mehr läuft."

„Ich werde Xavier davon in Kenntnis setzen und dann mit HurtMe sprechen." Ein schiefes Grinsen zeigte sich bei ihm. „Auspeitschen kann ich ihn nicht – das würde er zu sehr genießen."

Sie rollte mit den Augen. „Danke."

„Mein Baby mit ihrem weichen Herzen." DeVries' Kiefer spannte sich an. „Du warst also verwirrt und bist dennoch nicht zu mir gekommen, um mit mir zu sprechen. Noch schlimmer: Du hast nicht mit mir gesprochen, um eine Lösung für das Problem zu finden, dass ich ein Sadist bin. In der Zukunft muss sich das ändern."

Welche Zukunft? Sie nickte.

Sie konnte ihm ansehen, dass er von ihrer lautlosen Zustimmung nicht überzeugt war. „Du denkst, es kann keine Zukunft zwischen uns geben, weil du meine Bedürfnisse nicht befriedigen kannst."

„Das kann ich auch nicht."

„Lindsey." Seine Hände schoben sich unter ihr Oberteil, streichelten ihre Haut. „Wie definierst du Exklusivität in einer Beziehung?" Sein Mundwinkel zuckte. „Oder wie du es ausgedrückt hast: Wenn wir *etwas Festes* wollen."

„Ich verstehe nicht."

„Exklusiv bedeutet, dass wir niemand anderes ficken, richtig?"

„Richtig."

Seine Hände wanderten unter ihren engen Latexrock, um ihre Pobacken zu umfassen, dann ging er höher, zu dem empfindlichen Bereich oberhalb ihrer Spalte.

Sie musste ein Wimmern unterdrücken.

Er fragte: „Würde eine SM-Session mit einer anderen Person diese Regel brechen, wenn es danach keinen Sex gäbe?"

Dass er genau zu wissen schien, wo ihre erogenen Zonen lagen, brachte sie kurzzeitig aus dem Konzept. Sie musste nachdenken. „I-ich weiß nicht."

Er lächelte.

„Das war keine Zustimmung."

„Nein, aber, Sub, du denkst darüber nach." Er zog sie näher zu sich und küsste das Tal zwischen ihren Brüsten. „Wenn du heiß und feucht wirst, während ich einen Kerl auspeitsche, nenne ich das einen Erfolg auf allen Ebenen."

„Du willst, dass ich zusehe?"

Seine Augen sprühten vor Erregung. „Baby, wenn du dich bei einer meiner Sessions im Gebäude aufhältst, werde ich dich in der Ecke an einen Stuhl fesseln, damit ich dich nicht aus dem Auge verliere."

Sie wollte ihm klarmachen, wie verrückt das klang – und dann plötzlich erinnerte sie sich an die Rohrstock- und Violettstab-Session mit Johnboy. Wie erfreut Master Rock war, dass deVries seinem Sklaven geben konnte, wozu er nicht in der Lage war. Und danach hatte er die Früchte der Arbeit geerntet.

Konnte sie das tun? „Ich ... Also, ich meine, wir können es versuchen."

„Gut." Seine starken Finger massierten ihren Hintern, und ein Grinsen zeigte sich auf seinem Gesicht. „Wir fangen sofort an."

***Fuck*, er hatte** es vermisst, sie zu berühren. DeVries spürte, wie sich seine Kontrolle verflüchtigte. Doch seine Tex war eine Frau. Wahrscheinlich wollte sie für die nächste Stunde reden. Aus gutem Grund, denn schließlich hatte sie genauso eine scheiß Woche hinter sich wie er. Na ja, wenigstens hatte sie sich nicht ihre Eier abgefroren.

Reden würde er jetzt nicht.

Später ... später konnten sie ausführlich alles bereden. Er schloss seine Schenkel, schloss sie lange genug zwischen seinen Beinen ein, um ihr das Oberteil auszuziehen. Dann öffnete er den Reißverschluss an ihrem Rock und ließ das Material auf den Boden fallen. Um den Ausblick zu genießen, lehnte er sich zurück. „Verdammt, dein Körper ist so verdammt heiß." Nach diesem Kompliment konnte er beobachten, wie ihr die Röte von den entzückenden, kleinen Brüsten bis in die Wangen stieg.

Mit ihr Sex zu haben, ohne die Geschehnisse vorher angesprochen zu haben, würde ein schlechtes Beispiel setzen. „Da du nun angemessen gekleidet bist, knie dich vor mich hin. Augen auf den Boden."

Unentschlossenheit zeigte sich in der Bewegung ihrer Augenbrauen. Ja, sie hatten noch nicht genug geredet und hier lag das Problem. Und trotzdem fiel sie vor ihm auf die Knie, als er seine Schultern durchdrückte. Da war es. Als Sub sehnte sie sich nach Kontrolle – nach seiner Kontrolle. Als sie Schluss gemacht hatte, ging das instinktive Gleichgewicht zwischen ihnen verloren.

Bevor er jedoch die Probleme zwischen ihnen mit Sex maskierte, musste er ihre D/S-Beziehung wieder richten. Er überlegte und musterte dabei ihr Gesicht.

Sie hatte Entscheidungen getroffen. Allerdings hatte er auch kein Interesse an einer Sub, die nicht für sich selbst denken konnte. *Zur Hölle.* Andererseits konnte er seiner Sub nicht erlauben, Entscheidungen zu treffen, die sich auf beide auswirkten. Sie hatte sich einen Fehltritt geleistet – auf eine Weise, die er nicht ignorieren konnte. Ihre rücksichtslosen Handlungen hatten beinahe dazu geführt, dass sie sich aus den Augen verloren hätten. Tief in ihrem Inneren musste ihr bewusst sein, dass er das nicht tolerieren konnte.

Sie musste bestraft werden. Sofort. Für die Zukunft konnte er sich geeignetere Bestrafungen einfallen lassen, aber hier und jetzt brauchten sie die Intimität, die Sex mit sich brachte, um ihre Verbindung zu erneuern.

Zuerst Schmerz, um die Barrieren zum Einsturz zu bringen.

„Ich will das wirklich nicht tun", sagte er resolut. „Aber als du unsere Beziehung beendet hast, ohne mit mir zu sprechen, hast du dich gegenüber unserer Partnerschaft, gegenüber meiner Autorität, gegenüber allem, was wir uns aufgebaut haben, respektlos verhalten."

Sie nickte und saugte ihre Unterlippe zwischen ihre Zähne.

„Um neu anfangen zu können, werde ich dich jetzt bestrafen. Hast du Fragen, warum ich das tun muss?"

Ihre Schultern spannten sich an und dennoch schüttelte sie

den Kopf. Ihr flüchtiger Blick zu seiner Tasche löste ein Grinsen bei ihm aus. Neue Subs fürchteten Impact-Spielzeuge, ohne zu realisieren, dass ein Spanking sogar noch schlimmer sein konnte.

„Keine Spielzeuge, Sub.“ Er klopfte auf seine Schenkel. „Genau hier, sofort.“

Ihre Arme wickelten sich abwehrend um ihre Taille. Schluss zu machen, hatte sie tief getroffen, obwohl sie diejenige gewesen war, die es beendet hatte. Nun versuchte ihr Unterbewusstsein, zwischen ihnen einen gewissen Abstand zu wahren.

Zu dumm, denn er hatte nicht vor, ihr diesen Abstand zu gewähren. Deswegen war die intime Bestrafung, seine Hand auf ihrem nackten Hintern, von Nöten. „Sofort.“

Schnecken bewegten sich schneller als sie. Schließlich schaffte sie es, sich auf seinen Schenkeln zu drapieren, die Hände flach auf dem Boden, Zehen auf der anderen Seite. *Verdammt,* er liebte ihren Hintern. Weich und herzförmig. „Es tut mir leid, dass ich das tun muss, Lindsey“, sagte er. „Ich hasse es, dir Schmerzen zuzufügen, wenn du es nicht genießt ... und ich weiß, dass du die Bestrafung nicht genießen wirst.“

Kein Aufwärmen, kein Spaß. Er packte lediglich ihre Schulter und fing an, ihr ein Spanking zu verpassen. Hart und schnell, eine Arschbacke nach der anderen. Es brauchte nur wenige Schläge, bis sie sich unter ihm wand, sie um sich trat. Sie versuchte, aufzustehen, hob ihre Hand, um ihren Hintern von seinen Schlägen abzuschirmen. Also umfasste er ihr Handgelenk, fixierte ihren Arm hinter ihrem Rücken und fuhr mit der Züchtigung fort.

Sie wehrte sich heftiger. „Verdammt, hör auf! Ich mag dich nicht mehr! Lass mich los!“

Kein Safeword. Er hielt kurz inne, rieb liebevoll über ihre Pobacken und entfachte in ihr die Hoffnung, dass es vorbei sei. Weit gefehlt: Er legte wieder los. Ein Klaps folgte auf den nächsten.

Sie wehrte sich, versuchte, ihn zu treten. „Du verfluchtes Arschloch! Ich h-hasse dich!“

Er schloss die Augen, atmete durch den Schmerz, der ihre Worte verursachte. Meinte sie nicht so, das wusste er. Trotzdem schmerzte es. „Es tut weh, dass du so denkst, Babe." Erneut ein Schlag, diesmal nicht härter, sondern ... zärtlicher. Ewig zog sich die Bestrafung hin.

Dann brach der Damm: Ihre Schluchzer erfüllten den Raum, ihre Schultern bebten. „Es tut mir s-so leid, Z-Zander. So leid."

Gott sei Dank. Er stoppte, atmete durch seine Nase tief ein. Nach einer Minute gelang es ihm, seinen Kiefer zu entspannen. „Gott, Baby, das hat mir nicht gefallen. Lass nicht zu, dass ich das wiederholen muss." Warum war es so hart gewesen, sie zu bestrafen? Er war als der verdammte Vollstrecker des Dark Haven bekannt! *Meine Fresse*, hoffentlich würde ihn jemand erschießen, bevor er sie noch einmal disziplinieren musste.

Sie weinte und weinte, doch sie nickte.

Nach einer Weile kam er zur Ruhe. „Sag mir, was du gelernt hast, Lindsey."

Sie schniefte. „Wenn ich ein Gerücht höre, dann spreche ich zuerst mit dir darüber. Und wir reden, wenn es zwischen uns ein Problem gibt."

Er überlegte. „Okay, das deckt alles ab." Erleichtert hob er sie auf seinen Schoß. Sie machte keine Anstalten, sich von ihm abzuwenden. Ganz im Gegenteil: Sie schmiegte sich an ihn, vergrub ihr Gesicht an seinem Hals und ließ den Tränen freien Lauf. Trost, ja, genau das brauchte sie jetzt von ihm.

Gott, ja bitte! Er wickelte die Arme um sie und ruhte mit seiner Wange auf ihrem Schopf. Langsam rückte seine Welt wieder an ihren rechtmäßigen Platz zurück.

Als ihr mitleiderregendes Weinen zu gelegentlichem Schniefen überging, hob sie den Kopf. „Es tut mir wirklich leid, dass ich nicht zuerst mit dir geredet habe."

Fuck, sie würde ihn mit ihrer süßen Persönlichkeit noch entmannen. „Liegt in der Vergangenheit." Er benutzte seinen Finger, um ihre Tränen wegzuwischen. „Ich habe es auch versaut, habe furchtbare Dinge zu dir gesagt." Schuldgefühle schnürten ihm die Kehle ab. „Wenn du mich schlagen willst, werde ich es ertragen. Ich verdiene es."

„Als wäre ich in der Lage, eine Delle in diese beeindruckenden Muskeln zu hauen." Sie rieb ihre Wange an seiner Handfläche und schwieg für einen Moment. „Deine Bestrafung wird sein, dass du eine Woche auf meine Cookies verzichten muss."

Verdammt, er hatte sich auf ihre Koch- und Backkünste gefreut. „Du kannst ganz schön grausam sein, Babe." Er küsste ihre feuchte Wange. „Das nächste Mal werden wir es besser machen." Das nächste Mal. Klang gut. Klang nach einer Zukunft.

„Nächstes Mal." Sie biss sich auf die Lippe. „Ich habe dich bisher nicht gefragt, weil du so ... unglücklich ausgesehen hast. Ähm, aber ich –"

„Sprich weiter."

„Du bist ein Söldner. Ist der Job nicht furchtbar gefährlich?"

Sie sorgte sich um ihn. *Verdammt. Verdammt*, das gefiel ihm. „Es ist mit Risiko verbunden, ja." Er hob ihre Lippen zu seinen und küsste sie, langsam und liebevoll. „Vergangene Woche hatte ich meine letzte Mission. Zu Thanksgiving habe ich meinen Auftraggebern gesagt, dass ich diesen Job an den Nagel hänge." Iceman war offiziell in Rente gegangen. *Scheiße, ja!*

„Aber ..." Ihre Augen wurden sanft. „Du hast den Job angenommen, weil es um ein Kind ging." Sie konnte die Antwort von seinem Gesicht ablesen. „Pass nur auf, wenn ich allen erzähle, was für ein Softie der Vollstrecker ist" Sie grinste. „Sir."

„Willst du noch ein Spanking?"

Sie kicherte und drehte sich in seinen Armen. „Nein. Es gibt etwas anderes, was du tun solltest." Sie griff nach dem Saum seines Oberteils und riss es ihm über den Kopf.

„Herrische, kleine Sub." Mit den Händen auf ihren roten Arschbacken erhob er sich und trug sie zu den vielen Kissen, die ein Viertel des Raumes ausfüllten.

Er kniete sich hin, legte sie auf die Kissen und hielt kurz

inne, um den Anblick in sich aufzunehmen. Eine Eisenlampe hüllte ihren goldenen Körper in Licht ein. Mit den königsblauen und blutroten Kissen ein Kontrast, der erregender nicht sein konnte. Ihre braunen Haare fielen ihr über die Brüste, die pinken Nippel zwischen den Strähnen lugten aufreizend hervor. Ihre Beine waren gespreizt, ihre Pussy feucht.

Und ihr Duft war ... berauschend.

Zwischen ihren Schenkeln kniend, ließ er die Hände über ihre Kurven fahren, neckte ihre Nippel, bis sie hart wie Diamanten waren und lächelte, als sie sich unter ihm wand. *Fuck,* er liebte die Reaktionen, die er aus ihr herauslocken konnte. Wie sich ihre Augenlider senkten, sich ihre Pupillen weiteten. Heute würde er sie machen lassen, was sie wollte. Keine Einschränkungen.

„D-darf ich dich berühren?", flüsterte sie die Frage. Sie wollte immer eine gute Sub sein. Der Gedanke wärmte ihm das Herz.

„Natürlich, Babe. Berühre mich."

Mit leuchtenden Augen zog sie ihn zu sich herunter und küsste ihn. Ihre weichen Hände streichelten seine Wangen, seine Schultern, seinen Rücken.

Oh ja, hier war er zuhause. Er genoss die Wärme, die Vorfreude auf das Kommende, bis ihn seine Vorstellungen zu übermannen schienen.

Zurück auf seinen Knien atmete er tief ein und es traf ihn der Duft einer erregten Frau. Er senkte den Kopf auf ihre Klitoris, leckte, umkreiste, betörte das Nervenbündel, und ließ sich von ihren Lauten unterhalten. Ihre Klitoris war geschwollen, hatte sich aus der Vorhaut herausgewagt, war einfach zu necken. Von der Veränderung ihrer Atmung ausgehend würde sie wie eine Rakete explodieren, wenn er weitermachte.

Er zögerte. Er wollte sie an seinem Mund kommen spüren. Auf der anderen Seite: Für das erste Mal in einer gefühlten Ewigkeit – was auch zu für immer hätte werden können – musste er in ihr sein. So wickelte er ihre Beine um seine Hüfte und öffnete seine Lederhose, befreite seinen Schwanz und rollte sich ein Kondom über.

Als er sich vor ihrem Eingang einfand, packte sie seine Schultern und versuchte, ihn zu sich zu ziehen. Ah, richtig, das auch – er sehnte sich nach ihrem unterwürfigen Blick, sobald er die Kontrolle an sich gerissen hatte. „Hände über den Kopf."

Das tiefe Knurren aktivierte jede Zelle in ihrem Körper. Lindsey schaute in Zanders Gesicht, sah die Entschlossenheit in seinem angespannten Kiefer, die Autorität in seinem Blick. Im Inneren vollzog sie einen Shimmy-Tanz. Sie hob die Arme über ihren Kopf und verschränkte die Handgelenke, wie es ihr gelehrt wurde.

Er fesselte ihre Handgelenke mit einer seiner großen Hände, drückte so fest zu, dass sie sich ihm entgegenstreckte. Während er sie mit seinen Augen fixierte, flüsterte er: „Ich werde dich so hart ficken, dass du mich noch in einer Woche spüren wirst. Und du kannst nicht das Geringste dagegen unternehmen."

Der Lustschauer, der durch ihren Körper jagte, verwandelte sich zu glühender Hitze in ihrer Mitte.

Er presste seinen Schwanz gegen sie, glitt ein paar Zentimeter in sie hinein. Dann mit einem Stoß vergrub er sich bis zum Anschlag in ihr.

Oh Gott. Von leer zu schockierend, unangenehm voll. Sie warf den Kopf in den Nacken und schnappte verzweifelt nach Luft. Die Wände ihres Geschlechts pulsierten um den Eindringling. Schnell transformierte sich der Protest zu ungezähmter Begierde.

„Fuck, ich mag diesen Ausdruck auf deinem Gesicht", murmelte er. In seinen Augen spiegelte sich Erbarmungslosigkeit und Gefahr wider. „Gib mir mehr." Er zog sich langsam aus ihr zurück und verlor sich erneut in ihr. Immer und immer wieder. Sein Blick blieb an ihrem haften, als er das Tempo anzog, brutaler in sie stieß.

Er hämmerte in sie, was eine überwältigende Empfindung über sie hinwegfegen ließ. Mit seinem Gewicht auf ihr, seinem unnachgiebigen Griff an ihren Handgelenken, wurde sie durch jeden Stoß höher und höher getrieben, auf einen unausweichlichen Höhepunkt zu.

Sie erreichte ihn – fiel kopfüber in die Schlucht, als sie von Wellen getroffen wurde, die ihren gesamten Körper beben ließen. Die Dunkelheit hinter ihren geschlossenen Augenlidern wurde von grellem Licht umworben. Unkontrolliert hoben und senkten sich ihre Hüften, suchten nach mehr, immer nach mehr.

Als die Flut zurückwich, schaffte sie es, die Augen zu öffnen.

Sein Blick lag noch immer auf ihrem Gesicht, sein Lächeln angespannt, alles andere als befriedigt. „Sehr nett. Und jetzt gib mir einen zweiten."

Unfähig, sich zu bewegen, starrte sie zu ihm auf. „Was? Das geht nicht."

„Babe, du weißt genau, dass das nicht stimmt", tadelte er sie und ließ von ihren Händen ab. Nachdem er ihr Knie über seinen Arm gelegt hatte, platzierte er die Hand neben ihrer Schulter, wodurch er ihr angewinkeltes Bein in die Luft zwang. Ihr Becken hob sich und seinem Schwanz war es nun möglich, tiefer in sie vorzudringen. Dann gab er ihr einen Kuss, knabberte ein bisschen an ihrem Kiefer. „So tief in dir zu sein, macht mich sehr glücklich", flüsterte er. „Dann lass uns mal testen, wie du dich um mich herum anfühlst, wenn du in dieser Position kommst."

„Zander, ich –"

Seine andere Hand fand ihre Pussy, er tauchte seine Finger in ihre Nässe und attackierte damit ihre Klitoris.

Bei der exquisiten Lust fühlte sie sich noch hilfloser als zuvor. Sein Arm hielt ihr Bein fixiert, sein Gewicht presste sie gegen die Kissen und seine Länge füllte sie so gut. Anstatt sie hart zu nehmen, zog er sich aus ihr zurück, nur um sich quälend langsam in ihr zu vergraben, seine Hüften rotierend, um ihre Begierde zusätzlich anzufachen.

Seine Finger glitten über ihr Nervenbündel, umkreisten,

schnellten darüber hinweg, umkreisten es erneut. In Verbindung mit seinem Schwanz erregte diese sinnliche Folter Nervenverbindungen in ihr, deren Quelle sie bald nicht mehr ausmachen konnte. Kamen die Empfindungen von ihrer Klitoris oder von ihrer Pussy? Ihre Beine bebten, als ihre Schenkel sich anspannten. Ihr Bauch, ihre Arme, überall und nirgends spürte sie die Auswirkungen ...

Schweiß tropfte über ihre Schläfen. „Ich komme gleich", flüsterte sie, hob sich seinen folternden Berührungen entgegen.

„Oh ja, Baby, das wirst du."

„Du sollst auch kommen."

Sein Blick zeigte sich liebevoll und zärtlich. „Nach dir, Sub." Er küsste sie auf die Lippen, während seine Finger von der rechten zur linken Seite ihrer Klitoris glitten, sie höher und höher trieben.

Als sie auf der Kante zum perfekten Moment balancierte, hörte sie ihn hauchen: „Ich liebe es, dich bei einem Orgasmus zu beobachten."

Dann zog er sich langsam aus ihr zurück, bis nur noch seine Eichel in ihr verweilte. Er suchte nach ihrem Blick, zog sie in seinen Bann und drang gewalttätig in sie, immer wieder aufs Neue.

Oh, oh, oh. Alles in ihr zog sich bei seiner Invasion zusammen. Für einen kurzen Augenblick hielt die Zeit an, bevor sie schließlich berauschend vibrierte. Die überwältigende Lust erfasste sie, umhüllte sie, bis ihre Nippel kribbelten und ihre Haut förmlich glühte.

„So sexy", murmelte er, und wie versprochen, stieß er so hart in sie, dass es an Schmerz grenzte, dass sie sich ihrer Hilflosigkeit bewusst wurde. Dann legte er seine Stirn an ihre, die Adern an seinem Hals hervorstehend, sein Kiefer angespannt, und füllte sie mit seiner Hitze.

KAPITEL FÜNFZEHN

In der Dämmerung musterte deVries die Außenfassade von Lindseys Haus. Goldene Weihnachtseiszapfenlichterketten hingen von der Dachkante; rote Lichterketten umrahmten die Fenster und Türen. Die Bäume leuchteten in Blau, während farbenfrohe Laternen den Weg zum Haus säumten. „Nicht schlecht."

Neben ihm klatschte sich Xavier Dreck von den Händen. „Ich stimme zu. Die Damen sollten mit dem Ergebnis zufrieden sein."

„Dein Haus willst du nicht schmücken?", fragte deVries, als er die Werkzeuge einsammelte.

„Abby wollte Dekoration für innen. Da das Haus von der Straße nicht zu sehen ist, haben wir außen nicht viel gemacht. Danke, dass du Abbys Dinge vom letzten Jahr benutzt hast. Das macht sie sehr glücklich." Xavier sah zu den Bäumen. „Mir ist aufgefallen, dass du mehr Lichterketten dran gemacht hast, als sie eigentlich wollte."

DeVries ignorierte seinen Kommentar, denn, ja, vielleicht hatte er zusätzlich Lichter besorgt. Er mochte Blau. Und die Bäume sahen fantastisch aus, das ganze Haus sah fantastisch aus. Er hatte noch nie Weihnachtsbeleuchtung angebracht – hatte noch nie ein Haus gehabt, das er dekorieren konnte. Es war überraschend befriedigend. „Lass uns den Kram wegpacken. Hast du Interesse an einem Bier?“

„Hab ich.“

In ihrer Küche fügte Lindsey Vanilleextrakt zu dem Buttertoffee hinzu, während der Geruch von Schokolade an ihre Nase wehte. Die blubbernden Laute im Topf vermischten sich mit dem Lied *Stille Nacht, Heilige Nacht* aus dem Wohnzimmer. „Nun müssen wir rühren, rühren, rühren.“

„Kein Problem.“ Nachdem Abby Walnüsse kleingehackt hatte, gönnte sie sich einen Schluck von ihrem Wein und wies auf den Kamin, wo Blackie neben einer Weihnachtsmannpuppe schlief. „Ich liebe die Dekorationen.“

„Ich hatte sehr viel Spaß beim Schmücken.“ Stöbern und Basteln erforderten Einfallsreichtum. Genau wie Zander davon abzuhalten, ihr alles zu kaufen, was sie sich wünschte. Nur beim Weihnachtsbaum hatte sie nachgegeben; beim Baumschmuck hatte sie die Grenze ziehen müssen. Papierornamente würden ausreichen. „In der letzten Woche hatte ich noch keine Lust. Jetzt ...“

Amüsiert grinste Abby. „Wirklich faszinierend, wie eine Beziehung die Stimmung einer Person heben kann. Sieht so aus, als würdest du dich wohl fühlen. Hast du langsam das Gefühl, dass San Francisco zu deiner Heimat wird?“

„Heimat? Nein, Texas ist meine Heimat und das wird auch immer so bleiben.“ Sie bereute die Worte, als Abby darauf mit einem Stirnrunzeln reagierte.

„Dein Ex hält dich von dem ganzen Staat fern?“

„Für den Moment.“ Bis gewisse Menschen hinter Gittern sind. Hoffte sie. „Weißt du, als ich noch klein war, habe ich immer geträumt, auf einer riesigen Ranch mit Rindern, Pferden und Kindern zu leben. Und natürlich einem gutaussehenden Ehemann."

„Natürlich", sagte Abby trocken. Sie nahm Lindsey die Schüssel ab. „Ich bin mit dem Rühren dran. Es klingt, als hätte sich dein Traum verändert ..."

„Ein bisschen." Lindsey schenkte sich selbst und Abby Wein nach. Der Rausch, den der süße Eiswein auslöste, summte in ihren Venen. „Ich musste herausfinden, dass ich Rinder nicht so sehr mag – ganz zu schweigen von dem damit verbundenen Füttern, Impfen, Entwurmen und Entlausen, der Weidenpflege oder der Fortpflanzung." Sie runzelte die Stirn. „Das gilt auch für die Pferde. Ich genieße es, zu reiten, aber die dazugehörige Arbeit brauche ich nicht."

„Das verstehe ich." Beim Rühren färbten sich Abbys Wangen rosa. „Wie sieht es mit einem Leben auf dem Land aus?"

„Das hat mir gefallen." Lindsey warf sich eine Walnuss in den Mund. „Ich mag die Stadt aber auch, und wie viel toleranter hier alle sind."

„Ja, ich glaube, dass es in dem Punkt einen Unterschied gibt." Abby lächelte. „Das freut mich. Ich würde dich vermissen, wenn du San Francisco verlassen würdest."

„Ich dich auch." Das würde sie wirklich, was aber nichts an der Tatsache änderte: „Trotzdem ist und bleibt Texas meine Heimat."

DeVries hielt mit demselben Gefühl vor dem Küchendurchgang an, als hätte er auf einer Mission vor seinem Hummer einen Sprengkörper entdeckt. Wie war ihm entgangen, dass sie Texas noch immer als ihre Heimat ansah?

Vielleicht weil er noch nie einen Ort als seine Heimat gesehen hatte – einen Ort, an den er zurückkehren wollte.

Sie hatte Familie in Texas.

Sie hatte nicht einmal über ihre Leute gesprochen. Oder ihre Pläne für die Zukunft. Genauso wenig wie er, aber verdammt, jetzt wurde ihm bewusst, dass er genau das getan hatte – Zukunftspläne hatte er geschmiedet.

Verunsichert folgte er Xavier in die Küche, gefolgt von dem schwarzen Welpen. „Die Lichterketten sind angebracht." Er schnappte sich zwei Bierflaschen aus dem Kühlschrank und drückte Xavier eine in die Hand.

„Oh ja, wie toll!" Lindsey hob freudestrahlend die Faust in die Höhe. „Ich muss es sehen. Zuerst müssen wir aber das Toffee fertigmachen. Hast du Interesse, deine Kraft beim Rühren einzusetzen?"

„Sicher." Er nahm einen Schluck von dem Bier und machte sich an die Arbeit. „Einfach nur rühren, richtig?"

„Korrekt." Lindsey warf einen Blick auf das Toffee. „Es wird ein wenig dauern. Der Glanz muss ganz verschwinden."

„Der Glanz? Es ist Flüssigkeit, Babe. Es wird immer glänzen."

„Es ist Toffee, die Masse wird sich verändern. Vertrau mir, du starker, allwissender Vollstrecker."

Mit dem Wissen, dass ihr Arsch noch wund war, gab er ihr einen Klaps und wurde mit einem niedlichen Quietschen belohnt. „Reiß dich zusammen, Tex." Er saugte ihr Kichern auf. *Verdammt*, er liebte ihr Lachen.

„Das erinnert mich an etwas, allwissender Vollstrecker." Xavier zog sich die Jacke aus und legte sie über eine Stuhllehne. „Wäre es dir lieber, wenn ich dich von der Aufgabe, Subs zu disziplinieren, abziehe?"

DeVries stoppte mit dem Rühren für eine Sekunde. „Ich bin mir nicht sicher. Das haben wir noch nicht besprochen." *Wir.* Klang nett. Er hatte immer vermutet, dass es ihm die Luft abdrehen würde, wenn er Teil einer Partnerschaft wäre. Stattdessen waren die Momente, die er mit Lindsey verbrachte, tröstlich. Beruhigend. Gefüllt mit Humor. Er fand ihren Blick. „Du kannst mitentscheiden, Babe."

Sie biss sich auf die Lippe. „Also ..." Von der Wärme im Raum leuchteten ihre Wangen in einem hellen Rot. Heute hatte sie ihre Haare zu einem Pferdeschwanz gebunden. Sie trug ein

Flanellhemd, darunter ein einfaches Tanktop, dazu eine Jeans und leuchtend rote Kuschelsocken. Verdammt putzig.

„Sag schon."

„Bin ich kleinkariert, wenn ich sage, dass es mir nicht gefallen würde, dich mit anderen Frauen zu sehen?"

Gut. In dem Punkt waren sie sich also einig. Denn er müsste die Finger von jedem brechen, der sie berührte. „Damit bin ich einverstanden. Und Männer?"

Ihr Mundwinkel zuckte. „Ich denke, ich würde es genießen, wenn du Männer bestrafst."

„Okay", sagte Xavier. „Ich werde dir die Bestrafungen mit Männern zuteilen und Ethan oder Mitchell bitten, sich um die Frauen zu kümmern. Könnte sein, dass Ethan ein zu weiches Herz dafür hat."

„Worthington ist ein netter Kerl", sagte deVries. Mittlerweile konnte er das zugeben.

„Übrigens habe ich mich mit HurtMe unterhalten", fuhr Xavier fort. „Ich habe ihn an einen der vorteilsfreien Therapeuten in der Stadt verwiesen. Anscheinend sehnt er sich so verzweifelt nach einem Master, dass er die Sessions zwischen euch missinterpretiert hat."

Abby nickte. „Ich denke, er versteht es jetzt. Seine Einsichtigkeit wird ihm dabei helfen, zu heilen."

„Das ist gut." Lindsey sah deVries wenig begeistert an. „In seinem Fall wäre es mir lieber, wenn du –"

„Geht klar." Unfähig, sich länger zurückzuhalten, reichte er Xavier die Schüssel und zog Lindsey in seine Arme. Ihr kleiner Körper fügte sich wie ein Puzzleteil an seinen, und nachdem sie den Schockmoment überwunden hatte, schmiegte sie sich vertrauensvoll an ihn.

Im Moment zu leben, war schön und gut. Nichtsdestotrotz plante er bereits, mit ihr ein Gespräch über die Zukunft und Texas zu führen.

Am Mittwoch starrte Lindsey mit Entsetzen auf das Video, das auf ihrem Laptop lief. Ein jüngerer Victor lief an der Kamera vorbei, auf einen jungen Mexikaner zu, der noch nicht mal Pubertät erreicht hatte – wie der Junge, der von der Ranch hatte fliehen können. Der Junge im Video hatte eine Augenbinde um und lag mit dem Gesicht nach unten gefesselt auf Holzkisten. Weinend, dann vor Schmerz schreiend, als –

Schweiß bildete sich auf Lindseys Haut. Zu kalt, zu heiß. Das Rauschen in ihrem Kopf verstärkte sich, sie schluckte schwer, versuchte, das Video weiterzuschauen, es zu beenden, es –

Ihr Magen rebellierte und sie rannte ins Badezimmer. Sie übergab sich mehrere Male, immer und immer wieder, bis sie sich vollkommen ihrer Kraft beraubt fühlte, ihrer Sicht, einfach allem.

Als ihre Übelkeit langsam nachließ, spürte sie, dass sie schweißgebadet war und dass ihr Bauch schmerzte. Mit einer zitternden Hand schloss sie den Klodeckel und ruhte ihre Wange auf ihrem Arm.

Wie hatte sie mit diesem Monster zusammenleben können, ohne auch nur zu ahnen, wie grausam und dämonisch er war? Sie schluckte, schmeckte die Säure aus ihrem Magen.

Gott, sie war so froh, dass er tot war. Niemals würde sie den schaurigen Moment vergessen können, als sie ihm das Leben genommen hatte, aber ... sie war so erleichtert, dass er nie wieder ein Kind verletzen konnte.

Nein, er konnte das nicht mehr – die anderen aber schon. Sie rieb sich über ihr Gesicht und versuchte, ihre lähmende Enttäuschung in den Hintergrund zu schieben. Sie hatte das Passwort herausgefunden, die Daten öffnen können und war auf einen Albtraum gestoßen. Sie brauchte Beweise, um zu zeigen, dass Ricks und Parnell korrupt und verdorben waren. Ein Video von Victor, wie er einen Jungen vergewaltigte, so furchtbar das auch war, würde ihr nicht helfen. Es würde beweisen, dass es eine Motivation gab, ihn zu erschießen. Dann würden die Leute denken, dass sie den Polizisten erschossen hatte, nur um einer Verhaftung zu entgehen.

Somit stände ihr Wort gegen das von Parnell, und er war schließlich seit zehn Jahren der Polizeichef. Wenn sie gegen den Grenzoffizier aussagte, hätte sie dasselbe Problem. Ricks hatte einen guten Ruf.

Wenn sie doch nur Zander davon erzählen könnte. Ihm diese Dinge vorzuenthalten, störte sie immer mehr. Füllte sie mit Reue, für was sie haben könnten, wenn ihr Leben nicht so ein verdammtes Durcheinander wäre.

Sie entließ ein erschöpftes Stöhnen. Vielleicht würden sich auf dem anderen USB-Stick Daten finden, die ihr helfen konnten. *Gott, bitte lass darauf nicht noch mehr gefilmte Vergewaltigungen sein.*

Da sie eine Datei entschlüsselt hatte, wusste sie jetzt wenigstens, wie Victor sein Passwort zusammengesetzt hatte: sein Geburtstag zusammen mit seinem Zweitnamen und ein paar wahllosen Nummern. Damit konnte sie die Software erneut starten, mit verschiedenen Zahlen- und Namenvariationen. Sie befürchtete jedoch, dass der nächste Erfolg auf sich warten lassen würde.

In der Zwischenzeit, obwohl Victor tot war, würde das Schmuggelgeschäft in den USA keine Pause einlegen. Ricks und Parnell nutzten noch immer ihre Ranch für diese abartigen Verbrechen. Wie konnte sie das nur erlauben? Todesangst glitt als eisige Berührung über ihre Haut. *Im Moment kann ich daran nichts ändern; ich kann es einfach nicht.*

Doch sie musste ihr Bestes geben.

Mit wackligen Beinen schaffte sie es auf die Füße. Das Video belastete weder Victors Bruder noch Ricks. Es wäre jedoch möglich, dass jemand, der es sich anschaute, an der Perversion vorbei sah und die Kisten gefüllt mit geschmuggelten Waffen erblickte.

Wenn sie ein Internetcafé besuchen und Kopien zu Homeland Security Büros in Texas schicken würde, oder zu der Grenzsicherheit und den Zollbehörden, dann würde doch irgendwer etwas unternehmen, oder?

Jetzt hoffte sie nur, dass sie nicht zuerst zu ihr kämen.

Sie hielt ihre Hände auf Brusthöhe. Sie zitterte und hörte John Wayne sagen: *„Es gibt Dinge, vor denen man nicht wegrennen kann."*

Oh ja.

DeVries schloss die Eingangstür zum Doppelhaus auf. Jedes Mal, wenn er den Schlüssel benutzte, den er von Lindsey bekommen hatte, hob sich seine Laune.

Vertrauen. Eine verdammt tolle Sache. Sie hatten beide viel durchmachen müssen, so dass es nicht immer leicht war, einem neuen Menschen Vertrauen zu schenken. Nichtsdestotrotz fing sie langsam an, ihn teilhaben zu lassen.

Er lächelte. Gleichzeitig schaffte sie es, ihm ein paar seiner Geheimnisse zu entlocken. *Hinterlistige, kleine Göre.*

Nachdem er seine Jacke auf den alten Kleiderständer geworfen hatte, sah er sich um. Im Haus war es ruhig. Sie war weder in der Küche noch im Obergeschoss. Er machte sich auf den Weg in den Garten.

Und da war sie, kniend auf einer Decke neben einem Blumenbeet. Das Sonnenlicht schien auf sie herunter, brachte die reizenden roten und grünen Strähnen in ihrem braunen Haar zum Funkeln. Als eine Brise trockenes Laub auf die Terrasse wehte, erklang das Windspiel und Frieden kehrte ein.

Er machte einen Schritt, betrat das Gras, doch stoppte. Die kleine Texanerin war nervöser als ein Söldner, der in eine tote Zone einfiel. Ohne sich zu bewegen, räusperte er sich.

Sie erschreckte sich und die Todesangst, die ihren Ausdruck vereinnahmte, machte ihn neugierig. Im Bruchteil einer Sekunde erkannte sie, dass er es war und sie entspannte sich sichtlich.

„Hey." Sie zog die Augenbrauen zusammen. „Ist es schon so spät?"

„Ist es." Er lief über die Wiese und hockte sich zu ihr.

Mit einer merkwürdig unlesbaren Mimik platzierte sie ihre Hand auf seine Wange. „Ich bin froh, dass du hier bist."

Die tiefreichende Emotion in ihren Worten erschütterte ihn. Sie sah verletzlicher aus als sonst. Er legte seine Hand auf ihre, führte sie zu seinem Mund und küsste ihre Finger. „Das bin ich auch, Baby." Ein Päckchen mit Samen lag auf dem Gras neben ihr. „Was pflanzt du?"

„Ich dachte, ich teste, wie sich Kopfsalat macht. Er kann als Grenze dienen und uns gleichzeitig leckeren Salat schenken." Vor den größeren Pflanzen hatte sie eine Kerbe gezogen. „Es ist so schön heute, dass ich nicht anders konnte, als meine Hände dreckig zu machen."

Er streichelte mit den Fingern über ihre Wange, wischte Dreck weg. „Du bist das Stadtleben nicht gewohnt, mein kleines Landei."

Schwermut glitzerte in ihren Augen, bevor sie ihm ein Lächeln schenkte. „Eigentlich mag ich es hier. Jedenfalls solange ich jung genug bin, um es zu genießen." Sie säte die verbliebenen Samen. „Einen Garten zu haben, hilft mir. Erst jetzt erkenne ich, wie eingesperrt ich mich in meinen Apartments gefühlt habe."

„Das verstehe ich. Ich bin in Apartments aufgewachsen." Er setzte sich auf die Decke neben sie, legte den Kopf in den Nacken und blickte zum Himmel: hellblau mit ein paar wenigen Wolken. Ein angenehmer Tag für die Hafengegend. Ohne dieses Fleckchen Erde wäre er nie in diesen Genuss gekommen. „Ich hatte keine Ahnung, was mir entgeht." Ein Haus und eine warmherzige, gesellige, energische und unterwürfige Frau, um es zu genießen.

„Wirklich?" Ihre Augen strahlten. „Du kannst es jederzeit nutzen."

„Danke, Babe." War das ihre Art, ihn zu fragen, ob er einziehen wollte? Normalerweise war sie direkter, doch er musste zugeben, dass sie noch nicht wieder zu ihrer ihm bekannten Vertrautheit zurückgekehrt war. Er sehnte sich nach mehr Kontakt, weshalb er seine Beine seitlich von ihr positionierte. *Los geht es mit dem ersten Angriff:* „Fühlst du dich manchmal einsam, so weit weg von Texas?"

„So weit entfernt von meiner Heimat? Ja." Ihre offenherzige Freude schmälerte sich. Trotz allem entschied sie, ihre Ellbogen auf seine Knie zu stützen, sich ihm anzunähern. Das stellte ihn wahnsinnig zufrieden. Sie mochte es, ihn zu berühren und von ihm berührt zu werden.

Er wollte mehr über seine Konkurrenz hören. „Ist deine Mutter noch in Texas?"

„Ja. Mama und Melis –" Sie schnitt sich selbst ab und beendete den Satz mit: „Und meine Schwestern." Da er ihr so nah war, spürte er, wie sie erstarrte – ein krasser Kontrast zu ihrer einfachen Antwort. „Sonst haben wir niemanden."

Niemanden. Also, Melis ... und wie weiter? Melissa? Was sollte es sonst sein? Damit hatte er wieder eine Variable für seine Suche. Tex antwortete auf den Namen Lindsey, ohne zu zögern. Er musste davon ausgehen, dass das ihr wahrer Name war. Melissa und Lindsey. Heute Abend würde er die Kombination aus den beiden Namen ins Programm eingeben.

Nachforschungen über eine Partnerin anzustellen, widerstrebte ihm gewaltig. Eine Schande, dass sie ihm keine andere Wahl ließ. *Verdammt,* warum vertraute sie ihm nicht? Warum teilte sie ihre Sorgen nicht mit ihm? „Wer hat bei der Scheidung die Ranch erhalten? Kümmert sich ein Familienmitglied von dir darum?" Und wenn sie ein Grundstück hatte, warum war sie dann pleite? Oder hier, in San Francisco?

„Es ist kompliziert." Nach der kryptischen Antwort spannte sie sich noch mehr an, dann setzte sie ein Lächeln auf. „Niemand würde Mama eine Ranch anvertrauen. Es fällt ihr bereits schwer, ein kleines Haus zu verwalten. Sie liebt uns – Gott, das tut sie wirklich –, aber ich würde sie nicht gerade als pragmatisch bezeichnen."

„Wenigstens liebt sie euch", murmelte er. Obwohl er bereits schon einmal verheiratet gewesen war, hatte er nie erfahren, wie es sich anfüllte, geliebt zu werden. Lindsey war es gelungen, dieses Loch in ihm zu füllen. Sie wusch seine Wäsche mit ihrer. Schaltete immer das Licht auf der Veranda an, wenn es später für ihn wurde. Sie kaufte Nahrungsmittel und Marken, die er mochte und manchmal fügte sie neue Köstlichkeiten hinzu, von denen sie dachte, er würde sie mögen. Sie kochte seine liebsten Mahlzeiten. Hatte immer sein Lieblingsbier im Kühlschrank. Sie merkte sich Dinge aus den Nachrichten, um sie mit ihm zu diskutieren.

Seine Mutter hatte viele dieser Dinge auch für ihn getan ... bevor sein Vater gestorben war.

„Deine Mama hat dich doch bestimmt auch geliebt", protestierte Lindsey, während sich ihre Finger um seine festigten.

„Das hat sie." Er wandte den Blick ab, sah zu dem Windspiel, das im Sonnenlicht funkelte. „Und dann hat sie damit aufgehört." Drogen hatten ihre Liebe aufgesaugt. „Mit zehn habe ich das realisiert – als sie mich für Drogen verkauft hat."

Lindseys Kinnlade klappte herunter und sie fauchte: „Was für eine Kuh!" Sie ballte ihre kleinen Hände zu Fäusten. Bei dieser Reaktion konnte er sich einem Lächeln nicht verwehren. Bekäme sie die Chance, würde seine kleine Sub eine Schlägerei anzetteln.

Nur Lindsey war in der Lage, ihn bei diesem Thema zum Lächeln zu bringen. „Ganz ruhig, Tex." Er lockerte ihre Finger. „Ich bin weggerannt und bei einer Pflegefamilie untergekommen. Es war nicht perfekt, aber immer noch besser als bei meiner biologischen Mutter."

Als er hörte, wie sie leise knurrte, lehnte er sich zurück, zog sie auf seine Brust und küsste sie, bis seine Vergangenheit und auch ihre in den Hintergrund rückten – bis sie beide das Hier und Jetzt genossen. Die Zukunft würde ein bisschen Geduld mitbringen müssen.

Wo zum Teufel wahrte Lindsey ihre Briefmarken auf? Freitagnachmittag sah deVries auf seine Uhr und zog die Augenbrauen genervt zusammen. Simon würde nicht mehr lange auf sich warten lassen.

DeVries war nicht gerade begeistert von den verrückten Mitfahrarrangements, die die Frauen für das Wochenende in der Serenity-Lodge getroffen hatten. Am Morgen hatte Lindsey Dixon und Rona im Demakis-Büro abgeholt. Die drei hatten frühzeitig losfahren wollen, um an einer Tour im Yosemite-Nationalpark teilzunehmen. Da deVries und Simon auf der Arbeit noch einiges zu tun hatten, würden sie zusammenfahren.

Er hatte das Büro in dem Glauben verlassen, alles erledigt zu haben. Dummerweise war ihm Zuhause der Papierkram eingefallen, den er gestern Abend bearbeitet hatte. Es musste noch heute in die Post. Jetzt bräuchte er nur noch eine verdammte Briefmarke dafür!

Er lief zurück in die Küche, um die rote Süßigkeitendose zu öffnen und sich von Lindseys selbstgemachtem Toffee zu bedienen. Er hatte nie verstanden, warum Frauen so besessen von Schokolade waren, aber dieses Zeug war verdammt gut. Eine Schande, dass sie den Großteil an die Frauenhäuser verteilt hatte. Eine weitere Schachtel ging an Mrs. Martinez, als sie Rona und Dixon abgeholt hatte.

Sein Mädchen mochte die Feiertage. Sie hatte ihn überredet, mit ihr zusammen den Weihnachtsbaum zu schmücken. Dafür hatte er den Kampf um die Weihnachtsmusik gewonnen. Anstatt Willie Nelson lief beim Schmücken Ella Fitzgerald. Pappmaschee-Engel hingen im Küchenfenster. Den Kamin verzierten die roten Filzsocken, die sie genäht hatte, und handgemachte Weihnachtskarten von den Frauen und Kindern der Frauenhäuser standen auf dem Sims. Das Haus roch nach Kiefern und Schokolade.

Die Begeisterung, für eine weihnachtliche Atmosphäre zu

sorgen, löste ein komisches Gefühl in ihm aus. Konnte es sein, dass er ihre Bemühungen genoss?

Wie eine Wahnsinnige hatte sie gelacht, nachdem er ihr einen braunen Fleecepullover mit Teddyohren an der Kapuze überreicht hatte. Später hatte sie ihm für sein Geschenk gedankt, indem sie beim Fernsehschauen den Pullover und nichts anderes getragen hatte.

Konzentriere dich. Briefmarken, das brauchte er jetzt. Er runzelte die Stirn. *Guten Morgen*, in ihrem Schreibtisch! Er kramte durch die obere Schublade: Kugelschreiber, Bleistifte, Scheren, bunte Heftklammern. Die Nächste schien verschlossen, doch das Holz war so abgenutzt, dass ein kleiner Ruck genügte, um sie zu öffnen. Er fand Briefumschläge und Briefpapier. *Ich nähere mich.* Darunter fand er ... ausgedruckte Zeitungsartikel? Bei der Überschrift einer Tageszeitung aus San Antonio runzelte er erneut die Stirn, diesmal aber aus Verwunderung. War sie nicht aus Dallas?

Wider Erwarten fand er in der Schublade keine Verlobungs- oder Geburtenbekanntgaben, sondern einen Artikel über eine Frau, die ihren Ehemann erschossen hatte. Der Polizist, der auf den Notruf reagiert hatte, wurde von Lindsey Rayburn Parnell ermordet, der Frau des Ranchers.

Fuck. Erst gestern hatte er das Suchprogramm nach den Schwestern Lindsey und Melissa durchsucht. Beide trugen den Nachnamen Rayburn.

Ein ermordeter Polizist? Er hatte das Gefühl, einen Schlag in die Magengegend abbekommen zu haben und sank auf den Schreibtischstuhl. Das war das Geheimnis, das Lindsey zu verbergen suchte? „Nein", hauchte er. *Scheiße*, auf keinen Fall wäre sie in der Lage, jemanden umzubringen.

Er blätterte durch die anderen Artikel. In einem wurde die Vermutung aufgestellt, dass Lindsey mit einem Farmangestellten fremdgegangen war. Sie und ihr Ehemann hatten gestritten und dann war es zu jenem verhängnisvollen Schuss gekommen. Vielleicht ... das Szenario wäre eine Möglichkeit. Aber würde

Lindsey fremdgehen? Wenn es sich bei diesem Mann um das pädophile Arschgesicht handelte, verdiente er es, zu sterben. Vielleicht hatte sie ihn wirklich umgebracht.

Nur auf ein Szenario, in dem sie einen Polizisten töten würde, kam er nicht.

Ein Artikel zeigte den ermordeten Gesetzeshüter. Uniform sauber und glänzend. Idealistisch. Wahrscheinlich jünger als Lindsey. Das Mädchen hätte niemanden wie ihn erschießen können.

Aufmerksam sah er sich alles an und fand ausführliche Informationen über die Polizeikräfte in einer kleinen Stadt in Texas, die Grenzkontrolle und einen Offizier namens Ricks. Sie hatte sich E-Mail-Adressen für die ICE – die Einwanderungs- und Zollbehörde – notiert. Was zum Teufel machte sie hier?

Unten in der Schublade fand er Artikel zu den Themen, wie man Passwörter und verschlüsselte Dateien knackte. Es gab keinen Grund für eine Sozialpädagogin sich darüber zu informieren – es sei denn, dass sie wirklich Passwörter knacken musste.

Mit angespanntem Kiefer packte er alles in die Schublade zurück und knallte sie frustriert zu. Sie steckte so tief in der Scheiße. Und er würde ihr ab sofort keine Wahl mehr geben, als sich von ihm helfen zu lassen.

Babe, wir müssen reden. Über alles.

In der nächsten Schublade versteckte sich eine Briefmarke. Im gleichen Atemzug hörte er, wie ein Auto vorfuhr. Simon.

Auf dem Grundstück der Hunt-Brüder, der Serenity Lodge, die sich in den Bergen nahe des Yosemite-Nationalparks befand, trat Lindsey aus ihrer rustikalen Hütte, stoppte und sah sich mit weit aufgerissenen Augen um. Nachdem sie für einige Zeit in der vernebelten Hafengegend gelebt hatte, war die Schönheit dieser Gegend unbestritten. Umgeben wurde sie von einem Wald aus schwarzen Baumstämmen und Schnee. Über ihnen erhoben sich die Granitfelsen zu den schneebedeckten Bergspitzen.

„K-kalt." Sie wickelte die Arme um ihren dicken Mantel und folgte dem Pfad zur Haupt-Lodge. Hoffentlich würde Zander bald eintreffen. Für heute Abend war nichts geplant und sie freute sich auf einen ruhigen Abend mit ihren Freunden, dazu ein Feuerchen im Kamin. Morgen erwartete sie eine andere Art Spaß – eine Kerker-Party.

Sie sah Simon, der die Verandatreppe zur benachbarten Blockhütte bestieg. „Ihr seid schon hier?"

Er öffnete die Tür. Hinter ihm schüttelte Rona gerade eine Hose aus, die sie aus ihrem Koffer gezogen hatte.

Er drehte sich zu ihr um. „Wir sind gerade angekommen. Hast du dich schon eingelebt?"

„Oh ja." Wie viele Männer konnten schon einen Anzug anziehen und trotzdem aussehen, als wären sie in der Wildnis geboren? Nur Simon. „Ich bin auf dem Weg in die Lodge, um mir etwas zum Essen zu holen und Becca zu fragen, ob ich Ansel halten darf."

Lindsey hatte das Baby seit seiner Geburt nicht mehr gesehen. Da Xavier zu der Art von überfürsorglichen Typen gehörte, hatte er darauf bestanden, dass Rebecca ihr Baby in San Francisco auf die Welt brachte, wo es ... Krankenhäuser gab. Zu Rebeccas Verärgerung hatte ihr Ehemann Logan zugestimmt. „Hast du Zander auf dem Weg verloren?"

„Er ist in der Lodge, um Logans Festnetztelefon zu benutzen."

„Oh, okay." Auch ihr war aufgefallen, dass ihr Handy hier oben keinen Empfang hatte und nur wenige der Blockhütten verfügten über ein Festnetztelefon. „Ich sehe euch später." Mit einer behandschuhten Hand winkte sie ihm zu und wagte sich weiter auf dem zum Großteil geräumten Weg vor. Trotz des knirschenden Schnees unter ihren Schuhsohlen waren ihre Füße warm. Gott sei Dank boten Secondhand-Läden auch Stiefel, Handschuhe und Winterjacken. Begeistert war sie vor allem von der Tatsache, dass das Messer, das ihr Zander geschenkt hatte, in ihren Stiefel passte.

Das beste an der Sache: Durch die billige Ausbeute war sie in der Lage gewesen, das Einkaufszentrum erneut zu besuchen und sich das aufreizende Jungfrauen-Outfit zu holen, das sie einfach nicht aus dem Kopf bekommen hatte. Das Negligé wäre ein Augenschmaus für Zander, zumal er sie zumeist in seinen Flanellhemden sah.

Der Waldweg öffnete sich in eine weite Lichtung. Auf der linken Seite stand die zweistöckige Lodge, zu ihrer Rechten war die Straße, auf der sie hergekommen waren, und am hinteren Ende war der Parkplatz, der durch immergrüne Büsche verdeckt wurde. Dorthin begab sie sich, um einen Blick auf ihr Auto zu werfen. Kriminalität an diesem isolierten Ort war nicht sehr wahrscheinlich, dennoch konnte sie ihre gewohnte Nervosität nicht abstreifen.

Der Gedanke, die Beweise zurückzulassen, hatte sie in Panik versetzt. Aus diesem Grund hatte sie die USB-Sticks aus dem improvisierten Feuermelder genommen, einen hinter dem Radio und einen im Rücklicht versteckt.

Prüfend schaute sie sich auf dem Parkplatz um. Alles sah gut aus, und so machte sie sich zum Hauptgebäude auf.

In der Lodge fand sie Zander am Telefon der Rezeption. Sie näherte sich ihm. Er verengte die Augen daraufhin und musterte sie auf eine unangenehme Weise – beinahe so, als sähe er sie gerade zum ersten Mal. Wenigstens lächelte er und streckte die Hand nach ihr aus.

Lindsey hob sich auf die Zehenspitzen und presste einen Kuss auf seinen Kiefer. Dann begrüßte sie auch den Mann hinter dem Tresen mit einem freundlichen Nicken.

Logan Hunt gehörte die Serenity Lodge, zusammen mit seinem Bruder. Stahlblaue Augen, kleine Narbe unter seinem linken Wangenknochen, Gesicht von der Sonne gebräunt. Mindestens einen Meter neunzig groß bestand er nur aus

Muskeln und sein unerschütterliches Verhalten sprach wie bei Zander von einer Militärlaufbahn.

Logan ließ seinen Blick in einer unpersönlichen Musterung über sie schweifen, mit einer Wirksamkeit, die sie daran erinnerte, dass er in der Gegend ein bekannter Dom war. „Du hast dich für die Kälte passend gekleidet. Gut gemacht."

„Danke." Sie sah sich um. Im Erdgeschoss gab es mehrere Bereiche, in denen man es sich auf Ledersofas, dunkelroten Sesseln und bunten Flickenteppichen bequem machen konnte. In dem Steinkamin brannte ein Feuer. Auf dem Sims standen geschnitzte Wolffiguren, die so realistisch aussahen, dass sie die Tiere heulen hören konnte. Im hinteren Bereich waren Tische arrangiert, auf denen man Karten oder Brettspiele auspacken konnte. Dahinter stand ein riesiges Bücherregal. „Ist Becca in der Nähe?"

„Sie hat gehofft, dass du vorbeikommen würdest. Sie ist in der Küche." Ein Nicken auf eine Tür links von ihr wies ihr den Weg.

„Verstanden. Danke."

Die Küche im Landhausstil war gefüllt mit dem Duft von frischem Brot. Wie auch Lindsey liebte es Rebecca, zu backen. Im letzten Sommer hatten sie ihre liebsten Rezepte ausgetauscht.

„Na du." Als Begrüßung hob Rebecca einen Holzlöffel in die Höhe. Sie war mit Hackfleisch in der Pfanne beschäftigt. „Für deinen ersten Abend bereite ich einen Shepherd's Pie zu."

„Klingt gut." Auf einem Teller entdeckte sie bunt verzierte Weihnachtsplätzchen. Bei dem Nicken von Becca gönnte sie sich einen: Wer konnte bei einem Weihnachtsmann mit Streuseln schon widerstehen? „Jake und Kallie habe ich noch nicht gesehen. Sind die beiden nicht hier?" Logans Bruder und seine Frau wohnten in einem Haus nicht weit hinter der Lodge.

„Kallie hat eine Wette mit ihren Cousins verloren und musste zum Einkaufen nach Modesto fahren. Jake ist mitgefahren, da er eine Übernachtung in der Stadt geplant hat und sie dort damit überraschen möchte.“ Becca grinste. „Er liebt es, sie daran zu erinnern, wie wunderschön er sie findet, weshalb er mich gebeten hat, ihren Koffer mit heißen Klamotten zu füllen.“

„Ein wahrer Dom“, sagte Lindsey. Kallie war mit drei Jungs aufgewachsen und kleidete sich oft selbst wie einer.

„Das ist er. Sie werden rechtzeitig zur Kerker-Party zurück sein.“

„Gut.“ Lindsey schluckte den letzten Bissen des Plätzchens herunter und befreite ihre Hände von den Krümeln. „Und jetzt sag mir, wo du das Baby hast. Ich brauche eine Kuscheleinheit.“

„Dafür ist er immer zu haben.“ Rebecca zeigte auf die Ecke, wo eine Babyschaukel mit einem schwarzhaarigen Baby stand. Daneben lag ein gefährlich aussehender Deutscher Schäferhund.

Lindsey näherte sich und sogleich erhob sich der Hund. Er war von ihrer Anwesenheit nicht gerade erfreut, oh nein. Jemand nahm seine Tätigkeit als Wachhund sehr ernst.

„Thor, richtig?“ Sie streckte ihre Hand aus, damit er daran riechen konnte. „Becca meinte, ich darf Ansel in die Arme nehmen. Natürlich nur, wenn auch du damit einverstanden bist, mein Großer.“

Ein paar Sekunden vergingen, dann entspannte sich Thor. Sein Schwanz setzte sich zustimmend in Bewegung.

„Super.“ Lindsey hob das Baby aus der Schaukel. *Schau dir nur die dunkelblauen Augen an.* „Du wirst später sehr viele Herzen brechen, Master Ansel.“

Seine winzige Faust stieß gegen ihr Kinn, seine Antwort ein niedlicher Babylaut.

„Wohl wahr“, sagte Rebecca. „Wenigstens wird ihm gestattet sein, Freundinnen zu haben. Kannst du dir vorstellen, Logans Tochter zu sein? Ihr wäre es bis zum dreißigsten Lebensjahr verboten, auch nur ein Date zu haben.“

„Ha! Zuerst müsste sie einen Jungen mutig genug finden, der sie um ein Date bittet.“ Lindsey schmiegte den Kleinen an ihre Brust, atmete den typischen Babyduft ein und spürte, wie sich ihre Augen mit Tränen füllten.

„Alles okay bei dir?“, fragte Becca in einem sanften Ton.

Lindsey biss sich auf die Innenseite ihrer Wange, um nicht loszuheulen. „Als ich Texas verließ, war meine Nichte in diesem Alter.“ Emily würde in ein paar Monaten ihren ersten Geburtstag feiern. „Ich vermisse meine Familie.“ Jemand hatte Löcher in ihre Brust gebohrt. Genauso fühlte sich Heimweh an. Eine Leere, die für immer vorherrschen würde.

Becca zog die Augenbrauen zusammen. „Ich bin mir sicher, Xavier würde dir die Erlaubnis geben, nach Hause zu fahren.“

Zur Hölle, verraten von ihren eigenen Emotionen. „Für den Moment ... bleibe ich auf Abstand. Als ich wegging, war alles ein bisschen chaotisch.“

„Dein Ex-Ehemann?“

Ohne ihren Blick von dem Baby zu nehmen, nickte Lindsey. Schuldgefühle nahmen von ihr Besitz. In ihrer Welt logen sich Freunde nicht an.

Allerdings gab es in ihrer Welt auch keinen Platz für Mord. Welten ändern sich. Sie würde nicht zulassen, dass ihre Freunde dem Dilemma zum Opfer fallen, sich zwischen dem vorherrschenden Gesetz und den Lügen einer Freundin zu entscheiden.

„Ich will diesen Ex von dir kennenlernen.“ Zanders kratzige Stimme zerschnitt den Raum wie die Kettensäge den Stamm eines Baumes.

Lindsey drehte sich um. „Hey. Hast du alles Geschäftliche für heute erledigt?“

„Habe ich.“ Mit angespanntem Kiefer näherte er sich wie ein Raubtier. Ein kleiner Kuss auf die Lippen, dann ging er auf Abstand.

Wie er sie betrachtete, löste Unwohlsein bei ihr aus. Was hatte es nur mit seinen merkwürdigen Blicken auf sich?

In ihren Armen zappelte Ansel und quietschte aufgeregt. Wie es schien, mochte er den Neuankömmling. Vielleicht erkannte er die gefährliche Aura von Logan in Zander wieder.

Zanders Ausdruck wurde sanfter. „Niedlich der Kleine, Becca“, sagte er. „Hast du gut gemacht.“

„Na ja, wenn ich ihn mir so ansehe, scheint Logan die ganze Arbeit gemacht zu haben. Ansel hat zwar meine Nase, doch der Rest ist ganz Hunt."

Zander streichelte die Wange des Babys. Fingerchen hoben sich und packten einen von Zanders großen Fingern. „Starker, kleiner Mann bist du, stimmt's?"

„Das ist er." Lindsey wog ihn in den Armen. „Was soll ich dem kleinen Macho-Jungen zu seinem ersten Weihnachtsfest schenken? Eine Rassel in der Form eines Beils? Oder vielleicht einen Baby-Filzhut?"

Becca lachte.

Ansels kleine Hand ließ nicht los. Zander war ihr so nah. Die Wirkung, die der Anblick eines starken, großen Mannes mit einem hilflosen Baby hatte, sollte ihr mal jemand erklären. Ihr Uterus sprang aufgeregt auf und ab.

Doch Zander sah sie mit einem undefinierbaren Blick an. „Du wirst deine Familie nächste Woche vermissen. An Weihnachten. Vielleicht sollte ich dich nach Texas bringen. Ich kann dafür sorgen, dass dich dein Ex nicht belästigt."

„Hey, das ist eine großartige Idee!", sagte Becca, noch immer am Herd beschäftigt.

Die Hand, die sich um Lindseys Herz legte, ballte sich zur Faust und drückte so fest zu, bis es explodierte. Mit Zander nach Texas fahren? Lindsey zwang sich zu einem Kichern. „Nein, nein, ich denke nicht, dass Texas für die Schlacht bereit ist, die du dort anzetteln würdest."

„Denkst du?", sagte Zander. „Ich schätze, sogar in Texas wäre es unschicklich, wenn ich deinen Ex-Mann umbringe."

Sein Kommentar fühlte sich wie Eiswasser in ihrem Gesicht an. Geradeso schaffte sie es, nicht nach Luft zu schnappen.

Mit dem Baby in den Armen, das immer noch Zanders Finger umschloss, wurde sie von ihm angestarrt. „Wäre scheiße, die Bullen gegen mich zu wissen."

Unwillkürlich zuckte sie zusammen.

Seine Augen verengten sich. „Babe, es wird Zeit, dass du –"

„Komm, Ansel, lass uns schauen, wie gut du mit einer Rassel zurechtkommst.“ Mit zitternden Händen setzte sie ihn in seine Schaukel zurück. Sollte sie sich bei Zanders Worten Sorgen machen? Wusste er etwas? Wollte sie, dass er etwas wusste? Ein Teil von ihr wollte fliehen. Der andere Teil wollte sich in seine Arme werfen und ihm alles erzählen.

„DeVries, hast du Lust auf ein bisschen Schießtraining?“, fragte Logan von der Türschwelle. „Simon holt auch deine Schießstandtasche aus dem Auto.“

„Lindsey und ich –“

Logan zog falsche Schlüsse und fragte: „Lindsey kommt mit?“

Kotz, nein, ich will nicht. Aber wenn sie mitkam, könnte sie der Unterhaltung mit Zander aus dem Weg gehen. Sie war noch nicht bereit, alles vor ihm offenzulegen. Sie glaubte nicht, dass er die Polizei auf sie hetzen würde. Doch wenn er das nicht tat, könnte er im Gefängnis landen. *Gott. Okay, geh mit.* Sobald Zander beschäftigt war, konnte sie die Fliege machen. Sie wollte mit ihm reden – das wollte sie wirklich –, zuerst musste sie sich über einiges klar werden. Mehr nachdenken. Viel mehr. „Ich habe keine Waffe, aber ja, ich würde es gerne ... ausprobieren.“

„Ich hole Beccas Revolver für dich“, sagte Logan.

Zander zog eine Augenbraue hoch und nickte dann. „Lass uns gehen.“

Auf der Lichtung vor der Lodge überreichte Simon deVries eine dunkle Tasche. „Du wirst uns also begleiten, Lindsey? Eine neue Erfahrung ist immer gut.“

Ein paar Minuten später gesellte sich Logan zu ihnen und führte sie einen Waldpfad hinauf.

Lindsey hatte das Gefühl, als wüte ein interner Schneesturm in ihr, der ihre Adern zu Eis gefror. Was hatte sie sich nur dabei gedacht? Sie hasste Waffen. Hasste sie, hasste sie, hasste sie.

KAPITEL SECHZEHN

DeVries musterte den Schießstand. Eingezäunt, hinter den Zielscheiben ein Abhang. Mit Sicherheit, um zu verhindern, dass Tiere und Menschen in die Schussbahn gerieten. Innerhalb der Absperrung standen Holzpfosten mit Entfernungsmarkierungen, gekrönt von kopfgroßen Metallplatten. An der Schusslinie hatte man hüfthohe Baumstümpfe arrangiert, die als Tische dienten. „Wirklich nett", sagte deVries zu Logan.

„Perfekt für kleinere Waffen. Nicht weit von hier gibt es auch einen Schießstand für Gewehre." Logan gab ihm einen Revolver, eine Box mit Munition und Ohrenschützer. „Du kannst bei Lindsey mit einem 38er Kaliber beginnen, und ich habe 357er hier, wenn sie sich enthusiastisch zeigt." Logan wählte einen Baumstumpf, stellte seine Tasche daneben ab und zog eine Schachtel mit Munition heraus.

Simon tat es ihm gleich.

DeVries winkte Lindsey zu sich, der sich für den äußersten Stumpf entschieden hatte.

Okay, sein Kommentar über Mord hatte sie wirklich aus der Fassung gebracht. Noch immer war sie blass. Er hätte sie zur Blockhütte zerren sollen, aber ... *verdammt*, er wollte, dass sie sich ihm von allein öffnete.

Treffe die richtige Entscheidung, Süße.

„Okay, was muss ich machen?“ Sie drückte die Schultern durch, konnte jedoch nicht verbergen, wie unwohl sie sich gerade fühlte.

„Weißt du, wie man schießt?“ Sie mochte Waffen nicht, daran erinnerte er sich, als er ihr die Ohrenschützer aufsetzte.

„Ähm, nein.“ Sie starrte auf Beccas *Smith & Weston*-Pistole, die auf dem Stumpf lag, als hätte sie eine Schlange vor sich.

„Okay, beobachte mich dabei, wie ich sie lade und schieße. Wenn du an der Reihe bist, helfe ich dir.“

Beccas Pistole war ein guter Anfang für sie, dachte er. Möglich, dass sie den fünfzehn Zentimeter Lauf etwas schwer fand, doch länger bedeutete auch einen weniger heftigen Rückstoß.

Nachdem er die Waffe geladen und selbst Ohrenschützer und einen Augenschutz aufgesetzt hatte, nahm er seine Position ein: Beine gespreizt, beide Hände an der Waffe, Ziel fixiert, regelmäßig atmen, Bewegungen langsam, damit sie folgen konnte, ohne dass er etwas sagen musste. Dann betätigte er den Abzug. Ein schriller Metalllaut machte klar, dass er sein Ziel getroffen hatte. Er beobachtete, wie der Pfosten vor und zurück schwang und erkannte, dass die Hunt-Brüder eine Auto-Feder in der Konstruktion verarbeitet hatten. Er blickte zu Logan und hob die Stimme, um Gehör zu finden: „Mir gefällt die Reaktion.“

„Mir auch. Wir haben die Federn hinzugefügt, als wir Becca das Schießen beigebracht haben. Sofortige Belohnung funktioniert immer noch am besten, wenn man was Neues lernen möchte.“

Oh ja. Er genoss die Laute und die Bewegungen des Ziels, während er die S&W leerte.

„Du hast nicht einmal verfehlt.“ Lindsey sah ihn mit weit aufgerissenen Augen an.

Ihre Bewunderung fühlte sich gut an und gab ihm das Gefühl, wieder ein Teenie zu sein. Wie alt war er bitte? Zwölf? „Schießt du daneben, verlierst du dein Leben.“ Als sie zusammenzuckte, wollte er die Worte sofort zurücknehmen. Was zum Teufel war in Texas passiert? Hatte sie wirklich ihren Ehemann ermordet? Eine kaltblütige Mörderin würde bei dieser Aussage sicher nicht zusammenzucken.

Erzähl's mir, Baby, damit ich dein Problem lösen kann.

„Hier." Nach der Schutzbrille reichte er ihr die Pistole und zeigte ihr, wie sie die leeren Patronen entfernte und nachladen konnte. Der Revolver war eine gute Wahl für Anfänger – beinahe idiotensicher, wenn es ums Laden ging. Seine halbautomatische S&W 1911 war seine bevorzugte Schusswaffe, doch hin und wieder genoss er das Gewicht eines Revolvers in seiner Hand.

Sie trat an die Linie und er nahm hinter ihr Stellung, um sie auszurichten. Was er mehr als genoss. Sie war so reizend. *Verdammt*, wenn sie wirklich ihren Ehemann umgebracht hatte, hatte er es mit Sicherheit verdient. Jedoch gab es noch den toten Polizisten. „Bereit?"

Sie nickte und zielte. Drückte den Abzug.

Die Waffe zuckte in Lindseys Händen und ihre Welt geriet aus den Fugen. Als der dumpfe Laut ihre Ohren traf und der beißende Gestank von Schießpulver ihre Lungen infiltrierte, wurde sie von Dunkelheit eingehüllt. Selbst der weiße Schnee färbte sich pechschwarz.

Sie spürt, wie Victors Körper auf sie fällt, hört sein Schreien. Die Waffe zuckt in ihrer Hand, die Kugel trifft mit einem ekelerregenden Laut ihr Ziel. Schreie, laute Schreie. Ihr Sichtfeld füllt sich mit Rot. Heiß und klebrig durchtränkt Victors Blut ihre Kleidung.

Sein Körper drückt sie zu Boden, bebt über ihr. Seine Füße hämmern gegen den Boden, dann ... nichts. Nässe auf ihrem Gesicht. Sie schiebt, schiebt, droht unter seinem Gewicht zu ersticken, unter dem Horror, der sich zugetragen hat.

Kann nicht atmen.

Etwas traf ihre linke Wange, ihre rechte. Kräftige Hände hielten ihre Schultern und schüttelten sie durch. „Lindsey."

Sie packte den Arm, krallte sich fest, als die Welt um sie herum zerfiel. „Er ist –“ Ihre Stimme brach. „Er ist tot. Oh Gott, Victor ist tot.“

„Öffne deine Augen, Babe. Sieh mich an.“

Die harte Stimme durchdrang die Dunkelheit. Noch immer spürte sie den leblosen Körper ihres Ehemanns auf sich. Sie hatte gewartet, darauf gewartet, dass er einen Atemzug nahm.

„Sieh. Mich. An.“

Sie blinzelte.

Augen so grau wie das Meer an einem stürmischen Tag bohrten sich in ihre.

„Zander?“ Sie kniete und schubste ihn von sich.

Sein schmerzhafter Griff an ihren Schultern lockerte sich. „Fuck, Baby.“ Er riss sie an sich, an seine Brust und drückte ihr die Luft ab. Sie saßen auf dem Boden, der Gehörschutz und die Schutzmaske lagen im Schnee neben ihnen.

Schnee.

Dies war Kalifornien, nicht Texas. Nicht ihre Ranch. Sie schluckte schwer und versuchte mit aller Macht, ihr Frühstück im Körper zu behalten.

„Was zum Teufel war das?“ Diese Stimme kannte sie: Logan.

„Ein Flashback, nehme ich an.“ Zander zog sie auf seinen Schoß, wickelte sie in seine starken, beschützenden Arme.

„Das klang, als hätte sie einen Mord miterlebt“, sagte Simon.

Sie schmiegte ihren Kopf an Zanders Schulter. Rot verschleierte immer noch einen Teil ihres Sichtfelds, furchtbare Schauer schüttelten sie bis aufs Mark durch.

„Miterlebt? Nein, mehr als das. Sie hat nicht reagiert, als wir geschossen haben. Erst als sie selbst die S&W benutzte, folgte die Reaktion.“ Seine schwielige Hand legte sich um ihr Kinn und zwang sie, ihn anzusehen. „Hast du deinen Ehemann erschossen, Lindsey?“

Seine harten Worte verschlimmerten das Beben in ihrem Körper, genau wie sein grausamer Blick und sein unnachgiebiger Griff an ihrem Kinn – trotzdem ließ er sie nicht los, drückte sie nur noch fester gegen seine Brust. Unbarmherzig und sanft – die paradoxen Eigenschaften eines Doms.

Um sie herum knackten die Äste in der leichten Brise. Die Welt war so ruhig, dass sie ihren Herzschlag hören konnte.

„Lindsey, antworte mir."

„Ich habe ihn getötet", flüsterte sie und wandte gleichzeitig den Blick ab. Doch Victors Augen starrten sie zwischen den dunklen Bäumen an; tiefes Rot sammelte sich im Schnee. Ein Schrei kämpfte sich von ihrer Kehle nach oben, erfüllte ihre Ohren, löschte die Stille aus.

„Bleib bei mir, Sub." Zander schüttelte sie zaghaft. „Warum hast du ihn getötet?"

„Ich –" *Warum?* „Er ..." *Gewehre an den Metallwänden.* „Dort waren Waffen." Sie hatte nicht vorgehabt, ihn zu erschießen. *Der Junge. Die Pistole zuckt in ihrer Hand. Heißes Blut bedeckt ihre Brust.* „Er wollte ..."

„Fuck, sie hat sich in ihrer Erinnerung verloren." Ein brennender Klaps auf ihre Wange folgte. „Tex, schau mich an." Zanders durchdringender Blick hielt sie in der Gegenwart.

„Es tut mir leid. So leid. So leid. Ich wollte nicht –"

Seine Augen wurden so lichtdurchlässig wie der Morgennebel über dem Hafen. „Das machst du gut. Ganz ruhig. Lass dir Zeit."

Sie nickte.

„Simon, hilf mir", murmelte er.

„Ich frage und dränge, du tröstest." Simon ließ sich auf ein Knie herunter und sah sie direkt an. Sein olivfarbener Teint und die schwarzen Haare hoben sich von der weißen Landschaft ab. „Lindsey, wo ist es passiert?"

„Auf meiner Ranch." Während Zander ihre Schultern rieb, sie tröstete, sagte sie: „Ich habe es dir erzählt. Erinnerst du dich an den Anruf, bei dem es um einen hübschen Jungen ging? Ich bin zur Ranch gefahren, musste sehen, was dort vor sich geht." Ihr Körper beruhigte sich, das Beben verließ ihren Körper. Doch als sich die Erinnerung an die Oberfläche wagte, erstarrte sie. Was machte sie hier? Sie hatte – *oh Gott* – sie hatte ihnen von Victor erzählt. Ihnen erzählt, dass –

„Zu spät, Babe“, flüsterte Zander an ihrem Ohr. Seine stoppelige Wange rieb gegen ihre. „Lass alles raus.“

Ausdruckslos saß Simon vor ihr. Sie sah zu ihrer Rechten: Logan lehnte an einem Stumpf, Arme über der Brust verschränkt, metallgraue Augen waren auf sie gerichtet. Sie hatte gehört, wie ihre Stimme verkündet hatte: *„Ich habe ihn getötet.“* Sie hatte ihr eigenes Grab ausgehoben, dann konnte sie die Sache auch gleich beenden.

Sie würden sie an die Polizei übergeben – das mussten sie. Ein Angstschauer erfasste sie.

Zander wickelte die Arme enger um sie, erinnerte sie somit daran, dass sie noch immer auf seinem Schoß saß. „Spuck es aus. Danach werden wir uns eine Lösung für dein Problem überlegen.“

Eine Lösung ... „Das darfst du nicht. Ich hab's versucht.“ Sie fühlte sich furchtbar, ihre Hoffnung zerschlagen. In winzige Splitter. „Sie werden mich umbringen.“

Er drückte ihr Gesicht gegen seine Brust und sie inhalierte seinen wilden, sauberen Duft – als wäre er in einem Kiefernwald auf die Welt gekommen. „Niemand wird dich umbringen“, beruhigte er sie mit kratziger Stimme.

Für einen Moment krallte sie sich an ihn, unfähig von ihm abzulassen.

„Lass uns die Ereignisse Schritt für Schritt durchgehen, Sub“, sagte Simon bestimmt und sie wagte es, den Kopf zu heben. „Du bist zu der Ranch gefahren. Was ist dann passiert?“

„Ich bin im Dunklen hingefahren. Nur wusste ich nicht genau, wo ich nachsehen musste. *‚Hey, Parnell, ich habe hier einen hübschen Jungen für dich. Ich lege ihn wie immer auf der Ranch ab.‘*“

Wie in einem Hörbuch fuhr ihre Stimme fort, gab die Geschichte wieder: „Ich konnte Victors Auto nicht am Haupthaus sehen, fand es erst am alten Haus.“ In dem Wissen, dass sie dadurch nur das Ende hinauszögerte, erklärte sie, wie das Originalhaus zumeist für Gäste in der Jagdsaison genutzt wurde. Doch dort fand sie Victor nicht, trotz des geparkten Autos, und auch in der zerfallenen Scheune gab es keine Spur von ihm.

Sie läuft über den flachen Boden, auf Stimmen zu, die aus dem alten Metallschuppen kommen, in dem sie kaputte Maschinen aufbewahren.

Dann hört sie einen hohen, gedämpften Schrei.

„Du kleiner Bastard, halt still!“ Victors Stimme.

Sie macht die Tür auf ... und sie erstarrt. Eine einzelne Glühlampe erleuchtet einen Jungen, noch nicht mal in der Pubertät, der auf dem Betonboden liegt. Geknebelt, seine Knöchel und seine Handgelenke gefesselt, die Jeans bis zu den Knien heruntergezogen.

Victor steht über ihm und öffnet seinen Gürtel.

„Was machst du da?“ Ihre Stimme kommt schockiert über ihre Lippen, getränkt in Naivität und Dummheit.

Irgendwie schaffte sie es, Simons Gesicht in den Fokus zurückzuholen – sie redete, oder nicht? Ohne den Blick abzuwenden, sagte sie: „Ich hätte wegrennen sollen. Hätte –“

„Erzähl weiter“, drängte Simon.

Das Gesicht des Doms löste sich auf, als sie von Victor gepackt und durch die Scheune geworfen wurde. „Ich krachte gegen die Kisten ...“ Ihre Stimme klang nicht echt, nicht wie ihre.

Sie landete auf Holzkisten, nicht weit von dem Jungen entfernt. *Blinzelnd, verwirrt sieht sie sich um. Die alten Maschinen sind verschoben worden, lehnen an den Metallwänden, um für Boxen und längliche Kisten Platz zu schaffen. Ein Deckel ist geöffnet und zeigt glänzende Gewehre. „Waffen? Victor, was –“*

„Meine Fresse, was bist du doch hohl. Warum sollte ich an deiner Fotze Interesse haben, wenn ich süße Unschuld genießen kann? Wie ihn?“ Er stupst den verängstigten Jungen mit seinem glänzenden Schuh und schließt seinen Gürtel auf dem Weg zu ihr.

Eisige Kälte breitet sich in ihr aus. „Was?“ Ihren tauben Lippen fällt es schwer, das Wort zu formen.

„Dieser Ort. Meilenweit keine Menschenseele und direkt an der Grenze zu Mexiko.“

Die Ranch? Hat er sie nur wegen der Ranch geheiratet?

Das hat er. Er grinst sie an, selbstgefällig, seine Brust raus, das Kinn hoch. Er ist stolz auf sich. Sie hat diese Brust geküsst, ihn geküsst.

Ihr wurde übel. Als sie die frische Luft der Berge einatmete, hörte sie sich wimmern. Zanders Arme festigten sich um ihren Körper. „Ich habe dich, Baby. Ich habe dich." Wärme. Sicherheit. Einfühlsamkeit. Sie hüllte sich darin ein, beanspruchte alles für sich.

„Komm schon, Sub", sagte Simon. „Lass uns weiter machen."

„Okay", flüsterte sie. „Ich sagte zu ihm – zu Victor – *‚Du schmuggelst.'* Er verspottete mich." Wort für Wort gab sie die Ereignisse aus dieser Nacht wieder, durchquerte sie die dunklen Pfade dieses Albtraums, die sie schon so oft gegangen war.

„Du schmuggelst." Irgendwie muss sie auf die Beine kommen. Sie muss das Kind befreien, Hilfe finden. Doch sie schafft es nicht. Ihr Kopf dreht sich wie ein Staubteufel in der Wüste, sobald sie den Versuch startet.

Victor zischt: „Wie klug du sein kannst, wenn man alles vor dir ausbreitet." Er greift hinter sich, wo seine Jacke über einer Kiste drapiert ist und zieht eine Waffe. „Drogen und süße Unschuld rein, Waffen und Munition raus. Knete fließt und fließt."

Das Grundstück befindet sich im Besitz ihrer Familie, seit die ersten Siedler einen Fuß auf texanisches Land gesetzt hatten. Die Ehre der Rayburn-Familie wird von diesem Arschloch in den Dreck gezogen. Zorn brodelt in ihr hoch, Angst schnürt ihr die Kehle zu.

Er wedelt mit der Pistole. „Scheint mir ganz so, dass ich früher zum Witwer werde als zuerst angenommen. Travis wird deinen Körper schon irgendwann finden. Ich habe immer wieder vor deiner Familie erwähnt, dass du nicht alleine ausreiten sollst."

Das hat er. Und jetzt weiß sie, dass er es nicht aus Liebe gesagt hatte, sondern um sich abzusichern. Es fühlt sich an, als würde sie in einer Jauche ertrinken.

Er hatte mich nie geliebt. *Sie hat ihm ihren Körper gegeben, Liebe mit ihm gemacht. „Du verdammtes Arschloch."*

„Oh tu nicht so, schließlich hast du mich wegen meines Geldes gehei-

ratet", fauchte Victor. „Nur hast du nicht verstanden, dass ich dich nur wegen deiner Ranch wollte."

Als die Worte durch die Luft schwebten, unter ihr vibrierten, vom Schnee konserviert wurden, erstarrte Zander. „Mein Gott, du hast ihn also doch wegen des Geldes geheiratet!"

Sie drehte sich und sah ihn an.

Zynismus verunstaltete sein Gesicht zu einer furchtbaren Grimasse. Obwohl sie auf seinem Schoß saß, fühlte es sich an, als säßen sie mehrere Meter voneinander entfernt. Das war nicht ihr Zander. Dieser Mann gab ihr die Schuld. Er dachte wirklich, dass sie so geldgierig war wie seine Ex-Frau. *Schon wieder.* Seine Zurückweisung brannte, verwandelte seine lieben und unterstützenden Worte in Asche.

„Lindsey." Simon verlangte nach ihrer Aufmerksamkeit. „Wie hast du es geschafft, deinem Ehemann zu entwischen?"

Sie sehnte sich nach Zanders Armen – nein, nein, tat sie nicht! Sie wollte ihn sowieso nicht mehr. Nicht, wenn er so von ihr dachte. Trotzdem musste sie zugeben, dass nichts so sehr schmerzte, als ihn zu verlieren. Nicht der Verlust ihrer Ranch. Nicht der Verlust ihres Lebens in Texas.

Ihr wurde so kalt, dass sie die Arme um sich wickelte. Sie hatte niemanden. Sie konnte sich nur auf sich selbst verlassen. Warum vergaß sie das ständig? „Keine Fragen mehr."

Keine Hilfe. Keine Freunde. Sie musste verschwinden. Flüchten. Von vorne anfangen ... schon wieder. Eine neue Stadt finden, einen neuen Namen kaufen, einen neuen Job annehmen.

Dieses Mal würde sie sich keine Freunde, keine Liebhaber suchen! Die Zukunft war dunkel, nicht von Wolken am Horizont, sondern durch eine verschlingende Finsternis.

Zander hielt sie nicht länger an seine Brust gedrückt. Er verhielt sich distanziert, so dass sie das Gefühl hatte, bereits in einem anderen Staat zu sein. Sie erhob sich auf die Füße.

Ihre Beine wackelten, aber Laufen funktionierte. Die Fußspuren vom Haus zum Schießstand würden sie zurückführen.

„Lindsey." Auch Simon war aufgestanden. „Du musst uns den Rest erzählen, damit wir einen Plan schmieden können."

Ihr Blick lag auf Zander. Sein Gesicht ausdruckslos, seine Augen kalt, als hätte er sie noch nie im Leben gesehen. Am liebsten würde sie ihn treten.

Sie wollte weinen.

Die Leere in ihr breitete sich aus, ein schwarzes Loch, das jegliche Wärme stahl. Sie würde das schaffen. Sie würde sich wieder ein neues Leben aufbauen. Ein Leben gefüllt von einem fetten Nichts. Warum hatte sie Ricks nicht einfach erlaubt, sie umzubringen? „Keine Sorge. In einer halben Stunde werde ich verschwunden sein."

Zander schwieg.

„Hey, deVries, danke, dass du an mich glaubst." Sie wollte mehr sagen, ihn anschreien. Ein Schluchzer kämpfte sich frei und ihre Kehle schnürte sich zu, alle wortgewaltigen Pläne zerschlagen. Der perfekte Moment, um zu verschwinden.

Auf dem unebenen Weg stolperte sie immer wieder, denn ihr Sichtfeld wurde von Tränen bevölkert. Nach einer Weile nahm sie Schritte hinter sich wahr. Hoffnungsvoll drehte sie sich um.

Nicht Zander, sondern Logan.

„Geh weg."

„Tut mir leid, Süße, das kann ich nicht tun. Ich werde dich zur Lodge begleiten." Sein Ausdruck bewies ihr, dass er kein Gegenargument akzeptieren würde. Wenn sie ehrlich war, sah er genauso unbeweglich aus wie der Berg hinter ihm.

Na gut. Wortlos drehte sie ihm den Rücken zu und lief weiter. Wenigstens schafften es der Zorn und die Enttäuschung, dass sich ihre Tränen für den Moment verabschiedeten.

„Hey, deVries, danke, *dass du an mich glaubst."* Die Verbitterung in ihrer Stimme fühlte sich wie ein Messerstoß in deVries' Brust an, direkt in sein Herz.

Verdammt, sie hatte ihren Ehemann getötet. Den sie nur für sein Geld geheiratet hatte. DeVries hatte das Gefühl, in ein Feuergefecht geraten zu sein. Um ihn herum donnerte es. Er schüttelte den Kopf, versuchte, seinen Verstand von diesem Scheiß zu befreien. Sich zu zwingen, ihr nicht hinterher zu rennen, war das Schwerste, was er jemals getan hatte.

Zuerst musste er sich wieder unter Kontrolle bekommen.

Er realisierte, dass Logan ihr gefolgt war. Das war gut. Wäre eigentlich seine Aufgabe gewesen. *Gott*, jemand sollte ihn einfach erschießen. Schuldgefühle drehten das Messer in seiner Brust. Wie hatte er die Sache mit ihr so versauen können?

Seine Geduld war am Ende; er musste zu ihr. Er erhob sich auf die Füße. Seine mit Schnee behaftete Jeans klebte an seiner Haut, doch das ignorierte er. Seine Konzentration lag einzig und allein auf ihrem Rücken.

„Lass sie in Ruhe“, zischte Simon, packte deVries' Arm und hielt ihn somit vom Gehen ab. „Du hast schon genug angerichtet.“

DeVries stolperte einen Schritt zurück.

„Was zum Teufel ist los mit dir?“ Simon schubste ihn.

„Sie hat mich überrascht – und ich bin ein scheiß verdammtes Arschloch.“ DeVries wollte nicht gegen Simon kämpfen und akzeptierte einen Schlag, denn er hatte es verdient.

Mit Augen, die vor Zorn schwarz glühten, sagte Simon: „Sie brauchte deine Unterstützung!“

Die Klinge fand seine Seele. „Ich weiß. Ich habe es verkackt.“ Er drehte sich um, entlud den Revolver und packte ihn, zusammen mit den Kugeln und der Ausrüstung in seine Tasche. „Ich muss zu ihr.“

„Ich nehme Logans Tasche. Geh vor.“

Simon holte einige Minuten später auf. „Würdest du mir vielleicht mal sagen, was dich da eben geritten hat?“

DeVries spannte den Kiefer an und zwang die Worte heraus: „Meine Frau hat mich für einen reichen Kerl sitzen lassen. Sein Geld war ihr wichtiger. Zu hören, dass Lindsey das Gleiche getan hat ...“

„Das kannst du nicht wissen. Sie hat nur wiedergegeben, was der Bastard zu ihr gesagt hat."

„Simon, ich denke, ich weiß es doch." An dem ersten Morgen danach hatte er sie gefragt: *„... dann hast du also des Geldes wegen geheiratet, oder?"* Der schuldige Ausdruck in ihren Augen war Bestätigung genug gewesen. Nachdem er über einen halb vergrabenen Baumstamm gestiegen war, duckte er sich unter einem tiefhängenden Ast hindurch. „Aber ... verdammt, Geld bedeutet ihr nicht viel."

„Nein, das tut es nicht."

DeVries seufzte. „Mein Gehirn hat ausgesetzt." Vom ersten Moment an hatte er gespürt, dass sie kein Interesse daran hatte, reich zu sein. Er erinnerte sich an ihre – ihrer Meinung nach überzeugende –, Ode an Mac & Cheese, anstatt ihm Geld für Nahrungsmittel abzuknöpfen. Sie hatte zu ihm gesagt, dass die besten Behausungen mit Tieren kamen – wie die Maus in ihrer Küche. Sie hatte keine gesenkte Miete von ihrer Freundin akzeptieren wollen. Ihn niemals um irgendetwas gebeten. *Zur Hölle*, das Mädchen hatte mehr Stolz als Verstand. „Wenn Lindsey den Kerl des Geldes wegen geheiratet hat, musste sie einen verdammt guten Grund dafür gehabt haben. Und ich nehme an, dass sie es nicht aus egoistischen Gründen getan hat."

„Ich bin froh, dass du doch kein totaler Volltrottel bist", sagte Simon trocken.

Er verdiente die Maßregelung. „Da sie aus Notwehr gehandelt hat, warum ist sie dann auf der Flucht? Warum der falsche Name?" Warum wurde sie in Texas für den Mord an einem Polizisten gesucht?

„Genau das sollten wir herausfinden."

„Oh ja."

Sie traten aus dem Wald auf die Lichtung. DeVries fand sogleich den Weg, der zur Blockhütte führte.

Auf halbem Weg kam ihnen Logan entgegen. „Hier." Er warf Simon die Schlüssel von Lindsey zu – nicht deVries.

Die Beleidigung ignorierend fragte deVries: „Hat sie gesehen, dass du die Schlüssel hast mitgehen lassen?“

„Natürlich nicht.“ Logan betrachtete ihn mit einem harten Blick. „Bist du wieder bei klarem Verstand?“

DeVries kämpfte gegen den Drang an, dem Mann in die Magengegend zu schlagen. Er wusste, dass er die Frage verdient hatte. „Mein eigener Scheiß aus der Vergangenheit hat mich kurz aus der Bahn geworfen. Ich habe es mit ihr versaut.“

Die Muskeln in Logans Kiefer entspannten sich und er zuckte mit den Achseln. „Ich kann dich nicht für etwas anklagen, für was ich mich selbst einmal schuldig gemacht habe. Gott sei Dank vergeben Frauen guten Männern gerne.“

„Packt sie?“, fragte Simon und gab Logan seine Tasche.

„Noch nicht.“ In Logans Augen leuchtete ein amüsierter Funke auf. „Ich habe zu ihr gesagt, dass ich sie höchstpersönlich ausziehe und unter die warme Dusche stelle, wenn sie es nicht von selbst macht. Sie hat gezittert.“

„Hättest du Lindsey angefasst, würde dir Becca Gift in die nächste Mahlzeit mischen“, sagte Simon. „Und Rona würde helfen.“

Logan gluckste. „Ich weiß. Es war eine sehr wirksame Drohung.“ Auf dem Weg zu Lindseys und deVries’ Hütte ging Logan voran. „Willst du, dass ich mit reinkomme?“

DeVries überlegte. „Sie rennt seit Monaten davon. Du blockierst die Tür, damit sie versteht, dass das jetzt ein Ende hat. Und du wirst mein Verbündeter sein“, sagte er zu Simon. „Ich führe das Gespräch. Erhebe das Wort, wenn du denkst, dass mir etwas entgangen ist.“

Beide Männer nickten zustimmend.

„Sollen wir dir eine Minute geben, um dich zu entschuldigen?“, fragte Simon.

Es wäre ihm lieber, doch das verdiente er nicht. „Ich habe mich vor euch wie ein Arschloch verhalten, dann kann ich auch vor euch zu Kreuze kriechen.“

Logan prustete los.

Simon benutzte den Schlüssel, um die Tür zu öffnen, und

reichte ihn an deVries weiter.

Lindsey stand mitten im Raum. Noch immer in der Kleidung vom Schießstand, leicht zitternd. Mit Sicherheit hatte sie die Dusche angemacht, um Logan hinters Licht zu führen. Ihr Blick fiel auf deVries und sofort trat sie einen Schritt zurück. „Verschwinde! Lass mich in Ruhe!“

Er stellte seine Tasche ab, näherte sich ihr langsam und ihr Rückwärtsgang brach ihm das Herz. *Gott,* er war so ein verdammtes Arschloch.

Mit ihrem Rücken krachte sie gegen eine Wand. „Geh weg“, hauchte sie.

„Nein.“ Auf beiden Seiten von ihren Schultern platzierte er seine Hände, hielt sie zwischen seinen Armen gefangen und hoffte, sich auf diese Weise Gehör zu verschaffen. „Lindsey, es tut mir leid. Ich habe Mist gebaut.“

„Verschw – was?“ Ihre braunen Augen schossen zu seinen, bevor sie den Kopf schnell wieder abwandte.

„Ich habe nur *‚wegen des Geldes geheiratet‘* gehört und wurde von meiner eigenen Vergangenheit eingeholt. Aber“ – er lehnte seine Stirn gegen ihre, seine Lippen den ihren so nah – „ich kenne dich. Wenn du ihn für Geld geheiratet hast, dann aus gutem Grund.“

Sie schnappte nach Luft. „Du hältst mich also nicht für eine ... Nutte?“

Scheiße, jemand sollte ihn auspeitschen. Er verdiente es dafür, dass sie anzweifelte, auf ihrer Seite zu sein. „Nicht im Geringsten. Kannst du mir vergeben, dass ich eine Minute zu lang gebraucht habe, um meinen Kopf aus meinem Arsch zu ziehen?“

Tränen schwammen in ihren Augen.

„Fuck, bitte weine nicht.“ Wenn sie so weitermachte, würde sein Herz zerspringen.

Schnaubend wischte sie sich mit dem Arm über die Augen. „Du bist ein Sadist. Du magst Tränen.“

Er küsste ihre nasse Wange, kostete das Salz. „Nicht diese Art. Niemals diese Art.“ Der Knoten in seiner Brust lockerte sich, als sie ihm erlaubte, sie an sich zu ziehen. Als er sie in seinen Armen hatte, trat er vom Nebel ins Sonnenlicht. Weich und lieblich. Logan hatte recht: Gott sei Dank waren Frauen in ihrer Vergebung großzügig.

Unfähig sie loszulassen, genoss er für einige Minuten ihre Wärme. Hin und wieder entließ sie zittrig den Atem, als müsste sie Schluchzer zurückhalten. Seine kleine, starke Texanerin. Dann – endlich – spürte er, wie die Spannung ihren Körper verließ.

Mit einem Verlustgefühl lehnte er sich zurück. *Verdammt,* er wollte das nicht tun; er wollte sie nicht zwingen, ihren Albtraum ein weiteres Mal zu leben. Ein Mann unternahm alles, um seine Frau vor unglücklichen Momenten zu bewahren. Heute war das nicht möglich. Er atmete kontrolliert ein. „Und jetzt lass uns das beenden, Baby."

Sie erstarrte, zerbrechlich wie Glas. „Auf keinen Fall."

Dickköpfige, kleine Sub. „Oh doch."

Sie schubste ihn so hart, beeindruckend hart, und rannte los, bevor sie erkannte, dass Logan den Ausgang blockierte. Mit weit aufgerissenen Augen hielt sie an. Ihr Blick wanderte zu Simon, der neben dem Holzofen auf einem Stuhl saß.

Sie wirbelte zu deVries herum. „Das geht dich nichts an! Ich werde nicht darüber sprechen."

„Oh doch, das geht es. Und ja, das wirst du." Seine Spielzeugtasche lag noch auf dem Bett. Er zog zwei kurze Seile heraus. Als er damit auf sie zukam, lief sie rückwärts und kollidierte mit Simon.

Simon zog sie auf seinen Schoß und präsentierte deVries ihre Unterarme.

„Nein!" Sie wehrte sich, wenn auch nur halbherzig. Es war offensichtlich, dass sie Angst hatte, aber sie brauchte Hilfe und tief in ihrem Inneren wusste sie das.

„Es wird nicht mehr gerannt, Sub. Diese Option wurde dir genommen", sagte er in einem sanften Ton. Mit dem ersten Seil fesselte er ihre Handgelenke; das zweite benutzte er für ihre

Knöchel. Nun sollte ihr endlich klar sein, dass eine Flucht ausgeschlossen war. „Du wirst uns erlauben, dir zu helfen."

Er nahm sie in die Arme, hielt sie an sich gedrückt.

Umgeben von Doms, gefesselt, sämtliche Fluchtwege blockiert. Er erkannte, dass sie sich unterwarf und damit aufgab, als ihr Körper an ihn sackte. Jetzt hatte er sie genau da, wo er sie haben wollte.

Behutsam nahm er auf dem flachen Bett Platz. „Er – Victor – wollte dich umbringen. Was ist dann passiert?"

Ihr ausgeglichener Blick traf den seinen. Sie hatte einen Albtraum erlebt, ja, aber im Moment hing sie nicht darin fest.

„Ich bin hier, Baby. Teile deine Sorgen mit mir." *Vertraue mir.*

Als sie den Mund öffnete, fühlte er, wie sich seine eigenen Augen mit Tränen füllten. Er hatte die Verbindung zwischen ihnen auf die Probe gestellt und trotzdem war sie nicht gerissen.

„Victor kam auf mich zu und der Junge rollte sich vor seine Füße." Sie sah auf ihre gefesselten Hände. „Ich weiß nicht, wieso ... Ich nehme an, um mir zu helfen. Vielleicht hat er auch aus Panik heraus reagiert. Victor ist gestolpert und auf die Kisten gefallen; dabei ist ihm die Waffe aus der Hand gerutscht. Ich lag noch immer am Boden, doch das Adrenalin hat mich nach der Waffe springen lassen."

Ihre Hände ballten sich zu Fäusten. „Ich packte die Waffe und rollte auf den Rücken. Auch Victor sprang und landete auf mir."

Ihr Gesicht verlor jegliche Farbe.

„Die Waffe ist losgegangen." Ihr Finger hatte auf dem Auslöser gelegen. Lindsey biss sich bei der Erinnerung auf die Lippe; ihr wurde wieder schlecht. Der Rückstoß der Pistole und der Einschlag in Victors Brust waren beinahe gleichzeitig geschehen. Blut spritzte, auch auf ihr Gesicht, mit seinem Körper auf ihrem, der sie am Boden fixierte.

Sie erschauerte.

Zander packte sie fester. *Gott,* sie liebte ihn.

„Ich –“ Sie regulierte ihre Atmung und fand ihren Mut, als ihr Blick auf Simons mitfühlende Augen traf.

„Es war ein Unfall“, flüsterte sie. „Ich ... Selbst wenn es keiner gewesen wäre, ich denke, ich hätte ihn trotzdem erschossen.“

„Gut zu wissen, dass du keine Idiotin bist“, murmelte Zander.

Sie fand seinen Blick. „Was?“

„Sonst hätte er dich und den Jungen umgebracht. Ist dir das nicht klar?“

„Ich – doch.“ Die nüchterne Wiedergabe seiner Sichtweise schaffte es, die scharfen Kanten ihrer Schuldgefühle etwas abzurunden. „Ich habe 9-1-1 gewählt.“

„So weit, so gut. Was ist dann passiert?“

„Ich habe dem Jungen die Fesseln abgemacht. Zusammen hatten wir einen kleinen Nervenzusammenbruch. Dann kam die Polizei. Na ja, ein Polizist. Ich kannte ihn aus Highschool-Zeiten. Nachdem er die Situation bewertet hat, glaubte uns Craig. Er hat mir erlaubt, ins Haus zu gehen, um mich ... frisch zu machen.“ Victors Blut war überall gewesen, auf ihrer Kleidung, ihrem Gesicht.

„Ganz ruhig, Babe. Ich bin bei dir.“ Ihre Fingernägel bohrten sich in ihre Handflächen. Zander öffnete ihre Fäuste und nahm ihre Hände in seine.

„Okay.“ Sie konzentrierte sich. „Ich machte mich frisch, als ich den Polizeichef vor dem Badezimmerfenster hörte. Victor ist – war – der Bruder des Polizeichefs. Travis ist in den Schuppen und hat Victors Leiche gesehen. Er war so wütend. Wollte mich umbringen – mich aufschlitzen, hat er gesagt.“ Ein eiskalter Schauer schoss durch ihren Körper. *„... werde ich sie so lange foltern, dass Victor ihre Schreie bis in die Hölle hören kann. Mal sehen, in wie viele Teile ich sie zerstückeln kann, bevor sie verreckt.“*

„Sprach er mit Craig?“, fragte Simon.

Sie schüttelte den Kopf. „Einem anderen Polizisten. Sie

meinten, dass Victors Tod ein P-Problem darstellt. Der Polizeichef – Travis – hat das Sagen bei ihren illegalen Geschäften. Victor hat für ihn gearbeitet."

„Verdammte scheiße", murmelte Logan. Sie hatte vergessen, dass er hier war.

„Er gab dem anderen Polizisten den Befehl, Craig umzubringen und es so aussehen zu lassen, als hätte ich es getan. So könnten sie meine Leiche in den Fluss werfen und behaupten, ich wäre geflohen und dass sie keine andere Wahl gehabt hätten, als mich zu erschießen."

Zander entließ ein tiefes Knurren und sie hielt inne. „Sprich weiter, Babe", wies er an.

„Ihr Plan war klar: Ich habe Victor getötet, dann Craig, um zu entkommen. Auf diese Weise würde die Ranch für eine Weile keinen rechtmäßigen Besitzer haben und rechtlich in der Luft hängen, so dass sie mein Grundstück weiterhin für ihre Machenschaften nutzen können."

„Ich habe einfach dort gestanden." Ihr ganzer Körper hatte sich taub angefühlt. „Craig schrie, dass der Junge geflüchtet sei. In dem Moment löste sich meine Starre. Ich bin zur Haustür gerannt und habe Craig gewarnt. Keine Sekunde später hörte ich die Schüsse." *Zu spät, zu spät.* Kummer und Reue verknoteten sich in ihrem Magen zu einem Ball. „Wenn ich ihn schneller gewarnt hätte, mich früher bewegt hätte ..."

„Es hätte keine Rolle gespielt, Sub", sagte Simon sanft. „Die beiden waren seine Kameraden; er hätte dir nicht geglaubt."

„Wie bist du entkommen?", fragte Zander. Sein Kiefer war angespannt, seine Augen glühten vor Zorn. Emotionen, die er nur wegen ihr fühlte.

Er war auf ihrer Seite. Die Erleichterung beraubte sie ihrer Stärke.

„Babe?", drängte Zander.

„Ich habe mich versteckt." Sie entließ ein kleines Lachen. „Mein Großvater war etwas verrückt. Paranoid. Während des Golfkriegs hat er sich in Vorbereitung auf einen Atomkrieg oder den Einfall der Kommunisten im Keller einen verborgenen Raum eingerichtet. Er hatte dafür gesorgt, dass es immer frische Luft gab, hatte eine chemische Toilette eingebaut und es gab sogar einen Vorrat an Dosen mit Nahrung und Wasser. Dort habe ich dann eine Woche ausgeharrt."

„Ohne Scheiß, Babe." Zander legte eine Hand auf ihren Hinterkopf und presste sie an seine Brust. „Du hast wirklich Eier."

„Ich schätze." Sie hatte sich ihre Fingerknöchel wund gebissen, um nicht zu schreien. Schließlich hatte sie nicht gewusst, ob jemand in der Nähe war ... wer in der Nähe war. Sie hatte es sich nicht leisten können, Aufmerksamkeit auf sich zu ziehen. Tag für Tag. Allein. Manchmal war es ihr vorgekommen, als wären die Wände mit Blut bedeckt gewesen. Manchmal war sie aufgewacht und hatte sich Victor und Chief Parnell gegenübergesehen, beide mit einem Messer, ein teuflisches Grinsen auf dem Gesicht. Jeden Tag war der Raum kleiner und kleiner, so viel beengter geworden.

Sie schaffte ein Lächeln. „Wenn ich jemals wieder den Geruch von Dosenfleisch riechen muss, kotze ich."

Simon schüttelte den Kopf, seine Augen angefüllt mit Respekt. „Wie kam es zu der Entscheidung, den Bunker zu verlassen?"

„Meine Schwestern haben mich gefunden." Der Gedanke an die beiden fühlte sich wie Sonnenschein in der Finsternis an. „Mein Auto stand noch immer vorm Haus. Die Polizei hat ihnen gesagt, dass ich geflüchtet sei. Dass ich getrampt bin. Oder dass ich die erste Nacht nicht überlebt habe und mein Körper irgendwo auf dem Grundstück zu finden ist. Als ich nicht aufgetaucht bin, nicht angerufen habe, hatten meine Schwestern die Eingebung, dass ich mich vielleicht verstecke."

Als sich die Tür öffnete, hatte sie sich so sehr erschreckt, dass sie geschrien hatte. Verbunden mit einer Panikattacke. „Ich habe ihnen erzählt, was vorgefallen war und ... sie haben mir geglaubt."

Simon sagte: „Jeder, der dich kennt, würde dir glauben, Lindsey."

Nach einem zustimmenden Knurren küsste Zander ihre Stirn.

Ihre Augen füllten sich mit Tränen, dann blinzelte sie heftig. „Ich wusste, dass ich dort nicht bleiben konnte. Und ich habe gehofft, dass ... Also ich habe Victor von dem geheimen Tresor erzählt. Da er das Grundstück für seine illegalen Geschäfte nutzte, war ich mir sicher, dass er etwas darin versteckt hat, das mir von Nutzen sein könnte. Ich habe Unmengen an Bargeld gefunden und eine Schachtel mit zwei USB-Sticks." Sie zuckte mit den Achseln. „Ich hatte keine Ahnung, was ich darauf finden würde. Ich hoffte auf Beweise, weshalb ich sie eingesteckt habe."

„Was war drauf?", fragte Simon.

„Ich konnte mir den Inhalt nicht ansehen. Sie sind –"

„Passwortgeschützt", beendete Zander den Satz für sie. Sein Mundwinkel reagierte bei ihrem erstaunten Ausdruck. „Ich erzähle dir später von meiner Suche nach einer Briefmarke." Er sah zu Simon. „Sie hat versucht, das Passwort herauszufinden."

Sie nickte. „Mit dem Geld aus dem Tresor habe ich mir in San Antonio einen gefälschten Ausweis besorgt, einen zweiten in Chicago und meinen aktuellen in San Francisco."

Tiefe Stille hing in der Luft.

Wortlos löste Zander ihre Fesseln um die Handgelenke und rieb über die roten Stellen.

Simon runzelte die Stirn. „Warum bist du nicht zu einer anderen Polizeiwache gegangen, um den Tathergang zu erzählen?"

Sie blinzelte, erkannte mit Schrecken, welchen Teil sie noch nicht erzählt hatte. „Das bin ich. Ich rief die Grenzkontrolle an und habe mit einem Offizier namens Orrin Ricks gesprochen. Schnell fand ich heraus, dass er mit dem Polizeichef unter einer Decke steckt. War nicht gut." Ihre Nase brannte. Die Tränen kamen wieder. „I-ich will nicht darüber s-sprechen."

Lindsey betrachtete die drei Männer, das Gewicht auf ihrer

Brust wurde schwerer, ein riesiger Felsbrocken der Erkenntnis. *Was habe ich getan?* Indem sie ihnen von dem Verbrechen erzählt hatte, machte sie die drei zu ... Mittätern. Einen Mörder zu kennen und diese Person nicht der Polizei zu übergeben, war gesetzeswidrig. „Gott, ich hätte euch das alles nicht erzählen dürfen."

„Was soll das heißen?", knurrte Zander.

Sie drehte sich in seinen Armen und nahm sein Gesicht zwischen ihre Handflächen. „Ihr könntet wegen mir verhaftet werden – dafür, dass ihr einer Verbrecherin geholfen habt."

Er verengte die Augen. „Du sorgst dich um *uns*?"

„Natürlich, du Blödi. Ich will nicht, dass sie euch verhaften!" Sie streckte die Hand nach den Fesseln um ihre Knöchel aus, ihr Herzschlag außer Kontrolle. „Ich werde einfach ... Ich kann wieder verschwinden. Niemand muss wissen, dass ich euch etwas erzählt habe. Ich habe dich, Simon und Logan reingelegt. Ihr dachtet, ich wäre eine nette Person." Ihr Bemühen, sich von seinem Schoß zu erheben, führte nur zu einem verärgerten Grunzen seinerseits.

„Babe, du *bist* eine nette Person. Und nur als Warnung: Versuchst du nochmal wegzurennen, werde ich dir deinen Arsch versohlen."

Tränen schwappten über. Sie packte sein Hemd und schüttelte ihn. „Verstehst du denn nicht? Sie werden dich umbringen!" Sie drehte den Kopf, funkelte Simon und Logan an. „Euch alle!"

Ein tiefes Glucksen war von Logan zu hören. „Nicht größer als mein rechter Daumen und will unsere Ärsche retten. Ich mag sie, deVries."

„Hände von den Fesseln", knurrte Zander. Er presste sie erneut gegen seine Brust und positionierte ihre Arme seitlich an ihren Körper. „Sitz still, sonst muss ich dir die Handgelenke auch wieder fesseln."

Ein Schluchzer bildete sich in ihrer Kehle. Die Männer verstanden nicht, wie gefährlich es für sie werden könnte.

„Ist ja gut", sagte Zander. „Wir verstehen, dass du Angst hast.

Nun überlass uns die Aufgabe, für das Problem eine Lösung zu finden."

„Darauf wollte ich doch hinaus: Ihr solltet gar nichts tun!"

„Das steht nicht zur Debatte. Aber –"

„Aber –", unterbrach Simon, „wir werden nichts unternehmen, ohne es zuvor mit dir abzusprechen. Und falls es von Nöten sein sollte, werden wir dir einen Vorsprung herausholen."

Zanders Arme legten sich so eng um sie, bis ihr kaum noch Luft zum Atmen blieb. Nach einer Weile entspannte er sich ein wenig. „Dazu kommt es hoffentlich nicht, aber ... okay."

Logan nickte.

„Stimmst du zu, nicht zu rennen, bevor wir mit dir gesprochen haben?", fragte Simon.

Lindsey hielt den Kopf gesenkt und rieb ihre Handgelenke. „Ich bin einverstanden." Eine Lüge mehr oder weniger ...

„Okay, gut." Zander küsste sie auf den Schopf. „Und nun beende die Dusche, die du niemals begonnen hast. Ich möchte kurz mit Simon und Logan sprechen. Ich verspreche dir, ich komme gleich zurück."

„Okay."

Sie beobachtete, wie die Männer die Blockhütte verließen. Zählte bis sechzig, dann schnappte sie sich ihre Handtasche.

Ihre Autoschlüssel waren verschwunden.

DeVries näherte sich der Hütte – mit Bedacht –, denn vor fünfzehn Minuten hatten sie alle ihren wütenden Schrei vernommen. Gleichzeitig hatte Logan eine Hand in seine Jackentasche geschoben und gesagt: „Anscheinend ist deiner Sub aufgefallen, dass ihre Autoschlüssel verschwunden sind."

In dem Moment hatte er es lustig gefunden.

Nun erinnerte er sich jedoch daran, wie nachtragend sie sein konnte. Bereit, sich zu ducken, öffnete er die Tür und trat ein.

Es kam nichts angeflogen. Mit einer Decke um ihren Körper

gewickelt, saß sie auf dem Bett. Ihre Wangen waren rot und der Wasserdampf von einer heißen Dusche lag noch in der Luft. Sie sah ihn aus traurigen, hoffnungslosen Augen an, bevor sie den Blick auf den Boden senkte. „Du hättest mich verschwinden lassen sollen."

„Oh nein, auf keinen Fall." Er setzte sich neben sie und verwob seine Finger mit ihren. Weiterhin mied sie seinen Blick.

Verdammt, ihr Leben war nicht einfach gewesen. Sicher, seine Ex-Frau hatte deVries verkorkst, doch sie hatte ihm nicht das Leben ruiniert, oder versucht, ihn umzubringen. Nach dem, was Lindsey hatte durchmachen müssen, überraschte es ihn, wie vertrauensvoll sie ihm gegenüber war. Und um dem Ganzen die Krone aufzusetzen, unternahm sie alles, um ihn zu beschützen.

Er legte seine Hände auf ihre Wangen und zwang sie auf diese Weise dazu, dass sie nur ihn ansah. „Lindsey, wir haben etwas ... Festes." Seine Lippen zuckten bei dem Wort. „Erinnerst du dich?"

Ihr Kopf bewegte sich auf und ab.

„Das bedeutet, dass du mir gehörst. Damit habe ich mir das Recht verdient, mich um dich zu kümmern." Er strich mit dem Daumen über ihre volle Unterlippe. „Und dich zu ficken." Er lehnte sich vor, sein Mund nur wenige Millimeter von ihrem entfernt. „Dich zu beschützen. Nicht nochmal vergessen, okay?"

„Zander."

Verdammt, wenn sie seinen Namen aussprach ... „Du musst diese Scheiße nicht allein durchstehen." Er legte die Stirn gegen ihre. „Im Militär lernst du, dass nichts über ein Team geht. Jemand an deiner Seite zu wissen, ist wichtig. Jemand, der dir Rückendeckung gibt. Lass mich helfen, Lindsey. Lass *uns* helfen."

Ein Schauer erfasste ihren Körper. Dann atmete sie tief ein und entließ beim Ausatmen: „Okay."

Gott sei Dank konnte er die Akzeptanz in ihren Augen ablesen. Sie würde nicht erneut versuchen, sich aus dem Staub zu machen. „Sehr gut."

„Was kann ich –“ Sie hielt inne und startete von Neuem: „Was können wir tun?“

„Simon, Logan und ich kennen sehr viele Leute. Simon hat sich bereits ans Telefon gehängt.“ Er zog sie zu sich und lächelte, als sie sich an ihn kuschelte. „Ist es dir gelungen, die Passwörter zu knacken?“

„Nur für einen der beiden Speicher-Sticks. Darauf befindet sich ...“ Ihre Stimme zeugte von Abscheu. „... ekelhaftes Material. Victor misshandelt einen ...“ Sie atmete zittrig aus. „Ich habe nichts darauf gefunden, was den Polizisten zum Verhängnis werden könnte.“

Verdammt, sie hatte wirklich die Hölle auf Erden durchlebt. „Vertraust du uns genug, um uns die USB-Sticks zu geben?“

„Ich ... ja. Ich habe sie im Auto versteckt.“

„Sehr gut. Simon und ich haben Zugang zu besseren Entschlüsselungsprogrammen als du.“

„Was ich noch nicht erwähnt habe: Ich habe bereits eine Kopie des ersten Speicher-Sticks zu einer Homeland Security-Behörde in Texas geschickt.“

„Guter Gedanke.“ Er hob ihren Kopf zu seinen Lippen und küsste sie. „Ich habe noch eine Frage an dich.“

„Raus damit“, sagte sie mit einem kleinen Lächeln.

„In der hochtrabenden Eigentumswohnung habe ich dich gefragt, ob du ihn für sein Geld geheiratet hast. Du hast genickt, bist rot angelaufen.“ Er verlagerte sein Gewicht. „Der Grund für meine unschöne Reaktion zu den Worten deines Ex-Mannes rührte auch von diesem Moment.“

Ihr Mund klappte auf und Verständnis leuchtete in ihren Augen.

„Tex, würdest du mir erzählen, warum du Victor geheiratet hast?“

Sie biss sich auf die Unterlippe und nickte. „Das ist fair. Mandy, meine Schwester, hatte Krebs. Ihr Arzt war der Meinung, dass eine andere Behandlungsmethode Erfolg versprechen könnte. Nur leider wurde eben diese nicht von der Krankenversicherung meiner Mutter abgedeckt. Zu dieser Zeit datete ich Victor bereits und er meinte zu mir, wären wir Mann und Frau, würde er die Kosten übernehmen."

Was für ein Arschloch. „Hat dich an ihn gebunden, bevor du richtig darüber nachdenken konntest."

„Nein, eigentlich hatte ich schon vor diesem Angebot ein komisches Gefühl bei ihm, weshalb ich auf Abstand ging. Normalerweise habe ich eine gute Menschenkenntnis, doch dieses Angebot war ... wie ein wahrgewordener Traum." Ihre Augen füllten sich mit Tränen. „Ich habe nicht klar denken können. Die Ärzte meinten, dass Mandy kein weiteres Jahr durchstehen würde."

Er legte einen Arm um ihre Schultern und betete, dass er die richtige Frage stellte: „Wie geht es deiner Schwester heute?"

„Super! Nächsten Monat geht die Uni los. Ihr erstes Semester." Ihr Lächeln war so strahlend, wie er es noch nie zuvor gesehen hatte. „Gott, Zander, sie ist so glücklich und super aufgeregt."

Es war die richtige Frage gewesen. Wieder einmal kam er in den Genuss ihres Herzens, das die Größe von Texas zu haben schien. *Fuck,* sie war wirklich etwas Besonderes. Er gab ihr einen kleinen Kuss, musterte sie. „War's das mit den Geheimnissen zwischen uns?"

Sie nickte.

„Gut, dann sollten wir uns jetzt ein bisschen amüsieren." Er ignorierte, wie sie sich an ihrer Decke festkrallte, riss die Barriere fort und warf sie auf den Boden.

Mit aufgerissenen Augen sah sie ihn an. „Jetzt?" Ihre Nippel richteten sich in der kühlen Luft auf.

„Verdammt, ja!" Zunächst drückte er sie nach hinten auf ihren Rücken, dann änderte er jedoch seine Meinung: Den ganzen Nachmittag hatte er sie umhergeschubst. Deswegen entschied er sich für einen anderen Weg: Er küsste sie auf den Mund, schob seine Zunge zwischen ihre Lippen, verlockte sie zu einem tiefen Kuss. Nach und nach konnte sie es genießen. Er küsste sie, bis sie den Kuss so leidenschaftlich erwiderte wie er, bis sie ihre Arme um seinen Hals wickelte und ihre süßen Brüste mit seiner Brust kollidierten.

Er ließ sich aufs Bett fallen, zog sie auf seinen Körper.

„Zander?" Sie setzte sich rittlings auf ihn, ihre Hände auf seiner Brust.

„Du bist an der Reihe, Sub", sagte er. „Nimm dir, was du brauchst."

Für eine Minute starrte sie ihn an, mit erregend roten Wangen und einem entzückten Funken in ihren Augen. „Ich soll ..."

Er nickte.

„Okay!" Sie packte den Saum seines T-Shirts; daraufhin hob er seine obere Körperhälfte an, damit sie es ihm über den Kopf ziehen konnte. Dann folgten seine Stiefel und seine Jeans. Ihre Lippen, weicher als Blütenblätter, strichen über sein Kinn, seinen Hals. Sie wechselte zwischen sanften Bissen und zarten Küssen.

Fuck, sie würde ihn noch wahnsinnig machen! Er verschränkte die Hände hinter seinem Kopf, um zu verhindern, dass er ihre Hüften packte und sie auf seinem Schwanz aufspießte.

Ihre kleine Zunge umkreiste seine Nippel. Knabberte. Küsste entlang seiner Bauchmuskeln, fuhr mit der Zunge durch die Täler und nahm einen Umweg über seine Arme, um jeden einzelnen Finger zu verwöhnen als wäre es sein Schwanz.

Während sie sich an seinem Körper zu schaffen machte, rieb ihre feuchte Mitte über seine Erektion. Küssend und leckend näherte sie sich seiner Länge. Als sie seine Eichel mit der Zunge umkreiste, musste er ein Stöhnen unterdrücken. Verschmitzt grinste sie ihn an: „Bedeutet *‚Nimm dir, was du brauchst'*, dass ich den großen, bösen Vollstrecker fesseln darf?"

„Fordere dein Glück nicht heraus, Tex."

Sie kicherte, dann schob sie seinen Schwanz tief in ihren Mund und hüllte ihn in samtweiche Wärme ein. *Fuck.*

KAPITEL SIEBZEHN

Lindsey kuschelte sich in die Sofaecke. Im Kamin der Lodge brannte ein wärmendes Feuer und sie beobachtete Simon und Dixon, die nicht weit von ihr in ein Gespräch vertieft waren. Sie konnte sich einfach nicht dazu aufraffen, sich dem Gespräch anzuschließen. Seit sie gestern ihre Vergangenheit gebeichtet hatte, torkelte die Zeit wie ein betrunkenes Gürteltier dahin.

Letzte Nacht war die Zeit wie im Flug verstrichen, als sie Zander liebkost und so lange geneckt hatte, bis er fluchend die Kontrolle an sich gerissen hatte. Nachdem beide gekommen waren, hatte er sich revanchiert und sie immer wieder an die Klippe eines Orgasmus geführt, bis sie ihn schreiend um Erlösung angefleht hatte. Danach war er in sie eingedrungen, um zusammen einen Höhepunkt zu erleben. Er war nicht sofort aus ihr herausgeglitten, sondern spendete ihr Wärme, wachte über sie, als sie langsam ins Tal der Träume glitt. Noch nie hatte sie sich jemandem so nah gefühlt. So beschützt.

Im Gegensatz dazu zog sich der heutige Tag unendlich hin. Nach dem Frühstück hatte sich Zander die USB-Sticks gegriffen und sich in Logans Büro einquartiert. Simon hatte den ganzen Morgen am Telefon verbracht. Rona hatte ausgeschlafen. Logan ging seiner Aufgabe als Lodge-Besitzer nach, checkte ein älteres Paar ein, eine Einzelperson ein wenig später.

Lindsey hätte mit Becca Besorgungen erledigen oder Kallie auf dem Masterson-Grundstück zur Hand gehen können. Jedoch war das mit Zanders Überfürsorglichkeit nicht möglich. Er wollte sie immer in der Nähe wissen und sie hatte nicht die Kraft, ihm diesen Wunsch zu verweigern. Nicht nach dem gestrigen Tag. Sie seufzte. Sie gab sich eine Woche, dann konnte sie wieder ihr typisches, dickköpfiges Selbst sein.

Sie war unendlich dankbar, dass Dixon aufgetaucht war. Durch ihn, die Frauen und das Baby blieben die Unterhaltungen lebhaft, sorgenlos ... eine Ablenkung.

Nach dem Mittag kehrten die Sorgen zurück. Sie war in die Haupt-Lodge gegangen, um nachzudenken. Grübeln, hatte es ihr Daddy gern genannt. Vor ein paar Minuten hatten sich Dixon und Simon zu ihr gesetzt, redeten miteinander, leisteten ihr Gesellschaft.

Wie war sie nur an so wunderbare Freunde gekommen?

Sie vernahm ein Quietschen, als die Lodge-Tür aufging, und sie öffnete die Augen, um zu sehen, wer eintrat.

Ein hoch gewachsener, absolut hinreißender Mann in einer Schaflederjacke, Jeans und Stiefeln kam herein, ließ den Blick durch den Raum schweifen und lief direkt auf ihr kleines Grüppchen zu.

„Simon." Der unbekannte Mann streckte seine Hand aus, als sich Simon erhob. „Freut mich, dich zu sehen."

Simon schüttelte seine Hand. „Stanfeld, es ist eine Weile her." Er drehte sich zu den anderen: „Lindsey, Dixon, das ist Special Agent Jameson Stanfeld. Er arbeitet bei Homeland Security." Er lächelte Lindsey an. „Er ist erst kürzlich nach Kalifornien versetzt worden ... von Texas."

Intelligente, graue Augen in einem sonnengebräunten Gesicht musterten Lindsey. „Es freut mich, deine Bekanntschaft zu machen, Ms. Parnell."

Parnell. Er kannte ihren echten Namen! Unbeschreibliche

Angst setzte sich in ihrer Brust ab und stahl ihr die Luft zum Atmen. Er stand zwischen ihr und der Tür ... zu nah.

Dann kam er einen Schritt auf sie zu. „Lindsey –"

Instinktiv zuckte sie zusammen.

„Oh nein." Dixon sprang auf und blockierte den Fremden. „Bleib auf Abstand, Süßer."

„Nicht, Dixon", zischte Lindsey. Der Mann könnte ihn mit einer Hand zerquetschen! Ihn erschießen! „Ich will nicht, dass er dir wehtut." Beim Aufstehen spürte sie, wie schwach sie auf den Beinen war. Sie legte eine Hand um Dixons Arm und versuchte, ihn zurückzuziehen, um sich vor ihn zu stellen.

Dickköpfig wie er war, bewegte er sich keinen Millimeter.

„Großer Gott", murmelte der Agent zu Simon. „Die beiden sind ja wirklich zuckersüß und mutiger als so mancher Soldat."

„Das ist richtig", sagte Simon. „Dixon, hör zu: Es gibt keinen Gr –"

„Ganz ruhig, Kumpel." Stanfeld hob die Hände. „Ich habe nicht vor, deiner Freundin wehzutun oder sie zu verhaften. Simon bat mich, zu kommen."

Lindseys Beine knickten ein; sie sank auf die Couch und zog Dixon mit sich.

„Was zum Teufel?" Wie aus dem Nichts erschien Zander und schob sich wie auch schon Dixon zwischen sie und den Agenten. Seine Hand hatte er unter seiner Jacke, an der Waffe, die er in einem Brust-Harnisch trug.

„Zander, er ist ein guter Kerl", verteidigte Simon den Fremden, seine Stimme gelassen, als er deVries mit dem Agenten bekanntmachte. „Lindsey hat ein wenig ..."

„Lindsey hat überreagiert", sagte sie und stand auf. Sie lehnte sich an Zander und streckte ihre Hand aus. „Es freut mich, Special Agent Stanfeld."

„Mich auch. Und bitte nenne mich Stan." Er nahm ihre Hand sanft in seine und musste einfach spüren, wie sie zitterte.

In der Minute, in der Stan sie losließ, presste Zander sie noch enger an sich. Noch nie war sie so glücklich gewesen, einen überfürsorglichen Dom in ihrem Leben zu haben.

Simon setzte sich wieder hin. „Ich lernte Stan kennen, als *Demakis Security* ein Model unter Schutz gestellt hat, das von einem Serienmörder bedroht wurde. Wir sind schon viele Jahre befreundet.“ Er lehnte sich vor. „Ich habe ihn gestern angerufen. Da er vor Kurzem noch in Texas tätig war, verfügt er über Kontakte, die wir brauchen werden. Heute Morgen hatten wir eine Telefonkonferenz mit einem seiner Freunde in Texas – ein Special Agent namens Bonner. Bonner ist sehr interessiert an dir, Lindsey.“

Glaube ich sofort. Schließlich bin ich die Frau, die ihren Ehemann und einen Polizisten auf dem Gewissen hat. Ein bitterer Geschmack breitete sich in ihrem Mund aus. „Überrascht mich nicht.“

Sanft setzte Zander Lindsey neben Dixon auf die Couch und nahm selbst auf der Armlehne Platz. Er wich ihr nicht von der Seite und seine Position ermöglichte es ihm, dass er im Notfall schnell reagieren konnte.

Gegenüber von Lindsey setzte sich Stan auf einen Stuhl, lehnte sich vor und stützte die Arme auf seinen Schenkeln ab. „Bonner hat von dir eine E-Mail erhalten, die im Anhang Victor Parnell zeigt, wie er einen kleinen Jungen missbraucht.“

Bei der Erinnerung an den Inhalt wurde ihr schlecht, doch sie nickte.

„Bonner war bereits an dem Fall dran. Er bemerkte, dass die Ermittlung ein paar Unklarheiten aufweist, und nach dem Gespräch mit Simon, möchte er mehr erfahren. Da ich in San Francisco tätig bin, habe ich mich freiwillig gemeldet, den Weg in die Berge auf mich zu nehmen ... zu dir.“

Um mich zu verhaften. Sie ballte die Hände zu Fäusten, als Verzweiflung von ihr Besitz ergriff.

Seine grauen Augen fanden ihre. „Lindsey, hast du den Polizisten getötet?“

„Was? Nein!“

„Dachte ich mir.“ Er lehnte sich im Stuhl zurück.

Augenblick! „Du glaubst mir?“

„Ich rieche eine Lüge zwei Meilen gegen den Wind.“ Sein Lächeln verwandelte sein Gesicht von ernst und streng zu unfassbar umwerfend. Neben ihr hörte sie, wie Dixon ein verträumtes Seufzen entließ.

Zu ihrer Überraschung glitt Stans Blick zu Dixon. Bei dem interessierten Funken in seinen Augen meldete sich ihr Schwulenradar. Der Agent mochte Dixon? *Pause drücken.* Dix hatte schon genug durchgemacht. Lindsey legte ihre Hand auf seine und gab ihm damit ein warnendes Zeichen.

Er nickte. Beeindruckend, dass er ihre unausgesprochene Warnung verstanden hatte. Stanfeld fuhr fort: „Bonner möchte deine Schwestern befragen.“

Oh Gott, würde er Melissa und Mandy dann wegen Beihilfe festnehmen? „Sie wissen rein gar nichts. Tun sie nicht, ich schwöre es!“

Amüsiert sah er zu Simon. „Wie ich bereits meinte ...“

Als Zander gluckste, sah sie ihn verwirrt an.

„Du bist eine furchtbare Lügnerin“, sagte Zander.

Sie runzelte die Stirn. Sollte sie die Aussage als Beleidigung oder als Kompliment verstehen? „Okay, und was nun?“

„Simon hat mir erzählt, dass die Speicher-Sticks aus dem Tresor deines Ehemannes geknackt wurden. Ich hätte gerne die Erlaubnis, mir diese Beweise anzusehen. Was sagst du dazu?“

Ihr Magen rebellierte. Als das letzte Mal ein Gesetzeshüter nach den USB-Sticks gefragt hatte, hätte sie fast ihr Leben verloren. Wenn er sie einzieht ... sie waren ihr einziger Beweis, dass Victor ein Verbrecher war. „Ich –“

Er musterte sie, bevor er sich erschöpft die Stirn rieb. „Lass uns einen Schritt zurückmachen. Simon meinte zudem, dass du mit einem Grenzschutzoffizier gesprochen hast, der für Parnell arbeitet. Erzähl mir von diesem Zusammenstoß.“

Sie hob die Füße auf die Couch, wickelte die Arme abwehrend um sich. „Ich –“ *Ich kenne dich doch gar nicht.*

„Lindsey, um deine Nerven zu beruhigen, muss ich alles wissen", sagte er leise, seine Augen aufrichtig.

Simon nickte ihr zu.

Zander legte eine Hand auf ihre Schulter, stützte sie und ermutigte sie gleichermaßen. Sie war nicht allein. „In San Antonio habe ich die Grenzpolizei angerufen. Orrin Ricks ist ans Telefon gegangen."

Stan zog einen Notizblock und einen Stift aus seiner Jackentasche.

„Er klang, als würde er mir glauben. Er war der Meinung, dass es zu gefährlich sei, zur Station zu kommen, und nannte mir deshalb die Adresse eines Safe Houses. Das Haus war in einer guten Gegend, aber ich war so paranoid, dass ich ein paar Blöcke weiter parkte und den Rest des Weges gelaufen bin. Ricks hat mich ins Haus gelassen."

Stan runzelte die Stirn. „Du hast ihm die USB-Sticks nicht gegeben?"

„Ich hatte sie nicht bei mir. Als ich aus dem Auto gestiegen bin, habe ich mehrere Männer auf dem Bürgersteig gesehen – alle in Anzügen mit Krawatte und so." Sie versuchte es mit einem Lächeln. „Ich war so nervös, dass ich meine Tasche im Auto vergessen habe. Ich rannte zum Haus und erkannte nach einer Weile, dass es sich bei den Männern um Mormonen oder Zeugen Jehovas gehandelt hat."

„Verstanden. Ricks hat also mit dir gesprochen?"

„Am Anfang schien er nett. Professionell." Groß, mit einer breiten Statur wie ein Gewichtheber. Seine Augen waren recht schmal, seine Haare glatt und rotbraun, was einen konservativen Eindruck vermittelte. Höflich. Ihre Mutter würde ihn als Schwiegersohn-Material bewerten. „Er hat mich befragt und dann plötzlich seine Waffe gezogen."

„Meine Fresse", murmelte Zander. Seine Hand festigte sich um ihre Schulter.

Sie schluckte lautstark, als sie sich daran erinnerte, wie riesig die Pistole in dem Moment gewirkt hatte. Wie ihr ganzer

Körper bei dem Anblick zurückgezuckt war. „Er rief Travis an, um ihm auszurichten, dass er mich in der Gewalt hatte und dass Victor wahrscheinlich kompromittierendes Material auf den Speicher-Sticks hat. Während ihrer Unterhaltung meinte er, dass er die USB-Sticks besorgen würde, es jedoch Travis' Aufgabe wäre, mich aus dem Verkehr zu ziehen." Sie verstummte, nicht fähig, sich dem nächsten Teil zu stellen. Also würde sie das auch nicht. „Ich konnte fliehen und –"

„Oh nein, Sub." Zander schüttelte sie sanft. „Gestern hast du dich bereits geweigert, darüber zu sprechen. Heute müssen wir es hören."

„Aber ..."

Zanders Ausdruck wies die erschreckende Kombination aus dem Mitgefühl und der ... Entschlossenheit eines Doms auf. „Alles, Lindsey. Jede Einzelheit."

Obwohl sie versuchte, seine Hand wegzuschieben, half ihr der Befehl. Sie wollte es jemandem erzählen – sehnte sich verzweifelt danach –, doch die Erinnerung war keine gute. Sie senkte den Blick auf die Hände und zwang sich, die Worte auszusprechen: „Ricks meinte, da Travis mich ohnehin um die Ecke bringen würde, könnte er sich ein wenig mit mir amüsieren. Er hat mich geschlagen und ich bin von der Wucht auf dem Boden gelandet. Dann trat er mich in den Magen, bis mir die Luft wegblieb." *Und ich nicht mehr schreien konnte.*

Sie musste innehalten, als Galle ihre Kehle hochkroch. „Ich habe mich gewehrt, gekämpft, um mich getreten." *Während er immer und immer wieder auf mich einschlug.* „Er hat meine Jeans geöffnet und ..." Die Worte wollten nicht kommen.

„Sprich weiter, Sub", sagte Simon in einem sanften Ton. Als sie es jedoch schaffte, den Kopf zu heben und ihn anzusehen, sah sie, wie er vor Wut kochte.

„Bevor er mich ... ähm, klingelte es an der Tür. Ich konnte Stimmen hören. Es waren die Leute, die ich vor dem Haus gesehen habe." Sie erkannte, dass sie sich geistesabwesend über die Narbe an ihrem rechten Unterarm rieb. Über die größte

Narbe. „Er legte die Hand auf meinen Mund. Ich habe schnell reagiert und ihm mit den Fingern ins Auge gestochen. Er ließ mich los und ich bin durch das Fenster auf der Vorderseite des Hauses gesprungen und weggerannt."

Zander griff ihren Arm und schob ihren Ärmel bis zu ihrem Ellbogen. Jetzt konnten alle ihre Narbe sehen. „Das Fensterglas ist also Schuld daran?"

„Richtig. Ich habe mein Gesicht geschützt, wodurch meine Arme alles abbekommen haben." Sie machte eine kleine Pause. „Ich habe die religiöse Gruppe in Angst und Schrecken versetzt. Sie riefen nach mir, stürmten auf mich zu. Vielleicht, um mir zu helfen, aber ich bin in Panik geraten. Ich rannte und rannte und bemerkte erst im Auto, dass ich blutete."

Der Laut aus Zanders Mund war angefüllt mit grenzenloser Wut. „Bist du ins Krankenhaus gefahren?"

Sie schüttelte den Kopf. „Ich hatte zu viel Angst. Ich habe mit Socken die Blutung gestoppt und bin in eine Apotheke, um mir Verbandsmaterial und desinfizierende Salbe zu besorgen." Nachdenklich betrachtete sie ihre Arme. Störten ihn die Narben?

Er wuschelte durch ihre Haare. „Kluges Mädchen. Er hätte dich sonst aufgespürt."

„Hat Ricks die Verfolgung aufgenommen?", fragte Stan.

„Nein. Er hat noch nicht mal die Tür geöffnet. Die religiöse Gruppe hatte keine Ahnung, dass er im Haus war. Sie dachten wahrscheinlich, dass ich eine drogenabhängige Obdachlose sei, auf der Suche nach einer Bleibe für die Nacht."

„Mit deiner Aussage lieferst du einen starken Beweis gegen Ricks." Stan seufzte. „Ich werde Bonner über diese Sache in Kenntnis setzen. Jetzt verstehe ich, warum du Polizisten – und mir – so misstrauisch gegenüberstehst." Für einen Moment starrte er ins Feuer, bevor er erneut ihren Blick traf. „Wie wäre diese Idee: Simon wird mein Schatten sein, während ich das Beweismaterial anschaue. Sobald ich weiß, mit was wir es zu tun haben, komme ich wieder auf dich zu."

„Ich will wissen, wie diese Kerle aussehen." Zander streichelte ihre Haare. „Ist es okay, wenn Dixon kurz bei dir bleibt?"

„Ich lass dich beim Billard gewinnen, wenn du uns danach Margaritas mischst." Dixon stieß mit der Schulter sanft gegen ihre.

Dix war ein furchtbarer Billardspieler. Ihr entrang ein zaghaftes Lächeln. „Abgemacht."

Nachdem sie haushoch gegen Dixon gewonnen hatte, mixte sie ihnen Drinks und drängte ihre Sorgen für eine Weile zurück. Es war möglich, dass sie heute zum letzten Mal Zeit mit ihren Freunden verbringen konnte. Solche Momente waren kostbar, das wusste sie, und sie wollte sie demnach nicht unter der Bettdecke verbringen.

In der Küche saß Rona mit Kallie, Jakes Frau, an dem langen Tisch. Am Herd rührte Becca in einem Topf. Sie war es auch, die das Wort zuerst erhob: „Ich habe viel Stöhnen gehört. Hat Dixon gegen dich verloren?"

„Er ist ein weinerlicher Verlierer." Er hatte alles gegeben, um sie ein wenig aufzuheitern. Er war wirklich toll. Eine angenehme Menge an Alkohol floss durch ihre Adern. „Kann ich dir irgendwie helfen?"

„Du könntest Karotten für den Salat schälen." Becca reichte ihr ein Messer, doch Rona riss es ihr aus der Hand.

„Ganz sicher nicht." Rona wies auf einen Stuhl und Lindsey setzte sich seufzend hin. „Alkohol und Messer? Keine gute Kombination."

„Vielleicht nicht beim Kochen." Kallie tätschelte Lindseys Schulter. „Logan hat mir ein bisschen erzählt, was du alles durchgemacht hast. Du verdienst etwas Alkohol. Oder auch mal mehr."

„Und wir werden dir Gesellschaft leisten", sagte Becca, ihre Augen gefüllt mit Mitgefühl. Sie hob ihren Holzlöffel in die

Höhe. „Da wir heute Abend in Jakes Kerker spielen, solltest du dafür sorgen, dass du bis dahin nüchtern bist. Vielleicht nur ein Glas Bailey's für jeden?" Alle nickten und sie bereitete für alle ein Glas vor. Nur bei sich selbst war sie weniger großzügig.

Lindsey sah sie verwirrt an, woraufhin Becca auf das Babyphon wies. „Sündigen ist im Moment nicht. Wahrscheinlich erst wieder, wenn er aufs College geht."

„Logan hat erwähnt, dass du nicht mehr in der Lodge spielst." Bevor Becca schwanger geworden war, hatte sich die Serenity Lodge auf Partys spezialisiert, die eine bestimmte Community anlockten. Swinger-, BDSM- oder Lederclubs hatten alle Hütten gemietet, um ungestört ihren Vorlieben nachzugehen. Im letzten Sommer hatte Lindsey die Kerker-Party in der Lodge sehr genossen.

„Richtig. Durch Ansel sind wir recht Mainstream geworden." Becca grinste. „Schließlich können wir nicht in der Lodge spielen, wenn auch Menschen die Hütten mieten, die nichts mit diesem Lifestyle zu tun haben. Dieses Wochenende zum Beispiel: Neben den Mitgliedern des Dark Haven haben wir ein älteres Paar zu Gast und zwei Männer, die einzeln eine Hütte gemietet haben. Sie alle sind Vanilla."

„Aus diesem Grund hat Jake einen Kerker für den Kellerbereich entworfen, als wir unser Haus gebaut haben." Kallie wackelte anzüglich mit den Augenbrauen. „Schallisoliert."

„Die Partys sind jetzt kleiner, aber wenigstens kommen wir auf diese Weise dazu, uns auszuleben", sagte Becca.

„Es ist eine Schande, dass Abby und Xavier nicht kommen konnten", sagte Rona. „Sie haben sich wirklich darauf gefreut, den Kerker zu sehen."

„Lindsey." Logan lugte um die Ecke. „Ein Anruf für dich. Benutze das Telefon an der Rezeption."

„Oh, okay." Lindsey folgte ihm aus der Küche.

Ausgebreitet neben dem Empfangstresen klopfte Logans Hund mit dem Schwanz einen Rhythmus, um ihr deutlich zu verstehen zu geben, wie sehr ihn ihre Anwesenheit freute.

„Hey, Thor." Sie streichelte seinen Kopf und stieg über ihn hinweg. Auf dem Schreibtisch stand ein altes Telefon, das noch über ein Kabel mit dem Hörer verbunden war.

Sie nahm den Hörer in die Hand. „Hier spricht Lindsey."

„*Mija*", sagte Mrs. Martinez missmutig.

„Mrs. Martinez?" Lindsey runzelte die Stirn. Im gleichen Atemzug kam Zander durch die Tür, die zu Logans privatem Bereich im Obergeschoss führte. Logan kam ihm entgegen. Lindsey wandte sich von dem Gespräch der Männer ab und konzentrierte sich wieder auf den Anruf. „Was ist los?"

„Ich habe von deinen Nachbarn einen Anruf bekommen. Sie hatten noch die Büronummer als Kontakt."

Ups. Sie hatte ihre Informationen nicht aktualisiert. „Gibt es ein Problem?"

„Die Polizei war bei dir."

„Polizei?" Bei ihrer erhobenen Stimme drehten sich Logan und Zander zu ihr um.

Sofort kam Zander zu ihr, legte den Arm um ihre Taille, sein Ohr nah an ihrem, damit er mithören konnte.

„Ja. Jemand ist eingebrochen", fuhr Mrs. Martinez fort. „Sie sind durch deine Sachen gegangen und haben Schaden angerichtet."

„Einbrecher? Ich habe doch überhaupt nichts Wertvolles."

„Waldo und Ernesto waren sich nicht sicher. Sie denken nicht, dass irgendetwas, abgesehen von deinem Laptop, gestohlen wurde – es sei denn, du hast ihn bei dir. Dein Fernseher und dein Schmuck sind noch hier."

„Nein, ich habe den Laptop nicht bei mir." Ein Schauer erfasste Lindsey, obwohl die Eingangstür fest verschlossen war. Ihre hübsche kleine Doppelhaushälfte zerstört. Ihr Zuhause. Ein kalter Knoten formte sich in ihrem Magen, als die Erkenntnis kam: Sie hatten sie gefunden. Ihre Lippen fühlten sich taub an. Sie musste sich zwingen weiterzusprechen. „Will die Polizei, dass ich durchlaufe, um zu sehen, was fehlt?"

„Waldo hat mit ihnen gesprochen. So wie ich auch. Sie meinten, dass du sie kontaktieren sollst, sobald du zurückkommst."

„Okay." Das war ausgeschlossen. Sie konnte nicht nach San Francisco zurückkehren. Sie setzte ein Lächeln auf und hoffte, dass es in ihrem Ton zu hören war: „Gut, dass ich dich mit Weihnachts-Leckereien bestochen habe."

„Sehr leckere Leckereien wohlbemerkt. Ich musste meinen neuen Schwiegersohn ständig auf die Finger hauen, damit er mir nicht alles wegisst. Wir reden am Montag, Mija."

Sie fühlte sich wie ein kleines Häschen. Die Wölfe näherten sich, drängten sie in die Ecke. Nicht mehr lange und sie würden sie zerfetzen. Parnell und Ricks wussten jetzt, dass sie in San Francisco lebte. Ihre Hand bebte unkontrolliert, als sie den Hörer ablegte. *Gott, was soll ich nur tun?* Sie starrte auf den Schreibtisch und kämpfte gegen den Drang an, zu ihrem Auto zu rennen und einfach ... zu fahren. Die Stimme in ihrem Kopf schrie: *lauf weg, lauf weg, lauf weg!*

Ihr Körper reagierte: Sie setzte sich in Bewegung, doch ein Arm um ihre Taille hielt sie davon ab. „Nein!" Sie drehte sich zu ihm und wehrte sich gegen ... Zander. „Oh Gott, es tut mir leid. Ich –"

„Du bist in Panik geraten." Er breitete die Arme aus und sie zögerte nicht, sondern warf sich an seine Brust.

„Sie haben mich gefunden", hauchte sie. Ein Beben erfasste ihren ganzen Leib. „Ich habe solche Angst."

„Ich bin bei dir, Babe." Mit ihr an seine Seite gedrückt wandte er sich der Tür neben dem Schreibtisch zu. „Das Meeting ist bereits im vollen Gange. Lass uns dazustoßen und ihnen eine Zusammenfassung geben."

Im Obergeschoss in Logans Küche schenkte sich Lindsey ein Glas Wasser ein, während Zander die anderen über den Anruf in Kenntnis setzte. Sie trank das Glas in einem Zug und hatte das Gefühl, wieder etwas von ihrer Gelassenheit zurückerlangt zu haben. Leise nahm sie auf dem Stuhl zwischen Simon und Zander Platz. Jake, der mittlerweile auch alle Informationen zu haben schien, saß neben Special Agent Stanfeld. Logan lehnte an der Arbeitsfläche.

„Sie haben also herausgefunden, dass du nach San Francisco geflohen bist“, sagte Stan.

„Anscheinend.“ Lindsey versuchte ihr Bestes, um ihre Stimme kraftvoll klingen zu lassen. „Ich weiß nicht, wie sie mich gefunden haben.“

„Ich nehme an, dass ich daran die Schuld trage“, gab Zander zu. „Als du angefangen hast für Simon zu arbeiten, habe ich nach Informationen zu dir gesucht.“ Er presste die Lippen zusammen. „Vor ein paar Tagen habe ich eine neue Suche begonnen – Kombinationen aus Lindsey und Melissa, wodurch ich auf Lindsey Rayburn gestoßen bin.“

„Oh, mein Gott, ist das dein Ernst?“

„Ist es.“

„Wo ist mein Lieblingsmesser? Ich habe plötzlich das Bedürfnis, eine Kastration vorzunehmen“, murmelte sie.

Sein Mundwinkel zuckte und sein Grübchen blitzte auf dieser Seite auf. „Das könnte wehtun.“ Er legte eine Hand auf ihre – auf die Hand, die sie zu einer Faust geballt hatte – und drückte mit der anderen ihre Schulter. „Ich habe keinen Gedanken daran verschwendet, deine Identität geheimzuhalten und bin bei der Suche nicht vorsichtig vorgegangen. Es tut mir leid, Tex.“

Nach einer Sekunde seufzte sie. Schließlich war sie es, die die ganze Zeit gelogen hatte. Er hatte ihr klar gemacht, dass er alles unternehmen würde, um Simon vor ihren ... Intrigen zu bewahren. Mittlerweile wäre es nicht mehr fair, ihn für seine Taten zu kastrieren, wenn er doch hier war, um ihr zu helfen. „Schon okay.“

Weiter geht’s. Sie sah zu Stan. „Was jetzt?“

Er rutschte auf seinem Stuhl umher, schien sich unwohl zu fühlen. „Die Speicher-Sticks enthalten genug Beweise, um Ricks und Parnell für Schmuggel dingfest zu machen. Leider findet sich darauf keine Verbindung zu den Morden.“ Er zog die Augenbrauen zusammen. „Damit steht ihr Wort gegen deins, und sie haben penibel dafür gesorgt, hinter sich aufzuräumen. Der Gerichtsmediziner in eurer Stadt ist nicht besonders kompetent. Blöderweise wurden die Körper nach der Untersuchung eingeäschert. Wir sind also jetzt auf der Suche nach dem Jungen. Es ist möglich, dass Parnell ihn erwischt hat. Vielleicht hat er sich aber auch unter die illegalen Einwanderer in der Nähe gemischt."

„Was willst du damit sagen?"

„Ich will damit sagen, dass die Mordanklage gegen dich noch nicht aus der Welt ist. Der Polizeichef kann dir das Leben zur Hölle machen."

Lindsey spürte, wie ihr die Farbe aus dem Gesicht wich. Am Ende bedeutete das also, dass sie im Gefängnis landen könnte. Dass es eine Gerichtsverhandlung geben würde.

Zander legte den Arm um ihre Schulter.

„Was kann ich tun?", fragte sie.

„Sie haben die USB-Sticks nicht gefunden, als sie in dein Haus eingebrochen sind." Stan rieb sich über das Kinn, runzelte die Stirn. „Das heißt, dass du Besuch bekommen wirst, sobald du wieder zu Hause bist. Wahrscheinlich von beiden. Sie werden dein Haus überwachen, um dich endlich aus dem Verkehr zu ziehen."

„Glaubst du nicht, dass sie dafür jemanden bezahlen?", fragte Jake. Sein Ausdruck wirkte hart, seine blauen Augen erfüllt von Zorn.

„Denke nicht", antwortete Stan. „Ricks weiß über das Beweismaterial Bescheid. Die beiden werden nicht ruhen, bis sie es zerstört wissen. Ich bezweifle, dass sie einem Fremden für diese Aufgabe genug Vertrauen schenken. Sie brauchen Lindsey lebend, um zu erfahren, wo sich das Beweismaterial befindet."

„Ich soll den Köder spielen", erkannte Lindsey mit fester Stimme. Es fühlte sich an, als wäre sie in eine furchtbare Krimiserie geraten. „Ihr wollt mich verkabeln, damit sie sich selbst belasten."

„Korrekt."

„Nein", sagte Zander.

Stan glotzte ihn verwundert an. „Was?"

„Auf keinen Fall. Wir werden Lindsey nicht benutzen. Denke dir einen anderen Plan aus, um die beiden Arschlöcher festzusetzen." Zanders Kiefer spannte sich so hart an, dass sie es knacken hörte.

„Wir werden Lindsey nicht benutzen." Hatte er das wirklich gerade gesagt? Lindsey starrte ihn mit offenem Mund an. Er war erstaunlich ...

„Der Plan ist narrensicher", sagte Stan. „Wir können sie beschützen."

„Fuck, das kannst du nicht versprechen." Zander verschränkte die Arme über der Brust. „Sie wissen wahrscheinlich, dass ich mit ihr zusammen bin. Ich kann sie kontaktieren – sie erpressen, damit sie ihre Aufmerksamkeit auf mich lenken."

„Wir werden Lindsey nicht benutzen." Er wollte sein Leben riskieren, um sie in Sicherheit zu wissen. Es fühlte sich an, als hätte er seine starken Hände um ihr Herz gelegt. Sie drehte sich, bis sie ihre Hände auf seinen markanten Kiefer legen konnte. Indessen füllten sich ihre Augen mit Tränen.

Er fand ihren Blick. „Du brauchst gar nicht mit mir zu diskutieren, Tex. Das ist –"

„Ich liebe dich." Die Worte platzten aus ihr heraus – wie Wasser aus einem Damm, der die Wassermassen nicht länger zurückhalten konnte. „Ich liebe dich so sehr."

Sein Ausdruck war vollkommen emotionslos. *Oh Gott*, warum musste sie immer ihren Mund so weit aufreißen? Jetzt war es zu spät; der Schaden war angerichtet. Nun würde er die Flucht ergreifen. Er wü –

Mit einem Knurren hob er sie auf seinen Schoß und wickelte die Arme so fest um ihren Körper, dass ihre Rippen knackten. Sie vergrub ihr Gesicht an seinem Hals, nahm seine schnellen Atemzüge wahr. „Fuck, ich liebe dich auch", hauchte er an ihren Haaren.

Um sie herum sprachen die Männer weiter. Eine Tür öffnete sich und schloss sich wieder. In der Küche zog Stille ein. Dann spürte sie nur noch Zanders Arme um sich. Wenige Sekunden später löste er die Umarmung, aber nur ein kleines bisschen, so dass er sie ohne Probleme besinnungslos küssen konnte.

KAPITEL ACHTZEHN

„***Ich liebe dich*** *so sehr.*“ In den letzten paar Stunden, während des Meetings, dem Abendessen, bei dem sich alle etwas entspannen konnten, bei der Dusche und den Vorbereitungen für die Party im Kerker, hatte deVries diese Worte nah an seinem Herzen getragen.

Nachdem er die Blockhütte abgeschlossen hatte, ging er zu Lindsey, die auf dem Pfad wartete. Der Mond erleuchtete ihr Gesicht. Kein Licht der Welt stellte für das Strahlen in ihrem Inneren eine Konkurrenz dar.

Fuck, er hatte noch nie so intensiv für jemanden empfunden. Mittlerweile war er regelrecht froh, dass seine Ex ihn verlassen hatte. Dafür, dass sie ihn freigelassen hatte, um zu erfahren, wie sich wahre Liebe anfühlte. Wie es sich anfühlte, wenn sich die Partner vertrauten und beide die Gefühle teilten.

Lindsey lächelte ihn an und er musste ihr einfach einen Kuss geben, bevor er mit ihr den Pfad runterging.

Jakes zweistöckige Blockhütte lag im Wald, ein bisschen abseits der Lodge. Jake hatte erzählt, dass sie eigentlich näher zum Haupthaus hatten bauen wollen, das Bedürfnis nach ein wenig mehr Privatsphäre jedoch gesiegt hatte.

Auf der Veranda klopfte deVries an die Tür.

Kallie machte ihnen auf, gekleidet in einem Korsett und einem kurzen, roten Rock. „Hey, ihr seid pünktlich." Sie nahm ihnen die Jacken ab und hängte sie in den Schrank neben der Tür. „Die Regeln sind eigentlich wie im Dark Haven, genau wie das Safeword: Rot." Sie lief um die riesige Katze herum, die es sich an der Tür zum Keller bequem gemacht hatte.

„Wow", sagte Lindsey. „Wenn die Gäste die Regeln nicht einhalten, werden sie dann von deiner Katze gefressen?"

DeVries musterte das monströse Tier misstrauisch. Es hatte die Größe eines Rotluchses.

„Richtig erkannt. Mufasa kennt keine Gnade." Grinsend führte Kallie sie die Treppe hinunter. „Jake und Logan sind die Aufseher. Sie sprechen sich ab und je nach dem, wer nicht gerade beschäftigt ist, überwacht die Sessions."

Am Fuße der Treppe eröffnete sich ihnen ein Kerker. Musik von den Nine Inch Nails trat aus den Lautsprechern. Es erfreute deVries, dass die Hunt-Brüder die BDSM-Klassiker schätzten.

Jake hatte sich wirklich übertroffen: Die Wände waren aus Stein mit passenden Säulen, die durch die Mitte des Raumes verliefen. Die Eisenwandleuchter hielten kerzengeformte Lichter und im Kamin aus Naturstein flackerte ein Feuer, das eine ominöse Atmosphäre schuf.

Zu beiden Seiten des Raumes standen Andreaskreuze. Die tiefen Holzbalken zeigten dicke Haken, an denen Ketten hingen. Das restliche Equipment beinhaltete eine lederüberzogene Spanking-Bank und einen Bondage-Tisch.

„Wie ein Kerker in meiner Vorstellung aussehen würde", flüsterte Lindsey und trat augenblicklich näher an ihn heran. „Unheimlich."

Fuck, sie war putzig. Er legte einen Arm um ihre Schultern und hauchte an ihrem Ohr: „Es wird bald noch unheimlicher, Sub."

Ihre Augen weiteten sich.

Oh ja, es versprach eine gute Nacht zu werden. Er hatte vor, sie aus ihrem Kopf zu treiben und ihr damit eine wohlverdiente Denkpause zu geben. Sie machte sich zu viele Sorgen.

Auf der anderen Seite des Raumes platzierte Jake Spielzeuge und Hilfsmittel neben die Spanking-Bank, während Logan mit Virgil Masterson, Simon und Rona sprach.

„Wo sind Summer und Becca?", fragte Lindsey und sah sich im Kerker nach den beiden Subs um.

Kallie verzog das Gesicht zu einer Grimasse und sagte: „Sie kümmern sich um Ansel. Becca wird bald kommen und ich werde später Summer ablösen."

„Ja, das wirst du, Cousinchen", sagte Masterson.

DeVries presste die Lippen aufeinander, um nicht lachen zu müssen. Da Masterson Kallie als Schwester sah, weigerte er sich, im selben Raum zu sein, wenn Jake mit ihr eine Session vollführte. Gute Entscheidung. Er bezweifelte, dass Jake es gefallen würde, wenn der Polizist mit dem Körper eines Linebackers ihm zeigte, was er davon hielt, dass er seine Cousine zum Schreien brachte. Wäre sicher ein Spaß, Zeuge so einer Auseinandersetzung zu werden. Beide Männer groß, von dem Leben hier in den Bergen muskelbepackt, und beide hatten eine Laufbahn im Militär hinter sich. Wäre ein guter Kampf.

In einer Ecke stand Dixon und betrachtete einen menschengroßen Vogelkäfig. DeVries gab Lindsey einen Schubs in diese Richtung. „Sei so lieb und leiste Dixon Gesellschaft, während ich mit den anderen spreche."

„Ich –"

Eine Augenbraue setzte sich bei ihm in Bewegung und ihr Mund schnappte zu. Er hielt sie in seinem Bann, erinnerte sie wortlos daran, dass der Abend begonnen hatte. Er allein hatte jetzt die Zügel in der Hand. „Deine Aufgabe besteht darin, meinen Befehlen zu folgen und die Ohren zu spitzen, wenn ich rede", sagte er sanft. „Alles andere ist meine Aufgabe."

Sie senkte den Blick, ihre Wangen gerötet. Dann sah er, wie die Anspannung ihren Körper verließ und sie die Kontrolle an ihn abgab.

Sie dabei zu beobachten, wie sie sich seinem Willen unterwarf, entzündete ein Feuer in ihm. Seit sie wieder zueinandergefunden hatten, waren sie in keinem Kerker mehr gewesen. Dies war der Test, ob ihre neue Dynamik funktionierte. Für ein befriedigendes Ergebnis würde er alles in seiner Macht Stehende tun.

„Ach, und ... bevor du mit Dixon sprichst, zieh dich aus.“ Er deutete auf die Regale an den Wänden. „Nur deinen Tanga lässt du an.“

Ihr Ausdruck zeugte von Protest. Im Moment wäre sie die Einzige, die so viel Haut zeigte. *Tja, Pech gehabt.* Wenn er sie nackt mochte – und verdammt, das tat er –, dann bekäme er sie auch nackt. Ohne Wenn und Aber. Und nachdem sie sich die Situation mit ihrem Ehemann von der Seele geredet hatte, sehnte sie sich nach der Bestätigung, dass er ohne Zweifel an ihrer Pussy und ihren Titten interessiert war.

„Ja, Sir.“ Widerwille in jedem Schritt, doch sie gehorchte.

Er lächelte. Merkwürdig, wie bezaubernd er es fand, wenn eine Sub trotz Vorbehalten Befehlen folgte.

An den Regalen schlüpfte sie aus den Stiefeln und entfernte das Messer, das er ihr gegeben hatte. Er hatte nicht gewusst, dass sie es trug, aber er fand es unbeschreiblich sexy, dass sie bewaffnet erschienen war. Auf der anderen Seite war er nicht gerade davon begeistert, dass sie so verängstigt war.

Als sie sich ihr Oberteil und den BH auszog, glitt ihr Blick zu ihm und er ließ sie mit seiner Mimik wissen, wie sehr er die Show genoss. Heute hatte sie ihre Haare zurückgebunden, was ihm freie Sicht auf ihre köstlich gerundeten Brüste bescherte.

Mit rotem Gesicht funkelte sie ihn an, bis ihr Blick auf seinem Schritt landete. Ein kleines Lächeln huschte über ihre Lippen. Irgendwann würde sie akzeptieren, wie heiß ihn ihr Anblick machte.

Dann lief er zu den Männern und Rona, und richtete eine Frage an Logan: „Sind wir komplett?“

„Ja. Wir haben Atticus Ware mit einem Partner erwartet,

doch er musste kurzfristig arbeiten.“

Simon fügte hinzu: „Die anderen beiden Dark Haven-Paare wollten sich dem Schnee nicht stellen. Anscheinend hat der Sturm die Richtung gewechselt und wird uns morgen direkt treffen.“

Jake sprach über seine Schulter. „Neuschnee macht Spaß. Wenn ihr Lust habt, können wir mit Skiern die Gegend erkunden, sobald der Wind etwas nachgelassen hat.“

„Klingt gut.“ DeVries sah nach Lindsey. Hatte die kleine Texanerin jemals auf Skiern gestanden? Er wollte diese Erfahrung mit ihr teilen. „Lasst ihr die Lodge diesen Winter geöffnet?“ Normalerweise schlossen die Hunt-Brüder die Serenity Lodge, um vor der Kälte in die Tropen zu fliehen.

„Wir werden in den ersten zwei Jahren darauf verzichten, mit dem Kleinen zu reisen“, sagte Logan.

„Was Kallie und mir erlaubt, mehr Zeit mit ihm zu verbringen – und die eigene Familienplanung zu starten.“ Jake lächelte. „Und wenn wir hierbleiben, kann ich an ihren Wintertouren teilnehmen. Ist eine Weile her, dass ich das letzte Mal Eisfischen war.“

DeVries’ Augen glitten zu Kallie. Beeindruckend, dass jemand so Zartes als Bergführerin arbeitete.

Jake begutachtete seine Frau, der Ausdruck ernst. „Heute Abend werden wir ... besprechen, dass du, ohne mich einzubeziehen, Gruppenführungen arrangiert hast, die nur aus Männern bestehen.“ Er legte einen Flogger neben den Rohrstock.

„Jake“, begann sie und trat einen Schritt zurück. „Das ist mein Job und ich –“

„Finde ich gut, Hunt, aber sei nicht zu streng zu ihr; sie ist morgen damit an der Reihe, das Vieh zu füttern.“ Masterson grinste, als er wütende Blicke von Dom und Sub erntete. „Okay, Zeit für mich zu verschwinden.“ Der Polizist wuschelte seiner Cousine durch die Haare und ging zur Treppe.

Kallie stemmte die Hände in die Hüften und konfrontierte ihren Ehemann. „Ich verstehe nicht, warum du –“

Jake legte eine Hand auf ihren Mund und akzeptierte den Ballknebel, der ihm von Logan gereicht wurde. „Wird eine lange Nacht. Jedenfalls für dich, kleine Elfe."

Amüsiert von den gedämpften Kraftausdrücken kehrte deVries zurück zu Lindsey und Dixon.

Als ein Zugeständnis zu der rustikalen Atmosphäre hatte Dixon seine sonst so auffällige Fetischkleidung daheimgelassen. Stattdessen trug er ein rotes Flanellhemd um die Hüfte, rote Latexshorts und farblich passende Klettverschlussfesseln um die Handgelenke. „Sir", sagte er und neigte respektvoll den Kopf.

„So viel höflicher als an dem Tag, an dem du mich als ‚Arschloch' betitelt hast." Die Sorge, die auf dem Gesicht des jungen Mannes erschien, war befriedigend. Guter Start für eine Session. „Ich bin in der Stimmung, dich auszupeitschen. Interessiert?"

„Ja, Sir!" Aufgeregt federte Dixon auf seinen Zehen.

DeVries musterte ihn. Der Junge bewegte sich ohne Probleme, sein Blick offen. Da sie in der Vergangenheit schon mehrmals zusammen eine Session gespielt hatten, sollte die Vorbesprechung ein Klacks sein. „Gibt es etwas Neues, das ich wissen muss? Wunde Stellen, Trigger? Zusätzliche Vorlieben oder Wünsche?"

„Nichts Neues, Sir."

„Ausziehen." Er zeigte auf einen Ort direkt unter zwei baumelnden Ketten. „Hinknien, beide."

Vorfreude machte sich in ihm breit. Sein Plan war einfach: Dominiere die beiden, teile Schmerz bei dem Jungen aus, necke die kleine Sub, übergebe den Jungen an jemand anderen, mit seiner Frau spielen.

Sein Schwanz zuckte, als er Lindsey auf ihre Füße zog und seine Finger durch ihre dunklen Haare gleiten ließ. Er küsste ihre sinnlichen Lippen und zog ihren nahezu nackten Körper an seinen, einfach nur, weil er es wollte, sich danach sehnte.

Beim Anbringen der Fesseln an ihren Handgelenken streichelte er ihre Arme. Kräftige Handgelenke – für eine Frau. Verglichen mit seinen wirkte sie jedoch zerbrechlich. Die weißen

Narben auf beiden Armen machten ihn verdammt wütend. Ricks würde nicht lebend aus dieser Sache herauskommen.

Schluss damit! Er drängte den Gedanken zurück. Er wollte den heutigen Abend genießen. Sorgen konnte er sich auch morgen noch. Er ging in die Hocke, befestigte weitere Fesseln an ihren Knöcheln und küsste dann ihren Bauch. Sie trug ein blumiges Parfum, das ihren natürlichen Duft – ihre Erregung – nicht maskierte.

„Wo soll ich mich hinknien?“ Die Vorfreude in Lindseys Augen hatte sich mit den Fußknöchelfesseln verstärkt. Ihm war nicht entgangen, dass es jedes Mal einen Schalter in ihr umlegte, wenn er die Bewegungsfreiheit ihrer Beine einschränkte.

Er schenkte ihr ein schiefes Lächeln. „In den Käfig mit dir.“

„Was?“ Der ovale Vogelkäfig bestand aus schwarzem Betonstahl und hing an einer Kette von der Decke. „Da soll ich rein?“

„Genau. Jetzt wäre gut.“ Er hielt den Käfig ruhig, als sie widerwillig durch die hüfthohe Tür trat. Sich ihm zugewandt kniete sie sich auf das Donutkissen. „Arme heben“, wies er sie an.

Er band ihre Handgelenksfesseln zusammen und hakte sie an der Decke des Käfigs ein. „Spreize deine Knie, hübsches Vögelchen. Und richte dich ein bisschen ein. Es wird eine Weile dauern.“ Er machte die Tür zu, verzichtete jedoch darauf, den Käfig zu verriegeln.

Entworfen für den BDSM-Lifestyle waren an dem Gehäuse Klammern befestigt, dafür gedacht, die einen halben Meter langen Stahlstangen, bequem zu positionieren. Er führte eine Stange durch eine dieser Halterungen, bis sich das Ende an der Stelle über ihrer Pospalte einfand. Dann sicherte er die Stange. Die zweite kam unterhalb ihres Halses zur Ruhe. Nun war ein Zurückweichen unmöglich.

Zwei weitere Stangen kitzelten ihre Pobacken. Ihre Augen weiteten sich, als er das Ende der nächsten Stange an der Außenseite ihrer rechten Brust platzierte. Das wiederholte er auch bei der Linken. „Ich empfehle dir, das Rumzappeln zu unterbinden.“

Sie schüttelte den Kopf mit weit aufgerissenen Augen.

„Hast du noch nie einen Vogelkäfig gesehen?“ Mithilfe von zwei weiteren Stangen stellte er sicher, dass ihre Beine gespreizt blieben.

„N-nein.“

Er trat zurück und musterte sie. Lippen geschwollen, Wangen errötet, die Arme über dem Kopf, so dass sich ihre Brüste hoben und sein Blick direkt auf ihre süßen, harten Nippel fiel. Das dumpfe Licht im Kerker reichte aus, um zu sehen, dass der Schritt des Tangas mit dem Beweis ihrer Erregung getränkt war.

Der Anblick löste den Drang in ihm aus, sie aus dem Käfig zu ziehen und sie zu ficken.

Bald. Wenn es soweit war, würde sie sich verzweifelt nach ihm sehnen. *Ich kann es nicht erwarten.*

„Kriegst du Angst oder einen Muskelkrampf, dann rufst du nach mir, Sub.“ Um sie schnell aus dem Käfig zu bekommen, müsste er den Schalter umlegen, damit sich die vier Stangen auf ihrer Vorderseite auf einmal lösten. Weitere Stangen befanden sich in der Kiste. Im Moment reichte die Anzahl jedoch; er wollte zuerst ihre Reaktion abwarten. Einige Subs liebten diese Art der Immobilisierung. Andere bekamen Angst.

Das wäre nicht gut. Das Problem war, dass seine Aufmerksamkeit bei Impact-Play auf den Bottom gerichtet sein musste. Dadurch könnte ihm entgehen, wenn Lindsey in Panik geriet.

Er lief zu Logan, der in der Mitte des Kerkers stand. „Hast du gerade die Aufsicht?“

Logan nickte.

„Ich will Dixon auspeitschen, während Lindsey im Käfig sitzt. Es ist ihr erstes Mal in dieser Vorrichtung, fixiert von Stangen. Könnte ein zweites Augenpaar gebrauchen, um sicherzugehen, dass alles mit ihr in Ordnung ist, so dass ich mich auf Dixon konzentrieren kann.“

„Du teilst deine Aufmerksamkeit auf?“ Logan warf einen Blick auf die beiden Subs. Der Vogelkäfig hing nicht weit entfernt von den baumelnden Ketten. „Ich bitte Simon, den Rest des Raumes im Blick zu haben, um deiner Session beizuwohnen."

„Danke dir."

Problem gelöst.

Er schaute zu Lindsey. Erleichtert stellte er fest, dass die Anspannung ihren Körper verlassen hatte. Indessen hatte sie ihn beobachtet und die Stangen sorgten dafür, dass sie sich weiterhin seiner Kontrolle bewusst war. Das würde zu winzigen Schmerzmomenten führen – was er immens genoss –, vor allem wenn er den Zeitpunkt hinausschob, sie aus ihrem Dilemma zu befreien.

Er gesellte sich zu Dixon. „Und jetzt zu dir, Junge." Grob packte deVries das hübsche blonde Haar des Bottoms und riss ihn auf die Füße. Sofort entließ er ein verlockendes Quietschen. „Arme hoch."

Nach dem Herunterlassen der Ketten, die an den Holzbalken befestigt waren, benutzte deVries Panikverschlüsse, um Dixons Handfesseln an diesen Ketten zu befestigen. Er überlegte, ob er eine Spreizstange zwischen seinen Beinen anbringen sollte, aber ... nein, heute wollte er ihn zum Tanzen bringen. Ihm gefiel das Set-up.

Er trat zurück und schätzte Dixon ein. Ein frecher Sub.

Scheiß drauf. Er wickelte eine Augenbinde um den Kopf des Jungen.

Dixons Muskeln spannten sich an. Dann atmete er tief ein und entspannte sich.

Gute Kontrolle, dachte deVries und ... wartete.

Als nichts passierte und die Sekunden verstrichen, spannte sich Dixon erneut an.

Schon besser. Wie nervös könnte er den Sub machen? DeVries lehnte sich vor und knurrte ihm ins Ohr: „Dein Körper ist bereit, mir als Zielscheibe zu dienen, Junge. Bete, dass ich deine fetten Eier nicht mit meinem Flogger bekanntmache und zu Brei verarbeite."

Dixon schluckte lautstark und presste die Beine in dem

Versuch zusammen, seine Kronjuwelen vor ihm abzuschirmen. Nichtsdestotrotz, als spürte der Körperteil nicht dieselbe Angst, zuckte sein Schwanz nach oben.

Sehr nett. Dieser Junge gehörte nicht zu den Masochisten, die jegliche Art von Schmerz genossen. Nein, Dixon fühlte Schmerz und musste ihn ertragen, um den Ekstasezustand des Subspaces zu erreichen. Es war eine wahre Freude, diese Art von Masochisten den schmerzhaften Hügel hochzujagen, jenem erlösenden Gipfel entgegen. „Ist dein Safeword noch dasselbe?"

„Frank-N-Furter."

„Könnte amüsant sein, dich das schreien zu hören." DeVries rieb mit den Händen über die drahtigen Arme, über seine schmalen Schultern, seinen Rücken hinunter und sensibilisierte damit seine Haut für das Kommende. „Das Safeword für heute Abend lautet wie immer auch *Rot*. Ich stoppe die Session bei beiden."

„Verstanden, Sir."

DeVries trat vor den Vogelkäfig. Lindsey hatte sich nicht bewegt. Die Stangen bohrten sich nicht zu weit in ihre Haut. Er musterte ihr Gesicht. Ihre Aufmerksamkeit galt ihm allein, ihr Verstand befreit von allen Sorgen. Perfekt. Er schob einen Arm durch die Gitter und legte die Hand auf ihre Wange. „Alles gut bei dir?"

Ihre Augen nahmen die Farbe ihres Schokoladentoffees an. Köstlich. „Ja, Sir."

„Das höre ich gern." Er wies mit dem Kopf auf Logan, der gegen eine Steinsäule lehnte, sein Blick auf die beiden gerichtet. „Ich weiß, dass du nicht gerne Sessions unterbrichst. Falls ein Problem auftreten sollte, kannst du ihn zu dir holen. Er wird dir nicht von der Seite weichen, bis ich meine gesamte Aufmerksamkeit auf dich richten kann."

Dass sich ihre Schultern und ihr Ausdruck entspannten, bewies ihm, wie besorgt sie gewesen war. „Danke, Zander."

Perfekt. Andererseits: Zu gelassen wollte er sie auch nicht. Er rieb mit den Fingerknöcheln über ihre kleinen Brüste und rollte ihre Nippel zwischen seinen Fingern. Langsam verstärkte er den Druck, bis sie ein erotisches Quietschen von sich gab und sich unter seinen Berührungen wand. Ihre Bewegungen machte sie bekannt mit den Stangen und erinnerte sie unwillkürlich an deren Präsenz. Erinnerte sie daran, dass sie für seine Befriedigung eingesperrt war.

Er konnte sehen, dass sie feuchter wurde. *Fuck,* er liebte ihre Reaktionen!

Jedoch war es Zeit, sich von ihr abzuwenden. „Halte durch, Babe. Wenn ich zurückkomme, werde ich mich deiner hübschen Pussy zuwenden."

Ihre instinktive Reaktion beförderte ihre Beine gegen die Stangen und ihr reizender, hilfloser Laut, trieb seine Lust an. *Oh ja,* er wollte mehr davon.

Er wandte sich Dixon zu, das Feuer der Begierde brodelte unter seiner Haut. „Ich verspüre den Drang, dich schreien zu hören, Junge", sagte er. „Wir werden mit einer kleinen Aufwärmübung beginnen. Schließlich wollen wir nicht, dass es zu schnell zu Ende geht. Und naja, ich will dich schwitzen sehen." Er holte aus.

Der Laut eines Floggers, der auf Haut trat – egal, wie hart der Einschlag auch war –, beschleunigte jedes Mal seinen Puls und maximierte seine Konzentration: Färbe diese Stelle rot, vermeide diese Stelle, sorge für Symmetrie, betrachte das Ergebnis.

Dixons Muskeln waren entspannt; er atmete ruhig.

Allmählich fand deVries in einen guten Rhythmus. Er schnaubte, als er merkte, dass Dixon seinen Hintern zu Combichrists *Get Your Body Beat* schwang.

Nach einer Weile ging er zu heftigeren Schlägen über, mit Rohrstockeinlagen zur Abwechslung.

„Bereite dich vor, Junge", sagte er, bevor er nach drei harten Hieben kurz nacheinander eine Pause einlegte.

Die Wucht rockte Dixon nach vorne. Die Hände zu Fäusten geballt, den Kopf im Nacken atmete Dixon durch den Schmerz.

Seine Stirn und seine Schultern waren schweißnass, doch die Veränderung auf seinem Gesicht, das Strahlen, bewies, dass er sich auf dem Weg ins Subspace befand. *Nett, sehr nett.*

„Nicht bewegen, Junge."

Dixons Reaktion auf die Anweisung war ein unterwürfiger Schauer.

Während der Junge den Schmerz verarbeitete, ging deVries zum Vogelkäfig. „Hübscher, kleiner Kanarienvogel. Dich werde ich als Nächstes zum Singen bringen."

Ihre Augen waren auf ihn fixiert wie bei einem Vogel, der eine Katze näherkommen sah. Bei seiner Flogging-Session mit Dixon hatte sich ihre Atmung beschleunigt, ihre Wangen hübsch gerötet. Sie wurde heißer und heißer, Begierde in ihren Augen.

„Wie geht's dir, Babe? Hältst du noch ein bisschen länger durch?"

Stolz hob sie das Kinn. „Es geht mir gut, Sir."

Wusste die kleine Sub denn nicht, dass sie so etwas nicht zu einem Sadisten sagen sollte? Dann hätte sie genauso gut auch *La, la, la, ich höre dich nicht* brüllen können. „Ah ja, gut zu wissen."

Er wollte die Session mit Dixon nicht in die Länge ziehen; für ihn hatte er nämlich einen anderen Plan. Das bedeutete, dass er sich kurz Zeit nehmen konnte, um Lindsey ein wenig aus der Fassung zu bringen. Er zwickte in ihre hübschen Nippel, verwandelte sie in blutrote Perfektion und ließ von ihr ab, bevor sie zu zappelig wurde. „Erinnere dich daran, still sitzen zu bleiben."

„Natürlich. Sir."

„Sehr gut." Er lächelte sie an und sah die Besorgnis in ihren Augen. Sie kannte ihn gut.

Sein liebster Vibrator befand sich in seiner Spielzeugtasche. Er fügte den Noppenaufsatz hinzu, fand eine Steckdose und schob den Stab durch ein Loch unter der Käfigtür hindurch, wo deVries ihn an ihrer tangabedeckten Pussy in Position brachte.

„Was machst du?"

„Ich stelle lediglich sicher, dass du dich in meiner Abwesenheit nicht langweilst, Baby."

Ihre Hände ballten sich zu Fäusten, als die Vibrationen ihr Geschlecht erreichten. Sie war bereits erregt und es brauchte nicht viel, um sie nach mehr gieren zu lassen. Ihr Becken machte den Versuch, näher an den Vibrator zu kommen. Gestoppt wurde sie von den Stangen. Als sie ihre Bemühungen trotz des offensichtlichen Unbehagens fortsetzte, entließ er einen tadelnden Laut und zog den Vibrator so weit zurück, um einen zu heftigen Kontakt zu vermeiden. Auf keinen Fall wollte er, dass sie jetzt schon kam.

Ihr wütender Blick brachte ihn zum Lachen.

Als er ihr den Rücken zuwandte, vernahm er das Summen des Spielzeugs, gefolgt von einem sexy Stöhnen. *Wirklich nett.*

Er packte Dixon bei den Haaren und riss seinen Kopf zurück. „Schläfst du?“

Der Junge schnappte nach Luft. „Nein, Sir!“

„Sehr gut. Dann lass uns Laute erzeugen. Wir wollen dich schließlich lebhaft.“ Er zog eine einfache Peitsche heraus. Er ging auf Abstand und schwang das Schmuckstück für einen Test.

Als das Schnalzen der Peitsche durch den Raum schallte, drückte Dixon seine Schultern durch.

„Hast du etwas gegen Peitschen, Junge?“ Auf der Liste mit seinen Grenzen hatte er nichts Derartiges gesehen.

„Nein, Sir.“ DeVries harrte aus. Bei der Stille schluckte Dixon schwer und fügte hinzu: „Peitschen machen mich ... nervös.“

„Zeigt, dass du nicht dämlich bist.“ Der harsche Aufprall würde die Aufmerksamkeit des Bottoms nach der kleinen Pause zurückholen und ihn wieder auf den Weg ins Subspace bringen. Danach würde ein hartes Flogging in ihm die Illusion wecken, als befände er sich in einer Achterbahn, auf und ab, kopfüber und alles von vorne.

Er holte aus, traf den jungen Mann auf den Arsch, auf die Schultern, an den Schenkeln. DeVries grinste, als die Füße des Bottoms in Bewegung kamen, sein Hintern schwingend, im Versuch, den brennenden Schlägen auszuweichen.

„Viel Glück wünsche ich.“ Er legte einen festen Rhythmus

vor – eine Wohlfühlzone, die durch die launenhafte Natur der stechenden Hiebe ausgelöscht wurde.

Das Auspeitschen ging weiter. Mit der Zeit entspannte sich Dixon, seine Schultern sackten etwas zusammen, seine geballten Fäuste öffneten sich. Jetzt befand er sich auf direktem Weg ins Subspace.

DeVries warf einen Blick auf Lindsey. Ihr Gesicht war gerötet. Der Vibrator hatte seine Aufgabe erfüllt. Ihre Muskeln waren angespannt, mit dem starken Drang, endlich zu einem Höhepunkt zu finden. Sie schwitzte und ihr Ausdruck machte deutlich, dass sie die Grenze ihrer Frustration erreicht hatte.

Seine Augen schweiften zu Logan, dann zu Lindsey, gefolgt von einer Bewegung mit der Hand, die dem anderen Dom aufzeigen sollte, den Stecker zu ziehen.

Logan nickte.

DeVries näherte sich Dixons Vorderseite und nahm das Kinn des Subs zwischen Daumen und Zeigefinger. „Alles gut, Junge?"

Die kleine Berührung zusammen mit der Frage führte bei Dixon zu einem trägen Lächeln. *Oh ja*, er befand sich im La-La-Land. „Sir", hauchte er. „Ja, Sir."

„Guter Junge." In dem Moment vernahm deVries, wie das Summen des Vibrators stoppte, gefolgt von Lindseys Wimmern.

DeVries machte sich wieder an die Arbeit.

Ausholen, Schlag, ausholen, Schlag. Dixons Rücken zeigte ein befriedigendes Muster aus roten Linien. Kein Blut.

Die Zeit für den Flogger war gekommen. Das Spielzeug hatte eine gute Größe. Es steckte genug Wumms dahinter, damit der Junge die einschwänzige Peitsche nicht vergaß. Das Folterinstrument lag schwer in seiner Hand, eine Schwere, die bei dem Bottom Reaktionen hervorrufen würde, ohne dabei jedoch die wunden Stellen aufzureißen.

Lächelnd fand er in ein achtförmiges Muster, im Takt der Musik, seines Herzschlags, von Dixons schwingendem Körper. DeVries geriet ins Schwitzen, genoss das Gewicht des Floggers in seiner Hand, das Geräusch beim Aufprall, die Laute, die der Bottom von sich gab. Genau deswegen liebte er Flogger.

Aus den Augenwinkeln sah er Stanfeld. Genau wie abgesprochen.

DeVries ließ die Schwänze des Folterinstruments auf Dixon los, zog sich etwas zurück, bis nur noch die Spitzen seine Haut trafen. Eine neue Empfindung erfasste den Bottom.

Stanfeld schien ein netter Kerl zu sein. Ehrenhaft, aufrichtig. Und Simon hielt ihn für einen verdammt guten Dom. Xavier und Simon waren besorgt, dass Dix sich eine Angewohnheit daraus gemacht hatte, stets furchtbare Doms für sich zu wählen. Heute Abend würde deVries den Jungen an jemanden übergeben, der ganz Dom war.

DeVries stoppte und nickte Stanfeld zu.

Mit verschränkten Armen hatte sich der Agent nicht weit von ihnen an der Wand positioniert. Ein kleines Lächeln zeigte sich auf seinen Lippen.

Im Vogelkäfig schaffte es Lindsey nicht, den Blick von Zander zu nehmen. *„Fuck, ich liebe dich auch“,* hatte er gesagt. In den letzten Stunden hatten sich diese Worte immer und immer wieder in ihrem Verstand abgespielt – wie ein kontinuierlich drehendes Karussell der Freude. Nachdem sie von dem Einbruch in ihr Mietshaus gehört hatte und sich eingestehen musste, dass Ricks und Parnell ihr auf der Spur waren, war sie in einen Abgrund gefallen. Trotzdem konnte sie es nicht erwarten, wie ein Stern am Firmament zu erstrahlen.

„Fuck, ich liebe dich auch.“ Zander würde niemals etwas sagen, was er nicht meinte. Seine zerstörerische Direktheit hatte also einen Vorteil. *Er liebt mich.*

Und ich liebe ihn. So sehr.

Im Moment vielleicht ein bisschen weniger. *Verdammter Vollstrecker.* Der Vibrator hatte ihre Klitoris anschwellen lassen und sie pulsierte so schmerzhaft, dass sie am liebsten schreien würde.

Der Versuch, ihr Gewicht zu verlagern, endete nur damit, dass der Käfig schaukelte. Die Stangen, riesige Nadeln auf Steroiden, piksten in ihren Hintern, ihren Rücken und in ihre Brüste.

Zugegebenermaßen hatte es sie wirklich scharf gemacht, wie Zander Dixon ins Subspace geschickt hatte. Ihr Freund war nur noch ein Körper mit glasigen Augen. Jedes Mal, wenn Dix vor Schmerzen zischte, verstärkte sich Zanders Konzentration. Konnte es sein, dass er sich davon nährte und sogar noch an Stärke dazugewann? Wenn Dixon sich bewegte, um einem Schlag auszuweichen, wirkte Zander mit dem nächsten dagegen an.

Auch entging ihr nicht, wie hart Dixon war. Wie sie musste er leiden.

Erneut stellte sich Zander vor Dixon und musterte ihn. „Ja, du hast eindeutig genug." Er tänzelte mit den Enden der Floggerschwänze über die Genitalien des jungen Mannes.

Dixons Brüllen klang erschreckend.

Gott, wie konnte deVries den Intimbereich nur auf diese Weise attackieren, wenn er bereits so hart und geschwollen war? Lindsey wand sich mitfühlend. „Verrückter Sadist."

Logan hatte sie anscheinend gehört, denn er entließ ein amüsiertes Schnauben.

Zander packte Dixons Kiefer und entfernte die Augenbinde. „Sieh mich an, Sub."

Dixon öffnete die Augen. „Jasir ..."

„Du hast deine Grenze erreicht. Natürlich könnte ich mich mit meinem Flogger noch eine Stunde länger um dich kümmern." Zanders Mundwinkel zuckte, als Dixon erschüttert die Schultern anspannte. „Wir können weitermachen ... oder ich kann dich an einen Dom übergeben, der die Session in eine andere Richtung bringt. Simon bürgt für ihn." Seine Augen wanderten nach rechts.

Lindsey folgte seinem Blick. *Oh*, der Homeland Security-Kerl war hier. Er trug eine schwarze Jeans und ein ebenso farbenes T-Shirt, das seinen definierten Oberkörper in Szene setzte. Ausgehend von dem Ausdruck auf seinem Gesicht mochte er den Anblick, den Dixon bot. Sie konnte Bewunderung in seinen Tiefen erkennen.

Aber sie hatte noch keine Chance gehabt, sich mit ihm zu unterhalten. Zumindest nicht auf einer Ebene, um zu entscheiden, ob sie ihm mit ihrem Freund vertraute. Allerdings meinte Simon, dass Stan okay sei ... dann sollte es eigentlich in Ordnung gehen. *Denke ich.*

Dixon blinzelte Stan an, starrte, blinzelte erneut. „Ich ... ich ... ich ..."

Hinterlistiger Sadist, dachte Lindsey. Dixon war für heute fertig mit der Peitsche, das konnte sie ihm ansehen. Normalerweise jagte Dix immer den falschen Doms hinterher. Dieses Mal jedoch war es Zander gewesen, der ihm einen Dom anbot. Sie sah zu dem Agenten. Der Dom war wirklich ein wahrgewordener Traum für jeden schwulen Mann.

„Möchtest du, dass Stanfeld übernimmt?", fragte Zander.

Dixons Ausdruck hielt sowohl Begierde als auch Sorge inne.

Das kann ich so nachempfinden. Lindsey hatte sich in der gleichen Position befunden. Die ersten Sessions mit einem neuen Partner waren sehr gruselig.

„Junge", sagte Zander in einem tröstenden Ton. „Deine Session wird hier stattfinden. In diesem Kerker. Tex und ich werden nicht verschwinden, bevor du das tust. Und auch Logan wird ein Auge auf euch haben." Zander suchte die Blicke der angesprochenen Doms.

„Einverstanden", sagte Stan.

Logan nickte.

„Okay." Dixon wirkte hin und weg. Sie konnte es ihm nicht verübeln. Stan war nicht nur schwul, sondern auch äußerst dominant.

„Dann gehört er jetzt dir", sagte Zander zu dem Agenten, nahm seine Tasche und stellte sie neben den Vogelkäfig.

Stan durchquerte selbstbewusst den Raum und stoppte vor –

Zander trat direkt vor sie. Er öffnete die Käfigtür und packte ihr Kinn. „Wirst du die beiden oder mich ansehen?“, fragte Zander.

Upsi. „Ähm, dich, Sir.“ Lindsey konnte sie sowieso nicht besonders gut hören. Sie sprachen über Dixons Grenzen, vermutete sie.

„Dachte ich mir.“ Er sah auf die Augenbinde in seiner Hand, warf sie jedoch in seine Tasche. Sein Ausdruck war ernst. Er war ihr so nah, dass sie ihn riechen konnte: Schweiß, Seife und Leder. „Die beiden gehen dich nichts an. Deine Augen liegen allein auf mir, Babe, sonst machst du mich unglücklich.“

Oh. Bei dem Gedanken, ihn zu enttäuschen, wollte sie wie ein reumütiger Welpe winseln. „Ich werde dich nicht enttäuschen. Werde ich nicht.“ Niemals. Auf keinen Fall.

Das Lächeln erweichte seine harten Züge. „Nein, das wirst du nicht.“

Mit den Augen auf ihrem Gesicht neckte er ihre Brüste, zwickte in ihre Nippel, bis sie sich aufrichteten, bis sie bei dem erregenden Schmerz nun doch in Bewegung geriet. Als sich die Stangen daraufhin schmerzhaft in ihr Fleisch bohrten, verfingen sich ihre Gedanken in einem Wirbel, der sie wie Blätter im Herbst zu Boden schickte. Den ganzen Abend hatte er sie angestachelt. Sie stand an der Klippe. „Zander, bitte!“ *Berühre mich, nimm mich ... hart.*

„Gierst du nach meinem Schwanz?“ Ihm entrang ein ominöses Lachen und dann entfernte er allmählich die Stangen. Nun stach nicht länger etwas Spitzes in ihre Haut und sie konnte einen tiefen Atemzug wagen. *Freiheit!*

Er hatte ihre Fesseln an den Handgelenken nicht gelöst. Sie riss daran, um ihn darauf aufmerksam zu machen.

„Jetzt möchte ich deine süßen, kleinen Titten foltern. Mal sehen, wie empfindlich sie werden können.“

Foltern? Bitte was? Ihre Kinnlade klappte herunter. Mit ihren Handgelenken über ihrem Kopf konnte sie sich nicht von ihm abwenden.

Als ein schiefes Lächeln dieses verdammte Grübchen hervorlockte, erkannte sie, dass ihre Reaktion genau das war, was er sich erhofft hatte. Das machte die Situation auch nicht besser. Ihre Haut fühlte sich bereits zu empfindlich an, ihre Nippel schmerzten wegen seiner brutalen Finger und jetzt ... jetzt wollte er noch einen Schritt weitergehen? Sie schaffte es geradeso, ein Wimmern zu unterdrücken. Was sie stets überraschte, war, dass sein dunkler Blick einen ebenso dunklen Hunger in ihr auslöste.

Während er sich seiner Tasche zuwandte, rieb sie die Schenkel aneinander, um ein wenig ihre Lust zu bändigen.

Natürlich bemerkte er das sofort. Nur ein leichtes Zucken seines Kinns war nötig und ihre Schenkel schnappten wieder auf.

Gott. Es fühlte sich an, als würde Hitze zwischen ihren Beinen herausströmen.

Gemächlich wickelte er kratzige Seile um ihren Körper, über und unter ihren Brüsten, so dass ein Harnisch entstand, dann umwickelte er beide Hügel. Als er mit der Schnürung endlich fertig war, spürte sie eine eigentümliche Schwere in ihren Brüsten, als würde sie jemand nach außen drücken. Ihre empfindlichen Nippel füllten sich mit Blut und nun schickte jeder Herzschlag eine weitere Empfindung in ihre freiliegenden Knospen.

Mühsam atmete sie, konnte sich auf nichts anderes konzentrieren. So hatten sich ihre Brüste noch nie angefühlt – hochsensibel, an der Grenze von Schmerz.

„Nett, nett.“ Seine Stimme wie Schmirgelpapier, sein Blick durchdringend, als er ihre Nippel zwischen Daumen und Zeigefingern rollte.

Zu viel. Obwohl sie bei der Folter nach Luft schnappte, fegte Begierde über sie hinweg, wie Wind über den heißen Wüstenboden.

Seine schwieligen Finger bewegten sich vorsätzlich, rangen mehr Empfindungen aus ihr heraus, dabei musterte er sie aus diesen rauchgrünen Augen, trieb sie zum Äußersten an. Sie wimmerte.

„Oh ja“, hauchte er. „Genau diesen Laut will ich hören.“

Seine malträtierenden Finger schickten einen sehnsüchtigen Stromschlag direkt zu ihrer Mitte. Er hatte den Plan, dieser Empfindung einen Schritt voraus zu bleiben, platzierte seinen Handballen gegen ihre Klitoris und glitt mit einem Finger in ihre Hitze. Sie entließ einen hilflosen Laut und fühlte, wie sich die Wände ihres Geschlechts um ihn zusammenzogen. Sie zappelte, suchte nach mehr.

„Ich werde dir mehr geben." Seine maskuline Drohung verursachte eine Gänsehaut bei ihr. Er löste ihre Fesseln an den Handgelenken. „Fußknöchel bitte."

Unbeholfen manövrierte sie ihren Körper in dem begrenzten Bereich, um ihm ihre Beine entgegenzustrecken. Dann setzte sie sich mit dem Hintern auf das Donutkissen und spürte sofort, wie feucht sie tatsächlich war. *Gott*, was hatte er nur vor?

„Lehn dich zurück."

Das tat sie. Gleichzeitig führte er ihre Beine aus der Tür des Käfigs, bis die Hälfte ihres Körpers außerhalb hing. Sie schluckte schwer und starrte das Metallgehäuse um sich herum an, fühlte, wie es ins Schwingen kam.

Sie hörte, dass die Musik zu einem langsameren Tempo wechselte. Sanfter und doch finsterer. Ein hoher Schrei einer Frau erreichte ihre Ohren. Nicht weit von ihr sprach Stan mit Dixon.

Zanders kraftvolle Hände schlossen sich um ihr linkes Bein, hoben es nach oben, nach außen. Er fixierte die Fessel an ihrem Knöchel hoch oben am Käfig und wandte sich dann ihrem rechten Bein zu. Ihr Hintern hing so weit aus der Tür, dass ihre angewinkelten Beine zu ihr zeigten, ihr Becken angehoben. Blut rauschte zu ihrem Kopf und ihre eingewickelten Brüste schwollen weiter an, lösten einen erotischen Schmerz in ihr aus.

Er lächelte und riss ihr den Tanga vom Leib. Die kühle Luft berührte ihr heißes Fleisch zwischen ihren Schenkeln. Sie war so, so feucht.

Mein Gott, sie wollte ihn endlich in sich spüren! Dennoch

machte sich eine nervöse Energie in ihr breit: Wer konnte schon ahnen, was der Vollstrecker als Nächstes plante?

Als Antwort lehnte er sich vor und hakte ihre Handfesseln hinter ihr am Käfig ein. „Ich möchte nicht, dass du mir dazwischen kommst, wenn ich dir wehtue", sagte er in einem dermaßen gelassenen Ton, dass sie sich zuerst nichts dabei dachte, bis ... seine Bedeutung bei ihr ankam.

„A-aber ich bin doch keine –" *Keine Masochistin, erinnerst du dich?* Sein harter Blick hielt sie davon ab, den Satz zu beenden. Sie biss sich auf die Lippe. Der schwingende Käfig schien ihre Hilflosigkeit noch zu intensivieren. Sie befand sich nicht mal auf dem sicheren Boden.

Seine Hände fuhren über ihre Waden. In dem Moment realisierte sie, dass der Käfig exakt auf Schritthöhe eines Mannes angebracht worden war. Gut, schließlich wollte sie ihn in sich haben.

„Ich will einen genaueren Blick auf diese hinreißende Pussy werfen", sagte er. Dann betätigte er einen Knopf auf dem Bedienfeld am Käfiggehäuse und das Teil bewegte sich, bis der Käfigboden seine Brusthöhe erreichte.

Ihre Augen weiteten sich. *Gott,* ihr Geschlecht, gespreizt und feucht, befand sich direkt auf seiner Augenhöhe. Er fuhr mit den Fingern durch ihre Spalte, öffnete ihre Schamlippen weiter und ... betrachtete sie. Ausführlich.

„Zander ..." Ein strenger Blick von ihm reichte aus, um sie zum Schweigen zu bringen. Sie schluckte schwer, wartete, und versuchte es erneut: „Master, bitte nicht. Bitte, ich –"

„Bitte ist ein gutes Wort. Bleib dabei, denn mein Ziel ist es, zu befriedigen. Vor allem mich. Wenn du mich anflehst, vielleicht auch dich." Er presste einen Finger in sie, seine glühenden Augen auf ihr Gesicht gerichtet, als sie bei der Invasion nach Luft schnappte. Sein rechter Mundwinkel zuckte. Schließlich traf er einen höchst erregenden Punkt und ihre Hüften schossen nach oben.

Ein dunkles Verlangen setzte sich in ihrer Mitte fest.

„Anscheinend magst du die Stelle."

Er fuhr fort, bis sie einen Orgasmus heranschleichen spürte. *Endlich.*

Natürlich nahm er die Hand weg.

Leer und gierig ließ er sie zurück, liebkoste ihre Klitoris für ein paar wundervolle Sekunden und schob dann die Vorhaut zurück. Als sie realisierte, dass er erneut direkt auf ihr Geschlecht sah, erstarrte sie. Ihr Gesicht nahm die Farbe einer Tomate an, obwohl Begierde durch ihre Adern schoss.

Ein Finger umkreiste ihr Nervenbündel. Eine Berührung, die ihr einen Lustschauer nach dem anderen einbrachte. „Daran wirst du dich gewöhnen müssen, Babe", sagte er. Der nachdenkliche Ausdruck auf seinem Gesicht war besorgniserregend. „Das Auge isst mit, richtig? Wenn du wüsstest, wie sehr ich es mag, deine Pussy anzusehen."

Oh, mein Gott, hatte er das gerade wirklich gesagt? Mit weit aufgerissenen Augen starrte sie ihn an.

Er folgte den Bewegungen seines Fingers, der ihre Klitoris umrundete; daraufhin fixierte er sie mit seinen gnadenlosen Augen. „Bevor ich dich ficke, werde ich deine süße Pussy genießen. Ich will eine Flut an Nässe heraufbeschwören. Will sehen, wie sie anschwillt und rot wird. Ich will dich leiden sehen."

Leiden? Der Blick, den sie ihm zuwarf, musste ihren Schock wiedergegeben haben, denn er blitzte sie amüsiert an.

Mit kaltem Gleitgel befeuchtete er ihr Arschloch und zog etwas aus seiner Tasche. Es hatte die Länge seiner Hand, eine bewegliche Anordnung aus Glaskugeln, die kleinste so groß wie eine Weintraube. Ohne zu zögern, presste er die kleinste Kugel voran gegen ihren Anus.

Ihr Ringmuskel dehnte sich und die erste Kugel glitt hinein. Doch das reichte ihm noch nicht. Die Nächste war etwas größer. Jede weitere füllte sie ein bisschen mehr, bis sie nur noch keuchen konnte. Sie fühlte sich viel zu voll, und mit ihren fixierten Beinen konnte sie dieser unangenehmen Situation nicht entkommen. Das Komische: Das hätte sie auch nicht gewollt, denn auf keinen Fall wollte sie ihn enttäuschen. Also entschied sie, stattdessen zu wimmern.

„Die nächste Kugel ist verdammt groß“, warnte er sie.

Oh Gott! Noch größer würde wehtun! Verdammt wehtun! Damit würde er ihre Schmerzgrenze übertreten. Sie presste die Zähne aufeinander und zögerte. Es hatte ihn unglücklich gemacht, als sie beim Flogging ihr Unwohlsein maskiert hatte. Damals hatte er betont, wie wichtig es wäre, dass sie stets aufrichtig mit ihm war.

Wo befand sich also die Grenze, Schmerz für einen Dom zu ertragen und dem Punkt, an dem es zu viel war? „Gelb“, flüsterte sie.

„Was für ein braves Mädchen“, sagte er, seine Stimme so tief, wie sie es noch nie gehört hatte. Sein Lob wärmte sie wie ein heißes Bad. „Gerade noch rechtzeitig. Damit bist du einer Auszeit in der Ecke entgangen.“ Die feinen Linien neben seinen Augen vertieften sich, als seine Belustigung deutlich wurde.

Verdammter Dom. Er wollte, dass sie den Mund öffnete und hatte sie wissentlich an diesen Punkt gebracht. Ihre Wut erlosch unter der Gewissheit, dass er sich sorgte.

Eine sinnliche Flamme glühte in seinen Augen, als er eine Hand auf ihr Geschlecht legte. Warum fühlte sich diese saloppe Berührung so viel intimer an als die Dinge, die er bereits mit ihr getan hatte? Vielleicht, weil es der fürsorglichen Art ähnelte, in der er an einer ihrer Haarsträhnen zog oder ihre Schulter drückte. Auf eine Weise, die ihr klarmachen sollte, dass er sie immer und überall berühren konnte, dass es von nun an sein Recht war. Die Erkenntnis, dass sie sich danach sehnte, von ihm in Besitz genommen zu werden, setzte sich in ihrem Herzen fest, zusammen mit dem Wissen, dass er genau das auch tun würde.

„Jetzt werde ich dir wehtun“, sagte er mit heiserer Stimme.

Was? Sie leckte sich über ihre Lippen und wählte ihre nächsten Worte weise: „A-aber du hast doch schon Dixon wehgetan.“

„Ich habe mich bei ihm zurückgehalten, damit ich noch genug Energie für dich habe."

Geschockt beobachtete sie, wie er mit seiner linken Hand einen Rohrstock nahm, während die rechte nach einem zwanzig Zentimeter langen Flogger mit schmalen Gummibändern griff. So kurz. Er tippte mit dem Stock über ihre Schenkelrückseiten. Sanft. Als er ihren Hintern erreichte, teilte er einen Schlag aus. Hart.

Autsch. Der stechende Schmerz schoss durch ihren Körper. Die Wände ihres Geschlechts zogen sich zusammen, ihre Brüste schwollen weiter an. Bei einem Schlag auf ihre andere Pobacke musste sie feststellen, dass sich durch die Kugel in ihrem Arsch alles intensiver anfühlte. Jeder Hieb ließ sie zusammenzucken, verstärkte das Brennen und doch fühlte sie, wie ihr Verlangen anstieg. Sie wollte ihn so, so verzweifelt in sich spüren. Ihre Atmung veränderte sich zu einem abgehackten Keuchen, als sie ihr bestes gab, still liegen zu bleiben.

Mit einem feuchten Finger rieb er um ihre Klitoris, einmal, zweimal, bevor er ihren Eingang fand und in sie eindrang. Ihr Blut bewegte sich kochend durch ihre Venen. „Bereit für mehr, oder?"

Der winzige Flogger hob sich und landete direkt auf ihrer Pussy.

„Scheiße!" Bei der brutalen Ekstase krümmte sie sich ihm entgegen, ihre Hände rissen an den Fesseln.

„Genau das will ich sehen." Mit seiner freien Hand packte er ihren rechten Schenkel, ließ die Bänder von unten über ihre Schamlippen tänzeln und peitschte dann von oben gegen ihre Klitoris.

Oh Gott, oh Gott, oh Gott!

„Oh ja, wunderschön." Er lehnte sich über sie, zwickte gewalttätig in ihre Nippel. Dennoch gelang es ihm mit seinem heißen Blick auf ihr, dass sich der Schmerz einen Weg zu ihrem Geschlecht suchte, genauso, wie es das Glockenspiel einer Kirche an ihre Ohren schaffte. Ganz hatte sie die Empfindung noch nicht verarbeiten können, da schlug er mit dem Rohrstock auf ihre Schamlippen und mit dem Flogger auf ihre Klitoris.

Zu viele Empfindungen brachen über ihr ein, verwandelten sich in dunkles, unaufhaltbares Verlangen. Die Wände ihres Arschlochs pulsierten um den Fremdkörper. Sie ertrank in einem Meer der Begierde.

„Oh, bitte!" Ihre Finger zuckten an den Käfigstäben. *Nicht bewegen, nicht bewegen.* Auf keinen Fall konnte sie mehr ertragen. Das konnte sie einfach nicht. Alles pochte – mit einer merkwürdigen Kombination aus Schmerz und Lust und Verlangen. „Ich will –"

„Nein, Sub. Hier geht es einzig und allein darum, was du *brauchst*", sagte er, sein Ton stahlhart und unbeugsam. Der Flogger traf sie erneut, genau zwischen ihren Schenkeln.

Ihr Körper spannte sich an, ein Höhepunkt in greifbarer Nähe. Doch nicht nah genug! Als sie sich wieder entspannte, schien sich der Käfig von allein zu senken. Alles, was sie fühlen konnte, waren die verschiedenen Empfindungen, die über ihre Haut schlängelten. Das Feuer in ihrem Inneren hatte unbeschreibliche Ausmaße erreicht. Es war zu viel. Sie reagierte, indem sie unkontrolliert zitterte.

Sein Blick haftete erneut auf ihrer Pussy. „Fuck, du bist umwerfend." Jetzt umkreiste er ihre Klitoris mit einem Finger. „So feucht und so verdammt rot, dass du beinahe in Flammen aufgehst."

Mit einem Summen der Winde senkte sich der Käfig auf Schritthöhe. Er öffnete seine Jeans und presste seinen Schwanz gegen ihren Eingang.

Ihre Pussy fühlte sich leer an, obwohl die Analkugeln riesig waren. Sie konnte sich nicht entscheiden, ob sie Angst oder Lust verspürte. *Bitte, bitte, bitte.* Flehende Worte ohne Laut.

„Nimm mich in dir auf, Babe." Seine Eichel verlangte um Einlass, feucht und heiß und so dick. Ihr Poloch war bereits so voll. Wollte er sie zum Bersten bringen? „Fuck, du fühlst dich so gut an!"

Sie war sich nicht sicher, ob sie das unterschreiben würde. Und doch, als er sich tiefer vorwagte, flammte die Begierde auf und ließ ihren Körper singen.

„Ich bin drin. Sieh mich an, Lindsey."

Schweiß tropfte von ihren Schläfen, als sie es schaffte, ihre schweren Lider zu heben.

Er musterte sie für eine lange Zeit. In seinen Augen erkannte sie Belustigung, Begierde und ja, Liebe. „Alles gut." Er packte ihre Schenkel, nah an ihrem Becken und schob. Als sein Schwanz aus ihr herausglitt, ohne dass er sich bewegte, realisierte sie, dass er den Käfig in Bewegung gesetzt hatte. Mit seinen blaugrünen Tiefen auf ihrem Gesicht riss er den Käfig zu sich und spießte sie auf seiner Länge auf.

Ein grausamer Nervenkitzel. Stöhnend warf sie den Kopf in den Nacken. Ihre Brüste bebten, schmerzten erregend. Ihre gesamte untere Hälfte fühlte sich vollgestopft an, geschwollen und pulsierte im Rhythmus ihres Herzschlags.

Unter schweren Lidern betrachtete sie ihn, als er den Käfig – und damit auch sie – von sich schob. Er glitt aus ihr heraus, nur um sie zurückzubringen und zu füllen. Wieder und wieder, hart und erbarmungslos. Ihr Körper liebte es; sie wollte ihre Hüften bewegen, sich ihm entgegenstrecken. Als sie das nicht konnte, riss sie verzweifelt an ihren gefesselten Armen. Jeder einzelne Gedanke hatte sich aus ihrem Verstand verabschiedet. Ab sofort zählte nur noch eines: Sie wollte kommen, sie wollte –

In dem Moment zog er sich vollkommen aus ihr zurück und trat einen Schritt nach hinten. Der Flogger traf auf ihre Klitoris. *Einmal, zweimal, dreimal.* Nicht so hart wie zuvor, jetzt aber in einer schonungsloseren Abfolge, direkt auf ihr Nervenbündel.

„Nein!" Unaussprechlicher Schmerz und ekstatische Lust peitschten durch ihren Leib.

Er hörte nicht auf. Wiederholt kollidierten die Gummibänder mit ihrer Klitoris. Höher und höher wurde sie getrieben. Es tat weh, und doch wurde sie von verheerender Lust überwältigt, die jede Zelle auf eine Achterbahnfahrt schickte. Wie um

Himmels willen sollte sie dann noch ruhig liegen bleiben? Sie wand sich unter ihm, wimmerte und stöhnte – der Orgasmus vernichtend.

„Fuck, du bist wunderschön."

Sie konnte seine tiefen, kratzigen Worte kaum wahrnehmen. Das rauschende Blut in ihren Ohren übertönte alles. Mit einem harten Stoß drang er wieder in ihre Hitze ein, unerbittlich war der Griff an ihren Hüften. Sie liebte es. Liebte ihn. Liebte es, genommen zu werden, bis ihr Verstand aussetzte.

Er nahm das Tempo heraus. „Nach deinen vielen Beschwerden will ich, dass du jetzt nochmal kommst."

Was? Das würde sie umbringen! „Oh nein." Ihr Protest heiser. „Fertig. Ich bin fertig."

„Sicher bist du das, Babe." Sie hörte ihm an, wie sehr er um seine Kontrolle rang. Er rotierte mit seiner Hüfte, als wolle er sie bis in alle Ewigkeit ficken.

Nach heute Abend wäre sie wahrscheinlich nie wieder in der Lage, sich auch nur einen Millimeter zu rühren.

Er stoppte, hielt in seinen Bewegungen inne. „Sieh mich an, Lindsey." Sein Ton sanft, stählern.

Ihre Augen flogen auf.

Sein Ausdruck verlangte Unterwerfung, sein Gesicht so männlich, als er sie mit der Ernsthaftigkeit eines Masters betrachtete. „Es ist Zeit für mehr."

Vollkommen unter seiner Kontrolle erwachte ihr Körper zu neuem Leben, die Wände ihres Geschlechts pulsierten um seinen Schaft. Das Teil in ihrem Hintern war noch da, und jedes Mal, wenn sie sich bewegte, wurde sie erneut auf seine Anwesenheit hingewiesen.

Er beugte sich etwas in den Käfig, eine Hand an einem ihrer Schenkel. Seine andere Hand wanderte zu ihren Brüsten, eingepfercht in den Seilen.

„Nein!"

Ihren Protest ignorierend knetete er ihre geschnürten Brüste.

Die riesige Flutwelle der Lust war unbeschreiblich. Sie schnappte nach Luft. Dann zwickte er in ihre harten Nippel.

„Oh, mein Gott!“ Sie empfand nicht direkt ... Schmerz, sondern eher eine Art Druck. Sie hatte das Gefühl, ein Vulkan kurz vor dem Ausbruch zu sein.

Er lachte, als ihre Welt aus den Fugen geriet. Nur seine Kontrolle, seine Dominanz hielt sie noch an Ort und Stelle. Mit langsamen und gediegenen Stößen trieb er weiter in sie und schaffte es, ihren Körper erneut anzufachen. Ihre Klitoris pulsierte, sandte Explosionen der Lust, Lust, Lust über ihre Nervenenden in jede einzelne Region ihres Leibs.

„Sehr gut, Babe. Für die nächste Etappe solltest du dich festhalten.“ Die Warnung kam gerade rechtzeitig. Er zog sich aus ihr zurück. Gleichzeitig zerrte er an dem Ding in ihrem Poloch. Eine Kugel flutschte heraus. Kurz darauf stieß er sie wieder hinein, genau wie seinen Schwanz. Und das Gleiche von vorne. *Oh Gott.* Sie fühlte die Nässe des kalten Gleitgels. Die Glaskugel passierte nun problemlos ihren Ringmuskel, stimulierte jeden Millimeter im Umkreis. *Rein, raus, rein, raus.*

Ihre gesamte Mitte hatte sich zu einem überfüllten, extrem empfindlichen Bereich gemausert. Bei jedem Atemzug entließ sie ein Stöhnen. Der Druck baute sich auf und sie klammerte sich an die Käfigstangen. „Ich kann nicht“, wimmerte sie.

„Lass dich fallen, Lindsey.“ Sanft drückte er ihre Pobacke, um ihr zu zeigen, dass er sie nicht verlassen würde. „Jetzt.“ Sein Schwanz glitt heraus. Eine Sekunde später entfernte er ruckartig alle Glaskugeln.

„Ah!“ Sie bog den Rücken durch, krallte ihre Nägel in ihre Handflächen, als sich ihr Innerstes zusammenzog, explodierte, pulsierte. Sein Schaft drang erneut in ihre feuchte Pussy und jede Zelle in ihrem Körper reagierte. Sie fühlte sich wie ein angezündetes Bündel Wunderkerzen: Ihre Haut kribbelte, ihre Haare kribbelten, ihre Zehen kribbelten.

Oh, mein Gott! Oh, mein Gott!

„Mmmhmm, Baby. Wunderschön.“

Bevor sie ihre Atmung, ihren Herzschlag wieder unter Kontrolle bekam, packte er ihre Hüften und hämmerte in sie, schnell und brutal, bis er sich mit einem letzten harten Stoß in ihr ergoss.

Gott, er brachte sie noch um. Die tiefgehende Befriedigung hatte ihre Knochen pulverisiert. Unter ihr schwankte der Käfig leicht. Vielleicht sollte sie einfach für ein Millennium hier liegen bleiben.

Noch immer in ihr vergraben streichelte er ihre Hüfte und ihren Po, während sie versuchte, die Reste ihres Verstandes wieder einzusammeln. Wie funktionierte Atmen noch gleich? Als seine Finger über mehrere wunde Stellen rieben, bebte und zuckte sie unwillkürlich. *Heilige Scheiße.* Er hatte sie wirklich bearbeitet. Vor allem ihr Arschloch brannte.

Kurz darauf glitt er aus ihr heraus, ließ sie leer zurück, und sie spürte weiterhin die Kontraktionen ihrer Pussy, die damit den Verlust seines lustbringenden Schwanzes beklagten. „Nicht bewegen, Tex“, sagte er. Eine Sekunde später schnitt er durch die Seile um ihre Brüste.

Ihr ganzer Körper sackte erleichtert zusammen ... jedenfalls, bis das Blut in die abgeschnürten Bereiche floss. „Aua, au, au! Du bist so ein verdammter Sadist“, flüsterte sie – nur nicht leise genug.

„Gut erkannt, Babe.“ Er gluckste und, als wollte er ihre Aussage bestätigen, landete ein Klaps auf ihrem wunden Hintern.

„Autsch!“ Sie funkelte ihn an, was bei ihm zu einem zufriedenen Grinsen führte.

Schließlich löste der Sadist ihre Fesseln und half ihr mit so viel Vorsicht aus dem Käfig, als wäre sie ein Neugeborenes. Logan warf Zander eine Decke zu, die er um ihren Körper wickelte, bevor er sie auf den Boden setzte.

Ihr Kopf fühlte sich schwer an, zu schwer für ihren Hals, ihre Muskeln wie überbeanspruchte Gummibänder. Sie war sich sicher, dass sie ohne die stützende Wand zur Seite gekippt wäre.

Vor ihr hockend musterte Zander sie aufmerksam. Dann nickte er. „Du siehst besser aus."

Besser. Sie schnaubte. Ihre Haare und ihre Haut waren schweißnass, ihre Wangen wahrscheinlich lila und sie bebte noch immer von der intensiven Session, von den Orgasmen. „Wenn du das sagst."

Er streichelte ihre Wange. „Entspannt, nicht über Dinge nachdenkend, die du nicht verhindern kannst. Befriedigt. Also, ja, besser."

Oh. Sie seufzte. „Also, wenn es dein Plan war, mir den Verstand zu rauben, ist dir das gelungen."

Sein Lächeln ließ sie innerlich glühen. *Verdammt*, sie liebte ihn.

„Und jetzt möchte ich hören, wie du dich gefühlt hast, als du mich mit Dixon beobachtet hast."

Dixon. Sie drehte ihren Kopf, suchte nach ihrem Freund. Natürlich blockierte Zander ihren Blick.

Die Belustigung in seinen Augen verriet, dass er dies absichtlich getan hatte. „Ich habe dir eine Frage gestellt, Babe."

Wie habe ich mich beim Zusehen gefühlt? Als sie zögerte, schob er eine Hand in ihren Nacken. Die Wärme drang direkt durch ihre Haut in ihr Inneres und führte erneut zu einem Lustschauer – eine Reaktion auf seine Dominanz. „Ich werde dich in ein paar Tagen nochmal fragen, wenn du die Session verarbeitet hast. Im Moment möchte ich hören, was dir zuerst in den Sinn kommt."

„Ich ... Es war merkwürdig, weil er mein Freund ist. Und er mag dich – *mag dich*." Seine Augen wichen nicht von ihrem Gesicht, als sie versuchte, die richtigen Worte zu finden. „Doch nach einer Weile schienen Freundschaft und Anziehungskraft keine Rolle mehr zu spielen. Sexuell hast du an ihm kein Interesse. Deine ganze Aufmerksamkeit lag auf dem Ziel, ihn dorthin zu bringen, wo du ihn haben wolltest. Und dich dabei zu beobachten ... na ja, du hast mich in den Bann gezogen." Sie biss sich auf die Lippe.

Ein schiefes Grinsen zeigte sich. Ihr Blick fiel auf das Grübchen, dann zog er sie plötzlich an sich und küsste sie. Süß und hart und besitzergreifend. „Ich liebe dich, Tex“, hauchte er an ihren Lippen.

Oh wow. Sie rieb ihre Wange an seiner und atmete tief durch ihre Nase ein. „Sei nicht so n-nett, sonst muss i-ich weinen.“

Er schnaubte. „Babe, wenn wir den Scheiß hinter uns gebracht haben, reden wir über unsere Zukunft.“ Bevor sie jedoch antworten konnte, reichte er ihr eine Flasche Wasser. „Austrinken. Bis auf den letzten Tropfen.“

„Jawohl, Sir.“ Sie nahm einen Schluck und spürte, wie ihre Emotionen herunterfuhren. Nun hatte sie das starke Gefühl, als hätte sie mehrere Shots Rum getrunken, in allen ein Schuss Hoffnung. Sie lächelte ihn an. „Übrigens: Ich liebe dich auch.“

„Das freut mich.“ Er erhob sich, beobachtete, wie sie einen zweiten Schluck trank, und machte sich dann an die Aufgabe, das Equipment zu säubern.

Laut seufzend sackte sie gegen die Wand. *Verdammte Scheiße*, wie war es möglich, dass ihr Körper immer noch vor Befriedigung glühte? *Oh ja*, das war wirklich nett. Da Zander nicht länger ihr Sichtfeld blockierte, konnte sie nach Dixon suchen. Sie fand ihn, in einer Ecke und vornübergebeugt.

Während Zander und sie beschäftigt gewesen waren, hatte Stan Dixon von dem Holzbalken befreit und seine Fesseln stattdessen an einem breiten Ledergürtel, der an der Wand befestigt war, eingehakt. Zudem hatte er Dixon ein Halsband angelegt. Daran hatte ihn der Dom in eine vorgebeugte Position gezogen. Gerade war er im Begriff, Dix einen gut befeuchteten Analplug einzuführen. Nicht brutal, aber auch nicht sanft.

Lindseys geschundenes Arschloch reagierte mitfühlend.

Als Stan befahl, dass er sich endlich wieder aufrichtete, konnte sie sehen, dass die armen Eier ihres Freundes in einer Lederharnisch steckten, inklusive eines Hodentrenners und eines Cockrings. Sah verdammt schmerzhaft aus.

Nachdem der Analplug an seinen vorgesehenen Ort gerutscht war, hakte der Dom am Halsband eine Leine ein. Er sah nicht mal nach, ob es Dix gut ging, riss ihren Freund einfach hinter sich her und durchquerte den Raum.

Zander hockte sich neben sie, sein Blick auf den beiden Männern. „Deine Stirn ist gerunzelt."

„Der Agent scheint nicht sehr nett zu sein."

„Nett braucht Dixon auch nicht." Zander zog verspielt an einer ihrer Strähnen. „Der Junge unterwirft sich nicht ohne ein bisschen Arbeit. Erotische Kontrolle ist bei ihm der richtige Weg."

„Stan schenkt ihm keinerlei Aufmerksamkeit."

Zander schnaufte. „Siehst du die Spiegel?"

„Was?" Lindsey blinzelte und sah genauer hin. *Oh, wow, okay*, kleine Spiegel waren im gesamten Kerker in die Steine eingebettet. Mit dem Wissen erkannte sie schnell, dass Stan ab und zu in einen Spiegel schaute, um Dixon im Auge zu haben, ohne dass dieser es bemerkte.

„Der Junge denkt, dass er mit seinem hübschen Gesicht mit allem durchkommt. Ein Dom, der mehr als nur einen einmaligen Fick will, wird ein derartiges Benehmen nicht tolerieren."

„Okay." Sie spitzte die Lippen. „Dann sag mir doch mal, wie viele manipulative Dom-Kniffe du schon an mir ausprobiert hast. Was gehört zu meinen Lektionen?"

Zu ihrer Überraschung tat er die Frage nicht mit einem Achselzucken ab. „Wir beide fangen mit den Grundelementen an: Vertrauen, Ehrlichkeit und Transparenz." Er rieb mit dem Daumen über ihre Unterlippe und fügte hinzu: „Was du aber nicht vergessen darfst, Tex: Auch Doms haben Lektionen zu lernen. Du bist nicht die Einzige, die lernen muss, zu vertrauen."

Oh. Wärme, die sich nicht wohliger anfühlen konnte, schwappte über sie hinweg. „Gott, ich liebe dich. Das tue ich wirklich."

Er tippte gegen ihre Nasenspitze. „Dafür verdienst du Schokolade als Belohnung."

KAPITEL NEUNZEHN

Am nächsten Tag trat Lindsey aus ihrer Blockhütte, direkt in einen Wintertraum. Unberührter, weißer Pulverschnee bedeckte den Boden, hüllte die Welt in eine friedvolle Gelassenheit. Die Luft fühlte sich kalt an, beißend.

Sie hob die Arme über den Kopf, streckte sich ausgiebig und betrat dann den Pfad zur Haupthütte. Die letzte Nacht war der Wahnsinn gewesen! Erst die Kerker-Party, danach pure Entspannung im Whirlpool.

An einigen Stellen fühlte sie noch die Nachwirkungen der Session – vor allem an ihrem Hintern. Nur Dixon hatte mehr leiden müssen als sie.

Bevor Zander und sie den Kerker verlassen hatten, war Stan damit beschäftigt gewesen, die verschiedenen Gerätschaften von Dixon zu entfernen und ihm eine Augenbinde anzulegen. Mitten im Raum hatte er ihn dann abgestellt und war zum Kühlschrank gegangen. Schließlich war er mit einem gekühlten Dildo zurückgekommen, hatte Dixon nach vorne gebeugt und ihm das riesige Ding in den Arsch geschoben. Augenblicklich war Dixon gekommen und hatte dabei wie am Spieß geschrien.

Dass er keinen Herzinfarkt erlitten hatte, war erstaunlich gewesen.

Zum Schluss hatte Stan Dixon noch einen Klaps auf den Hintern gegeben, ihn in eine feste Umarmung geschlossen und laut verkündet, dass die Session vorbei war. *„Wenn du Interesse hast, kannst du mir im Whirlpool Gesellschaft leisten, Junge.“* Dixon hatte den Dom die ganze Zeit misstrauisch beäugt – die Frage, warum Stan nicht einmal versucht hatte, selbst Erlösung zu finden, in seinen Tiefen erkennbar. Eine Weile später hatte sich Stan verabschiedet und Dixon verwirrt und verloren zurückgelassen.

Armer Dix.

Beim Laufen kitzelten Schneeflocken über ihre Wangen und legten sich auf ihre Wimpern. Es machte den Anschein, dass es den Morgen über geschneit hatte. Sie hatte heute ausgeschlafen, woran sie Zander die Schuld gab. Er hatte ihr jeglicher Kraft beraubt.

Bei Sonnenaufgang war ihm ihr jungfräuliches Nutten-Negligé aufgefallen. Er hatte sie aufgeweckt, um ihr zu zeigen, wie sehr er den Kauf schätzte. *Gott.* Drei Orgasmen später hatte er sich angezogen und sie völlig fertig im Bett zurückgelassen.

Als sie die Lichtung überquerte, wurde die Tür zur Lodge von innen geöffnet. Jake humpelte heraus, einen schuhlosen Fuß angehoben, gestützt von Simon und Zander. „Guten Morgen, Lindsey.“

„Was ist passiert?“

„Ich bin auf einer schei – äh, einer Fliese ausgerutscht, als ich nach dem Whirlpool gesehen habe.“

Sie musterte den unglaublich geschwollenen Knöchel, der bereits lila anlief. „Ist er gebrochen?“

„Ich denke nicht“, sagte Simon. „Wir werden ihn zur Sicherheit aber röntgen lassen.“

„Wir bringen ihn in der Stadt zur Klinik“, sagte Zander, bevor er den Kiefer anspannte. „Danach fahre ich bei der Polizeistation vorbei. Stanfeld scheint weggefahren zu sein, um mit Masterson zu sprechen.“

„Okay.“ Anscheinend hatte Stan eine Predigt in Teamwork zu

erwarten. Lindsey lächelte. Es war unglaublich, wie es ihre Laune hob, Zander vor sich zu haben. Durch seine dicke Jacke sah er aus, als wäre er bereit, einen Grizzlybären für sie zu bezwingen. *Mein armes Herz.* „Bitte fahrt vorsichtig."

Jake nickte. Simon zwinkerte ihr zu. Zander antwortete mit einem machomäßigen Schnauben.

Richtig. Wie hatte sie vergessen können, dass Alphamänner mit dem Spitznamen Vollstrecker dem Schnee ins Gesicht lachten ...

Sie beobachtete, wie die drei ins Auto stiegen und die Fahrt ins Tal antraten. Dann nahm sie die Treppe zur Veranda und bemerkte das Schild an der Tür: MITTAGESSEN WIRD SICH HEUTE ETWAS VERSPÄTEN. BECCA.

Im Erdgeschoss war es ruhig; nur Logan war zu sehen. Er säuberte den Kamin, Thor neben ihm. Der Hund gehörte zur Einrichtung, wie es schien. „Morgen, Süße."

„Dir auch einen guten Morgen. Ist Becca in der Nähe?"

„Nein." Er wies auf den Schnee, der vor dem Fenster wild herumwirbelte. „Es wird eklig draußen. Wenn uns der Schneesturm trifft, bekommen wir bestimmt dreißig Zentimeter Neuschnee. Deshalb ist Becca in die Stadt gefahren, um ein wenig Vorrat zu besorgen. Sie und Ansel sollten bald zurücksein."

„Und Kallie?"

„Auf dem Masterson-Anwesen. Ihre Cousins sind noch auf einer Bergführung, weshalb es ihre Aufgabe ist, das Vieh zu füttern. Rona und Dixon sind mit ihr gefahren, um nach getaner Arbeit Summer einen Besuch abzustatten."

„Oh, richtig." Rona hatte sie eingeladen, mitzukommen, aber Lindsey kannte Summer nicht besonders gut. Manchmal brauchten alte Freunde etwas Zeit für sich. „Alle ausgeflogen. Haben deine anderen Gäste vor dem anstehenden Sturm die Flucht ergriffen?"

„Kann man so sagen. Einer der beiden Männer und das ältere Paar sind früh am Morgen aufgebrochen. Sie wollten nicht riskieren, eingeschneit zu werden. Stanfeld wird einen weiteren Tag bei uns bleiben. Er ist in die Stadt gefahren, um mit Virgil Masterson zu sprechen. Eine Blockhütte habe ich bis Sonntag vermietet, aber ich habe den Gast heute noch nicht gesehen. Keine Ahnung, ob er bleiben will."

„Da du von deinen Angestellten im Stich gelassen wurdest, biete ich meine Hilfe an."

Ein seltenes Lächeln von ihm war ihre Belohnung. „Wenn du die Rezeption übernehmen könntest, während ich mich um die verlassenen Hütten kümmere, wäre das super. Länger als eine Stunde sollte es nicht dauern."

„Ich brauche nur schnell einen Kaffee, dann stehe ich zu deiner Verfügung."

Am Empfang verging die Zeit in beruhigender Stille, als sie ihren Kaffee genoss und dabei durch ein Outdoor-Magazin blätterte. Vor der Hütte gewann der Wind an Geschwindigkeit und schleuderte Schnee gegen die Fensterscheiben, malte die Welt weiß. Seufzend lehnte sie sich in ihrem bequemen Stuhl zurück.

Die letzten Monate waren hart gewesen, doch im Moment verspürte sie inneren Frieden. Ein Ende war in Sicht. Bald hätte sie ihr altes Leben wieder.

Oder ... ein besseres Leben.

Er liebt mich. Lächelnd sprach sie die Worte laut aus. „Er liebt mich." Unglaublich. Niemals hätte sie sich erträumt, von Zander geliebt zu werden.

Immer, wenn sie sich an die Entschlossenheit in seiner Stimme erinnerte, als er gegen den Plan, sie als Köder zu benutzen, Einwände erhoben hatte, meldeten sich die Schmetterlinge in ihrem Bauch.

Gott, sie liebte ihn so sehr, dass ihr Herz vollkommen überfordert war. Für ihre Ex-Ehemänner hatte sie nie solche Gefühle gehegt. Sie hatte *gedacht*, sie zu lieben. Hatte gedacht, sie wären Freunde. Hatte den Sex genossen. Mit Zander war alles intensiver ... kribbeliger und schmerzhafter und sehnsüchtiger.

Wenn sie so über die Zukunft nachdachte, dann sah sie

Zander an ihrer Seite. Für immer. Bis ins hohe Alter. Auch wenn sie im Rollstuhl in einem Seniorenheim endeten, würde sie dennoch nach seiner Hand greifen und kichern, wenn er die Krankenschwester anknurrte. Und das würde er so tun.

Oh ja, er würde sie brauchen, damit sein zerbrechlicher Hintern nicht vor die Tür geworfen wurde. Also wirklich, durch sein unhöfliches Benehmen brauchte er sie viel dringender als sie ihn. Es war ihre ... Aufgabe ... ihn zu lieben und ihn von Problemen fernzuhalten.

Nicht zu vergessen: Ihn mit sexy, jungfräulich-nuttigen Negligés zu verführen, zu verlocken und – ihre Augen brannten mit unvergossenen Tränen – ihn zu lieben. Mit so viel Hingabe, bis er vergaß, dass seine Mutter das nicht getan hatte.

„Meine Mama wird dich mögen, Zander", flüsterte sie. Na ja, sobald sie darüber hinwegkam, wie unheimlich er war. Sie biss sich auf die Lippe, als Heimweh sie traf. Dies war das erste Weihnachten, das sie nicht mit ihrer Familie verbringen konnte.

Auf der Veranda hörte sie Schritte. Sie rieb sich mit den Händen über ihr Gesicht und drückte die Schultern durch.

Ein Mann trat ein, hielt an, um sich den Schnee vom Kopf und den Schultern zu klopfen. Seine Haare waren tief schwarz, seine Augen dunkel unter buschigen Augenbrauen. Ein dichter Bart bedeckte seine Wangen und sein Kinn. „Guten Morgen. Arbeitest du hier?"

„Ich helfe nur aus."

„Ich habe eine Frage. Ich bin in der Blockhütte Fünf. Ist jemand von den Angestellten in der Nähe?" Er hatte einen kaum hörbaren spanischen Akzent.

„Becca wird bald aus der Stadt zurückerwartet. Logan ist auf einem Rundgang durch die Hütten."

„Nur wir zwei also."

Sie erstarrte bei dem abschätzenden Blick in seinen Augen. „Logan sollte gleich zurücksein."

„Ich brauche nur eine Minute ... Lindsey." Mit einem abartigen Fauchen marschierte er auf sie zu. „Parnell hat Mrs. Hunt und ihr Baby. Du wirst mitkommen, sonst schlitze ich dem Drecksbalg die Kehle auf."

Becca und Ansel? Es fühlte sich an, als würde er auf ihren Lungen herumtrampeln; sie hatte Schwierigkeiten, einzuatmen. „Nein, das würdet ihr nicht wagen."

Die Gleichgültigkeit in seinem Ausdruck zeigte, dass er kein Problem damit hatte, ein Baby zu töten.

Sie schob ihren Stuhl vom Schreibtisch weg. Würde sie ihr Messer zu fassen bekommen, bevor er sie zu fassen bekam? „Ich glaube dir nicht. Du hast sie nicht in deiner Gewalt."

Er zog ein Satellitentelefon aus seiner Jacke und drückte eine Nummer. „Brauche ein Lebenszeichen. Bring sie zum Reden." Dann reichte er Lindsey das Telefon.

Becca schrie: „F-fass ihn nicht an. Wage es dir nich –"

Der Laut eines weinenden Babys übertönte alles andere.

„Nein! Hör auf!" Lindsey sprang auf ihre Füße. „Tu ihnen nicht weh. Ich werde mitkommen. Aber hör auf!"

„Na bitte, das war doch gar nicht so schwer." Er schob das Telefon in seine Innentasche zurück, wodurch ihr die Pistole ins Auge fiel. „Beweg dich, *Puta*. Wenn Hunt uns findet, jage ich ihm eine Kugel in den Kopf. Das wollen wir doch nicht, oder?"

Jake Hunt war ein verdammt nerviger Patient, dachte deVries. Wenigstens war sein Knöchel nicht gebrochen. Nachdem er Hunt in den Pickup geholfen hatte, den Simon fuhr, machte sich deVries auf den rutschigen Weg zur Polizeistation von Bear Flat.

Kleine Wache. Schreibtische an die Wände gerückt. In der Mitte stand ein einzelner Tisch, der als Anmeldung fungierte. Verdammt ruhig für eine Polizeistation. An einem Schreibtisch saß ein uniformierter Junge, der kaum alt genug aussah, um sich zu rasieren. „Kann ich Ihnen helfen?"

„Masterson in der Nähe?"

Der Junge erstarrte. „Leutnant Masterson ist in seinem Büro. Ich brauche nur Ihren Namen, dann kann ich –"

„Ich sehe ihn." Mit dem Blick auf der Milchglastür mit der Plakette LEUTNANT setzte sich deVries in Bewegung, der schockierte Junge bereits vergessen.

Im Büro saß Masterson hinter einem übergroßen Schreibtisch, während Stanfeld und ein zweiter Mann an einem Tisch in der Ecke des Raumes saßen. Masterson hob den Kopf von den Papieren zu ihm. „DeVries. Habe dich nicht erwartet."

„Ungeplanter Ausflug. Jake hat sich den Knöchel verstaucht. Wir mussten ihn in die Klinik bringen." Er fuhr mit den Fingern durch seine Haare, noch immer nass vom Schnee. „Kallie möchte, dass er ein paar Tage bei euch unterkommt. Ich schätze, es beruhigt sie, dass Summer im Notfall bereitsteht." Mastersons Ehefrau war eine ausgebildete Krankenschwester.

„Verstaucht, ja? Ich wette, er ist in einer reizenden Stimmung." Masterson schnaubte. „Brauchst du Hilfe, ihn zu transportieren?"

„Nein. Simon ist schon dabei. Ich bin in der Stadt geblieben, um mit dir und Stanfeld zu sprechen." DeVries funkelte den Homeland Security-Agenten an, eine eindeutige Warnung. „Wenn du Pläne schmiedest, die Lindsey beinhalten, werde ich darüber in Kenntnis gesetzt."

Stanfeld zog die Augenbrauen zusammen. „Ich verstehe, dass –"

Wie ein Wolf, der sich einem anderen Alphamännchen gegenübersah, stand der ihm unbekannte Mann am Tisch auf. Einen Meter fünfundachtzig, muskulös, weißes Hemd, Polizeimarke am Gürtel, Schulterharnisch mit einer Pistole. Dunkelbraunes Haar, das ihm auf den Hemdkragen reichte. Gestutzter Kinnbart. Harte, blaue Augen in einem sonnengebräunten Gesicht. „Ich denke nicht, dass wir uns kennen."

Nerviger Bastard. „DeVries. Lindsey gehört zu mir." Er machte sich nicht die Mühe, seine Hand für eine Begrüßung auszustrecken.

Der Bulle gluckste. „Das kam deutlich an." Er streckte seine Hand sehr wohl aus. „Atticus Ware. Kriminalbeamter."

Wares Händedruck war kräftig, und nicht in dem Versuch, sein Gegenüber einzuschüchtern. Er würde den Bullen wahrscheinlich mögen, wenn er sich nicht als Blockade erweisen würde. „Ich bevorzuge deutlich."

„Ich habe deine Lady noch nicht kennengelernt", sagte Ware. „Eine Texanerin?"

DeVries nickte.

„Bestimmt genießt sie den Schnee."

Masterson grinste. „Ware kommt aus Idaho und scheut sich nicht vor ein paar Schneeflocken – ganz im Gegensatz zu dem Frischling aus San Diego."

San Diego. Palmen. DeVries schnaufte bei dem Gedanken an einen Polizisten aus Südkalifornien inmitten eines Schneesturms.

„Nachdem wir seinen Streifenwagen viermal aus dem Straßengraben ziehen mussten, haben wir ihn nach Hause geschickt", sagte Ware.

Stanfeld schüttelte den Kopf. „Wenn ihr Waschweiber jetzt fertig seid, können wir uns dann wieder den wichtigen Themen zuwenden?"

Ware nahm Platz.

Die Frage war: Was trieb einen Bullen aus Idaho nach Kalifornien? Merkwürdig.

DeVries lehnte sich mit einer Schulter gegen die Wand, als Stanfeld zu ihm sagte: „Ich wollte mit den lokalen Gesetzeshütern über den Plan sprechen, Parnell und Ricks an diesen Ort zu locken, wo es nur limitierte Wege rein und raus gibt."

„Und weniger Leute, um die Suppe zu versalzen", sagte deVries.

„Korrekt." Stanfeld nickte. „Ich weiß, dass du Lindsey nicht als Köder sehen möchtest, aber –"

Das Telefon auf dem Schreibtisch klingelte.

„Leutnant Masterson." Virgil hörte zu und fand deVries' Blick. „Hast du Lindsey gesehen?"

DeVries erstarrte. „Nein. Warum?"

Mastersons Kiefer spannte sich an. „Wir sehen uns in der Stadt um. Was fährt sie?"

Er legte auf und betrachtete die Männer im Raum. „Sie meinte zu Logan, dass sie den Telefondienst übernimmt, solange er die Hütten saubermacht. Als er zurückkam, waren sie und ihr Auto verschwunden."

„Vielleicht hat sie sich kurzfristig dazu entschieden, doch Rona und Dixon nachzufahren", gab Stanfeld zu bedenken.

DeVries' Bauchgefühl war anderer Meinung. „Wenn sie sagt, dass sie etwas macht, würde sie nicht einfach verschwinden, ohne wenigstens eine Nachricht zu hinterlassen. Man kann sich auf sie zu hundert Prozent verlassen."

Masterson telefonierte mit seiner Frau. Wenige Sekunden später legte er auf. „Keine Lindsey. Und Summer meinte, dass der Schneesturm schlimmer und schlimmer wird."

„Das ist nicht gut", sagte Ware zu deVries. „Wie stehen die Chancen, dass die Zielobjekte Lindsey ohne eure Erlaubnis zum Köder gemacht haben?"

DeVries antwortete Ware mit ausgetrockneter Kehle: „Verdammte Scheiße."

Der Schnee kam so heftig vom Himmel, dass der Wald aussah, als hätte jemand die Baumwipfel in Klopapier gewickelt. Das Auto kam bei jeder Kurve ins Schleudern, die Gefahr, den Abhang herunterzufallen, allgegenwertig. Bis Parnells Helferling auf eine kaum sichtbare Straße einbog, hatte sie sich bereits die erste Zahnschicht abgerieben, so hart spannte sie den Kiefer an.

Und sie fror. Der Mann hatte sie aus der Tür geschubst, ohne sie nach einer Jacke greifen zu lassen. Sie bebte, bis ihr altes

Auto ihr endlich ein wenig entgegenkam und etwas Hitze freigab.

Das Auto rollte über eine vereiste Stelle und rutschte auf einen Baum zu, während der Idiot am Steuer verzweifelt versuchte, die Kontrolle über das Fahrzeug zurückzugewinnen.

„Du bist noch nie im Schnee gefahren, oder?“, zwang sie die Worte heraus.

„Fresse.“

Sie biss sich auf die Innenseite ihrer Wange und konzentrierte sich auf ihre Finger. Obwohl sie ihm ohne Gegenwehr gefolgt war, hatte er ihre Handgelenke verbunden. So fest, dass sich ihre Finger taub anfühlten. Irgendwie musste sie an Bewegungsfreiheit gewinnen, ob nun Rettung nahte oder nicht. Jemand musste einfach kommen, bitte.

Logan würde irgendwann seine Arbeit beendet haben und bemerken, dass sie oder Becca wie vom Erdboden verschluckt waren. Wann würden sie mit der Suche beginnen? Und hätte ein Suchteam eine Chance, sie in diesem Sturm aufzuspüren? Beim Einsteigen hatte der Mann ihr Handy am Autoladegerät entdeckt und es sofort aus dem Fenster geworfen, womit er die Suche nach dem GPS-Signal unterbunden hatte.

Niemand würde sie rechtzeitig aufspüren – wenn überhaupt jemand käme.

Ihr Puls ging durch die Decke und sie biss sich auf die Zunge. *Ich darf jetzt nicht in Panik geraten.* Sie musste auf Zander und die anderen vertrauen, dass sie es schafften, Becca, das Baby und sie zu finden.

Oh Gott, ich habe solche Angst!

Sie rammte ihre Fingernägel in ihre Schenkel. Parnell würde ihr wehtun. Sie umbringen. Ansel wehtun.

Ansel. Unbeirrte Entschlossenheit erstickte ihre Todesangst im Keim. Sie musste das Baby retten!

Äste kratzten über die Karosserie, als der Waldpfad schmaler und schmaler wurde. Sie blickte auf den Schnee. Das Auto kam so langsam voran, dass sie zu Fuß schneller wäre. „Darf ich fragen, wie ihr mich gefunden habt? Also, hier im Nationalpark?"

„Unsere Suche hat uns zu *Demakis Security* geführt. Dort haben wir gewartet, sind dir nachgegangen." Er warf einen kurzen Blick auf sie. „Parnell hat bei dir eingebrochen, bevor er dir in die Berge gefolgt ist."

Sie hatten also gesehen, dass sie Rona und Dixon bei Simons Firma abgeholt hatte. Und sie hatte nichts geahnt. Jetzt mussten Becca und Ansel für ihren Fehler bezahlen. Reue schnürte ihr die Kehle zu, drückte sich schwer auf ihre Brust. *Gott, es tut mir so leid.* „Meine Freunde werden nach dir suchen. Und sie werden dich finden."

„Bezweifle ich. Wenn sie merken, dass du verschwunden bist, werden sie erst in der Stadt nach dir suchen. Deswegen haben wir dein Auto genommen und mein Mietfahrzeug zurückgelassen." Sein Grinsen offenbarte verfaulte Zähne. „Und niemand weiß über dich Bescheid. Und ich denke nicht, dass du deinem Freund von deiner Laufbahn als Mörderin erzählt hast."

In dem Punkt irrte er sich; Zander wusste es. Aus diesem Grund würden sie sich auch sofort auf die Suche nach ihr begeben. Auch nach Parnell würden sie suchen. *Ich muss nur aushalten. Zeit hinauszögern.*

Aus dem Schneesturm erschien der Umriss einer kleinen Hütte. Der Mann parkte vor dem Geländer, das die kleine Veranda absicherte.

Ohne darauf zu warten, dass sie ihr Gleichgewicht fand, zerrte er sie über den unebenen Boden und schubste sie so hart über die Türschwelle, dass sie auf ihren Knien landete.

Sie atmete tief ein, schüttelte sich die Haare aus dem Gesicht und sah sich um. Die Ein-Raum-Hütte hatte einen Holzofen in der hinteren Ecke, ein Doppelstockbett an der rechten Wand. Im Zentrum saß Becca auf einem Holzstuhl, ihre Knöchel an die Stuhlbeine gefesselt. Auch ihre Handgelenke waren fixiert worden, wodurch sie Ansel in einem merkwürdigen Winkel in den Armen hielt. Ihre rotgoldenen Haare hingen über ihren grünen Pullover. Blaue Flecken zeigten sich auf ihrem blassen Gesicht. Ihre Augen füllten sich mit Tränen, als sie erkannte, wer vor ihr kniete.

„Gut gemacht, Morales." Eine bekannte Stimme.

Lindsey drehte den Kopf. An einem klapprigen Küchentisch erhob sich ein Mann in der Größe eines Bären, und sofort löste sich ihre Hoffnung in Luft auf: Sie hatte geahnt, dass sie sich Parnell stellen müsste; sie hätte aber nicht gedacht, es gleichzeitig auch mit Ricks zu tun zu bekommen. Stan behielt recht: Parnell und Ricks vertrauten einander nicht.

Ricks blickte auf sie herab. Obwohl seine Augen durch die buschigen Brauen halb im Schatten lagen, konnte sie die Lust darin erkennen. „Ich schätze, ich komme doch noch zu meinem Spaß."

Lindsey bekämpfte den Drang, seinem Blick auszuweichen. *„Wer mir zu nahe kommt, der wird zur Hölle geschickt"*, würde John Wayne sagen. Sie wünschte, sie könnte das umsetzen.

„Spaß? Vielleicht." Polizeichef Parnell saß am anderen Ende des Tisches. Victors Bruder hatte braune Haare, kurz geschoren. Er war für einen Mann ziemlich klein geraten, schlank, mit tiefen Augenhöhlen, aus denen er sie mit brodelnder Wut anstarrte. An seiner Hüfte hing ein Messer, eine Pistole auf der rechten Seite. „Nett, dass du uns Gesellschaft leistest, liebste Schwägerin."

Die Kälte, mit der er sie betrachtete, drang bis in ihre Knochen. Sie hatte seinen Bruder erschossen. Er hatte Craig umgebracht, ohne auch nur zu blinzeln. Was würde er mit ihr anstellen?

Parnell stellte seine Kaffeetasse ab, packte seinen Stuhl an der Lehne und positionierte ihn neben Becca.

Becca fand Lindseys Blick, Verzweiflung in ihren Tiefen. Eine Mutter, deren Kind in Gefahr war.

Meine Schuld. Gott, es tut mir so leid, Becca.

„Lass uns mit dem Frage- und Antwortspiel beginnen." Ricks

riss Lindsey auf die Füße und vergrub sein Gesicht an ihrem Hals.

Sie spannte den Kiefer an, wehrte sich und versuchte, ihn mit dem Ellbogen zu treffen. Er wickelte einen dicken Arm um ihre Taille und packte ihre Brüste.

„Ricks, reiß dich zusammen. Setz sie auf den Stuhl", fauchte Parnell und drehte sich dann zu Morales. „Geh und stelle sicher, dass dir niemand gefolgt ist."

„Verstanden." Morales verschwand und Parnell wandte sich wieder ihr zu. Er griff sie am Flanellhemd, riss sie von Ricks weg und setzte sie gewaltsam auf den Stuhl neben Becca. Sein Mund verzog sich ungeduldig. „Wo hast du die USB-Sticks?"

„Ich ..." Sie wusste, dass diese Frage kommen würde. Leider war ihr auf der Fahrt hierher keine passende Antwort eingefallen. Wenn sie sagte, dass Stan die Speicher-Sticks besaß, hatten die beiden für Becca, Ansel und sie keine Verwendung mehr. Es war ihr auch der Gedanke gekommen, Parnell die Informationen nur zu geben, wenn er Becca und ihr Baby freiließ. Doch sie wusste, dass das Arschloch sein Wort nicht halten würde. Becca hatte sie gesehen, könnte sie identifizieren. Auf keinen Fall würden sie dieses Risiko eingehen.

Dachten sie, Lindsey wäre total bescheuert?

Flucht oder Rettung. Das waren die Optionen, die ihnen blieben. *Zögere Zeit hinaus.* „Ich habe sie gut versteckt. Du wirst sie niemals finden." Sie zeigte Mut und grinste Parnell frech an.

Mit der Rückhand schlug er sie so hart, dass der Stuhl unter ihr ins Schwanken geriet. Schmerz brannte in ihrer Wange auf, Tränen formten sich in ihren Augen.

Becca entließ einen Laut, ein tiefes Wimmern: „Nein!"

Lindsey schüttelte den Kopf, blinzelte, um ihre Sicht wiederzuerlangen, um ihre Tränen zu verbergen. *Ich schaffe das.*

„Erzähl keinen Scheiß!", brüllte Parnell.

Ihre Stimme kam zittrig über ihre Lippen: „Die Speicher-Sticks sind in einem sicheren Versteck."

„Dumme Schlampe." Ricks ging zur Tür. „Morales, hast du

irgendetwas Hilfreiches gefunden, als du ihre Blockhütte durchsucht hast?“

„Was denkst du denn?“

Ricks knallte die Tür zu. „Unnützes Arschloch.“

Der Polizeichef schnaufte. „Er hat sich bewährt. Mir egal, ob es ihm an Manieren mangelt.“ Aus seiner Tasche holte er Kabelbinder, zog Lindseys linken Knöchel zum Stuhlbein und fesselte sie über ihren Stiefel, unterhalb ihres Jeanssaums. Das wiederholte er auf der rechten Seite.

„Warum fesselst du sie?“ Ricks näherte sich. „Wir haben sie in der Gewalt.“

„Wenn ich jemanden befrage, will ich nicht, dass sie sich bewegen können. Gerade bei dieser Fotze will ich das nicht. Sie hat meinen Bruder auf dem Gewissen.“ Seine Aufmerksamkeit richtete sich wieder auf Lindsey. „Sag mir das Versteck.“

„Fuck, ich finde es heißer, wenn sie sich wehren.“ Hinter ihr positionierte sich Ricks und machte sich erneut an ihren Brüsten zu schaffen. Sie versuchte, auf Abstand zu gehen, als er hart in ihre Nippel zwickte. „Oh ja, komm schon, wehre dich, Schlampe. Stört mich nicht.“

„Mich stört’s.“ Mit der offenen Hand schlug Parnell gegen ihre Wange. Durch die Wucht wurde ihr Gesicht herumgerissen. „Wo?“

Ihre gesamte Welt war angefüllt mit pulsierendem Schmerz. Ein Schluchzer drohte aus ihr herauszubrechen. Ihr Gesicht brannte. Mit flachen Atemzügen versuchte sie, Sauerstoff in ihr Gehirn zu bekommen. Gleichzeitig nahm sie dadurch Ricks’ Schweißgeruch war; ihr Magen drehte sich.

Das Geschreie um ihn herum hatte Ansel aus seinem Schlaf gerissen und er weinte. Seine winzigen Fäuste wedelten hilflos. Tränen rollten über Beccas Gesicht. Obwohl sie ihn in den Armen hatte, konnte sie nichts tun, um ihn zu beruhigen.

Ansel braucht mich. Denk nach. Komm schon, lass dir was einfallen! Lindsey schluckte die Galle in ihrer Kehle herunter und zwang sich, Parnell anzusehen. „Wenn du Becca und das Baby gehen lässt, bringe ich dich zu dem Versteck."

Wenn nur einer von den beiden Männern Becca aus der Hütte führte, würde Lindsey alles geben, um sich loszureißen und zu entkommen.

„Wie wäre es damit: Rück sofort mit der Information raus oder ich schlitze der Mama die Kehle auf." Parnells dünne Lippen verzogen sich zu einem bösartigen Grinsen. „So nah wird ihr Blut auf dich spritzen und du kannst ihr beim Verbluten zusehen."

Ihr Herz formte Eissplitter, verletzten und zerrissen. „Ich –" ... *habe die USB-Sticks nicht.* Nein, nein, sie durfte ihn nicht wissen lassen, dass Stan sie hatte.

Ricks festigte den Griff an ihrer Brust und der Schmerz ließ sie aufschreien. *Eine Idee.* Sie würgte und presste heraus: „Bitte, ich werde –" Wieder würgte sie.

Beide Männer traten zurück.

„T-tut mir leid." Sie gab vor, dass sie nach ihrer Fassung suchte, und sah sich so unauffällig wie möglich um. Parnells Waffe war unerreichbar. Ricks trug keine.

Neben dem Holzofen befand sich das Badezimmer. Die offene Tür zeigte ein buchgroßes Fenster. Zu klein. Keine Hintertür. Vor der Hütte hatte sie die Eisenstangen an den Fenstern gesehen. Keine leichte Aufgabe, von hier zu entfliehen.

„Können wir einen ... einen Deal aushandeln?", fragte sie.

Parnell zog sein Messer. „Keine Deals. Rede. Auf der Stelle." Er platzierte die Klinge an Beccas Hals. Ein erster Tropfen Blut deutete das nahende Unheil an.

Becca schloss die Augen und hielt ihren Sohn jetzt mit noch mehr Bedacht. Ansel sah zu Parnell auf, blaue Augen mit Tränen gefüllt, seine kleine Brust bebte unter mitleiderregenden Schluchzern.

Verzweiflung machte sich in Lindsey breit. Es gab keinen Ausweg. *Lüge ihn an.* Wenn sie der Plan nicht sofort umbrachte, würde es ihr zumindest wertvolle Zeit verschaffen. „Die USB-Sticks sind in der Lodge, aber –“

Die Tür ging auf und Morales steckte den Kopf herein. „Es kommt immer mehr Schnee runter. Wir brauchen Schneeketten. Für den Fall, dass wir hier eilig verschwinden müssen, sollten wir sie jetzt anbringen.“

„Dann erledige es“, zischte Parnell.

„Keine Ahnung wie.“

Parnell starrte den Kerl an. „Fuck.“

„Ich weiß es auch nicht“, sagte Ricks.

Ungläubig schüttelte Parnell den Kopf und sagte: „Lass die beiden Schlampen in Ruhe. Du kannst dich später austoben.“ Er schnappte sich seine Jacke und trat ins Freie.

Da war es nur noch einer. Hoffnung erhob sich in Lindsey.

„Verdammtes Sackgesicht“, murmelte Ricks. Er hockte sich vor ihr hin und riss ihr Flanellhemd auf. Sein Gesicht wurde rot. „Wenn Parnell mit dir fertig ist, bekomme ich dich.“

Ihr Magen rebellierte. Der Gedanke, dass er sie berührte, sie dort berührte ... *Lass mich gehen, bitte. Oh bitte.* Ihre Augen blieben entschlossen auf sein Gesicht gerichtet, jedoch musste sie sich auf die Innenseite ihrer Wange beißen, um die Worte nicht laut auszusprechen.

Er verengte die Augen zu gefährlichen Schlitzen und zwickte hart in ihre Wange, bis sich Tränen in ihren Augen sammelten. „Ich werde deinen Mund ficken, deinen Arsch ficken. Zu Ende bringen werde ich das Ganze mit meinem Messer in deiner Fotze. Wetten, dass du mich dann nicht mehr anstarrst, du dumme Schlampe!“ Gewalttätig drückte er ihren Kopf zur Seite und erhob sich.

Sie blinzelte mehrmals, kämpfte gegen die Schluchzer an.

Er nahm sich eine Bierdose aus dem Kühlschrank. Weitere Dosen füllten die Küchenzeile. Wie viel hatten sie getrunken? Spielte es eine Rolle?

Über den heulenden Sturm hörte sie Parnell zu Morales sagen: „Leg die Kette so hin.“

Nachdem er die Dose in einem Zug geleert hatte, ging Ricks ins Badezimmer und schloss die Tür.

Jetzt, jetzt, jetzt! Trotz ihrer engen Fesseln um die Handgelenke schaffte sie es, ein Hosenbein über ihren Stiefel zu ziehen. Mit tauben Fingern zog sie Zanders Messer aus der Scheide in ihrem Stiefelschaft.

Becca sog scharf den Atem ein.

Lindsey drehte sich auf dem Stuhl und näherte sich Becca mit dem Messer, Klinge nach oben. Dann formte sie mit den Lippen das Wort *schnell.*

Becca nahm die Hände von Ansel, legte ihn auf ihrem Schoß ab und bot Lindsey ihre Fesseln dar.

Mit einem harten Ruck zerschnitt die Klinge die Plastikfesseln. *Ich liebe dich, Zander.* Becca schnappte sich das Messer, befreite Lindsey und gab ihr es anschließend zurück.

Lindsey sägte durch die Plastikfesseln um ihre Knöchel und stand auf – für eine Sekunde. Ihre Knie bebten und sie krachte auf den Boden. *Oh Gott, hoffentlich haben sie das nicht gehört.* Mit klopfendem Herzen rutschte sie zu Becca. Ansel strampelte mit seinen kleinen Beinen.

Wenn sie Becca befreien konnte, bevor –

Die Toilettenspülung wurde betätigt.

Scheiße, scheiße, scheiße. Ihr stockte der Atem. Sie konnte nicht wegrennen, solange Becca noch an den Stuhl gebunden war. Auch war ihr klar, dass sie gegen den massigen Grenzpolizisten keine Chance hatte. Nicht mit diesem winzigen Messer. *Brauche ... etwas.*

Sie legte das Messer neben Beccas Füßen ab und sprang zum Holzofen, um sich ein Holzscheit zu greifen.

Indessen arbeitete Becca daran, sich von ihren Fesseln zu befreien. Ein kurzer Blick zu Lindsey, ein Nicken, und sie wurde hysterisch, flehte Lindsey an: „Du musst es ihnen sagen! Bitte! Oh Gott, sonst töten sie mein Baby! Lindsey, ich flehe dich an!" Auch Ansel leistete seinen Beitrag und fing an zu weinen.

Lindsey ging auf Zehenspitzen zur Badezimmertür, presste

sich mit dem Rücken gegen die Wand daneben und hob das Holzscheit über ihren Kopf.

Die Tür öffnete sich nach innen. Ricks' Stiefel erschienen. Stoppten. „Was –"

Er war noch nicht weit genug draußen. Verzweifelt schwang Lindsey zur Seite, ohne ein Ziel vor Augen zu haben. Das Scheit traf seine Stirn und erzeugte einen Laut, als hätte sie eine Wassermelone getroffen.

Er fiel nach hinten und krachte mit seinem Hinterkopf gegen die Toilette. Aus der Wunde an der Stirn, die sie ihm zugefügt hatte, strömte Blut.

In Lindseys Ohren ertönte ein Rauschen, das lauter und lauter wurde. Sie hatte Victors Körper gesehen, seine Brust in Blut getränkt, Augen offen, unbeweglich.

Ihre Augenwinkel färbten sich Schwarz.

„Nicht ohnmächtig werden." Eine Hand legte sich auf ihre Schulter und riss sie von der Türschwelle zum Badezimmer. „Wir müssen die Beine in die Hand nehmen", flüsterte Becca.

Lindsey erschauerte und schluckte lautstark. „Okay, okay."

Vor der Hütte brüllte Parnell Morales an: „Zurück, geh zurück." Noch waren sie nicht fertig.

Sie sah zu Becca. Ansel hatte sich beruhigt, glücklich wieder in den Armen seiner Mama zu sein. Mit einer kleinen Faust umklammerte er eine Strähne von Beccas Haaren.

Egal, wie diese Sache auch ausging, Ansel durfte nichts passieren! Becca auch nicht. Die Flucht der beiden hatte Vorrang. „Hör mir gut zu, Becca: Du wirst aus der Tür schleichen, dich gegen die Hüttenwand pressen und so auf die Rückseite gelangen. Sie werden dich vom Auto nicht sehen, wenn du im Schatten bleibst." *Hoffe ich.*

„Sie finden uns, werden uns verfolgen", protestierte Becca. Nichtsdestotrotz gab sie Lindsey das Baby, um sich ihre Jacke anzuziehen.

„Nein, sie werden mich verfolgen. Dein Job besteht darin,

Ansel zu beschützen." Sie legte das zappelnde Baby wieder in Beccas Arme. „Im Moment zählt nur seine Sicherheit."

„Ich kann dich doch nicht –"

„Musst du." Zander hatte nicht gewollt, dass Lindsey als Köder missbraucht wurde. Hier stand sie nun, sich selbst als Köder anbietend – und das war okay. Es fühlte sich richtig an. „Zum Diskutieren haben wir keine Zeit."

Beccas Ausdruck bewies, dass sie im Inneren einen Kampf austrug. Lindsey streichelte über Ansels Apfelbäckchen und flüsterte: „Du musst, Becca."

„Okay", gab Becca nach. „Viel Glück."

„Dir auch." Lindsey öffnete die Tür ein winziges Stück und betete, dass es das Licht nicht durch den Schneesturm schaffte und sie verriet. Sie hörte die Stimmen der Männer, sah jedoch nur Schnee. „Los."

Becca schlüpfte raus und verschwand um die Ecke der Hütte.

Gib ihr eine Minute. In der Zwischenzeit zog sich Lindsey Ricks' Parka über und schnappte sich ihr Messer, das noch neben den Stühlen lag. Ihr Mund war so ausgetrocknet, dass sie nicht mal in der Lage war, zu schlucken. Sie könnte sich wie Becca rausschleichen.

Doch Beccas Schuhabdrücke wären im Schnee zu sehen. So würde Parnell sie innerhalb weniger Minuten in seiner Gewalt haben. Das konnte sie nicht zulassen!

Ich will nicht sterben.

Ihr Daddy flüsterte in seinem imitierten John Wayne-Ton: *„Alle Schlachten werden von verängstigten Männern gefochten, die lieber woanders wären."*

Er vertraute darauf, dass sie das Richtige tat, und sie würde ihn nicht enttäuschen. Dies war ihre Schlacht. Sie atmete tief ein und riss die Tür auf, so dass sie laut gegen die Hüttenwand knallte.

„Scheiße! Sie hat sich befreit!"

Dankbar, dass das Auto zwischen ihr und den Männern positioniert war, rannte sie den Waldweg entlang. *Bitte, Gott, schick Hilfe.*

„Verfickte Fotze."

„*Puta.*"

Zwei Stimmen fluchten. Ihr Plan war aufgegangen – beide Männer waren hinter ihr her. *Lauf, Becca! Bring dich und deinen Kleinen in Sicherheit!*

Der Pulverschnee unter ihren Füßen war auf ihrer Seite. Leise bewegte sie sich fort, als sie den Reifenspuren über den kaum sichtbaren Pfad folgte. Sie rutschte aus, stolperte, doch fand stets ihr Gleichgewicht wieder.

Bei einer Kurve in der Straße wagte sie einen Blick über ihre Schulter. Sie konnte nur Schnee sehen.

Jetzt. Sie sprang zur Seite, über einen gefallenen Baumstamm und preschte in den Wald. Sie landete unglücklich, fiel und rollte sich hinter einen Baum. Wieso konnte es nicht mehr Unterholz geben? Ausgerechnet dieser Wald musste sauber und hübsch sein, bestehend nur aus hochgewachsenen Bäumen und Schnee.

Harsche Atemzüge. Kraftausdrücke. Sie hörte die Männer, obwohl der Sturm eine dämpfende Wirkung hatte.

Sie hielt den Atem an, als sie auf dem Weg an ihr vorbeirannten. Sie hatten nicht gesehen, dass sie von den Reifenspuren zum Baumstamm gesprungen war.

Für einen Moment blieb sie ruhig liegen, saugte die dünne Bergluft in ihre Lungen. Eine kleine Pause. Schafften es die Männer nicht, sie in den nächsten Minuten zu finden, würden sie zurückkommen und den Punkt ausfindig machen, an dem sie die Straße verlassen hatte.

Ihre Spuren wären offensichtlich, wenn sie langsam genug an der Stelle vorbeikamen.

Trotz allem: Es war gut, dass sie ihr auf der Fährte waren. *Bitte, bitte, Gott, stehe Becca und Ansel bei.*

KAPITEL ZWANZIG

DeVries sah aus dem Fenster: Schnee, Schnee, wo das Auge hinblickte. Er fluchte.

Mit den Händen auf dem Steuer grunzte Stan seine Zustimmung. „Gut, dass mein Sedan über Allradantrieb verfügt, sonst wären wir im Arsch."

Im Arsch und im Straßengraben, dachte deVries.

Es kam ihnen ein Jeep entgegen, Scheinwerfer blinkten, dann stoppte er. Logan stieg aus.

Noch bevor Stan auf die Bremse trat, öffnete deVries die Tür.

„Gibt nichts Neues. Ich vermisse einen Gast; sein Mietwagen steht noch an der Lodge. Von ihm fehlt jede Spur", sagte Logan in einem angespannt kontrollierten Ton. „DeVries, fahre den Jeep. Ich werde mit Stanfeld die andere Straßenseite übernehmen."

Sein Ausdruck sprach von Sorge. Kurz nach Lindseys Verschwinden rief Logan an, um zu fragen, ob jemand Becca und Ansel gesehen hatte.

Ein Polizist hatte Beccas Auto verlassen in der Stadt entdeckt. Kinder, die in der Nähe einen Schneemann gebaut hatten, war ein unbekanntes Auto aufgefallen, das Richtung

Lodge gefahren war. Den Zeugenaussagen nach hatte Becca weinend auf dem Beifahrersitz gesessen, ein fremder Mann hinterm Steuer.

Masterson hatte gemeint, dass es überall Jagdhütten gab. Er war in der Stadt geblieben, um die Mietaktivitäten der letzten Tage zu recherchieren.

DeVries und Stanfeld hatten gehofft, eine kürzlich benutzte Schotterstraße zu finden. Es war ätzend, dass sie wegen des Schneesturms kaum die Straße sehen konnten, auf der sie unterwegs waren.

„Ich brauche jemanden, der für mich Ausschau hält", sagte deVries, als er hinter das Steuer des Jeeps rutschte.

„Das ist meine Aufgabe", sagte Dixon vom Rücksitz.

„Und meine", kam es von Kallie auf dem Beifahrersitz.

DeVries ließ den Blick über Kallie schweifen. Gehüllt in einen dicken Parka wirkte sie wie ein Kind, *verdammt*. „Was zum Teufel machst du hier?"

„Ich kenne den Standort jeder einzelnen Jagdhütte, die Straßen und Schotterwege, die dort hinführen. Und ich weiß, wie frische Reifenspuren aussehen, die von ein bisschen Neuschnee verdeckt werden." Sie funkelte ihn an. „Und jetzt fahr los. Langsam."

Er öffnete den Mund, überlegte es sich jedoch anders und setzte das Fahrzeug in Bewegung. Sollte sie nicht auf dem Masterson-Grundstück bei ihrem Ehemann sein? „Wie bist du in dem Auto gelandet?"

Sie rollte das Fenster herunter und lehnte sich wie ein Hund heraus. Ihre Antwort wurde vom Wind davongetragen: „Rona und ich haben Jake zur Lodge gebracht, damit sich Logan an der Suche beteiligen kann. Mein Jeep ist jedoch besser auf glatten Oberflächen als Logans Pickup, deswegen habe ich meine Hilfe angeboten."

„Und Jake ist damit einverstanden?"

„Natürlich nicht. Er hat die ganze Welt verflucht. Er will mich nicht hier draußen und wollte stattdessen selbst kommen."

DeVries hörte ihr Schnauben und spürte einen kurzen Anflug von Mitleid für ihren Ehemann.

Im Sedan hatte sich Logan hinter Stanfeld gesetzt.

„Er will, dass du umdrehst und an der Spitze fährst, die beiden hinter uns“, sagte Kallie.

„Verstanden.“ DeVries wendete den Jeep und übernahm die Führung. Als er sah, wie der Sedan auf der falschen Straßenseite folgte, verstand er es noch besser. Jetzt hatte Logan einen optimalen Blick auf die linke Seite.

Im Schritttempo bewegten sie sich fort. Einmal musste der Sedan sich wieder hinter deVries einreihen, weil Gegenverkehr kam. Ein paar Kilometer weiter fuhr ein Van auf sie zu und der Fahrer drosselte das Tempo, um mit zwei erhobenen Fingern einen Gruß auszusenden.

„Der Tierarzt“, erklärte Kallie. „Wahrscheinlich auf dem Weg zu einem Hausbesuch. Er macht es sich nicht gerade einfach. Die Straßen sind bald nicht mehr zu befahren.“

„Fuck“, murmelte deVries. *Wo bist du, Lindsey?* Sorge und Zorn setzten sich in seiner Brust fest. Wenn er die Verantwortlichen fand, würde er sie umbringen. Wenn sie Lindsey oder Becca etwas antaten ... *Gott*, und auch Ansel war jetzt in die Sache verwickelt.

„Warum ist Virgil nicht hier?“, fragte Kallie.

„Masterson und Ware sind in der Stadt geblieben, um Anrufe zu tätigen. Sie versuchen herauszufinden, ob in den letzten Tagen jemand eine Jagdhütte gemietet hat.“

„Okay.“ Sie lehnte sich soweit aus dem Fenster, dass er instinktiv ihre Jacke packte, um sicherzustellen, dass sie nicht herausfiel. „Fahr langsam. Irgendwo hier muss eine Straße sein.“

„Ich sehe sie!“ Dixon wies mit dem Finger und deVries trat auf die Bremse.

Kallie hüpfte aus dem Fahrzeug.

Bevor auch er aussteigen konnte, war sie wieder in ihrem Sitz. „Wurde heute nicht befahren.“

DeVries bemerkte, dass sie zitterte, und drehte den Heizungsregler hoch, dann fuhr er weiter.

Kilometer um Kilometer. Immer wieder hielten sie an. Wie viele Hütten gab es auf diesen scheiß verdammten Bergen? Scheiß verfickte Jäger. Ein frustriertes Knurren löste sich aus seiner Kehle. Er musterte die Straßenseite, bis seine Augen brannten und kämpfte gegen seine Ungeduld an. *Halte durch, Lindsey.*

„Halt an." Kallie stieg aus, um die nächste Straße zu begutachten. Sie hockte sich hin und fuhr mit den Fingern über den Schnee. Von seiner Position erkannte er keinen Unterschied zu anderen Bereichen in der Schneedecke.

Sie winkte ihn heran.

Nachdem er mit den Bremslichtern Stanfeld ein Signal gegeben hatte, schaltete er die Lichter aus und parkte an der Straßenseite.

Stanfeld folgte ihm.

Logan rannte an ihnen vorbei, hockte sich neben Kallie und wischte mit seinem Handschuh Neuschnee von den Spuren.

DeVries stieg aus, Stanfeld und Dixon nun an seiner Seite.

„Was siehst du?", stellte Stanfeld die Frage an Kallie.

Sie hob den Kopf. „In den älteren Spuren hat sich von dem Schmelzwetter und dem darauffolgenden kalten Nächten Eis gebildet."

Logan betrachtete die unbedeckten Reifenspuren. „Diese Spuren sind frisch und verlaufen auf dem Pulverschnee von heute."

„Wisst ihr, wer am Ende der Straße wohnt?", fragte Stanfeld.

„Die Hütte wird regelmäßig vermietet. Eine Ein-Zimmer-Jagdhütte." Logan wischte noch mehr Schnee von den Spuren. „Zwei verschiedene Fahrzeuge sind hier entlanggekommen. Eins davon erst vor kurzem."

„Das bedeutet, dass wir es mit mindestens zwei Tätern zu tun haben", sagte Stanfeld. „Was machen wir mit unseren Fahrzeugen und ...?" Er wies mit einem Nicken auf Kallie.

Dickköpfig hob sie ihr Kinn, bevor sie seufzend sagte: „Ich markiere die Straße und fahre mit meinem Jeep zur Lodge zurück. Von dort kann ich Virgil anrufen und ihm eure Koordinaten geben."

„Danke, Süße", sagte Logan.

DeVries warf ihr den Autoschlüssel zu.

Stanfeld zog sich seine Jacke aus und öffnete den Kofferraum des Sedans. Er nahm zwei kugelsichere Westen heraus, reichte eine an deVries und zog sich die zweite an. „Tut mir leid, Logan. Ich habe nur zwei."

Logan nickte verständnisvoll.

Stanfeld sah zu Dixon. „Du wirst Kallie begleiten. Das ist –"

„Komm mir nicht mit so einem Scheiß, Hübscher." Dixon stemmte die Hände in die Hüften. „Ich bin ausgebildeter Rettungssanitäter."

„Für Diskussionen haben wir keine Zeit." DeVries sah das rote Kreuz auf einer Tasche und warf sie Dixon zu. „Erste-Hilfe-Koffer. Bleib hinter uns."

„Jawohl, Sir."

Stanfeld zog die Augenbrauen zusammen, nickte und folgte Logan, der sich bereits auf den Weg über die schneebedeckte Waldstraße begeben hatte.

DeVries setzte sich in Bewegung. *Bleib stark, Tex. Wir kommen.*

Lindseys Lungen fühlten sich von der eisigen Luft wie ausgetrocknet an. Sie war so oft hingefallen, dass ihre Jeans von den Knien bis zu den Knöcheln von geschmolzenem Schnee durchtränkt war. Die Haut darunter brannte. Ihre Finger, ihr Gesicht und ihre Ohren kribbelten und näherten sich einem Taubheitsgefühl.

Die Straße war nicht mehr zu sehen.

Verloren. Hoffnungslos verloren. Die Flocken fielen so dicht vom Himmel, dass sie nur wenige Meter weit sehen konnte. Sie stolperte, fiel erneut und schaffte es rechtzeitig, sich mit den Händen abzufangen. Geradeso. Ihre Arme zitterten, als sie sich noch oben drückte. Sie fühlte sich schwach, so schwach.

Sie drehte sich um ihre eigene Achse, sah nur die schattigen Umrisse der Bäume. *Ich hasse Schnee.* Dann stützte sie sich auf ihre Oberschenkel und versuchte, zu Atem zu kommen. Schweiß tropfte ihren Rücken herunter. Heiß in dem Parka, eiskalt außerhalb.

„Hier!" Ein Brüllen, von nirgendwo und überall, hallte zwischen den Bäumen. *Morales.*

Scheiße, sie hatten gesehen, wo sie die Straße verlassen hatte. Jetzt mussten sie nur ihren Spuren folgen.

Sie rannte.

Und rannte.

Sie kamen näher. Beide, die Bastarde. In der rechten Hand hielt sie ihr Messer. Mit der linken hob sie einen Ast auf. Zu groß, um ihn effektiv zu schwingen. Der Nächste hatte eine bessere Größe und war so dick wie ihr Handgelenk.

Sie trat hinter einen Baum, zwang die Erinnerung zurück, wie sie Ricks mit dem Holzscheit getroffen hatte. Die Erinnerung an das Blut. Sie hatte Schwierigkeiten, die Finger fest um das Messer zu schließen. Es war einfach so verdammt kalt.

„Sie kann nicht weit gekommen sein." Parnells Stimme war tief und atemlos.

„ ... werd' ihr den Hals brechen." Morales klang näher. Seine Schritte wurden lauter.

Sie sprang aus ihrem Versteck und schlug den Stock so hart gegen sein Gesicht, wie sie konnte.

„Fuck!" Er stolperte zurück, aus seiner Nase strömte ein Schwall tiefroten Blutes. Sie holte erneut aus, traf ihn gegen die Schläfe und das Holz splitterte.

Er fiel auf die Knie.

„Schlampe." Gezielt riss Parnell sie von den Füßen. Sie krachte auf ihren Rücken. „Dumme Fotze." Er packte sie mit der linken Hand an der Jacke, riss sie hoch und machte sich bereit für einen Fausthieb mit seiner Rechten.

Begleitet von einem Kampfschrei stach sie mit dem Messer in seine Richtung.

Er wich aus und schlug sie mit der Rückhand auf den Boden zurück. Sie landete grunzend im Schnee. Er trat sie so hart in die Flanke, dass nicht mal der dicke Parka die Tritte abschirmen konnte. Stechend schwappte der Schmerz durch ihre Rippen. Sie bekam keine Luft mehr, konnte sich nur zu einem Ball zusammenrollen, um Schlimmerem auszuweichen.

„Meine Fresse, sie hat dich erwischt, Morales."

„Ich werde ihr jeden einzelnen Knochen brechen und sie –"

Morales' Worte, seine Drohungen, entzündete die Entschlossenheit in ihr von Neuem. Sie rollte sich zur Seite und ... erblickte ihr Messer nicht weit von ihr. *Komm schon, steh auf!*

Parnell rieb sich über die Wange und sah nach, ob er blutete. „Das wirst du bereuen", zischte er und trat sie ein weiteres Mal.

Von den zugefügten Schmerzen wurde ihr kurz schwindelig.

Als ihr Blickfeld wieder in den Fokus kam, sah sie, dass Parnell ihr Messer aufhob. Verzweifelte Tränen rannen über ihre eisigen Wangen. Er riss sie auf die Füße und gab ihr einen kräftigen Schubs. „Beweg dich."

DeVries hörte hektische Schritte näherkommen und zischte, um Logans Aufmerksamkeit zu erlangen.

An der Spitze hob Logan einen Arm. Alle hielten an.

Eine dunkle Gestalt kam durch den Wald gerannt. Stolperte. Wimmerte. *Rebecca.* Ihr Gesicht war so weiß wie der Schnee. Ihr Arme hatte sie ... *Oh Gott*, sie hatte das Baby bei sich.

„Scheiße." Logan rannte ihr entgegen.

Ein kurzes Nicken reichte aus und deVries und Stanfeld sicherten den Bereich für den Fall, dass sie verfolgt wurde.

Rebecca starrte ihren Ehemann ungläubig an. „Logan?" Ihre Beine gaben nach.

Er fing sie auf, immer darauf bedacht, Ansel nicht zu verletzen.

Dixon rannte zu ihr. „Lass mich, Becca." Vorsichtig nahm er ihr den Kleinen ab. Ein hohes Wimmern machte deutlich, dass er noch lebte und genug Kraft hatte, um eine Beschwerde an den Mann zu bringen.

„Meine kleine Rebellin." Logan wickelte die Arme um sie und vergrub sein Gesicht in ihren Haaren, als sie sich am Rücken in seine Jacke krallte.

Mit brennenden Augen wandte deVries den Blick ab und sah stattdessen in den Wald. Sein Verlangen nach Lindsey war ein Schmerz unermesslichen Ausmaßes.

Logan war sich dessen bewusst, hob den Kopf und fragte: „Wo ist Lindsey, meine Süße?"

„Ich weiß es nicht." Tränen füllten ihre Augen. „Sie hat die Männer weggelockt, damit ich mit Ansel entkommen konnte. Ich wollte sie dort nicht allein lassen, aber ... Ansel. Ich konnte nicht zulassen, dass ... Ich musste mich darauf konzentrieren, Hilfe zu finden."

„Du hast richtig gehandelt", sagte Logan, presste seine Wange gegen ihre und schloss erleichtert die Augen.

„Nein! Ich hätte –"

„Babys kommen immer zuerst", betonte deVries mit kraftvoller Stimme. Sicher, er wollte sie dafür anschreien, Lindsey sich selbst überlassen zu haben, doch er wusste, dass sie richtig gehandelt hatte. Das Baby hatte Vorrang.

Aber ... Gott, Tex. Seine Tex hatte Eier aus Stahl. Jedoch ... Er spannte den Kiefer an. „Becca, hast du eine Ahnung, wo die Männer sind? Wo Lindsey ist?"

„Ich habe sie schreien hören. Ich denke, sie haben sie erwischt und in die Hütte zurück gebracht." Sie packte Logans Arm. „Bitte, ihr müsst sie retten!"

„Du nicht, Logan", sagte Dixon leise. „Ansel zittert. Du

musst die beiden in Sicherheit bringen, damit sie sich aufwärmen können."

Logan erstarrte. „Du kannst sie –"

„Ich bin es nicht gewohnt, bei so einem Wetter zu fahren. Du musst es tun."

Logan blickte zwiegespalten drein. Dann seufzte er und küsste Becca auf die Stirn. „Zur Hölle, Süße, jetzt verstehe ich, wie es sich angefühlt haben muss, Lindsey zurückzulassen." Er wies Dixon mit einer Kopfbewegung an, Ansel wieder an Becca zu überreichen. „Ich muss meine Hände frei haben."

Erschöpfung deutlich in ihren Gesichtszügen zu erkennen, drückte Becca Ansel an ihre Brust, die Lippen entschlossen zusammengepresst.

Logan blickte zu deVries. „Ich komme nach, sobald sie in Sicherheit sind."

„Geh." DeVries gab Logan seine Autoschlüssel und wies die anderen an, weiterzugehen. Er musste sich bewegen. *Lindsey.* Er musste Lindsey finden. Ein Adrenalinschub trieb ihn über die schneebedeckte Straße.

Ein paar Minuten vergingen, als er plötzlich jemanden auf sie zu rennen hörte, von der Hauptstraße kommend, zu der sich Logan und Becca gerade erst aufgemacht hatten. Was zum Teufel?

Zwei massige Gestalten erschienen – zu groß, dass es sich um seine Freunde handeln konnte. Stanfeld folgte deVries' Bewegung, der seine Glock zog und wartete.

Durch den weißen Vorhang aus Schnee trat Virgil Masterson, gefolgt von Ware, Bear Flats Kriminalbeamten. Masterson blickte auf die gezogenen Pistolen. „Könntet ihr die Teile auf was anderes richten?"

„Los, weiter." DeVries rannte los, die endlose Straße entlang.

Hinter ihm hörte er Stanfeld zu den anderen sagen: „Ihr habt uns schnell gefunden."

„Haben entdeckt, dass die Hütte erst gestern vermietet wurde", sagte Masterson.

„Logan und seiner Familie sind wir auch begegnet", sagte Ware leise. „Eine gute Frau hat er sich da angelacht."

„Das kannst du laut sagen. Hey, seht mal." DeVries hielt an und zeigte auf den Boden, wo frische Schuhabdrücke zu sehen waren.

Ware hockte sich hin. „Zwei Männer. Kamen bis an diesen Punkt und sind dann umgedreht. Becca denkt, sie sind Lindsey gefolgt?"

„Richtig. Vielleicht haben sie Lindsey nicht gefunden?" Hoffnung meldete sich in ihm.

„Vielleicht. Noch mehr Schuhabdrücke. Sie sind gerannt. Ich schätze, sie sind ihr blindlings nachgejagt, ohne auf Spuren von ihr zu achten." Eine Sorgenfalte zeigte sich auf dem Gesicht des Polizisten. „An dieser Stelle haben sie dieses Missgeschick wahrscheinlich behoben."

„Becca denkt, sie haben Lindsey erwischt", sagte Dixon aus der hinteren Reihe.

„Verstärkung ist auf dem Weg", verkündete Masterson. „Zwei meiner Männer werden auf der Hauptstraße bleiben, damit sie nicht entkommen."

„Ok, gut." DeVries lief weiter, schneller und schneller. Seine Instinkte übernahmen die Kontrolle. *Muss Lindsey finden.* Sie war geflohen, hatte mit den Arschlöchern gespielt. Dafür würden sie Lindsey bezahlen lassen, bevor sie sie umbrachten.

Als Lindsey die Hütte erblickte, bebte sie mit einer Mischung aus Kälte, Schmerz und Todesangst. Ihre Beine waren kaum noch zu gebrauchen.

„Was zum Teufel hat Ricks in der Zwischenzeit gemacht?", grummelte Morales. „Er lässt sie entwischen und setzt sich dann auf seinen fetten Arsch?"

„Wahrscheinlich vögelt er die andere." Parnell entließ einen angewiderten Laut. „Dieser Trottel kann nur so weit denken, wie sein Schwanz lang ist.“ Er schubste Lindsey über die Türschwelle.

Unfähig sich zu fangen, landete sie hart auf ihren geschundenen Knien. Sie brüllte vor Schmerz.

Morales zischte: „Wo ist die andere Fotze?“ Er hob die Fesseln auf, die Lindsey durchtrennt hatte.

„Meine Fresse, wäre besser, er findet sie.“ Parnell trat die Tür zu. „Wie hat er es geschafft, beide zu verlieren? Ich hätte ihn in Texas lassen sollen.“

Lindsey bewegte sich nicht, beobachtete lediglich. Aufzustehen brachte ihr keinen Nutzen. Ihre Beine waren zu schwach. Noch eine Flucht würde sie nicht schaffen.

„Warum hast du ihn überhaupt mitgebracht?“, fragte Morales.

„Er hat darauf bestanden. Vertraut mir nicht. Denkt, *ich* würde alles ruinieren.“ Parnell schüttelte den Kopf. „Als säße nur er in der Scheiße.“

Selbst, wenn Lindsey eine Chance sehen würde, ein Messer zu greifen, ihre Finger waren taub. Sie wäre nicht in der Lage, es zu halten. Ihre Hoffnung verschwand in einem schwarzen Loch. Kein Ausweg. Aber ... wenn es Becca und Ansel sicher nach Hause geschafft hatten, war es die ganze Aktion wert gewesen.

Das war es. Trotz allem, zäh wie Sirup, tropfte Trauer in ihr Herz. Gestern, für ein paar Stunden, war sie so glücklich gewesen. Zander liebte sie – ein Geschenk, das sie niemals erwartet hatte. Noch nie hatte sie ihn so offen gesehen, so zufrieden und gelassen.

Und jetzt würde sie sterben. Was würde ihr Tod bei ihm anrichten? Eine Träne löste sich und kullerte über ihre Wange. *Gott, Zander, es tut mir leid.*

„Sieh nur, die Puta weint.“ Morales drehte sie auf ihren Rücken, riss ihr die Jacke vom Leib und zerrte sie auf die Füße. „Puta, ich will dich um dein Leben betteln hören, bevor ich dir das Licht ausknipse.“

Als sie unter seinem Griff zusammensackte, musste er die

Füße in den Boden stemmen, um sie weiterhin aufrecht zu halten.

Ohne groß nachzudenken, riss sie ihr Bein hoch und trat ihm mit dem Knie in seine Eier.

Der Laut, den er von sich gab, als er auf seine Knie fiel, war extrem befriedigend. Sie torkelte zurück, wusste, dass sie dafür leiden müsste, aber –

Parnells Faust traf sie gegen ihren Wangenknochen und sie fiel.

Schon wieder.

Diese Hinfallen-Angelegenheit musste wirklich aufhören. Alles schmerzte. *Schmerzte, schmerzte, schmerzte.* Sie hatte noch Schlimmeres zu erwarten.

Sie konnte spüren, wie sich ihre Lebensgeister verabschiedeten, während sie schluchzte und weinte. Sie kehrte in ihr Inneres ein, sonderte sich von dem Schrecken der Wirklichkeit ab. *Ich werde nun sterben.* Das wusste sie. Hatte es akzeptiert. Egal, was sie jetzt sagen oder tun würde, sie würden sie brutal aus dem Leben reißen.

Eine schwache Stimme in ihr meldete sich zu Wort: *Ich will leben.* Doch sie hielt sich an das Nichts in ihrer Seele. Ihr Daddy flüsterte ihr zu: *Sei dein eigener Fels, Linnie. Sei Granit.*

Teuflische Hände rissen ihr das Flanellhemd vom Körper, ließen sie nur in ihrem BH. „Wird Zeit, dass wir uns unterhalten, Schlampe“, sagte Parnell. „Es wird Zeit, dass du dafür bezahlst, was du meinem Bruder angetan hast.“ Mit dem Knie fixierte er ihren linken Arm am Boden. Kalte Augen blickten auf sie herab. Kalte Augen, in denen sie ihren Tod sehen konnte.

Er zog sein Messer und hob es, so dass die Klinge kurz von dem Licht der Deckenlampe aufblitzte. „Wo hast du die USB-Sticks von meinem Bruder versteckt?“

Wenn er sie zum Sprechen brachte, würde er herausfinden, dass Stanfeld die Beweise hatte. Dann wäre es möglich, dass Parnell seiner gerechten Strafe entging und flüchtete. Mit allen Mitteln wollte sie verhindern, dass er ungeschoren davonkam.

Ich muss ihn dazu bringen, mich zu töten, bevor ich alles ausplaudern kann. Reize ihn, bringe ihn auf die Palme, damit er die Sache schnell beendet.

Zweimal musste sie schlucken, dann sagte sie ganz kühl: „Fick dich."

„Heilige Scheiße, bist du dumm." Er fuhr mit dem Messer über ihren Bauch, und sie fühlte ein eisiges Brennen.

Als er das Messer in ihr Sichtfeld hob, sah sie das Blut: Der Anblick verstärkte den Schmerz, eine aufkeimende Flamme entsprang ihrem geschundenen Körper.

„Ich werde dich wie einen Sonntagsbraten zerstückeln."

„Was ist mit mir?", knurrte Morales. „Ich will mich auch an ihr auslassen." Er zog seine Waffe und zielte auf sie. „Einen Schuss ins Knie und sie wird reden."

„Sie würde zu schnell ausbluten, Arschloch." Parnell fuhr erneut über ihren Bauch. Die nächste qualvolle Linie.

Sie knirschte mit den Zähnen, krallte sich an der Leere fest, ging auf Abstand, schaltete ihren Verstand ab, ihre Seele erlosch.

Bei dem vierten Schnitt schrie sie sich die Seele aus dem Leib.

DeVries musste den Drang unterdrücken, in die Hütte zu stürmen. Die Laute. Er spannte den Kiefer an, seine Zähne knirschten. *Fuck*, Gott wusste, dass er in seinem Leben schon viele Schreie gehört hatte.

Nicht so. Seine Lindsey unter Höllenqualen.

Die Vorhänge waren zugezogen. Bärensichere Stangen an den Fenstern. Unbemerkt begutachtete deVries die Tür. Die fehlenden Scharniere wiesen darauf hin, dass sich die Tür nach innen öffnete, damit Schnee die Tür nicht blockierte. *Gott sei Dank*.

Er positionierte sich, hob seine Pistole.

Masterson lief neben ihm und sagte leise: „Lass mich –"

DeVries schnaubte. *Typisch Bullen.* „Meine Frau." Er kratzte mit der Ferse über den vereisten Boden, bis er den Dreck traf, um sich besser stabilisieren zu können. Dann hob er sein rechtes Bein und trat mit dem Stiefel neben das Schloss. Die dicke Tür knackte, gab aber nicht nach. *Scheiße.* Beim zweiten Versuch sprang die Tür auf und er preschte hinein.

Eine Kugel traf seine Weste, raubte ihm seinen Atem. Eine Zweite schlug gleich daneben ein.

Feind, stehend, mit Waffe. Ein weiterer kniete neben Lindsey, Messer in der Hand. Den Mann mit der Pistole ignorierend schickte er zwei Kugeln in den Kopf des Messerschwingers.

Ein Schusswechsel folgte, als die Polizisten die Hütte stürmten. Der stehende Feind fiel, sein Gesicht nicht länger zu erkennen.

Seine Ohren klingelten, doch deVries setzte sich in Bewegung. *Fuck.* Seine Rippen fühlten sich an, als wäre ein Sattelzug in ihn hineingefahren. Brennend machte sich Schmerz in seinem Oberarm breit. Er steckte seine SW1911 ins Holster, presste seinen Ellbogen an seine Seite und marschierte zu Lindsey.

Neue Panik zerfetzte ihn von innen. Ihr Blut, es war überall. Ihre Augen waren geschlossen, ihr hübsches Gesicht grau. *Nein. Fuck, nein.* Er legte zwei Finger an ihre Halsschlagader und ... fühlte einen Puls. Zu schnell, aber stark. Er entließ seinen angehaltenen Atem.

Sie zuckte und wimmerte, ihre Augenbrauen zogen sich zusammen. Er wollte das Arschloch erneut erschießen. Sie blinzelte. Als sie ihn sah, füllten sich ihre Augen mit Tränen. „Du bist gekommen." Ihre Stimme kratzig.

„Natürlich bin ich das, verdammt." Gerade so konnte er sich davon abhalten, sie in die Arme zu schließen. Durfte er nicht. Ihr Bauch wies mehrere blutende Wunden auf, einige tief genug, dass sie klafften. „Sie blutet!", brüllte er. „Dixon, beweg dich –"

„Ich bin hier." Dixon fiel neben ihnen auf die Knie, beschäftigte sich bereits damit, alles Nötige aus dem Erste-Hilfe-Koffer zu ziehen. „Verdammt, Sexy, du weißt doch, dass ich Blut-Play verabscheue." Er zog sich Latexhandschuhe über, bedeckte die Schnittwunden mit Kompressen und presste sie mit ausreichend Druck dagegen.

Lindsey sog scharf den Atem ein und flüsterte halbherzig: „Autschi."

Fuck, ich liebe diese Frau.

Aus den Augenwinkeln sah deVries, dass Ware Parnells Körper aus dem Weg räumte. „Guter Schuss, deVries." Er hockte sich neben Dixon und lächelte Lindsey an. „Hey, du."

DeVries knurrte: „Sie gehört mir."

„Vielleicht, vielleicht auch nicht." Ware grinste, bevor er fragte: „Lindsey, wie viele böse Jungs rennen hier rum?"

„Drei." Nachdenklich zog sie die Augenbrauen zusammen: „Parnell, Ricks und Morales."

„Verstanden." Ware erhob die Stimme: „Hey, Stanfeld! Hier rennt noch ein Täter rum."

Ein tiefer Laut als Bestätigung folgte von dem Agenten.

Dixon zog sich die Handschuhe aus und tätschelte Lindseys Arm. „Okay, BFF, du bist fertig und bereit für eine Party."

„Der Leutnant ruft nach einem Krankenwagen." Wares Körpersprache zeugte von Gefahr, als er Lindseys Bauch betrachtete. Dann nahm er ihre Hand und ein neckendes Lächeln huschte über seine Lippen. „Wenn du deine Meinung bei diesem Bastard änderst ..."

„Werde ich nicht", flüsterte sie, bevor ihre Augen die seinen fanden. Die Liebe, die er darin sah, füllte ihn mit Wärme. Sie lächelte und sagte sanft: „Ich bin bereits vergeben."

Wäre es jetzt sicher, sie hochzuheben und an seine Brust zu drücken? DeVries streckte die Hand nach ihr aus und Schmerz schoss durch seinen Arm. „Fuck!"

„Kann man so sagen. Du blutest wie ein gestochenes Schwein." Dixon umfasste deVries' Handgelenk und zog den Arm von seiner Seite weg.

DeVries senkte den Blick und musste erkennen, dass er von

Blut durchtränkt war. Die Kugel hatte die Innenseite seines Oberarms schwer erwischt.

Dixon presste eine Kompresse dagegen, innerhalb weniger Sekunden war das weiße Material tiefrot. „Scheiße, du blutest stark. Wir brauchen sofort einen Krankenwagen, Ware! Durch den Blutverlust ist er schockig!"

DeVries fühlte, wie der Raum schwankte. Er zitterte. Merkwürdig, wie laut er seinen Herzschlag in seinen Ohren hören konnte.

„Habe Ricks gefunden", rief Stanfeld von einem Ort, der meilenweit entfernt schien.

Plötzlich stand Stanfeld direkt vor ihm, half ihm auf den Rücken. „Bleib liegen, Junge."

DeVries hatte nicht genug Kraft, um ihm für die Beleidigung eine zu verpassen. Nicht gut. Sie waren nicht mal in der Nähe eines Krankenhauses. Krankenwagen würden es wahrscheinlich nicht an diesen schwererreichbaren Ort schaffen, schon gar nicht bei diesem Wetter.

Er sah, wie Lindsey versuchte, zu ihm zu gelangen. Sie nahm seine Hand in ihre. „Zander." Sogar besorgt, war sie die wunderschönste Frau, die er jemals gesehen hatte.

Sie liebte ihn. Ein verdammt unerwartetes Geschenk. Als sich die Dunkelheit um ihn legte, trauerte er. So viele Male hatte er erwartet, zu sterben und doch hatte er überlebt. Nun, als er endlich jemanden hatte, für den es sich zu leben lohnte, würde er den Löffel abgeben.

Verdammt, er wollte sie nicht verlassen.

KAPITEL EINUNDZWANZIG

Am nächsten Morgen saß Lindsey an Zanders Krankenhausbett. Die Krankenschwester hatte den Stuhl neben sein Bett gestellt, so dass sie sich von seinem Überleben überzeugen konnte, indem sie seine Hand hielt. Seine warme, warme Hand.

Gott, beinahe hätte sie ihn verloren! Als der Krankenwagen endlich aufgetaucht war, hatte sich sein Gesicht bereits grau verfärbt und seine Haut hatte sich erschreckend kalt angefühlt.

Nur, weil er ein Held sein musste! Virgil hatte ihr berichtet, dass Zander nicht hatte warten wollen. Nein, er hatte die Tür eingetreten und war in die Hütte gestürmt. Und, *verdammt*, anstatt auf Morales zu zielen, der eine Waffe auf den Eingang gerichtet hielt, hatte Zander Parnell zuerst erschossen, weil er sie mit seinem Messer bedroht hatte.

Verdammt, verdammt, verdammt. Morales' Kugel hätte ihn fast umgebracht. „Dickköpfiger, verbohrter Idiot", flüsterte sie zu ihm. Dann erinnerte sie sich daran, was er zu dem Kriminalbeamten gesagt hatte. *Sie gehört mir.* In diesem besitzergreifenden Ton, der so typisch für ihn war. Ein kleines Lächeln huschte über ihre Lippen.

Sie gehörte ihm und sie wollte zu niemand anderem gehören.

Als sich ihre Augen mit Tränen füllten, hob sie den Kopf und blickte in die Richtung, wo ihr Daddy sich wahrscheinlich auf einem Zaun abstützte, einen Stiefel auf dem ersten Brett, und seine Kinder beobachtete. *Hey, Daddy, kannst du mich hören? Ich habe einen Mann gefunden, den du stolz als deinen Sohn bezeichnen würdest.*

Sie konnte schwören, sein anerkennendes Nicken sehen zu können.

Sie blinzelte wiederholt und spielte mit Zanders Fingern: Narben auf den Fingerknöcheln, Schwielen auf der Handfläche und den Fingerspitzen, kurze Fingernägel. Die Hand eines Mannes – die Hand des Vollstreckers. In der Lage sowohl Bestrafungen als auch Lust auszuteilen. Jemand, an den sie sich lehnen konnte, und den sie im Gegenzug mit ihrer Liebe Kraft verlieh.

Vom Korridor erregte Dixons Stimme ihre Aufmerksamkeit. Sie lauschte eine Minute und kicherte. Würde Dixons flirtender Alltag endlich ein Ende finden? Ihre Neugierde obsiegte und sie schob den Stuhl näher zur Tür, um einen Blick auf die Vorstellung zu werfen.

„Hör gut zu, Hübscher, du kannst mir gar nichts befehlen", sagte Dixon. Mit den Händen auf den Hüften funkelte er Stan an.

Stans tiefe Antwort war sehr direkt: „Falsch, Junge. Wir werden die Sache zwischen uns erkunden." Er legte seine Hand in Dixons Nacken und zog ihn zu sich. „Ich suche schon lange nach jemandem wie dir."

„Nach einem Fick ..." Die Verbitterung in Dixons Stimme brach Lindsey das Herz. Und machte ihr sorgen. Er war schon so oft verletzt worden, dass er zynisch wurde. Ihrer Meinung nach wirkte Stan wie ein besonderer Mann. *Komm schon, Dix, gib ihm eine Chance.*

„Sehe ich wie jemand aus, der Probleme damit hat, Männer für einen Fick zu finden?"

Lindsey schmunzelte. Ein richtiger, echter Agent, umwerfend

attraktiv, groß und muskulös. Stan bekam wahrscheinlich mehr Angebote als Zander.

Als auch Dixon sich diesem Punkt bewusst wurde, schüttelte er den Kopf. „Was willst du also?"

Stan entrang ein tiefes Lachen. „Ich will einen Sub. Mit einem großen Herzen. Loyal. Mut hatte ich nicht erwartet, aber verdammt, den hast du im Überfluss."

Dixon schaute Stan an, als hätte er seinen persönlichen Helden gefunden – und das hatte er. Noch besser: Er hatte einen Dom gefunden, der ihn mochte, wie er war. Er würde Dixon unterwerfen, wie er es brauchte. Würde sich um ihn kümmern.

Lindsey beobachtete, wie Dixon die Arme um Stan wickelte, und entließ ein verträumtes Seufzen.

Die Finger in ihrer Hand zuckten. Zander öffnete die Augen und wies mit dem Kinn auf den Flur. „Ich ertrinke in blutenden Herzen. Kannst du die Tür schließen?"

Beim Aufstehen protestierten die Nähte an ihrem Bauch. *Autsch, autsch, autsch.* Ihre Jeans stand halb offen und trotzdem hatte sie das Gefühl, dass der Bund über ihre Wunden rieb.

Zanders Blick verdunkelte sich. „Babe." Als er nach ihr griff, wich sie ihm aus und durchquerte den Raum.

Beim Schließen der Tür hob Dixon den Kopf von Stans Schulter und lächelte sie mit strahlenden Augen an.

Stan zwinkerte ihr zu.

Sie ging zum Stuhl zurück und setzte sich vorsichtig hin.

„Wann hast du deine letzte Schmerztablette genommen", fragte Zander.

Sie lachte atemlos. „Das sollte ich eigentlich dich fragen."

„Tut scheiße verdammt weh, aber ich lebe." Er streckte ihr seine Hand entgegen. „Wie geht's dir?"

„Ähnlich." Nichts fühlte sich so gut an, wie seine Hand um ihre zu spüren. „Ich liebe dich."

„Ich weiß." Sein Mundwinkel zuckte, als sie ihn wütend anfunkelte.

„So antwortet man darauf nicht." Ein Klopfen hielt sie davon ab, ihn mit seinem eigenen Kissen zu ersticken. „Komm rein!" Ein schmerzhafter Ausflug durch das Zimmer musste für heute reichen.

Dixon und Stan traten ein, gefolgt von Virgil mit seiner Frau Summer. Auch Jake manövrierte sich auf Krücken über die Türschwelle.

Gleich hinter ihm kam Kallie herein, die ihn für seine Dickköpfigkeit verfluchte. Sie zwinkerte Lindsey zu und sagte: „Hey, ich habe gehört, dass wir in diesem Raum die Krüppel lagern."

„Reicht mir eine Peitsche", murmelte Jake mit einem dunklen Blick in Kallies Richtung.

„Richtig gehört. Ich habe dir einen Platz reserviert, Jake." Lindsey wies auf einen Stuhl im Raum und sagte zu Kallie: „Ich hoffe, er hat dich für deine Hilfe, die richtige Straße ausfindig zu machen, nicht zu hart bestraft."

„Ach, Quatsch." Kallie rümpfte die Nase, ihr Blick auf Jake, als er sich auf dem Stuhl niederließ. „Er bewegt sich wie ein Elch auf Stelzen; niemals wäre er in der Lage mich einzufangen."

„Meine Mobilität, kleine Elfe" – er verpasste ihr einen Klaps auf den Hintern – „wird mit jedem Tag besser. Eine kleine Warnung: Ich notiere mir jede einzelne Beleidigung."

Kallie schien alles andere als besorgt.

Simon und Rona kamen ins Zimmer, gefolgt von Becca und Logan, der Ansel in den Armen hielt. Der Kleine sah die vielen Leute, quietschte und strampelte aufgeregt.

Lindseys Herz machte einen Salto. „Sieht so aus, als hätte er keine Schäden davongetragen. Ich brauche eine Kuscheleinheit von ihm. Darf ich?" Ihr Versuch, die Arme nach dem Baby auszustrecken, wurde von einem Ziehen in ihrer Bauchgegend gestoppt. Sie verzog das Gesicht. „Okay, vielleicht doch nicht."

Neben ihr knurrte Zander tief in seiner Kehle. Logans Augen verwandelten sich zu stahlblauen Tiefen und Simons Kiefer spannte sich an.

Doms. „Meine Güte, Jungs, beruhigt euch! Es handelt sich nur um ein paar winzige Schnitte.“ Lindsey blickte zu den Frauen, wortlos nach Unterstützung flehend.

Stattdessen wurde sie von Rona umarmt. „Du ... Crom, meine Süße, wage es dir nicht ...“ Unfähig die Worte auszusprechen, entließ Rona einen zittrigen Seufzer und küsste Lindsey auf die Wange, bevor sie zu Simon zurückkehrte und sich auf der Suche nach Trost an ihn presste.

Beccas Augen waren mit Tränen gefüllt.

Lindsey seufzte. Die Frauen waren so schlimm wie ihre Männer, und wenn sie nicht damit aufhörten, würde sie losheulen. „Reißt euch zusammen! Wir haben alle überlebt, alle intakt. Und falls Albträume kommen, kann ich mich an Zander kuscheln.“

Logans Gesichtszüge entspannten sich. „Es hilft, nicht alleine zu sein.“ Er wickelte einen Arm um seine Frau und küsste sie auf die Schläfe.

Lindsey lächelte ihn an und fand dann Simons Blick: „Ich muss euch dafür danken, dass ihr mich mit eurem dominanten Verhalten dazu gebracht habt, über Victors Tod zu reden. Parnell dachte, dass ich niemals jemandem anvertrauen würde, dass ich wegen Mordes gesucht werde. Daher war er der festen Überzeugung, dass niemand nach mir suchen würde.“ Aber das hatten sie. *Gott.* Sie blinzelte mehrmals nacheinander und ließ die Augen durch den Raum schweifen. „Und na ja, danke, dass ihr zu meiner Rettung gekommen seid.“

„Apropos, ich habe noch dein Spielzeug.“ Stan zog ein Messer hervor und reichte es ihr in einer brandneuen Scheide. „Das gehört doch dir, oder?“

„Oh, ja, danke.“ Lindsey musterte es kurz, packte es weg und streichelte Zanders Arm. Sie hatte ihm erzählt, dass das Messer Becca, Ansel und ihr das Leben gerettet hatte.

Seine Augen verdunkelten sich bei der Erinnerung, doch schon nach einer Sekunde erschien eines seiner Grübchen. „Jedes Cowgirl sollte ein Messer haben.“

„Lindsey." Stans Stimme klang mehr als ernst. „Es ist an der Zeit für die unschönen Themen."

Ihr Herz rutschte ihr in die Hose. Sie wusste genau, was er gleich sagen würde. „Ich muss nach Texas zurückkehren, oder?"

„Ja. So schnell wie möglich. Ich bezweifle, dass du angeklagt wirst. Jedoch hast du Haftbefehle angesammelt, die bereinigt werden müssen."

„Muss ich ins Gefängnis?"

Ein Schatten legte sich über sein Gesicht. „Das liegt nicht in meiner Macht, und ich –"

„Nein, das musst du nicht", sagte Simon bestimmt. „Xavier war sehr genervt davon, dass er beim finalen Kampf nicht dabei sein konnte." Er schmunzelte. „Aus diesem Grund sind er und Abby heute nach San Antonio geflogen. Die beiden und dein neuer Anwalt werden dich am Flughafen abholen. Dein Anwalt denkt nicht, dass du eine Kaution bezahlen musst. Falls doch, ist für diese Eventualität auch gesorgt. Kein Gefängnis, Lindsey."

„Xavier kann doch nicht einfach die Stadt verlassen." Sie starrte ihn ungläubig an. „Er hat ein Unternehmen zu leiten und –"

„Und eine sehr entschlossene Ehefrau, die dich wie eine Schwester liebt", sagte Rona.

Zander drückte Lindseys Hand. „Bedanke dich von uns beiden bei Xavier. Ich wollte sie begleiten, aber der Arzt will mich noch ein paar Tage hierbehalten."

Erleichtert sackte Lindsey gegen die Stuhllehne. Sie würde Weihnachten nicht im Gefängnis verbringen müssen.

Sie würde nach Hause fliegen. Nach Texas. In ihre Heimat.

An Heiligabend machte es sich Lindsey mit ihrer Nichte vor dem Kamin bequem. Wie viele Stunden hatte sie als kleines Mädchen hier gesessen, ins Feuer gestarrt und Tagträume über die Zukunft gepflegt?

Sie war auf dem Weg in eine Umleitung geraten.

Sie schüttelte den Kopf, atmete den Pinienduft des riesigen Weihnachtsbaums in der Ecke ein. Auf dem Kaminsims standen Engelfiguren, der Regenschirmhalter neben der Tür hatte die Form eines kniehohen Weihnachtsmannes und auch ein Krippenspiel durfte nicht fehlen, das im Speisezimmer Platz gefunden hatte. So vertraut.

Es fühlte sich gut an, dass Melissa die Familientradition wahrte. Da nur sie Interesse am Ranchleben zeigte, war sie ins Haupthaus eingezogen, Lindsey und Mandy waren die beiden Gebäude abseits zugesprochen worden.

Lindseys Mund verzog sich. Es hätte genauso passieren können, dass Mandy das Grundstück an der Grenze bekommt. Dann hätte sich Victor an sie drangehängt. Gott sei Dank war dies nicht passiert.

Schellende Geräusche kamen aus der Küche, wo Mama und Mandy Gulasch zubereiteten. Anstatt zu kochen, durfte Lindsey sich mit Emily beschäftigen – worüber sie sich keinesfalls beschwerte. Sie rieb ihre Nase an den weichen, blonden Locken der Kleinen. „Ist dir bewusst, dass du meine Lieblingsnichte bist?“ Lindsey hob den Kopf, als Melissa ins Haus kam. „Hey.“

„Hey, Schwesterchen.“

Melissa hängte ihre Jacke auf und Lindsey wandte sich wieder Emily zu. „Du bist das klügste Baby auf der ganzen Welt.“ Große, braune Augen blinzelten Lindsey an. „Und das mutigste. Und das hübscheste.“

„Und sie wird auch das eingebildetste Baby sein“, fügte Melissa trocken hinzu. Sie kam zu ihnen und küsste das Köpfchen ihrer Tochter, umarmte ihre Schwester und ließ sich in einen Stuhl fallen. „Du verwöhnst sie. Das ist dir doch klar?“

„Natürlich weiß ich das. Ist doch nicht meine Schuld, dass du und Gary ein Superbaby kreiert habt.“ Sie küsste Emilys Arm und summte, was die Kleine zum Kichern brachte.

„Ihr Daddy stimmt dir vollkommen zu.“ Melissa hielt ihre Hände vors Feuer. „Ich hasse es, die Ställe auszumisten.“ Bei

Lindseys hochgezogener Augenbraue murmelte sie: „Wir haben den Angestellten über die Feiertage frei gegeben."

„Lieb von euch." Lindsey zeigte mit dem Finger auf ihre Schwester. „Mama hat dich gewarnt, dass das Ranchleben ein *Sieben-Tage-die-Woche* -Job ist."

„Ich hätte wohl besser zuhören müssen. So oft hat sie recht ... solange das Thema nicht auf Sex fällt." Melissa rollte mit den Augen. „Erinnerst du dich daran, als sie mir erzählt hat, dass ich vom Küssen schwanger werden kann? Wie alt war ich? Sieben?"

Lindsey kicherte. „Na ja, du kleines Flittchen, das kommt davon, wenn man in der ersten Klasse mit Danny rumknutscht."

„Er hat mir eine Pokémon-Karte geschenkt", sagte Melissa mit erhobenem Kinn. „Natürlich musste ich ihn dafür küssen."

„Gute, alte Zeit. Als ich angefangen habe, mit Peter auszugehen, hat sie mir die *Lass-einen-Kerl-niemals-über-die-erste-Base-hinaus*-Predigt gegeben."

„Augenblick, kenne ich diese Predigt? Oh, oh, ich weiß! Du darfst das ... Blut von Jungs nicht zum Kochen bringen, denn blaue Hoden können fatal sein."

„Genau. Dann hat Peter meine Brüste begrapscht. Ich habe die ganze Nacht wachgelegen und gegrübelt, ob ich seiner Mutter davon hätte erzählen müssen. Du weißt schon – nur für den Fall, dass ein Krankenwagen gerufen werden muss."

Melissa hielt sich den Bauch vor Lachen.

„Das ist nicht lustig!" Lindsey zog die Augenbrauen zusammen. „Ich dachte, ich hätte sein Schicksal mit meinem nuttigen Benehmen besiegelt."

„Gott, ich habe dich so vermisst." Tief einatmend wischte sich Melissa Freudentränen von den unteren Wimpern. „Ich bin froh, dass du zurück bist. Bist du den ganzen Nachmittag hier gewesen?"

Die letzten zwei Tage waren sehr hektisch gewesen. Obwohl ihre Mutter und ihre Schwestern sie in San Antonio kurz begrüßt hatten, war für eine Unterhaltung keine Zeit gewesen. „Nein, ich bin erst seit einer Stunde hier." Sie grinste ihre

Nichte an. „Lange genug, um mich mit dieser Süßen bekanntzumachen."

„Ma-ma-da-da-aaa", erwiderte Emily fröhlich und zog an einer Strähne von Lindseys Haaren.

Melissa runzelte die Stirn. „Musst du nochmal nach San Antonio?"

Amandas Stimme drang aus der Küche. Sie sprach vom College, während der Geruch von Wild die Luft erfüllte. Lindsey ließ sich von den Düften und Klängen der Heimat willkommen heißen. „Nein. Die Gespräche sind alle erledigt. Es kann sein, dass ich bei Ricks' Gerichtsverfahren als Zeugin vortreten muss, aber Stanfeld war sich ziemlich sicher, dass er stattdessen einen Deal vereinbaren wird." Sie erinnerte sich an die beste Nachricht. „Sie haben den mexikanischen Jungen ausfindig gemacht, der geflüchtet ist. Er hat bei einer Kirche Unterschlupf gefunden. Der Priester ist dahintergekommen, um wen es sich bei dem Jungen handelte. Juan konnte meine Aussage belegen und er wird noch diese Woche zu seiner Familie gebracht."

„Sehr gut." Melissa nippte an ihrem Getränk und runzelte dann die Stirn. „Sei ehrlich: Bist du jetzt sicher? Wird Ricks weiter versuchen, dir wehzutun?"

„Agent Bonner meinte, dass das unwahrscheinlich ist. Ricks wurde die Möglichkeit auf eine Kaution verweigert und sie haben sein ganzes Geld beschlagnahmt. Da er ein Polizist ist, wird er genug damit zu tun haben, im Gefängnis zu überleben."

„Oh, richtig. Mir ist es egal, dass er um sein Leben fürchten muss."

Die Stimme ihrer Schwester klang zu düster. Lindsey hatte das Bedürfnis nach einem Themenwechsel und nickte zum Fenster, wo ein tiefer Tisch mit einem Überfluss an Afrikanischen Veilchen stand. „Danke, dass du meine Babys gerettet hast."

„War mir ein Vergnügen. Nichtsdestotrotz schuldest du mir zwanzig Dollar. Ich musste die Haushälterin bestechen, dass sie die Pflanzen aus dem Ranchhaus rausholt. Mandy kümmert sich um dein Spinnenkraut." Melissa rollte die Augen. „Sie spricht mit ihnen, wie du das auch immer getan hast. ‚*Wie geht es meinen Spinnen heute?*' Ihr zwei habt echt einen an der Klatsche."

„Hey, Pflanzen sind empfindlich", sagte Lindsey in einem selbstgerechten Ton. „Du musst stets nett zu ihnen sein."

„Habe ich Melissa reinkommen hören?" Ihre Mutter kam aus der Küche, ihre perfekt gefärbten Haare in einem Dutt auf ihrem Kopf und sie trug ein adrettes Outfit bestehend aus einer schicken Hose und einem Strickpullover.

Liebe stieg in ihr hoch und sie lächelte. Südstaaten-Vornehmheit und -Kleinlichkeit, dennoch gab es keine reizendere Frau auf dieser Welt.

„Das Abendessen wird noch eine Stunde dauern. Lindsey, Schatz, ich habe dir einen Margarita gemacht." Ihre Mutter stellte das Glas auf den Couchtisch. „Wo ist Gary?"

„Er füttert gerade das Vieh." Melissa sah aus dem Fenster. Es wurde dunkel. „Er sollte bald fertig sein."

„Gutes Timing. Mandy ist nach oben, um schnell zu duschen." Ihre Mutter strahlte. „Es ist so schön, dass ich alle meine Süßen bei mir habe." Sie tätschelte Melissas Kopf. „Und noch glücklicher macht es mich, dass jemand anderes jetzt dieses monströse Haus sauber halten muss."

Und es hatte einen reibungslosen Übergang gegeben: Als ihre Mutter die Wohnung in der Stadt bezogen hatte, entschieden Gary und Melissa ins Rayburn-Haus anstatt auf seine benachbarte Ranch zu ziehen. Wie toll musste es sein, sich in den Nachbarsjungen zu verlieben und die Farmen zusammenzufügen? Highschool-Sweethearts, bei denen die Liebe Bestand hatte.

Lindseys Freude wackelte etwas. Seit drei Tagen hatte sie nichts von Zander gehört. Seit sie ihn im Krankenhaus zurückgelassen hatte. Nichts. Um fair zu bleiben: Ihr Handy konnte er nicht anrufen, da es auf dem Parkplatz in den Bergen von Schnee bedeckt lag. Das Problem war, dass er nicht ans Telefon ging, wenn sie ihn anrief. Bei jedem einzelnen Versuch landete sie auf seiner Mailbox.

Vom Krankenhaus wusste sie jedoch, dass er gestern entlassen worden war.

War es ihm möglicherweise gelungen, die Nummer von der Ranch zu finden? „Hast du schon deine Nachrichten abgehört?“, fragte Lindsey ihre Schwester.

Melissa rollte die Augen. „Ich habe angefangen, aber ich ertrage diese *Hier-spricht-so-und-so-von-dieser-Zeitung*-Nachrichten nicht länger. Meine Mailbox ist voll davon.“

„Tut mir leid. Eine Woche und sie werden sich ein neues Thema suchen. Hoffentlich.“ Heute Abend würde sie sich die Nachrichten anhören.

Ihre innere Unruhe strömte nach draußen und sie drückte Emily so fest an sich, dass sie kicherte. Vielleicht hatte Zander kein Interesse mehr an ihr. Nein, das war dämlich. Er wäre beinahe für sie gestorben. *Mädchen, hör auf, ihn anzuzweifeln.* Es musste einen Grund geben, warum er nicht ans Handy ging. Vielleicht war der Akku leer.

Und sie kannte ihn gut. Hätte er kein Interesse mehr, würde er ihr das von Angesicht zu Angesicht sagen.

Der Gedanke fühlte sich an, als würde eine Herde Rinder über ihr Herz trampeln, es zerfetzen.

Nein, nein. Zwischen ihnen war mehr. Etwas Besonderes. Dieses Etwas war nicht verschwunden, nur weil sie ein halber Kontinent und ein paar Tage trennten. Sie seufzte. *Gott*, eben war sie noch so glücklich gewesen. Warum mussten ihre Emotionen jetzt wie ein drogenabhängiger Grashüpfer auf und ab springen?

Auf dem Hof bellten die beiden Ranchhunde. Melissa blickte nachdenklich drein. „Ich schätze, Gary ist fertig.“

Ein Klopfen an der Tür folgte.

„Er muss die Hände voll haben. Hast du ihn gebeten, Eier einzusammeln, Mama?“ Melissa öffnete die Haustür. „Hey, hast du – Ähm, hi, kann ich Ihnen helfen?“

Der Ton ihrer Schwester machte sie nervös, weshalb sie Emily an ihre Mutter weiterreichte und zur Tür ging. Was, wenn da draußen immer noch Polizisten rumliefen, die es auf sie und ihre Liebsten abgesehen hatten?

„Ist Lindsey hier?“ Die Stimme war so kratzig, dass sie erschauerte. So tief, hart und unbeugsam. Zander.

Oh, mein Gott! Ihrem Schock folgte ein unbändiges Glücksgefühl; die Luft um sie herum funkelte. Die letzten paar Schritte schwebte sie regelrecht.

Und dort stand er. Höflich auf der Veranda, Melissas Antwort erwartend. Er sah Lindsey und sein Ausdruck erhellte sich. Erhitzte sich. „Anscheinend ist sie es.“

Melissa sah über ihre Schulter zu Lindsey. Ihre Augen verengten sich. „Jemand hat wohl die eine oder andere Neuigkeit unterschlagen.“

Oh je.

Melissas Blick auf Zander sprach von Nervosität, trotzdem trat sie zur Seite, um ihn reinzulassen.

Lindsey ging einen Schritt auf ihn zu, bevor Zanders graugrüner Blick sie zögern ließ. Sie schaffte es nicht, sich zu bewegen. „Du bist hier.“ Ihre Worte ein Flüstern. „Du bist gekommen.“

Befriedigung spiegelte sich in seinen Augen wider. Auch er zögerte. „Ist das kein guter Zei –“

Sie warf sich in seine Arme.

Mit Leichtigkeit fing er sie auf; nur ein Grunzen wies auf seine frischen Verletzungen hin.

„Oh, Scheiße.“ Sie erstarrte und wollte einen Schritt zurückmachen. „Tut mir leid! Ich habe deine Rippen vergessen.“

„Scheiß auf meine Rippen“, murmelte er und riss sie an sich, hielt sie vorsichtig, um die Wunden an ihrem Bauch nicht in Aufregung zu versetzen und doch so fest, dass sie nicht entkommen würde. *Danke, Gott.*

Bei jedem Atemzug füllte sich ihre Lunge mit seinem sauberen Männerduft, und als er sein Gesicht an ihrem Hals vergrub, schmiegte sie sich enger an ihn. „Ich habe dich so, so sehr vermisst.“

„Das könnte sich ändern“ – die Stimme des sadistischen Dark Haven-Vollstreckers – „wenn ich dir für dein Verschwinden den Arsch versohle.“ Dann seufzte er und fügte hinzu: „Ich habe dich auch vermisst.“ Er küsste sie, leidenschaftlich und ausgedehnt, bevor er den Kopf hob und ... erstarrte.

Lindsey sah über ihre Schulter. Dann lächelte sie ihre Mutter und ihre Schwestern an, die sie mit weit aufgerissenen Augen anstarrten.

Zander räusperte sich. „Ich bin Zander deVries.“ Er musterte ihre Familie und ordnete alle Namen korrekt zu: „Mrs. Rayburn. Melissa.“ Und zu ihrer jüngsten Schwester. „Du musst Amanda sein, richtig?“

„Du und deine verdammten Suchprogramme“, murmelte Lindsey. „Richtig geraten.“

„Freut mich, Zander.“ Melissa bedachte Lindsey mit einem ihrer *Schwestern-die-Dinge-verheimlichen-müssen-leiden*-Blick. „Wie es aussieht, weißt du mehr über uns als wir über dich. Ich würde gerne wissen, warum das so ist, Lindsey.“

Auch Zander zog eine fragende Augenbraue hoch. Lindsey errötete. „Ich habe euch nichts von ihm erzählt, weil –“ Sie gab ihm einen harten Klaps auf seine unverletzte Schulter. „Du Blödmann! Ich habe versucht, dich anzurufen. Warum hast du nicht zurückgerufen?“

Sein rechter Mundwinkel zuckte. „Mein Handy ist beim Eindringen in eine Jagdhütte kaputt gegangen. Ich habe dich angerufen; du gehst aber nicht ans Telefon. Auch auf der Farm habe ich Nachrichten hinterlassen, keine Antwort.“

„Oh je.“ Sie lehnte ihre Stirn gegen seine Brust. „Die Mailbox hier ist gefüllt mit Anfragen von Journalisten. Und mein Handy liegt irgendwo auf dem Parkplatz der Serenity Lodge unter Schnee begraben. Morales wollte nicht, dass das GPS meinen Aufenthalt verrät.“

Er schnaubte und hob ihr Kinn mit einem Finger. „Wie ich sehe, haben wir immer noch Vertrauensprobleme.“

„Ich ... habe mir Sorgen gemacht. Ein bisschen." Ein bisschen viel. Sie lächelte. „Du nicht?"

„Verdammt, ja! Der Unterschied ist, dass ich weiß, dass ich dich niemals gehen lassen werde."

„Du Dom, du", hauchte sie.

Seine kleine Tex hatte eine verrückte Familie, dachte deVries ein paar Stunden später, als sie es sich bequem gemacht hatten und sich unterhielten. Zuerst waren sie in seiner Nähe angespannt gewesen. Doch das hatte sich nach dem Essen gelegt. Bevor Lindsey in die Küche gegangen war, um ihrer Mutter und ihren Schwestern beim Aufräumen zu helfen, hatte sie ihre kleine Nichte auf seinem Schoß platziert. Hatte ihm einen riesigen Schreck eingejagt. Melissa war daraufhin zu ihm geeilt, um ihm die Last abzunehmen, während Gary, ihr Ehemann, keinen Muskel gerührt hatte.

Emily verstand die ganze Aufregung nicht. Sie hatte einen gurgelnden Laut von sich gegeben, sein T-Shirt mit ihren Fäustchen gepackt und sich auf die Füße gehoben, um mit ihren Händchen sein Gesicht, seinen Mund und seinen Bart zu erkunden. Dann hatte sie gekichert. Die Kleine hatte Lindseys ansteckendes Lachen in babygerechter Lautstärke.

So verdammt niedlich.

Melissa hatte geblinzelt und erlaubte den beiden, sich kennenzulernen.

Lindsey hatte ihm zugezwinkert. *Oh ja*, dafür würde sie bezahlen.

Die Zeit verging und es wurde spät, doch das schien niemanden zu stören. Könnte an den Margaritas liegen, dem Traditionsgetränk im Haus Rayburn. Melissa unterhielt alle mit Geschichten aus Lindseys Kindheit – seine Tex war ein Wildfang gewesen – und mit Geschichten, die zu gefährlichen Zickenkriegen zwischen den Geschwistern geführt hatten.

Zickenkrieg? Hätte er gerne gesehen. Er und Gary grinsten sich an.

„Na ja, ich sollte ins Bett gehen." Tammy stand auf und küsste ihre Töchter zum Abschied. „Lasst euch von mir nicht den Spaß verderben."

„Ich sollte gehen", sagte deVries. Gleichzeitig wunderte er sich, wie er unter dem schlafenden Baby rausrutschen sollte.

Mit einem Schnaufen hob Gary die Kleine in seine Arme. „Sie gehört sowieso ins Bett, aber ich dachte, du würdest bleiben."

„Das tut er auch." Melissa schenkte ihm ein breites Lächeln. „Mom und ich haben oben ein Zimmer für dich vorbereitet."

„Gleich neben Lindsey." Tammy runzelte ihre Stirn Richtung Lindsey. „Aber bringe sein Blut nicht zum Kochen. An Heiligabend können wir diese Art von Überraschung nicht gebrauchen."

Diese Art von Überraschung? DeVries sah die Frauen verwirrt an, genau in dem Moment, als die drei Schwestern in einen Lachanfall ausbrachen.

Lindsey lachte so stark, dass sich ihr Gesicht lila färbte. Sie trug einen kuscheligen Kapuzenpullover, den er ihr geschenkt hatte, und die Bärenohren bebten. Ja, manche Frauen vertrugen nicht viel Alkohol.

Grinsend hob er sie vom Boden und positionierte sie auf seinem Schoß.

Genau, wo sie hingehörte. Er rieb sein Kinn über ihr Haar und spürte ihr Kichern als kleine Vibrationen an seiner Brust.

„Fast vergessen: Wir brauchen mehr Milch", sagte Tammy zu Lindsey. „Kannst du morgen Früh schnell zum Laden fahren?"

„Natürlich, Mama", presste Lindsey zwischen ihrem Kichern heraus. „Ich kann –"

„Nicht ohne mich", sagte deVries.

„Was?" Ihr Lachen verebbte und sie sah ihn verwirrt an. „Agent Bonner meinte, dass ich nicht länger etwas zu befürchten habe. Und –"

„Nein." Bei dem Gedanken, dass sie wieder in Gefahr geraten könnte, bohrte sich eine Klinge tief in sein Herz. „Bonner kann nicht garantieren, dass sie alle involvierten Polizisten erwischt haben. Und es muss kein Bulle sein, der deine Beteiligung verabscheut."

„Aber –"

„Du kannst diskutieren, so viel du willst. Du wirst nirgendwo allein hingehen. Nicht in Texas."

Gary zwinkerte seiner Frau zu, bevor er zu deVries sagte: „Wir mögen dich, Kumpel. Wir mögen dich."

„Das steht noch zur Debatte", murmelte Lindsey. Dann entließ sie ein glückliches Lachen, schmiegte sich an ihn und flüsterte „dickköpfiger Dom", bevor sie ihn auf die Wange küsste.

Er wickelte die Arme fester um sie und fühlte wieder diese merkwürdige Wärme. *Meine Frau.*

War sie das? Es war Zeit, sie vollkommen für sich zu beanspruchen. Entschlossen positionierte er Lindsey um, damit er ihr in die Augen sehen konnte.

Sie rümpfte die Nase. „Du hast einen sehr ernsten Ausdruck aufgesetzt."

„Das stimmt." Er streichelte mit seinen Fingerknöcheln über ihre Wange und beobachtete, wie das Braun ihrer Augen erstrahlte. „Jetzt, wo alles erledigt ist, würde ich gerne eines wissen: Willst du in Texas bleiben oder kommst du zurück nach San Francisco?"

Lindsey hatte ihren Schwestern gelauscht, wie sie sich stritten und zusammen lachten. Zanders Frage hatte sie also unerwartet getroffen. Sie blinzelte ihn an. „Ähm."

Sein Kiefer war angespannt und die feinen Linien neben seinen Augen vertieften sich. „Du solltest dir eine bessere Antwort einfallen lassen."

Er hatte nicht Unrecht. Die letzten Monate waren das

reinste Chaos gewesen. In der Zeit hatte sie keine Entscheidungen über ihre Zukunft treffen können. Trotzdem hatte sie Sehnsüchte und Träume. Sie wollte nach Hause. Doch sie wollte auch mit Zander Luftschlösser errichten.

Ihre Augenbrauen zogen sich zusammen. „Was würdest du tun, wenn ich Texas sage?"

„Dann würde ich mir hier einen Job suchen."

Ihre Kinnlade klappte herunter. „Wirklich? A-aber du liebst San Francisco. Das hast du mir selbst gesagt."

„Babe, ich mochte es nicht mal, ein paar Meilen von dir getrennt zu sein. Vielleicht würde ich Kalifornien vermissen, aber auf keinen Fall werde ich auf der anderen Seite des Kontinents von dir wohnen."

„Oh", sagte sie, das Wort ein Seufzen. Er überließ ihr die Entscheidung. Sie könnte hier leben, wo ihre Familie war, wo sie aufgewachsen war. Texas war ihre Heimat. Oder nicht?

Mandy würde bald aufs College gehen. Und egal, wie sehr sie Melissa liebte, Lindsey wollte nicht auf einer Ranch leben. Oder in einer Kleinstadt arbeiten. Die Art Karriere, die sie anstrebte, würde sie nur in einer Großstadt finden. Sie biss sich auf die Lippe.

Schweigend legte Zander seine Hände auf ihre Hüften, hielt sie fest und erlaubte ihr ... nachzudenken.

Was wäre die andere Wahl? Sie könnte nach San Francisco zurückkehren, wo ihre zwei besten Freundinnen lebten – Freundinnen, die alles liegen lassen würden, um ihr zur Hilfe zu eilen.

Zurück zu einem fantastischen Job und einem tollen Chef.

Zurück an den Ort, wo sie das Mitglied in einem Club war, in dem sie ihre Sexualität ausleben konnte. Dort hatte sie eine Bleibe, die sie liebte. Dort konnte sie die Geschichte zwischen Stan und Dixon verfolgen. Ein Lächeln zeigte sich auf ihren Lippen. Wie konnte sie alldem den Rücken kehren?

„Es ist schon komisch. Ich wollte so verzweifelt nach Texas und mein altes Leben zurück, und irgendwie, ohne es zu merken, habe ich mir ein neues Leben erschaffen. Mit neuen Freunden. Einer Familie.“

Seine Hände festigten sich schmerzhaft an ihren Hüften. „Sprich weiter“, sagte er sanft.

„Ich möchte in San Francisco leben. Mit dir.“ Sie legte eine Hand auf seine Brust, fühlte sich atemlos. *Gott*, das war alles so verrückt, doch genau das wollte sie.

Er nickte, als wäre es ihm egal, für welchen Ort sie sich entschieden hätte. Allmählich entspannten sich seine Finger.

Sie verengte die Augen. „Du hast wirklich in Erwägung gezogen, für mich nach Texas zu ziehen?“

„Natürlich. Letzte Woche habe ich beinahe ins Gras gebissen, aber es braucht schon mehr, um mich von dir fernzuhalten. Auf keinen Fall wollte ich dich verlassen. Ich glaube, dass du mich ins Leben zurückgeholt hast.“ Er legte seine Hand in ihren Nacken. Sein Griff hatte sich nicht verändert – unverwüstlich und entschlossen – genau wie seine Worte. „Ich gehe, wo du hingehst, Tex.“

„Zander ...“, hauchte sie.

Was auch immer er in ihrem Gesicht sah, zauberte ein Lächeln auf seine Lippen. Er zog sie an sich, rieb seine Wange an ihrer und küsste sie dann so leidenschaftlich, so tief und feucht, dass sie ihre Schwestern jubeln hörte, bevor das Verlangen ihre Stimmen übertönte.

Nein, Heimat war kein Bundesstaat – weder Kalifornien noch Texas. Stattdessen hatte sich herausgestellt, dass ihre Heimat ein verdammter Dom war. Groß, ungehobelt und tödlich, wenn ihm jemand in die Quere kam. Direkt, grantig, dominant und besitzergreifend.

Oh ja, genau hier gehörte sie hin – in die Arme des Vollstreckers.

ENDE

LESEPROBE

In den kommenden Monaten tauchen wir tiefer in die Reihe *Die Master der Shadowlands* ein. Beginnen kannst Du bereits jetzt mit dem ersten Buch *Willkommen im Club Shadowlands.* Hier eine Leseprobe, falls Du das Buch noch nicht kennst, oder wenn Du Dich auf die kommenden Bücher in der Reihe vorbereiten willst, indem Du es nochmal liest:

***Die Master der Shadowlands*-Reihe: Buch 1**
Willkommen im Club Shadowlands

Buchhalterin Jessica kommt während eines Tropensturms von der Straße ab, landet im Graben und findet zu ihrer Erleichterung Unterschlupf vor Kälte und Nässe in einer nahe gelegenen Villa. Als sie bemerkt, dass sie in einem privaten Bondage-Club gelandet ist, ist sie anfangs schockiert. Doch dann erregt es sie, die Doms mit ihren Subs bei deren Spielen zu beobachten. Als seriöse Geschäftsfrau kann sie jedoch unmöglich eine Sub sein ... oder doch?

Master Z hat sich in all den Jahren nicht so zu einer Frau hingezogen gefühlt. Aber die kleine Sub, die plötzlich in seinem Club auftaucht, fasziniert ihn. Sie ist intelligent. Reserviert. Konservativ. Nachdem er ihr Interesse für BDSM aufdeckt, kann er nicht widerstehen, sie zu *fesseln* und ihre versteckte Leidenschaft zu *entfesseln*.

Cherise Sinclair erschließt deine tiefsten Sehnsüchte mit überwältigenden Ereignissen in dieser Geschichte, die voll von Sinnlichkeit und Emotionen ist und dem Leser den Atem raubt. Club Shadowlands ist eine hervorragend gemachte Erzählung, die jeden Liebhaber des BDSM beeindrucken wird und ihn dazu bringt, sie in seine Liste der Pflichtlektüre aufzunehmen. 5 Herzen.

- The Romance Studio

„Nettes Plätzchen", murmelte sie. Und ein wenig einschüchternd. Sie schaute an sich hinunter, um den Schaden zu begutachten. Schlamm und Regen überzogen ihre maßgeschneiderte Hose und ihre Bluse, wohl kaum ein geeignetes Erscheinungsbild für eine seriöse Buchhalterin. Sie sah eher aus wie etwas, das nicht einmal die Katze ins Haus schleppen würde.

Heftig schlotternd versuchte sie den Schmutz wegzurubbeln und schnitt eine Grimasse, als sie bemerkte, dass sie es nur noch schlimmer machte. Sie starrte auf die gewaltigen Eichentüren, die den Eingang bewachten. Eine kleine Türklingel in Form eines Drachen leuchtete an der Seitenwand und sie drückte darauf.

Sekunden später öffneten sich die Türen. Ein Mann, übergroß und hässlich wie ein kampferprobter Rottweiler, schaute auf sie herab. „Tut mir leid, Miss, Sie kommen zu spät. Die Türen sind verschlossen."

Was zum Teufel sollte das heißen?

„B-Bitte", sagte sie, stotternd vor Kälte. „Mein Auto ist im Graben gelandet und ich bin völlig durchnässt. Ich brauche einen Ort, wo ich etwas trocknen und Hilfe herbeiholen kann." Aber wollte sie wirklich mit diesem gruselig aussehenden Kerl hineingehen? Doch dann schlotterte sie so sehr, dass ihre Zähne klapperten, und die Entscheidung war gefallen. „Kann ich reinkommen? Bitte?"

Er schaute sie finster an, sein grobknochiges Gesicht wirkte brutal im gelben Eingangslicht. „Ich muss Master Z fragen.

Warten Sie hier." Und der Bastard schloss die Tür und ließ sie in der Kälte und Dunkelheit stehen.

Jessica schlang die Arme um ihren Körper, stand elendig herum, bis sich die Tür schließlich wieder öffnete. Erneut der Brutalo. „Okay, kommen Sie rein."

Die Erleichterung trieb ihr Tränen in die Augen. „Danke, oh, vielen Dank." Sie ging an ihm vorbei, bevor er seine Meinung ändern konnte, stürmte in einen kleinen Eingangsraum und knallte gegen einen festen Körper. „Mmpf", schnaubte sie.

Feste Hände umfassten ihre Schultern. Sie schüttelte ihr nasses Haar aus den Augen und schaute hoch. Und höher. Der Kerl war groß, gut einen Meter achtzig, seine Schultern breit genug, um den Raum dahinter zu versperren.

Er kicherte und seine Hände rutschten von den Schultern zu ihren Oberarmen. „Sie friert, Ben. Molly hat ein paar Kleidungsstücke im blauen Raum gelassen. Schick' eine der Subs."

„Okay, Boss." Der Brutalo – Ben – verschwand.

„Wie heißen Sie?" Die Stimme ihres neuen Gastgebers war tief, dunkel wie die Nacht draußen.

„Jessica." Sie löste sich aus seinem Griff und trat zurück, um einen besseren Blick auf ihren Retter zu werfen. Glattes schwarzes Haar, das an den Schläfen ergraut war und knapp seinen Kragen berührte. Dunkelgraue Augen mit Lachfältchen an den Seiten. Ein schmales, hartes Gesicht, dem der Schatten eines Bartes einen Hauch Rauheit verlieh. Er trug eine maßgeschneiderte schwarze Hose und ein schwarzes Seidenhemd, unter dem sich harte Muskeln abzeichneten. War Ben ein Rottweiler, so war dieser Typ ein Jaguar, schlank und tödlich.

„Es tut mir leid, wenn ich störe –" begann sie.

Ben tauchte mit einer Handvoll goldfarbener Kleidungsstücke wieder auf, die er ihr zuschob. „Hier, bitte schön."

Sie nahm die Sachen und hielt sie von sich weg, um zu verhindern, dass sie nass wurden. „Danke."

Ein schwaches Lächeln zerknitterte die Wange des Managers. „Ich fürchte, ihre Dankbarkeit kommt verfrüht. Dies ist ein privater Club."

„Oh. Es tut mir leid." Was sollte sie jetzt tun?

„Sie haben zwei Möglichkeiten. Sie können hier draußen am Eingang bei Ben sitzen bleiben und warten, bis der Sturm vorübergeht. Laut Wettervorhersage werden Wind und Regen bis etwa sechs Uhr morgen Früh anhalten, und bis dahin werden Sie keinen Abschleppwagen hierher in die Prärie bewegen. Oder Sie unterschreiben ein paar Papiere und nehmen an der Party teil."

Sie schaute sich um. Der Eingangsbereich war ein winziger Raum mit einem Schreibtisch und einem Stuhl. Nicht beheizt. Ben warf ihr einen mürrischen Blick zu.

Etwas unterschreiben? Sie runzelte die Stirn. Andererseits konnte man in dieser prozessverrückten Welt nicht einmal ein Fitnesscenter besichtigen, ohne etwas zu unterschreiben. Sie konnte also die ganze Nacht hier sitzen bleiben. Oder ... die Zeit mit glücklichen Menschen verbringen und es warm haben. Leichte Entscheidung. „Ich würde gerne bei der Party dabei sein."

„So ungestüm", murmelte der Manager. „Ben, gib ihr den Papierkram. Sobald sie unterschrieben hat – oder auch nicht –, kann sie den Umkleideraum benutzen und sich abtrocknen und umziehen."

„Ja, Sir." Ben stöberte in einem Ablagefach auf dem Schreibtisch und zog ein paar Blätter Papier hervor.

Der Manager nickte Jessica zu. „Dann sehe ich Sie später."

Ben schob ihr drei Zettel und einen Stift zu. „Lesen Sie die Regeln und unterschreiben Sie auf der letzten Seite." Er starrte sie an. „Ich hole ein Handtuch für Sie."

Sie begann zu lesen. *Regeln der Shadowlands.*

„Shadowlands. Was für ein ungewöhnlicher Na-", sagte sie und schaute hoch. Beide Männer waren verschwunden. Huh! Sie las weiter, versuchte ihre Augen zu fokussieren. Eine Menge

Kleingedrucktes. Trotzdem – sie unterschrieb nie etwas, ohne es zu lesen.

Die Türen öffnen sich um …

Wasser sammelte sich um ihre Füße herum, ihre Zähne klapperten so heftig, dass sie ihren Kiefer zusammenpressen musste. Es gab eine Kleiderordnung. Außerdem stand da etwas über das Reinigen von Geräten nach Gebrauch. Bei der Hälfte der zweiten Seite verschwammen die Buchstaben vor ihren Augen. Ihr Gehirn fühlte sich an wie eisiger Schneematch. *Zu kalt – ich kann nicht mehr.* Dies war schließlich nur ein Club, es war ja nicht so, als würde sie einen Vertrag für eine Hypothek unterschreiben.

Sie blätterte zur letzten Seite, kritzelte ihren Namen darunter und schlang die Arme um ihren Körper. *Kann nicht warm werden.*

Ben kam mit Handtüchern zurück und zeigte ihr dann ein opulentes Badezimmer neben dem Eingang.

An einer Seite befanden sich Glastüren, gegenüber gab es eine Spiegelwand mit Waschbecken und Ablageflächen.

Nachdem sie die geborgten Klamotten auf die marmorne Platte gelegt hatte, kickte sie ihre Schuhe von den Füßen und versuchte, ihre Bluse aufzuknöpfen. Dabei bemerkte sie eine Bewegung im Spiegel. Erschrocken blickte Jessica auf und sah eine kleine, pummelige Frau mit strähnigem blonden Haar und blassem, von der Kälte bläulich verfärbten Teint. Es dauerte eine Sekunde, bis sie sich selbst erkannte. Iihh! Sie wunderte sich, dass sie überhaupt reingelassen worden war.

In schrecklichem Kontrast zu Jessicas Erscheinung, betrat eine große, schlanke, absolut hinreißend aussehende Frau das Badezimmer und schenkte ihr einen finsteren Blick. „Ich soll dir beim Duschen behilflich sein."

Vor Miss Perfect nackt ausziehen? Auf gar keinen Fall. „Danke, a-a-aber mir geht es gut." Sie zwang die Worte an ihren klappernden Zähnen vorbei. „Ich brauche keine Hilfe."

„Wie du meinst!" Die Frau schnaubte verärgert und verschwand.

Ich war unhöflich. Ich hätte nicht unhöflich sein sollen. Wenn nur endlich ihr Gehirn wieder in Gang käme, dann könnte sie sich besser benehmen. Sie würde sich entschuldigen müssen. Später. Wenn sie je wieder trocken und warm werden würde. Sie brauchte trockene Klamotten. Aber ihre Hände waren taub, zitterten unkontrolliert, und immer wieder glitten die Knöpfe aus ihren steifen Fingern. Sie konnte nicht einmal ihre Hose ausziehen und sie schlotterte so sehr, dass ihre Knochen schmerzten.

„Verdammt", murmelte sie und versuchte es erneut.

Die Tür öffnete sich. „Jessica, geht es Ihnen gut? Vanessa sagte –" Der Boss. „Nein, ganz offensichtlich sind Sie nicht okay." Er trat ein, eine dunkle Figur, die durch ihren verschwommenen Blick wankte.

„Gehen Sie weg."

„Damit ich Sie dann in einer Stunde tot auf dem Boden liegend finde? Ganz sicher nicht."

ÜBER DEN AUTOR

Autoren sagen oft, dass ihre Protagonisten mit ihnen argumentieren.

Dummerweise sind Cherise Sinclairs Helden allesamt Doms. Was bedeutet, dass sie keine Chance hat, jemals ein Argument für sich zu entscheiden.

Als New York Times and USA-Today-Bestsellerautorin ist Cherise dafür bekannt, herzzerreißende Liebesromane mit hinreißenden Doms, amüsanten Dialogen und heißem Sex zu schreiben. BDSM, Leute. BDSM! Wer kann dazu schon ‚Nein' sagen?

Mit den Kindern aus dem Haus lebt Cherise mit ihrem geliebten Ehemann und ihren Katzen am pazifischen Nordwesten, wo nichts gemütlicher ist als ein regnerischer Tag, den sie damit verbringt, neue Bücher zu schreiben.

Rezensionen:

Vielen Dank für die Rezensionen, die ihr für die California Masters bisher geschrieben habt. Ich würde mich freuen, wenn ihr auch für Lindsey und DeVries ein paar Worte findet.

Printed in Poland
by Amazon Fulfillment
Poland Sp. z o.o., Wrocław